Andrew Peterson

Todesspiel (Ein Nathan-McBride-Thriller)

amazon crossing

Das Buch

Nathan McBride, ehemaliger Scharfschütze beim US Marine Corps, hat als Einziger die brutalen Folterungen durch Montez de Oca, den sadistischen Verhörspezialisten aus Nicaragua, überlebt. Der tauchte schon vor vierzehn Jahren unter, nachdem er zahllose Opfer zu Tode gefoltert hatte. Obwohl McBride immer noch körperlich und seelisch von den Narben, die ihm sein Peiniger zugefügt hat, gezeichnet ist, glaubt er, das Schlimmste hinter sich zu haben.

Als aber das FBI eine verstümmelte Leiche aus einem abgelegenen See im Bundesstaat Utah birgt, erkennt McBride sofort die grausige Wahrheit: Montez de Oca ist wieder da – diesmal auf amerikanischem Boden. McBride will es auf keinen Fall zulassen, dass Montez de Oca erneut entkommt. Ein Kampf um Gerechtigkeit beginnt, der McBride an die Grenzen seiner Leistungsfähigkeit bringt. In einem tödlichen Katz-und-Maus-Spiel, das bis in die höchsten Ebenen der US-Regierung hineinreicht, liefern sich McBrides Rachedurst und seine Fähigkeit zur Barmherzigkeit einen unerbittlichen Wettstreit.

Der Autor

Andrew Peterson wurde in San Diego im US-Staat Kalifornien geboren und verbrachte dort seine Kindheit und Jugend. Er studierte Architektur an der University of Oklahoma. Bereits in seiner Jugend gewann er seinen ersten Schießwettbewerb und entwickelte eine lebenslange Begeisterung für das Sportschießen mit Gewehren. Peterson ist im Besitz des Master-Titels im Klassifizierungssystem Gewehrschießen der National Rifle Association (NRA).

Peterson schrieb 1997 seinen ersten Nathan-McBride-Roman. Eine ernsthafte Karriere als Autor verfolgte er jedoch erst ab 2005, als er seine erste Schriftstellerkonferenz besuchte. Ermutigt und angespornt durch den Krimi-Autor Ridley Pearson, nahm Peterson die Arbeit an seiner Nathan-Mc-Bride-Serie wieder auf und veröffentlichte drei Jahre später sein Romandebüt Todesschuss (Im Original: First to Kill).

ANDREW PETERSON

TODES SPIEL

EIN NATHAN-MCBRIDE-THRILLER

Übersetzt von Peter Zmyj

amazon crossing

Die Originalausgabe erschien 2012 unter dem Titel »Forced to kill«
bei Thomas & Mercer, Las Vegas.

Deutsche Erstveröffentlichung bei AmazonCrossing, Luxemburg, 2014

Umschlaggestaltung: bürosüd° München, www.buerosued.de
Lektorat: Gunter Irmler
Satz: Monika Daimer, www.buch-macher.de

Printed in Germany
by Amazon Distribution GmbH, Leipzig

ISBN 978-1-477-82691-1

www.amazon.com/crossing

Meinen Brüdern: Daniel, Matthew und James

KAPITEL 1

Der Lademeister nickte.

Staff Sergeant Eric Ramsland vom US Marine Corps sprang in die mondlose Nacht.

Die eiskalte Luft zerrte an seinem Jumpsuit. Er überschlug sich langsam und erhaschte einen letzten Blick auf die schwarze Form der C-130J. In einer Höhe, die über dem Gipfel des Mount Everest lag, stabilisierte er sich in Bauchlage und erreichte die Endgeschwindigkeit – hundert Meter pro Sekunde, fast die Länge eines Footballfelds.

Er warf einen Blick auf den beleuchteten GPS-Empfänger an seinem Handgelenk, jedoch zeigte das Gerät noch keine Koordinaten an. Seine Vorwärtsgeschwindigkeit hatte noch nicht nachgelassen. Etwa dreitausend Meter tiefer erwarteten ihn dicke Kumuluswolken. In höchstens dreißig Sekunden würde er in ihre gespenstischen Formen eintauchen. Sie waren zwar noch nicht voll entwickelt, würden ihm aber mächtig zusetzen.

Er blickte ein zweites Mal auf den GPS-Empfänger. Gut … die Koordinaten waren jetzt sichtbar. Mithilfe des Kompasses am anderen Handgelenk nahm er eine leichte Kurskorrektur nach Osten und dann eine noch leichtere nach Süden vor. Der schwache Lichtschein von Porlamar zeichnete sich am westlichen Horizont ab und erinnerte ihn daran, dass Caracas nicht weit entfernt lag.

Das war zwar nicht sein erster HALO-Sprung, konnte sich jedoch als der bisher gefährlichste erweisen. Sein Befehl lautete, die Person, die das Ziel dieses nächtlichen Einsatzes war, lebend gefangen zu nehmen und zum Evakuierungspunkt zu bringen. Die beste Option wäre, dafür das Privatfahrzeug der Zielperson zu nehmen, aber die endgültige Entscheidung konnte er erst treffen, wenn er die Lage vor Ort bewertet hatte. Ramsland betrachtete sich als menschliche Präzisionswaffe – nicht mehr, nicht weniger. Wenn man zu sehr über den Sinn oder Unsinn von Befehlen nachdachte, löste das Zweifel aus, und die waren bei so einem Einsatz fehl am Platz.

Die Wolken direkt unter ihm wirkten kalt, gespenstisch und bedrohlich. Ramsland korrigierte seinen Kurs und hielt auf eine Lücke zwischen zwei massiven Wolkentürmen zu, wusste aber, dass er es niemals schaffen würde. Er atmete tief durch und bereitete sich innerlich vor. Es war so weit!

Ramsland tauchte in völlige Finsternis. Luftwirbel zerrten an seinem Körper. Er nahm den Blick von dem GPS-Empfänger und konzentrierte sich darauf, seinen freien Fall stabil zu halten. Die eiskalte Luft schnitt durch seinen Jumpsuit und die darunterliegende Thermounterwäsche und ließ ihn zittern.

Seine Situation verschlimmerte sich, als ihn eine kräftige Windbö erfasste und um die eigene Achse drehen ließ. Ohne einen Anhaltspunkt am Horizont konnte er nichts gegen das schreckliche Gefühl unternehmen, unkontrollierte Purzelbäume zu schlagen. Wenigstens hagelte es nicht. Bei einer Fallgeschwindigkeit von hundert Metern pro Sekunde von Hagelkörnern bombardiert zu werden – selbst kleinen –, hätte ihm endgültig den Abend verdorben. Als Entspannungsübung rief er ein inneres Bild von seiner Frau auf, atmete tief und langsam durch und redete sich ein, dass alles halb so schlimm war und jeden Augenblick stabile Luftverhältnisse zurückkehren würden.

Die Turbulenzen gingen so schnell vorüber, wie sie gekommen waren, und Ramsland konnte die Lichter von Tobago sehen.

Jetzt, wo er wieder einen festen Anhaltspunkt hatte, gelang es ihm, sich zu stabilisieren und in kontrolliertem freiem Fall weiterzufliegen. Er checkte Koordinaten und Höhe. Beide waren gut.

Als er auf 3600 Metern ankam, spürte er einen willkommenen, wenn auch unbedeutenden Temperaturanstieg. In der Wolkenschicht war es eiskalt gewesen. Er hielt weiterhin auf sein Zielgebiet zu, ein großes, dunkles Feld.

3300 Meter.

Er rief sich den Lageplan des Hauses vor Augen, in dem sich das Zielobjekt befand. Eine Villa im karibischen Plantagenstil, samt gepflegtem Garten mit Schwimmbecken und Whirlpool.

3000 Meter.

Eine drei Meter hohe Mauer umgab das Grundstück. Darauf befanden sich zwei Überwachungskameras. Zwei weitere auf dem Dach waren auf Garten und Schwimmbecken gerichtet; eine fünfte beäugte den Vorgarten und die Einfahrt. Zwei Dobermänner bewachten das Grundstück innerhalb der Mauern. Außerdem gab es drei Wachmänner. Zwei patrouillierten mit den Hunden, während der dritte die Monitore mit den Bildern der Kameras im Auge behielt.

2400 Meter.

Er atmete immer noch durch die Sauerstoffmaske.

1800 Meter.

Die Luft war jetzt dichter. Dreihundert Höhenmeter in fünf Sekunden. Die ideale Endgeschwindigkeit.

1200 Meter.

Warme Luft umspülte ihn.

900 Meter.

600 Meter.

450 Meter … jetzt!

Der mehrzellige Gleitfallschirm öffnete sich in 300 Meter Höhe mit einem *Wusch!*

Ramsland kam ruckartig zum Stehen – zumindest fühlte es sich so an, verglichen mit der bisherigen Fallgeschwindigkeit. Er entfernte Sauerstoffmaske und Schutzbrille und ließ beide um den Hals baumeln. Als Nächstes holte er das Nachtsichtgerät aus der Hüfttasche, schaltete es ein und befestigte es am Helm. Er schwenkte die Gläser zu seinen Augen hinunter und stellte den

Fokus ein. Die Welt in seinem Blickfeld verwandelte sich in ein klares, leuchtendes Hellgrün. Jetzt, da der Wind nicht mehr in seinen Ohren rauschte, herrschte eine nahezu gespenstische Stille. Ramsland begann eine schnelle Abwärtsspirale auf seine Landezone zu, den Golfplatz von Mount Irvine Bay. Etwa hundert Meter über dem Boden konzentrierte er sich auf die Stelle, wo er landen wollte – eine Rasenfläche. In drei Meter Höhe zog er fest an beiden Steuerschlaufen, vollführte einen perfekten Flare und landete mit leichtem Laufschritt.

Von zehntausend Metern in weniger als drei Minuten auf Meereshöhe. Einfach unglaublich.

★ ★ ★

Juan Montez de Oca streifte die Latexhandschuhe ab und wusch sich in dem Marmorbecken die Hände. Sein luxuriös ausgestattetes Bad entlockte ihm ein Lächeln. Zehn Jahre. So lange hatte es gedauert, bis er seinen Reichtum wiederhergestellt hatte. Der Regimewechsel in Nicaragua hatte ihn seine Karriere beim Militär und sein Ansehen gekostet und ihm nichts weiter gelassen als die Kleider, die er am Leibe getragen hatte. In letzter Minute gelang ihm die Flucht nach Honduras. Dass er den beschwerlichen Dreihundert-Kilometer-Marsch durch unwegsamen Dschungel überlebt hatte, verdankte er allein seiner Fitness, Ausdauer und seinem Wissen darüber, wie man in der Wildnis überlebt. Alles Eigenschaften und Fähigkeiten, die er sein Leben lang kultiviert hatte. Schwächere Männer überlebten diese Strapazen nicht.

Zu allem Übel hatte das neue Regime seinen gesamten Besitz und seine Bankkonten gestohlen und beschlagnahmt. Aber inzwischen, ganze zehn Jahre später, hatte er sein früheres Leben und seinen Status wiederhergestellt. Noch ein Jahr, und er würde genug haben, um sich zur Ruhe zu setzen und ein sorgenfreies Leben zu genießen. Das Anhäufen von Geld bereitete ihm keinerlei Schuldgefühle. Immerhin hatte er einem Waisenhaus auf Trinidad großzügige Summen gespendet, weitaus mehr, als ein Durchschnittsbewohner dieses karibischen Inselstaats in zehn Jahren verdiente. Sein Herz für obdachlose Kinder kam daher, dass er selbst ohne Eltern aufgewachsen war.

Er löste das elastische Band, das den Pferdeschwanz zusammenhielt und schüttelte seine schwarzen Haare aus. Mit seinem für einen Latino hellen Teint und den haselnussbraunen Augen wirkte Montez trotz seiner fast fünfzig Jahre immer noch attraktiv auf junge Frauen.

Das Verhör in der Nacht hatte brauchbare Ergebnisse geliefert. Es war ihm endlich gelungen, sein neuestes Opfer zu brechen und ihm wertvolle Informationen zu entlocken. Von seinem Wohnzimmer aus erledigte er einen Anruf über eine verschlüsselte Telefonverbindung, gab die frisch gewonnene Information weiter und traf Vorkehrungen, um sein Opfer verschwinden zu lassen. Das Gespräch endete abrupt, was ihn ein wenig irritierte. Er konnte seine Kontaktperson nicht ausstehen. Anscheinend würde man ihm diese Woche keine weiteren Opfer schicken. Egal, dachte Montez. Er würde die Pause zum Lesen nutzen.

Montez holte seine Heckler & Koch P30 aus dem Arbeitszimmer und gelangte durch eine Tür zu der Treppe, die in den Keller führte. Unten angekommen, öffnete er eine zweite Tür, worauf ihm ein übler Geruch entgegenschlug – eine Mischung aus Blut und Ausdünstungen von ungewaschenen Obdachlosen. Ekelhaft, aber verständlich. Er machte dem Mann keinen Vorwurf deswegen, denn er konnte nichts dafür. Wenn man einen Menschen brechen wollte, gehörte es dazu, dass man ihm jede Hygiene verweigerte.

Er kam ins Innere des Raums, der nur aus kahlen Betonwänden bestand, und betätigte den Lichtschalter.

Boden, Wände und Decke waren mit Plastikfolien von der Art ausgekleidet, mit denen Maler Möbel abdecken. Zahllose Blutspritzer vermittelten einen Eindruck davon, was sein Gefangener während der letzten drei Tage durchgemacht hatte. In einer Ecke lagen die Überreste eines geschlachteten Tieres, dessen erblindete Augen milchig trüb waren. Auf der anderen Seite des Raums stand ein Dreifuß mit einer darauf montierten Videokamera.

Der Gefangene war auf einem blutbefleckten Stuhl fixiert und stöhnte mit geschlossenen Augen.

»Es ist vorbei«, sagte Montez. »Sie haben sich tapfer geschlagen und brauchen sich nicht zu schämen. Ich werde Sie jetzt losbinden. Wenn Sie Widerstand leisten oder versuchen, mich anzugreifen, begrabe ich Sie zusammen mit dem Tierkadaver. Sie werden dann in alle Ewigkeit Ihr Grab mit ihm teilen.«

Seinem Gefangenen den Respekt zu erweisen, den dieser verdiente, war ein gewisses Risiko. Wenn er dem Mann erlauben wollte, das Gebet vorschriftsgemäß durchzuführen, musste er ihn von dem Stuhl losbinden. Aber das würde er nur in Anwesenheit eines seiner Leibwächter tun. Obwohl der Gefangene völlig am Ende seiner Kräfte schien, legte Montez stets Wert darauf, auf Nummer sicher zu gehen. Menschen in diesem Zustand waren unberechenbar. Zwei Jahre zuvor hatte er bei einem weiblichen Opfer nicht die nötige Vorsicht walten lassen. Die tiefe ovale Bisswunde an seinem linken Unterarm war ihm eine mahnende Erinnerung. Zur Strafe hatte er dieser widerspenstigen Frau sämtliche Zähne mit einer Zange gezogen. Ihre schrillen, hysterischen Schreie waren furchtbar, aber er musste ein Exempel statuieren. Montez zeigte seitdem anderen Gefangenen viele Male die Videoaufnahme dieser Aktion, damit sie wussten, was ihnen drohte, sollten sie auf dumme Gedanken kommen.

»Ich komme in ein paar Minuten wieder. Machen Sie sich bereit.«

★★★

Ramsland zog an der rechten Steuerschlaufe, worauf der Fallschirm in sich zusammenfiel, und kniete sich auf den Rasen. Er stellte die Helligkeit des Nachtsichtgeräts auf volle Stärke und suchte seine Umgebung in einem 360-Grad-Winkel nach Anzeichen ab, ob ihn jemand gesehen hatte. Aber es war vollkommen still. Weder Liebespärchen, die zu später Stunde unterwegs waren, noch streunende Hunde. Er rollte den schwarzen Nylonstoff zusammen und eilte auf einen mächtigen Baum zwischen zwei Rasenflächen zu. Dort verharrte er reglos und blickte sich noch einmal in alle Richtungen um. Nichts bewegte sich.

Er ließ den Rucksack von den Schultern gleiten, holte den Ghillie-Tarnanzug heraus und zog ihn an. Ohne den Blick zu senken, stopfte er den Fallschirm in den Rucksack und zog den mit Wachs präparierten Reißverschluss lautlos zu. Das Adrenalin pumpte immer noch durch seine Adern und er hielt einen Augenblick inne, um sich zu sammeln. Der Fallschirmsprung aus dieser gewaltigen Höhe hatte seine Nerven stärker strapaziert, als er zugeben wollte. Er hasste das Gefühl der Hilflosigkeit. Und jetzt, da er wieder festen Boden unter den Füßen hatte, bereitete ihm die Vorstellung Kummer, gefangen genommen und gefoltert zu werden. Sollte es jemals so weit kommen, würde er sich diesem Albtraum durch Selbstmord entziehen – vorausgesetzt, er hatte die Gelegenheit dazu.

Er schwenkte das Visier seines Nachtsichtgeräts nach oben, holte den Wärmebildsensor aus der Hüfttasche und suchte die Umgebung ab. Keine warmen Körper in Reichweite des Geräts. Bis jetzt war alles gut gegangen. Der Wärmebildsensor funktionierte bei diesen schwülen Temperaturen nicht gerade optimal, aber es war besser als nichts. Er wechselte zurück zum Nachtsichtgerät und folgte der nächsten Rasenfläche nach Süden. Eigentlich bewegte er sich ungern durch offenes Gelände, jedoch ging er davon aus, dass niemand seine Ankunft bemerkt hatte. Zwischen den Rasenflächen standen ein paar kleinere Bäume, und er wich ein wenig von seiner anvisierten Route ab, um sie als Deckung zu nutzen. Alle fünfzehn Meter blieb er stehen und vergewisserte sich, dass ihm niemand folgte. In ein paar hundert Meter Entfernung bellte ein Hund. Sein Besitzer rief etwas und das Tier verstummte. Ramsland sog die Luft in seine Nasenlöcher, roch aber nichts außer frisch gemähtem Gras und etwas anderem, wahrscheinlich Stickstoffdünger.

Er schaute auf seine Armbanduhr: 1.34 Uhr. Bis zur Evakuierung blieben ihm weniger als drei Stunden. Wenn er den vereinbarten Treffpunkt in der Grange Bay nicht auf die Minute pünktlich erreichte, würde sich das Team der SEAL-Spezialeinheit der US Navy ohne zu zögern aus dem Staub machen und ihn zurücklassen. In diesem Fall müsste er die Zielperson an einem sicheren Ort bewachen und vierundzwanzig Stunden auf einen neuen Evakuierungsversuch warten. Sein Befehl für den Fall, dass dieser ebenfalls scheiterte, lautete, vor Ort auszuharren, bis man ihn kontaktierte. Er machte sich keine großen Sorgen. Als Afroamerikaner würde er unter den Einheimischen nicht auffallen und außerdem war Englisch hier Amtssprache. In seinem Rucksack lagen eine Ersatzgarnitur Kleider, gefälschte Papiere samt Reisepass sowie zweitausend Dollar Bargeld.

Er holte die mit einem Schalldämpfer versehene Beretta M9A1 aus der Hüfttasche und arbeitete sich in das Wäldchen südlich des Golfplatzes vor. Von dort aus ging es leicht bergauf Richtung Zielort. Dank seines Nachtsichtgeräts konnte er Hindernissen und Gegenständen ausweichen, die Lärm gemacht hätten. In seinem Ghillie-Tarnanzug, und noch dazu bei Nacht, war er so gut wie unsichtbar. Er bewegte sich langsam und vorsichtig vorwärts und sah sich immer wieder nach links, rechts und nach hinten um. Nach einem kurzen Blick auf den GPS-Empfänger nahm er eine leichte Kurskorrektur in Richtung Südosten vor.

Das Anwesen musste jetzt jeden Moment in seinem Blickfeld auftauchen. Da … die Mauer. Weiß verputzt. Drei Meter hoch. Wenn seine Informationen stimmten, befanden sich die Überwachungskameras an gegenüberliegenden Abschnitten der fünfzig Meter langen Mauer. Er verlangsamte sein Tempo auf einen Schritt alle fünf Sekunden. Entlang der Mauer verlief ein Streifen ohne Vegetation – eine Art Burggraben, nur ohne Wasser. An der Ostseite erblickte er etwas, das ihm nützlich sein konnte – einen Baum mit mehreren dicken Ästen, die über die Mauer hingen. Er hielt auf die Stelle zu, richtete das Nachtsichtgerät auf den Baumstamm und zoomte ihn heran. Gut, wenigstens keine Ameisenkolonie. Allerdings würde es nicht leicht werden, an dem glatten Stamm emporzuklettern – und dann waren da noch die zwei Dobermänner auf der anderen Seite. Vor Menschen konnte er mit seiner Tarnung unentdeckt bleiben, aber nicht vor Hunden.

Er benutzte den Knotenstock eines abgebrochenen Astes als Steighilfe und hievte sich hoch. Für einen Augenblick hielt er völlig still, die Arme um den Baumstamm geschlungen. Nichts rührte sich. Der nächste Griff war außer Reichweite. Er musste nach links springen und einen Ast mit beiden Händen packen. Wenn er ihn verfehlte und stürzte? Er hatte keine Angst, dass die Wachmänner ihn hörten; es ging ihm nur um die Hunde. Er war schon auf Dutzende von Bäumen geklettert, viele davon schwieriger als dieser hier. Er verließ sich auf sein Training und stufte das Risiko als vertretbar ein.

Ramsland sprang und griff nach dem Ast, aber der zitterte mehr als erwartet.

Einen Augenblick hing er daran und lauschte, ob die Hunde ihn gehört hatten. Nichts. Er schwang ein Bein über den Ast und zog sich hoch. Die Hüfttasche drückte gegen seinen Bauch, also rückte er sie zurecht, bis sie auf der rechten Hüfte zu liegen kam. Er lag vollkommen still und reglos da und ließ seinen Blick über den Garten und die Umgebung des Schwimmbeckens schweifen. Ein luxuriöses Anwesen, der Besitzer eindeutig jemand mit dickem Bankkonto. Ein paar größere Bäume verdeckten teilweise das Haus, an dessen Westseite hinter einigen Fenstern Licht brannte. Drinnen jedoch keine Bewegung, soweit er sehen konnte. Auch der Garten wirkte verlassen. Wo waren die Wachmänner mit ihren Hunden? Geheimdienstinformationen, die im Vorfeld einer Operation eingeholt wurden, waren selten perfekt, aber das hier passte irgendwie nicht. Ramsland nutzte die Situation, indem er langsam auf dem Ast vorwärtskroch, bis er sich direkt über der Mauer befand. Die Kameras zu beiden Seiten des Anwesens zeigten nach außen und sahen nicht so aus, als wären sie schwenkbar.

Die Tatsache, dass die Hunde nirgendwo zu sehen waren, beunruhigte ihn. Er suchte das Grundstück mit dem Wärmesensor ab, für den Fall, dass sie von Büschen verdeckt waren. Nichts. Wo waren sie nur?

Die Antwort kam in Form von Gelächter. Ramsland sah, wie zwei Männer in kurzen Hosen, T-Shirts und Laufschuhen auf der anderen Seite des Gartens auftauchten, begleitet von zwei angeleinten Hunden. In den Hüftholstern beider Männer steckten Handfeuerwaffen. Er folgte ihnen mit seinem Blick – sie gingen zum Schwimmbecken, setzten sich dort hin und ließen die Hunde los. Einer zündete sich eine Zigarette an und machte eine lässige Handbewegung. Außer Gelächter bekam Ramsland von ihrer Unterhaltung nichts mit. Die beiden verhielten sich wie blutige Anfänger.

Er sah sich um und legte sich einen Plan zurecht. Eine gestutzte Hecke entlang der Mauer parallel zum Betonweg schirmte das untere Drittel der Mauer vor Blicken ab und bot einem Eindringling Deckung. Durch Lücken in der Hecke konnte man über Plattenwege, die von Farnen gesäumt waren, zum Schwimmbecken gelangen.

Mit seinem Predator-Messer schnitt Ramsland ein Stück von dem Ast ab, ließ es auf den Boden fallen und beobachtete die Dobermänner. Das Holz schlug kaum hörbar auf. Die Hunde spitzten gleichzeitig die Ohren, kamen aber nicht näher. Die Wachmänner schenkten den Reaktionen der Tiere keine Beachtung, und Ramsland sah auch, warum. Beide tranken aus einer kleinen Schnapsflasche, die sie miteinander teilten. Er schnitt ein größeres Stück Holz ab und warf es hinunter.

Diesmal funktionierte der Trick.

Die Hunde liefen auf die Mauer zu.

Ramsland hörte, wie einer der Wachmänner ihnen nachrief: »Hey, wo wollt ihr hin?«

Der andere machte eine beschwichtigende Handbewegung. »Ach, die gehen wahrscheinlich nur einen Haufen setzen.«

Ramsland blickte auf die Hunde, stieß das Messer in den Ast und lehnte sich nach links, um an die Betäubungspistole mit Laser-Zielvorrichtung in seiner Hüfttasche zu kommen. Das Geräusch der Hundekrallen auf dem Betonweg wurde lauter. Der erste Hund schnüffelte an dem großen Stück Holz und knurrte leise. Ramsland zielte auf den Rücken des Tiers und drückte ab. Der zweite Hund zuckte zusammen, als er das Jaulen seines Gefährten hörte. Ramsland lud einen weiteren Pfeil und schoss auf den zweiten

Hund, der nun ebenfalls jaulte. Er steckte die Betäubungspistole weg und nahm die Beretta an sich.

Einer der Wachmänner blickte in Ramslands Richtung. »Was war das? Hast du was gehört?«

Sein Partner nahm einen Schluck aus der Flasche und wischte sich über den Mund. »Nein, und du auch nicht.«

»Sancha! Teva!«

»Lass sie in Ruhe.«

»Sancha! Teva! Hierher!«

Der Wachmann fluchte und erhob sich. »Komm, wir schauen lieber mal nach, was sie dort machen.«

»Du siehst Gespenster.«

»Setz deinen Arsch in Bewegung und komm mit.«

»Okay, schon gut. Bloß keinen Stress.«

Ramsland beobachtete, wie die Wachmänner auf dem Plattenweg näher kamen und an der Mauer nach links gingen.

Der Faulpelz sagte: »Ich sehe nichts. Wir hätten Taschenlampen mitnehmen sollen.«

»Sancha! Teva!«

Kommt nur näher …

Wachmann Nummer eins stolperte über einen der Hunde und fiel auf den zweiten. »Was ist hier los, verdammt noch mal?«

Im grünen Licht des Nachtsichtgeräts sah Ramsland alles sehr deutlich. Er zielte mit dem Laser auf den Kopf des ersten Wachmannes und drückte ab. Das Unterschallgeschoss leistete ganze Arbeit. Für den Bruchteil einer Sekunde erstarrte der Mann, fiel gegen die Mauer und rutschte daran herab.

»Genaro!« Der zweite Mann griff nach seiner Pistole, war jedoch nicht schnell genug.

Ramslands zweite Kugel durchschlug scinen Schädel und trat beim Kinn wieder aus.

Den Rest erledigte die Schwerkraft.

Ramsland steckte die Beretta in die Hüfttasche und das Messer in die Wadenscheide, ließ sich vom Baum auf die Mauer herab, duckte sich und spähte in Richtung Haus.

Er wartete dreißig Sekunden.

Keine Bewegung. Stille.

Um keine Stiefelabdrücke zu hinterlassen, ließ er sich an den Armen herabhängen, ohne die Mauer mit den Füßen zu berühren. Er ließ los, sprang den restlichen halben Meter nach unten und federte die Landung mit angewinkelten Knien ab. Er duckte sich hinter der Hecke und zog den toten Wachmann vom ersten Hund weg. Er berührte das Tier sanft an der Schulter, entfernte den Pfeil, brach die Nadel ab und verstaute ihn in der Hüfttasche. Dasselbe wiederholte er bei dem zweiten Hund. Beide Tiere würden in ein paar Stunden wieder zu sich kommen. Die Wachmänner hatten nicht so viel Glück.

Ramsland nahm das Funkgerät eines Wachmannes an sich, stellte die Lautstärke auf null und befestigte es an seiner Hüfttasche unter dem Ghillie-Tarnanzug. Er blickte durch das Nachtsichtgerät und schlich in geduckter Haltung an der Mauer entlang bis zum westlichen Ende des Grundstücks, wo sie im rechten Winkel nach Süden abbog. Von da an bewegte er sich parallel zur Mauer durch einen mit Farnen und kleinen Palmen bewachsenen Landschaftsgarten. In der Nähe des Hauses klappte er das Visier des Nachtsichtgeräts nach oben, da er es hier nicht mehr brauchte. Dutzende von kleinen solarzellenbetriebenen Gartenlampen säumten den Fußweg und spendeten ausreichend Licht.

Ramsland wollte den dritten Wachmann ins Freie locken, ohne Verdacht zu erregen. Zwei Ausgänge führten in den Bereich des Gartens, wo sich das Schwimmbecken befand: die Glasschiebetür in der Mitte des Hauses und eine Seitentür direkt vor ihm. Er wusste nicht genau, wie viel Zeit er hatte. Wenn der dritte Wachmann über die Kameras gesehen hatte, wie seine Kollegen zur Mauer gegangen waren, würde er bald rauskommen und nachsehen, wo sie blieben.

Ramsland betätigte mehrmals hintereinander die Sprechtaste des Funkgeräts und versuchte, so gut er konnte, den Akzent des zweiten Wachmanns zu imitieren. »Kannst du mir 'ne Schachtel Zigaretten bringen?«

Ein paar Sekunden später kam die Antwort. »Wiederholen. Die Verbindung ist schlecht.«

Ramsland sagte noch einmal dasselbe und fügte hinzu: »Mir ist das Funkgerät runtergefallen.«

Der Ton des anderen klang verärgert. »Bin gleich da.«

Würde er durch die Glasschiebetür oder die Seitentür kommen? Ramsland wartete einen Augenblick und rannte zur hinteren Hauswand. Er konnte nur hoffen, dass der Wachmann sofort seinen Platz vor den Monitoren verlassen hatte. Wenn nicht, standen seine Chancen schlecht, denn dann hatte der Mann ihn gesehen.

Ramsland würde es früh genug erfahren.

Wenn der Wachmann durch die Glasschiebetür kam, bedeutete das einen Schuss aus fünfundzwanzig Meter Entfernung. Das war machbar, aber nur, wenn er auf die Körpermitte zielte. Einen Kopfschuss durfte er nicht riskieren. Aus taktischen Gründen war es ratsam, die Distanz um die Hälfte zu verringern. Ramsland duckte sich und schlich unter den Fenstern an der Wand entlang auf die Schiebetür zu.

Im selben Moment erhielt er die Antwort auf seine Frage.

Die Seitentür, die jetzt hinter ihm lag, öffnete und schloss sich wieder.

Ramsland fuhr herum und zielte mit der Beretta auf die Ecke des Hauses.

Ein über hundertfünfzig Kilo schwerer Mann in Flip-Flops, Bermuda-Shorts und einem weißen Muskelshirt kam um die Ecke und erstarrte, als er den Eindringling sah.

Ramsland zielte mit dem Laser auf die Stirn des Mannes und drückte ab. Der rote Punkt verwandelte sich in ein rotes Loch. Der Koloss fiel der Länge nach hin, zuckte noch ein paar Sekunden und war dann still.

Drei Schüsse, drei Tote.

Ramsland legte das Funkgerät weg, das er dem ersten Wachmann abgenommen hatte, und schlich an dem Toten vorbei.

An der Seitentür angekommen, legte er den Ghillie-Anzug und den Rucksack ab und rief sich den Grundriss des Hauses in

Erinnerung. Hinter der Tür lag ein Arbeitszimmer, anschließend kamen eine Bibliothek, ein großes Wohnzimmer und eine Küche. Im Westflügel führte ein breiter Flur zu fünf Gästezimmern, jedes mit eigenem Bad. Der Sicherheitsraum mit den Bildschirmen, die die Aufnahmen der Überwachungskameras zeigten, lag im ersten Zimmer rechts. Eine Gästetoilette war gleich daneben. Die Tür, durch die man in den Keller gelangte, verbarg sich in einem Kleiderschrank neben dem Eingang zum Wohnzimmer.

Die Zeit drängte – Ramsland wusste nicht, wie lange es dauern würde, bis seine Zielperson die Abwesenheit seiner Männer bemerkte, und ob er sich überhaupt im Haus aufhielt. Alles war möglich. Viele Fragen, keine Antworten. Es gab nur eine Möglichkeit, es herauszufinden.

Ramsland streckte die Hand nach dem Türgriff aus.

★★★

Montez betrat das Wohnzimmer und wandte sich dem Flur zu, der zu den Gästezimmern führte. »Raul, ich brauche dich. Sofort.«

Keine Antwort.

»Raul? Bist du da?«

Stille.

Montez ging zum Sicherheitsraum. Leer. Ebenso die Gästetoilette. Montez warf einen Blick auf die Monitore. Von seinen Leuten keine Spur. Er wusste, dass Raul rauchte. Vielleicht war er zu den anderen ans Schwimmbecken gegangen. Die Stelle gleich neben dem Haus, wo die Männer gewöhnlich standen, wenn sie rauchten, lag im toten Winkel der Überwachungskameras. Montez ging durchs Wohnzimmer und sah sich nach allen Seiten um, bevor er durch die Glasschiebetür hinaus in den Garten spähte. Nichts.

Der Gedanke, völlig allein zu sein, machte ihn nervös. Er nahm einen kleinen Gegenstand vom Couchtisch, der wie eine Fernbedienung aussah. Dann trat er wieder an die Schiebetür und ließ den Blick durch den Garten schweifen.

Wo steckten die Kerle nur? Wahrscheinlich führten sie die Hunde spazieren. Er hatte ihnen eingeschärft, ihre Routen regelmäßig zu ändern, damit es keine erkennbare Routine gab. Und er hatte besonders darauf bestanden, dass sie nicht mit beiden Hunden gleichzeitig gingen. Er seufzte. Es war nicht leicht, gute Mitarbeiter zu finden – oder zumindest solche, auf die er sich verlassen konnte.

★★★

Das nur von einer Schreibtischlampe spärlich beleuchtete Arbeitszimmer machte Ramsland nervös. Er arbeitete nur ungern im Inneren von Gebäuden – es war nicht seine Komfortzone. Überall standen kantige Gegenstände im Weg herum. Er hatte schon überlegt, den Strom abzuschalten, aber das würde seine Zielperson augenblicklich alarmieren. Der Durchschnittsbürger betrachtete einen Stromausfall als lästige Störung, ein gut ausgebildeter Geheimagent reagierte völlig anders darauf.

Ramsland schlich zu der Doppeltür, die ins Wohnzimmer führte, und hörte eine Männerstimme, konnte das Gesagte jedoch nicht verstehen.

Ein paar Sekunden später ertönte dieselbe Stimme wieder. »Raul, ich brauche dich. Sofort.«

Ramsland lehnte sich an den Türpfosten und erstarrte. War dieser Mann seine Zielperson? Kam er ins Wohnzimmer? Die Stimme klang befehlerisch, aber das allein bewies nichts. Er brauchte eine visuelle Bestätigung.

Unweit der Tür zum Arbeitszimmer stand eine Palme in einem randvoll mit Torf gefüllten Keramiktopf. Leider war dieser zu niedrig, um ausreichend Deckung zu bieten. Ramsland schlich um die Palme herum und spähte vorsichtig um die Ecke. Gerade als er den Mann vor der Glasschiebetür als seine Zielperson erkannt hatte, drehte dieser sich um und blickte in Ramslands Richtung.

Ramsland zog den Kopf zurück. Aber war er schnell genug gewesen?

★★★

Montez drehte sich von der Glastür weg und nahm im selben Moment eine Bewegung im Arbeitszimmer wahr.

Er zog die Pistole und sagte in bewusst lockerem Umgangston: »Raul, komm raus. Mir steht heute nicht der Sinn nach solchen Spielchen.«

Aber Raul ließ sich nicht blicken.

Stattdessen tauchte ein Mann in der Uniform des US Marine Corps vor ihm auf. Er trug volle Kampfmontur und eine schusssichere Weste.

Montez duckte sich, schloss die Augen und drückte gleichzeitig zwei Tasten auf der Fernbedienung.

Sechs Zimmerpalmen explodierten, darunter eine bei der Tür zum Arbeitszimmer.

Die Blendschockgranaten detonierten mit ohrenbetäubendem Knall und grellen Lichtblitzen.

Der Soldat ließ sich auf ein Knie fallen und feuerte seine Waffe ab.

Hinter Montez zersplitterte die Glasschiebetür.

Montez wusste, dass sein Gegner ihn weder sehen noch hören konnte, sprang über die Ledercouch, warf sich auf den Boden und krümmte den Finger am Abzug. Eine panzerbrechende Kugel vom Kaliber .40 durchschlug die Schulter des Soldaten.

Der Mann rappelte sich stöhnend auf. Da er nach der Explosion der Blendschockgranate immer noch nichts sehen konnte, stieß er frontal gegen die geschlossene Tür zur Bibliothek und prallte daran ab. Er wirbelte herum und ballerte wild drauflos, bis sein Magazin leer war.

Sämtliche Schüsse verfehlten ihr Ziel.

Montez feuerte erneut und traf den Gegner in die Brust. Zu seiner Überraschung fiel der Soldat nicht um. Beeindruckt sah Montez zu, wie der Mann das leere Magazin auswarf und nach einem neuen griff. Der Kerl war verdammt gut und obendrein äußerst zäh. Eine Schande, dass er ihn töten musste. Er fragte sich, wie lange dieser Gegner verschärften Verhörmethoden standhalten würde. Bevor der Soldat das Ersatzmagazin einschieben konnte, schoss Montez ein drittes Mal.

Diese Kugel gab dem Angreifer den Rest.

Der Soldat fiel gegen die Tür, rutschte an ihr hinab und blieb sitzen. Sein Atem ging stoßweise, wie der eines vor Erschöpfung hechelnden Hundes. Er hustete Blut.

Montez näherte sich lautlos dem Eindringling und trat ihm die Waffe aus der Hand. Die schlug polternd auf dem Holzboden auf. Leider hatte er keine Zeit, den Mann einem längeren Verhör zu unterziehen. Er holte eine Spritze aus dem Kühlschrank, stieß dem Soldaten die Nadel ins Genick und verpasste ihm eine Dosis Thiopental. Der Mann schlug mit der Hand nach der Spritze, jedoch zu spät. Montez blickte in sein Gesicht und sah, wie sich darin ein friedlicher Ausdruck breitmachte.

»Das lindert den Schmerz. Sind Sie allein?«

Keine Antwort.

Montez trat einen Schritt zurück und fasste dem Mann ans Knie. »Meine Leute … haben Sie sie getötet?«

Wieder nichts.

»Sprechen Sie Englisch?«

»Ja.«

»Sie haben vielleicht noch eine Minute zu leben. Machen Sie sich keine Vorwürfe, das mit den Blendschockgranaten konnten Sie nicht wissen. Haben Sie eine Frau? Kinder?«

»Sie ist schwanger … unser Erstes.«

»Können Sie wieder normal sehen?«

Der Mann nickte.

»Gibt es irgendetwas, das Sie mir noch sagen möchten?«

»Ich habe …« Der Soldat hustete erneut Blut und schloss die Augen.

»Sie haben was?«

»Die Hunde … ich habe sie nicht getötet.«

»Sie haben ein Herz für Tiere?«

Der Soldat nickte.

Montez entschloss sich zu einer harmlosen Lüge. »Ich werde mich darum kümmern, dass sie ein gutes Zuhause finden.« Er trat einen Schritt zurück. »Das mit meinen Leuten … Sie haben getan, was Sie tun mussten. Genauso, wie ich es mit Ihnen gemacht habe.«

Wut kochte in Montez hoch, nicht auf den Eindringling vor ihm, sondern auf den schändlichen Verrat, den der Mann symbolisierte. Wer auch immer diese Aktion befohlen hatte, würde teuer dafür bezahlen.

Es würde nicht leicht sein, die Verantwortlichen zu finden, aber zumindest wusste er, wo er beginnen konnte.

KAPITEL 2

Special Agent in Charge Holly Simpson, Leiterin der FBI-Dienststelle in Sacramento, schüttelte den Kopf. Wie war es nur so weit gekommen? Und vor allem, wann? Ihr Büro sah aus wie ein gigantischer Papierkorb. Morgen würde sie ihre Assistentin bitten, ihr zu helfen, Ordnung in das Chaos zu bringen. Aber wo sollte sie beginnen? Auf ihrem Schreibtisch und in den Aktenschränken stapelten sich Mitteilungen, ausgedruckte E-Mails, Berichte für das National Crime Information Center (NCIC), die zentrale Datenbank zur Erfassung und Dokumentation von Verbrechen sowie Tatortfotos und ungeöffnete Post. Das Ergebnis? Ein fürchterliches Chaos. Ab morgen würde sich das ändern.

Etwas anderes gab ihr zu denken. Etwas, das ihr heute Morgen aufgefallen war – die Ringe unter den Augen und die Fältchen. Hatte sie die bereits letztes Jahr gehabt, als sie vierzig wurde? Gott sei Dank halfen ihre dunklen Haare und haselnussbraunen Augen, die Spuren des Alterns zumindest teilweise zu kaschieren. Fairerweise ließ sich dieses beschleunigte Älterwerden zumindest zum Teil auf den tragischen Bombenanschlag auf ihre Dienststelle zurückführen. Bei dem hatte es vierundzwanzig Tote und fünfundfünfzig Schwerverletzte gegeben – viele davon würden nie wieder arbeiten können. Holly selbst wäre beinahe ums Leben gekommen. Wäre der Gegenstand, der sie am Kopf getroffen hatte, mit größerer Wucht aufgeprallt, läge sie jetzt unter der Erde, anstatt sich über das Durcheinander in ihrem Büro Gedanken zu machen. Da war Letzteres deutlich angenehmer.

Holly blickte auf die Uhr an ihrem Computer. 21.08 Uhr. Was mache ich eigentlich zu dieser späten Stunde noch hier? Sie checkte ihre E-Mails zum zwanzigsten Mal an diesem Tag. Nichts von Nathan. Wann hatte er sich das letzte Mal gemeldet? Letzte Woche? Mach dir keinen Kopf deswegen, er hat nun mal viel zu tun in seiner Sicherheitsfirma. Es hat nichts zu bedeuten.

Weiter unten in ihrem Posteingang befand sich eine Mitteilung von der Behavioral Analysis Unit, der Abteilung für operative Fallanalyse des FBI in Quantico, Virginia. Holly klickte sie zweimal an, las den Inhalt und scrollte hinunter zu den angehängten Fotos.

Erschrocken hielt sie sich die Hand vor den Mund. »Nathan …«

★★★

Nathan McBride streckte seinen 1,95 m langen und 110 Kilo schweren Körper und gähnte. Sämtliche Muskeln schmerzten nach drei Stunden Schwerstarbeit im Garten. Mit einer Bodenfräse hatte er seinen Blumenbeeten über zweihundert Kilo Mulch beigemischt. Zu allem Überfluss hatte er auch noch den Fehler gemacht, mit nacktem Oberkörper zu arbeiten, ohne sich mit Sonnenschutzmittel einzucremen. Der daraus resultierende Sonnenbrand ließ das Rautenmuster der Narben auf seiner Haut noch deutlicher hervortreten: grässliche Andenken an seine Gefangenschaft und Folter in Nicaragua vor vierzehn Jahren. Sein Peiniger hatte auch vor Nathans Gesicht nicht Halt gemacht. Leuten, die ihn ansahen, fiel nach der Überwindung anfänglicher Erschütterung eine gewaltige Narbe in Form eines *N* auf. Diese Spuren ließen sich nicht beseitigen. Ein Schönheitschirurg hatte zwar einige Verbesserungen vorgenommen, aber man musste fast blind sein, um die Narben zu übersehen.

Nathan drückte die Ein/Aus-Taste der Fernbedienung und genoss die Stille. Er hatte sich gerade den Horrorfilm *The Shining* nach dem gleichnamigen Roman von Stephen King angesehen. Trotz der düsteren Stimmung und der stellenweise blutrünstigen Szenen gefiel ihm der Film, vor allem das Ende, wo der kleine Junge seinen besessenen Vater austrickst. Wenigstens kamen die Guten mit dem Leben davon. Wenn es in der wirklichen Welt nur auch so wäre …

Sein Handy klingelte.

»Nathan, ich bin's.«

»Hi, Holly.«

»Es ist etwas passiert. Etwas, das du dir anschauen solltest.«

Nathan konnte sich ein Lachen nicht verkneifen. »Okay …«

»Wann kannst du hier sein? Die Sache ist ernst.«

Er konnte es an ihrer Stimme hören. »In fünf Stunden. Ich lande auf dem Sacramento Executive Airport. Gleiche Stelle?«

»Ja.«

»Holly, was ist los?«

»Komm bitte so schnell wie möglich.«

»Bist du irgendwie in Gefahr?«

»Nein, nichts dergleichen.«

»Holly …«

Sie antwortete nicht.

»Bin schon unterwegs.«

Nathan ging ins Bad, wo er sich Wasser ins Gesicht spritzte, die Zähne putzte und auf die Toilette ging. Dann holte er seine reisefertig gepackte Tasche aus dem Wandschrank im Flur und befestigte das Handy am Gürtel. Zwei Minuten, nachdem er das Telefongespräch beendet hatte, aktivierte er die Alarmanlage und trat durch die Tür, die in die Garage führte. Die Art und Weise, wie Holly geklungen hatte, gefiel ihm nicht. Verzweifelt und verängstigt: Was konnte ihr derart unter die Haut gegangen sein? Immerhin war sie eine langjährige, erfahrene FBI-Agentin und obendrein Dienststellenleiterin. Nathan bezweifelte, dass es viel gab, das sie erschüttern konnte. Aber genau so hatte sie geklungen.

Was auch immer geschehen war, schien ihr wichtig genug, dass sie Nathan bat, alles stehen und liegen zu lassen und mitten in der

Nacht über 700 Kilometer zu fliegen. Er überlegte, wie er es am geschicktesten anstellen sollte. Nachts flog er nur ungern mit dem Hubschrauber. Der Luftraum über der Interstate 5 war zwar eine verhältnismäßig sichere Flugroute, aber wehe, wenn bei seinem Hubschrauber der Motor ausfiel.

Er fuhr seinen Ford Mustang rückwärts aus der Garage und blickte auf die Uhr am Armaturenbrett. 21.12 Uhr. Vielleicht sollte er Harv anrufen. Wenn sein bester Freund und Geschäftspartner Wind davon bekam, dass Nathan allein durch das Los-Angeles-Becken flog – und noch dazu bei Nacht –, würde es mächtig Ärger geben.

»Hi, Nathan.« Harvs Baritonstimme war trotz des schlechten Handyempfangs deutlich zu hören.

»Entschuldige bitte, dass ich noch so spät anrufe.«

»Das macht doch nichts. Was gibt's?«

»Holly hat vorhin angerufen und gesagt, ich soll sofort nach Sacramento fliegen.«

»So wie du dich anhörst, geht es ihr nicht darum, dass du mal schnell auf einen Sprung vorbeischaust.«

»Sie hat geklungen, als hätte sie Angst, Harv.«

»Wovor?«

»Das wollte sie am Telefon nicht sagen. Ich hoffe doch, das ist kein Streich, den ihr beide miteinander ausgeheckt habt?«

»Nein.«

»Ich bin auf dem Weg zum Montgomery Field Airport. Ich fliege nach Sacramento.«

»Aber nicht ohne mich.«

»Harv, es ist mitten in der Nacht. Du hast eine Familie.«

»Na und?«

Nathan sah ein, dass sein Widerstand zwecklos war. Genau genommen hatte er mit Harvs Reaktion gerechnet und war insgeheim froh darüber. Zwei Augenpaare sahen nun einmal mehr als eins, vor allem bei Nacht. »Kannst du die Wetterdaten für die Flugroute über Fresno besorgen?«

»Kein Problem.«

»Ich lande beim Pologelände am Via de la Valle in Del Mar. Dort ist es stockdunkel.«

»Ich warte dort auf dich. Brauchen wir Spezialausrüstung?«

»Weiß ich nicht.«

»Ich werde vorsichtshalber einen Seesack mit dem Nötigsten packen. Wir sehen uns in vierzig Minuten.«

★★★

Nathan legte einen einwandfreien Anflug auf das Pologelände hin. Der Hubschrauber vom Typ Bell 407 machte einen Höllenlärm, aber Nathan dachte nicht darüber nach, ob er deswegen Ärger mit der Polizei bekommen würde. Von den Häusern auf dem Steilhang konnte man die Hecknummer seines Hubschraubers nicht einmal mit dem Fernglas erkennen. Und mal ganz davon abgesehen: Welchen Schaden richtete er an? Waren neunzig Sekunden Helikopterlärm wirklich ein solches Verbrechen?

Er setzte den Hubschrauber auf dem Boden auf und drosselte die Leistung der Turbinen. Plötzlich tauchte Harv mit einem Seesack auf der Schulter aus der Dunkelheit auf. Egal, wie oft er seinen Freund sah, Nathan staunte jedes Mal aufs Neue, wie geschmeidig sich der Mann bewegte, vor allem, wenn er lief. Wäre Harv nicht etwas über 1,85 m groß gewesen, hätte er ein Turner werden können. Nathan und Harv waren gleich alt und hielten sich beide topfit.

Nathan spürte, wie der Hubschrauber leicht zitterte, als Harv den Seesack in das Gepäckfach warf. Fünfzehn Sekunden später brachte er den Motor auf Touren. Sobald die Kufen sich vom Boden lösten, fuhr Nathan die Turbinen zu voller Leistung hoch und der Hubschrauber erhob sich. Als er eine Flughöhe von sechzig Metern erreicht hatte, schaltete Nathan die Navigations- und Positionsbeleuchtung ein und flog nach Westen in Richtung Interstate 5.

Harv setzte sich den Helm auf und schloss die Audiobuchse an.

Nathan stieg höher und flog parallel zum Freeway nach Norden, darauf achtend, dass er sich weit genug rechts vom Mittelstreifen hielt. Der Luftraum über den Autobahnen diente als Hubschrauberflugroute.

Harv faltete seine Flugnavigationskarte auf eine Größe von 30 x 30 Zentimeter zusammen und befestigte sie am Halteclip seines rechten Kniebretts. »Wir müssen in Fresno an den Selbstbedienungszapfsäulen auftanken.«

»Ich weiß, wo die sind.«

Für eine Weile breitete sich ein angenehmes Schweigen im Cockpit aus.

Schließlich sagte Harv: »Ich frage mich, was Hollys Anruf zu bedeuten hat.«

»Ich mich auch. Mir gefällt das nicht. Ich wollte, sie hätte mir wenigstens ein paar konkrete Anhaltspunkte gegeben.«

»Was auch immer es ist, es scheint wichtig zu sein. Vielleicht hat es mit dem Senatsausschuss deines Vaters zu tun.«

»Ja, daran hab ich auch schon gedacht, aber das hätte sie mir gesagt.«

»Ich bin froh, dass ihr beide wieder miteinander redet. Kandidiert er für eine weitere Amtszeit?«

»Was sind schon sechs Jahre mehr für einen Berufspolitiker?«

»Geht das für dich in Ordnung?«

»Und was, wenn nicht?«

Harv erwiderte nichts darauf.

Nathan gab die Frequenzen des McClellan-Palomar-Airports in das NavCom ein – in wenigen Minuten würden sie dessen Luftraum erreichen, und es war Pflicht, sich bei der dortigen Flugverkehrskontrollstelle zu melden.

»Wie hast du geschlafen?«, fragte Harv.

»Nicht besonders.«

»Hat es etwas mit Holly zu tun?«

»Sie hat einen Mann verdient, der sich binden will.«

»Ich glaube, du kannst davon ausgehen, dass sie im Augenblick keine feste Beziehung sucht.«

»Ich hab halt das blöde Gefühl, dass ich sie davon abhalte, jemand anders zu finden.«

»Wenn es Holly stören würde, hätte sie es dir längst gesagt.«

Nathan suchte den Himmel nach Signalleuchten von anderen Luftfahrzeugen ab.

»Mach dir keinen Kopf deswegen«, sagte Harv. »Ich glaube nicht, dass sie dich abblitzen lässt.«

»Das werden wir früh genug herausfinden.«

KAPITEL 3

Holly hörte den Hubschrauber, bevor sie ihn sah. Es war 2.25 Uhr. Nathan hatte seine Ankunftszeit ziemlich genau geschätzt. Der Rotorenlärm hallte von den umliegenden Hangars wider, als das Luftfahrzeug direkt über ihren Wagen flog und auf der hundert Meter entfernten Rollbahn aufsetzte. Bis der Motor heruntergefahren war, vergingen ein paar Minuten. Als der Hauptrotor zum Stillstand kam, kletterten Nathan und Harv aus dem Cockpit, nahmen ihre Pilotenhelme ab und streckten sich. Bevor sie den Hubschrauber hinter sich ließen, gab Nathan dem Rumpf einen liebevollen Klaps. Holly humpelte mithilfe ihres Gehstocks auf die beiden zu. Plötzlich überkamen sie Schuldgefühle, weil sie Nathan gebeten hatte, alles stehen und liegen zu lassen und hierherzukommen. Leider ging es nicht anders. Und dennoch: Als sie Nathan auf sich zukommen sah, fühlte sich alles, was sie ursprünglich zu sagen vorgehabt hatte, falsch an.

»Hi, Holly.«

Sie machte einen Schritt auf Nathan zu, hielt dann aber inne.

»Also dann«, sagte Harvey und nahm ihr den Gehstock ab, »steht nicht einfach herum, sondern umarmt euch.«

Was die beiden dann auch taten – für einen langen Augenblick. Als Holly losließ, fragte Nathan: »Was ist los? Ist etwas passiert?«

»Ich zeige es dir.«

Sie folgten ihr zum Wagen. Nathan nahm auf dem Beifahrersitz Platz, während Harv hinten einstieg. Holly schaltete die Innenbeleuchtung ein und holte einen braunen Umschlag aus der Aktentasche.

Sie zögerte. »Nathan, ich … ich weiß nicht, wie ich es dir schonender beibringen könnte. Es tut mir leid.« Sie zog ein Foto im Format 20 x 25 cm aus dem Umschlag und hielt es unter das Licht.

Harvey beugte sich vor, um besser sehen zu können. »Ach du Scheiße! Wo zum Teufel haben Sie das her?«

Nathan erstarrte und wirkte auf einmal wie gelähmt.

Holly begriff, dass er nicht nur so wirkte – er *war* gelähmt. Eine schreckliche Erinnerung aus seiner Vergangenheit hatte von ihm Besitz ergriffen und ihn in eine andere Welt zurückkatapultiert. Eine Welt voller Schmerzen und Demütigungen.

»Es tut mir leid«, sagte sie.

Nathan stieg aus und verschwand in der Dunkelheit.

Harvey legte eine Hand auf Hollys Schulter. »Lassen Sie ihn.«

»Harvey, das habe ich nicht gewollt.«

»Woher stammt das Foto?«

»Vom FBI. Es wurde an sämtliche Dienst- und Außenstellen versandt, weil die Sache nach einem Serientäter aussieht.«

»Ein Serienkiller?«

»Ja.«

»Wann?«

»Vor zwei Tagen.«

»Wo?«

»In Utah. Ein paar Austauschstudenten aus Australien hatten an einer abgelegenen Stelle am Lake Powell gezeltet, ein paar Kilometer von Bullfrog Bay entfernt. Plötzlich hörten sie ein Hausboot. Einer von ihnen hatte ein Nachtsichtgerät dabei, eins von der billigen Sorte. Gut genug, um zu sehen, wie ein menschlicher Körper ins Wasser geworfen wurde. Es war mitten in der Nacht, so gegen halb zwei. Daraufhin riefen sie den Notruf und haben den Vorfall gemeldet. Die Nationalparkverwaltung schickte bei

Tagesanbruch Taucher dorthin, die die Leiche bargen. Sie war in Maschendraht eingewickelt.«

Harv ließ die Information auf sich einwirken. Dann berührte er Holly am Arm. »Sie haben das Richtige getan, indem Sie uns benachrichtigt haben. Aber die Sache darf auf keinen Fall nach außen dringen. Niemand darf wissen, dass Nathan dieselben Markierungen an seinem Körper hat. Er schwebt sonst in Lebensgefahr.«

»Sie meinen, bei dem Mörder handelt es sich um den Mann, der Nathan in Nicaragua gefoltert hat?«

»Daran besteht kein Zweifel. Es ist seine unverwechselbare Signatur. Soweit wir wissen, ist Nathan der einzige Mensch auf der Welt, der Montez de Oca überlebt hat, und so soll es auch bleiben.«

KAPITEL 4

Nathan hatte ein Gefühl, als drehe sich ihm der Magen um, und er spürte, wie sich in seinem Innern seine dunkle Seite regte. Nein! Nicht hier. Nicht vor Holly. Er durfte es nicht zulassen. Sie durfte diesen Teil von ihm niemals zu Gesicht bekommen. Er verließ den Wagen und ging in Richtung der Hangars. Unterwegs holte er sein Handy hervor und tippte eine Nummer ein, die er auswendig wusste.

Die Stimme eines älteren Mannes erklang am anderen Ende. »Ich habe heute noch keinen Kaffee getrunken. Ich hoffe, Sie haben einen verdammt guten Grund.«

»Hier ist Echo fünf.«

Nathan wusste, dass er nun die volle Aufmerksamkeit von General Robert »Thorny« Hawthorne hatte. *Echo fünf* war sein alter Codename aus der Zeit seiner geheimen Einsätze in Nicaragua. General Hawthorne war damals sein kommandierender Offizier gewesen. Inzwischen war er Oberbefehlshaber des US Marine Corps. Nathans erfolgreiche Einsätze in Nicaragua hatten Thornys militärischer Laufbahn einen gewaltigen Schub verpasst. Zwischen den beiden herrschte ein unausgesprochenes Einverständnis darüber, dass jeder tief in der Schuld des anderen stand.

»Nun, Echo fünf, ich habe irgendwie das Gefühl, dass mir dieser Anruf nicht gefallen wird.«

»Ein alter Freund von uns aus Mittelamerika ist wieder aufgetaucht. Man hat eine Leiche mit seiner unverwechselbaren Signatur gefunden.«

Thorny erwiderte nichts.

»Sind Sie noch da?«, fragte Nathan.

»Ja.«

»Die Sache lässt sich womöglich nicht unter Verschluss halten.«

»Wir müssen uns treffen.«

»Das sehe ich auch so.«

»Heute noch«, sagte Thorny. »Ich verschiebe meinen Termin mit Generalleutnant Pearson, dem Oberbefehlshaber des Pazifikkommandos des US Marine Corps. Er wird nicht gerade erfreut darüber sein, er ist aber ein guter Mann und wird Verständnis haben. Ich komme zu Ihnen. Sie wissen, wo.«

»Ja.«

»Ich rufe Sie von unterwegs aus dem Flugzeug an und gebe Ihnen eine genaue Ankunftszeit durch. Stellen Sie sich schon einmal auf ungefähr zwölf Uhr ein.«

Nathan rechnete im Kopf nach und kam zu dem Schluss, dass er und Harvey spätestens um sieben Uhr vom Sacramento Executive Airport losfliegen mussten. Viel Schlaf würden sie heute Nacht nicht bekommen, wenn überhaupt. »Echo vier und ich werden da sein.«

»Sorgen Sie dafür, dass keiner von Ihnen gesehen wird.«

»Verstanden.«

»Zwölf Uhr.«

Nathan blickte zu Hollys Wagen hinüber. Bestimmt redete sie gerade mit Harv über ihn und verspürte bis zu einem gewissen Grad Angst – wahrscheinlich mehr als nur ein bisschen. Seine eigene Angst ging viel tiefer. Er wusste nicht, wie sich diese neue Situation auf ihn auswirken würde. Unter gar keinen Umständen wollte er einen Rückfall in den angeschlagenen Zustand erleben, der ihn beinahe in den Selbstmord getrieben hätte. Zum Glück war er vor vielen Jahren darüber hinweggekommen. Ohne Harvs bedingungslose und unverbrüchliche Freundschaft hätte er sein Leben höchstwahrscheinlich beendet. Harv hatte ihn zurück auf die richtige Bahn gebracht und seinem Leben wieder einen Sinn gegeben. Er hatte ihre Sicherheitsfirma gegründet, ihr Geld investiert und auf ihn aufgepasst. Nathan stand so tief in Harvs Schuld, dass zehn Leben nicht ausreichen würden, um es ihm jemals zurückzuzahlen.

Er schloss die Augen. Es war eine Sache, hinter verschlossenen Türen gefoltert zu werden – eine ganz andere dagegen, wenn dies in der Öffentlichkeit geschah, vor Frauen und Kindern, und noch dazu tagelang. Juan Montez de Oca hatte sich bei der Wahl seiner Methoden als besonders sadistisch erwiesen. Er hatte Dutzende von Dorfbewohnern zusammengetrieben und sie gezwungen, der Folterung seines Gefangenen beizuwohnen. Eines Tages schaute Montez mit unbeteiligter Miene dabei zu, wie einer seiner Söldner seine Fähigkeiten an Nathan demonstrierte – der Mann war nach eigenen Angaben ein Experte im Umgang mit der Peitsche. Die unbeschreiblichen Schmerzen und der Blutverlust hatten bei Nathan dazu geführt, dass in ihm eine dunkle Seite zum Vorschein trat, ein bösartiger Teil seiner Psyche, die er mangels eines besseren Ausdrucks als das andere Ich bezeichnete. Dieser hasserfüllte Teil seiner Persönlichkeit hatte es ihm ermöglicht, diese brutale, äußerst schmerzhafte und erniedrigende Behandlung vor den Bewohnern eines ganzen Dorfes – darunter Frauen und Kinder, die hemmungslos weinten – zu überstehen. Nach achtundzwanzig Peitschenhieben war Nathan dem Tod nahe gewesen und hatte aufgehört zu zählen.

Und jetzt, vierzehn Jahre später, verspürte er den unwiderstehlichen Drang, seine Wut in die Nacht hinauszuschreien, bis seine Kehle wund war.

Nein. Ich werde es nicht tun. Diesen Teil von mir habe ich längst überwunden.

Nathan lockerte seine Hände und atmete ruhiger.

Er durfte es nicht zulassen, dass Montez sein Leben, seine Freundschaft mit Harv und all das zerstörte, was sich zwischen ihm und Holly entwickelt hatte. Viele Male hatte er darüber fantasiert, Montez zu jagen und aufzuspüren, es aber nie wirklich versucht. Soviel er und Harv wussten, war sein früherer Peiniger vor über zehn Jahren spurlos verschwunden. Anscheinend hatte ihn sein eigenes Land ins Exil geschickt. Seitdem hatte man nie wieder etwas von ihm gehört.

Aber wenn Hollys Foto authentisch war, bedeutete dies, dass Montez wieder aufgetaucht war. Und nicht nur das – er war wieder aktiv und hatte ein neues Opfer gefoltert und getötet. Wahrscheinlich sogar mehrere.

Nathan konnte diese Tatsache nicht ignorieren. Andererseits ging er ein beträchtliches Risiko ein, sollte er sich auf Montez' Fährte setzen. Harv würde mit Sicherheit darauf bestehen, bei einer solchen Aktion mitzumachen. Durfte er das riskieren? Immerhin hatte sein Freund eine Frau und zwei Söhne.

Eins war jedoch sicher: Er durfte es nicht zulassen, dass Montez seine alte Tätigkeit wieder aufnahm. Harv würde ihm in dieser Sache uneingeschränkt beipflichten. O. k., aber alles der Reihe nach. Erst einmal mussten sie Montez finden.

★★★

Holly spähte in Richtung der Hangars. »Wie lange wird er noch dort bleiben?«

»Wenn er allein wäre«, sagte Harv, »könnte es mehrere Stunden dauern. Aber so lange wird er uns nicht warten lassen. Wie ich ihn kenne, lässt er sich gerade eine Reihe von Szenarien durch den Kopf gehen. Überlegungen der Art: Was wäre, wenn? Wenn dies eintritt, mache ich das. Außerdem gehe ich jede Wette ein, dass er eine ganz bestimmte Person anruft.«

»Wen?«

»General Hawthorne.«

»Den Oberbefehlshaber des Marine Corps?«

»Ja, genau. Unser ehemaliger kommandierender Offizier. Er hat uns bei der Sache mit den Bridgestones geholfen, indem er uns mit wichtigen Informationen aus Unterlagen des Verteidigungsministeriums versorgt hat.«

Holly erinnerte sich daran. »Was können Sie mir über Nicaragua erzählen? Und über den Mann, der das getan hat?«

Harv seufzte. »Wir nannten ihn damals Monty, die Gans, aber sein vollständiger Name lautet Oberst Juan Montez de Oca. *Oca* ist das spanische Wort für *Gans*. Nathan dachte sich diesen Spitznamen aus, um ihn zu provozieren. Montez hat den Namen gehasst.«

»Warum hat Nathan es darauf angelegt, ihn wütend zu machen?«

»Folter hat zwar etwas mit körperlichen Schmerzen zu tun, ist aber in erster Linie ein Psychospielchen. Ein Opfer mit ausgeprägter Willenskraft kann gegenüber seinem Peiniger das Blatt wenden, zahlt aber in der Regel einen hohen Preis dafür.«

»Wollen Sie damit sagen, dass Nathan mit Absicht seine Lage verschlimmert hat?«

Harvey setzte sich nach vorne zu Holly. »Ich will damit sagen, dass er es sich hätte einfacher machen können. Hat er aber nicht.«

»Montez hat es nicht geschafft, ihn zu brechen?«

»Nicht vollständig. Nathan hat immer wieder seine Story geändert. Montez hat aus ihm nie die Wahrheit herausbekommen, nicht einmal seinen richtigen Namen. Aber selbst wenn er etwas erfahren hätte, so hätte er die Informationen nie nachprüfen können. Wir existierten nämlich damals offiziell nicht. Es gab keinerlei Dokumentation über uns. In gewisser Hinsicht hat Nathan Montez gebrochen, nicht umgekehrt. Zum Schluss hat er Nathan aus reiner Wut und Frust gefoltert.«

»Ich kann mir kaum vorstellen, was Nathan durchmachen musste.«

»Das können die Wenigsten. Nathan ist im wahrsten Sinne des Wortes ein unbesungener Held. Die Öffentlichkeit wird nie erfahren, welche Opfer er für sein Land gebracht hat. Er ist der beste und ehrenhafteste Mann, den ich je kannte. Ich würde mein Leben für ihn geben und er würde das Gleiche für mich tun. Für Sie übrigens auch.«

Holly musste an das erste Mal denken, als Nathan die Nacht in ihrem Haus verbracht hatte. Er hatte darauf bestanden, auf dem

Fußboden zu schlafen. Schon das war seltsam genug. Und hinzu kam sein fürchterlicher Albtraum, die Art und Weise, wie er vom Boden aufgesprungen war, als sie seinen Namen rief, die unbändige Wut in seinen Augen und die lähmende Angst, die Holly angesichts dieser gefährlichen Situation verspürte. Es war, als hätte Nathan sich für ein paar Sekunden an einem anderen Ort befunden.

Oder als wäre er etwas anderes gewesen …

KAPITEL 5

Nathan ging zu Hollys Wagen zurück, da er wusste, dass sie sich Sorgen machen würde, wenn er zu lange wegblieb. Um Holly und Harv nicht zu erschrecken, näherte er sich ihnen von der Vorderseite des Wagens, ging zur Beifahrerseite und stieg hinten ein.

»Ich hoffe, meine Abwesenheit hat keinem von euch einen allzu großen Schrecken eingejagt?«

Holly wandte sich zu ihm.

»Ich musste einen klaren Kopf bekommen. Tut mir leid.«

»Du brauchst dich für nichts zu entschuldigen. Wenn man bedenkt, was du durchgemacht hast …«

»Schon gut.«

»Nein, es ist eben nicht *schon gut.*«

Nathan rang sich ein Lächeln ab. »Ich kann nicht gerade behaupten, dass mir die Sache gefällt. Die Zeit drängt zwar, aber wir sollten erst einmal etwas essen. Habt ihr Hunger?«

»Ungefähr eineinhalb Kilometer von hier gibt es ein Lokal, das rund um die Uhr geöffnet hat«, sagte Holly.

Harv stieg aus. »Ich schließe den Hubschrauber ab und hole unser Gepäck. Bin gleich wieder da.«

Nathan blieb auf dem Rücksitz. Ein beklommenes Schweigen breitete sich aus. Er wusste, dass sie von sich aus nichts sagen würde, also sprach er als Erster: »Du siehst toll aus, Holly.«

»Ich fühle mich aber nicht toll. Seit dem Bombenanschlag habe ich fast fünf Kilo zugenommen. Dieser verdammte Krückstock ist schuld. Ich kann keinen Sport mehr treiben wie früher.«

»Das sieht man dir aber nicht an.«

»Ich habe dich wirklich vermisst.«

»Ich dich auch.«

»Bleibst du heute Nacht bei mir? Harvey ist auch eingeladen. Ich meine …«

»Ich weiß, was du meinst. Kein Problem.«

»Schläfst du wieder auf dem Fußboden?«

»Ich schlafe gern auf dem Boden.«

»Du bist der außergewöhnlichste Mann, den ich je kennengelernt habe.«

»Du gehst selten aus, also kennst du nicht viele.«

»Hat Harvey einen leichten Schlaf?«

»Leider ja. Der Mann kann mit offenen Augen schlafen. Du glaubst es erst, wenn du es gesehen hast.«

»Ich würde gerne mit dir zusammen schlafen, sogar auf dem Fußboden.«

»Das geht nicht.«

»Ich gehe das Risiko ein.«

Er nahm ihre Hand. »Aber ich nicht.«

»Glaubst du, dass das je anders wird?«

»Wahrscheinlich nicht. Ich werde nie ein normales Leben führen, Holly. Dafür hat Montez gesorgt. Ich kann nur versuchen, so gut wie möglich zu dir zu sein.«

»Du bist einer der liebevollsten Männer, die ich jemals gekannt habe.«

Nathan machte eine Kopfbewegung in Richtung Hubschrauber.

»Kommt er mit?«

»Harvey weiß, was läuft. Mach dir keinen Kopf wegen ihm und hör einfach nicht hin, wenn er darauf besteht, im Hotel zu schlafen.«

»In Ordnung.«

Harv stellte das Gepäck neben Nathan auf den Rücksitz und stieg vorne ein. »Von mir aus kann's losgehen. Hör zu, Nathan, ihr beide wollt bestimmt heute Nacht miteinander allein sein. Ich hab nichts dagegen, mir wieder im Hyatt ein Zimmer zu nehmen.«

Holly blickte in den Rückspiegel und lächelte. »Ich habe ein extra Gästezimmer. Sie können ohne Weiteres bei mir übernachten.«

»Sind Sie sich sicher?«

»Ja, ganz sicher.«

★★★

Das dominierende Motiv in dem Lokal war die Luftfahrt. Modellflugzeuge sämtlicher Typen und aus verschiedenen Zeiten der Luftfahrtgeschichte hingen an der Decke, während Holzpropeller und Erinnerungsstücke die Wände schmückten. Nathan war wie immer erstaunt, welch riesige Portionen Harv vertilgen konnte.

Holly berichtete Nathan, was sie bereits Harv erzählt hatte.

»Wurde die Leiche schon identifiziert?«

»Ja. Bei dem Toten handelt es sich um einen Arthur Kramer. Er konnte ziemlich schnell anhand seiner Fingerabdrücke identifiziert werden. Er war Attaché an der amerikanischen Botschaft in Ungarn.«

»Ungarn?«, fragte Harv. »Was für ein Attaché?«

»Ein Handelsattaché – also einer, dessen Aufgabe darin besteht, amerikanische Geschäftsinteressen im Ausland zu fördern. Wie es aussieht, gehörte er zu einer gemeinsamen Task Force, die von den Regierungen der USA und Ungarns gebildet worden war, um die saubere Kohletechnologie voranzutreiben. Kramer hatte Verbindungen zu einer Beraterfirma namens Energy Solutions. Diese Firma interessierte sich hauptsächlich für die riesigen Braunkohlevorkommen, die in der Nähe des Mantra-Kraftwerks im Tagebau in Ungarn entdeckt wurden.«

»Von welcher Größenordnung sprechen wir?«, fragte Nathan.

»Eine halbe Milliarde Tonnen.«

»Was genau bedeutet diese Zahl?«

»Ich weiß nicht genau, aber in den Unterlagen zu dem Fall steht, dass diese Vorkommen Ungarn zu einem Hauptexporteur von Braunkohle in andere Länder des früheren Ostblocks machen könnten.«

»Um welche Summen geht es bei so einem Projekt?«, wollte Harv wissen.

»Um mehrere hundert Millionen Euro, vielleicht sogar Milliarden«, erwiderte Holly. »Ich bin natürlich keine Expertin, also habe ich vor unserem Treffen ein wenig recherchiert. Die meisten Fachleute sind der Ansicht, dass sich die saubere Kohletechnologie wirtschaftlich erst ab 2025 in großem Stil rentieren wird. Kurz zusammengefasst spielen dabei zwei Verfahren eine Rolle. Beim ersten wird die Kohle chemisch gereinigt, um unerwünschte Mineralien und Verunreinigungen zu entfernen, und beim zweiten werden die Emissionen aufbereitet. Man benutzt dabei Dampf, um Schwefeldioxid zu entfernen. Aber dann bleibt immer noch das Problem, die riesigen Mengen an Kohlendioxid einzufangen und in festem Zustand zu lagern. Trockeneis, sozusagen. Viele Umweltexperten behaupten, dass man damit nur ein Übel gegen ein anderes eintauscht. Sie machen sich Sorgen darüber, dass all dieses Kohlendioxid eines Tages in die Atmosphäre gelangen wird.«

»Montez hat also einen Berater für saubere Kohletechnologie gefoltert und getötet?«, fragte Harv. »Das klingt aber ganz und gar nicht nach seiner üblichen Vorgehensweise.«

»Noch schockierender«, ergänzte Nathan, »ist die Tatsache, dass er innerhalb der Vereinigten Staaten arbeitet. Überlegt euch das mal. Der Mann ist eine Mord- und Foltermaschine. In den nächsten Monaten könnte es Dutzende von weiteren Opfern geben. Vielleicht sogar Hunderte. Wir sollten uns darüber im Klaren sein, dass ihm seine Arbeit viel zu sehr Spaß macht, als dass er von alleine damit aufhören wird. Und wie sollen wir ihn finden? Er gehört nicht zu der Sorte Mensch, die Spuren hinterlässt. Oder Zeugen.«

»Gibt es irgendetwas, an das du dich aus der Zeit deiner Gefangenschaft erinnern kannst«, fragte Holly, »das uns ein paar brauchbare Anhaltspunkte geben könnte?«

»Darüber habe ich mir bereits den Kopf zerbrochen, seit du mir das Foto gezeigt hast. Aber mir fällt nichts ein. Er hat damals nicht viel von sich selbst preisgegeben, und ehrlich gesagt war ich zu der Zeit ein bisschen abgelenkt.«

»Aber nur ein bisschen«, sagte Harv.

»Hast du schon mal über Hypnose nachgedacht?«, fragte Holly.

»Ja.«

»Bist du dir sicher, dass du in diesen trüben Gewässern fischen willst?«, gab Harv zu bedenken.

»Behalten wir es für den Notfall im Auge. Ich habe Thorny angerufen. Er hat sämtliche Termine abgesagt, um zu uns zu kommen.«

»Da werden wir vor unserem Heimflug wohl nicht viel Schlaf bekommen.«

»Er will übrigens, dass wir von jetzt an unsichtbar bleiben.«

»Keine leichte Aufgabe.« Harv seufzte und lehnte sich in seinem Stuhl zurück. »Ich habe morgen eine Besprechung mit einem Ingenieur von Ford wegen unserer gepanzerten Geländewagen.«

»Wir müssen nicht völlig vom Erdboden verschwinden. Ihm geht es nur darum, dass wir für eine Weile unter dem Radar fliegen.«

»Ich glaube, ich kann Lewey zu der Besprechung schicken«, sagte Harv. »Er weiß, worum es geht.«

»Gut. Wir fliegen nämlich nach Utah.«

»So viel also zum Thema ›unter dem Radar fliegen‹«, sagte Harv.

»Ihr müsst nicht selbst dorthin. Ich kann euch bestimmt Fotos besorgen.«

»Danke für das Angebot, Holly, aber findest du es nicht seltsam, dass die Leiche im Lake Powell versenkt wurde? Wäre es nicht einfacher gewesen, sie irgendwo zu vergraben? Und wieso ausgerechnet in Utah? Wie ich Montez kenne, ist er ausgesprochen faul und lässt seine Handlanger die Drecksarbeit machen. Ich würde unsere Sicherheitsfirma wetten, dass Arthur Kramer am oder in der Nähe des Sees gefoltert wurde.«

»Das mit der Wette lassen wir lieber«, sagte Harv.

Nathan sah Holly an. »Es wäre uns eine große Hilfe, wenn du Näheres über Kramers Arbeit herausfinden könntest.«

»Damit habe ich bereits Henning beauftragt. Ich habe ihn angewiesen, alles vertraulich zu behandeln.«

»Wie geht es ihm übrigens?«, erkundigte sich Nathan.

»Blendend. Er hält euch beide für versteckte Superhelden.«

Nathan musste darüber lächeln. Viel hatte sich seit seiner ersten Begegnung mit Special Agent Bruce Henning verändert. Damals waren sie hinter den Bridgestone-Brüdern her gewesen.

»Spaß beiseite«, sagte er, »Montez muss einen Grund gehabt haben, eine mit Gewichten beschwerte Leiche in einem Gewässer zu versenken, wo es vor Touristen nur so wimmelt. Es gibt jede Menge besserer Plätze, um eine Leiche zu entsorgen. Außerdem würde ich gerne wissen, ob Kramer in der Gegend ein Grundstück oder ein Haus besitzt, oder ob er dort nur Urlaub gemacht hat. Hat er in einem Motel übernachtet oder eine Hütte oder Ferienwohnung gemietet?«

»Gute Fragen«, sagte Holly. »Unsere Dienststelle in Utah kann uns dabei helfen. Da Kramers Leiche auf Bundesgebiet gefunden wurde, ist das FBI mit für den Fall zuständig.«

»Gut. Aber was immer wir auch tun, es muss unauffällig geschehen. Wenn Montez Wind davon bekommt, dass das FBI hinter ihm her ist, finden wir ihn nie.«

»Das sehe ich genauso«, sagte Holly. »Aber falls sich das Außenministerium einschaltet, dürfte Geheimhaltung unmöglich sein. Und wir müssen davon ausgehen, dass dies bereits geschehen ist. Attachés in amerikanischen Botschaften fallen unter die Zuständigkeit des Außenministeriums. Ich fürchte also, unser Zeitfenster ist nicht sehr groß.«

»Stimmt«, sagte Nathan. »Deshalb müssen wir so schnell wie möglich nach Utah.«

»Mit anderen Worten, heute noch«, sagte Harv und sah auf seine Armbanduhr. »Und zwar gleich nach unserem Treffen mit Thorny.«

KAPITEL 6

Nicole Dalton fuhr mit ihrem Cadillac Escalade rückwärts aus der Garage und lächelte. Heute war wieder mal Traumwetter in San Diego – blauer Himmel, soweit das Auge blickte. Der einzige Schönheitsfehler: eine leichte Dunstwolke von einem Buschfeuer in San Bernardino County. Nicoles Haus lag in einer ruhigen Sackgasse in einem Villenneubaugebiet in Del Mar. Die Gegend war so sicher, dass man die Fahrräder der Kinder nachts in der Einfahrt stehen lassen konnte und die Tür nicht abschließen musste, wenn man mal schnell zum Einkaufen fuhr. Graffiti an Gartenzäunen, mit denen Banden ihr Territorium markierten, suchte man hier vergebens. Andererseits hatten diese Annehmlichkeiten ihren Preis in Form exorbitanter Grundstückspreise. Zum Glück überwies ihr Ex-Mann ihr jeden Monat eine großzügige Unterhaltszahlung im fünfstelligen Bereich. Außerdem waren Nicoles Kenntnisse in osteuropäischen Sprachen gefragt, vor allem in ihrem Job bei der National Security Agency. Mit ihrem Doppeleinkommen ging es ihr gut. Nicoles Arbeit bestand überwiegend darin, daheim in ihrem schalldichten Büro über verschlüsselte Verbindungen Telefongespräche zu übersetzen. Der einzige Nachteil war, dass sie dabei stets irgendwelche Lauschangriff-Abwehrspezialisten der NSA im Rücken hatte, von denen einer sie ständig anbaggerte. So lange der Typ jedoch nicht allzu aufdringlich wurde, konnte sie damit leben.

Harmlose Flirts waren okay – damit hatte sie seit ihrem zwölften Lebensjahr Erfahrung.

Aus einer spontanen Laune heraus beschloss Nicole, zu Nordstrom zu fahren, wo an diesem Tag Ausverkauf in der Damenschuhabteilung war. Um Kunden anzulocken, öffnete der Laden zu diesem Anlass zwei Stunden früher als sonst. Es würde ein ziemlicher Andrang herrschen, aber sie hatte nun einmal eine Schwäche für Schuhe und würde die Menschenmenge in Kauf nehmen müssen. Im Schuhe-Kaufen war Nicky Dalton Weltmeisterin!

Sie war neununddreißig, hatte aber die Energie eines jungen Mädchens, das als Cheerleader die Footballmannschaft ihrer Highschool anfeuert. Obendrein sah sie auch noch verdammt gut aus. Seit ihrer Scheidung mangelte es ihr nie an Verehrern, die sie jedoch meistens abwimmelte. Wieder zu heiraten, kam für sie nicht infrage, zumindest nicht in absehbarer Zeit. Bevor sie sich auf eine feste Beziehung einließ, wollte sie sicher sein, dass sie und ihre Töchter für den Mann an erster Stelle kamen, noch vor seinem Job. Ihr erster Ehemann, ein ehemaliger Luftwaffenoffizier, hatte nur für seinen Beruf gelebt. *Nein danke, das kenne ich schon.*

Momentan war sie mit einem Mann zusammen, der eine eigene Kühltechnikfirma besaß und beruflich viel in Osteuropa unterwegs war. Am Anfang hatten sie seine häufigen Dienstreisen nicht gestört. Wenn sie sich sahen, hatten sie den wildesten Sex, den Nicole je erlebt hatte. Der Mann war fünf Jahre jünger als sie. Und ein Hengst im Bett, einfach unersättlich. Aber im Großen und Ganzen war Sex nicht das Wichtigste in ihrer Beziehung. Eine Verbindung, die nur auf Sex basierte, fühlte sich so leer an wie ein Haus, in dem niemand wohnte. Sex war eine oberflächliche Angelegenheit. Heute hier. Morgen schon vorbei. Liebe dagegen währte ewig, wie ein im Sand vergrabener Diamant oder einer, der als Ring an ihrem Finger steckte. Aber Diamant hin oder her, heute Abend würde sie ihren Freund, wenn er von seiner Dienstreise zurückkehrte, in einem neuen Paar Schuhe von Manolo Blahnik empfangen – nur in Schuhen, sonst nichts. Nicht zufällig übernachteten ihre beiden Töchter heute bei Freundinnen.

Als sie in das Parkhaus der Fashion Valley Mall fuhr, schoss ihr plötzlich durch den Kopf, dass sie sich nicht mehr erinnern konnte, wie sie hierhergekommen war. Seltsam. Zugegeben, sie hatte im Augenblick viel um die Ohren, aber dass die dreißig Minuten dauernde Autofahrt völlig aus ihrem Gedächtnis verschwunden war, machte ihr doch ein wenig Sorgen. War sie womöglich unterwegs bei Rot über eine Ampel gefahren? Hoffentlich nicht. Zumindest hatte niemand hinter ihr gehupt, denn das wäre ihr aufgefallen. San Diego war nicht New York – Hupen kam hier einer Kriegserklärung gleich.

Nicole sah auf die Uhr im Armaturenbrett: 7.47 Uhr. Ausgezeichnet. Da hatte sie noch ein bisschen Zeit, bei Starbucks vorbeizuschauen, bevor Nordstrom aufmachte. Einen Kaffee konnte sie jetzt brauchen.

★★★

Christopher »Big Kid« Kiddrich, Gunnery Sergeant im US Marine Corps, stieg aus seinem Jeep Cherokee und streckte sich. Er sah nicht nur wie ein alternder Surfer aus, er war auch einer. Knapp unter 1,80 m groß, kurze blonde Haare, blaue Augen, breite Schultern und straffe, wohldefinierte Muskeln. Kiddrich arbeitete auf dem USMC-Stützpunkt Miramar als Militärpolizist. Er mochte den Job und hatte vor, nach seinem Ausscheiden aus dem Marine Corps beim San Diego Police Department anzufangen. Wer sagte, man sei mit vierzig zu alt, um Streifenpolizist zu werden?

Kiddrich freute sich ebenfalls auf den Schuhausverkauf bei Nordstrom, allerdings aus einem völlig anderen Grund. Kurz gesagt, er liebte es, Frauen anzusehen. Nicht, dass er ein Perverser oder ein Stalker gewesen wäre, nein, Frauen gefielen ihm einfach – und zwar alle Frauen. Ob groß oder klein, dick oder schlank, er beobachtete sie einfach gerne. Ihm gefiel die Art und Weise, wie sie liefen. Wie sie sich kleideten. Wie sie ihre Köpfe leicht zur Seite neigten, wenn sie sich überlegten, etwas zu kaufen. Wie sie miteinander umgingen. An Frauen gefiel ihm einfach alles. Das war wohl auch der Grund, warum ihn nichts so sehr in Rage versetzte wie Gewalt gegen Frauen. Das schöne Geschlecht verdiente es, dass man es verehrte, nicht schlecht behandelte.

Nachdem er seinen Jeep abgesperrt hatte, steuerte er auf die Fußgängerbrücke zu, die vom Parkhaus in die Nordstrom-Filiale führte. In diesem Moment sah er eine umwerfend schöne Frau vorbeifahren. Mehr als umwerfend – einfach hinreißend. Und sie fuhr ein tolles Auto. Als sie in eine Parklücke fuhr, verlangsamte Kiddrich seine Schritte. Unglaublich … diese Frau sah doch tatsächlich aus wie Angelina Jolie. Natürlich war sie es nicht, aber sie sah ihr verblüffend ähnlich. Er schaute ihr gebannt dabei zu, wie sie ausstieg und ihren SUV mit der Fernbedienung abschloss. Das Ding gab einen Piepston von sich.

Plötzlich hörte er Motorengedröhn, drehte den Kopf und schaute grimmig drein. So ein Idiot. Das hier war ein Parkhaus, keine Rennstrecke.

Ein weißer Van raste so dicht an ihm vorbei, dass der Außenspiegel auf der Fahrerseite beinahe seinen Arm streifte. Was für ein Arschloch.

Das Fahrzeug kam mit quietschenden Reifen hinter dem Cadillac Escalade der Frau zu stehen. Zwei dunkel gekleidete Latinos sprangen hinten heraus und rannten auf sie zu. Bevor sie wusste, wie ihr geschah, packte sie der Größere der beiden.

Ohne lange zu überlegen, spurtete Big Kid auf die Männer zu.

Der Kleinere zog eine Handfeuerwaffe unter seiner Windjacke hervor.

Im selben Augenblick, als ein lauter Pistolenknall ertönte, warf Big Kid sich auf den Boden und suchte zwischen zwei parkenden Autos Deckung.

Die Kugel prallte vom Betonboden ab und traf seine linke Schulter. Scheiße!

Überall im Parkhaus gingen Autoalarmanlagen los. Ihr elektronisches Kreischen vermischte sich mit den verzweifelten Schreien der Frau zu einem unheimlichen Echo.

Big Kid ignorierte den brennenden Schmerz in seiner Schulter und hob seinen Kopf so weit, dass er durch die Fenster eines der parkenden Autos spähen konnte. Der größere der beiden Männer hielt der Frau die Hand vor den Mund und zerrte sie auf den hinteren Teil des Vans zu.

Der Schütze stand immer noch an derselben Stelle.

Kiddrich sah bewundernd zu, wie die Frau ihren Kopf zurückschnellen ließ und ihrem Angreifer die Nase brach. Gleichzeitig trat sie ihm mit voller Wucht auf den Fuß.

Sie riss sich los und rannte auf Big Kid zu.

Der Schütze fluchte auf Spanisch und jagte ihr hinterher.

Big Kid musste genau den richtigen Zeitpunkt für seinen Angriff abpassen. Mit seiner kaputten Schulter konnte er zwar nicht viel gegen die Typen ausrichten, aber wenigstens konnte er der Frau helfen, zu entkommen. Das Problem bestand darin, am Leben zu bleiben, und die Chancen dafür standen nicht gerade gut. Wenn er nur seine Beretta hätte, könnte er die Angelegenheit mit zwei schnellen Kopfschüssen beenden. Man konnte Big Kid einiges nachsagen, aber nicht, dass er ein Feigling war. Er würde es sich nie verzeihen, wenn er diese Frau im Stich ließ. Er musste ihr helfen, selbst wenn er dabei sein Leben ließ.

Ruhig Blut. Nur nichts übereilen.

Jetzt!

Mit einem Fußfeger brachte er den Schützen zu Fall.

Der Mann fiel hin und ruderte dabei mit den Armen. Er schaffte es zwar, den Sturz mit den Ellenbogen abzufangen, aber die Wucht des Aufpralls war so heftig, dass er mit dem Gesicht auf dem Asphalt aufschlug.

Mit einer gewissen Zufriedenheit registrierte Big Kid, dass der Schütze sich die Nase gebrochen hatte. Die Pistole entglitt seiner Hand und fiel polternd zu Boden. Kiddrich sprang auf und hechtete sich auf die Waffe. Er war nur wenige Zentimeter von ihr entfernt, als mehrere Schüsse knallten und ihn taub werden ließen. Im selben Augenblick spürte er zwei harte Schläge gegen seinen Brustkorb. Trotz dieser zwei neuen Schusswunden bekam er die Pistole zu fassen und drehte sich in Richtung Van.

Die vierte Kugel traf ihn mitten in den Bauch.

Fest entschlossen, sich nicht unterkriegen zu lassen, hob er die Waffe, zielte auf den Schützen und drückte ab. Der Schuss ging daneben. Der Knall ließ Kiddrichs Trommelfell platzen.

Wie ein Dämon aus der Hölle erschien inmitten des Staubs und Pulverdampfs ein Bote des Todes. Kiddrichs Augen weiteten sich vor Schreck, als ein roter Laserstrahl über seinen Oberkörper huschte …

und dort zu ruhen kam.

Die Beine sackten unter ihm weg, als die fünfte Kugel durch seinen Bauch ging, die Wirbelsäule zerschmetterte und ihn lähmte. Kiddrich fiel nach vorne wie ein Baum, den ein erfahrener Waldarbeiter gefällt hatte, und schlug mit dem Kinn auf dem Asphalt auf, dass ihm der Kiefer mit lautem Knacken brach. Kaum noch bei Bewusstsein, nahm er mit Entsetzen wahr, wie der Schütze an ihm vorbeirannte und die Frau packte.

Die Reifen des Vans quietschten, als der Fahrer zurücksetzte und Kiddrich überfuhr.

Sein Körper wurde in eine unmögliche Position verdreht, als er mit der Brust am Differenzial hängen blieb. Eingeklemmt unter dem Van sah er, wie sich die Beine und Füße der Frau vom Boden lösten, als sie in das Fahrzeug geworfen wurde. Er spürte das zusätzliche Gewicht der drei Personen, hörte, wie die Türen zugeschlagen wurden, und bereitete sich innerlich darauf vor, zu Tode geschleift zu werden.

Der Van beschleunigte und Big Kids Körper wurde erneut verdreht und brach an weiteren Stellen. Er wollte schreien, bekam aber keine Luft in die Lungen. Fünfzig Meter weiter fuhr das Fahrzeug über eine Bodenwelle, wo Kiddrich von dem Differenzial losgerissen wurde. Tödlich verletzt lag er da und versuchte, um Hilfe zu rufen, brachte jedoch keinen Ton heraus.

Der letzte Gedanke, der Kiddrich, einem Veteranen der Operation Enduring Freedom, durch den Kopf schoss, bevor er starb, war: Tut mir leid, dass ich Ihnen nicht helfen konnte.

KAPITEL 7

Nathan sah zu, wie General Hawthornes C-20G, besser bekannt unter der Bezeichnung Gulfstream IV, auf den Kurzparkplatz vor dem Jet Center zurollte. Harv dachte bestimmt dasselbe wie er: Was für eine tolle Maschine. Thorny war etwas früher dran, laut Nathans Armbanduhr war es 11.47 Uhr. Nach ein oder zwei Minuten wurde die Treppe herausgefahren. Ein Adjutant mit stattlicher Erscheinung kam zum Vorschein, sah sich nach allen Seiten um und nickte in das Innere der Kabine. Thorny trat in leicht geduckter Haltung aus dem Flugzeug. Der Adjutant salutierte zackig, eine Geste, die der General prompt erwiderte.

Nathan freute sich, seinen ehemaligen kommandierenden Offizier wiederzusehen, auch unter diesen wenig erfreulichen Umständen. Thornys nüchterne Art hatte sich im Laufe der Jahre nicht verändert. Er sah immer noch aus, als lasteten sämtliche Probleme der Welt auf seinen Schultern. Nathan konnte sich nicht erinnern, dass dieser Mann jemals vor einer Auseinandersetzung zurückgeschreckt war. Obwohl er zwanzig Zentimeter kleiner war als Nathan, wirkte er größer. Mit seinen zweiundsechzig Jahren sah er keinen Tag älter als fünfzig aus, mit Ausnahme seiner Haarfarbe – aber immerhin hatte er noch Haare. Sein Adjutant hatte dieselbe zackige und professionelle Ausstrahlung, obwohl er dreißig Jahre jünger war. Beide trugen Sommeruniformen im Wüstenlook – Thornys Lieblingskleidung. Ohne die vier schwarzen Sterne an seiner Uniform hätte man ihn locker für einen Unteroffizier halten können und nicht für den Oberbefehlshaber des US Marine Corps. Als Thorny durch die automatische Glasschiebetür trat, salutierten Nathan und Harv aus alter Gewohnheit.

Ihr ehemaliger kommandierender Offizier hielt ihnen die Rechte hin. »Sie beide sind jetzt Zivilisten, also lassen Sie gefälligst die Hände unten.«

Nathan verkniff sich ein Lächeln. »Zu Befehl, Sir.«

»Verdammt, es ist schön, Sie beide zu sehen.«

»Gleichfalls, Sir.«

»Harvey, sie sehen fit aus wie immer.«

»Danke, Herr General.«

»Das hier ist mein Adjutant, Major Bob Halliday. Kein Robert wie ich. Auf seiner Geburtsurkunde steht tatsächlich *Bob*.«

»Angenehm, Herr Major«, sagte Nathan und schüttelte ihm die Hand. Harvey tat dasselbe.

»Nennen Sie mich bitte Bob.«

»Wie war Ihr Flug?«, fragte Nathan.

»Angenehm. Das ist ein tolles Flugzeug.« Thorny senkte seine Stimme. »Vielleicht sogar ein bisschen zu komfortabel.«

Harv sagte: »Es geht doch nichts über einen Flug von Küste zu Küste auf dem Notsitz einer C-130 Hercules.«

»Das kann man wohl sagen. Ist Ihr Fahrzeug abhörsicher?«

»Ja, wir haben Harvs Mercedes gestern gründlich nach Wanzen durchsucht. Mein Wagen ist im Augenblick noch in der Fledermaushöhle.«

»Fledermaushöhle?«

»So nennen wir unsere Werkstatt für Abwehrmaßnahmen.«

Thorny zeigte keine Reaktion, sondern sagte nur: »Machen wir eine kleine Spritztour.«

Drei Minuten später bog Harv nach rechts auf den Pacific Coast Highway ab und fädelte in den Verkehr ein. Ein Jet donnerte im Landeanflug über ihren Wagen hinweg.

»Harv, wie geht es Ihrer Frau und den Kindern? Candace, Lucas und … Scheiße.«

»Dillon.« Harvey bog nach links in die Laurel Street. »Aber ›Scheiße‹ ist manchmal gar nicht so falsch. Es geht ihnen gut, danke der Nachfrage. Lucas macht dieses Jahr seinen Highschool-Abschluss. Ich denke, er wird sich danach verpflichten. Er will Scharfschütze werden. Allerdings bei der Army.«

»Bei der Army? Das ist doch wohl nicht Ihr Ernst.«

»Ich fürchte schon, Herr General. Er mag die Army.«

»Na ja, wenn er meint … ich werde seine Laufbahn persönlich im Auge behalten.«

»Er ist ein guter Schüler und könnte ohne Weiteres als Offiziersanwärter anfangen, aber er will unbedingt Scharfschütze werden. Ich habe bisher nicht versucht, es ihm auszureden.«

»Sie hatten nicht zufällig etwas damit zu tun, Nate?«

»Lucas ist ein guter Junge. Ich hatte ein ausführliches Gespräch mit ihm darüber, wie das wirklich ist. Eine Weile sah es so aus, als wolle er es sich anders überlegen, aber ich glaube, er wird es durchziehen.«

»Wenn er auch nur ein bisschen wie sein Vater ist, wird er ein guter Scharfschütze werden.«

»Danke, Sir«, sagte Harv.

Nathan blickte zum Fenster hinaus. Es war Zeit, das Thema zu wechseln. »Ich will Ihnen nichts vormachen, Herr General. Wenn Montez sich auf amerikanischem Boden befindet und dort seiner alten Tätigkeit nachgeht, müssen wir ihn eliminieren.«

»Das sehe ich auch so. Und ich kann mir für diese Aufgabe kein besseres Team vorstellen. Keiner kennt diesen Mann so gut wie Sie. Ich habe auf dem Hinflug noch einmal Ihr damaliges Debriefing gelesen.«

Harvey überquerte die Sixth Avenue und fuhr weiter Richtung Cabrillo-Brücke.

»Um es ganz offen zu sagen, Sir, das ist eine äußerst heikle Angelegenheit für mich. Für Harv ebenfalls. Ich …« Nathan brach mitten im Satz ab. Er wollte in Major Hallidays Gegenwart nicht über dieses Thema reden.

»Machen Sie sich wegen Bob keine Gedanken«, sagte Thorny. »Er weiß über sämtliche Details Bescheid, sonst hätte ich ihn nicht in diese Sache mit einbezogen. Bob ist jemand, der sich in schwierigen Situationen zu helfen weiß.«

»Es bringt wohl Vorteile mit sich, der persönliche Adjutant des Oberbefehlshabers des US Marine Corps zu sein?«, fragte Harv.

»Durchaus«, erwiderte Halliday.

Thorny ließ das Fenster ein wenig herunter. »Also, was ist Ihr Plan?«

»Harv und ich haben bereits darüber gesprochen. Was auch immer wir unternehmen werden, muss geheim bleiben. Es darf nicht nach außen dringen, dass wir hinter Montez her sind. Wir haben nur eine Chance. Wenn wir sie vermasseln, verschwindet er für immer. Wir fangen am Lake Powell an, wo Kramers Leiche gefunden wurde. Das FBI hilft uns ein bisschen dabei. Es gibt da ein paar Dinge, die wir näher untersuchen möchten. Kramers Aufenthaltsort und den Grund, warum er dort weilte. Wo Montez sich aufhielt, wenn überhaupt. Den Ort, wo er Kramer gefoltert hat. Außerdem überprüfen wir sämtliche Angaben zu vermieteten, gepachteten oder gestohlenen Booten in der Gegend unmittelbar vor Kramers Tod. Ich bezweifle, dass Montez selbst an der Entführung seines Opfers beteiligt war. Es ist nicht sein Stil, er lässt Söldner die Drecksarbeit machen. Wahrscheinlich sind das Latinos und vielleicht hat sie jemand gesehen. Ich fliege mit Harv noch heute Nachmittag dorthin. In der Zwischenzeit gibt es etwas, was Sie für uns tun könnten..«

»Sagen Sie mir, was.«

»Schauen Sie mal, was Sie über Kramer und Montez bei den verschiedenen Nachrichtendiensten finden, zu denen Sie zuverlässige Kontakte haben. Möglichst diskret natürlich.«

»In den Kreisen, in denen ich verkehre, kennt man dieses Wort nicht. Harv, Sie sind verdammt ruhig heute.«

»Ich mache kein Geheimnis daraus, dass ich Montez am liebsten das Fell abziehen würde. Aber wir können nicht zulassen, dass dadurch unsere Mission kompromittiert wird – vorausgesetzt, wir erklären uns offiziell dazu bereit, ihn aufzuspüren. Wollen wir das?«

»Ja«, sagte Nathan.

»Dann versichere ich Ihnen«, sagte Thorny, »dass diese Mission strikt unter der Regie des Marine Corps stattfindet. Natürlich inoffiziell, ohne dass jemand etwas davon erfährt.«

»Das kommt mir bekannt vor«, sagte Harv leise.

»Dann wissen Sie ja Bescheid. Sie entscheiden, wie das Ganze ablaufen soll.«

»Mit anderen Worten, ob wir ihn tot oder lebendig bringen?«, fragte Nathan.

»Wenn es irgendwie machbar ist, würden wir Montez gerne lebend bekommen, aus Gründen, die auf der Hand liegen. Der Mann ist eine wahre Goldgrube für nachrichtendienstlich verwertbare Informationen. Unsere Streitkräfte haben vermisste Angehörige auf der ganzen Welt, einige davon in Mittelamerika. Wir könnten ein paar Akten schließen und so mancher Familie Klarheit verschaffen.«

Harv sagte: »Es würde mir nicht gerade das Herz brechen, wenn Montez seine eigene Medizin verabreicht bekommt.«

»Hören Sie, ich will damit nur sagen, Sie sollen uns Montez lebend bringen, wenn sich eine Gelegenheit dazu bietet. Unter gar keinen Umständen sollen Sie dabei Ihr Leben riskieren. Ist das klar?«

Plötzlich klingelte Nathans Handy. Er sah auf das Display. *Holly*.

»Entschuldigen Sie bitte, Herr General, aber ich muss dieses Gespräch annehmen. Es ist Special Agent in Charge Holly Simpson.«

»Nur zu.«

»Hi, Holly, ich habe dich auf Lautsprecher. Harv, General Robert Hawthorne und Major Halliday, sein Adjutant, sind bei mir.«

»Guten Tag, meine Herren.«

»Schön, Sie kennenzulernen, SAC Simpson.«

»Vor ein paar Stunden wurde in der Fashion Valley Mall in San Diego eine Frau mit vorgehaltener Waffe entführt. Ich glaube, es hat etwas mit dem Mord an Kramer zu tun.«

»Inwiefern?«, fragte Thorny.

»Ich habe in der NCIC-Datenbank nach den Begriffen *Osteuropa, Ostblock, Ungarn* und *Attaché* gesucht und bin dabei auf die entführte Frau gestoßen. Sie heißt Nicole Dalton. Wir haben vor sechs Jahren einen gründlichen Background-Check zu ihrer Person durchgeführt. Ms Dalton arbeitet zurzeit als Spezialistin für osteuropäische Sprachen für die NSA. Raten Sie mal, was eine ihrer Sprachen ist?«

»Ungarisch«, sagte Thorny.

Nathan warf Harv einen Blick zu.

»Und sie wurde heute entführt? Das kann unmöglich ein Zufall sein«, sagte Thorny. »Ausgeschlossen.«

Nathan verzog das Gesicht. Vor seinem geistigen Auge liefen Bilder ab, auf denen Montez eine Frau folterte.

»Und das ist noch nicht alles«, sagte Holly. »Ihre beiden Töchter werden vermisst. Vermutlich hat man sie ebenfalls entführt. In dem Bericht steht, dass sie acht und neun Jahre alt sind. Das San Diego Police Department hat bereits die Bevölkerung über die AMBER Alert alarmiert.

»Das ist furchtbar«, sagte Harv.

Nathan hatte nie ein Geheimnis daraus gemacht, dass er ein Herz für Kinder hatte. Er verdrängte die Bilder und bemühte sich, fokussiert zu bleiben. »Wir müssen so schnell wie möglich alles über potenzielle Verbindungen zwischen Kramer und Dalton herausfinden, was wir können. Holly, kannst du uns mehr Informationen schicken? Fotos von Ms Dalton und ihren Töchtern, den Polizeibericht und was du sonst noch hast?«

»Selbstverständlich. Kannst du in deinem Büro eine verschlüsselte Faxverbindung einrichten?«

Harv schaltete sich ein. »Kein Problem, ich erledige das innerhalb der nächsten Stunde.«

»General Hawthorne«, sagte Holly, »es tut mir leid, Ihnen das sagen zu müssen, aber bei dieser Entführung heute Morgen gab es ein weiteres Opfer. Ein Militärpolizist vom Marine-Corps-Stützpunkt Miramar, der gerade frei hatte, wurde bei dem Versuch erschossen, Ms Dalton zu helfen.«

»Einer von meinen Marines wurde ermordet? Ich möchte sämtliche Details dazu«, sagte Thorny.

»Ich sende Ihnen eine Kopie des Polizeiberichts, Herr General.«

»Wenn ich es nicht vorhin schon war«, zischte Thorny bissig, »so bin ich jetzt wirklich stinksauer.«

»Keine Sorge, Herr General«, sagte Harv. »Wir kriegen die Burschen.«

»Denk daran, was das bedeutet«, sagte Nathan. »Wenn Montez hinter der Entführung steckt, ist er hier in San Diego.«

»Nicht unbedingt«, konterte Harv. »Wenn man bedenkt, wie viel Zeit inzwischen vergangen ist, kann er überall sein.«

Nathan überlegte einen Augenblick. »Ich bin immer noch der Meinung, wir sollten nach Utah fliegen. Aber gleichzeitig sollten wir die weiteren Entwicklungen im Fall Nicole Dalton im Auge behalten. Herr General, können Sie sie zu Ihrer Liste hinzufügen und schauen, was Ihre Quellen über sie finden?«

»Der Marineminister ist mein direkter Vorgesetzter. Er ist ein Freund des NSA-Direktors.«

»Wird der Minister Ihre Anfrage vertraulich behandeln?«, fragte Nathan.

»Wenn ich ihn darum bitte, ja.«

»Und wie sieht es bei dem NSA-Direktor aus?«

»Das kann ich nicht garantieren. Ich kann lediglich einen Freund bitten, einen Freund zu fragen. Sie wissen ja, wie so etwas läuft.«

»Ich verlasse mich ganz auf Sie, Herr General.«

Thorny brummte. Offensichtlich ärgerte er sich immer noch über den toten Marine.

»Hat die ungarische Regierung vielleicht etwas mit den beiden Fällen zu tun?«, fragte Harvey.

»Durchaus möglich«, gab Nathan zu. »Wenn ja, dann haben die wirklich Nerven. Einfach mir nichts, dir nichts Montez anheuern, damit er auf amerikanischem Boden einen US-Bürger foltert?«

»Meine Herren, ich muss zu einer Besprechung«, sagte Holly. »Sie werden in Kürze von mir hören. War schön, Sie kennenzulernen, Herr General und Herr Major.«

»Gleichfalls, SAC Simpson«, sagte Thorny. »Das mit der Suche in der NCIC-Datenbank war gute Arbeit. Ziemlich clever.«

»Danke, Herr General«, sagte sie. »Nathan, ich rufe dich an, wenn es etwas Neues gibt. Guten Flug.«

Nathan beendete das Gespräch.

»Vergessen Sie nicht, eine Kopie von diesem Polizeibericht an mein Büro zu senden, sobald Sie ihn von Simpson erhalten haben. Wenn Montez oder seine Leute meinen Marine auf dem Gewissen haben, will ich den Kopf von diesem verdammten Nicaraguaner.«

Nathan sah weg. So viel zum Thema: Montez lebend fangen, damit er Aufschluss über vermisste amerikanische Soldaten geben konnte.

Harv legte eine unerlaubte Kehrtwende hin und fädelte sich in den Verkehr ein.

Als Thorny erneut sprach, klang er ruhiger. »Nate, ich weiß, dass Sie sich über undichte Stellen Sorgen machen, aber die Leute, mit denen ich zu tun habe, sind so weit oben in der Hierarchie, dass Montez wohl kaum herausfinden wird, was wir machen. Ich glaube, wir können beruhigt sein.«

Nathan war sich nicht sicher, ob er den Worten des Generals zustimmen konnte, aber er wusste selbst keinen besseren Weg.

»Ich rufe den Marineminister an, sobald ich im Flugzeug sitze, und bitte ihn, sich mit dem NSA-Direktor in Verbindung zu setzen«, sagte Thorny. »Und da sich die Angelegenheit von da an nicht mehr völlig unter Verschluss halten lässt, werde ich ihn auch bitten, die CIA-Direktorin Rebecca Cantrell zu benachrichtigen. Und weil sowohl sie als auch der NSA-Direktor dem Director of National Intelligence unterstehen, können wir davon ausgehen, dass er ebenfalls in den Fall involviert wird. Und Sie wissen ja, wer wiederum dessen Vorgesetzter ist.«

Das wusste Nathan in der Tat.

KAPITEL 8

Nicole Dalton öffnete die Augen und versuchte, sich zu konzentrieren.

Sie konnte nichts sehen.

Totale Finsternis.

Was war passiert? Das Letzte, woran sie sich erinnerte, war, dass jemand sie angegriffen hatte. Ein Mann war erschossen worden, als er versuchte, ihr zu helfen. Sie hatte sich losreißen können und war davongerannt, aber die Männer erwischten sie und zerrten sie in einen Van. Sie erinnerte sich an einen schrecklichen chemischen Geruch, wie Reinigungsalkohol. Nein, kein Alkohol. Ä*ther*. Sie hatten sie mit Äther betäubt. Was danach geschehen war, wusste sie nicht mehr.

Nicole versuchte, sich aufzurichten, konnte jedoch weder Arme noch Beine bewegen. Ein kalter Schauder durchfuhr sie, als sie merkte, dass sie vollkommen nackt auf einer Art Metalltisch lag und mit Riemen daran befestigt war. Gefesselt und nackt! Sie zerrte an den Arm- und Fußfesseln, aber sie bewegten sich nicht. Sie versuchte es noch einmal, diesmal fester, und spürte, wie ihre Haut von der Reibung brannte. Sie drehte den Kopf nach links und rechts, sah aber nichts als Finsternis. Ihre Töchter! Wo waren ihre Töchter? Hatte man sie ebenfalls entführt?

Nackte Panik ergriff von ihr Besitz.

Sie hörte, wie eine Tür aufging, und wandte den Kopf in diese Richtung. Ein paar Sekunden später fiel sie mit lautem Knall zu. Das hallende Echo bedeutete, dass sie sich in einem ziemlich großen Raum befinden musste. Plötzlich quietschten Räder und sie erschrak. Es war ein grässliches Geräusch, ungefähr wie Fingernägel, die über eine Tafel kratzten, nur schlimmer.

»Wer ist da?« Ihre Stimme überschlug sich, und sie hasste sich dafür, dass sie so schwach klang.

Das Quietschen wurde lauter.

»Wer ist da?«

Niemand antwortete. Die Räder quietschten immer lauter. Wieder lief ihr ein Schauer über den Rücken, nicht von der Kälte, sondern von diesem entsetzlichen Geräusch.

Vor lauter Panik riss sie erneut an den Fesseln und versuchte, freizukommen. Tränen flossen, als sie ihren Kopf vor lauter Frust und Angst wild hin und her warf.

»Helft mir doch!«, schrie sie.

Das Quietschen wurde mit jeder Sekunde lauter.

»Bitte, helft mir doch!«

Plötzlich verstummte das Quietschen und sie hörte stattdessen langsame Schritte. Nicole hielt den Atem an.

Über ihr ging ein grelles Licht an und blendete sie so stark, dass sie stechende Kopfschmerzen bekam. Mit zusammengekniffenen Augen ließ sie ihren Blick an ihrem Körper herabwandern und erstarrte, als sie die auf ein Stativ montierte Videokamera sah. Die rote LED-Anzeige blinkte nicht.

Plötzlich schob sich das Gesicht eines Mannes vor die Lichtquelle. Ein Latino lächelte auf sie herab, die schwarzen Haare zu einem Pferdeschwanz zusammengebunden. Als seine ausdruckslosen Augen über ihre Brüste wanderten, lächelte er noch mehr und tätschelte ihre Wange. Die Berührung ließ Nicole zusammenzucken. Der Mann runzelte die Stirn.

»Wer sind Sie? Was wollen Sie von mir?«

Er packte sie an den Haaren und riss ihren Kopf hoch. Das Lächeln war jetzt völlig aus seinem Gesicht gewichen.

»Ich stelle hier die Fragen. Ist das klar?«

»Bitte …«

»Haben Sie mich verstanden?«

»Ich weiß nichts.«

Er schlug ihren Kopf auf die Tischplatte und riss ihn wieder hoch.

»Haben Sie mich verstanden?«

»Was soll das? Ich weiß überhaupt nichts!« Das stimmte. Die NSA erzählte ihr nie etwas. Ihre Arbeit bestand einzig und allein darin, Telefongespräche zu übersetzen. Langweilige noch dazu.

Er schlug ihren Kopf erneut auf den Tisch. Vor ihren Augen wurde es grau, dann verlor sie für ein paar Sekunden das Bewusstsein.

»Haben Sie mich verstanden?«

»Ja.«

»Sehr gut.« Er ließ ihren Kopf sanft auf den Tisch sinken. Dieses Mal lag ein Kissen dort.

»Besser? Wir werden von nun an mit einem positiven und negativen Anreizsystem arbeiten. Wenn Sie kooperieren, werden Sie belohnt, wenn nicht, dann werden Sie bestraft. Haben Sie Durst?«

Er hielt ihr einen Strohhalm an die Lippen. Sie nahm ihn in den Mund und saugte gierig daran. Kühles Wasser lief ihr in den Mund. Sie trank, so viel sie konnte, bevor der Mann den Strohhalm wieder entfernte.

»Besser?«

»Meine Töchter.«

»Sie machen sich offenbar Sorgen um sie. Das ist normal. Den Mädchen hat niemand ein Haar gekrümmt. Bis jetzt jedenfalls nicht.«

»Bitte tun Sie ihnen nichts. Bitte, ich tue alles, was Sie von mir verlangen. Wirklich *alles*.«

Er beugte sich vor und flüsterte: »Ja, das weiß ich.« Dann stand er wieder kerzengerade. »Mein Name ist Oberst Montez de Oca. Während der nächsten Tage werden wir beide gute Freunde werden.«

Plötzlich vernahm sie ein Rasseln und einen Ruck und der Tisch wurde hochgekippt. Sobald er einen 45-Grad-Winkel erreicht hatte, rasselte es noch einmal – der Feststellmechanismus. Vor ihr die große und schwarze Linse der Videokamera. Das schreckliche Quietschen von Rädern ertönte von neuem. Ein Tisch tauchte in ihrem Blickfeld auf, verhüllt von einem weißen Tuch, das mit braunen Flecken übersät war. Getrocknetes Blut? Sie schloss die Augen und versuchte krampfhaft, aus dem Albtraum zu erwachen.

Das kann nicht sein.

Auf der einen Hälfte des Tisches lag Operationsbesteck, auf der anderen verschiedene Werkzeuge. Eine Beißzange. Eine Blechschere. Eine Feststellzange. Meißel. Feilen. Ein Eispickel. Ihre Augen blieben auf einer Schachtel Kondome haften. Sie fing wieder an zu weinen und hasste sich dafür, dass sie so schwach war. Wie konnte so etwas nur passieren? Warum war sie hier? Sie wusste überhaupt nichts und versuchte krampfhaft, sich zu erinnern, ob sie bei ihrer Arbeit etwas mitgehört hatte, das vielleicht als geheim eingestuft sein könnte.

Der Mann trat in das Licht und streckte die Hand nach ihr aus.

Sie zuckte zusammen und versuchte, ihm auszuweichen.

Er lächelte, griff unter den Tisch und machte irgendetwas los. Entsetzt sah Nicole, dass es Beinhalter waren, wie bei einem Gynäkologenstuhl. Mit festem Griff packte er Nicoles rechten Knöchel und band mit seiner freien Hand das Bein los. Er drückte ihren Fuß in die Beinhalterung und fixierte den Knöchel mit einem dicken Lederriemen. Dann wiederholte er den Vorgang mit ihrem linken Bein. Als Nächstes schwenkte er ihre angewinkelten Beine nach oben und stellte die Beinhalterungen fest. Nicole befand sich jetzt in einer völlig wehrlosen Position.

Oh nein, bloß das nicht.

»Können wir anfangen?« Er verzog das Gesicht zu einem spöttischen Grinsen. »Ich habe leider vergessen, Blumen mitzubringen.«

Nicole weinte unaufhörlich weiter. Dieser schreckliche Mann würde sie wegen Informationen foltern, die sie nicht hatte. Das Ganze war so unfair, so furchtbar unfair. Eine Welle der Übelkeit schwappte in ihr hoch und sie konnte gerade noch den Kopf zur Seite wenden. Etwas von dem Erbrochenen landete auf ihrer Brust.

»Das tut mir furchtbar leid. Hier, lassen Sie mich das wegwischen.« Er säuberte ihren Mund und ihre Brüste mit einem feuchten Lappen. »Sie können sich jetzt ein wenig beruhigen, Ms Dalton. Ich habe nicht vor, Sie zu vergewaltigen. So etwas finde ich vulgär und abstoßend. Die Stellung, in der Sie sich im Augenblick befinden, ist ... wie drücke ich es am besten aus? Sie hat den Zweck, bei Ihnen ein Maximum an Unsicherheit auszulösen. Diese Stellung ist bei Männern besonders wirksam, weil sie sich noch nie darin befunden haben. Ich würde Ihnen ja gerne sagen, dass das, was nun kommt, nicht wehtut, aber dann müsste ich lügen. Ich finde jedoch, wir sollten ehrlich zueinander sein.«

»Bitte. Ich weiß wirklich nichts!«

»Meine liebste Nicole, Ihre Arroganz ist schon fast entzückend. Wieso glauben Sie eigentlich, dass das hier etwas mit Ihnen zu tun hat?«

KAPITEL 9

Nathan und Harvey hoben kurz nach 13 Uhr vom Montgomery Field ab und hielten Kurs in östlicher Richtung, um den Luftraum des US-Marine-Corps-Stützpunkts Miramar zu umgehen. Mit etwas Glück würden sie gegen 19 Uhr auf dem Flugplatz von Bullfrog Basin landen.

»Wir sind eindeutig im Nachteil«, sagte Harv. »Wenn wir eine groß angelegte Suche mit Dutzenden von FBI-Agenten durchführen, ist Montez gewarnt und taucht unter. Aber ohne die Unterstützung von Dutzenden von FBI-Agenten finden wir ihn erst gar nicht. Wie wir es auch immer anstellen, machen wir es verkehrt.«

»Der Schlüssel dazu, ihn zu finden, ist hier drin.« Nathan nahm für den Bruchteil einer Sekunde die Hand vom Höhensteuer und deutete auf seinen Pilotenhelm. »Wir müssen es nur ausgraben.«

»Das könnte sich als gefährlich erweisen.«

»Wem sagst du das.«

»Du überlegst doch nicht etwa ernsthaft, es mit Hollys Vorschlag zu versuchen und dich hypnotisieren zu lassen?«

»Grundsätzlich ja. Wenn du mich fragst, ob es das Risiko wert ist, dann muss ich das bejahen. Ich finde die Vorstellung unerträglich, dass Montez diese Frau und ihre kleinen Töchter in seiner Hand hat.«

»Ja, mir geht es genauso. Und wer ist sonst noch in Gefahr? Wenn wir Montez nicht stoppen, wird er die nächsten Jahrzehnte munter weiter foltern und morden. Anscheinend macht ihm seine Arbeit zu viel Spaß, als dass er damit aufhören könnte.«

»Was auch immer er vorhat, es steht dabei viel auf dem Spiel. Für eine unbedeutende Sache würde er sich nicht die Finger schmutzig machen. Ich wette, jemand bezahlt ihm eine schöne Stange Geld.«

Ein Telefonklingeln unterbrach ihre Unterhaltung. Harv stellte den Anruf zum NavCom durch und betätigte den Sendetrigger am Steuerknüppel. »Hallo?«

»Harvey? Hier spricht Holly.«

»Hi, Holly. Nathan und ich fliegen gerade zum Lake Powell.«

»Ich wollte euch nur sagen, dass ich unsere Dienststelle in Salt Lake City kontaktiert und veranlasst habe, dass euch jemand in Bullfrog Bay abholt. Für eure Unterbringung ist ebenfalls gesorgt.«

»Das wäre nicht nötig gewesen.«

»Überhaupt kein Problem. Ein Agent von unserer Außendienststelle in Monticello wird euch am Flugplatz erwarten. Können Sie sich seine Handynummer notieren?«

Harv schrieb die Nummer auf die Flugnavigationskarte.

»Ruft ihn eine Stunde und fünfzehn Minuten vor eurer Ankunft an. Das gibt ihm ausreichend Zeit, um dorthin zu kommen. Ich habe auch ein paar Informationen vom Büro des Bezirkssheriffs von Kane County erhalten. Die haben den ursprünglichen Notruf erhalten und dann die Nationalparkverwaltung verständigt. Deren Taucher haben Kramers Leiche geborgen. Sie wurde zunächst am Jachthafen aufbewahrt, bis man sie nach Kanab und von dort aus in die Rechtsmedizin in Salt Lake City gebracht hat. Die Obduktion müsste bald vorüber sein.«

»Haben die örtlichen Polizeibehörden bereits Ermittlungen in der Umgebung des Sees eingeleitet?«, fragte Nathan.

»Das Übliche halt. Gegenwärtig suchen sie nach Augenzeugen und versuchen herauszufinden, was für ein Boot die Mörder benutzt haben. Wie es aussieht, wurden im Laufe der letzten Woche keine Boote als gestohlen oder vermisst gemeldet. Die Überprüfung der Bootsvermietungen hat bisher keine Hinweise auf illegale Aktivitäten ergeben. Es gab allerdings eine seltsame Meldung. Ein Einheimischer hat behauptet, jemand hätte in der betreffenden Nacht sein Hausboot gestohlen und es später zurückgebracht. Da keine Beweise für Diebstahl vorlagen, hat das Sheriff's Department die Angelegenheit nicht weiter verfolgt. Der Bootsbesitzer ist offenbar in der Gegend als eine Art Querulant bekannt. Der Deputy Sheriff hat unserem örtlichen Agenten berichtet, dass solche Vorfälle ständig passieren. Es ist ein ähnliches Phänomen wie Spritztouren mit gestohlenen Autos. Bei den Tätern handelt es sich meistens um besoffene Schüler oder Studenten.«

»Das Zeitfenster passt jedenfalls.«

»Ich habe die Kontaktinformationen des Eigentümers, falls ihr mit ihm reden wollt. Den Bericht habe ich gerade vor mir liegen. Der Deputy beschreibt den Mann als – ich zitiere – ›alten Grantler‹.«

»Ganz mein Typ.«

»Anscheinend lebt er auf seinem Boot und ist viel damit unterwegs.«

»Wir wollen auf jeden Fall mit ihm reden. Wird der lokale FBI-Agent bei meinen speziellen Kommunikationsmethoden ein Auge zudrücken, für den Fall, dass dieser alte Grantler nicht mit uns kooperiert?«

»Aber bitte keine Handgreiflichkeiten, okay?«

»Versprochen, keine Handgreiflichkeiten. Glaubst du, dass FBI-Direktor Lansing von unseren Nachforschungen Wind bekommt?«

»Wahrscheinlich. Zumindest wird man ihm über den Fall Kramer Bericht erstatten.«

»Wieso das?«

»Wir haben auf der ganzen Welt JAs.«

»JAs?«

»Justizattachés. Das FBI hat solche Leute in jeder größeren Botschaft, einschließlich der in Budapest. Ich kann mir nicht vorstellen, dass Lansing nicht bereits von dem Mord an Kramer erfahren hat.«

Nathan warf Harv einen Blick zu. »Wenn Lansing herausfindet, dass wir beide in die Sache verwickelt sind, wird er sich wohl nicht gerade freuen.«

»Bestimmt nicht.«

»Wirst du Ärger bekommen? Wir können von jetzt an alleine weitermachen.«

»Mach dir keine Sorgen um mich. Übrigens, Grangeland wird euch unterstützen, falls ihr sie braucht.«

Special Agent Mary Grangeland war ein Top-Profi. Sie hatte Nathan und Harv bei der Sache mit den Bridgestone-Brüdern geholfen und hätte das fast mit dem Leben bezahlt.

»Bist du dir sicher?«

»Ja, absolut.«

»Okay. Danke. Und bedanke dich auch in unserem Namen bei Grangeland.«

»Mache ich. Wann werdet ihr in Bullfrog ankommen?«

»Gegen 19 Uhr.«

Ein Anklopfton unterbrach ihr Gespräch. »Holly«, sagte Harv, »jemand versucht gerade, uns anzurufen. Wir müssen das Gespräch annehmen. Vielleicht ist es General Hawthorne.«

»Kein Problem. Ich wünsche euch weiterhin einen guten Flug.«

»Den werden wir haben. Nochmals vielen Dank.«

Harv stellte den neuen Anruf durch.

Es war Thorny. »Seid ihr auf dem Weg, Jungs?«

»Ja. Und Sie?«

»Wir starten in wenigen Minuten.«

»Holly hat sich vorhin gemeldet«, sagte Nathan und fasste das Wichtigste für Thorny zusammen.

»Ich habe inzwischen den Marineminister angerufen und warte auf seinen Rückruf.«

»Danke, Herr General. Bin gespannt, was daraus wird.«

»Sagen Sie Holly, sie soll ihre Bemühungen mit Major Halliday koordinieren, damit wir doppelte Arbeit vermeiden.«

»Mache ich. Harv und ich werden uns in Bullfrog umsehen. Sie werden bis spätestens morgen Abend von uns hören. Hoffentlich meldet sich bis dahin der Marineminister bei Ihnen.«

»Sobald ich etwas Neues erfahre, rufe ich Sie umgehend an.«

»Guten Flug, Herr General.«

»Danke, gleichfalls.«

Harv beendete das Gespräch.

»Bis jetzt ist diese Sache mit der sauberen Kohletechnologie unsere einzige richtige Spur«, sagte Nathan. »Ich zerbreche mir wie verrückt den Kopf darüber, wie alles zusammenpasst. Ich vermute, dass dabei viel auf dem Spiel steht, zumindest in finanzieller Hinsicht. Wenn wir erst einmal wissen, welche Rolle Kramer dabei gespielt hat, werden wir der Wahrheit wohl ein gutes Stück näher kommen.« Er blickte auf Julian hinab, ein verschlafenes Nest ein paar Kilometer weiter südlich. »Diese Verwicklung in ungarische Wirtschaftsinteressen passt irgendwie nicht zu Montez. Zum einen liegt das Land auf dem falschen Kontinent. Und wieso ausgerechnet die Kohleindustrie?«

»Wie du schon sagtest, es geht um sehr viel Geld.«

Bilder von Nicole Dalton und ihren Töchtern erschienen erneut vor Nathans geistigem Auge. Er schüttelte den Kopf. »Montez hat mir damals immer wieder erzählt, dass er auch Kinder gefoltert hat. Mir graust es bei dem Gedanken. Er wird sie als Schachfiguren zu seinem Vorteil einsetzen. Wenn die Mutter auch nur das Geringste weiß, wird sie reden.«

»Wir werden den Kerl schnappen und ihn an die Wand stellen. Vergiss das nicht. Außerdem besteht immer noch die Möglichkeit, dass Nicole Daltons Entführung nichts mit Kramer zu tun hat.«

Nathan erwiderte nichts darauf.

»Du hast recht … Ich glaube auch, dass Montez hinter beidem steckt.«

»Man kann ihm viel nachsagen, nur nicht Dummheit. Eine Leiche in den Lake Powell zu werfen, das sieht nach einem Anfänger aus. Das passt nicht zu Montez. Warum sollte er dieses Risiko eingehen? In dieser Gegend gibt es Tausende Quadratkilometer unberührte Wildnis, so weit das Auge reicht.«

»Wir sollten davon ausgehen, dass er nicht damit gerechnet hat, gesehen zu werden. Schließlich war es mitten in der Nacht und der See lag in völliger Dunkelheit. Dass sich zufällig Camper in der Nähe aufhielten, war einfach nur Pech. Mehr als nur das. Diese Leute waren ausgerechnet um diese Zeit wach, haben das Boot gehört, hatten eine klare Sichtlinie und obendrein ein Nachtsichtgerät. Du musst zugeben, dass die Wahrscheinlichkeit für so etwas sehr gering ist. Die Camper hätten genauso gut am gegenüberliegenden Ufer sein können, dann hätten sie gar nichts gesehen. Es gibt hier jede Menge Was-wäre-wenn-Szenarien.«

»Wahrscheinlich hast du recht. Aber trotzdem ging er ein größeres Risiko ein, als unbedingt nötig gewesen wäre. Ich meine, wenn du sicherstellen willst, dass man dich nicht sieht, wie du eine Leiche verschwinden lässt, gibt es dafür weitaus sicherere Methoden.«

»Ja«, pflichtete Harvey ihm bei. »Gerade wir sollten das wissen.«

KAPITEL 10

Montez sprach leise und mit einem nur leichten Akzent. »Wissen Sie, was Sie sagen sollen?«

Nicole Dalton nickte.

»Gut, dann versuchen Sie, sich zu entspannen. Ich weiß, dass Sie Schmerzen haben. Machen Sie den Anruf und stellen Sie das Gespräch bitte auf Lautsprecher. Bald haben Sie es hinter sich.«

Montez reichte ihr das Telefon und trat einen Schritt zurück. Er hatte ihre Hände losgebunden, aber der Rest ihres Körpers blieb an den Tisch fixiert. An ein Entkommen war nicht zu denken.

Der Signalton deutete darauf hin, dass eine Verbindung zustande gekommen war.

»Stellen Sie bitte lauter.«

Sie befolgte seine Anweisung.

Montez lächelte, als er die Stimme am anderen Ende hörte. Herrlich.

»Nicole. Wo bist du? Wo sind die Kinder? Das Außenministerium hat mich benachrichtigt, dass du entführt wurdest. Ich versuche schon seit mehreren Stunden, dich zu erreichen.«

»Duane, wir stecken in Schwierigkeiten.«

»Was kannst du sehen? Was für Geräusche kannst du im Hintergrund hören?«

Montez trat nach vorne und nahm ihr das Telefon aus der Hand. »Wussten Sie schon, dass Nicole jeden Tag eine Stunde lang Sport treibt? Das macht sie nur, um ihren Körper für ihren neuen Freund in Schuss zu halten. Das kann ich persönlich bestätigen.«

»Wer zum Teufel sind Sie?«

»Ich stelle hier die Fragen und nicht Sie, Mr Dalton.«

Keine Antwort.

»Sind Sie noch am Apparat?«

»Ja.«

»Ich fürchte, Ihr Schoßhund Mr Kramer ist nicht mehr bei uns. Zum Glück konnte ich mich noch ein wenig mit ihm unterhalten, bevor er … na, wie soll ich sagen … von uns gegangen ist. Ihre Ex-Frau macht auf mich einen äußerst kooperationswilligen Eindruck. Sie hat mir freundlicherweise Ihre Telefonnummer gegeben.«

»Was wollen Sie?«

Montez streckte die Hand aus und bog Nicoles kleinen Zeh in die falsche Richtung, bis er brach. Sie schrie.

»Okay. Bitte tun Sie ihr nichts. Meine Töchter …«

»War das eine Frage?«

»Nein!«, schrie er.

»Ihre Zukunft hängt einzig und allein von Ihnen ab, Mr Dalton. Haben Sie Internetzugang?«

»Ja.«

»Ich möchte, dass Sie auf die folgende Webseite gehen.« Er gab ihm eine nummerierte Internetadresse. »Haben Sie sich das notiert?«

»Ja.«

»Sie haben genau sechzig Sekunden. Sagen Sie mir Bescheid, wenn Sie online sind.« Er wandte sich Nicole zu. »Mr Dalton macht sich offenbar Sorgen um Sie. Vielleicht geht das Ganze so schnell vorbei wie erhofft.« Er wusste, dass Dalton ihn gehört hatte. »Sie haben noch fünfundvierzig Sekunden.«

»Ich gehe gerade ins Internet.«

»Danke, dass Sie so prompt reagieren.«

Montez ignorierte Nicoles flehenden Blick, befestigte ihre Arme wieder am Tisch und trat einen Schritt zurück. Er schaltete die Leuchte an der Decke ein und bewunderte sein Werk. Perfekt.

»Noch dreißig Sekunden.«

»Ich tippe gerade die Adresse ein.«

»Ausgezeichnet, Mr Dalton. Sie machen Ihre Sache gut.«

Montez wusste, was Duane Dalton zu Gesicht bekommen würde, wenn der Livestream aus dem Camcorder auf seinem Monitor erschien. Die Mutter seiner Kinder nackt und blutüberströmt auf einem Foltertisch fixiert. Die Schnittwunden, die er ihr zugefügt hatte, waren nicht besonders tief, sahen aber schlimm genug aus, um dem Betrachter einen Schrecken einzujagen.

Er wartete und tippte mit dem Finger auf den Telefonhörer.

Dalton schrie so laut, dass es verzerrt durch den Lautsprecher klang. »Sie krankes Arschloch! Was zum Teufel haben Sie mit ihr gemacht?«

Montez trat vor den Laptop mit der Webkamera und hielt den Elektroschocker hoch, bevor er ihn in eine offene Wunde an Nicoles Oberkörper stieß. Ihr Schrei übertönte das elektrische Knistern und sie warf den Kopf hin und her.

»Stopp! Okay. Okay. *Sie* stellen die Fragen.«

»Ihre vorübergehenden Konzentrationsschwierigkeiten sind verständlich, wenn man bedenkt, was Sie gerade sehen. Aber beim nächsten Wutausbruch wird es noch viel schlimmer werden. Ich hoffe, Sie sind sich über den Ernst der Lage im Klaren?«

»Bitte tun Sie ihr nichts mehr.«

»Wissen Sie, wer ich bin?«

»Ich habe eine Vermutung.«

»Sagen Sie es mir bitte.«

»Oberst Montez de Oca.

»Oberst außer Dienst.«

Keine Antwort. Er hörte, wie Nicole Dalton weinte.

»Wussten Sie, dass ein Anschlag auf mich geplant war?«

Keine Antwort.

Er schockte die Frau erneut. Diesmal schrie sie noch lauter.

»Halt! Okay. Ja, ich wusste es.«

»Sehen Sie? Es geht doch. Wir können uns vernünftig unterhalten. Es kommt nur auf die richtige Motivation Ihrerseits an.«

Montez breitete ein weißes Tuch über der Frau aus. An den Stellen über den Schnittwunden bildeten sich rote Flecken.

»Meine Kollegen haben ihr Interesse bekundet, vorbeizuschauen und Ihre Ex-Frau kennenzulernen. Ich habe es ihnen nicht erlaubt. Noch nicht.« Er hielt eine Packung Kondome vor die Kamera. »Ich habe hier einen Vorrat für eine ganze Woche, und zwar für alle sechs Männer. Kann ich davon ausgehen, dass eine so lange Aktion nicht nötig sein wird?«

»Nein, das ist ganz und gar nicht nötig.«

»Ich interessiere mich weder für Sie, Mr Dalton, noch für Ihre Ex-Frau. Ich habe Personen im Visier, die … sagen wir mal … außerhalb Ihrer Gehaltsklasse liegen.« Er hielt zwei kleine Fotos hoch. »Es ist bestimmt nicht einfach, die Mutter Ihrer Töchter in einer so furchtbaren Lage zu sehen.«

»Bitte lassen Sie die Mädchen aus dem Spiel. Sie sind doch nur Kinder.«

»Das liegt ganz an Ihnen, Mr Dalton. Meine Männer würden Ihre Töchter ebenfalls gerne kennenlernen.« Montez wandte sich nach links und schnippte mit den Fingern. Arturo, seine rechte Hand, zog zwei Stühle heran und stellte sie neben den Tisch. Zwei weitere Männer zerrten je ein junges Mädchen mit verbundenen Augen und Knebel im Mund herbei, setzten sie auf die Stühle und hielten sie an den Schultern fest. Beide Mädchen weinten und zitterten vor Angst.

»Bitte, ich flehe Sie an. Lassen Sie die Kinder aus dem Spiel.«

»Wenn Sie kooperieren, sehe ich keine Veranlassung, sie meinen Männern zu überlassen.«

Nicole gelang es, ihr Weinen für einen Augenblick zu stoppen. Sie sagte: »Ich bin hier, Kinder. Mami ist hier.«

Montez schnippte erneut mit den Fingern, worauf Arturo ihr einen Streifen Isolierband auf den Mund klebte und ihr die Augen verband.

»Bitte tun Sie ihnen nichts. Ich mache alles, was Sie wollen.«

»Ich bin bereit, Nicole eine Spritze Morphin zu geben. Möchten Sie, dass ich das tue?«

»Ja.«

»Auch ich habe Mitgefühl, Mr Dalton.« Er stieß die Nadel in ein Stück unbeschädigte Haut und drückte auf den Kolben der Spritze.

Nicole stöhnte durch das Klebeband.

Montez beugte sich über sie und sagte leise: »Das wirkt nicht so schnell wie eine intravenöse Injektion, aber in ein paar Minuten müsste es Ihnen besser gehen.« Er legte die Spritze auf den Tisch und blickte wieder in die Kamera. »Mr Dalton, wir beide werden uns jetzt über unsere Situation unterhalten. Kann ich davon ausgehen, dass dieses Gespräch vertraulich bleibt?«

»Ja.«

»Muss ich Sie daran erinnern, was sonst passiert?«

»Nein.«

Montez steckte einen USB-Stick in den Laptop und öffnete das Aufnahmeprogramm. »Ausgezeichnet. Können wir anfangen?«

KAPITEL 11

Nach einem kurzen Zwischenstopp in Seligman flogen Nathan und Harvey nach Page, Arizona, weiter, einer Ortschaft nahe der Grenze zum Staat Utah. Dort tankten sie den Bell-Helikopter voll und setzten ihren Flug fort. Ihre Route führte sie über eine der schönsten Landschaften, die Nathan je gesehen hatte. Die rötlichen Felsformationen sahen aus wie zufällig entstanden, erweckten aber gleichzeitig den Eindruck, als stecke ein göttlicher Plan dahinter. Das hier war wirklich Gottes Land, aber auch der absolut falsche Ort für einen Motorschaden. Wer hier abstürzte, dessen Überreste konnte man hinterher mit einer Spachtel von den Felsen kratzen.

Sie ließen den Glen-Canyon-Staudamm, einen gewaltigen Monolithen aus Beton, hinter sich, folgten dem Lake Powell und hielten sich über der Mitte des Stausees. Von beiden Ufern zweigten Dutzende von engen Buchten ab, auf deren Gewässern sich Party- und Wasserskiboote tummelten.

Hier draußen gab es bestimmt über eine Million Plätze, wo man eine Leiche im See versenken konnte. Es war purer Zufall, dass jemand Kramers Verschwinden beobachtet hatte. Wenn man jedoch genauer darüber nachdachte, standen die Chancen dafür gar nicht schlecht. Denn wahrscheinlich gab es entlang des Ufers Hunderte von wilden Campingplätzen.

»Wir sollten auf eine Flughöhe von 150 Metern steigen. Bei diesem Licht kann man Hochspannungsleitungen leicht übersehen.«

»Kein Problem«, sagte Harv.

»In ein paar Minuten sind wir über dem Jachthafen. Bevor wir landen, sehen wir uns ein wenig die Umgebung an.«

»Möchtest du das Steuer übernehmen?«

»Du machst deine Sache gut.« Nathan faltete die Flugnavigationskarte so, dass Bullfrog Bay sich in der Mitte seines Kniebretts befand. »Fliege einen Kurs von … null-drei-null. Der müsste uns direkt zum Jachthafen bringen.«

»Null-drei-null«, wiederholte Harv. »Der FBI-Agent, der uns abholen soll, müsste inzwischen hier sein.«

»Ja.« Nathan wählte die UNICOM-Frequenz und betätigte den Sendeknopf. »Bullfrog Basin, Helikopter Acht-Null-Fünf-Bravo-Tango befindet sich acht Kilometer südwestlich vom Flugplatz auf 1300 Meter Höhe im Landeanflug. Bullfrog Basin.«

Keine Antwort, aber er hatte auch keine erwartet. Der Luftraum über Bullfrog Basin war unkontrolliert. Wenn sich noch andere Luftfahrzeuge in der Gegend befanden, hätten sie geantwortet.

Sie flogen über eine lange und schmale Seitenbucht mit einer kleinen Insel. »Da vorne ist unser Zielort, die pulsierende Metropole Bullfrog Bay, Utah.«

»So schlimm ist es auch wieder nicht. Sieht irgendwie gemütlich aus.«

»Wir sollten ein bisschen höher gehen. Schließlich wollen wir nicht unhöflich sein.«

»Die Landebahn ist auf unserer Zwölf-Uhr-Position auf der Anhöhe hinter dieser Felswand. Die Landschaft hier ist wirklich schön. Im Licht des Sonnenuntergangs wirken die Felsen sogar noch rötlicher.«

»Machen wir einen Rundflug, bevor wir landen.«

Viel gab es in Bullfrog Bay nicht zu sehen. Zwei große Bootsrampen flankierten den Jachthafen an beiden Enden. Etwas höher lagen Wohnwagenparks, Campingplätze und Ferienwohnungen. Der Jachthafen selbst bot mehrere hundert Bootsliegeplätze, die Hälfte davon war belegt. Harv hatte recht. Der Ort sah friedlich aus, war aber überlaufen. Die Parkplätze vor den Bootsrampen waren mit SUVs und Pick-ups vollgeparkt. Der Hafen konnte eine Menge Bootsverkehr bewältigen, und so wie es aussah, tat er es auch.

»Fliegen wir zur Landebahn und schauen, ob unser Freund vom FBI schon da ist. Ich schalte mal den automatischen Wetterbericht ein.« Er wählte die entsprechende Frequenz und hörte sich die Wetterdaten an. Als Nächstes kündigte er seine Absicht auf dem UNICOM-Kanal an. Auch diesmal kam keine Antwort.

Harv legte einen tadellosen Anflug zum südlichen Ende von Landebahn 01 hin. Auf einem kleinen Parkplatz für Durchreisende standen ein paar einmotorige Flugzeuge. Neben einer dunklen Limousine entdeckten sie einen Mann, der winkte.

»Unser Kontaktmann vom FBI«, sagte Nathan.

Von Süden her wehte nur eine leichte Brise und Harv landete so weit wie möglich von den Flugzeugen entfernt. Normalerweise wirbelte der Rotorenabwind eine riesige Staubwolke auf, nicht aber auf der geteerten Fläche.

»Gute Landung«, lobte Nathan.

»Danke.«

Sie nahmen die Helme ab und gingen zusammen die Checkliste zum Herunterfahren des Hubschraubers durch.

Der FBI-Agent winkte erneut und Nathan erwiderte die Geste. Wenigstens war der erste Kontakt schon einmal freundlich.

Vier Minuten nach der Landung stiegen sie aus dem Hubschrauber und streckten sich. Die Brise fühlte sich angenehm warm an, nicht zu heiß. Nathan schlug wie gewöhnlich mit der Hand auf den Rumpf und nickte Harv zu.

Ihr Kontaktmann kam ihnen entgegen.

Man musste dem FBI-Agenten zugutehalten, dass er sich zumindest äußerlich nichts anmerken ließ, als er die Narben in Nathans Gesicht sah. Wahrscheinlich hatte man ihn bereits gewarnt. Aber manchmal war keine Reaktion auf ihre Art und Weise auch eine. »Mr McBride, Mr Fontana, ich bin Special Agent Jeremy Duns.«

Sie gaben sich die Hände. Duns hatte ein freundliches Gesicht und eine lockere Art. Mittlere Statur. Schätzungsweise Anfang dreißig. Dunkle Haare. Seine Dienstwaffe steckte in einem Hüftholster. Bekleidet war er mit einer hellbraunen Hose von Dockers und einem grünen Hemd, auf dem in kleinen Goldbuchstaben *FBI* stand. Ein cooler Typ: Nathan mochte ihn auf Anhieb.

»Reden wir uns mit Vornamen an. Das hier ist Harvey, und ich bin Nathan. Meine Freunde sagen Nate.«

»Dann sage ich das auch?«

»Das wird sich zeigen.«

Jeremy lächelte. »Ich habe Ihnen bereits eine Unterkunft am Jachthafen besorgt. Nichts Besonderes, aber ich denke, es wird Ihren Ansprüchen genügen. Ist das Ihr Hubschrauber?«

»Einer von mehreren.«

»Im Ernst?«

»Harvey hat auch einen. Aber wir betrachten die Dinger als Gemeinschaftseigentum.«

Jeremy runzelte die Stirn.

»Sind wir nicht.«

»Ich wusste nicht, was ich sagen sollte. Es würde aber auch keine Rolle spielen, wenn es so wäre.«

»Keine Aufregung«, sagte Harvey. »Wir hören das ständig.«

»Haben Sie Hunger? Am Jachthafen gibt es ein Restaurant.«

»Jetzt sind wir auf einer Wellenlänge«, sagte Harv.

»Ich war so frei, mit unserem Hausboot-Eigentümer über die Parkranger Kontakt aufzunehmen. Er wird sich morgen früh mit uns treffen. Ich wollte nicht, dass er sich einfach verdrückt.«

»Das haben Sie gut gemacht«, lobte Nathan.

»Tragen Sie beide Waffen?«

Nathan warf Harv einen kurzen Blick zu und deutete auf den Hubschrauber. »Wir haben einen Seesack mit dem Nötigsten. Zwei SIGs mit Schalldämpfern, Predator-Messer, Feldstecher, Nachtsichtgeräte und eine Wärmebildkamera.«

»Rechnen Sie damit, dass hier demnächst ein Krieg ausbricht?«

»Sie kennen doch sicher den Spruch: Lieber hat man es dabei und braucht es nicht, als es zu brauchen und nicht dabeizuhaben.«

»Sind Sie damit einverstanden, Ihr *Nötigstes* im Hubschrauber zu lassen?«

»Nur äußerst ungern«, sagte Harv.

»Sie können den Seesack in meinem Kofferraum verstauen.«

Harv ging zurück zum Hubschrauber.

»Danke, dass Sie mein Gesicht nicht angestarrt haben«, sagte Nathan zu dem FBI-Agenten.

»Ich muss gestehen, dass ich ein wenig neugierig bin«, sagte Jeremy. »Diese Narben lassen Sie eindeutig wie einen harten Burschen aussehen, jemand, mit dem man sich lieber nicht anlegt. Ich weiß ein bisschen über Sie und Ihren Partner. Einer meiner Kollegen in der Außenstelle in Monticello ging mit Bruce Henning auf die Bundespolizeischule. Sie sind über die Jahre in Verbindung geblieben.«

»Henning ist ein guter Mann. Wir hatten bei unserer ersten Begegnung einen holprigen Start miteinander, aber dann haben wir beide eingelenkt und eingesehen, dass wir falsch lagen. Das Ganze war meine Schuld. Ich freue mich, dass Sie sich um uns kümmern.«

»Das tue ich gerne. Wir sind hier nicht gerade am Mittelpunkt der Welt. Die tolle Landschaft bietet zwar einen gewissen Ausgleich dafür, dass hier nur wenig los ist, aber ein bisschen mehr Action …«

Nathan deutete auf sein Gesicht. »Passen Sie auf, was Sie sich wünschen.«

»Was ist passiert? Können Sie darüber reden?«

Nathan schüttelte den Kopf.

Jeremy schwieg einen Augenblick, bevor er sagte: »Na, dann sollte ich wohl mit meinem vielen Papierkram ganz zufrieden sein.«

»Eine gute Wahl.«

Im Restaurant gab es ungesundes Essen und eine Innenausstattung aus viel Messing und Seilen, die zu einem Jachthafen passte. An den meisten Tischen saßen Urlauberfamilien, sonnengebräunte Wassersportler und Angler mit wettergegerbten Gesichtern. Die gedämpfte Beleuchtung schützte zwar vor allzu neugierigen Blicken, aber ein paar Gäste sahen zweimal hin, als sie Nathans Gesicht erblickten.

Harv aß eine ganze Pizza – keine von diesen winzigen Designerkreationen, sondern eine mit 40 Zentimeter Durchmesser und dickem Belag. Nathan und Jeremy starrten ihn ehrfürchtig an: Der Mann haute rein wie ein Scheunendrescher.

Eine Stunde später bezogen sie ihre Unterkunft, eine moderne Ferienwohnung mit Blick auf den Jachthafen. Jeremy berichtete ihnen, dass sämtliche Unterkünfte in der Gegend bereits seit Anfang Frühjahr ausgebucht waren. Großzügigerweise hatte ihnen aber der Eigentümer des Ferienkomplexes seine eigene Dreizimmerwohnung zur Verfügung gestellt. Natürlich hatte die Tatsache, dass er dem FBI dafür das Dreifache berechnete als sonst üblich, in nicht geringem Maße dazu beigetragen. Man konnte der Bundespolizeibehörde ja vieles nachsagen, aber keineswegs einen Mangel an Improvisationsfähigkeit.

★ ★ ★

Am nächsten Morgen strahlte die Sonne vom Himmel und kündigte einen heißen Tag an. Nathan und Harv joggten zwanzig Minuten um den Jachthafen. Danach erledigten sie ihre Morgentoilette und waren nun bereit, sich mit dem Hausbootbesitzer zu treffen.

Jeremy parkte auf einem unbefestigten Parkplatz östlich der freien Bootsliegeplätze. »Ich rechne nicht damit, dass unser Mann sich als besonders kooperativ erweisen wird. Der Parkranger meinte, er sei ein totales Arschloch.«

»Er wird kein Problem sein.«

»Wenn Sie meinen.«

Sie gelangten über einen Verbindungssteg zum Kai. »Ich brauche Sie womöglich für ein Rollenspiel. Er soll glauben, dass Sie auf seiner Seite sind. Sie müssten also gegebenenfalls ein wenig schauspielern.«

Jeremy grinste. »Guter Bulle, böser Bulle?«

»So in der Art.«

Um Viertel nach sieben war es am Jachthafen noch menschenleer. Sie passierten ein paar Geschäfte entlang des Kais, wo es allerhand Angel- und Wassersportbedarf zu kaufen gab, von Angelhaken über Sonnenschutzcremes bis zu Lebensmitteln. An den Bootsliegeplätzen lagen überwiegend Hausboote. Ein paar Angler machten ihre Boote für einen Tag auf dem See startklar. Zwanzig Meter weiter entlang des Kais hatte ein Mann bereits seine Angel ausgeworfen. Er trug eine hellbraune Latzhose und saß auf einem Metallklappstuhl. Als die drei Besucher sich näherten, warf er ihnen einen kurzen Blick zu, bevor er wieder auf seinen Schwimmer starrte.

Nicht weit von der Stelle, an der er saß, briet jemand Speck.

Das Knarren der Bohlen unter Nathans Füßen vermischte sich mit dem gedämpften Schrei eines Babys. Er wusste nicht, warum, aber bei dem Geräusch musste er an Holly denken. Er sagte leise: »Wirklich ein schöner Jachthafen. Ich hatte etwas anderes erwartet.«

»Das hier ist ein Zentrum für Wassersportler in dieser Gegend.«

»Das sieht man.«

»Wie ich befürchtet hatte«, sagte Jeremy. »Er ist nicht hier.«

Sie hielten vor einem leeren Bootsliegeplatz.

»Sind Sie sicher, dass das hier die richtige Stelle ist?«

»Absolut. Sein Hausboot lag gestern hier. Der Vogel ist aus dem Nest geflogen. Er wusste, dass wir kommen würden. Moment … warum grinsen Sie?«

»Der Typ weiß nicht, dass wir einen Hubschrauber haben.«

★★★

Der Angler in der braunen Latzhose wartete, bis die drei Männer verschwunden waren, und zog sein Handy aus der Tasche. »Ich bin's, Arturo.«

»Was gibt's?«

»Drei Männer sind gerade vorbeigekommen und haben nach dem Hausboot gesucht.«

»Beschreibe sie mir.«

»Zwei Weiße, ein Latino. Der eine Weiße war ziemlich groß. Hochgewachsen. Er sah wie ein harter Bursche aus. Der Latino war auch groß. Ich war zu weit weg, um Details zu erkennen, aber der andere Weiße war ein FBI-Agent. Ich hab die Buchstaben auf seinem Hemd gesehen. Die beiden Großen sahen ebenfalls wie Bundesagenten aus.«

»Interessant.«

»Ich hab irgendwas von einem Hubschrauber mitbekommen. Anscheinend wollen sie damit das Hausboot suchen.«

»Schreib dir die Hecknummern auf. Und pass auf, dass dich niemand sieht. Parke in sicherer Entfernung und benutze deinen Feldstecher.«

»Jawohl, Sir.«

»Und ruf mich umgehend zurück.«

KAPITEL 12

Während der Fahrt zum Flugplatz bat Nathan Jeremy, den Parkranger anzurufen und zu fragen, ob das Hausboot irgendwelche besonderen Kennzeichen aufwies. Das war in der Tat der Fall. Mr Hausboot hatte anscheinend einen Piratentick. Auf dem Heck des Sonnendecks, das von einer blauen Plane überdeckt wurde, hatte er nämlich eine große Totenkopfflagge gehisst. Das Boot müsste also leicht zu erkennen sein.

Kurz vor acht Uhr hoben sie in Nathans Hubschrauber ab.

Nathan gab Gas und gewann an Höhe. »Wir fangen am Nordende des Stausees an und arbeiten uns von dort in südlicher Richtung weiter.«

Jeremy hatte sich einen Feldstecher um den Hals gehängt. »Ich war schon oft mit dem Boot auf dem See unterwegs. Wahrscheinlich versteckt er sich in einem der zahllosen Nebenarme. Aber gesetzt den Fall, dass wir ihn finden, wo landen wir? Das hier ist eine ziemlich unwegsame Gegend.«

»Wenn wir keinen geeigneten Landeplatz finden«, sagte Nathan, »kommen wir mit einem Parkranger auf dem Wasserweg zurück.«

Nathan blieb hundertfünfzig Meter über dem Boden – für ihre Zwecke die ideale Flughöhe. Jeremy hielt sich den Feldstecher vor die Augen und gab Bescheid, sobald er irgendwo ein Hausboot sichtete. Leider erwies sich die Suche im nördlichen Teil des Sees als erfolglos. Die vereinzelten Hausboote, die entweder am Strand oder in den Nebenarmen vor Anker lagen, waren Mietboote mit burgunderrotem Verdeck.

Jeremy sagte: »Ich muss schon sagen, das ist mein coolster Einsatz seit Langem. Aus der Vogelperspektive sieht alles gleich ganz anders aus.«

Harv dirigierte Nathan zu einem Seitenarm am Ostufer, aber da waren keine Boote.

Nathan warf einen Blick auf die Treibstoffanzeige und rechnete kurz nach. Es blieben ihnen noch ungefähr neunzig Minuten, bis sie auf Reservetank weiterfliegen mussten. Der wiederum reichte für eine halbe Stunde. »Harv, ruf den Cal Black Airport an und frag nach, ob die Zapfsäule für Jet-A-Treibstoff betriebsbereit ist. Wenn nicht, müssen wir in spätestens vierzig Minuten Kurs auf Page nehmen.«

»Mach ich.« Bereits eine Minute später hatten sie die Antwort. Jet-A war rund um die Uhr verfügbar.

Nathan warf einen Blick auf die Flugnavigationskarte auf Harvs Kniebrett. »Fliegen wir auf direktem Weg zu diesem langen Seitenarm am Westufer. Mein Bauchgefühl sagt mir, dass wir ihn dort finden.«

»Kurs … zwei-fünf-null«, sagte Harv. »Damit müssten wir direkt bei der Mündung des Seitenarms ankommen. Wenn er dort ist, fliegen wir über ihn hinweg und kreisen in einiger Entfernung, bis wir einen geeigneten Landeplatz gefunden haben. Mit ein bisschen Glück finden wir einen in seiner Nähe. Allerdings könnte es schwierig werden, auf Wasserhöhe abzusteigen. Diese Canyons hier haben fast überall ziemlich steile Wände.«

Nathan sagte: »Wir haben vergessen, die Dichtehöhe zu checken. Glaubst du, wir schaffen einen steilen Anflug?«

»Das dürfte kein Problem sein. Wir sind weit unter Bruttogewicht.«

Sie gelangten zur Mündung des Seitenarms und überflogen ihn im Zickzack, um sämtliche Nischen und Buchten einsehen zu können.

Nachdem sie auf diese Weise mehrere Kilometer zurückgelegt hatten, sagte Jeremy: »Hausboot auf Drei-Uhr-Position. Hat ein blaues Verdeck. Das könnte unser Mann sein.«

Nathan drehte nach rechts ab und flog den Canyon hoch.

»Das ist er. Er hat an einer kleinen Insel angelegt. Was meinst du, Harv?«

»Da drinnen ist es verdammt eng, aber es müsste gehen. Am besten, wir kreisen nach Norden und nähern uns im Tiefflug. Ich glaube, wir können unmittelbar südlich von seiner Position landen. Er wird ziemlich sauer sein.«

»Scheiß drauf.«

»Vielleicht hat er eine Schusswaffe.«

»Ich glaube nicht, dass er auf uns schießen wird. Er wird uns höchstens warnen, indem er mit dem Ding herumfuchtelt. Du bleibst nach der Landung am Steuer.«

»Pass auf, dass er dich nicht erschießt. Er ist es nicht wert.«

»Ganz meine Meinung«, fügte Jeremy hinzu.

»Wenn er wirklich drauflosballert, springe ich einfach ins Wasser.«

»Sie beide sind wirklich zum Brüllen komisch. Will ich wissen, womit Sie früher Ihren Lebensunterhalt verdient haben?«

Beide antworteten gleichzeitig: »Nein.«

Nathan drehte nach Norden ab und ging tiefer. »Hochspannungsleitungen?«

»Negativ«, sagte Harv. »Wir haben freien Flug.« Nathan flog auf etwa zehn Meter an die südliche Canyonwand heran und brachte den Hubschrauber auf Wasserhöhe.

»Oh, Mann …«, stöhnte Jeremy.

»Alles in Ordnung da hinten?«, fragte Harv.

»Ich glaube, ich habe meinen Magen an der Felswand gelassen.«

»Wir haben das Schlimmste bereits hinter uns. Harv, siehst du irgendwo Hindernisse? Drahtseile oder Ähnliches?«

»Nichts dergleichen.«

Die Landezone befand sich mehrere Hundert Meter vor ihnen. Zu beiden Seiten erhoben sich die roten Canyonwände. Nathan war schon ein paarmal bei beengten Verhältnissen geflogen, aber das stellte alles Bisherige in den Schatten. Die Situation erforderte völlige Konzentration.

»Dieser Rotorenlärm reicht aus, um Tote zu wecken«, sagte Harv. »Der Typ muss den Eindruck bekommen, dass ein Güterzug auf ihn zurast.«

Nathan konzentrierte sich auf eine flache Stelle nicht weit von der Mitte einer Felseninsel und drosselte die Fluggeschwindigkeit auf zwanzig Knoten. »Auf jeden Fall weiß er, dass wir hier sind.«

»Ich kann niemanden sehen«, sagte Harv.

Nathan senkte die Geschwindigkeit auf zehn Knoten und blickte auf die glatte Wasseroberfläche. Es war vollkommen windstill. Als Nathan über der Landezone schwebte, wirbelte er ein wenig Staub auf.

Totale Konzentration. Blick geradeaus. Vorsichtig den Steuerknüppel betätigen.

Noch ein bisschen … der Hubschrauber zitterte leicht. Sie hatten es geschafft.

»Ich glaube, ich muss meine Unterhose wechseln«, sagte Jeremy.

»Nate ist ein guter Pilot.«

Jeremy streckte den Zeigefinger aus. »Da ist unser Mann.«

Nathan drosselte den Motor und blickte auf. Ihre Zielperson stand auf dem Sonnendeck, die Hände in die Hüften gestemmt. Selbst aus dieser Entfernung sah man ihm an, dass er sauer war. Verständlich, aber leider nicht zu vermeiden.

»Ich steige jetzt aus. Harv, du bleibst am Steuer.«

»Bist du sicher? Vielleicht sollten wir alle aussteigen.«

»Das würde bedrohlich wirken. Jeremy, ich möchte, dass Sie aussteigen, aber bleiben Sie bitte hier.«

»In Ordnung.«

Nathan kletterte aus dem Hubschrauber, nahm den Pilotenhelm ab und ging über das unebene Gelände auf das Hausboot zu. Auf halbem Weg blieb er stehen. Mr Hausboot rührte sich nicht vom Fleck.

Nathan formte die Hände zu einem Trichter, hielt sie sich vor den Mund und rief: »Darf ich an Bord kommen?«

Der Mann hielt eine Hand ans Ohr.

Nathan ging zwanzig Meter weiter und wiederholte die Frage. Zu seiner Überraschung nickte der Mann und bedeutete ihm mit einer Handbewegung, näher zu kommen. Na ja, wenigstens ein friedlicher Start. Das Hausboot sah viel schöner aus als das schwimmende Wrack, das er erwartet hatte. Plötzlich verschwand der Mann aus Nathans Blickfeld. Einen Augenblick später tauchte er jedoch wieder am Bug auf, öffnete ein Tor an der Reling und fuhr einen Landungssteg aus.

Nathan drehte sich zu Harv um und nickte ihm zu, ehe er sich dem Boot noch mehr näherte. Ähnlich wie zuvor das Boot, machte auch der Mann einen besseren Eindruck als erwartet. Er war glattrasiert und trug Jeans und ein schwarzes T-Shirt mit einem Oakland-Raiders-Aufdruck. Obwohl er die sechzig schon überschritten hatte, sah er fit aus – abgesehen von dem kleinen Bäuchlein.

»Das war wirklich eine fliegerische Glanzleistung.«

»Danke«, sagte Nathan und gab dem Mann die Hand. »Ich bin Nathan McBride.«

Sein Gegenüber musterte die Narben in seinem Gesicht und nickte. »Lars Stiegler. Ich hab in Vietnam Hueys für die Army geflogen. War zweimal dort.«

»Danke für Ihren Dienst fürs Vaterland.« Dem Akzent nach zu urteilen, stammte Stiegler aus Texas.

Der Vietnamveteran rang sich ein flüchtiges Lächeln ab und nickte in Richtung Hubschrauber. »Bell 407?«

»Gut erkannt.«

»Ihre Freunde sind ebenfalls willkommen. Wenn Sie schon hier sind, können wir auch gleich eine kleine Party feiern.«

»Einer von ihnen ist FBI-Agent.«

»Das stört mich nicht. Ich hab mir schließlich nichts zuschulden kommen lassen. Zumindest nicht in letzter Zeit.« Diesmal war sein Lächeln echt.

»Ich möchte mich für unser unangemeldetes Kommen entschuldigen.«

Stiegler winkte ab. »Ich dachte mir schon, dass Sie mich früher oder später finden würden. Mit einem Hubschrauber hatte ich jedoch nicht gerechnet. Es kommt eben immer anders, als man denkt.«

»Darf ich fragen, warum Sie den Jachthafen verlassen haben?«

»Der Ranger ging mir gehörig auf den Sack. Hat mir gesagt, ich darf nicht aufs Wasser hinaus. Der kann mich mal. Gehört der Hubschrauber Ihnen?«

»Ja.«

»Ich wette, er lässt sich traumhaft fliegen.«

»In der Tat.« Nathan blickte die Canyonwände empor.

»Diese Landschaft hier ist ebenfalls traumhaft. Ich fühle mich hier wie zu Hause ... kann Ihnen nicht sagen, warum. Ist einfach so.«

»Keine Handys, kein Internet. Nur Sie und die Felsen.«

»In welcher Teilstreitkraft waren Sie?«

»Marines.«

»Offizier?«

»Ja.«

»Mein Vater war auch ein Marine. War in Korea dabei und hat sich am Chosin-Reservoir beinahe den Arsch abgefroren.«

»Dort war mein Vater auch.«

»Echt? Ihr Marines seid verdammt zähe Burschen.«

»Danke. Wir haben übrigens nicht vor, viel von Ihrer Zeit zu beanspruchen, Mr Stiegler.«

»Sagen Sie Lars zu mir.«

Als Nathan hörte, wie Harv den Motor ausschaltete, drehte er sich um. Es würde eine Minute dauern, bis der Hauptrotor aufhörte, sich zu drehen. »Wir hatten Angst, dass Sie möglicherweise eine Waffe besitzen.«

»Das tue ich auch.«

Nathan wartete.

»Also, wenn jemand so verrückt ist, dass er sich in so einen fliegenden Mixer setzt, durch diese enge Schlucht angeflogen kommt und auf diesem Felsen landet, dann geht von ihm keine Gefahr aus. Vielleicht für ihn selbst, aber nicht für mich. Ich habe ein Herz für Hubschrauberpiloten. Scheiß auf all diese Weicheier in ihren Flugzeugen. Diese Typen interessieren mich nicht die Bohne.«

Nathan tat so, als sei er gleicher Meinung. »Das unterschreibe ich voll und ganz.«

Jeremy und Harv schlossen sich ihnen an, Nathan stellte sie vor und beobachtete Lars dabei, wie er die Neuankömmlinge sorgfältig musterte.

»Kommen Sie an Bord«, sagte er. »Ich lade jeden von Ihnen, der nicht fliegt oder im Dienst ist, zu einem kalten Bier ein.«

»Danke, das ist nicht nötig«, sagte Harv.

Das Innere von Stieglers schwimmendem Zuhause hätte als Musterwohnzimmer dienen können, so makellos aufgeräumt und ordentlich sah es dort aus. Nathans ursprüngliche Erwartungen hatten sich als falsch erwiesen. Dieser Mann war sorgfältig und organisiert. Alles befand sich am richtigen Platz. Kein einziges Staubkorn, kein schmutziges Geschirr in der Spüle, keine herumliegenden Kleidungsstücke.

»Sie haben alles fest im Griff«, sagte Harv.

»Das Zuhause eines Menschen gibt Aufschluss darüber, wie er die Welt sieht.«

»Dann haben Sie offenbar eine positive Weltsicht.«

Stiegler machte eine Flasche Corona auf. »Ja.«

Ein peinliches Schweigen folgte.

»Möchten Sie wissen, warum ich mir so sicher bin, dass jemand mein Boot gestohlen und wieder zurückgebracht hat?«

»Ja, das würde uns wirklich interessieren«, sagte Nathan.

»Ganz einfach. Ich befestige das Schiffstau immer auf eine ganz bestimmte Art und Weise an der Klampe. Die Diebe haben es fast richtig hinbekommen. Sie haben denselben Knoten verwendet, aber etwas anders gebunden. Bei der letzten Schlaufe lege ich links über rechts, nicht umgekehrt.« Er machte eine wegwerfende Handbewegung. »Ich achte eben auf so was.«

»Wie leicht ist es, so ein Boot kurzzuschließen?«

»Das weiß ich nicht. War auch gar nicht nötig. Die haben meinen Schlüssel gefunden. Ich lasse ihn immer am Haken im Schrank über der Spüle. Sie haben ihn wieder dorthin gehängt, aber verkehrt.«

»Sie sperren nie ab?«

»Nein. Abgesehen von ein paar Jugendlichen, die hin und wieder Rabatz machen, gibt es hier keine Probleme. Die Einheimischen sind ehrlich.«

»Leben Sie nicht ständig auf Ihrem Boot?«, fragte Harv.

»Normalerweise schon. Zu dem Zeitpunkt allerdings war ich für ein paar Tage bei einem Cousin in Banning. Aber jetzt kommt der Clou: Ich hab das hier unter dem Sofa gefunden, wo man es nicht sehen konnte.« Stiegler zog einen verschließbaren Plastikbeutel aus der Tasche und reichte ihn Jeremy. Darin befand sich ein Stück Silberdraht, etwa drei Millimeter dick, an einem Ende in einem 90-Grad-Winkel gebogen. »Ich wette mein Boot darauf, dass dieses Stück von einem verzinkten Maschendrahtzaun stammt. Ich hab mit dem Material schon gearbeitet.«

Nathan wechselte einen verstohlenen Blick mit Jeremy. Arthur Kramers Leiche war mit Maschendraht eingewickelt gewesen, als sie gefunden worden war.

»Ich bin vielleicht nicht unbedingt der Hellste, aber ich würde ebenfalls darauf wetten, dass das etwas mit diesem Toten zu tun hat, den man vor ein paar Tagen fand.«

»Das ist ein wichtiges Beweisstück. Jeremy, können die Kriminaltechniker beim FBI die Schnittkante vergrößern und mit dem Draht abgleichen, den man bei der Leiche gefunden hat?«

»Ja. Das ist wie eine ballistische Handschrift.«

»Hab ich's doch gewusst«, sagte Stiegler. »Es kotzt mich an, dass sie dafür mein Boot genommen haben.«

Jeremy steckte den Beutel in seine Tasche. »Danke, dass Sie uns das gegeben haben.«

»Um ein Haar hätte ich es nicht getan. Dieser bescheuerte Parkranger. Sehe ich etwa wie ein Landstreicher aus?«

»Er hat Sie einen Landstreicher genannt?«, fragte Harv.

»Dieser Volltrottel. Verstehen Sie mich nicht falsch, ich mag die Mitarbeiter der Nationalparkverwaltung. Sie leisten gute Arbeit. Aber dieses Arschloch hat mich auf dem Kieker. Er schikaniert mich am laufenden Band.«

Harv grinste. »Vielleicht mag er die Oakland Raiders nicht. Da wäre er nicht der Einzige.«

»Hey, passen Sie auf, was Sie sagen.«

»Ist hier in letzter Zeit sonst irgendetwas Ungewöhnliches passiert?«, fragte Nathan.

»Eigentlich nichts, abgesehen von dem Rummel vor ein paar Tagen. Ist 'ne ruhige Gegend hier. Hin und wieder kommen ein paar Studenten zum Feiern hierher, aber die stören mich nicht. Im Gegenteil, dann sieht man auf dem Wasser jede Menge Arsch und Titten.«

Nathan erhob sich. »Ich glaube, wir haben Ihre Zeit genug in Beschlag genommen, Lars.«

»Sie sind ja auch voll in Ordnung. Tut mir leid, dass Sie mich erst umständlich aufspüren mussten.« Er sah Jeremy an. »Falls Sie noch einmal mit diesem Parkranger reden, würden Sie ihm bitte sagen, dass ich mich kooperativ verhalten habe? Ich würde mich nicht wundern, wenn er bereits auf dem Weg hierher ist. Der Hubschrauber hat beim Landen einen Höllenlärm gemacht.«

»Mache ich«, sagte Jeremy. »Danke für Ihre Mithilfe.«

Der Rückflug erwies sich als weniger schwierig. Nathan legte aus dem Schwebeflug einen Senkrechtstart hin, ließ den Canyon hinter sich und nahm Kurs auf den Jachthafen. Stiegler stand auf dem Sonnendeck und winkte ihnen nach.

»Das lief ja besser als erwartet«, sagte Jeremy. »Der Mann machte einen ziemlich soliden Eindruck.«

»Er hat mir erzählt, er hätte in Vietnam Hueys geflogen.«

»Eine Gefälligkeit unter Kollegen?«, fragte Harv.

»Wahrscheinlich.« Nathans Handy klingelte und unterbrach ihre Unterhaltung.

Harv stellte den Anruf durch. »Es ist Thorny.«

»Hi, Herr General.«

»Wo sind Sie?«

»Wir kommen gerade von dem Treffen mit dem Hausbootbesitzer. Jetzt sind wir auf dem Rückflug zum Jachthafen.«

»Sagten Sie Rückflug?«

»Unsere Zielperson war auf dem See unterwegs. Wir mussten ihn aus der Luft aufspüren.«

»Wie ist es gelaufen?«

Nathan gab ihm eine Zusammenfassung.

»Gute Arbeit.«

»Wir sind nicht allein, Herr General. Ein FBI-Agent ist gerade bei uns.«

»Das hier ist nur für Ihre Ohren bestimmt.«

»Ich … äh … ich nehme das Headset ab«, sagte Jeremy.

Nathan bedankte sich mit einem Kopfnicken. Bei all dem Lärm, den der Motor und der Luftwiderstand machten, würde Jeremy sie nicht hören, vor allem nicht vom Rücksitz aus.

»Okay, jetzt hören nur noch Harv und ich mit.«

»Was jetzt kommt, sage ich nur äußerst ungern. Ich muss einen Rückzieher machen. Ich komme gerade von einem Termin beim Marineminister. Er hielt die Angelegenheit für so wichtig, dass er es mir persönlich sagen wollte, und er drückte sich klar und deutlich aus. Ich darf keine weiteren Nachforschungen zum Fall Kramer oder zu der entführten Familie Dalton anstellen oder Sie dabei auf irgendeine Art und Weise unterstützen. Er hat mich aufgefordert, diese Namen zu vergessen. Außerdem teilte er mir mit, dass einige sehr hochgestellte Persönlichkeiten ernste Zweifel daran haben, dass Sie es schaffen, einen Gefangenen lebend den zuständigen Behörden zu übergeben. Es tut mir leid, Nate, aber ich bin nun mal ein guter Soldat. Ich gehorche Befehlen, selbst wenn ich nicht mit ihnen einverstanden bin.«

»Machen Sie sich keinen Kopf deswegen, Herr General. Wir kümmern uns selbst um diese Dinge. Wir schaffen das auch alleine. Ich habe volles Verständnis für Ihre Situation und würde an Ihrer Stelle ganz genauso handeln.«

»Wenn ich Ihnen einen guten Rat geben darf, empfehle ich Ihnen, Ihren Vater anzurufen. Als Vorsitzender des Senatsausschusses für Terrorismus im Inland hat er Zugang zu sämtlichen Informationen, die die nationale Sicherheit betreffen. Und er verfügt über bessere geheimdienstliche Ressourcen als ich. Vielleicht weiß er sogar, was in diesem speziellen Fall los ist.«

Thorny hatte recht. Nathan fühlte sich schuldig, weil er es nicht schon früher getan hatte. »Ich rufe ihn an.«

»Ich kann Ihnen zwar nicht direkt helfen, aber ich werde weiterhin diskret die Ohren offen halten. Wenn sich bei Ihnen etwas Neues ergibt, sagen Sie mir Bescheid.«

»Mache ich. Wir melden uns heute Nachmittag wieder bei Ihnen.« Nathan beendete das Gespräch.

»Solange Jeremy nicht mithört«, sagte Harv, »sollten wir Holly anrufen und sehen, ob sie etwas Neues weiß.«

Holly ging sofort ans Telefon.

»Was für ein Timing. Ich wollte dich gerade anrufen. Wir haben jetzt wenigstens eine Antwort auf die Frage, warum Kramer sich in Bullfrog Bay aufgehalten hat. Sein Schwager besitzt dort eine Ferienwohnung.«

Nathan warf Harv einen Blick zu. »Das könnte unser Tatort sein.«

»Hast du was zum Schreiben? Dann gebe ich dir die Adresse.«

»Ja«, sagte Harv und schrieb sie an den Rand seiner Flugnavigationskarte. »Sobald wir gelandet sind, sehen wir uns die Wohnung an.«

»Da ist noch etwas, aber ich weiß nicht, wie wichtig es ist. Kramer hat vor Kurzem seine Firma Energy Solutions dicht gemacht. Vor etwas über einer Woche kam er aus Ungarn zurück. Er war ein Eigenbrötler, hatte weder Frau noch Kinder oder eine Freundin. Soweit wir wissen, ist seine Schwester seine einzige noch lebende Verwandte.«

»Diese plötzliche Firmenschließung hat vielleicht etwas zu bedeuten«, sagte Nathan. »Wir sollten über Energy Solutions herausfinden, was wir können.«

»Das versuchen wir bereits, aber bisher ist das, was wir nicht wissen, am auffälligsten. Die Firma ist in Delaware eingetragen und wahrscheinlich eine reine Briefkastenfirma. Du weißt schon, eine, wo es nur eine Adresse auf einer Visitenkarte gibt. Henning durchforstet gerade die Behördendaten des Staates Delaware, aber wir rechnen nicht damit, mehr zu finden als das, was gesetzlich vorgeschrieben ist, um eine Firma ins Handelsregister eintragen zu lassen. Hast du inzwischen etwas Brauchbares von Hawthorne und seinen Verbindungen erfahren?«

»Ja und nein. Sein Chef hat ihm persönlich befohlen, sich aus der Sache herauszuhalten. Ferner hat er uns mitgeteilt, dass einige hochrangige Persönlichkeiten nicht daran glauben, dass wir Montez lebend den Behörden übergeben werden. Das sagt uns drei Dinge. Erstens, es dürfte nun ziemlich klar sein, dass etwas ganz Großes am Laufen ist. Zweitens, wir wissen jetzt sicher, dass es eine Verbindung zwischen dem Fall Dalton und dem Fall Kramer gibt. Mit anderen Worten: Montez steckt hinter der Entführung von Nicole und ihren Töchtern. Und drittens, jemand will Montez lebendig. Es dreht sich also alles um Montez, und derjenige, der im Hintergrund die Fäden zieht, will nicht, dass es an die Öffentlichkeit dringt. Was auch immer es ist.«

»Worin könnte Montez verwickelt sein, dass hochrangige Militärs und Geheimdienstkreise so empfindlich reagieren?«

»Gute Frage. Montez ist von Beruf Verhörspezialist. Als er mich damals verhört hat, arbeitete er für die Sandinistische Nationale Befreiungsfront. Aber heute könnte er für jeden beliebigen Auftraggeber tätig sein. Eines ist jedoch gewiss: Wer auch immer ihn damit beauftragt hat, Kramer und die Daltons zu entführen, möchte Informationen. Vielleicht handelt es sich um Industriespionage, irgendetwas im Zusammenhang mit Kramers sauberer Kohletechnologie. Auf jeden Fall kannst du Gift darauf nehmen, dass es um eine Menge Geld geht.« Nathan machte eine kurze Pause. »Ich kann darüber nur spekulieren, aber was wäre, wenn es tatsächlich einen wissenschaftlichen Durchbruch auf dem Gebiet der sauberen Kohletechnologie gegeben hat? Einen Durchbruch, der das Kohlendioxid-Problem löst, von dem du gesprochen hast. Das hätte weitreichende Auswirkungen auf die globale Energieversorgungsdynamik und würde den OPEC-Ländern große Kopfschmerzen bereiten. Die Ölexporte würden nämlich zurückgehen. In welcher Größenordnung, kann ich nicht sagen, aber ich gehe mal davon aus, dass es hier um mehrere Milliarden Dollar geht. Überlege doch mal Folgendes: Wozu wären die Saudis und die anderen OPEC-Länder bereit, um ihre Vormachtstellung bei der Erdölversorgung aufrechtzuerhalten?«

»Eine interessante Betrachtungsweise.«

»Ich könnte mir ein solches Szenario durchaus vorstellen«, sagte Harv. »Und es würde erklären, warum Thornys ›hochrangige Persönlichkeiten‹ die Sache unter Verschluss halten und Montez lebend haben wollen.«

»Meine Assistentin hat mir soeben eine Notiz überreicht. Ich muss einen Anruf entgegennehmen. Versprecht ihr mir etwas?«

Beide warteten.

»Ich möchte nicht, dass ihr beiden bei dem Versuch, Montez in eure Gewalt zu bringen, ums Leben kommt. Das ist er nicht wert. Lasst ihn lieber laufen, bevor es so weit kommt.«

»Das wäre nicht meine erste Wahl.«

»Ihn laufen zu lassen oder ums Leben zu kommen?«

»Ums Leben zu kommen.«

»Da bin ich beruhigt. Mein Leben ist nämlich viel interessanter, wenn Nathan McBride und Harvey Fontana einen Platz darin haben.«

»Eins nach dem anderen«, sagte Nathan. »Ich rufe dich an, sobald wir mit der Ferienwohnung fertig sind.«

Holly war einverstanden und sie verabschiedeten sich.

Harv drehte sich zu Jeremy um und nickte ihm zu, worauf der FBI-Agent sein Headset wieder aufsetzte.

»Es tut mir leid«, sagte Harv.

»Kein Problem.«

Nathan sagte: »Ich würde gerne sämtliche Informationen mit Ihnen teilen, aber das geht leider nicht. Ich kann Ihnen jedoch sagen, dass wir möglicherweise den Tatort gefunden haben. Kramers Schwager hat am Jachthafen eine Ferienwohnung.«

»Fahren wir dorthin?«

»Ja, aber ich möchte erst die Lage peilen, bevor ich Verstärkung anfordere.«

★★★

Zehn Minuten später fuhr Jeremy sie auf dem State Highway 276 in Richtung Jachthafen.

»Da verarscht uns doch jemand, oder?«, fragte Nathan.

»Sieht nicht so aus.« Jeremy bog in dieselbe Ferienwohnanlage ein, in der sie die letzte Nacht verbracht hatten.

Die Adresse, die Holly ihnen gegeben hatte, befand sich in einem anderen Gebäude, aber in ungemütlicher Nähe zu ihrem eigenen.

Jeremy parkte etwa fünfzig Meter vor ihrem Ziel. »Besteht die Möglichkeit, dass die Bösen sich dort immer noch aufhalten?«, fragte er.

»Inzwischen sind drei Tage vergangen, aber gehen wir lieber auf Nummer sicher. Ich bin der Meinung, dass Harv und ich Waffen tragen sollten.«

Jeremy öffnete den Kofferraum. Harv holte die Pistolengürtel aus dem Seesack und Nathan sah ihm dabei zu, wie er die SIGs einer Schnellüberprüfung unterzog.

»Schalldämpfer? Unterschallmunition?«, fragte Harv.

Nathan verneinte.

Jeremy zog sich eine Windjacke an, auf deren Rückseite in großen Lettern das Wort FBI prangte. »Ich will nicht, dass die Leute erschrecken, wenn sie uns hier mit Schusswaffen herumlaufen sehen.«

»Gute Idee«, sagte Nathan.

Sie gingen an zwei überdachten Parkplätzen vorbei. Nathan deutete zuerst auf seine Augen, dann auf die Hinterseite des nächsten Gebäudes. Jeremy hielt sich rechts und bewegte sich so dicht wie möglich an der Wand entlang. Nathan sah zu, wie der FBI-Agent sich zwischen einigen kleinen Büschen und Kakteen in Terrakotta-Töpfen hindurchzwängte. Wenn jetzt jemand durch die Glasschiebetür seiner Wohnung nach draußen schaute, würde er Jeremy auf jeden Fall sehen, da die kargen Wüstengewächse keine ausreichende Deckung boten. Nathan und Harv folgten dem Gehsteig und betraten den Hof zwischen dem Zielgebäude und dem Gebäude daneben.

»Es muss die zweite Wohnung rechts sein«, sagte Harv. »Müssen wir uns wegen Stolperdrähten oder Sprengfallen Sorgen machen?«

»Glaube ich nicht. So wie es aussieht, sind sie Hals über Kopf abgehauen. Aber wir sollten trotzdem aufpassen.«

Sie ließen die Pistolen in ihren Hüftholstern stecken, bis sie zur Eingangstür gelangten.

»Bist du bereit?«, flüsterte Nathan. »Ich gehe als Erster hinein und dann nach links.«

Er griff mit den Fingerspitzen nach dem Türknauf.

KAPITEL 13

Die Tür war unverschlossen.

Nathan drückte vorsichtig dagegen und testete den Widerstand. Nichts.

Mit der Waffe im Anschlag rannte er den Flur entlang und drehte sich vor einer offenen Tür nach links. Ein kleines Badezimmer. Leer.

Nathan spürte, wie Harv an ihm vorbeischlüpfte und seinen toten Winkel sicherte. Er drang weiter in die Wohnung vor und hielt am Fuß einer Treppe inne, die SIG auf den oberen Treppenabsatz gerichtet. Er bewegte sich nicht und lauschte. Alles ruhig. Keine Bewegung. Er nahm Blickkontakt mit Harv auf und deutete nach oben. Während sein Freund lautlos die Treppe hinaufschlich, blieb Nathan stehen.

Dreißig Sekunden später kam Harv zurück. Sie nahmen sich die anderen Zimmer vor und steuerten danach das Wohnzimmer und die Küche an. Nathan bemerkte ihn sofort, diesen Geruch, den er nur allzu gut kannte. Gleichzeitig vertraut und ekelhaft. Harv und er wechselten einen schnellen Blick, traten um die Ecke im Flur und blieben stehen.

Was da vor ihnen lag, ließ sich nur mit dem Wort »scheußlich« beschreiben.

Die grausigen Überreste eines brutalen und in die Länge gezogenen Mordes.

Ein blutverschmierter Stuhl stand in der Mitte einer Plastikplane, jedes Bein umgeben von einer dunkelroten, von Rissen durchzogenen Lache getrockneten Blutes. Dazu jede Menge blutige Fußabdrücke. Jemand hatte einen Beistelltisch auf die Plane gestellt, auf dessen Oberfläche allerhand Folterwerkzeuge herumlagen: ein Filetiermesser, Drahtschneider, Zangen sowie ein kleiner Gaskocher. Der Weg in die Küche war ebenfalls mit einer Plastikplane abgedeckt, über die noch mehr blutige Fußabdrücke bis zur Spüle verliefen.

»Fällt dir was auf, Harv?«

»Was soll mir auffallen?«

Nathan erwiderte nichts.

»Jetzt sag schon, Nate.«

»Diese blanke Wut. Montez war stinksauer. Das passt nicht zu ihm. Und dass er den Tatort so hinterlassen hat, ebenfalls nicht. Er will uns damit etwas sagen.«

»Das hier war ein brutales Verhör, aber ich bin nicht sicher, ob ich deine Schlussfolgerung teilen kann.«

»Ich muss mir die Leiche ansehen.«

Harv schüttelte den Kopf. »Nathan, das ist leichtsinnig. Ich korrigiere mich: In deinem gegenwärtigen Seelenzustand ist es mehr als leichtsinnig.«

»Ich muss mich vergewissern.«

»Wovon?«

Nathan machte eine ausladende Handbewegung. »Dass Montez hier nicht einfach wie gewöhnlich nur seinen Job erledigt hat. Das hier hatte persönliche Motive.«

»Persönlich? Glaubst du, dass er Kramer kannte? Und glaubst du wirklich, dass ein Blick auf Kramers Leiche das bestätigt?«

»Ja, vielleicht. Ich weiß es nicht. Aber schau dir das an. Sieht das nach einem professionellen Verhör aus oder eher nach einer sadistischen Gewaltorgie?«

»Auch nicht schlimmer als das, was er mit dir gemacht hat.«

»Richtig, aber am Ende wurde es zwischen ihm und mir ebenfalls persönlich.«

»Wir müssen nicht selbst nach Salt Lake City. Wir können uns Fotos oder Videoaufnahmen von der Leiche ansehen.«

»Das ist nicht dasselbe.«

»Genau darauf wollte ich hinaus.«

»Harv, es ist wirklich nett von dir, dass du mich vor dieser Sache abschirmen willst, aber ich muss es machen. Ich komm schon damit klar.«

»Wirklich?«

»Ja, absolut. Komm, lass uns Jeremy suchen. Das hier ist jetzt sein Tatort.« Sie fanden ihn an der südwestlichen Ecke des Gebäudes.

»Sie sehen ja aus, als hätten Sie Gespenster gesehen. Ich vermute mal, dass Sie etwas gefunden haben.«

»Die Wohnungstür war nicht abgeschlossen«, sagte Harv.

Nathan sah, wie sich hinter dem Fenster eines Zimmers im oberen Stockwerk die Vorhänge bewegten. »Wir werden gleich Besuch bekommen. Jemand beobachtet uns.« Er deutete auf das Fenster. Die Vorhänge bewegten sich schon wieder.

»Ich muss das unverzüglich meiner Dienststelle melden«, sagte Jeremy. »Und dem Büro des Sheriffs von Kane County.«

Sie führten Jeremy durch den Flur ins Wohnzimmer. Der FBI-Agent erstarrte.

»Das ist das Schlimmste, was ich je gesehen habe.«

Nathan erschauderte beim Gedanken an Nicole Dalton und ihre beiden Töchter. Würde Montez so etwas auch Kindern antun?

»Wer auch immer das hier getan hat, hatte es wohl sehr eilig«, sagte er zu Jeremy. »Wahrscheinlich wussten diese Leute, dass man sie beim Entsorgen der Leiche gesehen hat und dass sie schleunigst verschwinden müssen. Sonst hätten sie nicht so einen Saustall hinterlassen.«

Jeremy gab ihm recht. »Das klingt plausibel. Die Leiche wurde etwa eine halbe Stunde mit dem Boot vom Jachthafen entfernt ins Wasser geworfen. Als sie wieder zurückkamen, blieb ihnen nicht mehr viel Zeit, um zu verschwinden.«

»Sie müssen es allerdings zum Hafen zurückgeschafft haben, bevor die Leute des Sheriffbüros auftauchten«, sagte Nathan. »Ansonsten hätte man sie gefragt, warum sie mit ihrem Boot mitten in der Nacht angelegt haben. Vor allem nach einem Notruf, dass eine Leiche im See versenkt wurde.«

»Wie lange dauert es normalerweise, bis jemand vom Sheriffbüro hierhergelangt?«, fragte Harv.

»Das weiß ich nicht. Falls sich zu der Zeit zufällig ein Deputy im Hafenbereich aufhielt, wäre er relativ schnell hergekommen. Ich werde mich beim Sheriff nach der genauen Uhrzeit erkundigen, wann seine Leute vor Ort eingetroffen sind.«

Nathan musterte den Tisch mit den Werkzeugen. »Ich gehe jede Wette ein, dass das hier die Drahtschneider und Zangen sind, mit denen Kramer gefoltert wurde. Wir sollten herausfinden, ob sie hier in einem lokalen Geschäft gekauft wurden. Wenn ja, kann sich vielleicht ein Verkäufer an den oder die Kunden erinnern. Ist zwar nicht sehr wahrscheinlich, aber versuchen kann man es ja. Vielleicht gelingt uns ein Durchbruch. Ihnen steht viel Arbeit bevor, Jeremy.«

»Da haben Sie zweifellos recht. Dass die Drahtschneider und Zangen noch hier herumliegen, bedeutet wohl, dass sie die Leiche hier in den Maschendraht gewickelt haben.«

Nathan kniff die Augen zusammen.

»Was ist?«, fragte Harv.

»Das Stück Maschendraht auf Stieglers Hausboot.«

»Wenn sie Kramer hier eingewickelt haben, wie kommt dann ein loses Stück auf das Boot?«

Jeremy sagte: »Wenn Sie glauben, dass es bewusst dort versteckt wurde, kann ich die Logik dahinter nicht sehen.«

»Wir sollten uns jetzt nicht den Kopf darüber zerbrechen«, sagte Nathan. »Im Augenblick spielt das keine große Rolle.«

Harv sagte zu Jeremy: »Wenn Kramer hier in den Maschendraht gewickelt wurde, konnte er nicht laufen.«

Jeremy sah das genauso. »Sie haben ihn auf jeden Fall getragen.«

»Rekonstruieren wir, wie es abgelaufen sein könnte«, warf Nathan ein. Er überlegte eine Weile und fuhr dann fort: »Die Täter kommen irgendwann tagsüber hierher und verschaffen sich Zutritt zur Wohnung. Sie überwältigen Kramer und beginnen mit ihrer schmutzigen Arbeit. Später, irgendwann am Abend, holen sie den Maschendraht aus ihrem Fahrzeug, wickeln Kramer ein und tragen ihn hinaus, ohne dass die Nachbarn etwas mitbekommen. Sie fahren zum Hafen, wo einer von ihnen Stieglers Hausboot klaut. Da es zu riskant ist, die Leiche am Dock entlangzuschleppen, bringen die anderen sie mit dem Auto zu einem abseits gelegenen Strand. Dort verfrachten sie die Leiche in das Boot. Vielleicht ist das der Zeitpunkt, wo sich das Stück Maschendraht löst. Sie fahren auf den See hinaus und werfen die Leiche ins Wasser. Gehen wir mal davon aus, dass sie glaubten, jemand hätte sie gesehen. Sie fahren auf dem schnellsten Weg zum Hafen zurück, hängen den Schlüssel verkehrt an den Haken und verknoten das Schiffstau etwas anders, als Stiegler es macht. Am Dock wartet bereits der Komplize mit dem Auto. Sie verschwinden, ohne zur Wohnung zurückzukehren.«

»Oder sie haben Stieglers Boot bereits zu einem früheren Zeitpunkt gestohlen und es am Strand vor Anker gelegt. Wie es wirklich ablief, wissen wir nicht«, sagte Jeremy.

»Mein Bauchgefühl sagt mir, dass sie die Zeit, in der das Boot verschwunden war, so kurz wie möglich halten wollten, für den Fall, dass Stiegler zurückkehren sollte. Wenn mein Szenario stimmt, war es höchstens etwas über eine Stunde weg.«

»Von wie vielen Tätern reden wir?«, fragte Jeremy.

»Vermutlich drei bis vier.« Einschließlich Montez, dachte Nathan. »Man könnte so eine Aktion vielleicht auch mit nur zwei Leuten durchziehen, aber das halte ich für unwahrscheinlich.«

An den FBI-Agenten gewandt, sagte er: »Jeremy, könnten Sie die Leute in den Nachbarwohnungen befragen? Vielleicht hat sie jemand gesehen und kann uns eine Beschreibung liefern.«

»Ich werde mich auf jeden Fall umhören.«

»Und könnten Sie bitte heute Nacht zurückkommen und die Beleuchtung zwischen den Gebäuden überprüfen? Vielleicht haben die Täter ein paar Birnen herausgeschraubt. Möglicherweise finden Sie Fingerabdrücke.«

»Mach ich.«

»Wir müssen jetzt los.«

»Okay. Einen Moment noch.« Jeremy bedeutete ihnen mit erhobenen Händen, zu warten. »Sie wissen, wer das war.«

Nathans Blick wanderte zu Harvey, dann wieder zu Jeremy. »Ja.«

»Wenn Sie es mir sagen, würden Sie mir meinen Job um einiges leichter machen.«

»Das geht leider nicht.«

»Ich muss meinem Vorgesetzten aber *irgendetwas* erzählen. Schließlich ist mir dieser Tatort nicht einfach so in den Schoß gefallen. Er wird wissen wollen, wie ich darauf gestoßen bin.«

»Wir überlassen es Ihnen, wie viel Sie ihm über uns berichten. Je weniger, desto besser.«

»Sie beide sind voll in Ordnung. Ich werde mir was einfallen lassen, damit ich Sie nicht kompromittiere. Kann ich Sie irgendwie erreichen, wenn Sie hier weg sind?«

»Nein.«

»Das dachte ich mir.« Jeremy gab Nathan die Autoschlüssel. »Ich kann diesen Tatort nicht unbewacht zurücklassen. Hat jemand von Ihnen etwas angerührt?«

»Nur den Knauf an der Eingangstür, mit meinen Fingerspitzen. Brauchen Sie etwas aus Ihrem Wagen?«

»Nein, ich kann Unbefugte auch ohne polizeiliches Absperrband am Betreten des Tatorts hindern. So, und jetzt verschwinden Sie, bevor ich es mir anders überlege. Ach ja, noch was. Sagen Sie Ihrer Kontaktperson beim FBI, wer auch immer das ist, sie soll meinem Vorgesetzten erklären, warum ich Ihnen meinen Wagen überlassen habe. Sie haben doch einen Draht zum FBI, oder? Hoffentlich jemand Hochrangiges? SAC oder höher?«

»SAC«, bestätigte Nathan. »Wir verstecken den Schlüssel oben auf dem rechten Vorderreifen. Machen Sie's gut, Jeremy.« Sie verabschiedeten sich mit Handschlag und verließen die Wohnung.

Harvey fuhr den FBI-Wagen aus der Wohnanlage und bog rechts auf den Highway 276 ab. »Ich fand es nicht gut, dass wir Jeremy Informationen vorenthalten mussten.«

»Ich auch nicht, aber es geht nun mal nicht anders. Wir sollten Holly anrufen und sie bitten, sich mit ihrem Kollegen in Salt Lake City in Verbindung zu setzen und Jeremy Rückendeckung zu geben.«

»Es wäre auch nicht schlecht, wenn sie mit dem dortigen Rechtsmediziner reden würde. Wir können nicht einfach unangemeldet auftauchen und verlangen, dass man uns Kramers Leiche zeigt.«

Nathan zog sein Handy aus der Tasche. Er wusste den direkten Draht zur Leiterin einer größeren FBI-Dienststelle zu schätzen.

Holly ging sofort ans Telefon. »Und? War es der Tatort?«

»Ja, ich habe dich auf Lautsprecher. Harv ist bei mir.«

Sie zögerte einen Augenblick. »War es schlimm?«

Nathan schloss die Augen und dachte an die Familie Dalton. »Ja.«

»Alles in Ordnung bei dir?«

»Ja, aber es gibt ein paar Dinge, wo wir deine Hilfe brauchen.«

»Klar, kein Problem.«

Nathan gab Holly eine Zusammenfassung von allem, was sie bisher herausgefunden hatten, einschließlich seiner Theorie, dass Montez Kramer gekannt hatte und dass der Mord unter Umständen persönlich motiviert war.

Holly schien voller Tatendrang zu sein und sagte, dass sie Henning beauftragen würde, den Hinweisen nachzugehen – der Frage, wer die Werkzeuge und den Maschendraht gekauft hatte, sowie etwaigen neuen Spuren, die sich bei Jeremys Befragung der Nachbarn ergaben. Da Montez nicht mit der Entdeckung der Leiche gerechnet hatte, waren seine Männer wahrscheinlich beim Kauf ihrer Waren nicht allzu vorsichtig und diskret gewesen.

»Sorge bitte auch dafür, dass Duns wegen uns keinen Ärger bekommt. Er wollte am Tatort bleiben und hat uns sein Auto gegeben. Außerdem hat er keine plausible Erklärung dafür, wie er den Ort des Verbrechens gefunden hat.«

»Ich kümmere mich darum. Ihm wird nichts passieren.«

»Danke. Wir haben ihm keine Details gegeben, aber er weiß, dass *wir* wissen, wer Kramer ermordet hat. Ich habe ihm versprochen, dass ich ihm mehr erzähle, sobald ich kann.«

»Du hast genug um die Ohren. Ich erledige das schon.«

»Holly, ich habe keineswegs die Absicht, dir das alles aufzuhalsen.«

»Ich betrachte diese Sache als Teamarbeit. Ich leiste nur meinen Beitrag.«

Nathan spürte eine leichte Unruhe bei ihr. »Danke, das ist sehr nett von dir.«

»Nathan, warte bitte einen Augenblick.«

Nach ein paar Minuten war sie wieder da.

»Holly, was ist los?«

»Warte mal kurz, ich mache eben die Tür zu … Lansing hat gerade angerufen. Er weiß, dass du deine Finger im Spiel hast, und er ist nicht besonders erfreut darüber.«

Nathan warf Harv einen Blick zu.

»Von mir weiß er das nicht«, fügte sie hinzu.

»Das ist uns schon klar.«

»Er macht sich Sorgen darüber, wie du weiter vorgehen wirst.«

»Bei allem Respekt, aber wir unterstehen Lansing nicht.«

»Genau genommen tue ich das auch nicht. Mein Vorgesetzter sitzt in Los Angeles. Lansing hat sogar gesagt, es sei meine Entscheidung. Er hat mir allerdings klargemacht, dass diese Aktion außerhalb der normalen Befehlskette stattfindet und dass ich ihm zu allem, was mit Montez zu tun hat, Rechenschaft ablegen muss. Außerdem hat er betont, dass deine und Harvs Teilnahme Risiken für uns alle birgt, und dass mein politisches Kapital aufgebraucht ist.«

»Mit anderen Worten, wenn wir Mist bauen, wird er dich zur Verantwortung ziehen.«

»Ich bin einen Deal mit ihm eingegangen. Es war der Preis dafür, dass ihr dabei sein dürft.«

»Das kann er sich abschminken. Du wirst auf gar keinen Fall wegen uns zur Verantwortung gezogen werden. Wenn Lansing sich mit mir anlegen will, wird er es bereuen.«

»Nathan, bitte …«

Er spürte die Anspannung, die in ihrer Stimme mitschwang. Auf gar keinen Fall wollte er dazu beitragen. »Tut mir leid, Holly, das habe ich nicht so gemeint. Ich würde nie etwas tun, das dein Ansehen bei ihm beschädigt.«

»Schon gut. Wir stehen alle unter Strom. Mir geht einfach die Vorstellung nicht aus dem Kopf, dass dieses Monster Nicole Dalton und ihre Töchter in seiner Gewalt hat. Das macht mich echt fertig.«

»Ja, Harv und mir geht es genauso.«

»Grangeland ist bereits in Salt Lake City. Sie erwartet dich dort.«

»Grangeland ist in Salt Lake City?«

»Lansing hat mich heute Morgen gebeten, einen meiner Agenten dorthin zu schicken, um Kramers Leiche anzusehen. Grangeland war die perfekte Wahl. Sie hat Kriminaltechnik studiert und mit einem Master abgeschlossen. Außerdem hatte ich mir gedacht, dass du auch dort auftauchen wirst. Sie wird dir Zutritt zur Rechtsmedizin verschaffen.«

»Danke, Holly.«

»Wir kommen gerade am Flugplatz von Bullfrog an«, sagte Harv. »In zehn Minuten fliegen wir los. Können wir Sie nach unserer Landung anrufen?«

»Ja, bitte tut das. Ich gebe euch Grangelands Handynummer. Kann ich loslegen?«

Harv schrieb sie auf.

»Ich wünsche euch einen guten Flug. Und Nathan, mach dir wegen Lansing und mir keine Sorgen. Wir haben so eine Art stillschweigendes Übereinkommen.«

»Er hat dir ja auch einiges zu verdanken.«

»Na ja, so wollte ich es nicht unbedingt ausdrücken.«

»Noch mal danke für alles.«

»Guten Flug, und grüß Grangeland von mir.«

KAPITEL 14

Nathan war während des Fluges nicht nach Reden gewesen. Mary Grangelands Stimme am Telefon zu hören, hatte zwar seine Laune ein wenig verbessert, aber etwas nagte noch immer an ihm. Etwas, das sich tief in seinem Unterbewusstsein verbarg und das über den Anblick des gefolterten und ermordeten Kramer und die Entführung von Nicole Dalton und ihren Töchtern hinausging. Je mehr er sich den Kopf darüber zerbrach, desto weniger war es fassbar. Es war, als hätte er bei einem Gespräch plötzlich den Faden verloren. Was das Ganze noch schlimmer machte: Es fühlte sich wichtig an. Vielleicht sollte er es doch mit Hypnose versuchen.

Insgesamt fand er jedoch, dass es ihm ziemlich gut gelungen war, seinen Hass auf Montez zu verbergen. Dass Harv ahnte, was wirklich in ihm abging, konnte er spüren – seinen Freund zu täuschen, war nahezu ein Ding der Unmöglichkeit. Tief in seinem Innern wusste Nathan, dass er Harvs Stabilität mehr brauchte als Harv sein Draufgängertum. Eines war gewiss: Als Team waren sie zehnmal stärker.

Nathan unterbrach das Schweigen. »Wie lange brauchen wir noch bis nach Salt Lake City?«

»Ungefähr dreißig Minuten. Wir sind kurz vor Provo. Du warst ziemlich still, seit wir Bullfrog verlassen haben.«

Nathan erwiderte nichts darauf. Es war nicht nötig.

»Wir müssen uns die Leiche nicht ansehen.«

»Irgendwie käme mir das vor wie … ich weiß nicht so recht …«

»Wie Feigheit?«

»Ich wollte dieses Wort nicht benutzen, aber ja, du hast recht.«

»Ehrlich gesagt, fühle ich mich auch nicht ganz wohl dabei.«

»Wir schaffen das schon. Ist ja nur eine Leiche.«

Sie sahen sich an. Nein, es war nicht einfach *nur* eine Leiche. Weit gefehlt. Es war mehr wie eine hässliche Version des Märchens von Alice im Spiegelland. Ein Tor zu einem dunklen Kapitel in ihren Leben. Ein Kapitel, das sie am liebsten vergessen würden. Vielleicht hatte der CIA-Psychologe doch recht gehabt. Vielleicht war Hass tatsächlich die stärkste menschliche Emotion. Nathan hatte die Folterungen überlebt, weil er einen anscheinend unerschöpflichen Vorrat davon angezapft hatte.

»Alles in Ordnung bei dir?«, fragte Harvey.

»Was?«

»Du hast gerade etwas geistesabwesend gewirkt.«

»Ich musste an Montez denken.«

»Pass auf, dass das nicht zur Besessenheit wird.«

»Danke, ich war verdammt nahe dran.«

Harv faltete die Luftnavigationskarte auf seinem Kniebrett so, dass sich Salt Lake City im Mittelpunkt befand. »Wozu sind Freunde da?«

»Ich habe ein Gefühl, als ob in meinem Kopf eine Zeitbombe tickt.«

»Das ist nicht nur ein Gefühl. In deinem Kopf tickt *tatsächlich* eine Zeitbombe.«

»Ich hatte eigentlich gehofft, dass du mir widersprichst.«

Die nächsten paar Minuten flogen sie schweigend weiter.

Schließlich sagte Harv: »Wir sollten uns mit dem Tower in Salt Lake City in Verbindung setzen und ab hier Flugverfolgung beantragen. Heute ist schönes Wetter, da sind bestimmt einige Flugzeuge unterwegs.«

»Gute Idee.«

Südlich von Provo schaltete Harv das NavCom auf die Anflugfrequenz von Salt Lake City und nahm Kontakt auf. Dann gab er den ihm zugewiesenen Transpondercode ein und drückte auf die IDENT-Taste, worauf der Hubschrauber augenblicklich auf dem Radarschirm des Fluglotsen erschien. Dieser informierte sie darüber, dass sich ein weiteres Luftfahrzeug auf ihrer Zehn-Uhr-Position und auf einer Höhe von 1600 Metern befand. Harv bestätigte die Meldung. Ein paar Minuten später leitete der Anfluglotse sie an den Tower weiter. Nathan übernahm den Anflug, während Harv das Funkgerät bediente.

Ein Mitarbeiter des Million Air Jet Centers in Salt Lake City lotste sie zu einem Parkplatz für Durchreisende. Nachdem der Hauptrotor aufgehört hatte, sich zu drehen, betraten sie festen Boden und streckten sich erst einmal. Der Bell 407 bot zwar einen komfortablen Flug, aber das lange Sitzen forderte seinen Tribut. Nathan machte eine schnelle Runde um den Hubschrauber. Alles sah gut aus.

»Da ist sie!«, rief Harv.

Nathan blickte in Richtung Jet Center, wo Special Agent Mary Grangeland soeben durch die Glasschiebetür getreten war.

»Pass auf«, sagte Harv, »du starrst sie an.«

»Das lässt sich nicht vermeiden.«

Grangeland winkte ihnen zu.

Durch ihre schlanke athletische Figur, die blauen Augen und blonden Haare war sie eine äußerst attraktive Erscheinung. Die Pistole an ihrer Hüfte setzte dem Ganzen noch eins drauf. Sie war etwa fünfzehn Meter weit weg und rannte fast auf ihn zu. Nathan kam ihr ein paar Schritte entgegen. Sie umarmte ihn fest und wollte gar nicht mehr loslassen.

»Schön, dich zu sehen, Nathan.«

Harv trat heran. »Hey, spar dir noch was für mich auf.«

Sie ließ Nathan los und umarmte Harv ebenfalls fest und lange. Nathan stellte zu seiner Überraschung fest, dass ihr eine Träne die Wange hinunterlief. Sie wischte sie weg. »Entschuldigt bitte meinen Gefühlsausbruch.«

»Hey, dafür brauchst du dich doch nicht zu entschuldigen«, sagte Harv und ließ sie los. »Das ist genau das, was der Arzt verordnet hat. Du siehst toll aus. Alles in Ordnung? Ist alles vollständig verheilt?«

Grangeland schlug sich mit der Hand auf den Bauch. »Man hat mir die Gallenblase entfernt, aber das ist nicht das Ende der Welt.«

»Das tut mir leid«, sagte Nathan.

»Die Kugel hat meine Wirbelsäule nur um ein Haar verfehlt. Ich bin einfach nur froh, dass ich noch lebe. *Und* dass ich noch laufen kann.«

»Da hast du völlig recht«, sagte Harv.

»Ihr beiden habt mir das Leben gerettet. Ich stehe tief in eurer Schuld.«

»Diese Schuld«, sagte Nathan, »ist keine Einbahnstraße. Du hast schließlich unseretwegen eine Kugel abbekommen.«

Grangeland war nicht nur ausgesprochen attraktiv, sondern auch physisch unheimlich stark. In Verbindung mit ihrer Kampfausbildung machte sie das zu einem harten Gegner. Bei ihrer ersten Begegnung war es zu einer Konfrontation gekommen, und Grangeland hatte Nathan zu einem Zweikampf herausgefordert, bei dem lediglich Kopfstöße verboten waren. Zu seiner Überraschung und gleichzeitigen Bewunderung hatte sie ihn binnen weniger Sekunden mit einem Halbnelson flachgelegt. Nach diesem schwierigen Start hatte sich jedoch eine tiefe Freundschaft zwischen ihnen entwickelt. Trotzdem bestand sie darauf, dass Nathan und Harv sie nicht mit Mary, sondern mit dem Nachnamen anredeten. Es fiel Nathan ohnehin schwer, sie sich als »Mary« vorzustellen. Bei der Arbeit trug Grangeland ihr Haar zu einem Pferdeschwanz zusammengebunden. Ihre blauen Augen und die kräftigen Wangenknochen verliehen ihr ein skandinavisches Aussehen. Nathan hatte sie nie nach ihrem Alter gefragt, schätzte sie jedoch auf Anfang dreißig. Anscheinend war sie noch nie verheiratet gewesen. Er würde sie eines Tages danach fragen.

Ein Tanklastwagen kam rumpelnd herangefahren, um den Hubschrauber zu betanken. Der Fahrer stieg aus und musste zweimal hinschauen, als er Grangeland sah. Wahrscheinlich passierte ihr so etwas ständig. Sie lächelte und der Fahrer lächelte zurück.

Trotz seiner Verfassung stellte Nathan fest, dass sich seine Stimmung verbessert hatte.

Die drei gingen Richtung Jet Center.

»Euch ist schon klar, dass ihr in unserer Dienststelle in Fresno zu so etwas wie einer Legende geworden seid, oder?«, fragte Grangeland. »Man nennt euch inoffiziell Lone Ranger und Tonto.«

»Wer von uns ist wer?«, fragte Harv.

Nathan sagte: »Na, das ist doch wohl offensichtlich, Harv. Ein Weißer und ein Dunkelhäutiger.«

Harv widersprach. »Hey, ich bin der mit dem silbernen Pferd.«

»Du hast ein Pferd?«, fragte Grangeland.

»Acht sogar.«

»Ich reite gerne.«

Nathan grinste. »Das glaub ich dir sofort.«

Sie boxte ihn gegen den Arm.

»Was denn?«

KAPITEL 15

Nathan nutzte die Fahrt zur Rechtsmedizin dazu, Grangeland soweit wie möglich über die neuesten Ereignisse zu informieren. Hollys Anruf. Das Treffen mit General Hawthorne. Bullfrog Bay. Stieglers Hausboot. Der Tatort in Kramers Ferienwohnung. Thornys Abzug von dem Fall und die unumgängliche Schlussfolgerung, dass es eine Verbindung zwischen Montez, dem Mord an Kramer und der Entführung von Nicole Dalton und ihren Töchtern gab.

Nathan wusste, dass Grangeland eine Menge Fragen hatte. Er nahm sie vorweg, indem er auf sein Gesicht zeigte. »Wir sind hinter dem Mann her, der mir das angetan hat.«

Grangeland zuckte zusammen. »Was kannst du mir über ihn sagen?«

»Nicht besonders viel. Um es kurz zu machen: Einer unserer Einsätze ging schief und ich fiel ihm in die Hände. Harv konnte entkommen, ich nicht. Ich war drei Wochen lang in Gefangenschaft.«

Sie sagte mit sanfter Stimme: »Nathan, das tut mir leid.«

»Es ist sehr lange her. Als Harv mich rausholte, war ich halb tot. Er hat mich drei Kilometer durch den Dschungel getragen, und das bei Nacht.«

»Ich weiß, dass ihr beide euch sehr nahe seid, mir war bloß nie klar, warum.«

»Der Mann heißt Juan Montez de Oca und war früher ein Oberst der Sandinistischen Nationalen Befreiungsfront. Er ist Verhörspezialist.«

»Wie wollt ihr ihn finden?«

»Das dürfte sich als äußerst schwierig erweisen. Er ist ein gut ausgebildeter und erfahrener Agent.«

»Hat irgendetwas am Tatort Erinnerungen in dir ausgelöst?«

»Deswegen sind wir hier.«

Harv mischte sich in das Gespräch ein. »Soweit wir wissen, ist Nathan der einzige Mensch auf dieser Welt, der die Folter durch Montez überlebt hat. Wenn Montez erfährt, dass Nathan noch lebt, können wir ihm genauso gut eine Zielscheibe auf die Stirn malen. Wir versuchen, unsere Tätigkeit so lange wie möglich unter Verschluss zu halten.«

»Verstehe. Ich stehe euch zur Verfügung, solange ihr mich braucht.«

Nathan war in Gedanken versunken und ließ Harv weiterreden.

»Du hast bereits deine Fähigkeiten unter Beweis gestellt«, sagte Harv. »Wir wollen dich unbedingt in unserem Team.«

»Könnt ihr mir irgendetwas über eure Vergangenheit erzählen? Was habt ihr früher gemacht?«

»Wir waren zuerst ein Kundschafter-Scharfschützenteam beim US Marine Corps, dann bei einer paramilitärischen Einheit der CIA, die geheime Operationen durchgeführt hat. Mehr können wir dir leider nicht sagen. Tut mir leid.«

»Ich kann damit leben.«

»Holly hat gesagt, du hast einen Master in Kriminaltechnik?«

»In Kriminologie, mit Schwerpunkt Kriminaltechnik.«

»Du hast Kramers Leiche bereits gesehen?«

Sie nickte.

»Wie war dein erster Eindruck?«

»Nun ja, zu dem Zeitpunkt wusste ich ja noch nicht, dass Kramers Mörder ein Verhörspezialist war. Auf den ersten Blick sah es wie eine Art Ritualmord aus, aber ganz sicher war ich mir nicht.

Jetzt, wo ich ein bisschen mehr über den Täter weiß, muss ich sagen, dass die Verletzungen von einer Brutalität zeugen, die über das hinausgeht, was ein Verhörspezialist anwenden würde, wenn es ihm lediglich darum geht, dem Opfer Informationen zu entlocken. Aber wie dem auch sei, meine erste Einschätzung bleibt unverändert. Montez ist ein extrem kranker Mensch, wenn nicht sogar ein Psychopath.«

»Er ist all das und noch viel mehr«, sagte Harv.

Das Navigationssystem des Wagens führte sie durch die Innenstadt nach Osten in Richtung der Berge. Die angenehme Frauenstimme meldete sich jedes Mal, wenn sie abbiegen mussten, und brachte sie schließlich ins Klinikviertel. Nathan hätte immer noch einen Rückzieher machen können, aber diese Entscheidung wurde mit jeder Minute schwieriger.

Grangeland parkte den Wagen, schaltete den Motor aus und sah Nathan an. »Noch ist es nicht zu spät.«

»Bringen wir es hinter uns.«

Sie betraten den Ziegelbau. Grangeland zeigte der Dame am Empfang ihre FBI-Dienstmarke, woraufhin diese zum Hörer griff und den Besuchern dann Bescheid gab, dass Dr. Salk sich unverzüglich um sie kümmern würde.

Nathan atmete erneut tief durch, lockerte seine Hände und sah Grangeland an. Die FBI-Agentin lächelte ihn aufmunternd an. Harv schien genauso nervös zu sein, war aber viel besser darin, es sich nicht anmerken zu lassen.

Ein Mann in grauem Anzug trat durch eine Tür und begrüßte als Erstes Grangeland mit Handschlag. Verständlich, schließlich kannten sich die beiden bereits.

»Danke, dass Sie sich für uns Zeit nehmen«, sagte sie. »Diese Herren sind Nathan McBride und Harvey Fontana.«

»Ich bin Dr. Jonas Salk, nicht verwandt mit dem Mann, der den Impfstoff gegen Kinderlähmung entwickelt hat.« Bestimmt leierte er diesen Spruch ständig herunter, wenn er sich vorstellte. Er war Mitte fünfzig. Sein schütteres Haar wirkte zu dunkel, so als hätte er es gefärbt. »Ich bin der leitende Rechtsmediziner.«

Dr. Salk sah Nathan über den Rand seiner schwarzen Hornbrille an. Offenbar faszinierten ihn die Narben seines Gegenübers. Nathan hätte sich am liebsten näher an ihn herangebeugt und den Kopf langsam hin und her bewegt, damit der Arzt die Folterspuren in seinem Gesicht gründlich *untersuchen* konnte. Stattdessen gab er ihm die Hand und sagte nur: »Herr Doktor.«

Salk erlangte seine Fassung wieder. »Möchten Sie zuerst eine … äh … kurze Führung?«

»Danke«, sagte Grangeland, »aber wir haben nachher noch einen Termin.«

»Kein Problem. Hier lang, bitte.«

Sie folgten Dr. Salk einen kurzen Flur entlang. Der Rechtsmediziner erklärte derweil. »Wir bewahren die Leiche im Kühlraum auf. Ich wollte sie nicht vor ihrer Ankunft herausholen. Allerdings muss ich Sie warnen, es handelt sich nämlich um einen der schlimmsten Fälle von Verstümmelung, die ich je gesehen habe. Wer auch immer das angerichtet hat, wusste, was er oder sie tut. Da das Opfer sich eine Zeit lang im Wasser befand, wurden einige der äußeren Verletzungen weggewaschen. Aber im Blut fanden wir Rückstände von QuikClot, einem blutstillenden Mittel. Die einzige plausible Schlussfolgerung ist, dass der Täter sein Opfer nicht verbluten lassen wollte. Außerdem gibt es Anzeichen, dass einige der Wunden ausgebrannt wurden. Das Opfer hat immer noch ziemlich geblutet, nur nicht so stark.«

Harv drehte sich zu Nathan um und formte mit seinen Lippen die Worte: Alles in Ordnung bei dir?

Nathan nickte kurz. Ein heißes Messer hatte Montez bei ihm zwar nicht verwendet, aber dafür ein blutstillendes Mittel, das höllisch gebrannt hatte.

Als sie den Untersuchungsraum betraten, fiel Nathan augenblicklich der drastische Temperaturabfall auf. Der Raum wirkte steril und roch nach Chemikalien. Überall gab es glänzende Oberflächen aus Edelstahl sowie Abflussbecken, fahrbare Instrumententische, Wandschränke und Computerstationen. An einer Wand reihten sich vier Obduktionstische aneinander. Hinter der großen

Stahltür am Ende des Raums befand sich wahrscheinlich der Kühlraum.

»Einer von Ihnen muss mir mit der Leiche helfen.«

Harv erklärte sich dazu bereit.

Nathan und Grangeland blieben im Untersuchungsraum und warteten.

Grangeland sagte leise: »Ich kann mir nicht mal ansatzweise vorstellen, wie du dich fühlen musst.«

Nathan bereitete sich innerlich auf das vor, was gleich aus dem Kühlraum rollen würde und was es symbolisierte. Vielleicht war es doch keine so gute Idee gewesen, hierherzukommen. Der Ausgang, durch den er immer noch fliehen konnte, war nur ein paar Schritte entfernt. Nein. Nicht jetzt. Vor allem nicht jetzt. Wie würde es aussehen, wenn er im Augenblick der Wahrheit davonrannte?

In diesem Moment öffnete sich scheppernd die Tür zum Kühlraum.

KAPITEL 16

Nathan kniff die Augen zusammen, als Dr. Salk die mit einer undurchsichtigen Plastikplane bedeckte Leiche in den Raum schob.

Es ist ja nur eine Leiche.

Harvs Gesichtsausdruck sagte alles. Eine Kombination aus Ekel und Wut. Dr. Salk blieb mit der Bahre stehen und entfernte die Plane.

Das, was nun vor Nathan lag, kam ihm auf eine erschreckende Weise bekannt vor.

Unzählige Messerschnitte verliefen diagonal und in Abständen von etwa zwei bis drei Zentimetern im Rautenmuster über den Oberkörper, dessen Haut inzwischen aschfahl war. Die Schnitte an den Seiten reichten bis auf die Oberfläche des Stahltischs. Das Fleisch in den Wunden sah roh und dunkel aus. Montez hatte aus diesem Mann einen menschlichen Weidenkorb gemacht.

Als Nathan schließlich sprach, fühlte es sich an, als würden zwei verschiedene Personen in seinem Körper stecken. »Wir haben über etwas nachgedacht, das uns komisch vorkam. Warum kommt ein Mörder mitten in der Wüste auf die Idee, eine Leiche im See zu versenken?«

Salk antwortete nüchtern: »Weil es zu diesem Zeitpunkt noch keine Leiche war.«

»Was sagten Sie gerade?«

»Ich sagte, dass der Mann noch am Leben war.«

»Am Leben?«

»Wir fanden Schlamm in seinen Lungen, der zu dem Bergungsort passte. Daraus schließen wir, dass er seinen Atem so lange wie möglich anhielt, bis er schließlich auf dem Grund des Sees ankam und dort das schlammige Wasser inhalierte. Die Leiche wurde in einer Tiefe von etwa dreißig Metern geborgen und der Taucher sagte, dass der Schlamm um sie herum aufgewühlt war. Wir sind davon überzeugt, dass er sich hin und her gewälzt hat.«

Nathan brachte keine Antwort heraus. Er befand sich im Geiste zusammen mit Kramer während seiner letzten Augenblicke im dunklen Wasser des Stausees. Er sank immer tiefer, die Adern traten hervor, die Trommelfelle platzten. Vor Angst riss er die Augen weit auf, als er in die eiskalte Tiefe stürzte. Schließlich konnte er die Luft nicht mehr anhalten und sog Wasser in seine Lungen. Eine ausweglose Situation, keinerlei Hoffnung, dass er überlebte …

Er spürte, wie Grangeland ihn bei der Hand nahm …

Und mehr noch: In seinem Innern breitete sich ein tiefer und unbändiger Hass aus und fraß sich wie ätzende Säure durch seinen Körper.

Auf einmal schrie Grangeland mit Panik in der Stimme: »Nathan!«

»Was?«

»Meine Hand!«

Er ließ sie los.

Harv packte ihn am Arm. »Komm, gehen wir.«

»Was ist los?«, fragte Salk.

Harv zog Nathan in Richtung Tür.

Das Nächste, was er bewusst wahrnahm, war, dass er draußen im Flur auf dem Boden saß, den Rücken an die Wand gelehnt.

★★★

»Was zum Teufel war das gerade?«, wollte Salk wissen.

»Er stand in letzter Zeit unter großem Stress«, sagte Grangeland und rieb sich die Hand. »Und er war schon die ganze Zeit nervös wegen dieser Leichenbeschau. Er braucht nur einen Augenblick, um seinen Kopf freizubekommen.«

»Ich mache diesen Job schon ziemlich lange, aber so eine Reaktion habe ich noch nie gesehen. Er hat Ihre Hand zusammengequetscht und beinahe gebrochen. Wollen Sie mir nicht sagen, was hier los ist? Dieser Mann hat mir gerade einen furchtbaren Schrecken eingejagt. So etwas bringt so schnell keiner fertig, nicht nach all den Jahren in meinem Beruf.« Salk ging auf die Tür zu.

Grangeland legte ihm eine Hand auf die Schulter. »Herr Doktor, geben sie den beiden noch eine Minute.«

★★★

»Tief durchatmen, Nathan. Schließ die Augen und denk an deinen inneren sicheren Ort.«

»Das kann ich nicht.« Bilder aus einer qualvollen Vergangenheit überfluteten Nathans Gedanken und riefen furchtbare Erinnerungen wach: Das Knallen einer Peitsche. Zusammengepresste Zähne. Vögel, die aufgescheucht davonflatterten. Motten. Bösartig grinsende Gesichter. Ein blutiges Messer.

»Jetzt mach schon.« Harv packte Nathan an beiden Schultern und rüttelte ihn. »Schick ihn weg, er kontrolliert dich nicht mehr. Ohne deine Erlaubnis kann er nichts tun. Schick ihn weg.«

Nathan schloss die Augen, atmete tief durch und stellte sich Bäume mit Herbstblättern vor. Er stand unter ihren Ästen und breitete die Arme aus. Eine sanfte Brise ließ die Blätter an ihm vorbeisegeln. Er spürte, wie sie seine Haut streiften und ein paar vor seinen Füßen landeten. Wieder atmete er tief und langsam durch.

»So ist es gut«, sagte Harv. »Tiefer.«

Es dauerte noch einen Augenblick, aber dann durchströmte ihn Ruhe und der Hass löste sich in Luft auf.

An seine Stelle trat Entschlossenheit.

Harv lächelte, reichte ihm die Hand und half ihm, aufzustehen. »Willkommen zurück.«

»Verdammt, das war knapp.«

»Wem sagst du das? Ich hätte dir beinahe eine gescheuert.«

»Würdest du das wirklich tun?«

»Und ob.«

»Harv, er hat ihn ertränkt.«

»Keine Sorge, wir schnappen uns den Kerl und ziehen ihm bei lebendigem Leib die Haut ab.«

»Gehen wir wieder hinein.«

Als sie den Raum betraten, starrte Salk Nathan an. Grangeland dagegen hielt sich respektvoll zurück.

»Herr Doktor, Special Agent Grangeland, ich möchte mich für mein Benehmen entschuldigen. Ich bin so etwas nicht gewöhnt.«

»Ihre Reaktion ist verständlich«, sagte Salk. »Das hier ist ein besonders schlimmer Fall. Möchten Sie ein Glas Wasser?«

»Nein, danke.« Sobald Salk sich wieder der Leiche zugewandt hatte, sah Nathan Grangeland an und formte mit seinen Lippen die Worte *alles in Ordnung*.

In ihren Augen spiegelten sich echte Besorgnis und Anteilnahme wider. Äußerlich zeigte sie jedoch keine Reaktion.

Nathan wusste ihre Diskretion zu schätzen. Er musterte die Leiche genauer und deutete auf mehrere Paare dunkler Flecken zwischen den Schnitten. »Was ist das, Herr Doktor?« Die Antwort kannte er jedoch allzu gut.

»Die sind von einem Elektroschocker. Basierend auf den Abständen zwischen den Flecken und der Verfärbung der betroffenen Stellen, vermuten wir, dass sie von einem von der Polizei verwendeten Modell namens King Cobra stammen. So ein Ding hat ganz schön Power … neunhunderttausend Volt. Insgesamt weist die Leiche zweiundzwanzig solcher Fleckenpaare auf. Ich werde veranlassen, dass das Labor sich mit der Auswertung beeilt. Bereits morgen Nachmittag müssten die Ergebnisse vorliegen.«

Grangeland gab Dr. Salk eine Visitenkarte. »Würden Sie mich bitte umgehend anrufen, sobald sie da sind?«

»Ja, ich kann den Bericht auch an Ihre Dienststelle faxen.«

Für ein paar Sekunden war es still im Raum.

Schließlich beendete Dr. Salk das Schweigen. »Mr McBride, haben Sie so etwas schon einmal gesehen?«

»Was, eine Leiche?«

»Nein, ich meine genau diese Art von Verletzungen.«

Nathan hielt dem Blick des Rechtsmediziners stand. »Wieso fragen Sie?«

»Wegen Ihrer Reaktion. Ich hatte das Gefühl, dass Sie die Verletzungen erkannt haben.«

Harv trat einen Schritt nach vorne. »Wir haben sie erkannt. Von den Fotos, die wir vor ein paar Tagen gesehen haben.«

»Ich wollte damit nichts andeuten. Entschuldigen Sie bitte.«

Doch, Doc, genau das wolltest du. »Macht nichts«, sagte Nathan. »An Ihrer Stelle hätte ich wahrscheinlich dieselbe Frage gestellt.« Er rang sich ein Lächeln ab. »Ich muss ausgesehen haben, als hätte ich Gespenster gesehen.«

»Das kommt der Sache ziemlich nahe.«

Zeit, das Thema zu wechseln. »Gewöhnt man sich jemals daran? Ich meine … na, Sie wissen schon …«

»Mit Toten zu arbeiten? Mir macht meine Arbeit Spaß, obwohl ich zugeben muss, dass ich nicht mehr so viele Autopsien durchführe wie früher. Als leitender Rechtsmediziner übe ich mehr Verwaltungstätigkeiten aus. In diesem Fall habe ich eine Ausnahme gemacht. Und nachdem ich die Gelegenheit hatte, ihn gründlich zu studieren, würde ich sagen, dass dieser Mann keinem Ritualmord zum Opfer fiel. Ich glaube, er wurde verhört.«

»Verhört? Sie meinen, damit er Informationen preisgibt?«

»Genau.«

»Wie kommen Sie darauf?«

»Rituale spielen bei Serienmorden bis zu einem gewissen Grad eine wichtige Rolle. In diesem Fall zum Beispiel scheint das Rautenmuster der Schnitte eine Bedeutung für den Täter zu haben. Warum sonst würde er es verwenden? Was es konkret bedeutet, werden wir vielleicht nie erfahren, aber ich garantiere Ihnen, dass es für den Serienmörder etwas Wichtiges darstellt. Können Sie mir folgen?«

Nathan nickte.

»Doch dann haben wir den Widerspruch, dass der Täter die unversehrten Hautstellen innerhalb des Musters mit einem Elektroschocker verunstaltet hat. Das ist ungefähr so, als würde ein Mörder im Gesicht einer toten Frau Make-up auftragen und es dann absichtlich verschmieren. Zugegeben, es lässt sich nichts mit absoluter Sicherheit sagen. Außerdem gibt es immer Ausnahmen, und das hier könnte eine sein. Aber ich glaube, dass der Elektroschocker auf diesen Hautstellen angewendet wurde, um größtmögliche Schmerzen zu verursachen, und nicht als Bestandteil eines Rituals. Da die Nervenenden entlang der Einschnitte ausgefranst, verbrannt und ungeschützt waren, müssen die Stromstöße extrem schmerzvoll gewesen sein. Wenn dieser Mann wusste, was sein Peiniger wollte, dann hat er es ihm gesagt. Und noch etwas. Serienmörder lassen ihre Opfer nur äußerst selten am Leben, bevor sie sie entsorgen.«

»Ihr Wissen über Serienmörder ist beeindruckend«, sagte Harv.

»Auf die Gefahr hin, dass es morbide klingt: Serienmörder sind oft die interessantesten und herausforderndsten Fälle, aber sie sind auch extrem selten.« Salk blickte zu Grangeland, dann wieder zu Harv. »Das FBI verwendet die Informationen, die es von Rechtsmedizinern erhält, um Täterprofile von Serienmördern zu erstellen. Ich hatte meinen Assistenten angewiesen, die Datenbank zu durchsuchen. In unserem System gibt es keinen einzigen Fall wie diesen, obwohl wir schon sehr lange Daten sammeln.« Salks Blick wanderte wieder zu Grangeland. »Selbst Ihre Behörde hat nichts dergleichen in ihrer ViCAP-Datenbank. Anscheinend liegt uns hier ein einzigartiger Fall vor. Morgen bekommen wir Besuch von einem Special Agent von der Abteilung für operative Fallanalyse in Quantico. Er wird die Leiche untersuchen.«

»Danke, Herr Doktor«, sagte Grangeland. »Ich glaube, wir haben genug von Ihrer wertvollen Zeit in Beschlag genommen. Darf ich Sie um einen Gefallen bitten?«

»Natürlich. Schießen Sie los.«

»Würden Sie bitte unseren Besuch vertraulich behandeln?«

Nathan hatte diesen Punkt vollkommen vergessen.

»Wenn niemand erfahren soll, dass Sie hier waren, geht das in Ordnung. Aber ich habe auch eine Bitte.« Er richtete seinen Blick auf Nathan, sprach aber zu allen. »Es ist ziemlich offensichtlich, dass Sie mehr über diesen Fall wissen, als Sie zugeben. Sobald es sich irgendwie einrichten lässt, wäre ich Ihnen dankbar, wenn Sie mir mehr dazu sagen. Abgemacht?«

»Abgemacht.« Nathan trat auf ihn zu und schüttelte ihm die Hand. »Ihnen entgeht wohl nicht viel.«

»Ich mache diesen Job schon sehr lange.« Dr. Salk ließ seinen Blick über Nathans Brust wandern, ehe er ihm wieder in die Augen sah.

Dem entgeht wirklich gar nichts.

★★★

Es war bereits dunkel, als sie müde vom Flug in San Diego ankamen. Holly hatte für Grangeland einen Mietwagen reserviert. Für heute Abend trennten sich ihre Wege.

Nathan machte es sich in seinem Haus in Clairemont auf der Couch bequem – froh, wieder daheim zu sein. Er ließ die Ereignisse des Tages vor seinem geistigen Auge Revue passieren, vor allem seinen Beinahe-Zusammenbruch im Büro des Rechtsmediziners. Er hasste es, derart verwundbar zu sein, insbesondere in Gegenwart von Fremden und noch dazu nach all den Jahren. Hatte er es nicht geschafft, die Vergangenheit hinter sich zu lassen? Er stand auf und ging im Wohnzimmer auf und ab, bis er schließlich nach der Fernbedienung griff und sie quer durchs Zimmer schleuderte. Sie knallte gegen die Wand neben der Tür und zersprang in tausend Teile.

Wirklich toll, Nathan, wie du deine Wut unter Kontrolle hast.

Er wusste auch ohne Harvs Ratschläge, was er jetzt brauchte: die Gesellschaft seiner beiden Riesenschnauzer Grant und Sherman. Außerdem stand sein Haus in La Jolla im Augenblick leer. Er hatte seine Haushälterin überredet, ihren dringend benötigten Urlaub zu nehmen und ihr einen Aufenthalt auf Maui spendiert. Natürlich hatte Angelica den Hunden ausreichend Futter zurückgelassen, aber sie vermissten sicher die Anwesenheit von Menschen.

Nathan nahm seine Autoschlüssel vom Küchentisch. Dabei wich sein Blick den auf dem Fußboden verstreuten Plastikteilen und Computerchips seiner Fernbedienung aus.

Genau in diesem Augenblick klingelte sein Handy. Er überlegte, die Mailbox anspringen zu lassen, ging dann aber doch ran.

»Hi, Holly.«

»Na, wieder daheim?«

»Ja.«

Er spürte eine Unruhe am anderen Ende.

»Möchtest du reden?«

»Meine Fernbedienung hat gerade eine Auseinandersetzung mit mir verloren.«

»Ich habe jede Menge Urlaubstage angehäuft.«

»Das kann ich von dir nicht verlangen.«

»Das hast du auch nicht.«

»Bei mir ist alles in Ordnung. Wirklich.«

»Ich komme trotzdem.«

»Ich hole dich.«

»Du bist momentan nicht in der Verfassung, um irgendwohin zu fliegen. Du bist erschöpft, das kann ich an deiner Stimme hören. Ich habe bereits heute Nachmittag einen Flug gebucht. Hab mir schon gedacht, dass Salt Lake City für dich nicht leicht sein wird. Ich komme morgen früh kurz nach acht auf dem Lindbergh-Flughafen an.« Sie gab ihm die genaue Information.

»Danke, Holly.«

»Und jetzt versuche, ein wenig zu schlafen.«

KAPITEL 17

Nathan sah Holly sofort. Sie sah verdammt gut aus in ihren Designer-Jeans und ihrer blauen Seidenbluse.

Sie winkte ihm zu und lief schneller durch die Flughafenhalle.

Was sieht diese Frau nur in mir?

Hinter der Sicherheitsschleuse fielen sie sich in die Arme. Die Mitarbeiterin der Transport Security Administration lächelte. Nathan fragte sich, ob sie jemals müde wurde, solche Wiedersehensszenen mitanzusehen.

Holly nahm seinen Arm. »Du siehst erschöpft aus. Hast du letzte Nacht ein bisschen Schlaf bekommen?«

»Nicht viel. Mir geht Montez nicht aus dem Kopf. Ich muss andauernd an Nicole Dalton und ihre Töchter denken. Es ist wie eine Endlosschleife, die sich nicht abstellen lässt.«

»Mir geht es genauso. Wenn wir bei dir daheim sind, bekommst du acht Stunden ununterbrochenen Schlaf.«

»Ja, das klingt nicht schlecht.«

»Hast du etwas, das dir beim Einschlafen hilft? Rezeptfreie Schlaftabletten?«

»Ich besorge mir unterwegs welche.«

Holly bestand darauf, die Parkgebühr zu bezahlen. Danach fuhren sie auf dem North Harbor Drive nach Osten in Richtung I-5.

»Und wie geht's jetzt weiter?«, fragte Holly.

»Gute Frage.« Nathan seufzte. »Wie geht es weiter? Als Nächstes werde ich meinen Vater anrufen, obwohl ich das nur ungern tue.«

»Ich dachte, ihr beiden versteht euch wieder.«

»Darum geht es nicht.«

Sie wartete.

»Ich habe Angst, dass Montez von meiner Jagd auf ihn Wind bekommt und spurlos verschwindet. Diese Gefahr ist umso größer, je mehr Leute beteiligt sind.«

»Für wie möglich oder wahrscheinlich hältst du das? Bräuchte er dafür nicht die heimliche Unterstützung von einem oder mehreren hochrangigen Mitarbeitern der Bundesregierung?«

»Ja, aber ich traue ihm zu, dass er über solche Kontakte verfügt. In diesem Fall sind Nicole Dalton und ihre Töchter so gut wie tot. Montez hinterlässt nichts Unerledigtes.«

»Eine furchtbare Vorstellung.«

»Der Gedanke daran hat mich die ganze Nacht wachgehalten. Aber mein Bauchgefühl sagt mir, dass er noch nicht fertig ist.«

»Du meinst, er hat es auf noch mehr Leute abgesehen?«

»Ja, noch viel mehr. Vielleicht sollten wir Nicole Daltons Vergangenheit gründlicher durchleuchten. Möglicherweise interessiert er sich für jemanden, den sie kennt oder mit dem sie gearbeitet hat. Sie hat zwei Töchter, aber ist sie verheiratet? Oder geschieden? Hat sie einen festen Freund? Wer ist der biologische Vater ihrer Kinder?«

Holly schwieg einen Augenblick lang, ehe sie antwortete. »Wahrscheinlich hat das San Diego Police Department bereits solche Nachforschungen angestellt. Es würde mich nicht wundern, wenn Henning bereits eine Kopie des Polizeiberichts hat. Ich werde es herausfinden.«

Nathan schloss die Augen und lehnte den Kopf zurück.

»Sobald wir bei dir zuhause sind, legst du dich hin und schläfst.«

★★★

Nathan schlief fast den ganzen Tag. Er hasste es, wertvolle Zeit zu verlieren, aber es ließ sich nicht vermeiden. Wie war doch sein persönliches Motto im Marine Corps gewesen: Schlafe, wann immer du kannst.

Jetzt war Holly an der Reihe. Sie lag eng an seine Schulter geschmiegt, das Gesicht von Dunkelheit verhüllt. Sie sah verwundbar aus und gleichzeitig stark. Irgendwie hatte es diese Frau geschafft, seinen Schutzpanzer zu durchbrechen. Sie fühlte sich wie ein fehlendes Puzzleteil an. In stundenlangen Gesprächen hatte jeder dem anderen Einblicke in sein Leben gewährt. Nathan hatte ihr von seiner Einsamkeit, seinem hitzigen Temperament, seinen Albträumen, seiner Wut und seiner Depression erzählt. Von dem dunklen Teil seiner Persönlichkeit. Das *andere Ich*. Von seinem Bedürfnis nach Zurückgezogenheit.

Holly hatte sich revanchiert, indem sie Nathan von ihrer schwierigen Kindheit und Schulzeit berichtete, von ihren Experimenten mit Drogen und den wilden Partys, bei denen sie so viel Tequila trank, dass sie am nächsten Tag oft nicht mehr wusste, wie sie überhaupt nach Hause gekommen war. Sie gestand ihm, dass sie verzweifelt nach Liebe gesucht, sie aber nie gefunden hatte. Es schien, als ob sie einiges gemeinsam hatten.

Sie hatten den Tag in Nathans Haus in La Jolla verbracht. Holly gefiel die Bauweise und die Sammlung von Waffen und Memorabilien aus der Zeit des amerikanischen Bürgerkriegs. Ganz besonders mochte sie seine Hunde, mit denen sie sich ausgezeichnet verstand und die ihre Zuneigung erwiderten. Nach dem Abendessen waren sie zu Nathans zweitem Haus in Clairemont gefahren. Holly wollte sehen, wo er den Großteil seiner Zeit verbrachte. Das Haus gefiel ihr ebenfalls. Sie fand, dass die bescheidene Ausstattung dort irgendwie besser zu ihm passte.

Plötzlich fing die rote LED-Leuchte am Bedienfeld der Alarmanlage neben der Eingangstür an zu blinken.

Jemand hatte gerade den Bewegungsmelder im Garten hinter dem Haus ausgelöst.

Das leise Piepsen der Alarmanlage, das in jedem Zimmer des Hauses ertönte, bestätigte dies.

»Holly«, flüsterte Nathan und rüttelte sie wach.

Sie öffnete die Augen.

»Wir haben Besuch. Jemand ist im Garten.« Er legte den Zeigefinger auf seine Lippen.

Er brauchte sie nicht weiter zur Eile anzutreiben. Innerhalb von wenigen Sekunden waren sie im Schlafzimmer, wo Nathan eine Zahlenkombination in das Bedienfeld eines kleinen Waffensafes auf seinem Nachttisch eingab. Holly legte ihm eine Hand auf den Rücken, die Metalltür sprang lautlos auf und gab den Blick auf eine 9 mm SIG Sauer frei. Nathan nahm die Waffe, einen Schalldämpfer und zwei Magazine mit Unterschallmunition an sich und holte das Nachtsichtgerät aus der Nachttischschublade.

»Wo ist deine Dienstwaffe?«, flüsterte er, während er den Schalldämpfer aufschraubte.

»In meiner Hand.«

»Komm mit, aber bleib hinter mir.«

Nur in Unterwäsche bekleidet, schlichen Nathan und Holly durch den Flur ins Arbeitszimmer. Nathan trat neben die Glasschiebetür und spähte vorsichtig durch die Lamellen der Jalousien nach draußen. Er schaltete das Nachtsichtgerät ein und ließ den Blick durch den Garten schweifen.

Nichts. Nicht die geringste Bewegung.

Er zog sich von den Jalousien zurück, trat in den Flur und lauschte. Dabei atmete er tief durch die Nase ein, vernahm jedoch keinerlei Geruch, weder nach Zigaretten, Kölnischwasser noch nach Leder. Nichts.

Er flüsterte Holly ins Ohr: »Bleib in meiner Nähe, ich durchsuche jetzt das Haus.«

Er wusste, dass man jedes Sicherheitssystem austricksen konnte – auch sein eigenes. Er durchkämmte das Haus und sah in jedem potenziellen Versteck nach, das einem Eindringling ausreichend Platz bot. Im Wohnzimmer hob er ihre Kleider vom Fußboden auf und warf sie in den Jackenschrank.

Das Haus war sauber.

Ein zweites rotes Licht auf dem Bedienfeld der Alarmanlage wies darauf hin, dass jemand auch den Bewegungsmelder im

Vorgarten ausgelöst hatte. Vom Arbeitszimmer aus spähte er noch einmal in den Garten. *Da.* Zwei dunkle Gestalten in SWAT-Bekleidung schlichen auf die Veranda zu. Im grünen Licht des Nachtsichtgeräts sah er, dass sie mit Schalldämpfern ausgerüstete MP5-Maschinenpistolen von Heckler & Koch trugen.

Nathan ging zur Tür und schaltete die Alarmanlage aus. Wenn möglich, wollte er einen oder mehrere der Eindringlinge lebend in seine Hände bekommen.

Zusammen mit Holly eilte er zurück ins Schlafzimmer. Dort schlüpfte er schnell in eine Jeans und grapschte zwei T-Shirts für sich und Holly. Danach gingen sie wieder in die Küche.

Er zog sich ein T-Shirt an und gab das andere Holly. »Wir verstecken uns hier drinnen«, flüsterte er ihr zu und öffnete die Türen des Küchenschranks. Anstelle von Kochgeschirr befand sich dort nur gähnende Leere.

»Da drin?«

»Ja.«

Er hatte keine Lust, kostbare Zeit mit Erklärungen zu verschwenden. Sobald sie im Schrank waren, zog Nathan die Türen zu. Holly saß mit dem Rücken gegen das eine Ende des Schranks gelehnt, Nathan in derselben Stellung ihr gegenüber. Es war fast dunkel, nur durch winzige Löcher in der Schrankrückwand, hinter der das Wohnzimmer lag, drang ein wenig Licht.

»Nathan, was ist los?«, flüsterte sie.

Er schloss die Augen und dachte angestrengt nach. Irgendetwas hatte er vergessen, und zwar etwas Wichtiges. Was war es nur? Komm schon, verdammt noch mal. Was habe ich vergessen? Komm schon.

Dann fiel es ihm ein: Hollys Handtasche. Auf dem Küchentresen über ihnen.

Er öffnete die Schranktür, nahm die Handtasche an sich und legte sie zwischen seine Beine.

Zu seiner Linken, nahe am Boden, befand sich ein Dimmer. Nathan stellte ihn auf die niedrigste Stufe und aktivierte per

Knopfdruck eine Reihe von Nachtlichtern, die in Steckdosen steckten.

Die winzigen Lichtstrahlen in der Schrankwand wurden heller.

»Gucklöcher«, flüsterte er.

KAPITEL 18

Er musste dafür sorgen, dass Holly ruhig blieb. Sie war zwar eine erfahrene FBI-Agentin und Leiterin einer größeren Dienststelle, aber in einer solchen Situation konnte selbst ein durch und durch kampferprobter Soldat die Nerven verlieren. Falls sie einen taktischen Fehler beging, würden sie beide sterben.

»Wir sind hier drin geschützt«, flüsterte er. »Die Schrankwände sind mit Kevlar verstärkt. Wir müssen nur absolut still sein und so tun, als wäre niemand zu Hause. Wir sind ein Teil des Mobiliars. Atme tief ein und langsam wieder aus.«

»Wie schaffst du es nur, eine solche Ruhe zu bewahren?«, flüsterte sie zurück.

»Denk daran: Es ist niemand zu Hause. Das Haus ist leer. Tief einatmen, langsam ausatmen.«

Nathan hörte, wie sie seine Anweisung befolgte. »Es geht schon«, sagte sie.

Plötzlich hörten sie beide, wie Glas zersprang.

»Sie sind im Haus. Von jetzt an gilt absolute Stille.« Er drückte ihre Hand und presste ein Auge an eines der Gucklöcher.

Wie Dämonen aus einem Albtraum huschten vier dunkle Gestalten ins Wohnzimmer.

Im spärlichen Licht sah Nathan, wie die Laserpunkte der Zielvorrichtungen durch das Zimmer huschten. Er hoffte, dass es sich bei den Eindringlingen um Söldner und nicht um Agenten einer Bundespolizeibehörde oder eines Geheimdienstes handelte. Gegen Letztere – oder gar gegen Angehörige der US-Streitkräfte – hätten sie einen deutlich schwereren Stand. Eins war jedoch sicher: Er würde es nie zulassen, dass man ihn oder Holly lebend gefangen nahm. Egal wie der Kampf endete – es ging um Leben und Tod.

Eindringlinge Nummer eins, drei und vier drangen mit leisen und sicheren Bewegungen durch den Flur in Richtung Schlafzimmer vor, während Nummer zwei geduckt an seinem Standort verharrte. Von dort aus blickte er direkt auf den Schrank, in dem Nathan und Holly sich versteckten.

Nathan drückte Hollys Hand noch einmal. Nach ein paar Sekunden blickte Nummer zwei in die andere Richtung und verharrte einen Augenblick in dieser Stellung. Als er nichts sah, trat er an den Schrank heran, nur ein paar Zentimeter von Hollys Gesicht entfernt.

Nathan sah, wie ein roter Laserstrahl dreimal an der Esszimmerwand aufblitzte. Nummer zwei richtete seinen Laser auf dieselbe Stelle und ließ ihn ebenfalls dreimal aufblitzen – offenbar ein vereinbartes Signal, um nicht aus Versehen von einem der eigenen Leute erschossen zu werden. Nummer eins, drei und vier kamen aus dem dunklen Flur, Nummer zwei gesellte sich zu ihnen. Sie unterhielten sich flüsternd. Gut. Sie waren also keine Bundesbeamten, denn diese hätten sich mit Handzeichen verständigt, um das weitere Vorgehen zu beschließen.

Sie jetzt unter Beschuss zu nehmen, wo sie alle beisammen waren, würde nicht funktionieren, da sie Schusswesten trugen. Wenn es Nathan nicht gelang, alle vier mit gezielten Kopfschüssen zu erledigen, wäre das Spiel vorüber. Jetzt hieß es, geduldig auf eine bessere Gelegenheit zu warten.

Nummer eins, drei und vier verschwanden wieder im Flur.

Nummer zwei hielt direkt auf ihr Versteck zu. Als Nathan ihn aus den Augen verlor, richtete er seine SIG auf die Schranktür. Ein Rascheln von Kleidern verriet, dass Nummer zwei um die Ecke bog. Nathan vermutete, dass er sich die leere Küche vornahm.

Geht schon. Verschwindet endlich. Es ist niemand zu Hause.

Ein frommer Wunsch. Es kam jedoch anders.

Nathan beobachtete durch ein Guckloch, wie der Söldner am Fuß eines Schranks auf der gegenüberliegenden Seite der Küche in die Knie ging und eine Tür nach der anderen öffnete.

Jetzt blieben ihnen höchstens zwanzig Sekunden.

Nathan studierte die Bewegungen des Mannes und erkannte ein Verhaltensmuster. Bei jedem Schrank zog er die Tür auf, zielte mit der Waffe ins Innere und schloss danach die Tür wieder. Aufmachen. Zielen. Zumachen.

Der Gegner war inzwischen in der Mitte der Küche angelangt.

Noch zehn Sekunden.

Aufmachen. Zielen. Zumachen.

Nathan atmete tief und langsam. Sämtliche Anspannung war verflogen. Jetzt hieß es nur noch: *Sie oder wir. Dann schon lieber sie.*

Noch drei Sekunden.

Jetzt trennte sie nur noch ein Schrank von dem Eindringling.

Aufmachen. Zielen. Zumachen.

Plötzlich ging die Tür zu ihrem Versteck einen Spalt auf und ließ mehr Licht herein.

Der schwarze Schalldämpfer einer MP5 näherte sich Nathans Gesicht wie eine in Zeitlupe kriechende Pythonschlange.

Nathan verpasste der Tür einen kräftigen Stoß, worauf der Mann rückwärts auf den Hintern fiel.

Er zielte mit dem Laser auf die Kehle des Angreifers und drückte ab.

Der Mann zuckte zweimal und blieb dann reglos liegen. Unterschallmunition war selbst bei einem Schalldämpfer nicht vollkommen geräuschlos und der Angreifer hatte ebenfalls Lärm gemacht, als er hinfiel. Nathan musste also davon ausgehen, dass seine Kameraden es gehört hatten.

Er sprang aus dem Versteck und riss Holly mit sich. »Bleib dicht hinter mir«, flüsterte er ihr zu.

Die nächsten dreißig Sekunden verwandelten sich in eine albtraumhafte, gewalttätige Nahkampfsequenz.

Nummer eins, drei und vier huschten dicht an die Wand gedrängt den Flur entlang.

Nathan ließ seinen Laser dreimal aufblitzen, in der Hoffnung, sie damit aus der Deckung zu locken.

Der Trick funktionierte.

Drei und vier eilten in geduckter Haltung ins Wohnzimmer. Ihre Laser, deutlich sichtbar in dem aufgewirbelten Staub und Rauch, huschten hin und her. Nathan benutzte die kugelsichere Schranktür als Deckung, zielte mit dem Laserstrahl auf den Nasenrücken von Nummer drei und gab einen Schuss ab. Der Mann wirbelte herum und brach zusammen.

Zwei erledigt, zwei übrig.

Noch dreizehn Schüsse im Magazin.

Mit einer Geschwindigkeit, die Nathan überraschte, leerte Nummer vier ein ganzes Magazin in Richtung des Schusses, der seinen Partner getötet hatte. Nathan riss Holly zu Boden und brachte sie in buchstäblich letzter Sekunde aus der Schusslinie.

Obwohl beide Parteien Schalldämpfer benutzten, hallte das stakkatomäßige Knattern des Schnellfeuers durch den Raum. Splitter flogen durch die Luft, Geschirr zerbrach, Gläser fielen aus den Regalen, Töpfe und Pfannen sprangen scheppernd auf und ab. Mikrowellenherd, Kochplatten und Geschirrspülmaschine explodierten und überschütteten Nathan und Holly mit Glassplittern. Auch die Arbeitsplatte aus Granit zerbrach in tausend Stücke, die in sämtliche Richtungen flogen.

Nummer vier ging hinter der Couch in Deckung.

Nathan hörte, wie er das leere Magazin auswarf und ein neues einrasten ließ. Nicht einmal zwei Sekunden waren vergangen, als der Mann schon wieder eine Salve in die Küche schickte.

Nathan nahm eine aufrechte Haltung ein und begann, die Couch der Länge nach zu beschießen. Hinter und über sich hörte er das laute Donnerknallen von Hollys Glock. Da sie keinen Schalldämpfer aufgesetzt hatte, blitzte das Mündungsfeuer wie ein Stroboskop und der Lärm ließ Nathans Ohren klingeln. Als Antwort erhielten sie einen lauten Schwall obszöner Schimpfwörter auf Spanisch, gefolgt von einer weiteren Salve aus der MP5. Die Kugeln flogen hoch über ihre Köpfen hinweg und ließen Putz von der Decke rieseln.

Nathan schrie: »Holly, gib mir Feuerschutz!«

Holly feuerte mit der Glock in den Flur, um zu verhindern, dass der dort verbliebene Mann seinem Kameraden zu Hilfe kam. Nathan rannte in geduckter Haltung auf das Sofa zu, warf sich davor auf den Boden und schoss viermal darunter hindurch. Dann blickte er vorsichtig um die rechte Ecke der Couch.

Nummer vier lag auf dem Rücken und zuckte. Die linke Gesichtshälfte fehlte.

Drei erledigt, einer übrig.

Noch fünf Schüsse im Magazin.

Ein plötzlicher Kugelhagel aus dem Flur zerriss die Stille. Projektile prallten vom Schieferboden ab und zersplitterten die Tür, die zur Garage führte.

Ein schwarzer Schatten huschte ins Arbeitszimmer.

Zwei Sekunden später durchdrang ein erneuter Geschosshagel die Wand, hinter der sich Nathan aufhielt. Der übrig gebliebene Gegner feuerte einfach drauflos. Ein harter Gegenstand traf Nathan am Kopf.

Für einen Augenblick sah er nur noch grau. Verdammt. Trotz des Nebelschleiers vor seinen Augen erwiderte Nathan das Feuer und durchlöcherte die Wand an denselben Stellen wie vor ihm der Söldner.

Hinter ihm krachte ein Schuss aus Hollys Glock. Die gesamte Wand war inzwischen auf Brusthöhe von Kugeln durchlöchert.

Nathan warf das leergeschossene Magazin aus, schob ein neues ein und löste den Verschlussfanghebel. Die erste von fünfzehn Patronen glitt in die Kammer. Obwohl er sich schwindlig fühlte, kroch er durch das Trümmerfeld auf das Arbeitszimmer zu. Mit der Waffe im Anschlag lugte er vorsichtig um die Ecke.

Der Söldner war weg.

In den Ecken des Schiebetürrahmens steckten immer noch Reste zersplitterten Glases.

Der Fußboden war von Gipskartonstaub und Glasscherben übersät. Plötzlich sah Nathan ein paar Schritte weiter einen kleinen, dunklen Gegenstand. Nur mit Mühe gelang es ihm, bei Bewusstsein zu bleiben. Schließlich erkannte er, was es war.

Ein abgetrennter Finger.

KAPITEL 19

Holly spürte einen stechenden Schmerz in ihrem linken Unterarm. Im trüben Licht sah sie eine Fleischwunde von der Größe eines Silberdollars. Was sich zunächst wie ein Bienenstich angefühlt hatte, tat bald richtig weh. Binnen weniger Sekunden fühlte sich das Brennen in ihrem Arm doppelt so stark an, und als sie sich aufrappelte, hatte sich die Intensität verzehnfacht. Verdammt, die Wunde blutet wirklich heftig. Sie war sich ziemlich sicher, dass keine Kugel sie getroffen hatte. Was war es dann gewesen? Dann fiel ihr die Arbeitsplatte aus Granit wieder ein, die in tausend Stücke zersprungen war. Offenbar hatte sie einen scharfen Splitter abbekommen. Obwohl ihr Arm höllisch wehtat, machte sie sich mehr Sorgen um Nathan.

»Nathan?«

»Es ist … nicht so schlimm. Nur ein Streifschuss …« Er brachte den Satz nicht zu Ende.

»Nathan?«

Holly blickte sich um. Die Küche war vollkommen verwüstet. Was hatte Nathan soeben gesagt? Es ist nicht so schlimm? *Was* war nicht so schlimm? Sie rannte ins Arbeitszimmer und ignorierte die Schmerzen in ihrem Arm und die Splitter und Scherben unter ihren nackten Fußsohlen. Dort fand sie Nathan. Er lag auf dem Rücken. Unter seinem Kopf breitete sich ein dunkler Fleck auf dem Teppich aus.

»Nathan. Nathan!«

Er öffnete die Augen und blinzelte ein paarmal. »Wie lange?«

Sie strich seine Haare zur Seite und ertastete einen tiefen Schnitt in seiner Kopfhaut.

»Wie lange?«, wiederholte er.

»Du meinst, wie lange warst du bewusstlos?«

Er schloss die Augen.

»Zehn Sekunden. Du musst ins Krankenhaus.«

»Kein Krankenhaus. Keine Polizei.«

»Nathan …«

»Jemand von denen könnte wiederkommen. Du kannst hier nicht bleiben.«

»Ich lass dich nicht allein hier zurück.«

»Im Arbeitszimmer … ein abgetrennter Finger.«

»Abgetrennter Finger?«

»Nimm ihn mit.«

Sie fühlte sich immer noch total benommen. Alles war so schnell gegangen. Mitten in die Ruhe waren mit einem Mal Chaos und Verwüstung geplatzt. Überall klebte Blut – an den Wänden, auf den Teppichen, an der Decke. Im Zimmer roch es nach verbranntem Schießpulver, abgebröckeltem Putz und dem salzigen Kupfergeschmack von geronnenem Blut. Und der Mann, den sie liebte, lag in einer immer größer werdenden Blutlache.

»Nathan, ich kann dich unmöglich hier zurücklassen.«

Sein Kopf sank auf den Teppich.

Ein Teil von ihr, motiviert von einem starken Selbsterhaltungstrieb, wollte einfach nur abhauen. Ihr Blick fiel auf die Garagentür, hinter der ein sicherer Fluchtweg lag. In zehn, höchstens fünfzehn Sekunden, könnte sie von hier verschwunden sein. Doch dann sah sie sich die Wunde an ihrem Unterarm an. Wäre dieser Mann nicht gewesen, hätte es für sie noch viel schlimmer ausgehen können. Wenn sie ihn jetzt einfach liegen ließ, würde sie nie wieder mit gutem Gewissen in den Spiegel schauen können. Sie musste bei ihm bleiben, selbst wenn es sie das Leben kostete.

Der Wunsch, sich *und* Nathan zu retten, gab ihr neuen Antrieb. Sie ging in Nathans Schlafzimmer und suchte dort nach Dingen, mit denen sie seine Wunde versorgen konnte. Dabei spürte sie stechende Schmerzen in ihren Fußsohlen. Offenbar war sie auf Glasscherben getreten. Schließlich fand sie eine Krawatte im Kleiderschrank und einen Waschlappen im Bad. Sie legte ihre Glock neben dem Waschbecken ab, faltete den Waschlappen zu einem kleinen Quadrat zusammen und legte ihn auf die Wunde an ihrem Unterarm. Mit der anderen Hand und ihren Zähnen band sie die Krawatte um den Lappen und achtete darauf, sie nicht allzu fest zu schnüren. Danach ging sie zurück ins Arbeitszimmer und versuchte, Nathan wach zu bekommen, aber er reagierte nicht.

Sie ignorierte die Schmerzen im Unterarm und in den Füßen, so gut sie konnte, griff ihm mit beiden Armen unter die Achselhöhlen und zog ihn in Richtung Garagentür. Als sich der Muskelriss in ihrem linken Arm verschlimmerte, schrie sie auf. Sie biss die Zähne zusammen und machte weiter, bis sie auf ein neues Hindernis stieß: Der Schieferboden vor der Garagentür war mit Glasscherben und Trümmern übersät. In der Garage fand sie einen Besen und fegte einen Pfad frei. Dann klemmte sie den Besenstiel in die Tür, damit diese offen blieb.

Nachdem sie Nathan über die Schwelle gezerrt hatte, fiel ihr ein, dass sie es niemals schaffen würde, ihn in den Ford Mustang zu heben. Mit seiner Größe von 1,95 m und seinem Gewicht von 110 Kilo fühlte er sich wie ein schweres Stück Eisen an.

Als sie plötzlich eine Hand auf ihrer Schulter spürte, schrie sie vor Schreck auf.

Sie fuhr herum, um sich gegen den Eindringling zu wehren.

»Harvey!«

»Überlasse ihn mir. Wie schlimm ist dein Arm?«

»Woher wusstest …«

»Später. Wie schlimm ist dein Arm?«

»Ich glaube, es geht schon. Er blutet nur stark.«

»Hat Nathan eine Verletzung an der Wirbelsäule?«

»Ich glaube nicht.«

Holly staunte über die Leichtigkeit, mit der Harv seinen Freund hochhob und hinaus zur Einfahrt trug.

»Holly, gib uns Rückendeckung.«

Sie nahm eine geduckte Haltung ein und wandte sich der dunklen Garage zu, die Glock schussbereit in der Hand. Hin und wieder warf sie einen schnellen Blick nach hinten über die Schulter. Harvey untersuchte Nathans Kopfwunde, prüfte seinen Puls und stieß fest gegen seine Schulter, worauf Nathan sich ein bisschen bewegte und stöhnte. Holly erinnerte sich an ihre Erste-Hilfe-Ausbildung an der FBI-Akademie und wusste, dass Harvey soeben eine Bewertung anhand der Glasgow-Koma-Skala vorgenommen hatte.

Harvey warf ihr einen Blick zu. »Halte die Augen offen, Holly. Bei Nathan ist alles in Ordnung. Wie viele Angreifer waren es?«

»Vier. Einer konnte entkommen.«

»Bleib hier. Ich hole ihre Waffen.«

»Nathan sagte etwas von einem abgetrennten Finger im Arbeitszimmer. Er will, dass ich ihn mitnehme.«

»Ich hole ihn. Wo sind deine Ersatzmagazine?«

»Auf dem Nachttisch im Schlafzimmer.«

»Und Nathans Pistole?«

»Irgendwo in der Nähe des Arbeitszimmers.«

Harvey zog seine SIG aus dem Hosenbund hinter seinem Rücken. »Ich bin gleich wieder da. Bist du sicher, dass bei dir alles okay ist?«

Sie nickte.

»Sollte jemand anders als ich durch diese Garage kommen, erschieße ihn. Klar?«

»Klar.«

In der Ferne hörte Holly Sirenen, die näher kamen. In ein paar Minuten würde es hier von Polizisten wimmeln.

»Meine Klamotten sind im Kleiderschrank im Flur.«

»Kein Problem. Bin gleich wieder da. Du behältst den Bereich vor dem Haus im Auge. Ich kümmere mich um den Rest.«

»Verstanden.«

Eine Minute später kam Harvey mit drei MP5-Maschinenpistolen sowie Hollys Ersatzmagazinen, ihrem Magazinholster und – Gott sei Dank – ihren Kleidern und Schuhen zurück. Er legte die Waffen auf den Boden. »Ich passe solange auf, bis du dich angezogen hast.«

Holly verschwendete keine Zeit. Sie zog sich an, befestigte den Holster ihrer Dienstwaffe am Gürtel und schob ein neues Magazin in ihre Glock. »Ich bin fertig«, sagte sie.

»Ich verstaue diese Maschinenpistolen in meinem Kofferraum. Wenn ich zurückkomme, identifiziere ich mich mit einem Vogelzwitschern. Gib mir etwa dreißig Sekunden.«

Holly sah zu, wie Harv den Gehsteig entlanglief und plötzlich verschwand. Jetzt, da sie alleine war, Nathan zu ihren Füßen, dachte sie über die vorangegangenen Ereignisse nach. Das Ganze schien surreal wie ein Gemälde von Salvador Dalí, und sie konnte noch immer nicht glauben, dass es tatsächlich passiert war. Gut, sie war eine FBI-Agentin, aber sie hatte keine SWAT-Ausbildung durchlaufen und noch nie aus Wut ihre Waffe abgefeuert, geschweige denn jemanden getötet. War sie wirklich in eine wilde Schießerei mit vier mit Maschinenpistolen bewaffneten Söldnern verwickelt gewesen? Am liebsten hätte sie sich gezwickt, um aus diesem Albtraum zu erwachen. Es schien wirklich verrückt. Alles war so schnell gegangen. Den Umständen entsprechend hatte sie sich zwar tapfer geschlagen, aber das war ein geringer Trost angesichts der Tatsache, dass Nathan vor ihr auf dem Betonboden lag und aus einer Kopfwunde blutete.

Sie besann sich wieder auf ihre Aufgabe und suchte mit ihren Augen Nathans Vorgarten und die nähere Umgebung nach drohenden Gefahren ab. Ein paar Leute in den umliegenden Häusern hatten ihre Verandabeleuchtungen eingeschaltet. Das Heulen der Polizeisirenen klang inzwischen viel lauter. Dann hörte sie Harveys Vogelgezwitscher und rief: »Sauber.«

Harvey trat hinter einer Hecke hervor, die Nathans Grundstück von dem Nachbarhaus auf der Ostseite trennte, und huschte zu ihr. »Du solltest deine FBI-Marke bereithalten, wenn die Polizei eintrifft. Uns bleiben höchstens dreißig Sekunden. Und keine hastigen Bewegungen. Wir übergeben dem ersten Polizisten, der hier eintrifft, die Kontrolle über den Tatort. Lass uns unsere Waffen auf die Veranda legen und ein paar Schritte Abstand nehmen.«

Einen Augenblick später kam auch schon ein Streifenwagen mit Blaulicht und Sirenen angerast. Der Polizist schaltete die Sirene ab, parkte mitten auf der Straße und stieg mit gezogener Dienstwaffe aus.

»Jetzt bist du dran«, flüsterte Harvey.

Holly hielt dem Polizisten die Dienstmarke entgegen und sagte laut und deutlich: »FBI. Special Agent in Charge Holly Simpson von der Dienststelle Sacramento.«

Der Polizist reagierte wie erwartet, richtete die Waffe auf die beiden und näherte sich ihnen bis auf etwa sieben Meter Entfernung. »Behalten Sie Ihre Hände, wo ich sie sehen kann.«

Holly und Harvey kamen seiner Aufforderung nach.

»Wir brauchen einen Rettungswagen«, fügte sie hinzu. »Stumpfe Gewalteinwirkung am Kopf, möglicherweise von einem Streifschuss. Der Mann ist halb bewusstlos.«

»Verstanden«, erwiderte der Polizist, »ein Krankenwagen ist bereits unterwegs.« Er sagte etwas in sein Reversmikrofon. Aus der anderen Richtung traf ein zweiter Streifenwagen ein, zwei weitere näherten sich mit heulenden Sirenen.

Holly deutete auf das Haus. »Wir haben da drinnen drei Tote. Ein vierter Mann entkam zu Fuß. Er ist mit einer Maschinenpistole bewaffnet und trägt eine SWAT-Uniform. An einer Hand hat er eine Schusswunde.«

Der Polizist hielt nach wie vor die Waffe auf sie gerichtet. »Verstanden«, sagte er und gab die Information weiter.

Holly hörte, wie ein zweiter Polizist von hinten an sie herantrat.

»Ich würde Sie gerne nach Waffen durchsuchen und Ihre Personenangaben überprüfen.«

»Kein Problem, Officer. Meine Dienstwaffe liegt vor mir auf dem Boden.«

Er blickte zu Harvey, dann wieder zu ihr. »Gehört er zu Ihnen?«

»Ja.«

Der Polizist wandte sich an Harvey. »Ihr Name bitte?«

»Harvey Fontana. Ich bin der Eigentümer von First Security.«

»Die Firma, die ständig im Radio Werbung macht?«

Harv deutete mit einem Kopfnicken auf Nathan. »Dieser Mann ist mein Geschäftspartner, Nathan McBride. Der Einbruch löste einen Alarm aus, der an mein Handy weitergeleitet wurde. Ich war zufällig in der Nähe, deshalb bin ich hier. Wir haben da drinnen einen delikaten Tatort. An dieser Schießerei war eine FBI-Agentin beteiligt.«

»Verstanden. Eins nach dem anderen. Zunächst werden wir Ihre Personalangaben überprüfen und danach sichern wir den Tatort. Legen Sie sich bitte beide mit dem Gesicht nach unten auf den Boden, die Arme seitlich ausgestreckt. Wir werden diese Angelegenheit schnell klären.«

Holly sah, wie der Blick des Polizisten auf den blutigen Waschlappen fiel, den sie sich um den Arm gebunden hatte.

»Wir sorgen dafür, dass Sie ärztliche Hilfe bekommen und informieren die FBI-Dienststelle hier in San Diego. Lassen Sie mich nur Ihre Personalien überprüfen, dann erledigen wir den Rest so schnell wie möglich.«

»Danke, Officer.«

★★★

Zwanzig Minuten später schoben die Rettungssanitäter die Trage, auf der Nathan lag, in das Hintere des Krankenwagens und machten die Doppeltür zu. Als Holly schließlich zusammen mit Harv in dessen Mercedes wegfuhr, waren mindestens zwölf Streifenwagen des San Diego Police Departments vor Ort eingetroffen, zusammen mit fünf Feuerwehrwagen und drei zusätzlichen Krankenwagen. Die rotierenden Blaulichter warfen rot-blaue Lichtblitze auf sämtliche Häuser innerhalb eines Umkreises von hundert Metern. Zwei Übertragungshubschrauber des Lokalfernsehens kreisten in sicherem Abstand und ein Polizeihelikopter suchte die Umgebung mit einem grellen Suchscheinwerfer nach dem flüchtigen Söldner ab. Holly war von der effizienten und professionellen Arbeitsweise des San Diego Police Departments beeindruckt.

Bestimmt würde sie noch heute Abend vom örtlichen FBI-Dienststellenleiter hören, wahrscheinlich sogar innerhalb der nächsten Stunde. Das bedeutete, dass ihr ein Albtraum in Form von Papierkram bevorstand. Wenigstens machte Nathan einen stabilen Eindruck, seine Kopfverletzung war anscheinend nur halb so schlimm. Man würde ihn einer Reihe von Tests unterziehen, um sicherzugehen, aber sie machte sich keine allzu großen Sorgen. Das Pochen in ihrem Arm erinnerte sie daran, dass sie selbst ärztliche Behandlung benötigte. Nichts, was ein paar Nähte und Antibiotika nicht in den Griff kriegen würden.

Der Krankenwagen fuhr zum Eingang der Notaufnahme. Harvey schaltete die Scheinwerfer aus und parkte dahinter. Nathan winkte, als die Sanitäter seine Trage herauszogen, und Holly verspürte einen Stich in der Brust. Selbst an eine Trage geschnallt und mit blutgetränktem Kopfverband war Nathan eine imposante Erscheinung.

Falls sie zuvor auch nur die leisesten Zweifel gehabt hatte, so waren diese jetzt wie weggeblasen. Sie liebte diesen Mann. Wie konnte das passieren? So weit kam es also, wenn man seinen emotionalen Panzer ablegte. Was nun? Sollte sie es ihm sagen? Und was dann? Sie analysierte alles zu sehr und musste lernen, ihren eigenen Worten zu trauen. *Vielleicht sollte ich einfach immer nur einen Tag nach dem anderen angehen und die Dinge auf mich zukommen lassen.*

»Holly, bist du noch da?«

»Es ist nur … ich war noch nie in eine Schießerei verwickelt.«

»Üble Sache, nicht wahr.« Es klang nicht wie eine Frage, sondern wie eine Feststellung.

»Es ist ganz anders als bei den Übungen.«

»Lass dir erst einmal den Arm vernähen. Über das, was heute passiert ist, können wir später immer noch reden.«

»Wie machst du das bloß?«

»Was?«

»Die Nerven behalten. Wie schaffst du das nur? Ich zittere immer noch wie Espenlaub.«

»Dein Adrenalinschub lässt nach. Das geht vorbei.« Harvey atmete tief durch und seufzte. »Um deine Frage zu beantworten, ich bin es gewöhnt. Ich habe im Leben schon jede Menge Gewalt und Tod gesehen.«

»Tut mir leid, ich hätte dir diese Frage nicht stellen dürfen.«

»Ich bin mit meiner Vergangenheit ins Reine gekommen. Nathan auch. Wir denken nicht ständig darüber nach, aber verdrängen es auch nicht. Du wirst darüber hinwegkommen. Es dauert halt eine Weile.«

»Eigentlich hatte ich immer damit gerechnet, dass es eines Tages so weit kommen würde, aber ich hätte nicht gedacht, dass meine Reaktion so ausfallen würde.«

»Holly, diese Männer sind mitten in der Nacht in Nathans Haus eingedrungen und wollten euch beide töten oder gefangen nehmen. Es ging um Leben und Tod, entweder sie oder ihr. Was du im Augenblick empfindest, ist normal. Es wird eine Weile dauern, aber du bringst es hinter dich. Wir können später darüber reden. Kümmern wir uns erst einmal um deinen Arm. Ich wette, der tut verdammt weh.«

Sie blickte sich suchend nach Nathan um, jedoch hatte man ihn bereits nach drinnen gebracht. »Diese Schießerei«, sagte sie langsam.

»Was ist damit?«

»Ich hatte keine Angst. Ich wusste, dass Nathan gut auf mich aufpassen würde.«

»Er hat diese Wirkung auf Leute. Habt ihr das Versteck in der Küche benutzt?«

»Ja.«

»Ich hab bei mir daheim auch so eins. Da ist Platz für meine ganze Familie. Komm, kümmern wir uns um deinen Arm.«

KAPITEL 20

Allein in der Dunkelheit. Ganz nach meinem Geschmack, fand Montez. Die Dunkelheit fühlte sich so warm an wie die Umarmung eines alten Freundes. Er erhob sich vom Sofa und trat auf die Terrasse hinaus, wo er sich eine Cohiba anzündete. Er legte den Kopf in den Nacken und blies Rauchkringel aus. Die Hütte gefiel ihm, besonders die Aussicht auf Bass Lake und die Nähe zum Yosemite Nationalpark. Yosemite nahm einen besonderen Platz in seinem Herzen ein. Er mochte die Wasserfälle und die gewaltigen Granitwände. Die atemberaubende Landschaft faszinierte ihn so sehr, dass er daran dachte, hier eines Tages ein Stück Land zu kaufen. Vielleicht sogar diese Hütte.

Arturos Observierungsarbeit in Bullfrog Bay hatte gute Ergebnisse geliefert. Montez beglückwünschte sich dazu, dass er so klug gewesen war, einen seiner Leute vor Ort zurückzulassen, damit dieser das Hausboot dieses alten Trottels im Auge behielt. Es war zu riskant gewesen, die Wohnung zu säubern, in der er Kramer verhört und gefoltert hatte, jedoch lohnte es sich, ein Paar Augen und Ohren als Rückversicherung zur Verfügung zu haben. Und siehe da, ein FBI-Agent hatte in Begleitung zweier Männer, die wie harte Burschen aussahen, am Tatort herumgeschnüffelt. Die Hecknummer des Hubschraubers führte zu einer Firma namens First Security in San Diego. Eigentümer waren laut Handelsregister Nathan McBride und Harvey Fontana. Zunächst hatte es sich als äußerst schwierig erwiesen, die Privatadressen der beiden zu ermitteln, da sie nirgendwo verzeichnet waren. Schließlich schlug Arturo, Montez' rechte Hand, vor, es über den Flughafen Montgomery Field zu versuchen, wo die beiden in einem Hangar einen Stellplatz für den Hubschrauber gemietet hatten. Eine brillante Idee, wie sich herausstellte. Ein nächtlicher Einbruch förderte ein wichtiges Dokument mit persönlichen Daten zutage, darunter die Wohnanschrift eines gewissen Nathan McBride.

Montez hätte gerne mehr über diesen Mann gewusst als nur seinen Namen. Wer war dieser Nathan McBride? Was machte er so? Und warum war er in diese Sache verwickelt? Vielleicht war First Security nur eine Briefkastenfirma und McBride in Wirklichkeit ein Geheimagent. Wahrscheinlich war es so. Montez hoffte, dass der für heute Nacht geplante Einsatz brauchbare Antworten liefern würde. Er hatte seinen Männern Anweisung erteilt, McBride möglichst lebend gefangen zu nehmen. Falls die Aktion jedoch aus dem Ruder lief, sollten sie ihn töten, eine schnelle Hausdurchsuchung durchführen und verschwinden. Montez zweifelte nicht daran, dass Nathan McBride sich bei einem Verhör als echte Herausforderung erweisen würde und …

Das Klingeln seines Handys riss ihn aus seinen Gedanken. Er blickte auf die Nummer auf dem Display und nahm den Anruf entgegen. »Ich rufe dich in fünfzehn Sekunden auf dem Festnetz an.« Er legte die Zigarre im Aschenbecher ab und ging in die Hütte, wo er eine Ziffernfolge in die Tastatur eines an das Telefon angeschlossenen Verschlüsselungsapparats eingab und auf das Bestätigungssignal wartete. Als dieses ertönte, rief er seinen Mann zurück und fragte: »Bist du an einem sicheren Ort?«

»Ja.«

»Berichte.«

»Wir sind in einen Hinterhalt geraten. Sieht ganz so aus, als hätte jemand die Zielperson gewarnt.«

»Erklär mir das genauer.«

»Ich glaube, der Typ wusste, dass wir kommen würden, und hat uns eine Falle gestellt.«

»Verluste?«

»Der Mann war gut. Er hat meine Leute getötet, obwohl er nur eine Pistole hatte. Ich habe einen halben Finger verloren.«

»Wieso glaubst du, dass es eine Falle war? Du wusstest doch, dass dem Mann eine Sicherheitsfirma gehört. Hast du die Alarmanlage nicht gesehen?«

»Wir haben weder etwas gesehen noch gehört, außer einer Sicherheitstastatur neben der Eingangstür, aber die war nicht aktiviert.«

»Nicht aktiviert?«

»Nein, Sir. Es war dunkel, nirgendwo im Haus ein Licht. Ich bin mir ziemlich sicher, dass unsere Zielperson sich in der Küche versteckt hatte. Außerdem habe ich eine zweite Pistole gehört, mit großem Kaliber.«

»Die Zielperson war nicht alleine?«

»Nein, Sir.«

»Wer war bei ihm?«

»Eine Frau. Ich habe sie nur flüchtig gesehen.«

»Eine Frau?«

»Jawohl, Sir.«

»Und du bist dir ganz sicher, was diese zweite Pistole angeht?«

»Ich habe eindeutig zwei verschiedene Schussgeräusche gehört. Die eine Waffe hatte einen Schalldämpfer, die andere nicht.«

Nach einer kurzen Pause fragte Montez: »Kann es sein, dass die Zielperson beide Waffen abgefeuert hat?«

»Ich habe gehört, wie er jemand anders um Feuerschutz gebeten hat.«

»Was genau hat er gesagt?«

»Er sagte: ›Holly, gib mir Feuerschutz.‹ Wer auch immer diese Holly ist, ich bin mir ziemlich sicher, dass sie mir den Finger abgeschossen hat.«

»Holly, ja? Das hast du gut gemacht. Bist du in unserem sicheren Versteck?«

»Ja.«

»Bleib dort, bis ich mich wieder melde. Ich verspreche dir, dass du wegen deines Fingers ärztliche Hilfe bekommst.«

»Danke, Sir.«

Dieser unerwartete Zwischenfall war bedauerlich. Zwar hätte er damit rechnen müssen, dass es seinen Männern womöglich schwerfallen würde, die Zielperson lebend gefangen zu nehmen, allerdings hätten sie es zumindest schaffen müssen, den Mann zu töten.

Eins war gewiss: Ein überaus gefährlicher Mann war jetzt hinter ihm her, und das alles nur wegen Kramers missglückter Entsorgung. Montez dachte an den Lake Powell und schüttelte den Kopf. Wie hoch war die Wahrscheinlichkeit, dass einem so etwas passierte? Bestimmt nicht höher als eins zu tausend. Die Stelle, an der seine Männer Kramer im See versenkt hatten, lag abgelegen und war eine logische Wahl. Dass es ausgerechnet dort Augenzeugen geben würde, vor allem zu so später Stunde, hatte Montez nicht wissen können. Er verdankte diese Panne nicht seiner Unvorsichtigkeit, sondern einem unglücklichen Zufall.

Zu spät, sich jetzt darüber den Kopf zu zerbrechen – das Kind war bereits in den Brunnen gefallen. Eine militärische Weisheit besagte, dass kein noch so ausgeklügelter Schlachtplan die erste Feindberührung überlebt. Wie sagte man in Amerika so schön? Shit happens? Noch war Montez die Kontrolle nicht völlig entglitten, aber er musste die nächste Phase seines Plans umsetzen und Duane Dalton schnappen, Kramers Kontaktperson. Wenn er es richtig anstellte, wären seine finanzielle und persönliche Sicherheit auf absehbare Zeit garantiert. Die Fünfhunderttausend, die er aus Dalton herauspressen würde, wären nichts weiter als eine Anzahlung. Montez hatte eine weitaus höhere Summe im Visier. Zwanzig Millionen, vielleicht sogar mehr. Echtes Geld.

Er holte sich ein Bier aus dem Kühlschrank.

Wenn alles gut ging, würde es nicht mehr lange dauern, bis er Dalton in seiner Gewalt hatte. Montez glaubte zwar inzwischen nicht mehr so richtig daran, dass Dalton den versuchten Mordanschlag in Tobago persönlich angeordnet hatte, er wollte aber hundertprozentig sicher sein. Es würde ihm ein Leichtes sein, Dalton diese Information zu entlocken, vor allem, weil er mit dessen Ex-Frau und Töchtern ein Druckmittel in der Hand hatte. Andererseits hatte er nicht unbegrenzt Zeit. Wie lange konnte er sich sicher in den Vereinigten Staaten aufhalten? Eine Woche? Vielleicht zehn Tage? Das FBI verfügte über fast unerschöpfliche Ressourcen und würde ihn früher oder später einholen. Der gescheiterte Versuch, McBride zu entführen, bedeutete, dass er die weitere Durchführung seiner Pläne beschleunigen musste – angefangen mit einem Schnellverhör Daltons. In seiner Laufbahn hatte er so etwas schon öfter gemacht, weil bei der Beschaffung wichtiger Informationen oft die Zeit drängte. Sich mit einem Opfer Zeit zu lassen, war ein seltenes Vergnügen. Verhöre unter Zeitdruck waren etwa so, als wenn man sich eine Flasche teuren Weins hastig die Kehle hinuntergoss. Ein solches Erlebnis musste man genießen, vor allem den entscheidenden und magischen Augenblick, in dem das Opfer zusammenbricht und zu weinen anfängt – nicht vor Schmerz, sondern weil der Betreffende erkannt hat, dass er seelisch gebrochen war. Das war die Frucht des bedingungslosen Sieges, und sie schmeckte gut.

Montez wusste, dass seine Persönlichkeit viele Facetten umfasste, aber eine Vorliebe für sexuelle Perversionen gehörte nicht dazu. Er hatte noch kein Opfer, ob männlich oder weiblich, einer sexuellen Folter unterzogen. Normalerweise genügte die bloße Androhung. Solche schlampigen Methoden waren das Werk von Amateuren mit kranken und perversen Fantasien. Wer wirklich etwas von Verhörtechniken verstand, verzichtete auf sexuelle Erniedrigung, konzentrierte sich vielmehr darauf, dem Opfer schrittweise jegliches Komfort- und Kontrollgefühl wegzunehmen, bis nur noch ein nackter Kern übrig blieb. Erst dann konnte man von einem totalen Sieg sprechen. Weltweit gab es nur eine Handvoll Menschen, die diese Fähigkeit beherrschten.

Wenn Montez etwas leidenschaftlich und abgrundtief hasste, war es Mittelmäßigkeit. Er hatte kein Verständnis für faule Taugenichtse, die sich einfach nur treiben ließen und gerade so viel taten, wie sie mussten, um zu überleben. Solche armseligen Typen zu verhören, stellte keine oder nur eine geringe Herausforderung dar. Beim geringsten Druck brachen sie zusammen wie Kinder. Montez hatte in ein paar seltenen Fällen Kinder verhört und hatte jedes Mal leichtes Spiel gehabt. Es reichte aus, ihnen Angst einzujagen, ein Mittel, das selbst bei so manchem Erwachsenen half. Wenn man es mit Menschen ohne Rückgrat zu tun hatte, war Angst am effektivsten. Bei starken Persönlichkeiten dagegen erreichte man mehr, indem man sie erniedrigte. Widerspenstige Opfer boten einem die größte Herausforderung, aber gleichzeitig machte es am meisten Spaß, sie zu brechen.

Montez schüttelte den Kopf. Für solche philosophischen Überlegungen war jetzt nicht der richtige Zeitpunkt.

So viel stand fest: Montez hatte immer noch die Oberhand. Daltons Familienangehörige waren in einem sicheren und geheimen Versteck, und sie würden dort so lange bleiben, wie er sie brauchte. Und wenn er sie nicht mehr brauchte?

Er trank noch einen Schluck Bier und lächelte.

KAPITEL 21

Wo war er?

Tageslicht drang durch den Lamellenvorhang. Ein Krankenzimmer.

Nathan spürte, dass sich außer ihm noch jemand im Zimmer aufhielt, und er versuchte, sich zu konzentrieren. Langsam nahm die zunächst schemenhafte Figur Gestalt an und verwandelte sich in eine Frau mit leicht ergrauten blonden Haaren und blauen Augen hinter Brillengläsern. Grangeland? Nein, die trug keine Brille. Auch die Haare passten nicht.

»Ich bin Dr. Rosson. Sie sind im Krankenhaus und haben eine Operation hinter sich. Wie fühlen Sie sich, Mr McBride?«

»Ich habe Durst. Sagen Sie bitte Nathan zu mir.«

Sie reichte ihm ein Glas Wasser mit Strohhalm.

Er nahm einen Schluck. »Danke. Wie lange war ich ohne Bewusstsein?«

»Acht Stunden, mit kurzen Unterbrechungen.«

»Acht Stunden?«

»Die Hälfte davon haben Sie damit verbracht, aus der Narkose aufzuwachen. Wir mussten Sie zwischendurch immer wieder aufwecken, um neurologische Tests vorzunehmen.«

»Ja, ich erinnere mich, dass man mir Fragen gestellt und meine Augen untersucht hat.«

»Das gehört zur Überwachung Ihres Bewusstseinszustandes. Die Kugel hat Ihren Schädel um Haaresbreite verfehlt. Der Streifschuss hat in ihrer Kopfhaut eine etwa acht Zentimeter lange Rinne hinterlassen. Ich habe die Ränder begradigt und mit Klammern zusammengefügt. So ähnlich wie bei einem Stirnlifting. Ihre linke Kotelette wird ein bisschen höher sein als die rechte, aber das wird kaum auffallen. Außerdem haben sie eine einfache Gehirnerschütterung, auch wenn das alles andere als einfach ist. Verspüren Sie Übelkeit?«

»Überhaupt nicht. Gut, dass mich die Kugel am Kopf getroffen hat, sonst hätte ich schwer verletzt werden können.«

Sie lachte kurz. »Sie *sind* schwer verletzt. Ich habe schon viele Schusswunden gesehen. Sie können froh sein, dass Sie noch leben. Haben Sie einen Schutzengel?«

»Anfängerglück.«

»Sagen Sie mir Bescheid, wenn Sie Übelkeit, Schwindelanfälle, Sehprobleme oder länger andauernde Kopfschmerzen verspüren.«

Nathan starrte an die Decke, während die Ärztin Herz und Lungen abhörte.

»Tief durchatmen, bitte … noch einmal … und noch einmal …« Als sie damit fertig war, steckte sie das Stethoskop in die Tasche ihres Kittels.

»Sie haben an Ihrem Körper ein paar ungewöhnliche Narben. Kann ich davon ausgehen, dass Sie die nicht bekommen haben, als Sie den Umgang mit Messer und Gabel erlernten?«

Er rang sich ein Lächeln ab. »Ja, das haben Sie richtig erkannt.«

Sie wartete auf eine weitere Erklärung.

»Ich hab eine Wette verloren.«

»Natürlich. Sie haben übrigens Besuch. Ist Ihnen nach ein bisschen Gesellschaft zumute? Ich habe den Eindruck, das sind ziemlich wichtige Leute. Einer von ihnen ist ein Senator aus New Mexico.«

»Wirklich?«

»Als ich vor ein paar Minuten mit ihm sprach, wirkte er äußerst besorgt. Er hat mich bestimmt fünf Minuten lang über Ihren Zustand ausgefragt.«

»Wie kommen Sie darauf, dass die anderen Besucher VIPs sind?«

»Sagen wir es mal so: Dieses Krankenhaus sieht aus, als ob gerade der Präsident auf Besuch wäre. Jede Menge Männer mit Beulen unter ihren Anzügen, falls Sie wissen, was ich meine.«

»Ich bin beeindruckt.«

»Offenbar sind Sie selbst ein sehr bedeutender Mann.«

»Nein, ich bin nur ein ganz gewöhnlicher Normalbürger.«

»Aber sicher …«

»Glauben Sie mir, ich bin niemand Spezielles.«

Dr. Rosson lächelte und legte ihm eine Hand auf die Schulter. »Also gut, Mister Bescheidenheit in Person, dann lasse ich jetzt mal Ihre Besucher herein.«

»Sie können gut mit Patienten umgehen, Frau Doktor.«

»Danke. Was meinen Sie … werden Sie es schaffen, in den nächsten Wochen Schießereien zu vermeiden?«

»Auf jeden Fall.«

»Sind Sie sicher, dass Sie Besuch empfangen wollen?«

»Ja.«

»Gut, denn dieser Senator, den ich vorhin erwähnt habe? Der macht sich ziemliche Sorgen um Sie. Wie ein Vater um seinen Sohn.«

»Erkennt man das so deutlich?«

»Ihre Augen.«

»Es ist nicht allgemein bekannt, dass er mein Vater ist. Sorgen Sie bitte dafür, dass dies so bleibt?«

»Selbstverständlich.«

»Ist Harvey auch da?«

»Mr Fontana? Der hätte beinahe ein Zelt vor Ihrer Tür aufgeschlagen.«

»Ja, das sieht ihm ähnlich. Wie geht es Holly Simpson?«

»Ihr wird es schon bald wieder bestens gehen. Sie wartet draußen, zusammen mit Mr Fontana.«

»Ich muss mal aufs Bongo.« Er schwang die Beine aus dem Bett und setzte sich auf. Die Welt drehte sich um ihn.

»Bitte langsam.«

»Es geht schon wieder.«

»Waren Sie in der Navy oder bei den Marines?«

»Wie kommen Sie darauf, dass ich beim Militär war?«

»Sie haben ›Bongo‹ gesagt, nicht ›Toilette‹.«

»Marines.«

»Ich wette, Sie haben einiges erlebt.«

»Kann man so sagen.«

Als er aufstand, packte Dr. Rosson ihn am Arm. »Ist Ihnen schwindlig?«

»Nein.« Das stimmte nicht ganz, aber er hütete sich davor, eine Antwort zu geben, die seinen Krankenhausaufenthalt verlängern würde.

»Ich möchte, dass Sie sich beim Benutzen der Toilette hinsetzen. Halten Sie sich am Geländer fest. Ich bin hier, falls Sie mich brauchen.«

»Kein Problem, Frau Doktor.«

Im Bad sah er sich im Spiegel die Kopfwunde an. Sie sah genauso aus, wie Dr. Rosson sie beschrieben hatte: Ein etwa acht Zentimeter langer Einschnitt, den ein Dutzend Heftklammern zusammenhielt, verunzierte seinen Kopf unmittelbar vor dem linken Ohr. Zu seiner Verwunderung stellte er fest, dass man die Haare um die Stelle herum nicht abrasiert hatte. Er würde die Ärztin bei Gelegenheit darauf ansprechen. Insgesamt sah es nicht allzu schlimm aus. Aber verglichen mit seinem vernarbten Gesicht war ohnehin alles relativ.

Nathan befolgte die Anweisung der Ärztin und verrichtete seine Notdurft im Sitzen. Er seufzte, als er rückblickend daran dachte, wie dumm, ja sogar leichtsinnig es gewesen war, die Nacht in seinem Haus in Clairemont zu verbringen. Er hätte mit Holly in La Jolla übernachten sollen. Aber wahrscheinlich wussten die Leute, die hinter dem Überfall steckten, auch von seinem zweiten Haus. Im Endeffekt wäre es also auf das Gleiche hinausgelaufen, mit dem Unterschied, dass die Eindringlinge das Haus in La Jolla anstatt das in Clairemont verwüstet hätten. Da war Letzteres wohl doch das kleinere Übel. Die Vorstellung, dass bewaffnete Gangster in sein Haus in La Jolla eindrangen, ließ ihn schaudern. Die Kerle hätten Grant und Sherman getötet – anders wären sie nicht an den Hunden vorbeigekommen. Vielleicht *hatten* sie sogar seine Hunde getötet. Was, wenn sie zuerst dort vorbeigeschaut hatten?

»Alles in Ordnung bei Ihnen?«

»Bin gleich fertig.« Er wusch sich die Hände und fuhr sich mit einem warmen Waschlappen über das Gesicht.

Dr. Rosson half ihm, sich wieder ins Bett zu legen. »Das hat jetzt nichts mit Ihnen zu tun, aber ich würde gerne so bald wie möglich hier raus.«

»Schon gut. Ich unterschreibe Ihre Entlassungspapiere, aber nur wenn Sie mir versprechen, dass Sie sich die nächsten paar Wochen schonen. Ich meine es ernst. Wenn Sie wieder eine Gehirnerschütterung …«

»Verstehe.«

»Und Auto fahren sollten sie die nächsten Tage auch bleiben lassen.«

Das war kein Problem. Nathan fuhr sowieso nicht gerne Auto. »Danke, dass Sie mich zusammengeflickt haben, Frau Doktor.«

Als er wieder allein war, starrte er auf die Infusionsnadel in seinem Handgelenk und wartete. Sein Besucher würde jeden Moment hereinkommen.

KAPITEL 22

Senator Stone McBride betrat das Krankenzimmer seines Sohnes und schloss die Tür. Trotz seines besorgten Gesichtsausdrucks strahlte Nathans Vater Selbstvertrauen und Führungskraft aus. Heute trug er nicht wie sonst üblich Anzug und Krawatte, sondern eine hellbraune Stoffhose und einen kobaltblauen Pullover.

Nathan lächelte, um seine Anspannung zu lösen.

»Wie geht es dir?«

»Den Umständen entsprechend gut. Danke, dass du gekommen bist. Wie geht es Mom?«

»Sie wollte eigentlich mitkommen, hat aber Probleme mit ihrer Hüfte. Im Augenblick ist sie ein ziemliches Nervenbündel. Ich auch, um ehrlich zu sein.«

»Ich rufe sie später an.«

»Darüber wird sie sich bestimmt freuen.«

»Was ist mit meinem Haus in La Jolla und den Hunden?«

Stone hob beschwichtigend eine Hand. »Den Hunden geht es gut, aber es gab da ein kleines Problem. Sie haben nämlich niemanden aus den Autos aussteigen lassen. Harvey hat uns geholfen. Er hat dafür gesorgt, dass sie sich an die beiden FBI-Agenten gewöhnen.«

»FBI?«

»Sie bewachen im Augenblick dein Haus.«

»Wer ist sonst noch draußen vor der Tür?«

»Schau selbst.« Stone machte die Tür einen Spaltbreit auf und nickte.

Zwei Leute in dunklen Anzügen kamen herein. Ein Mann und eine Frau. Sie waren ungefähr gleich groß, aber die Frau sah zehn Jahre jünger aus. Nathan wusste, dass sie Anfang fünfzig war. Attraktiv und verführerisch. Vielleicht lag das an ihren Augen. Sie gefiel ihm, aber das würde er nicht an die große Glocke hängen. Beide hatten grau melierte Haare und wirkten geschäftsmäßig. Die Frau hatte ihre Haare zu einem Pferdeschwanz zusammengebunden. Stone machte hinter ihnen die Tür zu.

Nathan nahm eine aufrechtere Sitzposition ein. Nur mit einem Krankenhaushemd bekleidet, fühlte er sich ein wenig unsicher. »Was verschafft mir die Ehre Ihres Besuchs?«

Der Mann sagte: »Ich gehe davon aus, dass Sie einen von uns oder uns beide erkannt haben.«

Das hatte er in der Tat. Der Mann und die Frau vor ihm hatten Ämter inne, zu denen sie der Präsident ernannt hatte: FBI-Direktor Ethan Lansing und CIA-Direktorin Rebecca Cantrell. Letztere trat einen Schritt nach vorn und reichte Nathan die Hand. Ihr Händedruck war warm, aber fest. Lansing folgte ihrem Beispiel.

»Sie haben mir keine Luftballons mitgebracht.«

Cantrell lächelte.

»Ich hätte gern Harvey und Special Agent in Charge Simpson dabei.«

Cantrell sah Lansing an, aber der schüttelte den Kopf.

Nathan lehnte sich zurück und schaute zum Fenster hinaus. »Wenn das so ist … danke, dass Sie gekommen sind.«

»Nathan, bitte«, sagte Stone McBride. »Frau Direktor Cantrell und Herr Direktor Lansing haben meiner Anwesenheit zugestimmt, weil ich Ihnen mein Wort gegeben habe, dass diese Unterhaltung vertraulich bleibt. Bitte hör dir an, was sie zu sagen haben.«

Cantrell sagte: »Jemand hat Ihnen gestern Nacht in den Kopf geschossen. Was halten Sie von folgendem Kompromiss? Da Mr

Fontana dieselbe Sicherheitsüberprüfung des Verteidigungsministeriums wie Sie hinter sich hat, bin ich mit seiner Anwesenheit einverstanden. Aber aus Gründen der nationalen Sicherheit kann Special Agent in Charge Simpson nicht an dieser Unterhaltung teilnehmen.«

Nationale Sicherheit? Was zum Teufel führte Montez im Schilde?

Stone McBride verließ das Zimmer und kam einen Augenblick später mit Harvey im Schlepptau zurück.

»Wie geht's, Partner?«

»Ach, was ist schon eine Narbe mehr?«

Cantrell fuhr fort: »Die Männer, die gestern Nacht in Ihr Haus eingedrungen sind, waren keine von unseren Leuten.«

»Das hatte ich auch nicht vermutet. Sind unsere Fahrzeuge oder Häuser verwanzt?«

»Von uns nicht. Ich weiß bestens über Ihre Vergangenheit Bescheid«, sagte Cantrell. »Sie sind ein unbesungener Held, Mr McBride. Nur sehr wenige Leute außerhalb dieses Raumes wissen, was Sie durchgemacht haben.«

»Wenn Sie gekommen sind, um mich beziehungsweise uns zu bitten, die Finger von Montez zu lassen, muss ich Ihnen leider sagen, dass die Antwort Nein lautet. Und bitte sagen Sie Nathan zu mir.«

Lansing wechselte einen schnellen Blick mit Nathans Vater. »Das ist nicht der Grund, weshalb wir hier sind. Ich möchte mich übrigens noch wegen dieser Sache mit den Bridgestones bei Ihnen entschuldigen.«

»Akzeptiert. Sie haben damals getan, was Sie im Augenblick für das Beste hielten. Ich kritisiere niemanden im Nachhinein, vor allem nicht Entscheidungsträger, die unter Druck stehen. Und nachtragend bin ich auch nicht.«

»Das ist sehr großzügig von Ihnen. Ich weiß nicht, ob ich so nachsichtig wäre.«

»Ich bin eben ganz nach meinem Vater geraten.«

Stone McBride sagte: »Danke, Nathan. Ich fühle mich sehr geehrt.«

Lansing fuhr fort: »Wir befinden uns in einer heiklen Situation. Ich habe die Angelegenheit gründlich mit Frau Direktor Cantrell abgesprochen, und wir sind zu der Ansicht gelangt, dass es besser ist, wenn wir uns nicht gegenseitig behindern. Es steht einfach zu viel auf dem Spiel.«

»Würden Sie das bitte näher erläutern?«

Cantrell wechselte einen Blick mit Lansing. »Zunächst einmal«, sagte sie, »muss ich gestehen, dass hinter dieser Sache mehr steckt, als wir Ihnen sagen können. Wir können Ihnen jedoch sagen, dass das FBI und die CIA eine behördenübergreifende Operation durchführen, die im In- und Ausland stattfindet. Das Amt für Alkohol, Tabak, Schusswaffen und Sprengstoffe und die Drogenvollzugsbehörde sind ebenfalls mit von der Partie. Wir wollen Montez genauso wie Sie, aber wir wollen ihn lebend.«

Nathan wollte Einspruch erheben, aber sein Vater hob die Hand. »Hör ihnen erst einmal zu.«

Cantrell zog einen Stuhl heran und setzte sich. »Haben Sie sich jemals gefragt, warum Montez Ihre Gefangenschaft und Folter so plötzlich beendet hat?«

Das hatte Nathan in der Tat, und zwar unzählige Male. Als er Montez zuletzt gesehen hatte, war er kurz vor dem Tod gestanden. Er erinnerte sich daran, wie Montez auf einmal das Lager im Dschungel verlassen hatte. Zu dem Zeitpunkt dachte er, dass dies nur für ein paar Stunden oder den Rest des Tages sein würde. Aber Montez kam nicht wieder. Während der vielen Monate darauf, in denen er zahllose Debriefings sowie Therapiesitzungen und Reha-Maßnahmen durchlief, konnte Nathan keine befriedigende Antwort auf diese einfache Frage finden. Auch nicht in den vierzehn Jahren, die seitdem vergangen waren. Warum hatte Montez plötzlich mit den Folterungen aufgehört und war Hals über Kopf verschwunden?

»Es wird nicht leicht für Sie sein, aber was ich Ihnen jetzt sage, verlässt niemals diesen Raum.«

Nathan blieb still und wartete ab.

»Obwohl Montez weder Ihre wahre Identität herausfand, noch, für welche Behörde Sie tätig waren, hatte er einen gewissen Verdacht. Es bedurfte keiner besonderen Geistesblitze, um zu dem Schluss zu gelangen, dass Sie für die US-Regierung arbeiteten. Nach der zweiten Woche Ihrer Gefangenschaft nahm er Kontakt mit der CIA auf.«

Nathan sprach langsam und mit Bedacht. »Wollen Sie mir damit sagen, die CIA wusste, dass ich noch lebte?«

»Ja.«

»Und sie haben keinen Rettungsversuch unternommen?«

»Wir konnten nicht riskieren, noch mehr Teams zu entsenden, um nach Ihnen zu suchen. Niemand wusste, wo Sie sich befanden. Sie waren für Montez eine Art Versicherungspolice.«

»Versicherungspolice? Wofür?«

»Wir haben ihn bezahlt, damit er aufhört, Sie zu verhören, Sie freilässt und über die Angelegenheit Stillschweigen bewahrt. Außerdem erklärten wir uns bereit, ihn unbehelligt zu lassen. Acht Millionen Dollar auf ein Nummernkonto seiner Wahl. Die erste Hälfte sofort, die andere, sobald wir Sie wieder hatten.«

»Er hat mich nie freigelassen. Er hat mich zurückgelassen, damit ich sterbe.«

»Wir können lediglich darüber spekulieren, warum er sich nicht an den zweiten Teil der Abmachung gehalten hat. Wahrscheinlich hat er das Dschungelcamp verlassen und sich gedacht, ich hab genug Geld, warum soll ich noch mal zurückkommen und unnötige Risiken eingehen. Die wahren Beweggründe werden wir wohl nie erfahren. Wir wissen jedoch, dass er über unsere Anwesenheit in Nicaragua geschwiegen hat.« Cantrell blickte zu Stone McBride, dann wieder zu Nathan. »Der Präsident oder der Kongress haben offiziell nie eine direkte Beteiligung des US-Militärs am Bürgerkrieg in Nicaragua autorisiert. Mehr noch: Zu keinem Zeitpunkt wurde irgendeine Form der Einmischung, auch nichtmilitärischer Art, bewilligt. Wenn die Öffentlichkeit von unseren Aktivitäten erfahren hätte, wäre daraus ein internationaler Skandal größten Ausmaßes entstanden. Die Iran-Contra-Affäre lag noch nicht so lange zurück und die Medien kamen damals nicht richtig auf ihre Kosten … sie wollten Reagans Kopf auf einem Silbertablett. Eine Kenntnis direkter militärischer Einmischung in Nicaragua hätte unter Umständen zum Sturz der Clinton-Administration beigetragen. Dass die Operation Echo voll gerechtfertigt war und zahllose Unschuldige vor Entführung, Folter und Hinrichtung bewahrt hat, hätte dabei keine Rolle gespielt. Montez hätte unserem Land einen schweren Imageschaden zufügen können. Aber er hat es nicht getan. Er hat nie Informationen über unsere Ausbildungsprogramme vor Ort oder die Scharfschützen-Teams preisgegeben, die wir damals gegen die Überreste der Sandinistischen Nationalen Befreiungsfront eingesetzt haben. Als Harvey Sie da rausholte, hat sich die Dynamik geändert, aber wir haben ihm trotzdem die zweite Hälfte des versprochenen Geldes bezahlt. Schweigegeld sozusagen.«

»Sie sagen andauernd ›wir‹ und ›unsere‹. Das Ganze geschah doch während der Amtszeit von Direktor Kallstrom.«

»Das ist richtig, aber ich war zu der Zeit stellvertretende Vizedirektorin, also die Nummer drei in der Hierarchie. Ich steckte bis zum Hals mit drin.«

Nathan sah seinen Vater an. Der sagte: »Ich wusste bis vor ein paar Stunden überhaupt nichts davon.«

»Das ist die Wahrheit. Es gibt zu all dem keinerlei offizielle Dokumente. Und womöglich gab es bei den Verhandlungen mit Montez sogar Aspekte, von denen ich nichts weiß. Ich glaube, man kann ohne Übertreibung sagen, dass Sie der einzige Grund sind, warum der ehemalige Direktor, Mr Kallstrom, mir das alles erzählt hat. Er empfindet immer noch tiefste Bewunderung für Sie und Mr Fontana.«

»Mir wird schlecht bei dem Gedanken, dass Montez acht Millionen bekommen hat, aber andererseits bin ich dankbar dafür. Ich glaube nämlich nicht, dass ich viel länger durchgehalten hätte. Er war verdammt nahe dran, mich zu brechen … oder mir den Garaus zu machen.«

»Ich habe den Bericht über Ihr Debriefing gelesen. Sie sagten damals, Montez wäre plötzlich verschwunden, und zwar *bevor* seine Männer Sie in dem Käfig aufgehängt haben. Er hätte Sie genauso gut töten können, vor allem, wenn er tatsächlich nicht vorhatte, die andere Hälfte der acht Millionen zu kassieren. Warum hat er es nicht getan?«

»Ich bezweifle ernsthaft, dass ihm mein Tod die Hälfte des versprochenen Geldes wert war.«

»Da haben Sie auch wieder recht.«

»Ich würde ihm gerne persönlich diese Frage stellen.«

»Es könnte durchaus sein, dass Sie Gelegenheit dazu bekommen.«

»Ich rechne fest damit.«

»Wir haben uns Montez gegenüber weiterhin an unsere Abmachungen gehalten.« Cantrell hob beschwichtigend die Hände. »Bevor Sie jetzt etwas sagen, lassen Sie es mich bitte erklären. Wir müssen das Gesamtbild im Auge behalten. Tatsache ist, dass wir überall auf der Welt ähnliche Deals abgeschlossen haben. Wir wollen schließlich unsere Glaubwürdigkeit nicht aufs Spiel setzen. Außerdem wissen wir nicht, welche heimlichen Sicherheitsvorkehrungen Montez getroffen hat, damit im Falle seines Verschwindens die Informationen über Nicaragua an die Öffentlichkeit gelangen. Wenn diese Austauschstudenten nicht beobachtet hätten, wie Kramer im Lake Powell versenkt wurde, würden wir dieses Gespräch jetzt nicht führen.«

»Aber hat er den Deal nicht verletzt, indem er einen Staatsbürger der USA auf amerikanischem Boden getötet hat?«, fragte Harv.

»Auf die Gefahr hin, gefühllos zu klingen, nein. In unserem Deal war von nichts anderem die Rede, als dass er im Gegenzug für sein Stillschweigen von uns das Geld bekommen würde, sowie von unserem Versprechen, ihn unbehelligt zu lassen.«

»Wollen Sie damit sagen, dass Nicaragua immer noch so wichtig ist?«

»In gewissen Kreisen schon«, sagte Cantrell.

Nathan wechselte einen Blick mit Harv, als wolle er sagen: Was hat Montez sonst noch gegen die CIA in der Hand? »Mit anderen Worten, solange er nichts über Nicaragua ausplaudert, kann er tun und lassen, was er will? Ist das der langen Rede kurzer Sinn?«

Cantrells Blick wanderte zu Nathans Vater, dann zu Lansing. Keiner sagte ein Wort.

»Tja, Frau Direktor Cantrell, Harv und ich sind an keine solchen Abmachungen gebunden. Und außerdem stehen wir nicht mehr im Dienst der US-Regierung. Ihr Deal beinhaltet, dass Sie Montez in Ruhe lassen, nicht, dass Sie Leibwächter für ihn spielen.«

»So einfach ist das nicht. Montez sind diese Feinheiten egal. Für ihn zählt nur, dass jemand hinter ihm her ist. Er wird vermuten, dass wir es sind.«

»Wieso? Ich bin sicher, dass er auf der ganzen Welt Feinde hat. Es könnte jeder von denen sein.«

»Da haben Sie natürlich recht. Aber wir dürfen dieses Risiko nicht eingehen.«

»Also wenn es nach Ihnen geht, lässt man Montez einfach laufen?«

»Die Verhältnisse haben sich geändert. Inzwischen wollen wir ihn festnehmen, um ihn zu befragen.«

»Sie haben bisher kein Wort über Nicole Dalton und ihre Töchter gesagt. Was macht er mit ihnen, während wir hier reden? Wie lange werden sie noch einen Wert für ihn besitzen? *Warum* sind sie für ihn wertvoll?« Nathan ließ seinen Blick zwischen Cantrell und Lansing hin und her wandern. »Möglicherweise schweben wegen Montez Dutzende oder sogar Hunderte Menschen in Gefahr. Und Sie können uns wirklich nicht mehr über Ihre Beziehung zu diesem Mann erzählen?«

»Tut mir leid, Nathan, das kann ich nicht.«

»Sie können nicht oder Sie wollen nicht?«

Stone McBride trat einen Schritt nach vorne. »Nathan …«

Nathan hob eine Hand. »Okay, ich hab's kapiert. Und was bedeutet das konkret für uns?«

»Hier ist mein Vorschlag«, sagte Cantrell. »Da wir Sie nicht daran hindern können, Montez zu jagen, versuchen wir es gar nicht erst. Aber wir werden Sie weder unterstützen noch behindern. Sie sind ganz auf sich allein gestellt. Falls er Sie in seine Gewalt bringt und zum Reden zwingt, können Sie ihm wahrheitsgemäß sagen, dass Sie nicht für uns arbeiten.«

»Ein netter Gedanke.«

»Ich will keineswegs gefühllos klingen, sondern einfach nur realistisch.«

»Was ist, wenn wir ihn zuerst finden?«

Wieder wechselten Cantrell und Lansing einen Blick. »Es gibt Leute in wichtigen Positionen, die nicht so recht daran glauben, dass Sie uns Montez lebend übergeben würden, falls Sie ihn vor uns erwischen.«

»Das ist mir bekannt.«

»Ja, ich weiß. Der NSA-Direktor hat mich angerufen und mir erzählt, dass General Hawthorne Anweisung erhalten hat, seine Finger von der Sache zu lassen.« Cantrell machte eine Pause und redete langsamer weiter, um ihren Worten größere Wirkung zu verleihen. »Wir brauchen Montez lebend. Sollte er wirklich geheime Sicherheitsvorkehrungen getroffen haben, um im Fall einer längeren Abwesenheit schädliche Informationen bekannt werden zu lassen, müssen wir es aus ihm herauspressen.«

»Woher wusste er überhaupt, wo ich wohne?«

»Falls Sie glauben, dass er einen Maulwurf in irgendeiner Behörde hat, so ist dies eine Möglichkeit, aber wir glauben es nicht.«

»Woher sollte er es sonst wissen?«

»Das können wir nicht mit Sicherheit sagen.« Wieder blickte sie zu FBI-Direktor Lansing.

»Wir vermuten, dass es mit ihrem Ausflug zum Lake Powell zu tun hat«, sagte dieser.

Nathan kniff die Augen zusammen. *Lake Powell?*

Lansing fuhr fort: »Der Mann, den sie besucht haben, dieser Hausbootbesitzer?«

Nathan fiel der Name wieder ein. »Lars Stiegler.«

»Er wird vermisst. Vermutlich ist er tot. Die Leute vom Kane County Sheriff's Department haben im Hausboot Blutspuren gefunden. Die Täter haben versucht, diese zu beseitigen, aber die

Sheriff's Deputies haben mithilfe von forensischen Lichtquellen jede Menge Spuren gefunden.«

Verdammt. Nathan hatte den bärbeißigen Vietnamveteranen gemocht. Und jetzt war er tot. Und das alles nur, weil Nathan hinter Montez her war.

»Wir sind ziemlich sicher, dass er verhört wurde«, sagte Lansing. »Haben Sie ihm gesagt, wer Sie sind?«

»Ich habe ihm meinen und Harvs Namen genannt. Ich dachte nicht daran, dass …« Nathan hielt plötzlich inne.

»Was ist?«, fragte Cantrell.

»Harv, der Mann am Kai. Dieser Angler mit der Latzhose.«

»Ja, natürlich«, sagte Harv.

»Was für ein Angler? Wovon reden Sie?«

»Wir haben einen Mann gesehen, der am Kai geangelt hat, nicht weit von der Anlegestelle von Stieglers Hausboot entfernt. Ein Latino, er sah aus wie ein harter Bursche.« Nathan schürzte die Lippen und schüttelte den Kopf. »Die Hecknummern«, sagte er. »Dieser mysteriöse Angler muss sich die Hecknummern unseres Hubschraubers notiert haben. Die führten ihn schließlich zu First Security.«

»Ist der Hubschrauber auf die Firma registriert?«, fragte Cantrell.

»Ja, leider.«

»Wir kümmern uns unverzüglich darum«, sagte Lansing und zog Stift und Notizblock aus der Tasche seines Jacketts. »Wir werden Ihre beiden Hubschrauber in unserem System verstecken.«

»Danke, Herr Direktor, aber das erklärt immer noch nicht, wie er an meine Privatadresse gekommen ist. Alle unsere Mitarbeiter hüten unsere persönlichen Daten wie ihren Augapfel.«

»Ich frage mal im Büro herum und schaue, was ich herausfinden kann«, sagte Harv. »Vielleicht war jemand unvorsichtig. Wir waren es auf jeden Fall.«

Ein beklommenes Schweigen breitete sich im Raum aus.

Cantrell beugte sich auf ihrem Stuhl nach vorne. »Direktor Lansing und ich haben sämtliche Termine abgesagt, um persönlich hierherzukommen. Das verdanken Sie Ihrem außergewöhnlichen Dienst fürs Vaterland, nicht dem Umstand, dass Ihr Vater ein bedeutender US-Senator ist. Offiziell können wir Ihre private Jagd auf Montez nicht billigen oder unterstützen, aber wir werden Ihnen dabei keine Knüppel zwischen die Beine werfen. Wir bitten Sie allerdings um zwei Dinge: Halten Sie mich persönlich über Ihre Schritte auf dem Laufenden und behalten Sie stets das Gesamtbild im Auge.«

»Heißt das im Klartext, ich soll ihn nicht töten?«

»Genau.«

»Angenommen, es gibt etwas zu berichten, wie kontaktieren wir Sie?«

»Ich gebe Ihnen meine private Handynummer. Rufen Sie von einem öffentlichen Münzfernsprecher an und identifizieren Sie sich als Echo fünf.«

Nathan notierte sich die Nummer, sagte aber nichts weiter.

»Wenn wir das Gefühl hätten, dass wir Ihnen nicht trauen können, wären wir nicht hier«, sagte Cantrell. »Ich hoffe, dieses Vertrauen ist keine Einbahnstraße.«

★★★

Als Cantrell und Lansing gegangen waren, setzte Stone McBride sich hin. »Das sind vielleicht Neuigkeiten. Ich bin froh, dass sie wenigstens versucht haben, dich aus Nicaragua herauszuholen. Ich will es mir nicht als Verdienst anrechnen, aber ich habe beim damaligen CIA-Direktor Kallstrom ziemlich viel Druck gemacht und mich sechs Mal mit ihm persönlich getroffen. Dass sie Montez bestochen haben, hat er nie erwähnt.«

Nathan konnte es immer noch nicht fassen. Montez bestochen? Von der CIA?

»Nathan, wenn ich etwas gewusst hätte, hätte ich es dir gesagt.«

»Ich weiß. Und ich wollte mich schon länger bei dir für diesen Anruf letztes Jahr entschuldigen. Was ich damals gesagt habe, habe ich nicht so gemeint. Ich weiß, dass du alles getan hast, was in deiner Macht stand.«

»Vergessen und vergeben.«

Nathan legte den Kopf zurück. »Ich bin mir nicht sicher, wie die Dinge für uns stehen. Was deren behördenübergreifende Operation angeht, so scheint es, als wären wir ganz auf uns selbst gestellt. Wenigstens müssen wir keine Angst haben, dass uns jemand Hindernisse in den Weg legt.«

»Zumindest sagen sie das«, sagte Harv leise.

»Ich rate dir dringend, Cantrell über alle deine Schritte auf dem Laufenden zu halten«, sagte Nathans Vater. »Du könntest sonst ins Kreuzfeuer geraten und aus den eigenen Reihen unter Beschuss genommen werden.«

Nathan erwiderte nichts.

»Ich habe Lansing dazu veranlasst, dass er eure Häuser unter Schutz stellt. Mehrere FBI-Agenten werden sie bewachen, bis sich die Situation entspannt hat.«

»Danke, Stone«, sagte Harv, »aber meine Familie befindet sich bereits in Sicherheit. General Hawthorne hat sie in einem sicheren Haus an der Ostküste untergebracht.«

»Freut mich, das zu hören.«

»Wenn Hawthorne den Befehl erhalten hat, uns nicht weiter aktiv zu unterstützen, dann kam der Befehl vom Marineminister, und der wiederum hat wahrscheinlich auf Anweisung des Verteidigungsministers gehandelt. Wir wissen also nicht, ob diese Sache mit Montez in höchste Regierungskreise reicht.«

»Das mit Hawthorne ist eine ernste Angelegenheit. Ich kenne sowohl den Marine- als auch den Verteidigungsminister sehr gut. Soll ich mit ihnen reden?«

Als Vorsitzender des Senatsausschusses für Terrorismus im Inland hatte Nathans Vater rund um die Uhr Zugang zu hochrangigen Leuten in sämtlichen Nachrichtendiensten der USA.

»Wir sind auf uns allein gestellt, es sei denn, du willst uns helfen.«

»Natürlich helfe ich euch«, sagte Stone McBride.

»Ich möchte nicht, dass du wegen dieser Sache deinen Senatssitz auf's Spiel setzt.«

»Unsinn. Ich finde beim Präsidenten immer ein offenes Ohr. Wenn es sein muss, gehe ich direkt zu ihm.«

»Bist du dir sicher, dass das eine gute Idee ist?«

»Vier bewaffnete Söldner haben versucht, meinen Sohn und die Leiterin der FBI-Dienststelle in Sacramento zu töten. Ja, ich bin mir sicher.«

»Montez ist ein unheimlich gewiefter Mensch. Immerhin hat er herausgefunden, wo ich wohne, und das ist nicht leicht. Ich will nicht, dass er sich an dir und Mom vergreift.«

»Ich habe zwei Purple Hearts, einen Bronze Star und eine Medal of Honor. Sehe ich aus wie jemand, der Angst hat? Ich rufe dich an, sobald ich etwas weiß. Ich brauche es wohl nicht extra zu sagen, aber ihr beide solltet von jetzt an höllisch aufpassen. Traut niemandem außer mir und Cantrell. Ach ja, denk daran, deine Mutter anzurufen. Sie macht sich riesige Sorgen um dich.« Er zwinkerte Nathan zu. »Dasselbe gilt wohl auch für SAC Simpson.«

Harv räusperte sich.

»Ich habe den Eindruck, dass du nicht weiter über dieses Thema reden willst?«

»Du liegst mit deiner Vermutung richtig. Ich würde jetzt gerne ein paar Minuten mit Holly allein sein.«

»Sie steht vor der Tür, zusammen mit mehreren Leuten vom San Diego Police Department und vom FBI. Dieses Krankenhaus sieht aus, als ob der Präsident persönlich zu Besuch wäre. Aber pass auf, wie viel du ihr erzählst, Nathan. Informationen dieser Art sind gefährlich.«

KAPITEL 23

Holly betrat Nathans Krankenzimmer. Bestimmt hatte Lansing sie zuvor ausgequetscht. Der Verband und die Schlinge an ihrem Unterarm deuteten auf eine ernste Verletzung hin. Als ob es nicht schon schlimm genug wäre, am Krückstock zu gehen.

Sie setzte sich auf die Bettkante, beugte sich zu ihm herab und umarmte ihn. Sie roch nach Light Blue, ihrem Lieblingsparfüm. »Wie geht es dir?«, fragte Nathan.

»Als ich dir von meinem bevorstehenden Urlaub erzählte, habe ich nicht damit gerechnet, dass ich ihn mit einer Schießerei auf Leben und Tod verbringen würde. Die Sache geht mir nicht aus dem Kopf.«

»Das wird noch lange so bleiben.«

»War es bei dir auch so?«

»Ja, ich konnte danach nicht schlafen. Harv ging es genauso. Es war unser erster Einsatz in Nicaragua. Wir hatten damals einen üblen Sadisten eliminiert, der den Tod verdient hatte. Ich dachte, das würde die Sache leichter machen, aber so war es nicht. Ich sehe noch heute vor mir, wie seine Brust beim Aufprall der Kugel explodierte. Es war ein Schuss mit einer Barrett M82, Kaliber 50, aus elfhundert Meter Entfernung. Mir ging es tiefer unter die Haut, als mir lieb war. Aber gestern Nacht war es anders, Holly. Wir wissen nicht, wessen Kugeln tödliche Treffer waren, deine oder meine. Es ist auch egal.«

Holly schwieg.

»Ich bin überzeugt, dass diese Söldner gekommen sind, um uns gefangen zu nehmen. Wenn wir nicht zurückgeschossen hätten, würde Montez uns jetzt foltern. Wir brauchen also kein schlechtes Gewissen zu haben.«

»Wahrscheinlich hast du recht.«

»Ich *habe* recht. Die Bilder von gestern Nacht werden noch eine Weile wie eine Dia-Show vor deinem geistigen Auge ablaufen. Das ist völlig normal, also versuche nicht, sie zu verdrängen. Du wirst diese Episode noch viele Male in Gedanken durchleben. Die visuellen Eindrücke, die Geräusche, die Gerüche. Lass dich davon nicht stressen, sondern lass zu, dass es aufgearbeitet wird.«

Sie schwiegen eine Weile.

»Wie fühlt sich dein Kopf an?«, fragte Holly schließlich.

»Ehrlich gesagt, ich habe höllische Kopfschmerzen, aber ansonsten ist es nur halb so schlimm. Was macht dein Arm?«

»Was ist schon eine Narbe mehr?«

»Dasselbe habe ich zu Harv gesagt. Hattest du Gelegenheit, mit meinem Vater zu sprechen?«

»Ziemlich ausführlich sogar.«

»Jetzt wird es eng für mich.«

Sie lächelte. »Ich weiß nicht genau, was ich erwartet hatte, aber er ist wirklich äußerst charmant.«

»Stone McBride hat ein freundliches Lächeln, wenn er etwas haben will. Wenn er es aber nicht bekommt, schaut er ziemlich grimmig drein.«

»Trifft das nicht auf alle Politiker zu?«

»Das kannst du laut sagen.«

»Was haben Lansing und Cantrell gesagt?«

Nathan beschloss, ihr reinen Wein einzuschenken. »Sie legen großen Wert darauf, dass Harv und ich eins wissen: Montez verfügt über eine Menge Informationen, mit denen er unserem Land großen Schaden zufügen kann. Für den Fall, dass er auf unnatürliche Weise ums Leben kommt, hat er heimliche Sicherheitsvorkehrungen getroffen. Sie wollen ihn also lebend.«

»Damit sie ihn verhören können?«

»Darauf läuft es offenbar hinaus. Cantrell möchte, dass wir sie über sämtliche Schritte auf dem Laufenden halten. Dass wir über die Sache mit der sauberen Kohletechnologie in Ungarn Bescheid wissen, habe ich ihr allerdings nicht gesagt. Warum auch? Wahrscheinlich würde sie es weder bestätigen noch dementieren. Viel hat sie mir nicht erzählt, soviel steht fest.«

»Ändert dieser Anschlag auf uns nicht alles?«, fragte sie. »Montez weiß jetzt, dass du hinter ihm her bist. Glaubst du, er weiß, mit wem er es zu tun hat? Ich meine, kennt er dich noch von damals in Nicaragua?«

»Gute Frage. Ich vermute, wenn er wüsste, dass ich es bin, würde er sich Sorgen machen.«

»Weil er annimmt, dass du auf Rache aus bist?«

»Menschen wie Montez müssen ihr ganzes Leben über ihre Schulter gucken.«

»Er hat bestimmt viele Feinde.«

»Ja, die hat er. Lansing glaubt, dass er mich gefunden hat, weil jemand Harv und mich in Bullfrog Bay gesehen hat. Ich gebe das nur ungern zu, aber es war wohl so. Da war so ein Typ auf dem Kai, der in der Nähe von Stieglers Hausboot geangelt hat. Er war nicht einmal besonders nah an uns dran, vielleicht zwanzig Meter weg, aber ich glaube, Montez hat ihn dort platziert, damit er die Augen offen hält. Wenn dieser Mann ein gezoomtes Foto von mir hat, ist alles möglich. Montez wird mich darauf auf jeden Fall erkennen. Aber da ich ihm damals in Nicaragua meine echte Identität verschwiegen habe, ist Nathan McBride hoffentlich nur ein beliebiger Name für ihn.«

»Wie geht es jetzt weiter?«

»Hast du was Neues über etwaige Kontakte von Nicole Dalton herausgefunden? Ehemann, feste Freunde, Kollegen?«

»Interessant ist vor allem, was wir *nicht* über sie herausgefunden haben.«

»Wie meinst du das?«

»Es war gar nicht so einfach, ihren Background zu erforschen. Ich hatte mir schon Sorgen gemacht, dass Lansing mich früher oder später zurückpfeifen würde, so wie man es mit Hawthorne gemacht hat. Und jetzt frage ich mich, warum er das nicht getan hat.«

»Drei Worte.«

»Drei Worte?«

»Senator Stone McBride.«

»Du meinst, die beiden hatten während des Flugs eine Unterhaltung?«

»Darauf kannst du Gift nehmen.«

»Ich weiß, dass dein Vater ein wichtiger Mann ist, aber hat er wirklich so viel Einfluss?«

»Er ist Vorsitzender des CDT: Diese Arbeitsgruppe beschäftigt sich mit allem, was irgendwie mit Terrorismus im Inland zu tun hat, und das FBI ist in erster Linie für das Inland zuständig. Außerdem ist er ein hochrangiges Mitglied im Finanzausschuss des Senats. Man kann also durchaus behaupten, dass er viel Einfluss hat. Und jetzt sag mir doch bitte, was du im Hinblick auf Nicole Dalton *nicht* finden konntest.«

»Einen Ehemann. Oder zumindest einen biologischen Vater ihrer Töchter.«

»Niemanden?«

»Es gibt keinerlei Behördendaten zu einem Mr Dalton. Wir wissen natürlich nicht, ob das sein Familienname ist. Also sind wir direkt zur Quelle gegangen. Der FBI-Dienststellenleiter in San Diego hat ein paar Agenten zu ihrem Haus geschickt und es gründlich durchsuchen lassen, aber sie haben nichts gefunden. Und damit meine ich, *wirklich* nichts. Keine Hochzeitsfotos, keine Geburtsurkunden der Kinder, keine Eheschließungs- oder Scheidungsunterlagen. Auch keine Dokumente, die Aufschluss über einen biologischen Vater liefern. Absolut nichts.«

»Irgendwer muss Nicole Dalton ja wohl geschwängert haben«, sagte Nathan. »Und zwar gleich zwei Mal. Hört sich für mich an, als wäre der Mann ein Geheimagent. Ms Dalton arbeitet schließlich für die NSA, da kann man davon ausgehen, dass sie ab und zu solchen Typen begegnet. Vielleicht hat sie sich in einen davon verliebt? Wenn dem so ist, warum betreibt Montez einen solchen Aufwand, um den Mann in die Finger zu bekommen, vorausgesetzt, er hat es wirklich auf den Vater abgesehen? Wenn wir mit unserer Vermutung richtig liegen, dann will Montez den Mann lebend, um Informationen aus ihm herauszuquetschen. Er ist schließlich ein Verhörexperte und kein Profi-Killer.«

»Stimmt.«

»Alles, was wir bisher wissen, deutet in Richtung saubere Kohletechnologie in Ungarn. Für die weltweite Energieversorgung ist das nur ein kleiner Fisch, aber alles, was der Ölproduktion der OPEC-Länder in irgendeiner Form gefährlich werden könnte, löst Alarm aus. Unser Land ist vollkommen abhängig vom Öl. Deswegen führen wir sogar Kriege.«

»Vielleicht weiß dein Vater mehr darüber.«

»Ich habe ihn bereits gebeten herumzustöbern und zu sehen, was er herausfinden kann.«

Holly griff nach seiner Hand. »Ich habe leider auch eine schlechte Nachricht. Ich muss gehen. Lansing hat mir klar und deutlich gesagt, dass er mich in nächster Zeit nicht in deiner Nähe sehen will.«

»Jetzt sag bloß nicht, er erwartet von dir, dass du sofort wieder arbeitest.«

»Zunächst muss ich ein Debriefing über mich ergehen lassen. Und dann brauche ich eine Bescheinigung von meinem Hausarzt und einem FBI-Psychologen, dass ich in den aktiven Dienst zurückkehren kann. Offiziell bin ich erst einmal beurlaubt, aber ich darf mich nicht in deiner Nähe aufhalten.«

»Lansing hat recht. Wir müssen damit rechnen, dass auf mich ein erneuter Anschlag verübt wird, entweder um mich zu töten oder um mich gefangen zu nehmen. Es würde mich unheimlich erleichtern, wenn ich wüsste, dass ich mir um dich keine Sorgen machen muss.«

»Mir kommt es aber so vor, als würde ich dich im Stich lassen.«

»Das tust du doch nicht.«

»Na ja, ich werde zumindest versuchen, meine Genesungszeit sinnvoll zu nutzen. Bis jetzt haben wir keine verwertbaren Spuren und Beweise vom Tatort in Bullfrog Bay. Die toten Söldner von gestern Nacht werden gerade in der Rechtsmedizin untersucht. Ich werde herausfinden, was ich kann. Außerdem machen wir Abdrücke von dem abgetrennten Finger und unterziehen sie einer schnellen DNA-Analyse. Dasselbe gilt für die anderen drei Toten.«

»Hast du eine Ahnung, wie lange das Ganze dauert?«

»Die Fingerabdrücke laufen gerade durch die IAFIS- und Interpol-Datenbanken. Die Bearbeitungszeit ist unterschiedlich, aber in der Regel nicht länger als vierundzwanzig Stunden. Die DNA-Profile lassen wir von CODIS überprüfen. Das dauert ebenfalls bis zu vierundzwanzig Stunden.«

»CODIS?«, fragte Nathan.

»Diese Buchstaben stehen für unser *Combined DNA Indexing System*. Darin sind Millionen von Profilen gespeichert. Viele Interpol-Mitgliedsstaaten verwenden ebenfalls CODIS. Wir können damit also länderübergreifend arbeiten.«

»Klingt ja richtig nach Hightech.«

»Ist es auch. Diese Hochgeschwindigkeitsrechner haben unsere Bearbeitungszeiten drastisch reduziert. Aber natürlich sind solche Programme nur so gut wie die Leute, die damit arbeiten. Zum Glück haben wir in unserem Labor in Quantico ein erstklassiges Team.«

»Das glaube ich gerne. Wann fliegst du wieder zurück nach Sacramento?«

»In spätestens einer Stunde. Lansing nimmt mich in seinem Lear-Jet mit. Er möchte unsere frisch renovierte Dienststelle besichtigen. Das Ganze hat übrigens auch eine gute Seite«, sagte Holly.

»Was meinst du damit?«

»Grangeland. Sie wird uns erhalten bleiben.«

»Apropos … wo steckt sie eigentlich?«

»Ich hab ihr für heute freigegeben.«

»Gute Idee, vor allem wenn man bedenkt, wer sich gerade in der Stadt aufhält.«

»Ich fühle mich nicht ganz wohl dabei, ihre Mitwirkung zu verheimlichen. Aber noch schlimmer fände ich es, wenn ich sie dir nicht zur Verfügung stellen würde. Sie wird sich bei dir melden. Du kannst sie auch anrufen.«

»Tja, dann muss ich mich jetzt wohl von dir verabschieden.«

»Nathan …«

»Ich weiß. Ich verspreche dir, dass ich keine unnötigen Risiken eingehen werde.«

»Ich hasse es, Abschied zu nehmen.«

»Ich auch.«

»Ich melde mich, wenn wir etwas zu diesen toten Söldnern herausfinden.«

Sie gab ihm einen Kuss und eine zärtliche Umarmung, bevor sie sein Zimmer verließ.

Nathan lehnte sich zurück und starrte zur Decke empor. Warum bedeutete Holly ihm mittlerweile so viel?

Die Antwort machte ihm Angst.

KAPITEL 24

Nathan wachte den zweiten Tag nacheinander desorientiert und mit trockener Kehle auf.

Doch schon bald wusste er wieder, wo er war. In seinem Haus in La Jolla. Auf dem Boden. In seinem Schlafzimmer. Grant und Sherman an seiner Seite.

Er griff nach der Flasche Wasser auf seinem Nachttisch. Die Digitaluhr zeigte 19.10 Uhr an. Er dachte an Nicole Daltons Töchter und daran, dass bereits zu viel Zeit vergangen war. Er musste sich beeilen. Als er sich zu schnell aufsetzte, drehte sich das Zimmer um ihn.

»Immer mit der Ruhe, Partner.«

Harv. Er richtete seine Aufmerksamkeit auf den Stuhl neben dem Wandschrank. »Wie lange?«

»Ein paar Stunden.«

»Bist du die ganze Zeit hier gesessen?«

»Ich konnte endlich mal wieder in Ruhe lesen. Eigentlich hättest du auch in deinem Bett schlafen können. Das würde dir niemand übel nehmen. Schließlich hast du eine Schusswunde am Kopf.«

»Erinnere mich bloß nicht daran. Ist das da in deinem Schoß eine Pistole?«

»Lass dich davon nicht verrückt machen.«

»Sind die Jungs vom SWAT-Team noch hier?«

»Ja. Die gehen auch so schnell nicht wieder weg. Anscheinend eilt uns unser Ruf voraus. Holly hat mir gesagt, als bekannt wurde, dass der Lone Ranger angeschossen wurde, hätten sich allein in der FBI-Dienststelle in San Diego mehr Freiwillige als nötig gemeldet. Du weißt schon, dass du dich hättest ducken können?«

Als Nathan aufstand, fühlte er sich steif und es tat überall weh.

»Ist dir übel?«

»Mir geht's gut.« Er kniff nachdenklich die Augen zusammen.

»Was ist los?«

»Die toten Söldner von gestern Nacht.«

»Was ist mit denen?«

»Ich möchte mir ihre Leichen ansehen.«

»Wieso?«

»Wir könnten uns vergewissern, dass es Montez' Leute waren.«

»Hast du Zweifel?«

»Ja.«

»Du solltest jetzt erst einmal im Bett bleiben. Diese Kugel hat dir einen ganz schönen Scheitel gezogen. Du siehst scheiße aus.«

»Red nicht um den heißen Brei herum.«

»Du siehst aus wie aufgewärmte Scheiße.«

»Jetzt mal im Ernst«, sagte Nathan.

»Ich meine es ernst.«

Nathan schüttelte den Kopf. »Drei Worte. Nicole Daltons Töchter.«

Harv grinste plötzlich nicht mehr. »Du hast recht. Ich rufe den Leiter der Rechtsmedizin an.«

»Einfach so? Und du glaubst, dass er uns so mir nichts, dir nichts empfängt?«

Der Anflug eines Lächelns kehrte in Harvs Gesicht zurück. »Wenn ich mich richtig erinnere, haben wir letztes Jahr in seinem Haus ein Sicherheitssystem installiert und ihm einen äußerst großzügigen Preisnachlass gewährt. Ich glaube, er wird meinen Anruf entgegennehmen.«

★★★

Dr. David Phelps hatte zuerst keine Lust, die Räumlichkeiten der Rechtsmedizin nach Feierabend zu öffnen. Er ließ sich jedoch von Harvs Erklärung überreden: Es lag eine Situation vor, in der es »um Leben und Tod« ging. Harv schlug ihm vor, er könne auch einen Mitarbeiter schicken. Phelps fand, das sei unhöflich, und versprach, sich persönlich um die Angelegenheit zu kümmern. Sie verabredeten sich vor dem Haupteingang des neuen rechtsmedizinischen Instituts. Harv erklärte Phelps, sie kämen in einem blauen Mercedes.

»Ich habe ein schlechtes Gewissen, Phelps um diese Zeit dorthin zu bestellen«, sagte Nathan.

Harv bog vom Clairemont Mesa Boulevard nach links in die Overland Avenue. »Hast du nicht.«

»Du hast recht. Aber ich komme mir mit dieser Baseballkappe irgendwie blöd vor. Ich sehe aus wie ein Prolet.«

Harv sagte nichts.

»Sehr witzig.«

»Ich hab doch gar nichts gesagt.«

»Bringen wir die Sache hinter uns. Du weißt ja, wie gerne ich neue Leute treffe.«

»Immer mit der Ruhe. Sei einfach du selbst.«

»Genau davor habe ich Angst.«

Als sie den Wagen parkten, sahen sie Phelps nicht weit vom Eingang stehen.

Harv übernahm die Führung. »Hallo, Herr Doktor, das hier ist Nathan McBride, mein Geschäftspartner.«

»Mr McBride.«

»Angenehm«, sagte Nathan und gab seinem Gegenüber die Hand. Wenigstens mal jemand, der sein Gesicht nicht anstarrte. »Sagen Sie bitte Nathan. Und entschuldigen Sie, dass wir Sie mitten in der Nacht herbestellt haben.«

»Machen Sie sich keinen Kopf deswegen. Manchmal lässt es sich eben nicht vermeiden.«

Harvey fragte: »Wie sind Sie mit dem neuen Sicherheitssystem zufrieden?«

»Sehr. Die Benutzung ist kinderleicht. Mir gefällt vor allem die Handy-Verbindung. Ich kann sämtliche Überwachungskameras auf meinem Blackberry im Blick behalten. Wirklich erstaunlich.«

»Das freut mich.«

»Wir versprechen Ihnen, dass das hier nicht lange dauern wird«, sagte Harv.

»Wieso wollen Sie die Leichen sehen, wenn ich fragen darf?«

»Ich hatte gehofft, Sie würden nicht fragen.«

»Aha.«

Nathan entnahm dem Ton des Rechtsmediziners, dass er es nicht mochte, wenn man ihn im Dunkeln tappen ließ. »Wir sind nur ungern geheimniskrämerisch. Tut mir leid.«

»Sie brauchen sich nicht zu entschuldigen oder zu rechtfertigen. Ich habe schließlich dieser Sache zugestimmt, ohne irgendwelche Bedingungen daran zu knüpfen. Was mich betrifft, so geht das nur Sie etwas an.«

»Danke, Herr Doktor. Wir wissen das zu schätzen.«

»Keine Ursache.«

Der Obduktionsraum war größer und moderner als der in Salt Lake City, aber Ausstattung und Gerüche waren fast identisch. Tische aus Edelstahl. Waschbecken. Glasschränke. Mobile Arbeitsstationen. Schreibtische mit Computern. Kühle Temperatur. Nathan fragte sich immer wieder, wie diese Menschen es nur schafften, ständig mit Toten zu arbeiten.

Phelps führte sie in ein großes begehbares Kühlfach, schaltete das Licht an und schloss die Tür. An den Wänden reihten sich Edelstahlregale in Modulbauweise. In mehreren Fächern lagen schwarze Leichensäcke.

»Die drei hier«, sagte Phelps und öffnete die Reißverschlüsse der Säcke weit genug, dass man die aschfahlen Latinogesichter sehen konnte.

Nathan trat näher heran, um besser sehen zu können. »Darf ich?«

Phelps trat einen Schritt zurück. »Falls Sie mehr wollen als nur ansehen, muss ich es protokollieren.«

»Nein, das habe ich nicht vor. Ich möchte bloß nachsehen, ob diese Männer Tätowierungen oder andere auffällige Kennzeichen haben.« Er machte die Säcke ganz auf. »Harv, sieh dir das an.« Er deutete auf eine der Leichen, insbesondere auf eine Tätowierung an einer Schulter. Der Buchstabe S schlängelte sich um einen Dolch.

»Sagt Ihnen diese Tätowierung etwas?«, fragte Phelps.

»Ja«, antwortete Nathan. »Was wissen Sie über diesen Fall?«

»Bis jetzt nicht viel. Aber anscheinend interessieren sich ein paar äußerst wichtige Leute dafür. Kurz nachdem gestern Nacht die Leichen eintrafen, rief der FBI-Direktor persönlich bei mir an. Er hat mir unmissverständlich nahegelegt, dass ich den Medien sagen soll, diese Schießerei wäre nichts weiter als ein zufälliger bewaffneter Raubüberfall gewesen.«

»Interessant«, sagte Harv.

»Würden Sie mich bitte aufklären?«

Nathan nahm die Baseballkappe ab und drehte den Kopf zur Seite.

»Ist es das, was ich glaube? Das war *Ihr* Haus? Sie waren dort, zusammen mit der Leiterin der FBI-Dienststelle in Sacramento?«

»Hören Sie zu, David«, sagte Harv, »wir haben genauso wie der FBI-Direktor ein Interesse daran, dass dies hier nicht an die Öffentlichkeit dringt. Ein extrem gefährlicher Mann wollte Nathan gestern Nacht umbringen. Wir vermuten, dass er es ein weiteres Mal versuchen wird.«

Phelps runzelte die Stirn und straffte seine Haltung.

»Keine Angst, niemand ist uns hierher gefolgt.«

»Ist mein Personal aufgrund der Anwesenheit dieser Leichen gefährdet?«

Eine berechtigte Frage, dachte Nathan.

»Nein«, sagte Harv, »überhaupt nicht. Der Mann, für den diese Toten gearbeitet haben, schert sich einen Dreck um sie.«

Phelps sagte nichts.

Nathan machte die Leichensäcke wieder zu. »Ich bedaure, dass wir Ihnen nicht mehr sagen können.«

»Ich muss über manche Aspekte meiner Arbeit ebenfalls Stillschweigen bewahren. Sonst könnte zum Beispiel jemand anhand konkreter Details zu einem Verbrechen ein falsches Geständnis ablegen. Sie wissen ja, wie das manchmal läuft.«

»In der Tat«, sagte Harv. »Sie verhalten sich absolut korrekt, David. Ich weiß das zu schätzen. Würden Sie unseren Besuch bitte vertraulich behandeln?«

Phelps versprach, dies zu tun, und begleitete sie zum Ausgang. Sie bedankten sich ein weiteres Mal und traten ins Freie.

Auf dem Weg zu Harvs Mercedes sagte Nathan leise: »Zumindest wissen wir jetzt sicher, dass wir es mit Montez' Leuten zu tun hatten.«

»Anstelle von Agenten einer Bundespolizeibehörde oder der CIA?«, flüsterte Harv.

»Zugegeben, die Wahrscheinlichkeit dafür war nicht sehr hoch, aber ich musste mich vergewissern.« Nach einer kurzen Pause fuhr Nathan fort. »Schau mich nicht so an. Glaubst *du* etwa alles, was Cantrell uns aufgetischt hat?«

Harv seufzte. »Bis jetzt schon. Aber auch nur, weil sie uns so verdammt wenig erzählt hat. Du kennst ja die CIA.«

»Genau das macht mir Angst.«

KAPITEL 25

Auf dem Heimweg nach La Jolla klingelte sein Handy. Holly.

»Hey«, sagte Nathan. »Ich hab dich auf Lautsprecher gestellt. Harv ist bei mir.«

»Was macht dein Kopf?«

»Danke, geht so. Und dein Arm?«

Holly klang aufgeregt. »Kann nicht klagen. Wir haben etwas gefunden. Vielleicht ist das der Durchbruch, auf den wir gehofft hatten. Wir konnten zwar keinen der toten Söldner identifizieren, aber dafür hat uns die Fingerabdruckdatenbank von Interpol einen positiven Treffer zu dem abgetrennten Finger geliefert. Erinnerst du dich, dass du mir gesagt hast, ich solle ihn mitnehmen?«

»Ehrlich gesagt, nein.«

»Nun, der Finger gehört einem gewissen Julio Domingo Ramirez. Er wurde vor acht Jahren in Chile wegen Drogenschmuggels verhaftet, musste aber nur vier Jahre einsitzen, weil er einen Deal mit dem Staatsanwalt gemacht hat ... Aussage gegen Strafminderung. Da er unsere einzige Spur war, habe ich Henning beauftragt, intensiver nachzuforschen. Ramirez hat einen Bruder, der ein kleines Importgeschäft für exotische Textilien aus Afrika betreibt. Er hat eine kleine Lagerhalle in Long Beach gemietet.«

»Das klingt ja recht vielversprechend. Gute Arbeit, Holly.« Er warf Harv einen Blick zu. »Wir statten dem Laden noch heute Nacht einen Besuch ab.«

»Mir wäre es bedeutend lieber, wenn ihr keine Alleingänge macht. Ich kann ein SWAT-Team aus unserer Dienststelle in L. A. zu eurer Unterstützung anfordern.«

»Das ist nett von dir, Holly, aber wir müssen aufpassen, dass niemand von unserer Aktion Wind bekommt, vor allem nicht die Presse. Das dürfte schwer werden, wenn ein FBI-SWAT-Team mitmischt. Reporter haben für so etwas eine feine Nase. Außerdem wissen wir nicht, ob wir dort etwas finden. Vielleicht ist das Lager leer. Es ist nicht das Risiko wert, dass Lansing herausfindet, du hast uns diese Information zugespielt.«

»Er weiß es bereits. Wir haben uns während des Flugs nach Sacramento unterhalten. Er hat nichts dagegen, dass ich euch helfe, solange das keine direkte Unterstützung durch FBI-Personal einschließt. Aber ich habe das Gefühl, er würde eine Ausnahme machen, wenn ich darauf bestehe.«

»Danke für das Angebot, aber wir haben ja Grangeland. Zu dritt werden wir es schaffen. Und falls wir uns anders entscheiden, melde ich mich bei dir.«

»Nathan.« Sie senkte die Stimme. »Wenn du Montez in die Hände fällst …«

»Das werde ich nicht. Harv und ich haben eine stillschweigende Übereinkunft.«

»Das hört sich nicht gut an.«

»Keine Angst, wir werden schon keine unnötigen Risiken eingehen. Schließlich haben wir viele Jahre Erfahrung und Dutzende gefährliche Einsätze auf dem Buckel.«

»Passt auf euch auf. Ruf mich an, wenn es vorbei ist.«

»Mache ich.«

»Montez ist es nicht wert, dass du wegen ihm ums Leben kommst.«

»Ich melde mich wieder.«

★★★

Nathan und Harv holten Grangeland ab, fuhren zu ihrer Sicherheitsfirma und deckten sich dort mit den Ausrüstungsgegenständen ein, die sie für ihren geplanten nächtlichen Einsatz benötigten, darunter Werkzeuge zum Spleißen von Videokabeln. Falls sie es mit etwas anderem als Standard-Koaxialkabeln zu tun hatten, würden sie improvisieren müssen.

»Ich weiß, die Zeit drängt, aber wir sollten ein paar Dinge durchgehen«, sagte Nathan. Er händigte Grangeland eine schusssichere Weste und ein schwarzes Sweatshirt aus. »Ich will nicht zu sehr ins Detail gehen, denn es kann durchaus sein, dass alles anders kommt als erwartet. Das hängt davon ab, was wir tatsächlich vor Ort vorfinden. Aber falls dir irgendetwas dazu einfällt, möchten wir gerne deine Meinung hören.«

Grangeland nickte.

»Was hast du, Harv?«

Bei ihren gemeinsamen Einsätzen als Kundschafter-Scharfschützen hatte sich Harv stets um die Planung gekümmert und heute Nacht war es nicht anders.

»Wir nehmen zwei Fahrzeuge. Ein zusätzliches Auto kann aus vielen Gründen nützlich sein. Du fährst Nathan und mir hinterher.«

Grangeland nickte erneut.

»Falls wir dich aus irgendeinem Grund verlieren, bleibst du unterwegs stehen, bis wir uns über Funk bei dir melden. Wenn du außer Reichweite bist, probieren wir es auf deinem Handy. Weil wir gerade beim Thema sind … wir sollten unsere Handys jetzt gleich auf Vibrationsalarm stellen.«

Grangeland zog ihres aus der Halterung und nahm die Änderung vor.

Nathan hatte seins bereits auf lautlos gestellt.

Harv fuhr fort: »Ich habe meinen Assistenten gebeten, uns die bestmöglichen Google-Earth-Fotos auszudrucken. Sie sind nicht schlecht, aber leider nicht auf dem neuesten Stand.« Harv breitete die Papiere auf dem Tisch aus und deutete auf die Lagerhalle. »Das ist unser Zielgebäude. Wir haben leider keine Street-View-Bilder, also müssen wir es vor Ort auskundschaften. Ich finde, wir sollten an dieser Stelle parken. Sie ist außer Scheinwerferreichweite, also sieht man uns nicht so leicht. Grangeland, du hältst am besten hinter dem Gebäude die Stellung, während Nathan und ich uns Zugang verschaffen. Siehst du ein gutes Versteck für dich?«

Grangeland deutete auf eine Stelle auf dem Satellitenfoto. »Ich würde sagen, hier, an der Nordwestecke des Grundstücks. Von dort aus habe ich den besten Blick auf die Laderampe. So wie es aussieht, verläuft ein hoher Zaun am hinteren Ende des Grundstücks. Man kann auf dem Foto den Schatten sehen. Das Tor stand zum Zeitpunkt der Aufnahme offen, aber das muss nicht so sein, wenn wir dort sind. Ich werde schon eine Stelle finden, wo man mich aus einem vorbeifahrenden Fahrzeug aus nicht sehen kann.«

»Ausgezeichnet«, sagte Harv. »Ein geschlossenes Tor wäre gar nicht mal schlecht für uns, falls jemand versucht, abzuhauen. Das Gebäude hat eine Laderampe, man kann daneben die Fußgängertreppe sehen. Die meisten Wareneingangsbereiche haben ein oder mehrere Rolltore für die Warenannahme und einen Notausgang. Wenn also jemand abhauen will, wird er da rauskommen.«

»Wie verhalten wir uns bei Feindberührung?«

»Wir brauchen Gefangene. Tödlicher Schusswaffengebrauch nur im äußersten Notfall.« Er sah Nathan an. »Wenn Montez anwesend ist, wollen wir ihn lebend.«

»Verstanden«, sagte Grangeland.

Harv fixierte die FBI-Agentin mit seinem Blick. »Ich brauche das wohl nicht extra zu sagen, aber ich tue es trotzdem. Wenn es hart auf hart kommen sollte, schießen wir, bevor wir Fragen stellen. Deine Waffe hat keine Laserzielvorrichtung, also schießt du am besten auf die Körpermitte. Alles klar?«

»Alles klar.«

»Reden wir darüber, wie wir uns Zugang verschaffen«, sagte Nathan.

»Wie wär's mit einem Schockangriff?«, schlug Harv vor. »Die Tür mit einer Ramme einschlagen und hineinstürmen?«

»Ein Überraschungsangriff funktioniert gewöhnlich, solange das Zahlenverhältnis nicht zu ungünstig ausfällt.«

»Aber was ist, wenn unser Einsatz nicht völlig überraschend für sie kommt?«, wand Grangeland ein. »Es ist durchaus zu erwarten, dass sie nach der fehlgeschlagenen Aktion bei dir zu Hause nervös sind.« Sie machte eine Pause und blickte in die Runde.

Keiner sagte etwas.

Plötzlich lächelte sie. »Ich brauche eine Schere.«

»Wozu?«, fragte Harv.

Sie hörten der FBI-Agentin zu, während sie ihren Plan erläuterte.

»Ich finde, das ist eine ausgezeichnete Idee«, sagte Harv. »Was meinst du, Nate?«

»So machen wir's.«

KAPITEL 26

Mit einem Blick in den Außenspiegel vergewisserte sich Nathan, dass Grangeland ihnen folgte. Um etwaige Verfolger zu enttarnen, fuhren sie einen Umweg durch ein Labyrinth von öden, spärlich beleuchteten und gitterförmig angelegten Straßen in einem an den Hafen von Los Angeles grenzenden Gewerbegebiet. Hier gab es unzählige Reihen von in Aufrichtbauweise aus dem Boden gestampften Lagerhallen, in deren Hinterhöfe Nebengleise führten. Die ideale Gegend für Montez' Leute, denn sie konnten sich unauffällig unter die zahlreichen Latinos mischen, die hier lebten und arbeiteten.

Wenn sie *tatsächlich* jemand verfolgte und beschattete, dann nicht hier unten auf dem Boden.

Nathan wollte auf Nummer sicher gehen und drückte auf die Sprechtaste des Funkgeräts. »Grangeland, ich halte eben mal an und schaue nach, ob irgendwo in der Nähe ein Hubschrauber kreist. Es ist alles in Ordnung.«

»Verstanden.«

Er fuhr an den Straßenrand, stieg aus und suchte mit den Augen den Himmel ab. Nichts. Er hielt sich die Hände trichterförmig an die Ohren und horchte. Wieder nichts. Natürlich konnte irgendwo dort oben ein verdunkelter Hubschrauber schweben, aber Nathan schätzte die Wahrscheinlichkeit gering ein. Trotzdem war es besser, extra Vorsicht walten zu lassen.

»Ich bin ein bisschen nervös, wenn ich an unseren bevorstehenden Einsatz denke«, sagte Harv.

»Ich auch, aber wenn wir uns Montez nicht schnappen, wird keiner von uns jemals wieder ruhig schlafen. Wir müssen an deine Familie denken. Und an die Daltons.«

»Unser Mangel an Information gefällt mir nicht. Wir haben keine Ahnung, was wir in dieser Lagerhalle vorfinden oder ob wir dort überhaupt richtig sind. Einen Gebäudegrundriss haben wir auch nicht. Vielleicht hat jemand Sprengfallen gelegt. Vielleicht befindet sich niemand in der Halle, vielleicht ist sie voll von bewaffneten Söldnern. Als wir hinter Leonard Bridgestone her waren, hatten wir wenigstens Satellitenbilder und aktuellste nachrichtendienstliche Informationen.«

»Dann müssen wir uns eben auf unser Training verlassen.«

»Nate, wir haben bereits einige große Fehler begangen. Ganz davon abgesehen, dass du unter ernsthaftem Schlafmangel leidest und eine böse Gehirnerschütterung hinter dir hast.«

Die nächsten paar Minuten fuhren sie schweigend weiter.

»Hör zu, Nate, ich will das Ganze nicht schwarzmalen, aber ich frage mich, ob wir solche Risiken eingehen würden, wenn unsere Zielperson nicht Montez heißen würde.«

»Vielleicht befinden sich Nicole Dalton und ihre Töchter in der Lagerhalle und werden gerade von Montez gefoltert.«

»Das hast du bereits gesagt und ich verstehe dich. Aber wir können ihnen nicht helfen, wenn wir selbst bei dieser Aktion draufgehen.«

Auch diesmal schwieg Nathan. Es gab nichts zu sagen. Sein Freund war wie immer eine Stimme der Vernunft und des gesunden Menschenverstands.

Harv bog links in eine Straße ab, die von kleineren Lagerhallen gesäumt wurde. Straßenlaternen an jeder Kreuzung warfen ein lebloses, orangefarbenes Licht auf den mit Ölflecken übersäten Asphalt. Weiter vorne fuhr ein Lastwagen aus einer Einfahrt und kam ihnen entgegen. Aus den doppelten Auspuffrohren quoll schwarzer Rauch. Als er an ihnen vorbeifuhr, zog Nathan sich die Baseballkappe tief ins Gesicht.

»Ob sie zögert, wenn es hart auf hart kommt?«, fragte Harv.

»Grangeland? Auf gar keinen Fall.«

»Ich sehe das genauso. Aber wie schützen wir sie, wenn unsere Aktion aus dem Ruder läuft?«

»Was mich betrifft, so war sie hier nicht mit dabei. Sie kann abhauen, ohne dass jemand etwas spitzkriegt. Das ist einer der Gründe, warum wir mit zwei Fahrzeugen gekommen sind. Und falls sie ihre Dienstwaffe abfeuert, müssen wir halt die Patronenhülsen einsammeln.«

Harv sah ihn von der Seite an. »Du kennst doch Grangeland. Sie ist nicht der Typ, der einfach das Weite sucht, und wird es wahrscheinlich nicht tun.«

»Das hier ist kein Himmelfahrtskommando. Wir werden genauso handeln, falls es zu schwierig wird. Es ist keine Schande, vor einer Übermacht zu fliehen. Jedes Echo-Team handelt nach dieser Regel.«

»Ich bin froh, dass du das sagst.«

Nathan beantwortete die unausgesprochene Frage seines Freundes. »Sie ist ein Special Agent beim FBI. Wir können es nicht zulassen, dass unsere persönlichen Gefühle uns in die Quere kommen.«

»Ich glaube, mein Beschützerinstinkt geht mit mir durch. Ich hasse den Gedanken, sie könnte ums Leben kommen oder schlimmeres. Bei der Vorstellung, sie könnte Montez in die Hände fallen, dreht sich mir der Magen um.«

»So etwas werden wir niemals zulassen. Verstanden?«

»Verstanden.«

»Denkst du an das, woran ich auch gerade denke?«, fragte Harv.

»Ja.«

»Dasselbe gilt für uns?«

»*Besonders* für uns.«

Harv hielt am Straßenrand und stellte den Motor ab. Grangeland parkte gleich dahinter, stieg zu ihnen in den Wagen ein und nahm auf dem Rücksitz Platz.

Sie alle legten Schusswesten an und zogen schwarze Sweatshirts darüber. Nathan und Harv verstauten Wärmebildkameras, Nachtsichtgeräte und mit Schalldämpfern ausgestattete SIGs in ihren Bauchtaschen, außerdem schnallten sie sich ihre Predator-Messer oberhalb des Fußknöchels an die Waden. Bevor sie ausstiegen, versteckten sie die Kabel für die Ohrhörer und Reversmikrofone unter den Westen. Als Nächstes schalteten sie die Funkgeräte ein und befestigten sie an ihren Gürteln. Nathan überprüfte noch einmal seine Bauchtasche – der Reißverschluss war zu. Er schmierte sich schwarze Tarnfarbe ins Gesicht, Harv tat dasselbe. Für Grangeland kam dies nicht infrage – es würde nicht zu ihrem Plan passen.

Nathan sah auf seine Uhr: 22.47 Uhr.

Sie setzten sich dunkle Baseballkappen auf und gingen den Gehsteig entlang.

Auf beiden Seiten der Straße erstreckten sich eingezäunte Gelände, auf denen Frachtcontainer, Tieflader und aufeinandergeschichtete Paletten herumstanden, sowie ein paar einzelne Boote auf Blöcken, von denen die meisten nicht seetüchtig aussahen. Entlang der Zäune auf der westlichen Seite häufte sich allerhand vom Wind verwehter Müll. Überall konnte man Graffiti von Straßengangs sehen.

Nathan flüsterte: »Harv, Funkgeräteüberprüfung.«

»Gut.«

»Grangeland?«

»Gut.«

»Wir gehen auf der anderen Seite entlang und halten nach Kameras Ausschau.«

Sie bogen um die Ecke; Nathan musterte das Zielgebäude, einen Betonklotz mit schmalen Fensterschlitzen unter dem Dach, etwa sieben Meter hoch und dreißig Meter im Quadrat. Im Grunde genommen nichts weiter als eine riesige Schuhschachtel. Wahrscheinlich befand sich im Obergeschoss über den Toiletten ein Loft, das als Büro diente. Die meisten Lagerhallen dieser Größenordnung hatten einen solchen Grundriss. Er würde es erst dann genau wissen, wenn sie sich Zutritt verschafft hatten. Wie Harv vermutet hatte, befand sich an der Gebäuderückseite eine Laderampe mit zwei Rolltoren. Eine an der Dachzinne angebrachte

Überwachungskamera war darauf gerichtet. Sie gingen weiter den Gehsteig entlang.

Der Eingang auf der Vorderseite bestand aus einer einzelnen Stahltür, auf die eine an der Wand befestigte Kamera im 45-Grad-Winkel zeigte. Ein Spotlight erhellte den gesamten Bereich. Die Halle erfüllte ihren Zweck – eine regelrechte Festung.

»Harv, ich tue jetzt so, als würde ich mir eine Zigarette anzünden. Bleib hinter mir und schau dir die Kamera an.«

Harv holte einen kompakten Feldstecher aus seiner Vordertasche und konzentrierte sich auf die Tür.

Nathan zündete ein Streichholz an und führte es zu seinem Gesicht.

Harv berichtete, was er sah. »Das Kamerakabel führt geradeaus die Wand hoch und verschwindet über der Dachzinne. Sieht aus wie ein Standard-Koaxialkabel. Und dann ist da noch eine Art Klingelknopf mit einer Sprechanlage darunter.«

»Siehst du einen Türspion?

»Nein.«

»Du gehst am besten dort drüben an der südwestlichen Ecke der Lagerhalle in Stellung, während ich die Videoübertragung umleite. Wenn du einen Sprint hinlegst, bist du in fünf bis sechs Sekunden am Eingang. Falls du jemanden siehst, duckst du dich hinter diesen Recycling-Containern. Schauen wir uns mal die andere Seite des Gebäudes an.« Sie bogen rechts in eine enge Seitengasse, die zwischen zwei größeren Lagerhallen hindurchführte. »Mir gefällt diese Gasse nicht. Sie ist zu schmal. Lasst uns zehn Meter Abstand halten.« Nathan ging weiter, Harv und Grangeland blieben stehen.

»Ich bin mit Grangeland hinter dir. Ich warte zwischen diesen weißen Lieferwagen, bevor ich weitergehe.«

»Verstanden«, sagte Nathan. Er sog Luft durch die Nase und roch keinen Zigarettenrauch, aber zu seiner Linken lagen Dutzende Zigarettenstummel unter einer kleinen Laderampe.

»Ich bin in Bewegung«, sagte Harv.

Nathan klickte zur Bestätigung mit der Sprechtaste seines Funkgeräts und ging weiter die Gasse entlang. »Sobald ich um die nächste Ecke biege, gehe ich zwischen den Gebäuden in Stellung, bis ich dich sehe.«

»Verstanden.«

»Grangeland, lass Harv vorausgehen und gib ihm Rückendeckung. An der Ecke wechselt ihr euch ab, und du gehst voraus. Sag uns Bescheid, wenn du Fahrzeuge kommen siehst oder hörst.«

»Verstanden.«

Fünfzehn Sekunden später sah Nathan Harv um die Ecke kommen. »Ich sehe dich. Ich gehe jetzt zur nächsten Seitengasse und dann in südlicher Richtung. Grangeland, schließe zu Harv auf. Ich warte am eingezäunten Lastwagenhof auf der Ostseite unseres Zielgebäudes.«

»Verstanden«, sagte Harv. Grangeland bestätigte ebenfalls.

Nathan gefiel es nicht, dass er auf dem kurzen Weg in die Seitengasse unter einer Straßenlaterne hindurchmusste. Er hielt es jedoch für nicht sehr wahrscheinlich, dass jemand um diese Zeit in dieser Gegend unterwegs war. Die Graffiti der Gangs bereiteten ihm Sorgen: Diese Gegend war mit Sicherheit ein Bandenrevier. Er schnupperte noch einmal – nichts.

»Ich bin jetzt an der Nordwestecke des Zauns von unserem Zielgebäude. Links von mir steht ein altes Fischerboot auf Blöcken.«

»Ich sehe dich.«

Nathan wartete auf Harv und Grangeland. Sie hatten zu ihm aufgeschlossen und suchten im Schatten eines Frachtcontainers Deckung. »Ich habe nur zwei Kameras gesehen. Eine deckt den Eingangsbereich ab, die andere die Laderampe auf der Gebäuderückseite. Das Gebäude ist hoch genug, dass im Obergeschoss ein Büro Platz hat.«

»Sehe ich auch so«, sagte Harv.

Sie umrundeten das Gebäude, gelangten wieder zu der schmalen Gasse auf der Ostseite und blieben schließlich an der nordöstlichen Ecke des eingezäunten Lastwagenhofs außer Kamerareichweite stehen.

Harv sagte leise: »Wenn jemand von denen abhaut, kommt er aus diesem Notausgang und rennt direkt auf das offene Tor zu.«

»Das hier ist kein guter Platz«, sagte Grangeland. »Wenn ein Auto vorbeifährt, kann ich mich nirgendwo verstecken. Ich bleibe lieber bei dem Fischerboot da hinten. Es ist weiter weg, aber es müsste gehen.«

»Nate?«, fragte Harv.

»Hört sich gut an, aber verlasse deinen Standort nicht, ohne uns Bescheid zu sagen. Wir wollen zu jedem Zeitpunkt wissen, wo du dich gerade aufhältst. Wenn jemand aus dem Gebäude flüchtet, fordere ihn verbal auf, sich auf den Boden zu legen. Wenn er eine bedrohliche Bewegung macht, schieße ihn nieder. Du beobachtest die Rückseite des Gebäudes nur so lange, bis ich mit dem Spleißen des Videokabels fertig bin.«

»Verstanden.«

»Schauen wir, dass wir so schnell wie möglich zu unseren Fahrzeugen zurückkehren. Durch diese Gasse können wir nicht gehen, denn da sieht uns die Kamera. Wir müssen einen Umweg von einem halben Block in östlicher Richtung machen.«

Sie gelangten wieder bei Harvs Mercedes an und gingen den Plan ein letztes Mal durch.

»Grangeland, nimm deine Klamotten. Wenn du schnell rennst, wie lange brauchst du dann vom Fischerboot zu Harvs Standort an der südwestlichen Ecke der Lagerhalle, entlang der Route, die wir gerade gegangen sind? Was schätzt du?«

»Dreißig Sekunden.«

»Seid ihr bereit? Los geht's.«

KAPITEL 27

Ein Aspekt ihres nächtlichen Einsatzes war ein Risiko: das Austricksen der Überwachungskamera am Eingang. Der Trick konnte nur gelingen, wenn Nathan mit seiner Einschätzung recht hatte, dass die Leute im Lagerhaus den Monitor nicht ständig im Auge behielten.

»Grangeland, zur Rekapitulation: Du musst lediglich die Rückseite des Gebäudes im Auge behalten. Harv kümmert sich um die West- und Südseite und ich nehme die Nordseite. Dort sehe ich klar und deutlich, wenn jemand aus dieser Richtung kommt.«

»Verstanden.« Sie eilte die Straße hinunter und verschwand in der Dunkelheit.

»Harv, ich gehe auf derselben Route wie vorhin zur Nordseite zurück und sage über Funk Bescheid, wenn ich dort bin.« Er zog die Handschuhe straff und nahm den Seesack.

Dreißig Sekunden später verschwand Nathan in der Seitengasse mit den weißen Lieferwagen und Harv blieb an der Südwestecke des Lagerhauses zurück. Falls jemand vorbeifuhr, konnte Harv sich hinter den Recycling-Containern verstecken.

Als Nathan die Hälfte der Gasse zurückgelegt hatte, hörte er, wie zu seiner Linken eine Tür aufging.

Scheiße!

Das Timing hätte nicht schlechter sein können. Es gab nichts, wohinter er in Deckung gehen konnte. Wenn er zu den zwanzig Meter entfernten Containern rannte, würde man ihn auf jeden Fall sehen.

»Harv, ich bin aufgeflogen«, flüsterte er. »Warte auf weitere Meldungen.«

»Soll ich vorrücken?«

»Noch nicht.«

Nathan hörte ein Klicken in seinem Funkgerät.

Er schlurfte langsam vorwärts und tat dabei so, als hätte er mit seinem schweren Seesack zu kämpfen. Er wechselte den Trageriemen auf die linke Schulter, um die rechte Hand frei zu haben, und fing an, ein Selbstgespräch zu führen, in das er ein paar Schimpfworte mischte. Zehn Meter weiter traten drei Männer auf eine Laderampe, zündeten sich Zigaretten an und starrten wie Gorillas im Käfig.

Nathan hoffte, dass er mit der verschmierten Farbe im Gesicht glaubwürdig wirkte. »Hey, habt ihr ’n bissel Kleingeld?«

Einer der Männer zischte: »Verpiss dich, Pendejo.«

Perfekt. Nathan ging ohne ein Wort zu sagen weiter. Im schwachen Licht der Straßenbeleuchtung konnten sie das Kabel nicht sehen, das vom Funkgerät zu seinem Ohrhörer verlief. Falls sie es sich anders überlegten und ihm nachliefen, wäre ein Kampf unvermeidlich. Obwohl er leicht mit ihnen fertig werden würde, würde ihre Abwesenheit früher oder später auffallen – mit möglicherweise fatalen Folgen.

»Gut reagiert, Nate. Sind sie drauf reingefallen?«

»Bis jetzt schon«, flüsterte er und ging im Schneckentempo weiter. Er spürte die Blicke aus drei Augenpaaren in seinem Rücken. »Ich habe fast die Ecke erreicht.«

Ohne sich noch einmal umzudrehen, bog er ab, eilte auf einen großen Lastwagen zu, der am Straßenrand parkte, und suchte dahinter Deckung. »Harv, warte noch ein bisschen. Ich will mich erst vergewissern, dass mir niemand folgt. Gib mir sechzig Sekunden. Grangeland, dein Standort?«

»Ich bin in zehn Sekunden beim Fischerboot.«

Mit einem Klick bestätigte er, dass er verstanden hatte. Dann zog er sich in den Schatten des Führerhauses zurück und behielt die Ecke im Auge.

Plötzlich näherte sich von Westen her ein Auto. Die beeindruckenden Schatten der Lastwagenräder zogen von links nach rechts, als der Wagen vorbeijagte.

Die Raucher aus der Gasse ließen sich nicht blicken.

Nathan huschte unter der Straßenlaterne hindurch in die Seitengasse, die zum Lagerhaus führte. Eine halbe Minute später drückte er sich dicht an die Wand auf der Nordseite des Gebäudes.

»Harv, ich bin angekommen. Ich melde mich wieder vom Dach aus.«

»Verstanden.«

»Grangeland?«

»Verstanden.«

Nathan zog ein sieben Meter langes Nylonseil, an dessen Ende ein Enterhaken befestigt war, aus dem Seesack und wickelte das Seil auf. Der Sack enthielt außerdem eine kleine Autobatterie, einen Inverter, zwei kompakte DVD-Player, zwei DVDs und ein zwanzig Meter langes Koaxialkabel. In seinen Taschen hatte er sämtliche Werkzeuge und Teile, die er zum Spleißen von Videokabeln benötigte.

Nathan ging zur Mitte der Wand auf der Nordseite und warf den Enterhaken. Er verfing sich an der Dachzinne und Nathan prüfte, ob er fest saß. Er befestigte das andere Ende des Seils am Trageriemen des Seesacks. Auf diese Weise ließ sich der Sack aufs Dach hochziehen, sobald Nathan oben war.

Eine Wand mit einem Seil hochzuklettern, erforderte Kraft und Können, besonders am Übergang zum Dach. Er hatte das schon öfter gemacht, als er sich erinnern konnte. Er schaffte es in weniger als zwanzig Sekunden.

Kaum war er oben angelangt, wurde ihm plötzlich schwindlig. Die Gehirnerschütterung … Er stützte sich mit dem Knie an der Dachzinne ab. Wertvolle Sekunden verstrichen. Egal, wie er sich fühlte, er musste weitermachen. Seine momentane Kampfbereitschaft schätzte er auf rund achtzig Prozent. Nicht optimal, aber akzeptabel. Mit ein bisschen Glück und viel Geschick würde er es innerhalb von zehn Minuten geschafft haben. Er ignorierte das Pochen über seinem Ohr und zog den Seesack herauf. Danach suchte er mit seinem Blick das Dach ab. Es war niemand zu sehen.

Er hielt sich so nahe wie möglich an die Dachzinne, damit seine Schritte das Dach nicht knarren ließen, und ging zu einer Stelle direkt über dem Eingang. Falls sich Fußgänger oder Fahrzeuge näherten, würde er sich flach hinlegen und die Dachzinne als Deckung benutzen. Ein paar Gebäude weiter kreischte ein Kater in die Nacht, ein anderer antwortete. Die Mondsichel tauchte die Lüftungsrohre aus verzinktem Blech in ein mattes silbernes Licht. Der Geruch der Zigaretten, die die Männer in der Gasse geraucht hatten, mischte sich mit dem unangenehmen Geruch von Teerpappe.

»Ich bin jetzt über dem Eingang«, flüsterte er. »Ich werde die Kamera austricksen. Wenn die Videoaufnahmen ständig überwacht werden, kommen sie raus, um zu sehen, was mit der Kamera los ist. Und wir nutzen diese Gelegenheit und verschaffen uns Zutritt. Ich seile mich vom Dach ab, während du von Süden her herbeirennst. Grangeland, du bleibst, wo du bist, und passt auf, dass niemand durch die Hintertür entwischt. Tödliche Gewaltanwendung nur im äußersten Notfall. Möglicherweise haben wir es nicht mit Montez' Leuten zu tun.«

»Verstanden«, sagte Harv.

»Grangeland?«

»Verstanden.«

Nathan atmete tief ein. Er wusste, dass auf dem Fernsehschirm während der kurzen Unterbrechung ein verschneites Bild oder gar kein Bild erscheinen würde. Er klemmte sich eine Mini-LED-Taschenlampe zwischen die Zähne und arbeitete schnell, aber sorgfältig. Niemand kam heraus, um nachzusehen, warum der Empfang unterbrochen wurde. Bis jetzt war alles gut gegangen. In weniger als drei Minuten brachte er an dem vorhandenen

Koaxialkabel zwei Plug-and-Play-Verbindungen an und machte die Batterie und den Inverter gebrauchsfähig. Dann steckte er das von der Kamera kommende Kabel in den Eingang des ersten DVD-Players und das andere Ende in den Ausgang. Der DVD-Recorder war mit der Kamera und dem Monitor im Inneren des Gebäudes verbunden.

Nathan legte eine DVD ein, drückte auf die Aufnahmetaste und sah auf die Uhr.

»Videospleiß durchgeführt, nehme normale Szene auf.«

»Verstanden.«

»Ich lasse es sieben Minuten lang laufen.«

Falls in diesem Moment jemand auf den Monitor sah, würde er dasselbe wie sonst erblicken, nämlich eine leere Gasse. Die nächste Phase seines Plans sah vor, drei bis vier Minuten lang Grangeland aufzunehmen, wie sie vor der Tür stand. Er hoffte, dass dies genügen würde. Falls sich jemand da drinnen aufhielt, müsste er es schaffen, innerhalb dieser Zeit an die Tür zu gehen und aufzumachen. Aber wenn niemand öffnete? Sollten sie die Tür gewaltsam öffnen? Für eine längere Überwachung fehlte ihnen die Zeit, und selbst wenn das nicht der Fall wäre, wie lange würden sie warten müssen, bis jemand hinein- oder hinausging? Stunden? Tage? Wochen? Das kam nicht infrage. Womöglich waren Nicole Dalton und ihre Töchter da drin. Wenn niemand aufmachte, würden sie gewaltsam eindringen. Herausfinden, was sie konnten, und wieder verschwinden.

»Ich bin fast fertig. Ich speise jetzt die normale Szene ein.« Nathan drückte auf die Play-Taste. Wenn jetzt jemand drinnen auf den Monitor blickte, würde er die siebenminütige Aufnahme der leeren Gasse sehen. Dann steckte Nathan das Kameraende des Kabels in den zweiten Player und legte die zweite DVD ein. »Grangeland, los!«

»Bin schon unterwegs.«

Sie legte die Strecke fast in der Zeit zurück, die sie geschätzt hatte. Dreiunddreißig Sekunden später gab Harv durch, dass sie bei ihm angekommen war.

Nathan hörte, wie Grangeland sagte: »Aber nicht gucken.« Wahrscheinlich hatte sie dabei absichtlich auf die Sprechtaste ihres Funkgeräts gedrückt.

Harv sagte: »Das hatte ich auch nie beabsichtigt.«

»Albert nicht herum, sondern konzentriert euch«, mahnte Nathan. »Grangeland?«

»Eine Minute.«

Es wurde eine lange Minute.

Nathan sah ihr zu, wie sie auf den Eingang zuging. Selbst am äußeren Rand des Lichtkegels, den das Sicherheits-Spotlight warf, sah sie umwerfend aus. Sie hatte ihre Hose, das Sweatshirt und die schusssichere Weste gegen ihr hautenges Fitnessstudio-Outfit eingetauscht, das sie zuvor mit der Schere gekürzt hatte, sodass die Hose nur knapp bis unter den Hintern reichte und ihre Brüste aus dem Oberteil quollen. Es sah aus, als hätte sie darunter nichts an.

Verdammt! Nathan hoffte, dass den Männern da drin die fehlenden High Heels nicht auffielen. Da die Bilder der Überwachungskamera über dem Eingang keine HD-Qualität besaßen, würden sie zumindest das winzige Kabel nicht sehen, das zu ihrem Ohr verlief. Die durchschnittliche bis schlechte Bildqualität wurde dieser Frau nicht gerecht. Aber solange sie sich nicht umdrehte, blieb ihr Funkgerät unsichtbar.

»Harv, halte dich bereit. Grangeland ist fast an ihrem Platz. Grangeland, ich drücke die Aufnahmetaste … jetzt. Du bist auf dem Bild.«

Nathan blickte über den Rand der Dachzinne nach unten und sah Grangeland zu, wie sie ihre Show abzog. Sie wippte hin und her, schwenkte die Hüften und fuhr sich mit den Händen über ihre Brüste. Plötzlich beugte sie sich vor und warf der Tür eine Kusshand zu.

»Grangeland, treib es nicht zu bunt, sonst spri…« Er brach mitten im Wort ab. So vulgär wollte er vor Grangeland nicht reden.

Sie riss sich ein wenig zusammen. »Tut mir leid.«

»Ist schon okay. Ich nehme noch ungefähr zwei Minuten lang auf. Du machst deine Sache gut.« Den Rest sah er sich nicht an

– eine derartige Ablenkung konnte er sich im Augenblick nicht leisten.

Ein paar Minuten später sagte er: »Grangeland, wir sind fertig.« Er warf die DVD aus, sodass die Aufnahme von Anfang an abgespielt werden würde, wenn er sie wieder einlegte. Er zog das Kabel aus dem ersten DVD-Player und steckte es in den zweiten. Als Nächstes zog er das Kabel ab, das die Kamerabilder live auf den Monitor übertrug, schob die Grangeland-DVD in den zweiten Player und drückte die Abspieltaste. Wenn jetzt jemand auf den Monitor blickte, sah er die Aufnahme von Grangelands Auftritt, und nicht, was sich wirklich vor dem Eingang abspielte. Da es keinen Türspion gab, konnte man nicht überprüfen, ob das, was auf dem Monitor ablief, wirklich draußen stattfand.

»Harv, es ist soweit. Grangeland, zieh dich wieder an.«

Sie rannte zur Ecke des Lagerhauses.

Nathan befestigte den Enterhaken an der Dachzinne und seilte sich ab. Unten angekommen, wickelte er das Seil auf und warf es über die Dachkante, da er nicht wollte, dass Vorbeifahrende es sehen konnten.

Neunzig Sekunden später standen Grangeland und Harv startklar vor dem Eingang.

Ein wummernder Rhythmus drang nach draußen – wahrscheinlich Rap.

Sie zogen ihre SIGs aus den Holstern. Nathan machte sich keine Sorgen, ob die 9-mm-Unterschallmunition ausreichte – er hatte sie oft benutzt und nie ein Problem damit gehabt. Kugelsichere Westen schützten vor Schüssen auf die Körpermitte: Er rechnete nicht damit, dass die Gegner welche anhatten, vor allem nicht im Lagerhaus. Außerdem waren er und Harv durchaus imstande, den Kopf zu treffen, wenn nötig.

»Laserzielvorrichtungen einschalten. Harv, du nimmst die rechte Seite des Raums, Grangeland die linke. Ich kümmere mich um die Mitte. Wir brauchen unsere Gefangenen lebend. Grangeland, deine Waffe hat keinen Schalldämpfer, also schieß nur, wenn es gar nicht anders geht.«

Er drückte auf die Klingel. Sie klang gedämpft, wie eine übergroße Eieruhr.

Nathan presste sich links von der Tür eng an die Mauer. Harv kauerte dicht hinter ihm.

Die Positionen des Türknaufs und des äußeren Türpfostens ließen darauf schließen, dass die Tür nach innen aufging, und zwar nach rechts. Wenn jemand die Tür einen Spaltbreit öffnete, würde er Harv und Nathan nicht sehen. Dazu müsste er die Tür mindestens dreißig Zentimeter weit öffnen. Und dann wäre es ohnehin zu spät für ihn.

Der spanische Akzent, der aus dem winzigen Lautsprecher neben der Tür kam, hatte einen metallischen und leicht belustigten Klang. »Was willst du?«

»Mich hat gerade ein Freier versetzt. Wie wär's mit uns beiden?«

»Verpiss dich.«

»Komm schon, Schatzi, hier draußen ist es kalt und ich brauche das Geld. 'N Hunni für die ganze Nacht.«

Pause. »Was kriegen wir dafür?«

»Was ihr wollt.«

»Jeder von uns?«

»Wie viele seid ihr denn?«

»Vier.«

»Leg noch 'n Hunni drauf und wir sind im Geschäft.«

Wieder eine Pause. Wahrscheinlich diskutierten sie über das Angebot.

Einen Augenblick später klickte das Bolzenschloss. Kurz darauf gab es ein Geräusch, als ob eine Metalltür über den Boden schabte.

Die Tür ging nach innen auf.

KAPITEL 28

Das stakkatoartige Wummern der Rap-Musik drang durch den offenen Türspalt ins Freie und brach sich als Echo an den umliegenden Gebäuden. Nathan schob sich an Grangeland vorbei und trat die Tür vollends auf.

Die Stahltür schlug dem Mann, der dahinter stand, mit voller Wucht ins Gesicht und ließ ihn rückwärtstaumeln. Die Pistole fiel ihm aus der Hand und polterte auf den Fußboden.

Nathan stürmte ins Innere des Gebäudes, Harv und Grangeland dicht hinter ihm. Er bekam mit, wie Harv der Tür einen Fußtritt verpasste, sodass sie krachend ins Schloss fiel.

Der Mann versuchte aufzustehen. Aus seiner zerschlagenen Nase spritzte Blut.

Nathan zog ihm mit dem Pistolengriff derart kräftig eins über, dass es beim Aufprall laut klatschte. Der Tür-Mann ging mit schlaffen Gliedern zu Boden. Es war nicht Montez.

Aus dem Augenwinkel nahm Nathan eine Bewegung zu seiner Rechten wahr.

Noch ein Mann.

Er sprintete durch den Raum, von rechts nach links. Er trug kein Hemd, war gedrungen und muskulös. Die schwere Goldkette um seinen Hals hüpfte beim Rennen auf und ab. Auch nicht Montez.

»Ich hab ihn«, sagte Harv.

Nathan sah einen roten Punkt auf der Hüfte des Mannes.

Harvs SIG blitzte auf.

Der Goldkettenträger brach zusammen. Er schrie laut auf und griff an die Schusswunde an seiner linken Hüfte.

Ein dritter Mann sprang von einem Sofa direkt vor ihnen auf und wollte nach seiner Pistole greifen, die auf dem Beistelltisch lag.

Nathan und Harv schossen gleichzeitig.

Zwei rote Punkte machten zwei roten Löchern Platz, beide an ungefähr derselben Stelle, nämlich an der oberen rechten Schulter. Der Typ fiel zurück auf das Sofa und fluchte auf Spanisch.

Nathan spürte es mehr, als es zu sehen.

Eine vierte Bedrohung. Diesmal von oben.

Obergeschoss. Hintere Ecke des Lagerhauses. Ein Mann stand auf einem Laufgang mit Geländer und zielte mit einem Sturmgewehr auf sie.

Montez? Nathan hatte keine Wahl. Es ging um Sekundenbruchteile. Er zielte mit dem Laser auf die Körpermitte und schoss.

Der Mann zuckte im selben Moment zusammen, als sein Gewehr losging.

Seine Schüsse schlugen weit über ihren Köpfen im rechten Teil der Wand ein und machten in dem geschlossenen Raum einen ohrenbetäubenden Lärm. Grangeland duckte sich und hielt sich schützend die Hände vor die Augen, als Betonbrocken auf sie herabprasselten.

Harv erwiderte das Feuer und landete einen Treffer. Der Mann fiel nach vorne und stürzte mit dem Kopf voraus über das Geländer. Sein Schädel und sein Gewehr schlugen gleichzeitig auf dem Betonboden auf, die Geräusche beim Aufprall waren ununterscheidbar.

Nathan, Harv und Grangeland drangen tiefer in die Lagerhalle vor und suchten sie nach weiteren Gefahren ab. Da war nichts mehr.

Der verdammte Lärm gehörte abgestellt. Nathan zielte mit dem Laser auf den Schrank mit der Stereoanlage und drückte ab. Glas zersplitterte und die Rap-Musik erstarb mit einem letzten

Wummern. Nathan hatte jetzt noch dreizehn Schuss im Magazin. Harv ebenfalls.

»Grangeland, gib uns Rückendeckung. Ich kümmere mich um den Typen mit der Goldkette«, sagte Nathan und eilte zu dem Mann, der sich auf dem Boden vor Schmerzen krümmte.

Er wusste, dass Harv zum Sofa-Mann gehen würde, da der Typ, der die Tür aufgemacht hatte, entweder bewusstlos oder tot war. Sie hatten es in unter zehn Sekunden geschafft, vier harte Söldner zu überrumpeln und auszuschalten.

Nathan richtete die SIG auf den Kopf des Goldkettenträgers und befahl ihm: »Auf den Bauch.«

»Du hast mich angeschossen«, jammerte er. »Du hast mir 'ne verdammte Kugel verpasst, Mann!«

»Deine Beobachtungsgabe beeindruckt mich. Auf den Bauch, aber dalli. Sonst mach ich dich kalt.«

Der Goldkettenträger fluchte und wälzte sich in Bauchlage.

In diesem Augenblick sah Nathan den verbundenen Fingerstummel. *Na, wen haben wir denn da? Das ist doch der Typ, der seinen Finger in Clairemont zurückgelassen hat. Wie hieß er doch gleich wieder? Julio Dingsbums … Julio Domingo Ramirez.* Sie hatten es also wirklich mit Montez' Leuten zu tun.

Nathan packte Julio am Kopf, rammte ihm ein Knie in den Rücken und verlagerte sein ganzes Gewicht darauf. Der Verletzte stöhnte und fluchte erneut.

Er blickte zu Harv hinüber und sah, wie sein Partner dem Typen auf dem Sofa eins überzog. Die Arme des Mannes erschlafften und der Kopf sackte nach hinten.

»Grangeland, fixiere den Kerl da drüben. Wir haben den hinteren Teil des Gebäudes noch nicht gesichert. Beeil dich.«

Sie legte dem Mann, der die Tür geöffnet hatte, hinter seinem Rücken Handschellen an.

»Grangeland, ich brauche dich hier bei mir. Schnell. Ich glaube, ich hab was bei den Büros gehört.«

Die FBI-Agentin rannte geduckt und mit gezogener Waffe zu Nathan und kniete sich neben ihn.

»Klebeband. In meiner Bauchtasche.«

Sie holte die Rolle heraus und fesselte Julio an den Handgelenken.

»Die Füße auch.«

Da war es wieder. Ein gedämpftes Wimmern.

»Jetzt hab ich es auch gehört«, sagte Grangeland. »Vielleicht ist das die entführte Frau.«

Nathan deutete auf das Sofa. »Fixiere den Mann da.«

Das Geräusch wurde lauter. Es kam aus der dunklen Ecke des Raumes, dort, wo der Mann über das Geländer gefallen war.

Harv sicherte den Raum mit seiner Waffe, Grangeland packte den Sofa-Mann und fesselte seine Handgelenke mit Klebeband. Er stöhnte vor Schmerzen, leistete aber keinen Widerstand. Auch um seine Fußknöchel wickelte sie Klebeband.

Nathan sagte leise: »Harv, das ist unser Freund, der bei dem Überfall in Clairemont seinen Finger verloren hat.«

Harv warf einen Blick auf den verbundenen Stummel. »Vielleicht sollten wir ihm den gleichen Finger an der anderen Hand abtrennen.«

Julio gebärdete sich widerspenstig und wand sich wie ein Wurm auf heißem Asphalt. »Verdammt, ich brauche einen Arzt, Mann!«

Nathan sah ihn an und zielte mit dem Laser auf seine Nase.

Julio schielte ängstlich auf den roten Punkt. »Okay. Okay, ist ja gut, Mann, beruhig dich wieder.«

Nathan packte Julio am Hemd und zerrte ihn hinüber zum Sofa. Dann machte er dasselbe mit dem Tür-Mann. Bei Letzterem fühlte er den Puls an der Halsschlagader. Schwach, aber noch da.

Aus dem mittleren Bereich des Lagerhauses hatte man eine Art Wohnzimmer gemacht. Schwarze Ledersofas gruppierten sich auf drei Seiten um einen Couchtisch, auf dem die Pistole des Sofa-Manns, mehrere Fernbedienungen und zwei Handys herumlagen. Auf einem weiteren Beistelltisch stand ein kleiner LCD-Fernseher, auf dessen Bildschirm ein Pornofilm ohne Ton lief. Nathan nahm die Fernbedienung und schaltete das Gerät aus. Neonröhren an der Decke, von denen nur jede vierte funktionierte, tauchten den

Bereich in ein gedämpftes Licht. Ein Großteil des Lagerhauses lag im Dunkeln.

Julio konnte oder wollte nicht stillhalten. »Ich blute wie ein Schwein!«

Nathan schlug ohne Vorwarnung mit der Pistole zu und traf ihn mit dem Schalldämpfer links an der Stirn.

Ein roter Tropfen lief an Julios Kopfseite herunter und landete auf seinem Ohr. Nathan schichtete die drei Gefangenen dicht nebeneinander wie Brennholz und klebte ihnen den Mund zu, nur dem Tür-Mann nicht. Mit gebrochener Nase würde er sonst ersticken. Als Nächstes wickelte er Klebeband um ihre Fußknöchel, sodass sie ein Bündel bildeten.

»Grangeland, du passt auf sie auf. Harv und ich sehen uns im Lager um. Dein Gefahrenbereich verläuft von hier bis zur Eingangstür.«

»Verstanden.«

»Harv, du gibst mir Rückendeckung.«

Sie gingen zur Eingangstür zurück und arbeiteten sich von dort aus die Wand entlang. Mehrere Dutzend Paletten mit Kisten waren dort gestapelt, drei Kisten aufeinander. So dicht beieinander, dass es unmöglich war, sich zwischen ihnen zu verstecken. In der südwestlichen Ecke der Halle stand ein Gabelstapler, dessen Batterie gerade aufgeladen wurde. Die Büros lagen direkt gegenüber und nahmen eine Fläche von etwa dreißig bis vierzig Quadratmetern ein. Alle Fenster dunkel, außer im Obergeschoss: Eine schmale Treppe führte nach oben.

Nathan richtete den Laser auf den am Boden liegenden Mann, der über das Geländer gestürzt war, aber er konnte keine Bewegung ausmachen. Er war entweder bewusstlos oder tot.

Da hörten sie es wieder – ein entsetzliches Wimmern.

»Der Kerl, der da liegt, könnte Montez sein. Gib mir Deckung.«

Harv stellte sich dicht an die Wand und richtete seine Pistole auf die Bürofenster.

Nathan näherte sich der dunklen Gestalt, die Waffe auf sie gerichtet. Er kniete nieder und checkte den Puls. Nichts. Das weiße Muskelshirt des Mannes war nicht mehr weiß – kein Wunder. Nathan sah zu Harv hinüber und schüttelte den Kopf. Es war nicht Montez. Gemeinsam arbeiteten sie sich zu den Büros vor.

Nathan flüsterte: »Ich krieche unter diesen Fenstern hindurch und komme auf der anderen Seite der Tür raus.«

»Versuchen wir es zuerst mit einer verbalen Warnung?«, fragte Harv.

»Das kann sicher nichts schaden.«

Er rief im Befehlston: »Wenn jemand da drin ist, soll er jetzt rauskommen!« Keine Reaktion. Er wiederholte die Aufforderung auf Spanisch. Wieder nichts.

»Ich nehme die linke Seite.« Nathan duckte sich unter dem Fenster hindurch und ging vor der Tür in Stellung. Er nahm Anlauf und trat mit voller Wucht dagegen. Die Tür flog nach innen auf und knallte gegen die Wand.

Harv folgte dicht hinter ihm und schwenkte seine Waffe nach rechts. Im Staub sah man deutlich den roten Laser. »Sauber.«

»Lichtschalter?«, fragte Nathan.

Neonröhren erwachten flackernd zum Leben und tauchten den Raum in ein grelles Licht. Ein alter Metallschreibtisch, ein paar Aktenschränke und mehrere Reihen aufeinandergestapelter Kartons wurden sichtbar. Eine Verbindungstür führte zu einem benachbarten Büro zu ihrer Linken. Sie verharrten vollkommen still und horchten, ob sich im Nebenraum etwas bewegte. Nichts. Die gedämpften Schreie, die sie vorhin vernommen hatten, waren jetzt lauter.

Nathan trat die Tür ein und stürmte in das angrenzende Büro.

KAPITEL 29

Was Nathan da sah, versetzte ihm einen Stich ins Herz.

Nicole Dalton. Nackt auf einen Metalltisch gefesselt. Die Füße in Halterungen, wie bei einem Gynäkologenstuhl. Der Oberkörper von kreuz und quer verlaufenden Schnittwunden verunziert, ähnlich seinen eigenen Narben, nur nicht so tief und zahlreich. In ihrem Mund steckte ein Knebel. Zersprungene, blutige Lippen. Die Oberfläche des Tisches blutverschmiert, aber nicht so schlimm, dass es an den Tischbeinen hinunterlief. Zum Glück hatte es nicht den Anschein, als wäre sie vergewaltigt worden. Der Genitalbereich sah unversehrt aus, und Nathan schämte sich, weil er hingeguckt hatte. Auf einem kleineren Tisch auf Rädern lagen Folterinstrumente herum. Eine kompakte Videokamera auf einem Stativ war auf den Tisch gerichtet. Zwischen ihr und einem Laptop, der auf einem niedrigen Aktenschrank stand, verlief ein Kabel.

Verdammte Scheiße.

Nathan überprüfte die Kamera. Nicht in Betrieb. »Grangeland, ich brauche dich.« Er nahm der Frau den Knebel aus dem Mund und spürte Harvs Anwesenheit in seinem Rücken.

»Meine Töchter. Er hat sie mitgenommen!«

»Wir werden sie finden, das verspreche ich Ihnen. Sie sind jetzt in Sicherheit«, sagte Nathan.

»Wer sind Sie?«

»Ich mache Sie erst einmal von dem Tisch los.« Er befreite ihre Füße aus den Halterungen und sie fing an zu weinen. Kaum stand sie auf den Beinen, knickten sie unter ihr weg. Nathan fing sie rechtzeitig auf und sie drückte ihr Gesicht an seine Schulter. Er wusste, dass die Schnittwunden wehtaten. Die Freude über ihre unerwartete Rettung pumpte genug Adrenalin durch ihre Adern, dass sie nichts spürte.

Grangeland kam ins Büro und erstarrte. Nathan sah sie an. »Bring mir aus dem Büro nebenan einen Stuhl.« Sie verharrte reglos. »Grangeland, einen Stuhl.«

Die FBI-Agentin kehrte mit einem Stuhl zurück und stellte ihn neben den Metalltisch. Dann legte sie einen Arm um die Frau und half ihr, sich hinzusetzen.

Nathan zog die schusssichere Weste und sein Sweatshirt aus.

Grangeland streifte Dalton das Sweatshirt über. Es war viel zu groß, aber es gab ihr ein bisschen Würde. »Danke«, flüsterte sie heiser. Als sie das Rautenmuster auf Nathans Brust sah und erkannte, was es bedeutete, riss sie die Augen weit auf.

»Richtig«, sagte er. »Sie sind Nicole Dalton. Sie wurden vor ein paar Tagen aus der Fashion Valley Mall entführt. Harv, du bleibst bei Ms Dalton. Grangeland, ich möchte gerne unter vier Augen mit dir reden.« Sobald sie das Büro verlassen hatten, senkte Nathan die Stimme. »Bring ihr was zu trinken. Ich habe einen kleinen Kühlschrank in der Nähe des Stereoschranks gesehen. Versuche, sie so gut es geht zu beruhigen. Versichere ihr, dass wir alles tun werden, um ihre Töchter zu finden. Wenn sie fragt, wer wir sind oder wie wir sie gefunden haben, gib ihr vage Antworten.«

Sie gingen zurück ins Büro. »Nur ruhig, Ms Dalton. In ein paar Minuten ist alles vorbei. Harv, komm mit mir. Wir sollten uns ein bisschen mit unseren werten Gästen unterhalten.«

Grangeland wühlte im Kühlschrank herum und Nathan und Harv gingen zu den gefesselten und geknebelten Männern. Die FBI-Agentin warf den Söldnern einen verächtlichen Blick zu, ehe sie zu Nicole Dalton zurückeilte.

Julio und der Sofa-Mann waren bei vollem Bewusstsein und blickten äußerst besorgt drein. Als sie Nathans nackte Brust sahen, rissen sie die Augen noch weiter auf.

Nathan öffnete wortlos Julios Gürtel und zerrte dessen Jeans und Boxershorts bis zu den gefesselten Fußknöcheln herunter. Dann zog er sein Predator-Messer, musterte den glänzenden Stahl und lächelte. Julio zappelte vor Angst wie ein Fisch auf dem Trockenen. Die Wunde an seiner Hüfte fing an, stärker zu bluten.

»Immer mit der Ruhe, Partner«, sagte Harv und spielte den guten Bullen.

»Du hast gesehen, was die Kerle mit meiner Schwester gemacht haben«, knurrte Nathan. »Ich schneide diesem Arschloch die Eier ab, koche sie in der Mikrowelle und stopfe sie ihm ins Maul. Oder besser, er kann sie roh fressen.«

Julio versuchte zu schreien, brachte aber nur ein Grunzen heraus. Er schüttelte panisch den Kopf.

»Was war das?«, fragte Nathan. »Ich verstehe dich nicht.« Natürlich nicht – der Mann hatte ja ein Klebeband auf dem Mund. »Halt ihn fest. Wir brauchen etwas, womit wir seinen abgeschnittenen Sack kauterisieren können. Ist dein Zigarrenfeuerzeug mit Butangas gefüllt?«

»Absolut.«

Harv trat hinter Julio und packte ihn an den Schultern.

Nathan lächelte Julio an. »Bist du bereit, Amigo?« Er senkte die Klinge, sodass Julio sie nicht sehen konnte.

Nathan konnte gerade noch rechtzeitig nach hinten ausweichen, als Julio die Kontrolle über seine Blase verlor. Eine gelbe Flüssigkeit spritzte in hohem Bogen durch die Luft und traf seine gefesselten Partner.

»Das ist ja ekelhaft«, sagte Harv.

Nathan steckte das Messer in die Scheide, ging zur Wand auf der Nordseite und nahm den 20-Liter-Wasserbehälter aus dem Kühler. Dann trat er zu den auf dem Boden Liegenden und schüttete Wasser auf sie, bis ihre Gesichter wieder sauber waren. Er zwinkerte Harv zu, stellte sich hinter Julio, hielt den Behälter über dessen Kopf und kippte ihn – eine primitive, aber effektive Form von Waterboarding. Julio hustete, spuckte Wasser aus und warf seinen Kopf hin und her. Nach ungefähr dreißig Sekunden hörte Nathan damit auf und stellte den Behälter zur Seite. Er zog sein Messer.

»Bist du bereit für eine Geschlechtsumwandlung?«

Julio verlor völlig die Beherrschung und heulte wie ein Kind. Ein erbärmlicher Anblick. Nathan hatte nicht einmal eine Minute gebraucht, um ihn zu brechen.

»Möchtest du mir etwas sagen?«, fragte er.

Julio nickte verzweifelt.

Nathan trat an ihn heran und riss ihm das Klebeband vom Mund.

»Wir haben sie nicht angerührt. Ich schwör's, Mann!«

»Das sieht aber nicht so aus.«

»Wir waren das nicht, ich schwör's! Frag sie doch selber.«

»Wo ist Montez?«

»Ich weiß nicht.«

»Kommt er zurück?«

»Ich weiß nicht.«

»Besonders viel scheinst du ja nicht zu wissen, oder?«

»Ich weiß es wirklich nicht, ich schwör's.«

»Dann bist du für mich wertlos.« Er hielt Julio das Messer an die Kehle.

»Warte! Es gibt da ein sicheres Haus.«

»Wo?«

»In San Diego.«

»San Diego ist groß.«

»Ich war schon mal dort, ich weiß, wo es ist.«

»Wenn du mich anlügst, füttere ich dir deine Eier zum Abendessen. Ich hoffe, du hast Hunger.«

»Nein.«

»Worauf bezieht sich das Nein? Auf das Lügen oder den Hunger?«

»Ich hab nicht gelogen.«

»Wer war außer dir sonst noch in diesem sicheren Haus?«

»Hector.«

»Wer ist Hector?«

»Du hast ihn erschossen. Er war im Obergeschoss.«

Nathan klebte Julio den Mund wieder zu und ging zu den Büros zurück. Mit einer Kopfbewegung bedeutete er Grangeland, ihm zu folgen.

Sobald sie außer Hörweite waren, sagte sie: »Nathan, die Frau muss dringend ins Krankenhaus. Wahrscheinlich steht sie unter Schock.«

»Auf die Gefahr hin, dass ich mich gefühllos anhöre … sie schwebt nicht in unmittelbarer Gefahr.«

»Nicht in unmittelbarer Gefahr?«

Harv trat einen Schritt vor. »Immer mit der Ruhe, Grangeland. Wir wollen nicht unsensibel sein, aber Nate hat recht. Sie sieht schlimm aus, aber ihre Verletzungen sind nicht lebensgefährlich.«

Grangelands Gesichtszüge entspannten sich. »Tut mir leid, Nathan. Ich hab's nicht so gemeint.«

»Ich weiß.«

»Ich bin im Moment einfach nur stinksauer.«

»Ich auch.«

»Sie haben ihr zwei Tage lang nichts zu essen und zu trinken gegeben. Diese verdammten Arschlöcher!«

Nathan konnte sich nicht erinnern, Grangeland jemals fluchen gehört zu haben. Sie machte es gut. »Keine Sorge. Diese *verdammten Arschlöcher* werden schon bald den Tag verfluchen, an dem sie geboren wurden. Hör zu, ich weiß, es klingt beschissen, aber sie muss ein Debriefing über sich ergehen lassen. Wir können sie nicht in ein Krankenhaus bringen. Dort würde man sofort merken, dass ihr die Verletzungen absichtlich zugefügt wurden, und die Polizei einschalten. Sie verfügt womöglich über wichtige Informationen zu Montez' Operation oder seinem Aufenthaltsort. Unsere nächsten Schritte hängen davon ab, was wir von ihr und diesen Idioten da draußen erfahren.«

»Sie macht sich schreckliche Sorgen um ihre Töchter.«

»Du kannst ihr unmittelbar helfen, indem du mit ihr die Toilette aufsuchst und sie wäschst, so gut es geht. Hast du eine Reisetasche mit einer extra Garnitur Wäsche draußen im Auto?«

»Meine Kleider müssten ihr passen.«

»Harv, gib Grangeland deinen Autoschlüssel.« Er wandte sich wieder der FBI-Agentin zu. »Im Kofferraum von Harvs Wagen ist eine Tasche mit einem extra Hemd für mich. Und ein grüner Traumabeutel. Kennst du dich mit Sauerstoffbeatmung aus?«

»Ist zwar schon eine ganze Weile her, aber ich müsste es hinkriegen.«

»Wenn du zurückkommst, verbinde ihren Oberkörper mit Mull.«

Grangeland sah die Frau einen Augenblick lang an, bevor sie hinausging.

Nathan deutete auf die Gefangenen. »Ich werde sie an Cantrell übergeben. Es wird mir nicht gerade das Herz brechen, wenn die CIA sie einer Spezialbehandlung unterzieht. Aber bevor wir das tun, müssen wir den Anführer dazu bringen, dass er mit Montez Kontakt aufnimmt. Vor allem müssen wir darauf achten, dass derjenige Montez anruft, der das auch sonst immer gemacht hat. Ansonsten würde Montez Verdacht schöpfen.«

»Wissen wir, wer von denen das ist?«

»Wir werden es früh genug herausfinden.«

»Hoffen wir, dass es nicht der Typ mit der Maschinenpistole ist, den du vorhin erschossen hast«, sagte Harv.

»Cantrell?«

»Wir können davon ausgehen, dass sie nichts von diesem Lagerhaus wusste, sonst hätte sie uns unterwegs abfangen lassen. Das hier gibt der CIA mehr, als sie vor einer Stunde hatten. Viel mehr.«

»In der Zwischenzeit sollten wir Holly auf den neuesten Stand bringen«, sagte Nathan.

Holly ging nach dem ersten Läuten ans Telefon.

»Alles okay bei uns«, sagte Nathan, bevor sie etwas sagen konnte. Es dauerte etwa zwei Minuten, bis er sie über die neuesten Ereignisse informiert und ein paar Fragen beantwortet hatte.

»Was machst du als Nächstes?«, fragte sie.

»Wir fahren nach San Diego. Wenn wir Glück haben, ist in ein paar Stunden alles vorbei.«

»Pass auf dich auf. Rufst du mich wieder an?«

»Mach ich.«

Grangeland kam mit den Reisetaschen zurück. Harv schloss hinter ihr die Tür.

»Mach es Ms Dalton so bequem wie möglich«, sagte Nathan. »Und stelle ihr keine Fragen, bevor ich da bin. Wenn sie von sich aus etwas sagt, mach dir Notizen. Du hast nur ein paar Minuten. Die Zeit drängt.«

Grangeland nahm den Traumabeutel an sich.

»Warte.« Nathan öffnete den Beutel und nahm ein paar sterile Kompressen und eine Rolle Micropor-Klebeband heraus. »Okay, du kannst loslegen.«

Grangeland zögerte. »Sie ist ziemlich in Panik und will unbedingt hier raus.«

»Vielleicht spielt sie uns nur etwas vor. Möglicherweise ist sie eine ausgebildete Agentin.«

»Mit zwei kleinen Töchtern?«

»Ich weiß, es klingt unwahrscheinlich, aber ganz ausschließen können wir es im Augenblick nicht.«

»Nate«, sagte Harv, »wenn sie wirklich eine Agentin ist, wird sie uns kein Wort sagen.«

»Lasst mich's versuchen«, schlug Grangeland vor.

»Sie wird sich in Grangelands Gegenwart wesentlich wohler fühlen«, sagte Harv. »Aber wenn sie eine Agentin ist, macht das keinen Unterschied.«

Nathan sah Grangeland an. »Stell ihr keine Fragen, bevor wir dabei sind. Verbinde ihren Oberkörper, mach eine Sauerstoffbeatmung und miss ihren Blutdruck. Das Übliche halt. Versichere ihr, dass du dich um sie kümmern wirst und dass wir ihre Töchter finden.« Er machte eine Kopfbewegung in Richtung Büro. »Wir sind gleich nebenan.«

Sie sah aus, als wolle sie Einspruch einlegen, tat es aber nicht.

Nathan wühlte in Harvs Reisetasche herum, holte ein T-Shirt hervor und zog es an. »Wir müssen unseren *Gästen* Druckverbände anlegen, bevor sie verbluten.«

»Das würde mir nicht leid tun.«

»Mir auch nicht, aber wir brauchen den Pisser lebendig. Er weiß, wo das sichere Haus ist.«

»Pisser?«

Nathan zuckte mit den Schultern.

Harv kniff nachdenklich die Augen zusammen.

»Was ist?«

»Wieso San Diego?«

»Ich verstehe nicht, was du meinst.«

»Das sichere Haus. Warum ausgerechnet in San Diego und nicht in Chicago oder Baltimore oder sonst wo?«

»Gute Frage.«

»Es muss einen Grund dafür geben.«

»Zweifellos.« Nathan deutete auf die Söldner. »Vielleicht wissen sie es.«

»Glaubst du, das mit dem sicheren Haus war nur ein Ablenkungsmanöver?«

Nathan schüttelte den Kopf. »Das glaube ich nicht. Du?«

»Wenn er nicht gerade der beste Schauspieler ist, den ich je gesehen habe, würde ich Nein sagen. Aber womöglich weiß er nicht, warum das Versteck in San Diego ist. Ms Dalton vielleicht schon.«

»Wir müssen unbedingt mit ihr reden«, sagte Nathan mit einem Blick in Richtung der Büros.

»Nate, ich muss dir etwas sagen. Ist es Ms Dalton gegenüber fair, wenn wir sie einfach hier festhalten?«

Nathan senkte den Blick. Vielleicht hatte Harv recht. Hatte er den Blick für das große Ganze verloren? Rechtfertigte sein Wunsch, Montez zu fangen, das Leiden dieser Frau, wenn auch nur für kurze Zeit? Verglichen mit dem, wozu Montez fähig war, waren ihre Verletzungen relativ harmlos. Trotzdem … wenn sie nicht gerade eine abgebrühte Agentin war, musste das Erlebte für sie furchtbar gewesen sein. Vielleicht trug er aufgrund seines dringenden

Wunsches, Montez auszuschalten, Scheuklappen. Nein. Das war es nicht. Er wusste, dass Rache nicht seine Haupttriebfeder war. Natürlich wollte er Montez in die Hände bekommen, aber es war ihm ebenso wichtig, Nicole Daltons Töchter zu retten. In Anbetracht ihrer gegenwärtigen Lage war es wohl am besten, Nicole zu befragen. Vielleicht war es sogar die einzige Möglichkeit.

»Danke, Harv. Ich bin froh, dass du das angesprochen hast.«

»Trotzdem hat Grangeland recht. Ms Dalton braucht ärztliche Behandlung, am besten von einem Schönheitschirurgen. In eine normale Notaufnahme können wir nicht gehen, aber ich habe eine Idee. Erinnerst du dich noch, wie wir vor ein paar Jahren dieses Sicherheitssystem für Doug Reavie installiert haben?«

»Du meinst den Schönheitschirurgen in Rancho Bernardo?«

»Ich bin gut mit ihm befreundet. Ich bin sicher, er wird sie wiederherstellen, wenn wir ihm die Auslagen zahlen. Für so einen Fall wird er seinen Operationssaal benutzen. Da werden wir wahrscheinlich ein paar Tausender hinblättern müssen.«

»Das geht in Ordnung.«

»Ich habe seine Nummer nicht in meinem Handy gespeichert, aber ich kann die Auskunft anrufen. Er hat bestimmt einen Telefonauftragsdienst für Notfälle. Die meisten Ärzte haben so etwas.«

»Gute Idee, Harv. Wir rufen von unterwegs aus an. Aber zuerst müssen wir unsere Gäste verarzten und mit Nicole Dalton reden.«

KAPITEL 30

Nathan und Harv zogen sich Latexhandschuhe über – man konnte ja nie wissen, was für Krankheiten diese Typen hatten. Sie brauchten einige Minuten und eine ganze Rolle Klebeband, um Sofa-Manns Schulter und Julios Hüfte mit Druckverbänden zu verarzten. Die Söldner freuten sich nicht gerade über die raue Behandlung, aber dass sie nicht mit Samthandschuhen angefasst wurden, gehörte zum Spiel. Nachdem sie ihre Gefangenen soweit versorgt hatten, dass sie nicht verbluten würden, gingen Nathan und Harv wieder zu Grangeland ins Büro. Die FBI-Agentin führte bei Nicole gerade eine Sauerstoffbeatmung durch.

Durch den Mullverband sickerte stellenweise Blut und Nathan bekam Schuldgefühle. Grangeland warf ihm einen besorgten Blick zu, der keinen Zweifel darüber ließ, was sie dachte. Er signalisierte ihr mit einem Kopfnicken, mit der Befragung zu beginnen.

»Ich weiß, dass Sie starke Schmerzen haben«, sagte Grangeland, »aber wir müssen Ihnen ein paar Fragen stellen. Tut mir leid.«

Nicole Dalton nahm die Sauerstoffmaske ab. »Bitte, ich will einfach nur meine Töchter finden.«

»Wir hoffen, dass Sie uns mit ein paar Informationen weiterhelfen können. Wissen Sie, warum man Sie entführt hat?«

»Nein!« Sie fing wieder an zu weinen.

So würde das nie funktionieren. Nathan schaltete das Sauerstoffgerät ab, worauf das Zischen verstummte. Er kniete sich vor ihr hin.

»Ms Dalton, mein Name ist Nathan McBride. Der Mann hinter mir ist Harvey Fontana.«

»Sind Sie von der Polizei?«

»Nein, Ma'am.« Sie wollte eine weitere Frage stellen, aber Nathan hob eine Hand. »Wir werden Sie nicht gegen Ihren Willen festhalten, aber hören Sie uns bitte zuerst zu.«

»Wie haben Sie mich gefunden?«

»Ich verspreche Ihnen, dass Sie Antworten auf alle ihre Fragen bekommen. Aber zunächst müssen Sie uns alles erzählen, was Sie über Ihren Entführer wissen.«

Sie zögerte. Man konnte ihre Unsicherheit deutlich spüren. »Er wollte nichts von mir.«

»Was Sie uns erzählen, bleibt unter uns, darauf gebe ich Ihnen mein Wort. Wir wissen bereits, dass Sie für die NSA als Expertin für osteuropäische Sprachen arbeiten.«

»Woher wissen Sie das?«

»Darauf kommen wir noch, das verspreche ich Ihnen.«

»Ich weiß überhaupt nichts. Ich tue nichts weiter, als Telefongespräche zu übersetzen.«

»Wie kommen Sie darauf, dass er nichts von Ihnen wollte?«

»Er hat mich nie über meine Arbeit oder die NSA befragt. Ich dachte, dass es ihm darum ging, dass ich vielleicht etwas übersetzt hatte, das ihn interessiert.«

»Er hat Ihre Arbeit nicht erwähnt? Kein einziges Mal? Auch nichts über Ungarn?«

Sie schüttelte den Kopf. »Nein, er ist hinter meinem Ex-Mann her.«

»Ms Dalton, verstehen Sie das jetzt bitte nicht falsch, aber es gibt keinerlei Dokumentation, aus der hervorgeht, dass Sie jemals verheiratet waren.«

»Ich weiß. Duane meinte, das wäre notwendig, um seine Arbeit geheim zu halten.«

»Duane? Sein voller Name lautet also Duane Dalton?«

»Ja.«

»Er ist Ihr Ex-Mann?«

»Ja, und der Vater meiner Töchter.«

»Ihr Entführer hat von Ihnen verlangt, dass Sie Ihren Ex-Mann kontaktieren? Hat er deshalb die Videokamera benutzt?«

Ihre Gesichtszüge verkrampften sich; sie versuchte, die Tränen zu unterdrücken. »Er hat mich gezwungen, ihn anzurufen. Er konnte mich auf seinem Computer sehen. Der Kerl hat ihm auch unsere Mädchen gezeigt. Sie hatten furchtbare Angst.«

»Duane konnte Sie und Ihre Töchter sehen?«

Sie nickte.

»Hat dieser Mann Ihren Töchtern etwas getan?«

Nicole schüttelte den Kopf.

Nathan stieß innerlich einen Seufzer der Erleichterung aus. »Wer ist Ihr Ex-Mann?«

»Sie meinen, was er macht? Er hat nicht viel darüber geredet. Er war schon immer sehr geheimniskrämerisch.«

»Wo wohnt er?«

»In Glen Echo.«

Nathan wechselte einen Blick mit Harv. Glen Echo lag gegenüber von Langley, auf der anderen Seite des Potomac Rivers. »Haben Sie seine Adresse?«

»Keine richtige Adresse, nur ein Postfach.«

»Überhaupt keine Straßenadresse?«

»Nein. Alles, was ich von ihm seit unserer Scheidung habe, ist seine Handynummer.«

Nicole Daltons Stimme klang auf einmal hysterisch. Sie schien die Nerven zu verlieren. Verständlich, wenn man bedachte, was sie durchgemacht hatte. Nathan sah Harv an, worauf dieser ihm mit einem Nicken zu verstehen gab, er solle mit der Befragung fortfahren. Harv kannte sich besser mit Gefühlszuständen aus.

»Sie machen Ihre Sache gut«, sagte Nathan leise. »Alles, was Sie uns sagen, wird uns helfen, Ihre Töchter zu finden. Was macht Duane beruflich?«

»Ihm gehört eine Bauleitungsfirma.«

»Was baut die?«

»Kraftwerke.«

»Sie meinen, zur Stromerzeugung?«

»Ja.«

»Hier? In den USA?«

Sie schüttelte den Kopf. »In Übersee. Osteuropa und Nordafrika.«

»Atomkraftwerke?«

»Nein, Kohle und Öl.«

Ein weiteres Puzzleteil. »Wie heißt die Firma?«

»Energy irgendwas ... Systems, glaube ich.«

»Energy Solutions?«

»Ja, genau.«

Nathan warf Harv einen Blick zu. Das war die Firma, die Holly erwähnt hatte, dieselbe Firma, bei der Arthur Kramer angestellt war, bevor Montez ihn in Stücke geschnitten und im Lake Powell den Fischen zum Fraß vorgeworfen hatte.

»Hat er irgendwo ein Büro?«

»Das weiß ich nicht. Er arbeitet hin und wieder von zu Hause aus, aber da ist er nicht oft. Er sieht seine Töchter nur äußerst selten.«

»Meine nächste Frage hört sich vielleicht etwas unverschämt an. Tut mir leid, dass ich sie Ihnen stelle, aber könnte es sein, dass Duane in illegale Geschäfte verwickelt ist? Drogen, Schmuggel, irgendwas in der Richtung?«

»Nein, doch nicht Duane.«

»Wieso sind Sie sich da so sicher?«

»Er hasst Drogenhändler wie die Pest. Ein Cousin von ihm ist in der Highschool an einer Überdosis gestorben.«

»Was hat Ihr Mann gemacht, bevor er die Bauleitungsfirma übernommen hat?«

»Er war Offizier bei der Luftwaffe.«

»War er Pilot?«

»Nein, er hat im nordamerikanischen Luft- und Weltraum-Verteidigungskommando NORAD gearbeitet. Irgendwas mit Satelliten und Wärmebildaufklärung.«

Nathan blickte wieder zu Harv hinüber. Der nickte kaum merklich und trat einen Schritt vor. »Ms Dalton, Sie sind eine der tapfersten Frauen, die ich je kennengelernt habe. Ich meine es wirklich so, wie ich es sage.«

»Im Augenblick fühle ich mich alles andere als tapfer. Ich habe Angst um meine Töchter.«

»Wir werden sie finden. Wissen Sie, ob Duane sich in Washington aufhielt, als Ihr Entführer Sie gezwungen hat, ihn zu kontaktieren?«

»Nein, er war in Osteuropa auf einer seiner Baustellen. Ich weiß allerdings nicht genau, wo.«

»Wie lange ist Ihr Anruf her?«

»Ich glaube, das war vor drei Tagen. Ich weiß nicht genau, wie lange ich schon hier bin. Man hat mich die ganze Zeit in diesem Raum festgehalten, außer, wenn ich auf die Toilette musste.«

»Hatten Sie seitdem noch einmal Kontakt zu Duane?«

»Nein, aber er hat mit den Mädels gesprochen. Ich habe das Gespräch durch die Decke gehört. Sie klangen, als ob sie große Angst hatten.«

»Wann war das?«

»Irgendwann gestern.«

»War das das letzte Mal, dass Sie Ihren Entführer oder Ihre Töchter gesehen haben?«

»Ja.«

»Hat der Mann irgendetwas darüber gesagt, wo er als Nächstes hinwollte?«

»Nein, aber ich habe ein paar Gesprächsfetzen mitbekommen. Ich bin sicher, ein paarmal San Diego gehört zu haben. Hilft Ihnen das bei Ihrer Suche?«

»Ja, auf jeden Fall.« Harv dachte einen Augenblick nach. »Ich habe noch eine Frage zu Ihrem Ex-Mann. Sie sagten, er sähe seine Töchter nur hin und wieder. Hat er sie *jemals* hier in San Diego besucht?«

»Ein paarmal.«

»Wissen Sie, wo Duane gewohnt hat, wenn er hier zu Besuch war?«

Nicole überlegte einen Moment. »In einem ziemlich großen Haus nicht weit vom Lomas Santa Fe Golfclub. Ich glaube, es gehört einem Freund von ihm.«

»Waren Sie schon mal dort?«, fragte Harv.

»Drei oder vier Mal. Aber ich habe nur die Mädels hingefahren und wieder abgeholt. Drinnen war ich nie.«

»Können Sie uns sagen, wo es ist?«

Nicole trank noch einen Schluck Wasser. »Ich kann mich nur noch erinnern, dass wir von der Via de la Valle auf den El Camino Real abgebogen und dann noch ein paar Kilometer gefahren sind.«

»Gibt es an diesem Haus irgendetwas, das einem ins Auge sticht? Fällt Ihnen da irgendwas ein?«

»Ich weiß nicht.«

»Sie haben uns bisher sehr geholfen.« Harv machte eine Pause. »Könnten Sie uns vielleicht in allen Einzelheiten berichten, wie Ihr Telefongespräch mit Duane ablief?«

Nathan wusste, dass Harv absichtlich die Befragung in eine andere Richtung lenkte. Diese Methode kam bei Debriefing-Gesprächen oft zum Einsatz. Sie basierte auf der Idee, dass frische Erinnerungen manchmal alte zum Vorschein brachten.

»Ja, ich glaube, das kann ich«, sagte sie. »Er hat die Videokamera aufgebaut und an den Laptop angeschlossen. Dann musste ich Duane anrufen, und er hat ihn aufgefordert, auf eine bestimmte Webseite zu gehen, wo er mich sehen konnte. Und dann hat er mir das Telefon abgenommen. Ich konnte nicht hören, was Duane gesagt hat.«

»Was hat der Mann zu Duane gesagt?«

Sie schüttelte den Kopf. »Das weiß ich nicht mehr. Ich hatte solche Angst.«

»Ich möchte, dass Sie jetzt mit mir zusammen eine Atemübung machen. Schließen Sie die Augen und atmen Sie tief ein und langsam wieder aus. Kommen Sie, wir machen es zusammen … tief einatmen, langsam ausatmen. Stellen Sie sich vor, dass Ihre Schmerzen nachlassen. Lauschen Sie meiner Stimme und stellen

Sie sich etwas Dunkelblaues vor, zum Beispiel den Himmel in der Abenddämmerung. Atmen Sie wieder tief ein und langsam aus. Behalten Sie den Abendhimmel vor Ihrem geistigen Auge. Und nun atmen wir wieder zusammen tief ein und langsam aus … tief ein und langsam wieder aus. Noch einmal.«

Nathan sah, wie Nicoles Gesichtszüge sich entspannten. *Gut gemacht, Harv.* Sein Partner beherrschte diese Technik so gut, dass selbst Grangeland lockerer wirkte.

»Halten Sie die Augen geschlossen und sehen Sie den Abendhimmel vor sich. Atmen Sie wieder tief ein und langsam aus.« Harvs Tonfall klang beruhigend und wohltuend, und Nathan ertappte sich dabei, dass er zusammen mit Nicole ein- und ausatmete. »Spulen Sie Ihre Gedanken zurück zu dem Telefongespräch. Stellen Sie sich vor, es würde gerade vor Ihren Augen ablaufen. Der Mann hat Ihnen das Telefon abgenommen und selbst mit Duane gesprochen. Was geschah dann?«

»Er hat irgendetwas von einem Angriff auf ihn erzählt und Duane gefragt, ob er etwas darüber wüsste.«

Harv wartete.

»Er hat Duane nicht erlaubt, seinerseits Fragen zu stellen. Dann hat er mich mit einem Elektroschocker malträtiert, um Duane zum Reden zu bringen. Es war furchtbar. Nachdem Duane etwas zu ihm gesagt hatte, legte er ein Betttuch über mich.«

»Und dann?«

»Er versprach mir, dass seine Männer uns unbehelligt lassen würden, wenn Duane kooperierte. Dann hat er eine Packung Kondome vor die Kamera gehalten. Ich hatte höllische Angst, dass die Kerle meine Töchter vergewaltigen würden.«

»Ich weiß, es tut weh, diese Erinnerungen erneut zu durchleben, aber Sie helfen uns damit sehr. Was geschah als Nächstes?«

»Er brachte meine Töchter in den Raum und sagte, er hätte sie entführt und dafür gesorgt, dass ich sie bis jetzt nicht zu Gesicht bekommen hatte. Zuvor konnte ich sie lediglich eine Etage höher hören. Sie hatten furchtbare Angst. Dann hat er mir wieder den Mund zugeklebt.« Sie fing wieder an zu weinen.

Nathan schüttelte angesichts der grausamen Methoden, die Montez angewandt hatte, den Kopf.

Harv fuhr fort: »Halten Sie die Augen geschlossen. Wie ging es weiter?«

»Er sagte, es ginge ihm gar nicht um Duane. Er interessierte sich für jemand anderen.«

»Atmen Sie wieder tief ein und langsam aus. Ihre Erinnerungen werden uns helfen, Ihre Töchter zu finden. Fahren wir zusammen zu dem Haus in Lomas Santa Fe. Sie biegen auf den El Camino Real nach Norden ab und fahren eine Anhöhe hinauf. Wissen Sie noch, ob Sie an Seitenstraßen mit Stoppschildern vorbeikamen? Irgendetwas in der Art?«

»Ja, wir kamen an einem Stoppschild vorbei, aber ich weiß den Straßennamen nicht mehr.«

»Zerbrechen Sie sich darüber nicht den Kopf. Wie sieht das Haus aus?«

»Ich weiß nicht. Ich habe es nie gesehen. Duane wollte nicht, dass ich bis vor das Haus fahre.«

»Man kann es nicht von der Straße aus sehen?«

»Nein.«

»Sie setzen also die Mädchen vor der Einfahrt ab und sie gehen den Rest zu Fuß?«

»Es ist eine sichere Gegend. Duane wartet jedes Mal am Ende der Einfahrt auf sie.«

»Das Haus liegt höher als die Straße?«

»Ja.«

»Wie sieht die Einfahrt aus? Ist der Belag aus Asphalt oder Beton?«

»Nein, aus Ziegelsteinen.«

»Ziegelsteine? Oder Pflastersteine? Vielleicht Verbundpflastersteine?«

»Ja genau, Pflastersteine.«

»Ist das Grundstück eingezäunt?«

»Ja.«

»Mit einem Lattenzaun?«

»Ja. Er ist weiß.«

»Sie machen das wirklich gut, Ms Dalton. Ist vor der Einfahrt ein elektrisches Tor?«

»Ja.«

»Auf welcher Straßenseite?«

»Auf der rechten.«

»Jetzt stellen Sie sich den Eingang zum Grundstück vor. Sie fahren zum Beginn der Einfahrt und halten an. Rechts von Ihnen ist das elektrische Tor. Die Mädchen steigen aus. Können Sie um das Tor herumgehen?«

»Ja, es ist nur dazu da, um Fahrzeuge anzuhalten.«

»Ist das Tor ebenfalls weiß?«

»Das weiß ich nicht mehr.«

»Was sehen Sie sonst noch? Weist der Eingang irgendwelche besonderen architektonischen Merkmale auf? Vielleicht einen Torbogen oder Steinsäulen? Irgendetwas in der Art?«

»Einen Baumstumpf.«

»Baumstumpf? Was meinen Sie damit?«

»Neben dem Tor ist ein großer Baumstumpf von einem Eukalyptus.«

»Von einem gefällten Baum?«

»Die Mädchen haben mich gefragt, warum der Besitzer das getan hat.«

»Wurde der Baum ziemlich tief gefällt, fast am Boden?«

»Die Mädchen können draufsteigen.«

Harv warf einen Blick auf Nathan und deutete auf sein Handgelenk.

»Danke, Ms Dalton«, sagte Harv. »Sie können jetzt die Augen aufmachen.«

Nathan löste Harv ab und trat näher an Nicole Dalton heran. Er nahm sie sanft bei der Hand. »Sie haben uns wirklich sehr wertvolle Informationen geliefert. Ihr Entführer ist ein sehr geschickter und einfallsreicher Mensch. Wenn wir Sie in ein Krankenhaus bringen, wird man die Polizei einschalten. Presse, Rundfunk und Fernsehen hören regelmäßig den Polizci- und Feuerwehrfunk mit.

Auch viele Privatpersonen haben einen Scanner im Auto. Wir werden dafür sorgen, dass Sie ärztlich behandelt werden, aber außerhalb des normalen Krankenhausbetriebs. Nur so können wir garantieren, dass Sie niemand findet. Sie müssen uns vertrauen. Was ich Ihnen jetzt sage, mag angesichts dessen, was Sie durchmachen mussten, unsensibel klingen, aber das ist nicht meine Absicht.«

Nicole Dalton nickte.

»Ich weiß, dass Ihre Schnittwunden wehtun, aber sie sind nicht lebensgefährlich. Es ist wichtig, dass wir sie völlig versteckt halten. Harv und ich kennen einen Arzt, einen äußerst kompetenten Schönheitschirurgen, der ihre Wunden wesentlich besser nähen kann als die Ärzte in der Notaufnahme. Er wird Ihnen auch Antibiotika geben. Bei ihm sind Sie in sehr guten Händen. Sie müssen uns vertrauen.«

»Das tue ich. Schließlich haben Sie mich soeben gerettet. Aber was ist mit meinen Töchtern?«

»Wie gesagt, Sie müssen uns vertrauen. Während man Sie ärztlich behandelt, werden Harv und ich sehr viel zu tun haben.« Zeit für eine Notlüge. »Ich verspreche Ihnen, dass wir Ihre Töchter finden. Ihre Antworten haben uns sehr geholfen. Das ist auch der Grund für die Geheimhaltung, von der ich gesprochen habe. Der Entführer darf nicht wissen, dass wir ihm dicht auf den Fersen sind. Ich verspreche Ihnen, dass wir Sie in etwa zehn Minuten von hier wegbringen. Ich kann Ihnen nicht alles erzählen, aber es gibt noch andere Leute, die mit Ihnen über Ihren Entführer reden wollen.«

»Die NSA.«

»Wahrscheinlich auch CIA und FBI. Wir können Sie eine Weile abschirmen, aber irgendwann werden Sie mit denen reden müssen.«

»Ich verstehe das alles nicht. Es ist wie ein böser Traum. Ich stelle mir ständig vor, dass ich plötzlich daheim in meinem Bett aufwache und das nichts von alledem passiert ist.«

»Eine solche Reaktion ist normal. Ms Grangeland wird bei Ihnen bleiben. Harv und ich unterhalten uns inzwischen mit diesen

Männern da draußen. Ich verspreche Ihnen, dass es nicht lange dauern wird.«

Nathan bedeutete Harv mit einer Handbewegung, mit ihm nach draußen zu gehen. »Sie ist keine Geheimagentin.«

»Das sehe ich auch so«, sagte Harv.

»Wir müssen herausfinden, wer von diesen Gorillas der Anführer ist, und uns von ihm Montez' Telefonnummer geben lassen.«

KAPITEL 31

Der große und mächtige Duane Dalton bot einen jämmerlichen Anblick – er war völlig gebrochen und weinte wie ein Kind. Seine großspurige, arrogante Art gehörte der Vergangenheit an. Aber da war etwas, das Montez nicht gefiel. Dalton hatte ihm nicht dieselbe Befriedigung verschafft wie Kramer. Vielleicht lag das an der Vertrautheit. Während der vergangenen sechs Jahre hatte Montez häufigen Kontakt zu Kramer gehabt. Kramer zu foltern war ... was? Unterhaltsam? Nein, das war nicht der passende Ausdruck. *Befriedigend* kam der Sache schon näher. Von Kramer war stets ein Gefühl der Überlegenheit ausgegangen, als wäre es unter seiner Würde, mit einem gewöhnlichen Verhörexperten aus Nicaragua verkehren zu müssen. Zum Schluss in der Bullfrog Bay hatte Montez Kramer gegenüber sogar die Beherrschung verloren. Als er daran dachte, zuckte er innerlich zusammen. Das war unter seinem Niveau, er stand normalerweise über solchen Dingen. Trotzdem hatte es ihm Vergnügen bereitet, Kramer mit einem Fußtritt ins Wasser zu befördern und sein Gesicht zu sehen, bevor er in den Fluten versank.

Dalton war ziemlich übel zugerichtet, aber nicht so schlimm wie Kramer es gewesen war. Wenn Montez jemanden in die Mangel nahm, floss viel Blut, allerdings nicht mit tödlichem Ausgang. Bei seinen Verhören war noch nie jemand gestorben. Eine Zielperson aus Versehen zu töten, war unverzeihlich und kostspielig. Oberste Regel bei einem Verhör: Einem Toten entlockt man keine Antworten.

Trotzdem war es ihm noch nicht gelungen, Dalton vollständig zu brechen. Der Mann tat so, als würde er auspacken und alles erzählen, aber Montez wusste aus jahrzehntelanger Erfahrung, dass er noch nicht alles aus ihm herausgequetscht hatte.

Plötzlich klingelte sein Handy. Eine unterdrückte Rufnummer. Sollte er das Gespräch annehmen? Er bezweifelte, dass von dem Anrufer eine Gefahr drohte. Außer seinen Männern kannte niemand diese Nummer. Irritiert fragte er: »Wer ist da?«

»Julio. Wir haben Ärger.«

»Von welchem Telefon aus rufst du an? Wo ist Hector?« Montez stellte das Gespräch auf Lautsprecher, sodass Duane Dalton mithören konnte.

»Zwei Männer sind hier eingedrungen und haben wie wild herumgeballert. Sie haben Hector und Pablo erschossen!«

»Beruhige dich. Wie steht es um dich?«

»Alles im grünen Bereich. Aber Miguel ist schwer verletzt.«

»Wo sind die Angreifer?«

»Ich habe sie vom Büro im Obergeschoss aus erschossen. Sie haben mich nicht rechtzeitig gesehen. Beide sind tot. Wir können hier nicht bleiben, die Polizei kann jeden Moment kommen.«

»Wer waren die Typen?«

»Ich weiß nicht. Beide ziemlich groß. Hatten weder Uniformen noch Ausweise.«

»Welches Handy benutzt du gerade?«

»Das von Hector ist kaputt. Ich benutze das Handy von einem der Toten.«

»Töte die Frau und verschwinde auf der Stelle. Lass Hector und Pablo nicht dort liegen. Lege sie in den Van. Miguel auch. Zünde die Lagerhalle an und mach dich sofort auf den Weg zu mir.«

Montez beendete das Gespräch und wandte sich wieder Duane Dalton zu oder vielmehr dem, was von ihm übrig geblieben war. Er riss Dalton den Knebel aus dem Mund.

»Warten Sie! Bringen Sie Nicole nicht um!«

Montez lächelte. »Oh? Und jetzt wollen Sie auch noch behaupten, Sie hätten mit diesem Überfall auf meine Leute nichts zu tun gehabt?«

»Das habe ich auch nicht, ich schwöre es.«

»Sie haben mich zum letzten Mal angelogen.«

»Bitte, sie stellt keine Bedrohung für Sie dar.«

»Ihre Ex-Frau interessiert mich einen feuchten Dreck.«

»Bitte, ich sage Ihnen …«

»Was sagen Sie mir?«

»Alles. Rufen Sie Ihren Mann zurück. Bringen Sie Nicole nicht um. Bitte!«

Montez entfernte sich mehrere Schritte und tat so, als wähle er eine Nummer auf seinem Handy. Er hatte jedoch nicht die geringste Absicht, Daltons Ex-Frau zu schonen. Das war das letzte Mal, dass ihn jemand hereingelegt hatte.

»Julio, lass uns umdisponieren. Bring die Frau nicht um«, täuschte er vor. »Bring sie hierher. Ruf mich an, kurz bevor du hier bist.« Montez drückte zum Schein die rote Taste und wandte sich wieder Dalton zu. »Also gut, Sie haben meine ungeteilte Aufmerksamkeit. Verheimlichen Sie mir nichts und verdrehen Sie keine Tatsachen, sonst überlasse ich Ihre geliebten Töchter meinen Männern, das verspreche ich Ihnen. Und die werden sehr viel Spaß mit ihnen haben.«

Montez steckte einen USB-Stick in den Laptop, öffnete das Videoaufnahmeprogramm und schaltete die Kamera ein. »Und nun bitte alles von Anfang an.«

★★★

Nathan war zufrieden. Er ließ sich von dem Söldner sein Handy zurückgeben und steckte es ein.

Es dauerte ein paar Minuten, bis sie die verletzten Männer fixiert hatten und die Lagerhalle verließen. Nathan und Harv fuhren voraus, Grangeland folgte ihnen mit Nicole Dalton in ihrem

Wagen. Nathan zog sein Handy aus der Tasche und wählte die Nummer, die Cantrell ihm im Krankenhaus gegeben hatte.

»Cantrell.«

»Hier ist Echo fünf.«

»Sie benutzen Ihr Handy. Finden Sie ein Münztelefon und rufen Sie mich wieder an.«

Sie beendete das Gespräch. »Cantrell will, dass ich sie von einem Münztelefon anrufe.«

»Wir sollten zuerst aus dieser Gegend verschwinden«, sagte Harv. »Kurz vor der Autobahn finden wir bestimmt eins.«

Nathan nahm über Funk Verbindung mit Grangeland auf. »Wir halten an einem Münztelefon an.«

»Verstanden.«

»Wie geht es Ms Dalton?«

»Sie hat große Schmerzen. Sie bedankt sich am laufenden Band dafür, dass wir sie gerettet haben. Aber sie macht sich riesige Sorgen um ihre Töchter.«

»Sag ihr, sie muss sich noch etwas gedulden.«

Als Bestätigung hörte er in seinem Funkgerät ein Klicken.

Harv hielt bei einem Circle-K-Minimarkt nicht weit von der Autobahn. Nathan blickte in den Außenspiegel und sah, dass Grangeland ihnen folgte. Als sie auf gleicher Höhe war, ließ sie das Fenster auf der Beifahrerseite herunter.

»Bin gleich wieder da«, sagte Nathan. »Es wird nicht lange dauern.« Er ging zum Münztelefon und griff in die Hosentasche. Verdammt, er hatte keine 25-Cent-Münzen dabei. Ärgerlich. Er ging zum Wagen zurück.

Harv grapschte eine Handvoll Münzen aus einer Blechdose in der Mittelkonsole seines Mercedes. »Das müsste reichen.«

Nathan achtete darauf, den schmutzigen Hörer nicht zu nahe an den Mund zu halten und wartete, bis die unpersönliche elektronische Stimme ankündigte, was das Gespräch kostete. Er steckte die Münzen in den Schlitz und wartete.

»Cantrell.«

»Ich bin's.«

»Wie ist Ihr Status?«

In einer Minute hatte er ihr das Wesentliche berichtet.

Cantrell klang wütend. »Hatten wir nicht ausgemacht, dass Sie mich auf dem Laufenden halten?«

»Sie *sind* auf dem Laufenden. Deswegen rufe ich ja an. Von den vier Söldnern sind noch drei dort. Einer wird keine Fragen mehr beantworten, der zweite hat eine Schusswunde an der Schulter, der dritte ein Schädeltrauma. Wenn sie ärztliche Hilfe bekommen, werden sie überleben. Den vierten nehmen wir mit.«

»Was Sie da tun, ist eigenmächtig und unakzeptabel.«

»Ich verhandle nicht mit Ihnen. Der Mann gehört uns. An Ihrer Stelle würde ich meine Leute so schnell wie möglich zu der Lagerhalle schicken.«

»Ich habe für genau diese Situation Dutzende Agenten in verschiedenen Teilen des Landes auf Abruf. Meine Leute werden in zwanzig Minuten dort sein. Ich hätte mir jedoch gewünscht, dass Sie vorab über geplante Aktionen informieren.«

»Sie wissen verdammt genau, dass das nicht Teil unserer Abmachung war.«

»Behalten wir einen angemessenen Umgangston bei. Wie ist der Zustand der Frau?«

»Sie steht unter einem milden Schock. Montez hat ihr am gesamten Oberkörper Schnittwunden beigebracht.«

»Wie damals bei Ihnen?«

»Nicht ganz so schlimm.«

»Schwebt sie in unmittelbarer Gefahr?«

»Nein, aber sie muss gründlich vernäht werden und braucht Antibiotika. Das Übliche halt.«

»Sichern Sie den Tatort, bis meine Leute dort sind.«

»Negativ. Harv und ich sind schon unterwegs. Bevor wir losgefahren sind, haben wir sichergestellt, dass die Gefangenen nicht entkommen können.«

Sie setzte zu einer Protestrede an.

»Wie ich schon sagte, das ist nicht verhandelbar.«

»Was ist mit der Frau? Wir brauchen Sie für ein Debriefing.«

»Ich habe ihr bereits gesagt, dass Ihre Leute mit ihr reden wollen. Sie kriegen sie bald. Was ich Ihnen jetzt sage, bleibt unter uns.«

Keine Antwort.

»Einverstanden? Wenn nicht, lege ich auf.«

»Einverstanden.«

»Wir haben einen Special Agent vom FBI dabei.«

»Grangeland von der Außenstelle in Fresno.«

Nathan machte eine Pause, als er das hörte. »Wie Sie anscheinend wissen, ist sie bei uns, seit wir uns in Salt Lake City Kramers Leiche angesehen haben. Allerdings vollkommen inoffiziell. Ich erwarte, dass Sie darüber Stillschweigen bewahren, damit es so bleibt. Wir müssen sie und SAC Simpson schützen. Grangeland kümmert sich im Augenblick um Nicole Dalton. Harvey und ich sorgen dafür, dass Nicole in ärztliche Behandlung kommt. Ein Schönheitschirurg wird ihre Wunden nähen.«

»Wie viel weiß Grangeland?«

»Worüber?«

»Sie wissen, was ich meine.«

»Nein, Frau Direktor, das weiß ich nicht. Ich habe keine Ahnung, was läuft. Wären Sie so nett, mich darüber aufzuklären?«

»Ich habe Ihnen schon im Krankenhaus klargemacht, dass ich Ihnen nicht alles sagen kann.«

»Wer ist Duane Dalton und was hat er mit Arthur Kramer und den Verhandlungen über saubere Kohletechnologie in Ungarn zu tun?«

»Nathan, jetzt hören Sie mir bitte gut zu. Sie haben diese Namen nie gehört, ist das klar? Überlassen Sie diese Angelegenheit von jetzt an uns.«

»Das werde ich nicht tun. Montez weiß, wo ich wohne. Vielleicht kennt er auch Harvs Adresse.«

»Wir können Sie schützen.«

»Für wie lange?«

»Das ist eine Operation der CIA.«

»Im Inland? Würden Sie mir das bitte näher erläutern?«

»Bei allem Respekt, aber ich bin Ihnen keine Rechenschaft schuldig.«

Nathan schwieg.

»Ihre Mitwirkung endet in diesem Augenblick.«

»Das könnte Ihnen so passen. Wir laufen uns erst so richtig warm.«

»Nathan, ich bitte Sie. Lassen Sie die Finger von Montez. Es ist eine …«

Nathan schnitt ihr das Wort ab. »Eine was? Eine Frage der nationalen Sicherheit?«

»Ja.«

»Wurde der Kongress darüber informiert?«

Keine Antwort.

»Dachte ich es mir doch.« Er wartete und sagte kein Wort.

»Warum nehmen Sie Montez' Mann mit? Was bringt Ihnen …« Ihre Stimme klang auf einmal scharf. »Er weiß, wo Montez ist. Sie wollen ihn sich unter den Nagel reißen.«

»Und wenn es so wäre?«

»Dann sehe ich mich gezwungen, Sie mit allen mir zur Verfügung stehenden Mitteln daran zu hindern.«

»Im Krankenhaus sagten Sie mir noch, Sie würden uns keine Hindernisse in den Weg legen. Was hat sich seitdem geändert?«

»Hören wir mit diesem Eiertanz auf. Sie lehnen sich ganz schön weit zum Fenster hinaus. Wenn Sie Mist bauen, kann Ihnen nicht mal Ihr Vater helfen. Habe ich mich klar ausgedrückt?«

»Glasklar. Und jetzt hören Sie mir mal zu. Ich bin nicht der Einzige, der sich hier aus dem Fenster lehnt. Ich vermute mal, das gilt für viele. Und zwar Leute ziemlich weit oben. Habe ich recht? Vielleicht sollte ich meinen Vater bitten, da mal genauer hinzusehen. Ich bin sicher, er wird einige Leichen im Keller entdecken.«

»Nathan, bitte. Tun Sie mir den Gefallen und lassen Sie das.«

»Wieso sollte ich?«

»Verdammt, Nathan, glauben Sie, Sie sind der Einzige, der unter Druck steht? Sie haben ja keine Ahnung.«

»Ich weiß, was es heißt, unter Druck zu stehen, Rebecca.«

»Tut mir leid, das hätte ich nicht sagen sollen.«

Nathan wartete.

»Ich will Sie doch nur schützen.«

»Was soll das heißen, mich schützen?«

»Ich habe die Anweisung, mit allen erdenklichen Mitteln die erfolgreiche Festnahme und Befragung von Montez sicherzustellen. Erinnern Sie sich noch an die hochrangigen Leute, von denen ich im Krankenhaus geredet habe?«

»Reden wir über das, was ich glaube?«

»Ja.«

Nathan erwiderte nichts. Er war sich nicht sicher, ob er richtig gehört hatte.

Cantrell schlug einen sanfteren Ton ein. »Hören Sie, bei dieser Anweisung gibt es nicht nur schwarz oder weiß. Ich entscheide, wie ich es handhabe.«

»Wenn ich Sie etwas frage, werden Sie mir ehrlich antworten?«

»Soweit ich kann, ja.«

»Würden Sie es wirklich tun?«

Eine lange Pause am anderen Ende. Nathan dachte schon, sie hätte aufgelegt.

»Nein. Eher trete ich zurück.«

»Das bedeutet mir sehr viel, Rebecca. Und nicht nur aus dem offensichtlichen Grund.«

»Es gibt bestimmte Grenzen, die ich nicht überschreite. Könnten Sie mir ungefähr sagen, wo sie als Nächstes hinwollen, damit sich meine Leute bereithalten können?«

»San Diego. Genauer kann ich es Ihnen nicht sagen. Auf dem Dach der Lagerhalle liegt übrigens eine Videoausrüstung. Sagen Sie Ihren Leuten, sie sollen sie holen.«

»Mache ich. Nathan, wenn Sie ums Leben kommen, reißt Ihr Vater mir den Kopf ab. Er hat Einfluss beim Präsidenten. Ich möchte meinen Job gerne behalten.«

»Ich rede noch heute Abend mit ihm und sorge dafür, dass Ihnen nichts passiert.«

»Hier an der Ostküste ist es bereits nach Mitternacht.«

»Er wird meinen Anruf entgegennehmen.«

»Halten Sie mich bitte in Zukunft auf dem Laufenden?«

»Selbstverständlich. Wir sind doch auf derselben Seite, Rebecca.«

»Ich weiß. Passen Sie auf sich auf.«

Harv stieg aus seinem Mercedes und auch Grangeland gesellte sich dazu. Sie fror in der feuchtkalten Luft und schlang sich die Arme um den Oberkörper.

»Du solltest dich mit Nicole auf den Weg nach San Diego machen«, sagte Nathan. »Wir rufen dich von unterwegs aus an und geben dir eine Adresse. Versuche, sie zu beruhigen, und sag ihr, dass wir ihre Töchter finden werden.«

»Ich fühle mich irgendwie schäbig, weil ich euch alleinlasse.«

»Du lässt uns nicht allein. Rede dir das bloß nicht ein.«

Sie umarmte Harv und Nathan und wandte sich zum Gehen.

»Grangeland, wenn du möchtest, kannst du bei uns in der Firma als Miteigentümerin einsteigen.«

»Wenn diese Nacht vorbei ist, werde ich den Job vielleicht brauchen.«

KAPITEL 32

Julio hatte enorme Schmerzen, aber durch den Hüftverband, den Nathan und Harv ihm angelegt hatten, sickerte kaum noch Blut. Nach ein paar Kilometern Fahrt sagte Harv: »Wir sollten anhalten und Dr. Reavie anrufen. Ich will nicht, dass unser Gast das Gespräch mithört.«

Sie hielten am Straßenrand, stiegen aus und entfernten sich ein paar Schritte vom Wagen. Nathan behielt Julio aufmerksam im Auge und Harv ließ sich von der Telefonauskunft die Nummer von Dr. Reavies Praxis geben. Er rief dort an, hörte sich die automatische Ansage an und drückte auf null, um sich mit dem Telefonauftragsdienst des Arztes verbinden zu lassen. Da es sich um einen Notfall handelte, wurde der Anruf direkt auf Reavies Handy weitergeleitet. Es bedurfte einer längeren Erklärung, aber schließlich willigte Reavie ein, Nicole Dalton zu behandeln. Soweit Nathan es mitbekam, machte der Arzt sich weniger Gedanken über etwaige rechtliche Komplikationen, sondern vielmehr über Ms Daltons Verfassung.

Nachdem er das Gespräch beendet hatte, sagte Nathan: »Wir sollten Grangeland anrufen und ihr Reavies Adresse und Telefonnummer geben. Sobald Nicole aus der Narkose aufwacht, soll Grangeland sie in einem Hotel unterbringen. Außer ihr und uns beiden darf niemand den Aufenthaltsort kennen.«

Nathan rief Grangeland an und machte eine kurze Pause, ehe er den nächsten Anruf erledigte. Der konnte unter Umständen in eine Konfrontation ausarten.

Sein Vater ging ans Telefon und klang vollkommen wach und munter. »Nathan? Ist alles in Ordnung?«

Es dauerte ein paar Minuten, bis Nathan seinem Vater die jüngsten Ereignisse geschildert hatte und ihre Pläne, das sichere Haus in San Diego auszuheben. Er bat ihn, sich darum zu kümmern, dass Cantrell nichts passierte, falls die Aktion schiefging.

»Selbstverständlich werde ich sie schützen, soweit dies in meiner Macht steht. Ich brauche wohl nicht extra zu erwähnen, dass ich ihren Rat vernünftig finde, die Angelegenheit ihren Leuten zu überlassen.«

»Ich respektiere deine Meinung, Dad, aber Harv und ich haben das Überraschungsmoment auf unserer Seite. Da kann uns nicht viel passieren.«

»Ich habe übrigens auf deine Bitte hin den Marineminister und den Verteidigungsminister angerufen. Bis jetzt haben sie noch nicht zurückgerufen. Ich werde an der Sache dranbleiben, aber zu viel Druck kann ich nicht machen. Ich bewege mich da auf einem schmalen Grat.«

»Darüber wollte ich mit dir reden. Cantrell will nicht, dass du in dieser Sache herumstocherst. Sie hat es nicht direkt gesagt, aber ich habe den Eindruck, dass sie Angst hat, es könnte etwas an die Öffentlichkeit dringen.«

»Jetzt ist es zu spät, ich habe die Anrufe bereits getätigt.«

»Wenn sie dich zurückrufen, kannst du ihnen dann sagen, das alles sei falscher Alarm gewesen?«

»Nein, das funktioniert nicht.«

Nathan erwiderte nichts.

»Keine Angst, mir wird schon was einfallen. Ich will nicht, dass du dir über diese Angelegenheit den Kopf zerbrichst. Du musst dich jetzt ganz auf deine nächste Aktion konzentrieren. Rufst du mich später an? Die Uhrzeit ist egal.«

»Ja.«

»Danke, dass du mich einbeziehst.«

»Du bist ja schließlich Vorsitzender des CDT, der sich mit Terrorismus im Inland beschäftigt.«

»Ich spreche als dein Vater.«

»Ich weiß.«

»Du bist ein guter Mann, Nathan.«

»Du wirst von mir hören.«

»Ich warte auf deinen Anruf.«

Nathan beendete das Gespräch und war erleichtert darüber, dass er sich an seinen Teil der Abmachung mit Cantrell gehalten hatte. Wenn jetzt etwas schiefging, war sie offiziell aus dem Schneider. Er war versucht gewesen, seinen Vater zu fragen, wie die CIA das Verbot geheimer Operationen im Inland umging, aber er wusste bereits die Antwort: Was ich nicht weiß, macht mich nicht heiß. Auch über die heutige Aktion würde der Geheimdienst Stillschweigen bewahren, vor allem dem Kongress gegenüber – es sei denn, die Sache flog ihnen allen um die Ohren. Kein schöner Gedanke. Unabhängig von seiner politischen Einstellung hatte Nathan kein Interesse daran, die gegenwärtige Regierung in einen Skandal verwickelt zu sehen. Wenn der Präsident schlecht dastand, stand das ganze Land schlecht da.

»Fahren wir«, sagte Nathan. Sie stiegen in Harvs Mercedes und fuhren nach Süden in Richtung I-405. Da Julio bei ihnen im Wagen saß, sprach Nathan russisch. »Cantrell hat mir vorhin erzählt, sie hätte grünes Licht, uns zu eliminieren.«

»Ist das dein Ernst?«, erwiderte Harv ebenfalls in russisch.

»Ja.«

»Glaubst du, sie macht es wirklich?«

»Sie sagte, sie würde eher von ihrem Amt zurücktreten.«

»Ich gebe es nur ungern zu, aber ich mag die Frau«, sagte Harv.

»Ja, ich auch.« Ein paar Minuten lang fuhren sie schweigend weiter, ehe Nathan wieder auf russisch fragte: »Was weiß Montez und was ist daran so gefährlich? Und was lief zwischen ihm und Kramer? Doch sicher mehr als nur diese Sache mit der sauberen Kohletechnologie.«

»Das sind alles gute Fragen, Nate, aber ehe wir Montez geschnappt haben, werden wir wohl nie die Antworten darauf wissen. Im Augenblick sollten wir uns mehr Sorgen um Nicole Daltons Töchter machen. Wahrscheinlich befinden sie sich in dem sicheren Haus. Wir müssen höllisch aufpassen. Vor allem darauf, dass unsere Schüsse nicht aus Versehen die Mädchen treffen und dass es nicht zu einer Geiselsituation kommt.«

»Du sagst es: Wir müssen höllisch aufpassen.«

★★★

Nach Mitternacht erreichten sie die Außenbezirke von San Diego. Da nur wenig Verkehr herrschte, konnte Harv die meiste Zeit 130 km/h fahren. Die beiden redeten nicht viel. Nathan wusste, dass ihnen ein weiterer gefährlicher Einsatz mit ungewissem Ausgang bevorstand. Ein sogenanntes »Safe House« – ein geheimer Unterschlupf – war nur für die sicher, die dort untergebracht waren. Diese sicheren Häuser konnten erklärtermaßen nur im Schutz ihrer Anonymität bestehen. Bei vielen von ihnen hatten die Betreiber Notfallvorkehrungen für den Fall einer Enttarnung getroffen: Sprengfallen, verstärkte Wände, gepanzerte Türen, bruchsichere Fenster, geheime unterirdische Fluchtwege, um nur einige davon zu nennen.

Nathan hatte einen Teil des Telefongesprächs zwischen Julio und Montez mitbekommen. Montez hatte Julio befohlen, Nicole Dalton zu töten. Wenn er so kaltblütig war, würde er wohl auch nicht vor der Ermordung von Nicoles Töchtern zurückschrecken. Nathan hoffte, dass die Mädchen noch lebten.

Cantrells Leute müssten inzwischen bei der Lagerhalle angekommen sein. Wahrscheinlich verhörten sie gerade die beiden verwundeten Söldner. Falls einer von ihnen wusste, wo das sichere Haus lag, konnte alles Mögliche passieren. Wenn Nathan und Harv dort ankamen, hatte vielleicht schon eine Razzia stattgefunden und das Gelände wimmelte nur so von CIA-Agenten ...

»Verdammt!«, fluchte Nathan plötzlich auf Englisch.

»Was ist los?«, fragte Harv.

»Unser Wagen. Montez wird stutzig werden, wenn sein Mann mit deinem Mercedes vorfährt.«

»Daran hätten wir denken müssen.«

»Was machen wir jetzt?«

»Wir parken in sicherer Entfernung und gehen den Rest zu Fuß.«

Nathan drehte sich zu Julio um. »Wie läuft es normalerweise ab, wenn du dich dem sicheren Haus näherst?«

»Wir müssen kurz davor anrufen.«

»Ich habe eine Idee«, sagte Harv. »Wir haben ihr Fahrzeug lahmgelegt, deshalb musste er unseren Wagen nehmen. Falls Montez fragt, wie er ihn gefunden hat, antwortet er, mithilfe der Fernbedienung am Schlüsselanhänger. Unser Wagen parkte ganz in der Nähe.«

»Das könnte funktionieren.« Nathan wandte sich Julio zu. »Hast du das gehört?«

»Ja.«

»Tu, was wir dir sagen, und du bleibst am Leben. Wenn nicht, ist es für die Welt kein großer Verlust.«

»Wer seid ihr überhaupt?«

»Wir sind die Leute, die hier die Fragen stellen.«

Julio erwiderte nichts.

»Sind die beiden Mädchen auch dort?«

»Ich weiß nicht.«

»Wachhunde?«

»Nein.«

»Gibt es um das Haus herum Bewegungsmelder?«

»Nein.«

»Wie viele Männer befinden sich in der Regel dort, außer eurem Boss?«

»Zwei.«

»Ist im Augenblick sonst noch jemand dort? Zum Beispiel jemand, den dein Boss mit einem Messer gefoltert hat?«

»Ich weiß nicht.«

»Schon gut, Partner«, sagte Harv.

Nathan warf einen Blick aus dem Fenster und stellte weitere Fragen, die sich alle um den Grundriss des sicheren Hauses und Montez' Ausrüstung und Bewaffnung drehten. Er interessierte sich dabei insbesondere dafür, ob Montez über Nachtsichtgeräte und Wärmebildkameras verfügte. Julio verneinte das. Nathan wunderte sich über die mangelhaften Sicherheitsvorkehrungen und überlegte, ob Julio ihn anlog, verwarf den Gedanken aber gleich wieder. Also wiegte sich Montez in dem Unterschlupf anscheinend in Sicherheit.

Das wird sich schon bald ändern, alter Freund.

Sie ließen die Mission Bay hinter sich und folgten der I-8 in östlicher Richtung bis zur I-805, dann weiter nach Süden. Das sichere Haus lag anscheinend außerhalb der Stadtgrenze von San Diego. Julio lotste sie entlang der Bonita Road nach Osten bis zur Kreuzung mit der San Miguel Road. Von dort aus ging es auf der Proctor Valley Road nach Süden und schließlich auf der Jonel Road nach Osten. Die Gegend machte einen ländlichen, dünn besiedelten Eindruck. Neuere Häuser wechselten sich mit älteren Bauten im Ranch-Stil ab, dazwischen jede Menge freies, unbebautes Land. Nathan war noch nie hier gewesen. Die Tatsache, dass es entlang der Jonel Road keine Straßenbeleuchtung gab, war ein Vorteil.

Nathan wandte sich an Julio: »Wie weit noch?«

»Ungefähr zweihundert Meter.«

»Welche Straßenseite?«

»Links.«

Der Asphalt endete, und die Jonel Road wurde zu einer Schotterstraße. »Harv, fahr rechts ran und schalte die Scheinwerfer aus. Holen wir unsere Nachtsichtgeräte heraus.«

»Was hast du vor?«

»Julio hat Montez erzählt, er hätte einen verwundeten Mann dabei. Harv, du bist groß, aber nicht so groß wie ich. Du spielst Julio, und Julio spielt den Verletzten. Ich gebe dir Deckung, während du dich dem Grundstück zu Fuß näherst. Du hilfst Julio beim Gehen.« Er überlegte einen Augenblick. »Montez hat gesagt, die

Tür wäre unverschlossen. Wenn Daltons Töchter sich in dem Haus aufhalten, wird man sie wahrscheinlich nicht ständig im Auge behalten. Vielleicht hat man sie gefesselt oder in ein Zimmer oder einen Wandschrank gesperrt.«

»Wir müssen aufpassen, dass wir nicht durch Wände hindurchschießen«, sagte Harv.

Sie setzten die Nachtsichtgeräte auf und schalteten sie ein. Die Welt um sie herum wurde hellgrün. Der Lichtschein der Stadt und die Beleuchtung der umliegenden Häuser verliehen den Nachtsichtgeräten mehr Wirkung als nötig, weshalb sie sie etwas schwächer stellten.

»Wir fahren einmal mit ausgeschalteten Scheinwerfern vorbei und kommen wieder hierher.«

Harv fuhr langsam die Jonel Road entlang, an einer Weide und mehreren Pferdekoppeln zu ihrer Rechten vorbei. Nach etwa einer halben Minute fragte er Julio: »Welches Haus?«

»Das nächste links.«

Sie rollten langsam vorbei und Nathan musterte das Grundstück. Die ungeteerte Zufahrt war ungefähr siebzig Meter lang. Nicht weit vom Haus sah Nathan das Heck eines hellen Vans. Auf der linken Seite der Zufahrt standen drei Reihen ausgewachsener Zitrusbäume, sie erstreckten sich bis zum anderen Ende des Grundstücks. Eine gute Deckung, wenn er aus dieser Richtung kam. Mehrere kleinere Bäume, allem Anschein nach Jacarandas, verdeckten teilweise den Blick auf das Haus. Nathan sah trotzdem mehrere hell erleuchtete Fenster. Er drehte sich um und sah zum hinteren Wagenfenster hinaus, um die Windrichtung zu ermitteln. Der Staub, den die Reifen aufwirbelten, wehte nach Nordwesten. Geschätzte Windgeschwindigkeit: vielleicht fünf km/h. Dieser Umstand bestärkte ihn in seiner Absicht, die Zitrusbäume als Deckung zu benutzen. Dort befand er sich windabwärts vom Haus, was wichtig war, falls es Wachhunde gab. Er traute nämlich Julios Schilderung nicht ganz. Etwa vierhundert Meter weiter endete die Straße in einer Sackgasse. Harv wendete und fuhr langsam denselben Weg zurück.

An der Stelle, ab der die Jonel Road asphaltiert war, fuhr er auf den Seitenstreifen und blieb mit laufendem Motor stehen. Nathan und Harv legten ihre Funkgeräte, kugelsicheren Westen und Bauchtaschen an, überprüften ihre schallgedämpften SIGs und schnallten sich ihre Predator-Messer an die Waden. Es war Zeit, Montez einen Besuch abzustatten.

Nathan befahl dem Gefangenen, sich auf dem Rücksitz vorzulehnen. »Keine Tricks, sonst stirbst du, bevor du den Satz zu Ende gesprochen hast. Zweifelst du daran, dass ich es ernst meine?«

Julio schüttelte den Kopf.

»Sag deinem Boss, du musstest unseren Wagen nehmen, weil wir bei eurem die Reifen aufgeschlitzt haben. Fass dich kurz.« Er hielt Julio den schallgedämpften Lauf seiner Pistole an den Kopf, scrollte zu der Telefonnummer herunter, die der Latino ihm gegeben hatte, und drückte auf die Sendetaste. Unmittelbar darauf schaltete er das Handy auf Lautsprecher.

Die Stimme am anderen Ende klang vollkommen emotionslos. »Wo bist du?«

»Wir sind fast da, aber ich muss Ihnen was sagen.«

»Was?« Montez' Ungeduld war nicht zu überhören.

»Die Kerle, die uns zusammengeschossen haben, haben die Reifen von dem Van aufgeschlitzt. Ich musste ihren Wagen nehmen.«

»Wo sind Hector und Pablo?«

»Im Kofferraum.«

»Automarke und Farbe?«

»Ein blauer Mercedes.«

Damit endete das Gespräch.

Nathan und Harv stiegen aus und kauerten vor dem laufenden Wagen, wo Julio sie nicht hören konnte. »Fahr in die Einfahrt und parke etwa dreißig Meter vom Haus entfernt«, flüsterte Nathan. »Ich dringe parallel zu dir unter dem Schutz der Zitrusbäume auf der Nordseite zum Van vor. Steck deine SIG am Rücken in den Hosenbund. Wenn du bei der Veranda bist, renne ich vom Van aus nach vorne. Ich schlage Julio bewusstlos und wir stürmen das Haus. Ich nehme die linke Seite.«

»Ich kann das Nachtsichtgerät nicht im Auto tragen.«

»Ich gebe dir Deckung. Die Bäume sind gleich neben der Zufahrt. Möglicherweise gibt es Lampen auf dem Dachvorsprung, die über einen Bewegungsmelder angehen. Julio hat zwar gesagt, da wären keine, aber man weiß ja nie. Wenn es plötzlich hell wird, schlägst du Julio bewusstlos und wir beschleunigen unseren Angriff. Sollte die Aktion aus dem Ruder laufen, ziehen wir uns zurück und überlassen das Weitere Cantrells Leuten.«

»Freut mich, dass du das sagst.«

»Falls die Sache wirklich total danebengeht, dürfen wir niemanden entkommen lassen. Ich kümmere mich um die Nord- und Westseite, du nimmst die Süd- und Ostseite. Wenn jemand versucht zu fliehen, erschießen wir ihn.«

»Cantrell möchte Montez aber lebend.«

»Nur, wenn es sich taktisch machen lässt. Wenn wir jemandem hinterherrennen, riskieren wir, dass jemand anders entkommt, womöglich Montez. Gib mir neunzig Sekunden, bevor du wendest. Bis du die Einfahrt erreicht hast, bin ich hinter den Zitrusbäumen.«

Nathan öffnete die hintere Wagentür und stieß Julio an, dass er auf der Seite zu liegen kam. »Ich schneide jetzt die Klebebänder an deinen Händen und Füßen durch. Wenn du auf die Idee kommen solltest, meinen Partner anzugreifen, vergiss es. Du siehst mich nicht, aber ich habe die ganze Zeit meinen Laser auf deinen Rücken gerichtet. Tu, was wir dir sagen, und du kommst hier lebend raus. Jetzt setz dich nach vorne und halt den Mund. Harv, hilf ihm.«

Julio hatte keine Chance zur Flucht – sein Stöhnen deutete darauf hin, dass er unter starken Schmerzen litt. Allein schon das Umsteigen von hinten nach vorne verlangte ihm das Äußerste ab. Selbst wenn er wollte – er konnte nicht davonrennen.

»Okay, Harv. Neunzig Sekunden.«

KAPITEL 33

Montez lächelte, als Dalton vor laufender Videokamera alles ausplauderte, was er wusste. Pures Gold. Die Informationen, die er Dalton entlockt hatte, würden auf absehbare Zeit seine Sicherheit gewährleisten. Er steckte den USB-Stick in seine Westentasche, schaltete die Kamera aus und klappte den Laptop zu. Julio müsste jeden Moment vor der Tür stehen. Er schaute auf seine Armbanduhr.

★★★

Nathan klappte das Nachtsicht-Monokular auf sein linkes Auge hinunter und lief am Straßenrand entlang. Etwa hundert Meter vor dem Grundstück überquerte er eine Wiese und kam in der Mitte der Zufahrt heraus, wo er hinter den Zitrusbäumen in Deckung ging. Er sah, wie das grüne Licht der Scheinwerfer einen 180-Grad-Bogen beschrieb, als Harv mit seinem Mercedes wendete. Er duckte sich, um von dem seitlichen Licht nicht erfasst zu werden.

Während Harv die Zufahrt entlangrollte und den Motor abschaltete, arbeitete Nathan sich zwischen den Baumreihen vor, bis er auf gleicher Höhe mit dem Wagen war. Er spähte durch das Nachtsicht-Monokular und ließ seinen Blick sorgfältig über den Kiesbelag der Zufahrt gleiten. Nichts. Er konnte nirgendwo Stolperdrähte oder sonstige Fallen ausmachen. So wie es aussah, gab es auf dem Dachvorsprung über der Eingangstür keine Bewegungsmelder-Lampen. Ein Verandalicht links von der Tür schien die einzige Außenbeleuchtung zu sein, und die war ausgeschaltet.

»Du kannst loslegen«, flüsterte er.

»Verstanden.«

Ein kleiner Windstoß brachte die Bäume zum Rascheln, verebbte aber gleich wieder.

Harv stieg aus, ging vorne um den Wagen herum und öffnete die Beifahrertür. Er beugte sich vor, um kleiner zu wirken, legte den rechten Arm um den verletzten Julio und schlurfte mit ihm langsam auf das Haus zu. Im Dunkeln wirkte das Ganze glaubhaft.

Nathan schlich im Schutz der Baumreihe nach Osten, bis er beim Van angelangt war, und ging hinter dem Fahrzeug in Deckung. »Ich bin beim Van.«

»Verstanden.«

Das Haus wirkte auffällig ruhig – fast schon zu ruhig. An sich nichts Ungewöhnliches, aber Nathans innere Antenne schlug Alarm. Er konzentrierte sich auf die Fenster und achtete darauf, ob jemand die Vorhänge einen Spaltbreit auseinanderzog, sah aber nichts. Seine Anspannung wuchs.

Nur noch zehn Meter trennten Harv und Julio von der Tür.

Ein Lüftchen wehte an ihm vorbei.

Noch acht Meter.

Er sog die Luft tief in die Nase ein.

Und nahm einen Geruch wahr. Wie aus einer Klärgrube.

Noch sechs Meter.

Wieder sog er die Luft ein. Und wieder roch er es.

Noch drei Meter.

Scheiße. Das war keine Klärgrube …

»Harv! Hau ab! Hau ab!«

Harv ließ Julio los und sprintete die Zufahrt entlang.

Julio nutzte seine neugewonnene Freiheit und humpelte auf die Tür zu.

Nathan schrie: »Runter!«

Harv schmiss sich just in dem Augenblick auf den Boden, als Julio den Türknauf in die Hand nahm und dagegendrückte.

Das Haus explodierte.

Ein Feuerball schoss durch die offene Tür ins Freie und erfasste Julio.

Nathan lag auf dem Boden und beobachtete mit zusammengekniffenen Augen, wie der Mann sich brennend auf dem Kiesweg wälzte, bis er gegen die Seite des Vans krachte. Gleichzeitig flogen sämtliche Fenster aus ihren Rahmen. Flammen schossen hervor, Glasscherben flogen durch die Luft. Einen Augenblick schien es, als wölbte sich das Dach nach außen, bevor es sich von den Wänden löste. Brennende Sperrholzteile und Dachschindeln flogen in die Luft, wo sie wie in einem makabren Ballett durcheinanderwirbelten.

»Harv?«

»Alles in Ordnung bei mir!«

»Nach links!«

Harv wälzte sich gerade noch rechtzeitig zur Seite, ehe eine brennende Sperrholzplatte genau dort landete, wo er gelegen hatte. Nathan sah, wie Harv auf die Beine sprang und hastig zwischen den Zitrusbäumen Deckung suchte.

Brennende Trümmer fielen vom Himmel und lösten auf der Wiese weiter nördlich vereinzelte Brände aus.

Nathan erhob sich, als die letzten flammenden Stücke herabregneten, und schloss in geduckter Haltung zu Harv auf.

»Daltons Töchter«, knurrte er.

»Wir können im Augenblick nichts für sie tun.«

»Ich hätte Julio abknallen sollen, bevor er die Tür erreichen konnte.«

»Nate, dafür hat die Zeit nicht gereicht.«

Hinter ihnen ertönten Schreie. Als sie sich umdrehten, sahen sie, was das Feuer von Julio übrig gelassen hatte: eine rußgeschwärzte und glimmende Gestalt, die schreiend versuchte, von dem Van wegzukriechen. Der orange Feuerschein des flammenden Infernos bot Nathan einen detaillierten Anblick. Teile von Julios Kleidern brannten noch, der Rest war mit seiner Haut verschmolzen. Falls der Mann überlebte, bis Hilfe kam, müsste er für den Rest seines Lebens höllische Schmerzen erleiden und würde wahrscheinlich nicht alt werden. Sein ganzer Körper wies Verbrennungen dritten Grades auf und glich einem verbrannten Steak.

Nathan schaltete die Laserzielvorrichtung ein, platzierte den roten Punkt auf Julios Körper und drückte ab. Drei gezielte Schüsse später hatte das Schreien aufgehört.

Am Rande seines Gesichtsfelds nahm Nathan das Aufblitzen von Lichtern wahr. Auf der anderen Straßenseite wurden Verandalampen angeschaltet. Nathan schätzte, dass ihnen weniger als dreißig Sekunden blieben, um zu verschwinden, bevor sämtliche Anwohner innerhalb eines Radius von einem Kilometer herauskamen und nachsahen, was es mit der Explosion und dem Feuer auf sich hatte. Bestimmt hatte schon jemand Polizei und Feuerwehr verständigt.

Nathan stieß eine qualmende Dachschindel von der Motorhaube des Mercedes und stieg auf der Beifahrerseite ein. »Nichts wie weg hier, so schnell wie möglich.«

»Da widerspreche ich dir nicht.«

Harv schoss rückwärts die Zufahrt herunter und wirbelte mit den Reifen Kies auf. »Woher wusstest du das?«

»Ich habe Propangas gerochen. Da ist bei mir sofort der Groschen gefallen.«

»Na, dann können wir Gott danken, dass du so einen ausgeprägten Geruchssinn und eine schnelle Auffassungsgabe hast.«

»Diese Hitzewelle war ganz schön heftig. Ich dachte schon, ich würde anfangen zu brennen.«

»Ja, ich auch. Ich glaube, das Feuer hat ein paar von unseren Haaren versengt. Jedenfalls rieche ich etwas.«

»Was machen deine Augen?«

»Ich glaube, ich sehe wieder normal.« Harv fuhr rückwärts auf die Jonel Road, schob den Schalthebel auf »Fahrt« und trat das Gaspedal bis zum Anschlag durch. Der Mercedes wirbelte eine gewaltige Staubwolke auf, als er mit Vollgas und quietschenden Reifen davonpreschte. Harv warf Nathan einen Blick zu. »Wohin fahren wir jetzt?«

»Denkst du dasselbe wie ich?«

»Hoffen wir, dass wir nicht zu spät kommen.«

KAPITEL 34

Nathan legte seine taktische Ausrüstung ab, entfernte die Tarnfarbe aus seinem Gesicht und lud die SIG. Für den unwahrscheinlichen Fall, dass eine Polizeistreife sie anhielt, wollten sie nicht wie Profi-Einbrecher aussehen. Dann hielt er das Lenkrad, während Harv dasselbe tat – sein Partner musste allerdings seine Waffe nicht laden. »Wir fahren zum Anfang vom El Camino Real und arbeiten uns nach Norden vor, die Anhöhe hinauf. Ms Dalton meinte, das Haus befände sich nach dem ersten Stoppschild auf der rechten Straßenseite. Wir suchen ein Grundstück mit weißem Lattenzaun, elektrischem Tor und einem großen Baumstumpf. Ich glaube nicht, dass es übermäßig viele Grundstücke mit genau diesen Merkmalen gibt.«

»Sollen wir Cantrell Bescheid sagen?«

»Ja, das wäre wohl nicht schlecht, aber scheiß auf das Münztelefon. Wir haben keine Zeit für solche Spielereien.«

»Das wird ihr nicht gefallen.«

»Pech für sie.« Nathan zog sein Handy hervor, wählte die Nummer und schaltete das Gerät auf Lautsprecher.

»Cantrell.«

»Hier ist Echo fünf. Ich benutze kein Münztelefon.«

»Sagen Sie kein Wort und …«

Er fiel ihr ins Wort. »Keine Zeit. Das Haus wurde in die Luft gesprengt. Die Zielperson befindet sich immer noch auf freiem Fuß.«

»Ihr Zielort?«

»Wir haben eine alternative Adresse.«

Cantrell machte eine lange Pause, und Nathan hatte das Gefühl, ihr Hirn arbeiten zu hören. »Fahren Sie auf gar keinen Fall dorthin. Ich wiederhole: auf gar keinen Fall.«

»Wir sind bereits unterwegs.«

»Brechen Sie die Aktion ab, Echo fünf. Brechen Sie …«

Nathan beendete das Gespräch und schaltete das Handy aus.

»Was zum Teufel war das jetzt?«, fragte Harv.

»Wir haben einen wunden Punkt getroffen, das ist alles.«

★★★

Cantrell hörte, wie am anderen Ende das Gespräch beendet wurde. Sie betätigte die Wiederwahltaste, aber es meldete sich nur die Voice-Mail. Was zum Teufel glaubten die beiden, was sie da taten? Sie ging ans Festnetztelefon und drückte auf eine Taste mit vorprogrammierter Rufnummer.

Samuel Kallstrom, der ehemalige CIA-Direktor, klang müde. »Rebecca, es ist halb vier Uhr morgens.«

»Ihre Jungs haben sich selbstständig gemacht. Sie sind im Augenblick zum Haus Ihres Sohnes an der Westküste unterwegs.«

»Wundert Sie das?«

»Sie haben mir versichert, dass sie gute Soldaten sind, Teamplayer, die sich an die Regeln halten. Uns entgleitet gerade die Kontrolle.«

Sie hörte, wie ihr ehemaliger Boss den Kopf abwandte und hustete. »Ihnen ist die Kontrolle in dem Augenblick entglitten, als Montez McBride überfallen hat. Sie haben den Tatort in Bullfrog Bay, das Lagerhaus in Long Beach und die Tatsache, dass mehrere von Montez' Leuten in Gefangenschaft gerieten. Das ist verdammt viel mehr, als sie noch vor ein paar Tagen hatten. Lassen Sie die Leute den Einsatz zu Ende bringen.«

»McBride führt einen persönlichen Rachefeldzug gegen Montez. Was, wenn er ihn tötet? Man kann Sie immer noch wegen der Operation Echo drankriegen, falls Montez uns auffliegen lässt. Immerhin haben Sie damals vor dem Kongress ausgesagt.«

»Ich habe Lungenkrebs. Was können die schon groß mit mir machen? Mich ins Gefängnis werfen? Der Präsident würde das nie zulassen.«

»Und wie soll es jetzt weitergehen?«

»Haben Sie McBride gesagt, er soll Montez am Leben lassen?«

»Ja.«

»Dann wird er es auch tun.«

Sie musste einen Trumpf ausspielen. Schließlich unterstand die CIA jetzt *ihr* und nicht ihm. »Das hier stellt Nicaragua in den Schatten. Es könnte sich zu einem richtigen Skandal ausweiten und den Präsidenten das Amt kosten. Ich habe übrigens grünes Licht.«

Er hustete wieder, und sie bekam ein schlechtes Gewissen.

»Rebecca, jetzt hören Sie mir bitte gut zu. Das werden Sie unter gar keinen Umständen tun.«

»Bei allem Respekt, aber Sie sind nicht mehr mein Vorgesetzter. Ich bin nur dem Direktor der nationalen Nachrichtendienste gegenüber verantwortlich.«

»Vergessen Sie nicht, dass ich es war, der Sie für Ihren gegenwärtigen Posten empfohlen hat. Ich habe damals sämtliche Hebel in Bewegung gesetzt.«

Sie seufzte und schlug bewusst einen sanfteren Ton an. Er hatte gewonnen. »Das brauchen Sie diesmal nicht zu tun. Ich habe McBride bereits versprochen, dass es nicht so weit kommen wird.«

»Danke. Passen Ihre Leute auf Dalton auf?«, fragte er.

Cantrell blickte auf ihre Computeruhr. »Nein, das hat er abgelehnt. Er meinte, das wäre nicht nötig und würde seine Operation nur behindern. Ganz unter uns gesagt, ich habe das genauso gesehen. Er hat seine eigenen Männer genommen und mir versichert, dass sie der Aufgabe gewachsen seien. Allerdings habe ich seit über sechsunddreißig Stunden nichts mehr von ihm gehört. McBride und Fontana sind zum Haus Ihres Sohnes unterwegs, aber ich bezweifle, dass Dalton dorthin gegangen ist. Vor allem dann nicht, wenn Nicole weiß, wo es liegt, was wahrscheinlich ist. Montez hätte diese Information leicht aus ihr herausquetschen können.«

»Falls Montez Dalton in seiner Gewalt hat, ist es bereits zu spät. Dalton ist ein zäher und schlauer Bursche, aber wenn Montez ihn in die Mangel nimmt, hält er nicht lange durch. Vor allem nicht, wenn Montez die Töchter als Druckmittel benutzt. Wir müssen davon ausgehen, dass Montez alles weiß.«

»Wird er es an die große Glocke hängen?«

»Über unsere geheimen Einsätze in Nicaragua hat er immerhin geschwiegen. Was er jetzt machen wird, weiß ich ehrlich gesagt nicht. Ich gehe mal davon aus, dass er mehr Geld will, und zwar eine ganze Menge.«

»Da mache ich nicht mit.«

»Wir haben womöglich keine andere Wahl.«

Cantrell wartete.

»Unsere beste Hoffnung auf Schadensbegrenzung ist bereits unterwegs.«

»Sie sind bestenfalls eingerostet, schlimmstenfalls schlampig. Sie haben bereits ein paar ernsthafte Fehler begangen. Dass Montez McBrides Haus gefunden hat, ist einzig und allein ihre Schuld.«

Kallstrom erwiderte nichts darauf.

»Ich gebe Ihren Jungs noch sechs Stunden, aber ich halte mein Team in San Diego in Bereitschaft. Mehr kann ich nicht tun.«

»Sie werden es nicht bereuen.«

»Machen Sie sich eine Kanne Kaffee, Sam.« Sie beendete das Gespräch und lehnte sich in ihrem Stuhl zurück.

★ ★ ★

Nathan und Harvey erreichten die ersten Häuser von Lomas Santa Fe eine halbe Stunde nach Verlassen des sicheren Hauses. Um diese Zeit waren die Straßen dieses Viertels menschenleer.

»Das Haus wird wahrscheinlich von Sicherheitspersonal bewacht. Wenn es zu einer Schießerei kommt, könnten unsere Kugeln die falschen Leute treffen.«

»Wenn sie auf uns schießen und wir das Feuer erwidern, trifft es nicht die Falschen.«

»Du weißt, was ich meine …«

Sie schwiegen eine Weile.

»Reden wir darüber, wie wir vorgehen«, sagte Harv. »Wie beim letzten Mal, so haben wir auch diesmal keine Informationen über das Haus und die unmittelbare Umgebung. Wenn ich mir diese Gegend anschaue, würde es mich nicht wundern, wenn das Haus ein Sicherheitssystem auf dem neuesten Stand der Technik hätte. Überwachungskameras. Infrarot-Lichtschranken. Bewegungsmelder. Du weißt, was ich meine.«

»Nur gut, dass wir uns mit solchen Sachen auskennen und wissen, wie man sie austrickst.«

»Womöglich haben sie Wachhunde.«

»Wenn ja, sollten wir versuchen, sie nicht zu töten.«

»Soviel ich weiß, haben wir keine Betäubungspfeile mehr.«

»Sorgen wir uns darum, wenn es so weit ist.« Nathan machte eine Pause und überlegte. »Ich wünschte, Cantrell hätte mir gesagt, welche Rolle Duane Dalton in dem Ganzen spielt.«

Er bog nach links auf den El Camino Real. »Wir wissen lediglich, dass Dalton ein wichtiger Akteur ist und dass er irgendwie mit der CIA zusammenarbeitet.«

»Vielleicht war er in dem sicheren Haus, als es in die Luft flog.« Nathan schüttelte den Kopf. »Dir ist schon klar, dass Montez mit dieser Sprengfalle einen seiner eigenen Leute getötet hat. Vielleicht hat Julio an der Tür einen Code benutzt. Wenn ja, hat ihn das sein Leben gekostet. Einen von den eigenen Leuten auf diese Weise zu töten, ist schon verdammt kaltblütig, selbst für Montez.«

»Mach Montez nicht menschlicher als er ist, Nate.«

Sie verfielen für einen Augenblick in Schweigen.

»Falls du mit deiner Vermutung recht hast, dass Julio Montez mit einem Code gewarnt hat«, sagte Harv schließlich, »dann wollte er auch uns töten. Vielleicht denkt er, es hätte uns auch erwischt. Das würde uns einen Vorteil verschaffen.«

»Wir sollten nicht davon ausgehen.«

»Wenn Montez glaubt, dass sein sicheres Haus aufgeflogen ist, könnte er dasselbe von diesem Haus denken. Vielleicht hat er es mit einer ähnlichen Sprengfalle gesichert. Ich reiße mich nicht gerade darum, bei lebendigem Leib zu verbrennen.«

»Beruhige dich, Harv. Ich habe alles unter Kontrolle.«

»Ich hasse es, wenn du das sagst.«

»Du lebst schließlich noch, oder nicht?«

»Du nennst das leben?«

»Gib's zu, dir gefällt das.«

»Dazu sage ich jetzt lieber nichts.«

Nathan konzentrierte sich auf die Markierungen entlang der Straße. »Nicole Dalton hat gesagt, das Haus käme nach einem Stoppschild.«

Ein paar Minuten später sahen sie es. Die Straße, die den El Camino Real an dieser Stelle kreuzte, hieß Linea Del Cielo. Sie fuhren ein sanftes Gefälle hinunter und behielten die rechte Seite im Auge.

»Da ist ein weißer Zaun«, sagte Nathan. »Das könnte es sein.«

»Sieht schon mal vielversprechend aus.«

»Fahr weiter, da muss noch ein elektrisches Tor sein.«

»Ich sehe keinen großen Baumstumpf.«

»Das Tor ist zu weit weg. Mach die Scheinwerfer aus und fahr nach der Einfahrt rechts ran. Ich werde es mir näher ansehen.«

Kaum war Nathan ausgestiegen, hörte er ein heranfahrendes Auto. Er fluchte in Gedanken und rannte eine steile Böschung hinauf. Oben angekommen, warf er sich flach hin, um nicht von den Scheinwerfern erfasst zu werden. Als er durch einen niedrigen Busch hindurchspähte, sah er, wie ein Fahrzeug des Sheriff's Department von San Diego County neben Harvs Mercedes anhielt. Das hatte gerade noch gefehlt.

Das Fenster auf der Beifahrerseite senkte sich. »Sir, ist alles in Ordnung?«

»Danke, dass Sie gehalten haben, Deputy. Ich musste ein wenig spazieren fahren, um wieder einen klaren Kopf zu bekommen.

Hatte vorhin Streit mit meinem Sohn. Er ist betrunken nach Hause gekommen.«

»Wohnen Sie in der Nähe?«

»Ja, Sir. Ungefähr eineinhalb Kilometer von hier.«

»Zeigen Sie mir bitte Ihren Führerschein.«

»Gerne.«

Nathan konnte Harv nicht sehen, nur, dass der Deputy mit seiner Stablampe in den Mercedes leuchtete. Gut, dass sie nach der Explosion ihre taktische Ausrüstung abgelegt und die Farbe aus dem Gesicht entfernt hatten. »Ich heiße Harvey Fontana. Mir gehört die Firma First Security.«

»Die Firma aus der Radiowerbung?«

»Ja, genau. Wir gewähren übrigens Militär- und Polizeiangehörigen fünfundzwanzig Prozent Rabatt.«

»Vielleicht rufe ich Sie an. Unser System ist nämlich schon alt. Haben Sie etwas getrunken?«

»Nein, überhaupt nichts, Deputy.«

»In Ordnung, Mr Fontana. Einen schönen Abend noch.«

»Danke, Deputy.«

Der Streifenwagen setzte seine Fahrt in nördlicher Richtung fort und verschwand hinter einer sanften Kurve.

Nathan rutschte die Böschung hinunter und ging auf das elektrische Tor zu. Da er nirgendwo einen Baumstumpf sah, suchte er die unmittelbare Umgebung nach Holzsplittern ab, die von einer Stubbenfräse stammten, fand aber nichts dergleichen. Außerdem konnte er das Haus hundert Meter weiter deutlich sehen. Das sah nicht nach dem richtigen Grundstück aus.

»Das mit dem Deputy hast du gut gemacht. Ich hab mich gründlich umgesehen. Wir sind hier falsch. Fahren wir weiter, aber vorsichtig. Unser Freund von den Sheriffs könnte auf dem Rückweg noch mal vorbeikommen.«

»Das macht er bestimmt.«

Etwas weiter die Straße entlang fanden sie schließlich das richtige Haus. Sämtliche Details passten: weißer Lattenzaun, elektrisches Tor, Verbundpflastersteine. Und den Baumstumpf konnte man auch nicht übersehen.

»Kein Zweifel, das ist es«, sagte Harv. »Suchen wir uns einen Parkplatz.«

Nathan spähte angestrengt aus dem Wagen. Nicole Dalton hatte recht gehabt: Von der Straße aus konnte man das Haus nicht sehen.

Ein Stück weiter beim Eingang zu einem kleinen Park sahen sie beide gleichzeitig einen geeigneten Parkplatz. Dieser war wegen eines geschlossenen Tores um diese Zeit nicht zugänglich, aber die Ausbuchtung bot ihnen ein Plätzchen, wo der Wagen von der Straße her nicht allzu sehr auffallen würde. Abgesehen davon passte Harvs Mercedes zu dieser vornehmen Gegend. Allerdings würde der Deputy, sollte er wieder vorbeikommen, das Auto sehen und womöglich Verdacht schöpfen, wenn er es ohne Insassen vorfand. Aber da es keine greifbaren Alternativen gab, beschlossen sie, es zu riskieren.

Sie legten ihre gesamte taktische Ausrüstung an und schminkten sich die Gesichter frisch mit Tarnfarbe. Als sie fertig waren, nickten sie sich zufrieden zu und stiegen aus. Harv schloss den Wagen ab und legte die Schlüssel oben auf den linken Vorderreifen. Beide wussten, dass unerwartetes Schlüsselklimpern einen beim Anschleichen verraten konnte – vor allem, wenn Wachhunde mit im Spiel waren.

»Nate, hast du immer noch das Kleingeld vom Münztelefon in der Tasche?«

Nathan fischte die 25-Cent-Stücke heraus und warf sie ins Gebüsch.

»Wir sollten unseren Geruch verschleiern«, sagte er und brach einen kleinen Zweig von einem Eukalyptusbaum ab. Harv tat dasselbe. Sie zerbröselten die scharf riechenden Blätter in ihren Händen und rieben sie sich über ihre Kleidung und nackte Hautstellen. Die Tarnung war nicht perfekt und sicherlich nicht ausreichend gegen ausgebildete Wachhunde, aber besser als nichts. Schade, dass es auf der Straße keine Pferdeäpfel gab. Harv und Nathan benutzten bei Einsätzen grundsätzlich kein Deodorant und hatten vor der Aktion in Long Beach mit geruchsneutraler Seife geduscht. Aber bei Hunden musste man aufpassen, da ihrem Geruchssinn nur wenig entging, vor allem nicht menschliche Ausdünstungen.

Nathan sprach leise weiter: »Gehen wir über die Straße. Falls jemand vorbeifährt, springen wir über den Zaun und verstecken uns hinter der Hecke. Sobald wir die Westgrenze des Grundstücks erreicht haben, halten wir mit unseren Wärmebildkameras nach Hunden oder Wachpersonal Ausschau. Außerdem achte ich mit dem Nachtsichtgerät auf Infrarot-Lichtschranken und Stolperdrähte. Wenn Wachhunde das Gelände patrouillieren, müssen wir uns wegen Stolperdrähten oder Lichtschranken keine Sorgen machen, es sei denn, sie sind höher als die Hunde. Was meinst du, etwa ein bis eineinhalb Meter über dem Boden?«

»In der Höhe würde ich sie anbringen, wenn ich Hunde hätte.«

»Wir halten zehn Meter Abstand. Ich gehe voraus.«

Auf den nächsten fünfhundert Metern passierten sie mehrere Zufahrten, die zu stattlichen Villen führten. Die Zufahrt unmittelbar westlich von ihrem Ziel war kürzer und breiter und von ausgewachsenen Zypressen gesäumt. Der Lattenzaun, dem sie gefolgt waren, bog in einem 90-Grad-Winkel nach Norden ab und verlief parallel zu den Zypressen. Auf der anderen Seite der Zufahrt würden sie wieder auf ihn stoßen.

Nathan atmete tief durch die Nase ein, roch aber nichts weiter als Eukalyptus, ein Aroma, das alle anderen Gerüche verdeckte. »Ich überquere die Zufahrt und steige über den Zaun«, flüsterte er in sein Reversmikrofon. »Wir arbeiten uns auf der Innenseite voran und benutzen die Hecke als Deckung. Ich bin fast da. Noch fünfundzwanzig Meter bis zur Grundstücksecke. Ich schalte das Nachtsichtgerät und den Laser an.«

»Verstanden.«

Die Laserzielvorrichtungen würden bis zu ihrer Aktivierung per Knopfdruck unsichtbar bleiben. Nathan schwenkte das Nachtsicht-Monokular zu seinem linken Auge hinunter, schaltete es ein und die Welt um ihn herum versank in ein hellgrünes Licht. Er stellte die Restlichtverstärkung etwas schwächer und ging langsamer. An der Ecke des Grundstücks bildete der Lattenzaun ein Y. Ein zweiter Zaun, vermutlich die westliche Begrenzung des Zielgrundstücks, stieß in einem stumpfen Winkel mit dem ersten zusammen und verlief weiter in nördlicher Richtung. An der Stelle, wo die Zäune sich berührten, ging Nathan in die Hocke und hob die rechte Faust – ein Signal, mit dem er Harv bedeutete, stehen zu bleiben. Dann ließ er seinen Blick langsam über beide Seiten des El Camino Real entlanggleiten.

Nichts bewegte sich. Es war vollkommen still.

Die Windstille erschwerte ihnen die Arbeit. Die Stille war schon fast unheimlich. Knackende Zweige oder knirschendes Laub unter ihren Schritten konnten Hunde alarmieren – sofern welche da waren.

Nathan winkte Harv heran und flüsterte: »Wärmebildkamera.«

Um zu vermeiden, dass die Wärmebildkamera Licht absonderte, presste Harv den Augenschutz aus Gummi eng an sein Gesicht und suchte das Gelände zwischen ihrem Standort und der Zufahrt ab.

»Positiv«, sagte Harv. »Zehn Uhr, plus dreißig.« Er bewegte sich ein Stück nach links, um besser sehen zu können. »Jemand liegt auf dem Boden. Nicht hell genug, als dass er noch leben könnte.«

»Irgendetwas zwischen uns und der Wärmequelle?«

Harv beschrieb mit dem Gerät noch einmal einen Bogen. »Negativ.«

»Wir arbeiten uns an der Grundstücksgrenze entlang, bis wir uns auf Höhe der Wärmequelle befinden. Zehn Meter Abstand.«

»Ich lasse die Wärmebildkamera an.«

Nathan ging mit langsamen und bedächtigen Schritten den Zaun entlang und vermied Stellen, wo das Laub besonders dicht war. Mit etwas Glück würde er einen herankommenden Hund hören, bevor ihm dieser an die Kehle sprang. Bis jetzt hatte er jedoch keine Anzeichen gesehen, die auf die Anwesenheit von Hunden hindeuteten. Keine ausgetretenen Pfade oder Häufchen. Hin und wieder gaben Lücken im Buschwerk Blicke auf eine stattliche Villa frei, deren Obergeschossfenster allesamt dunkel waren. Die Fenster im Erdgeschoss auf der Nordseite des Hauses konnte er nicht sehen, aber der Lichtschein, der von ihnen ausging, offenbarte eine große und offene Fläche. Vermutlich ein asphaltierter Parkplatz inmitten von Bäumen.

Mit einem Handzeichen bedeutete er Harv, zu ihm aufzuschließen. Sie knieten sich hin und Nathan deutete mit einem Kopfnicken in Richtung der Gestalt, die nur wenige Meter entfernt auf dem Boden lag. »Einer von den Guten oder einer von den Bösen?«

»Wahrscheinlich einer von den Guten. Montez ist womöglich längst weg.«

»Ich schau ihn mir an.«

Nathan ging langsam auf die Stelle zu und ging in die Hocke. Durch das Nachtsichtgerät sah er eine einzelne Schusswunde am Hinterkopf. Er machte sich gar nicht erst die Mühe, den Puls zu checken. Der Tote war kein Latino, sondern allem Anschein nach ein Afroamerikaner. Er trug eine schwarze SWAT-Montur mit kugelsicherer Weste.

»Bin bei dem Toten«, flüsterte er. »Einzelner Schuss in den Hinterkopf. Muss ihn völlig unerwartet erwischt haben. Falls es hier Hunde gibt, sind sie wahrscheinlich auch tot. Wir …«

Sie hörten beide das Geräusch.

Autotüren wurden zugeschlagen – drüben beim Haus.

Ein Motor sprang an. Jemand schickte sich an, wegzufahren.

Scheinwerfer leuchteten auf. Durch das Nachtsichtgerät wirkte die Umgebung so grell, dass Nathan die Augen wehtaten.

»Harv, komm her.«

Harv war in ein paar Sekunden bei ihm. »Das könnte Montez sein.«

»Beeilen wir uns.«

Die Lichtkegel der Scheinwerfer huschten über die Bäume, als das Fahrzeug wendete und in Richtung Tor fuhr. Harv und Nathan sprinteten los.

Es war aussichtslos.

Sie mussten eine Distanz von hundertfünfzig Metern zurücklegen, was selbst einem Olympia-Sprinter schwergefallen wäre – noch dazu bei diesem Gelände.

Nathan ignorierte die tief hängenden Zweige, die ihm ins Gesicht schlugen, und mobilisierte seine gesamten Energiereserven. Er hielt auf den Camino Real zu, weil es von dort aus bergab ging und er schneller rennen konnte.

Er warf einen kurzen Blick nach links. Ein heller, wahrscheinlich weißer Van hatte bereits die halbe Strecke bis zum Tor zurückgelegt, während Nathan noch siebzig Meter vor sich hatte.

»Kannst du einen sicheren Schuss abgeben?«, fragte Harv.

»Nein.«

Noch fünfzig Meter.

»Harv, halte direkt auf den El Camino Real zu. Wenn der Van nach rechts abbiegt, kommt er vielleicht in deine Schusslinie. Aber schieß nur auf die Reifen. Daltons Töchter könnten drin sein.«

»Verstanden.«

Während Harv in vollem Tempo sprintete, hob Nathan die SIG und aktivierte den Laser, aber der Strahl konnte die tief hängenden Zweige nicht durchdringen. Was, wenn es gar nicht Montez war? Vielleicht war es ein Nachbar, Freund oder Verwandter. Man konnte nicht wissen, wer in dem Van saß. Womöglich sogar Cantrells Leute. Nathan konnte unmöglich den Tod von Unschuldigen riskieren, selbst wenn ihm dabei Montez durch die Lappen ging.

Noch dreißig Meter.

Der Van bremste ab, um eine Haarnadelkurve zu überwinden.

Noch fünfzehn Meter.

Als der Van um die Ecke bog, drehte sich der Kopf auf der Beifahrerseite und sah Nathan direkt an.

Im grünen Licht des Nachtsichtgeräts sah er das Grinsen im Gesicht des Mannes. Er kannte dieses Gesicht so gut wie sein eigenes. Ein Gesicht, das Nathan mit Hass und Wahnsinn verband. Ein Gesicht, dessen Haut er vom Schädel abziehen würde, wenn er die Gelegenheit dazu bekäme.

»Es ist Montez. Auf dem Beifahrersitz.«

»Ich bin fast an der Straße.«

In einer Geste verwegenen Spottes warf ihm sein ehemaliger Peiniger eine Kusshand zu.

Du verdammter Hurensohn.

Er hatte nur einen Schuss und der musste sitzen.

Nathan legte einen schlitternden Halt hin, holte tief Atem und richtete den Laser auf das Fenster, hinter dem Montez saß …

… und drückte nicht ab.

Weil er ein zweites Gesicht sah.

Ein junges Mädchen. Auf dem Rücksitz. Eine von Daltons Töchtern. Er konnte es nicht riskieren. Außerdem machten die belaubten Bäume entlang der Zufahrt einen sicheren Schuss auf die Reifen unmöglich.

»Nicht schießen!«

»Verstanden.«

Fünf Sekunden später hörte er, wie der Van mit quietschenden Reifen auf den El Camino Real bog. Bei dem Gedanken, dass sie Harvs Mercedes nicht rechtzeitig erreichen würden, um die Verfolgung aufzunehmen, drehte sich ihm der Magen um.

Montez war ihnen entwischt.

KAPITEL 35

Montez erhaschte nur einen flüchtigen Blick auf die dunkle Gestalt, die auf den Van zurannte. Wer auch immer das war, er würde ihn nicht einholen. Ein dritter Personenschützer? Eher unwahrscheinlich. Ein paar Stromstöße mit dem Elektroschocker auf Duane Daltons freigelegte Nervenenden hatten die Information geliefert, dass sich auf dem Gelände nur zwei Leibwächter und zwei Hunde aufhielten. Arturo hatte alle vier Gefahrenquellen problemlos beseitigt.

Wer war dieser Mann dort hinten? War es womöglich derselbe, der in Clairemont den Anschlag seines Teams erfolgreich abgewehrt hatte? Der Typ war groß und kräftig – nicht nur das, er war riesig. Und wahrscheinlich ein aktiver oder ehemaliger Militärangehöriger. Genau wie in Bullfrog Bay. Handelte es sich um dieselbe Person? Je mehr Montez sich darüber den Kopf zerbrach, umso wahrscheinlicher schien es ihm.

Die Falle, mit der er seine Verfolger gefangen zu nehmen oder zu eliminieren gedachte, war gestellt, doch würde sie auch zuschnappen? Er zog sein Handy hervor und wählte eine Nummer, die er aus Dalton herausgequetscht hatte.

★ ★ ★

»Harv, komm schnell. Wir gehen ins Haus. Sag mir Bescheid, wenn du mich auf der Wärmebildkamera hast.«

»Verstanden.«

Der Dreckskerl hatte ihm eine Kusshand zugeworfen. Was für ein arrogantes Arschloch. Wollen wir doch mal sehen, ob du das immer noch machst, wenn ich dir die Lippen mit einer Zigarre verbrannt habe. Er war so nahe dran gewesen. Jetzt konnte Montez überallhin verschwinden, und als der Tarnkünstler, der er zweifellos war, würde er problemlos untertauchen. Was alles noch schlimmer machte: Möglicherweise hatten sie das Todesurteil für die Töchter von Nicole Dalton unterschrieben. Cantrell hatte ihm ausdrücklich gesagt, er solle sich diesem Haus nicht nähern. Hatte sie etwa gewusst, dass Montez sich dort aufhielt? Nein, denn sonst hätten ihre Leute ihn sich geschnappt. Worum ging es ihr dann? Warum wollte sie …

»Jetzt habe ich dich auf der Wärmebildkamera. Bin am Rand der Zufahrt, bei der Haarnadelkurve.«

Nathan klickte zur Bestätigung das Funkgerät und hörte Harvs Schritte auf dem trockenen Laub – auf lautloses Anschleichen kam es jetzt nicht mehr an. »Was ist passiert?«, fragte Harv, außer Atem von dem Sprint, den er hingelegt hatte.

»Ich habe eins von den Dalton-Mädels auf dem Rücksitz gesehen. Wo die andere steckt, weiß ich nicht.«

»Du hast richtig gehandelt.«

»Ich hatte ihn fast. Der Hurensohn hat mir beim Vorbeifahren eine Kusshand zugeworfen.« Nathan kickte wütend Kies von der Einfahrt auf.

Harv machte eine Handbewegung in Richtung Haus. »Womöglich finden wir da drinnen Daltons Leiche.«

»Wenn ja, dann hoffe ich, dass seine Töchter es nicht mitansehen mussten.«

»Soll ich reingehen?«

»Was soll's … jetzt bin ich schon so weit gekommen.«

★ ★ ★

»Ich lebe noch«, sagte Montez.

»Das ist keine sichere Verbindung. Nennen Sie keine Namen. Was wollen Sie?«

»Dass Sie Ihre Hunde zurückpfeifen.«

»Das sind nicht *meine* Hunde. Haben Sie das immer noch nicht kapiert? Ich habe nichts mehr zu sagen.«

»Dann schlage ich vor, Sie fordern einen Gefallen ein.«

»Warum sollte ich das?«

»Reine Selbsterhaltung«, sagte Montez. »Ich habe kein Interesse daran, Sie in einen Skandal verstrickt zu sehen. Andere übrigens auch nicht. Ich möchte, dass Sie eine bestimmte Summe auf mein Konto einzahlen. Und zwar noch heute Nacht.«

»Und was dann?«

»Dann verschwinde ich und Sie müssen nicht den Rest Ihres Lebens nach hinten über Ihre Schulter gucken.«

»Das ist keine Einbahnstraße. Nehmen wir mal an, ich mache es, worüber ich mir keinesfalls sicher bin. Wer garantiert mir, dass Sie nicht eines Tages wieder auftauchen?«

»Ich gebe Ihnen mein Wort.«

Montez hörte höhnisches Gelächter am anderen Ende.

»Ist das alles? Ihr Wort?«

»Darf ich Sie daran erinnern, dass ich vierzehn Jahre lang über Ihre schmutzigen Geheimnisse geschwiegen habe?«

»Das sind nicht *meine* Geheimnisse.«

»Und was mit Ihrem Land passiert, ist Ihnen egal?«, fragte Montez. »Wenn jemand Grund hat, misstrauisch zu sein, so bin ich es. Für wie blöd halten Sie mich eigentlich? Ich habe lange für den Fall vorgesorgt, dass man mich hintergeht. Dachten Sie wirklich, dass Ihnen meine Ermordung etwas bringen würde?«

»Ich habe das nicht veranlasst.«

»Es interessiert mich nicht, von wem der Befehl stammt. Sie sind ein intelligenter Mensch. Ich biete Ihnen das geringere Übel an.«

»Übel? Das sagt der Richtige!«

»Ach, so läuft das. Sie essen gerne das Steak, wollen aber am Tod der Kuh unschuldig sein.«

»Sehr witzig.«

»Das ist kein Witz. Mein Angebot ist nicht verhandelbar. Ihr Schoßhund hat mir vorhin sein Herz ausgeschüttet, wörtlich und im übertragenen Sinn. Wenn ich will, kann ich innerhalb von ein paar Minuten eine spezielle Videoaufzeichnung seiner Geständnisse an die wichtigsten Medien auf der ganzen Welt schicken.« Er legte eine Pause ein und lauschte dem Schweigen am anderen Ende. »Sind Sie noch dran?«

»Ja.«

»Und?«

Er spürte die Wut in der Stimme des anderen. »Wie viel?«

»Zwanzig Millionen.«

»Das ist mehr, als wir ursprünglich vereinbart hatten. Viel mehr.«

»Wie ich schon sagte, ich verhandle nicht. Frühere Vereinbarungen wurden null und nichtig gemacht, als Ihre Leute versucht haben, mich zu töten. Das geschah bereits zwei Mal.«

»Ich sagte Ihnen doch schon, dass das nicht meine Leute waren. Ich trage keine Verantwortung.«

»Aber wenn es geklappt hätte, würden Sie eine Menge Geld sparen. Ist das etwa nur ein Zufall?«

»Denken Sie von mir aus, was Sie wollen.«

»Wollen Sie hören, was ich denke? Ich glaube, dass die politische Gesundheit Ihres Landes auf dem Spiel steht. Und falls Sie das nicht bewegt … es geht dabei auch um *Ihre* Gesundheit. Sie könnten im Gefängnis landen, und ich brauche Ihnen nicht zu erzählen, was dort mit Leuten mit zarten Händen passiert. Wie lange, glauben Sie, überstehen Sie es, wenn diese harten Jungs Sie in den Arsch ficken? An Ihrer Stelle würde ich schon jetzt mit dem Hantelstemmen anfangen. Außerdem soll der Fraß im Knast ziemlich übel sein.«

»Ich mag es nicht, wenn man mich erpresst.«

»Und ich mag es nicht, wenn man bezahlte Killer auf mich ansetzt. Ich gebe Ihnen noch zehn Sekunden, dann lege ich auf.«

»Ich kann nicht so einfach zwanzig Millionen Dollar auf einmal lockermachen.«

»Ich hoffe doch sehr, dass noch heute Nacht fünf Millionen auf meinem Konto eingehen. Für den Rest gebe ich Ihnen zwei Tage Zeit.«

»Ich werde den Geldtransfer in die Wege leiten. Rufen Sie mich nie wieder an.«

»Das hängt ganz von Ihnen ab. Auf Wiederhören, Herr Senator.«

★★★

Nathan ließ Harv zur Bewachung der Zufahrt zurück und machte einen schnellen Rundgang um das Haus. Er fand mehrere Luxusautos vor, darunter einen Bentley, aber keines hatte eine warme Motorhaube. Fünfzig Meter weiter westlich scharten sich ein paar große Pavillons um einen Swimmingpool. Mehrere mit Granitplatten ausgelegte Pfade führten von dort zur Zufahrt. Der Eigentümer dieses Anwesens musste sehr reich sein: Die Landschaftsgärtnerei allein kostete wohl mehr als die meisten durchschnittlichen Häuser.

In seinem Ohrhörer durchbrach plötzlich Harvs Stimme die Stille. »Noch eine Leiche auf der Ostseite der Zufahrt, daneben ein toter Hund. Gleiche Vorgehensweise. Muss wohl der zweite Leibwächter sein.«

Das erklärte, warum sie keinen Wachhunden begegnet waren. Montez oder seine Leute hatten sie vorher getötet. »Wir treffen uns am Eingang. Ich glaube zwar nicht, dass noch jemand hier ist, aber Vorsicht kann nicht schaden.«

Die Doppeltüren am Eingang standen weit offen und im Erdgeschoss brannte in den meisten Zimmern noch Licht. Harv schaltete die Wärmebildkamera aus und verstaute sie in seiner Hüfttasche; Nathan machte dasselbe mit seinem Nachtsichtgerät.

»Was meinst du, warum sie die Tür offen gelassen haben?«, fragte Nathan.

»Vielleicht sind sie Hals über Kopf geflüchtet. Man hat uns wohl kommen sehen.«

»Kann sein.«

»Ich rieche kein Propan- oder Erdgas«, flüsterte Harv.

»Ich auch nicht. Ich nehme die linke Seite.«

Sie stürmten geduckt ins Haus und schwenkten die Waffen nach allen Seiten.

Alles sicher. Ruhig war es auch. Keine Musik oder Fernsehgeräusche. Nichts. Das Haus wirkte verlassen.

Mit seinen antiken Möbeln mit kunstvollen Schnitzereien sah das Wohnzimmer wie ein Relikt aus längst vergangenen Zeiten aus. Die mahagonigetäfelte Wände waren geschmückt von riesigen Ölgemälden, von denen Nathan ein paar erkannte. Wahrscheinlich war das ein Grund, warum Montez keine Sprengfallen installiert hatte. Er war zwar ein Monster, respektierte jedoch offensichtlich das Eigentum anderer Leute. Das sichere Haus in Bonita hatte für ihn keinen Wert besessen – und dieses Haus? Wahrscheinlich interessierte er sich schon länger dafür und wollte es in seinen Besitz bringen. Zweifellos war er der Meinung, dass es ein Verbrechen gegen die Menschheit wäre, diese wertvollen Möbel und Kunstgegenstände zu zerstören. Eigentlich konnte man über diese Ironie nur lachen.

»Ich habe schon Museen mit weniger Inventar gesehen«, sagte Harv. »Was das Zeug wohl wert ist?«

»Einige Millionen, vielleicht sogar mehrere zehn Millionen.«

Harv ließ den Blick durch den Raum schweifen. »Ich glaube zwar nicht, dass noch jemand hier ist, aber wir sollten auf Nummer sicher gehen.«

»Du nimmst das Obergeschoss. Funkkontakt alle fünfzehn Sekunden.« Nathan gab Harv Deckung, bis dieser die Marmortreppe erreicht hatte, und bewegte sich in Richtung Küche. Er würde dort beginnen und sich gegen den Uhrzeigersinn durch das Erdgeschoss arbeiten.

Das Bad gleich neben dem Eingang machte den Eindruck, als wäre es für das Königshaus von Saudi-Arabien eingerichtet. Während Nathan einen Raum nach dem anderen überprüfte, musste er immer wieder daran denken, dass Montez ihm durch die Lappen gegangen war. Wut und Hass flammten in ihm auf. Er unterdrückte diese Gefühle und konzentrierte sich auf seine Aufgabe. Nur noch ein Zimmer blieb übrig, neben der Bibliothek. Wahrscheinlich ein Arbeitszimmer.

Die Tür war zu.

KAPITEL 36

»Harv, ich brauche dich hier unten.«

»Ich komme.«

Zehn Sekunden später kam Harv mit lauten Schritten die Treppe herunter. »Oben ist alles sauber. Habe eine Weile gebraucht. Es sind sechs Schlafzimmer – jedes mit eigenem Bad und begehbarem Schrank.«

Nathan blickte auf die geschlossene Tür. »Wir brauchen einen Gegenstand, der lang genug ist, um damit über die Türschwelle zu fahren. Schau mal, ob du in der Küche was findest.« Er kniete auf allen Vieren, schnupperte und nahm Tabakgeruch wahr, wahrscheinlich von Zigarren. Jedenfalls roch es nicht nach Zigaretten. In dem Raum brannte kein Licht.

Harv kam mit einem Schaschlikspieß zurück.

»Der ist perfekt.« Nathan fasste den Spieß gerade so fest an, dass er ihm nicht aus den Fingern glitt, schob ihn unter der Tür hindurch und fuhr damit langsam die Türschwelle entlang. Dabei achtete er darauf, dass der Spieß leicht nach oben zeigte. »Ich spüre nichts.« Er gab Harv den Spieß. »Ich mache die Tür einen Spaltbreit auf, damit ich den gesamten Türstock von oben bis unten überprüfen kann.«

Er drehte den Türknauf und horchte, ob neben dem vertrauten Klicken des Schnappschlosses noch andere Geräusche auftraten.

»Ich mache einen Zentimeter weit auf.« Er drückte die Tür ganz langsam nach innen, ehe er innehielt und den Fuß unten gegen die Tür drückte.

Harv fuhr mit dem Schaschlik-Spieß vorsichtig von unten bis oben den Türstock entlang. »Nichts«, sagte er schließlich. »Ich habe nichts gespürt. Ich glaube, es ist alles in Ordnung.«

»Ich werde die Tür jetzt zentimeterweise öffnen. Wenn etwas daran befestigt ist, dann wahrscheinlich am Griff oder am Türstopper.«

Als die Tür etwa einen halben Meter weit offen stand, steckte Harv seinen Kopf hindurch. »Ich sehe nichts. Es ist zu dunkel.«

»Siehst du an der Wand einen Lichtschalter?«

»Ja.«

»Riskieren wir es.«

Harv langte nach links und knipste das Licht an. »Ach, du meine Güte …«

Ein blutiger Anblick bot sich ihnen.

Wie in Bullfrog Bay.

In der Mitte des Zimmers stand ein Ledersessel auf einer Plastikplane, die Polster mit frischem Blut getränkt. Der Boden darum herum war mit roten Fußspuren bedeckt. Auf dem Schreibtisch lagen die Folterinstrumente, mit denen Duane Dalton misshandelt worden war: Ein blutiges Jagdmesser. Ein Elektroschocker. Zangen. Ein Zimmermannshammer. Mehrere Dutzend blutbefleckte Bambusspieße. Wahrscheinlich hatte Montez sie mit dem Hammer wie Nägel in Daltons Fleisch geschlagen.

Montez, du widerliches Scheusal.

»Alles in Ordnung, Nate?«

»Nein, es ist nicht alles in Ordnung. Was soll diese Frage?«

»Hey, beruhig dich …«

»Er war uns die ganze Zeit drei Schritte voraus. Egal was wir machen, er entwischt uns immer wieder.« Er riss eine Tischlampe mitsamt Kabel aus der Steckdose und schleuderte sie ans andere Ende des Raums, wo sie gegen die Wand knallte und zerbrach. »Verdammte Scheiße!«

»Nate.«

»Was?«

»Reiß dich zusammen. Noch ist nicht aller Tage Abend.«

»Was soll das heißen? Sieh dich doch um. Der Kerl ist längst über alle Berge und hat Dalton und seine Töchter bei sich. Innerhalb der nächsten Stunde wird er die Leichen entsorgen. Wir haben keine Chance, ihn rechtzeitig zu finden. Es ist vorbei. Wir haben verloren. Die Mädchen sind so gut wie tot. Machen wir uns doch nichts vor. Wir haben verloren!«

Harv packte ihn an den Schultern und zwang Nathan, ihn anzusehen. »Es ist noch nicht vorbei. Hörst du mich? Es ist erst vorbei, wenn ich es sage.«

Nathan senkte die Stimme. »Harv, wach endlich auf und schau dich um. Er ist weg.«

Harv berührte seinen Freund seitlich am Kopf und brachte ihn dazu wieder Augenkontakt aufzunehmen. »Unsinn! Du bist keiner, der gleich das Handtuch wirft. Es ist noch lange nicht vorbei. Und jetzt lass mal deine feinsinnige Intuition arbeiten und sag mir, wo zum Teufel er hin ist.«

Nathan wandte erneut den Blick ab. »Das kann ich nicht. Ich bin viel zu wütend.«

»Einfach durchatmen. Atme tief ein und langsam wieder aus.«

»Ich kann nicht.«

»Doch, das kannst du. Tu es. Sofort!«

Nathan hörte auf, sich auf die Zähne zu beißen und schloss die Augen. Harv hatte recht. Wenn er jetzt ausrastete, war damit niemandem gedient. Entspanne dich. Lass die Wut aus dir heraus.

»Mach weiter«, flüsterte Harv. »Tiefer atmen.«

Nathan legte den Kopf in den Nacken und atmete tief ein. Plötzlich spürte er es – eine zunehmende innere Ruhe, als tauche er langsam in warmes Wasser ein. Mit einem Mal verflog sein Hass, wehte davon wie Rauch im Wind.

Er hörte Harvs Stimme, erst weit weg, dann immer näher. Sie klang samtweich.

»Schau dich um. Lass den Ort auf dich einwirken. Achte auf jedes Detail. Wohin ist Montez verschwunden?«

Nathan sah sich im Raum um und plötzlich liefen vor seinem geistigen Auge Bilder wie in einer Dia-Show ab. Er schloss die Augen und ließ sie der Reihe nach auf sich einwirken. Der Staudamm im Glen Canyon. Lake Powell. Bullfrog Bay. Der Jachthafen. Stieglers Hausboot. Der Maschendraht, in den Kramer gewickelt war, als er in den See geworfen wurde und qualvoll ertrank.

Was verband diese Bilder miteinander? Was hatten sie gemeinsam? Da war doch was … komm schon, was ist das verbindende Element?

Wasser.

Wasser!

Nathan öffnete die Augen und ließ den Blick durch den Raum schweifen. Da, ganz hinten an der Wand. Ein vergrößertes Foto einer riesigen Motorjacht. Er deutete darauf.

Harvs Blick folgte seinem Finger.

Er sah seinen Freund an. Sie spürten es beide. Die Erkenntnis traf sie wie ein elektrischer Schlag.

Harv rannte um den Schreibtisch herum und riss eine Schublade nach der anderen auf. Eine von den Schubladen war verschlossen. Er nahm den Hammer, brach die Schublade mit den blutverschmierten Klauen auf und durchwühlte die Akten darin.

»Hier drin ist nichts.«

»Bist du sicher? Such unter dem Buchstaben J nach Jacht oder Jachthafen.« Nathans Blick fiel auf die Schreibtischplatte. »Harv, auf dem Tisch liegt noch eine Akte.«

Harv nahm sie an sich. »Da ist sie. Die *Lady of the Waves*. Sie liegt im Jachthafen des Hotels Bahia vor Anker.«

»Los, gehen wir.«

★ ★ ★

Völlig außer Atem von ihrem Sprint stiegen Nathan und Harv drei Minuten später in den Mercedes.

»Wann ist Montez hier weg?«

»Ich würde sagen, vor höchstens einer Viertelstunde. Wahrscheinlich geht er davon aus, dass niemand weiß, wohin er fährt, also wird er nicht riskieren, dass ihn die Polizei wegen erhöhter Geschwindigkeit stoppt. Wir sollten ebenfalls auf diesen Punkt achten. Die Farbe in unseren Gesichtern muss auch weg.«

»Wir dürfen auf gar keinen Fall von der Polizei gestoppt werden. Ich überlasse es dir, wie du am besten fährst. Du weißt, wo der Bahia-Jachthafen ist?«

Harv ließ den Motor an. »Gleich gegenüber vom Belmont Park.«

»Scheiße, ich hab mir das Foto nicht genau angeschaut.«

»Aber ich. Wenn ich die Jacht sehe, erkenne ich sie sofort. Außerdem ist der Hafen nicht so groß, und es gibt dort bestimmt nicht viele Boote, die länger als zwanzig Meter sind. Wir finden es schon, keine Sorge.«

Nach einer längeren Pause fügte Harv hinzu: »Nate, es gibt da etwas, das du wissen solltest.«

Nathan wartete.

»Die Akte auf dem Schreibtisch. Die Jacht gehört Senator Alan Kallstrom. Ich habe den Namen auf der Zulassung gesehen.«

»Wie bitte? Bist du dir sicher?«

»Ja.«

»Dalton und Montez waren also in einem Haus, das dem Sohn unseres früheren Chefs gehört? Wie groß sind die Chancen, dass Montez mit ihm unter einer Decke steckt?«

»Das ist noch nicht alles. Senator Kallstrom ist auch Mitglied des CDT … genau wie dein Vater.«

Nathan schüttelte sprachlos den Kopf.

»Du denkst doch nicht etwa …?«

»Ich hab es mir anders überlegt. Scheiß auf die Höchstgeschwindigkeit und die Polizei. Gib Vollgas, Harv.«

KAPITEL 37

Auf der Fahrt nach Mission Bay verstieß Harv gegen jede erdenkliche Verkehrsregel. Zum Glück sah ihn keine Polizeistreife.

»Scheiße!«, fluchte Harv.

»Was ist?«

»Ich hab vergessen, dass es keine Ausfahrt zur I-8 Richtung Westen gibt. Wir sind gerade am Sea World Drive vorbeigefahren.«

»Kein Problem. Nimm die Rosecrans-Ausfahrt. Von dort kommen wir über den Sports Arena Boulevard zum West Mission Bay Drive. Das ist kein großer Umweg.«

»Aber da gibt es viele Ampeln.«

»Dann müssen wir eben riskieren, bei Rot drüberzufahren. Besonders viel Zeit verlieren wir nicht. Und Montez hat es nicht sonderlich eilig.«

»Können wir uns da so sicher sein?«

»Einem Verfolger eine Kusshand zuzuwerfen, ist eine ziemlich freche Geste. Ich wette, er hat gedacht, er ist uns entwischt.«

Harvs Mercedes nahm die Rosecrans-Ausfahrt mit quietschenden Reifen und raste bei Rot über die Hancock Street. Als er die Kurtz Street erreichte, sprang die Ampel gerade auf Grün. Er raste über mehrere rote Ampeln auf dem Sports Arena Boulevard und fuhr unter der I-8 hindurch auf den West Mission Bay Drive. Zu dieser späten Stunde konnte er es sich leisten, den Wagen auf

150 km/h hochzujagen. Sie überquerten den San Diego River und gelangten zum SeaWorld-Meerespark, wo Harv alles aus dem Mercedes herausholte und in der engen Kurve beinahe die Bodenhaftung verlor.

»In höchstens einer Minute sind wir da.«

»Deine Fahrkünste sind beeindruckend, Harv.«

»Kann man den Jachthafen von der Straße aus sehen?«

»Ich glaube schon.«

»Fahren wir erst mal dran vorbei und peilen die Lage. Wenn wir die Jacht sehen können, gilt das auch umgekehrt. Wir fahren langsam, aber nicht zu langsam. So, dass man uns für jemanden hält, der spät abends noch spazieren fährt und es nicht eilig hat.«

Sie näherten sich dem Hotel Bahia und Harv verlangsamte die Fahrt.

An einem Fußgängerübergang blickte Nathan über seine rechte Schulter auf den Jachthafen und sah sie sofort – eine große Motorjacht, die gerade auslief.

»Ist das unser Boot?«

»Ja.«

»Verdammt, wir sind schon wieder zu spät.«

»Wohin kann er schon fahren? Wir können die Hafenpatrouille verständigen und das Boot abfangen lassen. Ich bin mir ziemlich sicher, dass Mission Bay im Zuständigkeitsbereich des San Diego Police Departments liegt.«

Nathan beugte sich vor und zog die Schuhe aus. »Dreh um und fahr auf den Parkplatz vor dem Bahia Hotel.«

»Du willst doch nicht etwa …«

»Diesmal entwischt er uns nicht.«

Harv machte am Mission Boulevard eine gefährliche Kehrtwende. »Nate, du bist übergeschnappt.«

Nathan erwiderte nichts.

»Du hast dich erst von einer üblen Gehirnerschütterung erholt. Wir sind hier nicht auf Tahiti. Das Wasser ist kalt. Und du hast keine Kommunikationsverbindung. Du kannst dein Funkgerät nicht mitnehmen.«

Nathan zog das Predator-Messer aus der Knöchelscheide. »Das ist alles, was ich brauche. Aber damit du beruhigt bist, befestige ich die SIG mit Klebeband an der linken Wade. Keine Angst, ich schüttle das Wasser heraus, bevor ich auf jemanden schieße.«

»Das ist aber ein Trost. Ist dir eigentlich klar, wie gefährlich das ist? Diese Jacht hat eine gigantische Schiffsschraube. Die zieht dich unter Wasser und macht Hackfleisch aus dir.«

»Nicht, wenn ich aufpasse. Ich packe das Sicherheitsgeländer oder den Vertäuungshaken am Hinterdeck und ziehe die Beine dicht an den Körper.«

»Ich habe keine Lust, dich die nächsten vierzig Jahre im Rollstuhl herumzuschieben. Vorausgesetzt, du überlebst so eine Verstümmelung und verblutest nicht, wenn du zurück an Land schwimmst. Ich bitte dich, Nate. Was du vorhast, ist bestenfalls leichtsinnig und schlimmstenfalls selbstmörderisch.«

»Und?«

Harv zuckte mit den Schultern. »Lass *mich* es machen.«

»Ich bin der bessere Schwimmer. Außerdem kannst du kaltes Wasser nicht ausstehen.«

Harv bog links in die Gleason Road. »Ich habe ein ungutes Gefühl bei der Sache.«

»Behalte einfach die Jacht solange wie möglich im Auge. Wenn sie aufs offene Meer hinausfährt, fährst du raus zum Hafendamm.«

Sie rasten an einem vierstöckigen Hotel zu ihrer Linken vorbei. Auf der rechten Straßenseite gab es diagonal angelegte Parkplätze vor einem Stück Rasen, der parallel zum Sandstrand von Mission Bay verlief. Das Wasser sah aus wie gehämmertes Zinn. Nichts, was man nicht mit ein bisschen Willenskraft überwinden konnte.

»Langsam wird das zur Gewohnheit.«

»Was?«

»Dass wir uns kopfüber in einen Einsatz stürzen, ohne Informationen oder einen Plan. Montez kann uns nicht entwischen. Wohin kann er schon fahren? Selbst wenn er es hinaus aufs offene Meer schafft, kann ihn die Küstenwache leicht abfangen.«

»Harv, das ist ja alles richtig und ich will dir auch nicht widersprechen. Aber hier geht es um Kinder. Was wird Montez wohl als Erstes tun, wenn er sich in die Enge getrieben fühlt?«

»Vielleicht sind sie gar nicht auf dem Boot. Unter Umständen riskierst du dein Leben für nichts.«

»Denk doch mal nach. Würde Montez versuchen zu fliehen, *ohne* sich mit einer Geisel abzusichern? Ich hab eins von den Mädchen im Van gesehen.« Er zeigte mit dem Finger. »Park hier, gleich neben diesem kleinen Gebäude.« Nathan zog das Hemd aus, ließ die Hose jedoch an. »Das Meer ist vom Wind aufgewühlt, da sieht er mich nicht. Außerdem schwimme ich die meiste Zeit unter Wasser.«

»Hör dich bloß an. Du bist kein Supermann. Ich überlege mir ernsthaft, ob ich mein Veto einlege.«

»Harv, wir haben vereinbart, so etwas nur im äußersten Notfall zu machen. Wenn du diese Aktion abblasen willst, respektiere ich deinen Wunsch. Aber du vergisst unser anderes Versprechen.«

»Und das wäre?«

»Wir haben Cantrell versprochen, dass wir diese Sache unauffällig durchziehen. Das können wir nicht, wenn wir die Hafenpatrouille oder Küstenwache alarmieren.«

»Ist das wirklich der Grund, warum du das machst?«

Nathan befestigte die SIG sicher an seiner Wade. »Du weißt, dass es das nicht ist.«

»Gibt es irgendetwas, das ich bei deiner Beerdigung sagen soll?«

»Dir fällt bestimmt etwas ein.«

»Plan B?«

»Wenn ich es nicht an Bord schaffe oder man mich vorher sieht, ziehen wir uns zurück und verständigen die Hafenpatrouille. Wie du selbst gesagt hast, wohin soll er schon fahren?«

Harv nahm Nathans Handy an sich. »Schwimm lieber los. Die Jacht wird jeden Moment um die Ecke biegen. Wenn sie in die andere Richtung fährt, Richtung Crown Point, sind wir am Arsch. Dann rufe ich die Hafenpatrouille an.«

»Einverstanden. Aber ich glaube, Montez fährt aufs offene Meer hinaus, um die Daltons den Fischen lebend zum Fraß vorzuwerfen.«

»Viel Glück, Partner.«

KAPITEL 38

Harv sah zu, wie sein Freund ins Wasser der Mission Bay watete und losschwamm. Um diese Jahreszeit lag die Wassertemperatur in Strandnähe höchstens bei 20 Grad. Falls die Kälte Nathan schockte oder störte, ließ er es sich zumindest nicht anmerken.

Harv stieg aus dem Wagen, überquerte die Straße und versteckte sich hinter einer kleinen Gruppe Palmen. Von hier aus hatte er einen ungehinderten Blick auf die Stelle, wo Nathan versuchen würde, an Bord der Jacht zu gelangen. Die Hotelzimmer direkt in seinem Rücken machten ihm etwas Sorgen, aber er zweifelte daran, dass um diese frühe Uhrzeit schon jemand auf war. Er roch weder Zigaretten noch Marihuana und hörte keine spät heimkehrenden Partygänger. Falls eine Polizeistreife vorbeifuhr, brauchte er sich bloß tiefer im Gebüsch zu verstecken.

Er hob den Feldstecher an seine Augen und sah Nate. Sein Freund hatte bereits zwanzig Meter zurückgelegt. Wenn er ihn von seinem Vorhaben abgehalten hätte, wäre das nicht gut angekommen und Nate wäre womöglich für den Rest seines Lebens sauer gewesen.

Harv holte tief Atem und versuchte, sich zu entspannen.

★★★

Ein Schauer durchfuhr Nathans Körper, als er sich brustschwimmend durch die Wellen bewegte. Er hatte diese Schwimmtechnik als Kompromiss zwischen höchstmöglicher Vorwärtsgeschwindigkeit und möglichst geringer Sichtbarkeit gewählt. Mit Kraulen wäre er schneller vorangekommen, aber mehr aufgefallen. Da er einen geringen Körperfettanteil besaß, trieb er nicht so leicht auf der Wasseroberfläche wie die meisten Schwimmer. Er stellte schnell fest, dass er nicht besonders zügig vorankam, wenn er den Kopf über Wasser hielt, und holte deshalb nur alle drei Schwimmzüge Luft. Seine Hose, die SIG und das Predator-Messer an der Wade bremsten ihn zusätzlich – er konnte es sich jedoch nicht leisten, unbewaffnet an Bord der Jacht zu gehen.

Während der nächsten drei Schwimmzüge versuchte er, sämtliche Ablenkungen auszublenden, vor allem die Kälte. Irgendetwas ging ihm hartnäckig durch den Kopf, aber nicht die Jacht oder die Erkenntnis darüber, in wessen Haus sie gewesen waren. Es war etwas vollkommen anderes. Etwas Wichtiges.

Was war es nur? Komm schon, Nathan, denk nach.

Um diese seltsame Intuition zu verstehen, ging Nathan in Gedanken Schritt für Schritt die unmittelbar zurückliegenden Ereignisse durch. Zunächst spulte er den Film über ihren Besuch in Senator Kallstroms Haus zurück. Eine innere Stimme sagte ihm, dass dort sein Unbehagen begonnen hatte.

Was hast du dort gesehen? Du musst deinen Kopf freibekommen und in Gedanken zurückgehen.

Er holte Atem und setzte zu den nächsten drei Schwimmzügen an.

In Kallstroms Haus: Harv ging die Treppe hoch, während er das Erdgeschoss durchsuchte. Er fand keine Anzeichen eines Kampfes und das überraschte ihn nicht. Wahrscheinlich hatte sich Duane Dalton widerstandslos ergeben, um seine Familie zu retten. Die Möbel sahen völlig normal, wenn auch teuer aus, doch zeigten sie keine Spuren eines Kampfes.

Wir sind schließlich in dem kleinen Arbeitszimmer gelandet. Die Tür war zu. Wir haben sie auf Sprengfallen untersucht.

Als Nächstes rief er sich seinen Sprint in Richtung Zufahrt vor Augen. Wie Montez ihm vom Beifahrersitz des Vans aus die provozierende Kusshand zuwarf. Der Van. Ein weißer Ford-Van. Ein ähnliches Fahrzeug hatte er erst vor Kurzem gesehen, als Harv auf den Parkplatz des Hotels Bahia gefahren war. Es war auf einem überdachten Parkplatz gestanden, mit den Hintertüren zum Rasen hin.

Nathan tauchte auf, holte Luft und verschwand für die nächsten drei Schwimmzüge unter Wasser.

Wieder kehrte er in Gedanken in Kallstroms Haus zurück, diesmal zu der geschlossenen Tür zum Arbeitszimmer. Er hatte in diesem Raum in einem Anfall von überschäumender Wut eine teure Tischlampe kaputt gemacht. Unmittelbar danach, als alles um ihn herum verschwamm, half Harv ihm, seine Wut unter Kontrolle zu bringen. Was kam dann? Er beruhigte sich und sah sich wieder in dem Büro um. Dabei kam er auf den Gedanken, dass Wasser ein Thema war, das sich wie ein roter Faden durch Montez' Aktivitäten der letzten Zeit zog. Er öffnete die Augen und deutete auf das Foto mit der Jacht. Harv kapierte sofort und durchsuchte die Schublade, aber die Akte lag nicht darin, sondern oben auf dem Schreibtisch. Hatte Nathan sie im Unterbewusstsein gesehen, bevor er an Montez und Wasser gedacht hatte? *Bevor* er auf das Foto zeigte? Er war sich nicht sicher. Warum war das wichtig? Was war nur mit dieser verdammten Akte und der Person, der sie gehörte?

Wieder holte er tief Luft und tauchte für drei weitere Schwimmzüge unter. Als er erneut auftauchte, blickte er nach links und sah, wie die Jacht um die Ecke bog.

Zu seiner Verwunderung glitt sie langsamer durch das Wasser, als er gedacht hatte.

Er tauchte und machte drei weitere Schwimmzüge.

Vor seinem geistigen Auge sah er Kramer, wie dieser auf den Grund des Lake Powell sank. Die Wut, die er dabei empfand, trieb ihn zu kräftigeren Schwimmzügen an, ehe er erneut auftauchte – etwas, das Kramer versagt geblieben war. Der Mann musste unvorstellbare Angst und Schrecken durchlitten haben, wohl wissend, dass ihn nur der Tod erlösen konnte. Wie lange hatte er wohl den Atem angehalten, ehe er Wasser in seine Lungen sog? Eine Minute? Länger?

Montez, du widerlicher Drecksack!

Beruhige dich. Denke wieder zurück.
Kallstroms Villa.
Das Arbeitszimmer.
Das Foto mit der Jacht.
Die Akte auf dem Schreibtisch.
Die Bilder wollten nicht verschwinden …

★★★

Harvey verfolgte Nate durch das Fernglas. Es war schwer zu schätzen, wie weit Nate geschwommen war. Harv warf einen Blick auf die Jacht. Das Boot schien höchstens zwei bis drei Knoten zu fahren. Warum so langsam? Er rechnete schnell im Kopf nach. Drei Knoten entsprachen etwa eineinhalb Meter pro Sekunde. Es würde eng werden, aber Harv ging davon aus, dass Nate durchaus eine Chance hatte, das hintere Deck zu erreichen. Ein Teil von ihm hoffte, dass sein Freund es nicht schaffen und unversehrt an Land zurückkehren würde – bis auf die Knochen durchgefroren, aber an einem Stück.

Moment mal.

Harv bewegte das Fernglas wieder zu der Stelle, wo er Nate zuletzt gesehen hatte. Er war verschwunden. Schwamm er wieder unter Wasser? Harv richtete seine Aufmerksamkeit auf die Stelle, an der Nate aller Wahrscheinlichkeit nach wieder auftauchen müsste, sah dort aber nichts außer vom Wind aufgepeitschten Wellen.

Komm schon, Nate. Wo zum Teufel steckst du?

Er hörte sie, bevor er sah, wer sie verursachte. Schritte. Sie kamen von links. Kurz darauf erschien ein dunkel gekleideter Mann, der die Hände in den Hosentaschen hatte und mitten auf der Straße lief. Was zum Teufel machte der Typ um diese Uhrzeit hier draußen? Noch dazu allein? Harv verkroch sich noch mehr hinter der Hecke.

★★★

Der Mann mit dem Elektroschocker ging lautlos weiter und lächelte.

★★★

Da die Jacht längst an seinem Standort vorbeigefahren war, hatte Harvey keine Angst, dass ihn jemand von dort aus sah. Er musste sich den Neuankömmling näher ansehen, um sicher zu sein, dass es nur ein harmloser Spaziergänger war. Bevor er sich aus der Deckung der Palmen löste, blickte er sich noch einmal um. Dann duckte er sich hinter einer Hecke. Der Typ wirkte tatsächlich harmlos, aber der Zeitpunkt seines Auftauchens kam Harv verdächtig vor.

Plötzlich fiel der Mann auf die Knie und hustete kräftig. Harvey starrte ein paar Sekunden zu ihm hinüber und überlegte, ob er ihm zu Hilfe eilen sollte. Der Typ sah gar nicht gut aus.

Harv wollte gerade noch einmal über seine Schulter blicken und sich vergewissern, dass er nichts in seinem toten Winkel übersah, als er leichten Tabakgeruch wahrnahm – um den Bruchteil einer Sekunde zu spät.

Scheiße!

Ein äußerst schmerzhafter elektrischer Schlag traf ihn links am Genick und nahm ihm die Kontrolle über seine Muskeln. Er wusste sofort, dass er es mit einer Elektroschockpistole zu tun hatte.

Sein Nervensystem explodierte förmlich und Hunderte von elektrischen Impulsen jagten durch seine Wirbelsäule. Das Einzige, woran er dachte, bevor er seitlich hinfiel und das Bewusstsein verlor, war: Oh Nathan, es tut mir so leid, dass ich dich im Stich gelassen habe …

★★★

Juan Montez de Oca, ehemaliger Oberst der Sandinistischen Nationalen Befreiungsfront, hielt dem Mann die Elektroschockpistole ans Genick und betätigte den Abzug. Die Waffe setzte ihn volle fünf Sekunden lang unter Schock, er erstarrte, stöhnte vor Schmerz und brach schließlich zusammen. Ein hochgewachsener Latino – bestimmt einer der beiden Männer, die mit dem Hubschrauber nach Bullfrog Bay gekommen waren.

Harvey Fontana, vermute ich mal?

Arturo beendete seinen vorgetäuschten Hustenanfall und kam herbeigerannt. Innerhalb von ein paar Sekunden hatten sie den Mann an Händen und Füßen mit Klebeband gefesselt.

Montez sah sich schnell nach allen Seiten um. Die Luft war rein.

Mit leiser Stimme sprach er seinen Gefangenen an: »Wie fühlen Sie sich? Nicht gut, nehme ich an. Keine Angst, Sie können sich ein wenig ausruhen, bevor wir uns unterhalten. Es gibt viel zu besprechen.«

»Fick dich!«

»Wohl kaum.« Montez nahm dem Mann die Pistole ab und schleuderte sie ein paar Meter weit weg. »Wir beide werden noch gute Freunde werden. Noch viel mehr sogar … ich werde Ihr *bester* Freund. Von jetzt an werden Sie völlig abhängig von mir sein, und zwar in jeder Hinsicht. Ich werde bestimmen, wann Sie essen, trinken, schlafen, auf die Toilette gehen … und natürlich, wie sehr Sie leiden werden. Sie zu brechen, wird zweifellos eine Herausforderung sein, aber ich werde es schaffen. Ich habe bisher jeden kleingekriegt.«

»Du bist nichts weiter als ein Stück Hundescheiße, in das ich getreten bin, Montez.«

»Aha, Sie wissen also, wie ich heiße. Interessant. Darüber werden wir uns bald unterhalten. Arturo, bitte klebe dem Mann den Mund zu.«

Montez beobachtete fasziniert, wie der Mann kräftig den Kopf schüttelte und Arturo daran hinderte, das Klebeband anzubringen. Mit lässiger Gleichgültigkeit verpasste er Fontana einen weiteren Elektroschock ins Genick, jedoch nicht so lange wie beim ersten Mal. Das genügte. Arturo konnte seine Aufgabe jetzt mühelos erledigen.

Montez schleifte seinen Gefangenen ins Gebüsch. »Ihr Freund ist draußen im Wasser, nicht wahr? Er will an Bord der Jacht? Das ist gut. Drei meiner Leute warten dort mit Haihaken auf ihn. Ich fürchte, er wird etwas ramponiert sein, wenn sie ihn damit aus dem

Wasser ziehen, aber mit ein bisschen Glück wird er es überleben. Mit ihm muss ich mich ebenfalls unterhalten. Ich gestehe, dass Sie beide in mir eine gewisse Neugierde geweckt haben.« Er wandte sich Arturo zu. »Hol bitte den Van.«

Sein Mann lief die Gleason Road entlang, auf den Haupteingang des Hotels Bahia zu.

»Mich würde es brennend interessieren, ob Sie oder Ihr Freund es waren, der den Angriff auf das Haus in Clairemont überlebt hat. Sie sehen mir nicht nach jemandem aus, der McBride heißt, also vermute ich mal, dass es Ihr Partner war. Ich kann nicht leugnen, dass ich für ihn eine gewisse Bewunderung empfinde. Immerhin hat er mit nur einer Pistole gegen vier meiner Leute gewonnen. Ach ja, ich habe auch vor, noch jemand anderen zu verhören. Wie heißt sie doch gleich wieder … Holly?«

Dieses Versteck hier bot ihm ausgezeichneten Schutz, aber er hatte nicht vor, lange zu bleiben. Wenn er Pech hatte, würden ein paar besoffene Amerikaner vorbeitorkeln. Arturo würde bald mit dem Van kommen und dann würden sie diese Gegend verlassen. Er blickte aufs Wasser hinaus in Richtung der Jacht. Dieser McBride befand sich bestimmt schon in der Gewalt seiner Männer. Er hatte ihnen strikte Anweisung erteilt, ihn am Leben zu lassen. Montez bedauerte einzig und allein, dass er nicht dabei sein würde, wenn die Daltons im Meer versanken. Sein Blick fiel auf die Scheinwerfer, die auf der anderen Straßenseite näher kamen. Es war der Van.

Als Arturo bis auf ein paar hundert Meter herangekommen war, schaltete er die Scheinwerfer aus. Der Mann war geübt: Montez sah zu, wie er am Straßenrand hielt, ausstieg und auf das hintere Ende des Vans zueilte.

KAPITEL 39

Die hinteren Türen des Vans schwangen auf.

»Licht aus, du Drecksack.«

Nathan McBride, der in geduckter Haltung im Inneren des Vans lauerte, zog dem Mann das Predator-Messer über die Kehle.

Er steckte die Waffe wieder in die Scheide, sprang aus dem Van und sprintete auf Harv zu.

Der Mann, der über seinen Freund gebeugt stand, reagierte schnell und zog eine Handfeuerwaffe. *Nein!*

Das Mündungsfeuer blitzte auf und erleuchtete Harvs Körper und das Gesicht des Schützen.

Montez.

★★★

Montez sah, wie Arturo sich mit beiden Händen an den Hals griff, ins Gras fiel und in Embryonalhaltung liegen blieb.

Was zum Teufel!

Plötzlich tauchte ein Hüne mit nacktem Oberkörper auf und sprintete mit einer Pistole in der Hand auf ihn zu. Montez konnte keinen sicheren Schuss abgeben – die niedrigen Palmen verdeckten den Mann.

Aber bei Mr Fontana lagen die Dinge anders.

Montez zielte auf Fontana und drückte ab. Der Gefesselte reagierte sofort und wälzte sich zur Seite, aber nicht schnell genug. Die panzerbrechende Kugel traf die Schulter am Rand der Schussweste. *Soll ich ihn erledigen?* Nein. Eine Grundregel auf dem Schlachtfeld lautete: Ein Verwundeter ist taktisch nützlicher als ein Toter.

Da sein Fluchtweg zur Straße hin abgeschnitten war, stürmte Montez auf die Glasschiebetür eines Hotelzimmers zu und gab im Laufen Schüsse ab.

★★★

»Harvey!«

Aus dem Augenwinkel heraus sah Nathan, wie Montez auf die Glastür eines Hotelzimmers zurannte und dabei um sich schoss. Drei ohrenbetäubende Schüsse peitschten durch die Luft und ließen das Hartglas zersplittern.

Montez sprang durch die zusammengefallene Scheibe und verschwand in dem dunklen Zimmer.

Nathan zog sein Messer und verbrachte wertvolle Sekunden damit, das Klebeband um Harvs Handgelenke zu durchtrennen. Dabei sah er das Blut, das aus der Schulterwunde lief. Er riss seinem Freund den Klebstreifen vom Mund.

»Nathan. Wie bist du …«

»Wo ist deine SIG?«

»Montez hat sie da drüben hingeschmissen.« Harv drehte den Kopf nach links.

Nathan holte Harvs schallgedämpfte Pistole.

Harv verzog das Gesicht zu einer Grimasse. »Nimm dein Handy aus meiner Vordertasche und schnapp dir den Hurensohn.«

»Darauf kannst du dich verlassen.« Nathan schnitt seine eigene SIG von seiner Wade los und gab sie Harv. Er wollte die trockene Pistole seines Freundes. Dann nahm er in geduckter Haltung die Verfolgung auf.

Obwohl er wusste, dass er in Glasscherben treten würde, nahm er die Hecke im Hürdenlauf und stürmte in das Hotelzimmer.

Hunderte von winzigen Splittern zerfetzten seine nackten Fußsohlen. Der Teppich half ein wenig, aber nicht genug. *Vergiss es. Es tut bloß ein bisschen weh, ist aber nicht lebensgefährlich.* Er bückte sich, fuhr sich mit der Hand über die Fußsohlen und entfernte die größten Scherben.

Er nahm eine Bewegung wahr im Bett zu seiner Rechten, schenkte diesem Umstand jedoch keine Beachtung. Die Zimmertür stand sperrangelweit offen. Jemand hatte sie in dieser Position festgeklemmt. Durch den Türrahmen fiel orangefarbenes Licht auf den Teppich.

Nathan spürte instinktiv eine Falle und hielt kurz inne, bevor er aus dem Wandschrank ein Hemd auf einem Kleiderbügel nahm. Er warf es in den Flur hinaus. Das Kleidungsstück segelte durch die Luft und behielt dabei seine ursprüngliche Form.

Aus Montez' Pistole krachte ein Schuss. Das Echo hallte von den umliegenden Gebäuden wider.

Überzeugt, dass der Schuss von links gekommen war, duckte sich Nathan und spähte auf Kniehöhe um die Ecke.

Montez.

Leider konnte Nathan aus dieser Entfernung keinen Schuss riskieren, nicht einmal mit der Laserzielvorrichtung. Die Gefahr, mit einem Querschläger Unschuldige zu treffen, war zu groß.

Auf brennenden, blutverschmierten Fußsohlen nahm er die Verfolgung auf.

★★★

Montez rannte, was das Zeug hielt. Ihm war klar, dass er nun endlich dem mysteriösen Mr McBride über den Weg gelaufen war. Er ärgerte sich über die Kugel, die er soeben verschwendet hatte. Für eine längere Schießerei hatte er nicht genug Ersatzmunition, und abgesehen davon verspürte er keine Lust, sich mit McBride auf diese Weise zu messen. Sein Gegner war geübt *und* schlau zugleich. Offenbar war er nicht zur Jacht hinausgeschwommen, sondern hatte unterwegs kehrtgemacht. Montez fragte sich, woher

McBride es gewusste hatte. Egal. Im Augenblick kam es nur auf Schnelligkeit an. Montez musste die Distanz zwischen sich und seinem Widersacher vergrößern.

★★★

Nathan ignorierte die zunehmenden Schmerzen in seinen Fußsohlen und konzentrierte sich auf die Aussicht, Montez zu schnappen. Es würde nicht einfach sein, ihn im Auge zu behalten. In diesem Hotel und dem dazugehörigen Gelände gab es einfach zu viele Verstecke und potenzielle Hinterhalte: Ecken, die nur schwer einzusehen waren. Büsche und Sträucher. Bäume. Zäune. Mauern. Montez konnte ihm überall auflauern, und Nathan musste aufpassen, dass er nicht plötzlich in die Pistolenmündung seines Widersachers starrte.

Die Schüsse, die Montez abgegeben hatte, hatten genug Lärm gemacht, um Tote zu wecken. Die Polizei war bestimmt schon unterwegs. Das Gleiche galt für Feuerwehr und Rettungssanitäter, falls Harv die Notrufnummer angerufen hatte. An Montez' Stelle würde er schleunigst von hier verschwinden.

Die Spotlights an den Dachvorsprüngen über den Hotelzimmern sorgten auch um drei Uhr morgens für ausreichende Beleuchtung. Nathan schätzte Montez' Vorsprung auf etwa fünfzig Meter. Machbar, aber die Hälfte wäre besser. Bei einer Distanz von fünfundzwanzig Metern könnte er stehen bleiben und den Flüchtigen mit einem Schuss verletzen. Mit der Laserzielvorrichtung wäre das nicht allzu schwer. Allerdings wäre nach einem längeren Sprint die Zielgenauigkeit beeinträchtigt.

Verdammte Scheiße auch! Das Brennen an den Füßen wurde immer schlimmer, fast unerträglich. Zu allem Überfluss waren auch noch Schmutzpartikel in die Schnittwunden gelangt, wo sie sich mit Dutzenden winzigen Glassplittern vermischten.

Lass dich von den Schmerzen nicht unterkriegen. Am Ende siegt die Willenskraft.

Weiter vorne auf der rechten Seite erblickte Nathan ein Areal, das ihm Probleme bereiten konnte: eine Reihe spärlich beleuchteter

Fußwege, die durch eine tropische Gartenanlage verliefen. Das Gelände war nicht sonderlich groß, bot aber eine Menge Verstecke. Wenn Montez dorthin flüchtete, war alles möglich.

Plötzlich hörte er sie. Eine Polizeisirene in der Ferne. Wie lange wird der Streifenwagen brauchen? Zwei Minuten? Er konnte es nicht sicher sagen. Die Tatsache, dass sich die Polizeisirene näherte, änderte die Lage. Montez würde jetzt keine Zeit mit einem Hinterhalt verschwenden. Nathan würde an seiner Stelle das Weite suchen. Sei's drum! Er würde ihm auf den Fersen bleiben. Ausdauer war jetzt alles.

Inzwischen hatte sich der Zustand seiner Füße drastisch verschlimmert. Wie lange konnte er die Schmerzen noch aushalten, ohne dass sie ihn überwältigten? Harv hatte recht: Er war kein Supermann, der die Schmerzen einfach abschalten konnte. Oder vielleicht doch?

KAPITEL 40

Harvey grunzte vor Anstrengung und entfernte mit der linken Hand das Klebeband von seinen Fußknöcheln. Sein rechter Arm ließ sich nicht bewegen und er hoffte, dass der Nervenstrang nicht irreparabel zerstört war.

Plötzlich spürte er jemanden hinter sich.

»Ich habe den Notruf gewählt.«

Er blickte in Richtung des Hotelzimmers und erkannte eine Frau in einem weißen Bademantel. Sie stand dort, wo sich zuvor die Glasschiebetür befunden hatte.

»Ma'am, bleiben Sie lieber in Ihrem Zimmer.«

»Ich war elf Jahre lang Krankenschwester in der Notaufnahme.«

»Ich kann Sie unmöglich in diese Sache hineinziehen.«

Die Frau trat über die Glasscherben ins Freie. »Sie tragen SWAT-Kleidung. Sind Sie Polizist?«

»Nein, Ma'am.«

»Sind Sie einer von den Guten oder von den Bösen?«

Harv rang sich ein Lächeln ab. »Kommt darauf an, auf welcher Seite Sie stehen.«

»Ich sollte jetzt lieber Ihre Blutung stillen.«

»In meinem Kofferraum liegt ein Verbandskasten. Ich hole ihn.«

Harv ignorierte das Brennen in seiner Schulter und eilte zu seinem Mercedes. Auf halbem Weg zog er sein Handy aus der Tasche und erledigte einen Anruf.

★★★

Nathan gelang es nicht, den Abstand zu dem Flüchtigen zu verringern. Seine Füße bremsten ihn und Montez war offenbar gut in Form.

Zwanzig Meter weiter teilte sich die Zufahrt auf. Wenn Montez die rechte Abzweigung nahm, würde er am Haupteingang vorbeikommen, wo man ihn wegen der hellen Beleuchtung besser sehen konnte. Wie vorherzusehen war, bog Montez nach links in Richtung Gleason Road ab und verschwand aus Nathans Blickfeld.

Das zwang Nathan, einen langsameren Gang einzulegen und den toten Winkel einzusehen, ehe er weiterlief. Durch das Abbremsen schmerzten seine Füße noch stärker, doch es ging nicht anders. Er duckte sich und lief durch eine kleine Grünanlage nahe einem Eingangstor. Montez war nirgendwo in Sicht. Nathan sprintete mit gezogener Waffe zur Ecke des Geländes, ging hinter einer großen Palme in Deckung und spähte in Richtung West Mission Bay Drive.

Verdammte Scheiße. Montez rannte immer noch in vollem Tempo und hatte jetzt einen Vorsprung von mehr als hundert Metern. Inzwischen war die Sirene näher gekommen, aber dem Klang nach war es nicht die Polizei, sondern die Feuerwehr. Er vernahm das eindeutige Geräusch – das Horn eines Feuerwehrwagens. Das war besser, Feuerwehrmänner trugen keine Waffen. Nathan kannte deren Vorgehensweise gut genug, um zu wissen: Sie würden warten, bis die Polizei eintraf. Wenn Montez das auch wusste, würde er sich vielleicht die Zeit nehmen und einen Hinterhalt vorbereiten. Nathan machte sich darauf gefasst und rannte weiter.

Der Zustand seiner Füße hatte sich inzwischen drastisch verschlimmert. Einige der Schnittwunden waren beim Laufen größer geworden und verursachten lähmende Schmerzen. Enttäuschung und Frust flammten in ihm auf – und gleichzeitig Wut. Eine längst verdrängte Erinnerung an den Tag, an dem er vor einer Menge weinender Frauen und Kinder ausgepeitscht wurde, trat plötzlich an die Oberfläche. Der unbändige Hass, den er angesichts seiner Hilflosigkeit verspürt hatte, hatte ihn innerlich verzehrt und ausgebrannt. Es war an diesem Tag, dass zum ersten Mal sein *anderes Ich* erschienen und von seinem Bewusstsein Besitz ergriffen hatte – ein Umstand, dem er es verdankte, nicht dem Wahnsinn verfallen und noch am Leben zu sein.

Das *andere Ich*.

Auch jetzt spürte er, wie sich dieses bösartige Etwas an die Oberfläche drängte und wie er es gewähren ließ, weil er seine Hilfe brauchte. Aber zu welchem Preis? Obwohl er sich für seine Schwäche hasste, schloss er die Augen und gab sich der geballten Frustration, Scham und Wut hin, die sich innerhalb von vierzehn Jahren in ihm aufgestaut hatten.

Und er fragte sich, ob er gerade seine Seele verkaufte.

KAPITEL 41

Tief im nicaraguanischen Dschungel steht Nathan kurz davor, wahnsinnig zu werden. Alles, was ihm noch bleibt, ist Hass. Auf alles. Auf die Erde. Auf den Himmel. Einfach auf alles, egal, ob es lebt oder nicht.

Klatsch!

Sechzehn.

Es tut höllisch weh, wenn die Peitsche ins Fleisch schneidet. Mit jedem Schlag steigert sich sein Hass. Er klammert sich daran wie ein Ertrinkender an einen Rettungsring – der Hass ist das Einzige, was noch zwischen ihm und der unendlichen Qual steht.

Zweieinhalb Meter geflochtener Katzendarm treffen erneut auf seine nackte Haut.

Klatsch!

Siebzehn.

★★★

Nathan ignorierte die Schmerzen in seinen zerschundenen Füßen und rannte Montez auf dem um diese Zeit leeren West Mission Bay Drive hinterher.

Plötzlich kam ein Feuerwehrauto mit lautem Sirenengeheul und Motorengedröhn aus dem Mission Boulevard um die Ecke geschossen. Etwas weiter weg erklang eine weitere Sirene. Wahrscheinlich die Polizei.

★★★

Die Peitschenhiebe erfolgen im Rhythmus von zehn Sekunden.

Klatsch!

Klatsch!

Klatsch!

Die Zeit treibt dahin. Das andere Ich *hatte von ihm Besitz ergriffen … wie lange? Wie viele Hiebe hatte er bekommen? Nach dem achtundzwanzigsten Schlag hatte er mit dem Zählen aufgehört.*

Er öffnet die Augen und sieht Montez mit verschränkten Armen an einem Baum lehnen. Sein Peiniger gähnt in einer spöttischen Geste, die Langeweile suggeriert, und bedeutet dem Zwerg mit einem Kopfnicken, zu ihm zu kommen. Ein paar Sekunden lang sprechen die beiden flüsternd miteinander. Vielleicht braucht der Zwerg eine Pause, schließlich muss sein Arm von der Anstrengung erschöpft sein.

Nathan spürt, wie ihm eine Flüssigkeit an den Beinen hinunterläuft. Er hofft, dass dies das Ende ist.

★★★

Nathan sah, wie Montez eine Rasenfläche erreichte und sich zu einer losen Ansammlung von Palmen hinwendete. Da er immer mehr aufholte, fiel es ihm nicht schwer, den Flüchtigen im Auge zu behalten. Der Gejagte zeichnete sich im bunten Lichtschein des dahinterliegenden Vergnügungsparks deutlich ab.

★★★

Und wieder treibt die Zeit dahin.

Montez' ruhige Stimme holt ihn in die Wirklichkeit zurück. »Warum sagst du mir nicht einfach, wie du heißt? Was kann das schon schaden? Warum willst du unnötig leiden?«

Er antwortet nicht.

Montez schnalzt mit den Fingern.

Er schließt die Augen und rechnet mit einem harten Schlag, doch der bleibt aus.

Das Warten ist furchtbar.

Plötzlich spürt er einen Ruck am Seil, an dem er hängt. Er öffnet die Augen und sieht, wie der Zwerg den Knoten löst. Man lässt ihn gerade so weit herab, dass er auf Zehenspitzen stehen kann. Ein grausamer Trick. Seine Schultern sind ausgerenkt. Schon seit mehreren Stunden.

Montez schlendert heran und verpasst ihm mit aller Kraft einen Hieb auf den Oberkörper. Als der höllische Schmerz ihn durchzuckt, beißt er die Zähne zusammen.

»Wir machen jetzt Mittagspause. Kann ich dir was mitbringen? Vielleicht ein Club-Sandwich und ein Bier?«

»Fick dich!«

»Na, na, warum denn gleich so ordinär?«

Die Zeit treibt wieder dahin.

Eine Ohrfeige trifft sein zerschnittenes Gesicht und holt ihn in die Gegenwart. Er öffnet die Augen. Montez. Nur wenige Zentimeter entfernt. Er hält etwas in der Hand und legt den Kopf in den Nacken.

Eine Feldflasche? Wasser. Er trinkt Wasser.

Sein Peiniger spuckt die Flüssigkeit auf seine Beine und Füße. Die Striemen auf seiner Haut brennen höllisch.

Wieder hört er sich selbst, wie er lacht. Nein, er weint.

Vielleicht kann er der Sache ein Ende bereiten. Einen Versuch wäre es zumindest wert.

Er zwinkert Montez zu und grinst.

Montez packt ihn an den Haaren und zerrt seinen Kopf nach vorne. »Was gibt's da zu grinsen?«

Er beißt sich in die Zunge, um nicht in Ohnmacht zu fallen, und spürt, wie Blut in seinen Mund fließt. Unter Aufbietung seiner letzten Kräfte spuckt er Montez die rote Ladung ins Gesicht.

Montez wischt sich mit dem Ärmel über das Gesicht, zischt etwas Unverständliches und eilt zum Schuppen. Er verschwindet kurz da-

rin, und als er wieder herauskommt, hält er etwas in der Hand. Ein Funkgerät?

Nein, kein Funkgerät.

Er sieht das sadistische Grinsen im Gesicht seines Peinigers, als dieser die Elektroschockpistole nach unten bewegt, bis sie aus seinem Blickfeld verschwindet.

Plötzlich durchfährt ihn ein glühender Schmerz.

Sein Schrei hallt durch den Dschungel. Sämtliche Vögel verstummen.

Gnädige Dunkelheit umhüllt ihn. Das andere Ich *kehrt treu zurück und nimmt seinen Platz ein.*

Die Zeit treibt wieder dahin.

Wo ist er? Was geht da vor?

Die Antwort trifft ihn mit voller Wucht in Form eines weiteren Stromschlags.

Er wirft den Kopf hin und her und schreit.

Und schreit.

Und schreit …

★★★

Nathan blendete die Schmerzen in seinen Füßen aus, mobilisierte alle seine Kräfte und setzte zum Endspurt an. Er flog förmlich über den Parkplatz und die dahinterliegende Grünanlage, wo er das nasse Gras unter seinen Füßen genoss. Kühle Luft strömte in seine Lungen. Als das *andere Ich* immer mehr in den Hintergrund trat, schärften sich Nathans Sinne aufs Äußerste und seine Muskeln taten in perfekter Harmonie ihren Dienst. Er fühlte sich frei wie ein Gepard, der über die afrikanische Steppe rannte. Ein absolutes Hochgefühl. Nathan kannte seinen Körper gut und wusste, wo seine Grenzen lagen. Er war weit davon entfernt, schlapp zu machen.

KAPITEL 42

Montez sah sich nach hinten um. Unglaublich. McBride hatte ein gutes Stück aufgeholt. Wie konnte das passieren? Immerhin lief der Mann barfuß und die Glasscherben im Hotelzimmer mussten seine Fußsohlen zerfetzt haben. Er konnte unmöglich unverletzt durch diesen Scherbenhaufen gelaufen sein. Wie war das möglich?

Eins wurde Montez zunehmend klar. Über kurz oder lang würde sein Verfolger ihn einholen. Arturo war tot, und seine anderen Leute befanden sich draußen auf der Jacht, wo sie ihm nichts nützten. Er war also völlig auf sich allein gestellt. Das Einzige, was ihm jetzt half, war ein Hinterhalt. Ein tödlicher Treffer wäre natürlich am besten, aber eine Verletzung würde es auch tun.

★★★

Nathan spürte Montez' wachsendes Unbehagen. Als dieser den Mission Boulevard erreichte, hatte Nathan die Distanz zwischen ihnen fast halbiert. Aber wenn Montez im Belmont Park verschwand, würde sich die Jagd deutlich schwieriger gestalten. Eine Grünanlage mit Büschen und Bäumen bot einem Flüchtigen Hunderte von Möglichkeiten – alle zum Nachteil des Verfolgers.

Zeit, eine Entscheidung zu treffen.

Er musste es riskieren. Es blieb ihm nichts anderes übrig.

Nathan kam auf dem feuchten Rasen schlitternd zum Stehen, wie ein Runner beim Baseball, der die Second Base erreicht. Er stützte sich auf einem Knie ab, aktivierte die Laserzielvorrichtung, atmete tief ein und ließ den roten Punkt auf einer Stelle unmittelbar unterhalb von Montez' Oberkörper ruhen. Dann krümmte er den Finger am Abzug.

★★★

Montez hörte den schallgedämpften Schuss und spürte, wie die Kugel seinen rechten Oberschenkel durchschoss.

Er zuckte zusammen und brach instinktiv zur Seite aus. Panik erfasste ihn. Der Schock ließ nach, als er feststellte, dass er immer noch laufen konnte. Wie lange noch? Er fuhr herum und feuerte blindlings auf seinen Verfolger, in der Hoffnung, ein bisschen Zeit zu gewinnen.

McBride verwendete anscheinend eine Laserzielvorrichtung, und Montez wünschte sich, er hätte auch eine.

Er humpelte auf den Eingang des Parks zu und wusste, dass der Blutverlust bei seinem beschleunigten Herzschlag bald ein ernsthaftes Problem sein würde. Bevor ihn ein zweiter Schuss traf, musste er unbedingt den Park erreichen und dort Deckung suchen.

★★★

Nathan sah, wie Montez für einen Augenblick zusammenzuckte, bemerkenswerterweise aber nicht zu Boden ging. Eine Sekunde später feuerte er in Nathans Richtung. Der Knall zerriss die Stille und hallte von allen Gebäuden in der Umgebung wider. Jeden Moment konnte die Polizei eintreffen – ein paar Streifenwagen rasten bereits auf das Hotel Bahia zu. Die Vorstellung, dass Montez in Polizeigewahrsam enden würde, gefiel ihm nicht. Das würde nichts bringen.

Er sah, wie Montez über den Mission Boulevard humpelte und durch ein Tor auf einen schmalen Parkplatz eilte.

Vielleicht hätte er doch einen tödlichen Schuss abgeben sollen. *Zu spät. Vergiss es und konzentrier dich lieber.*

Nathan pumpte mit den Armen, um schneller rennen zu können, und sah sich nach heranfahrenden Autos um. Der Mission Boulevard war im Augenblick frei, also sprintete er über die mehrspurige Fahrbahn. Seine Füße schlugen hart auf dem Asphalt auf, was ihn daran erinnerte, dass die Schmerzen wiederkehren würden, sobald der Adrenalinrausch nachließ.

Er fluchte in sich hinein, als Montez unter der Achterbahn hindurchlief und im Belmont Park verschwand. Wenn er nicht in einen Hinterhalt geraten wollte, musste er langsamer laufen. Vielleicht war es doch nicht so schlecht, die Polizei vor Ort zu haben. Ein Montez in Polizeigewahrsam war immer noch besser als ein Montez auf freiem Fuß.

Mit dieser Überlegung kehrten die Schmerzen in seinen Füßen mit voller Wucht zurück. Der durch die Erinnerung und den Flashback verursachte Adrenalinrausch war weg und sein *anderes Ich* war der Realität gewichen – genau wie er es in der Therapie gelernt hatte. Nathan kämpfte gegen die schwindende Hoffnung an, versank tief in sich und versuchte erneut, den Schmerz auszublenden.

Wann war er zuletzt im Belmont Park gewesen? Vor ein paar Jahren? In dieser Zeit konnte sich viel verändert haben. Er erinnerte sich, dass es dort eine Art künstliche Wellenmaschine für Surfer, ein Schwimmbecken von olympischen Ausmaßen, dazu Läden, Imbissstände, Fahrgeschäfte und eine Vielzahl anderer Attraktionen gab. Um drei Uhr morgens waren sie alle geschlossen und der Park leer. Patrouillierten Wachleute durch das Gelände? Wahrscheinlich. Waren sie bewaffnet oder hatten sie nur Funkgeräte dabei? Wenn es Wachleute gab, waren sie bestimmt schon unterwegs, um herauszufinden, wer da mitten in der Nacht geschossen hatte.

Nathan atmete heftig von der Anstrengung und lief geduckt weiter, um dem Gegner keine so große Zielfläche zu bieten. Er verlangsamte seine Schritte und tastete mit den Augen den Begrenzungszaun und die Achterbahn, die sich dahinter erhob, ab.

Zwischen den weißen Pfosten und Trägern würde Montez kein geeignetes Versteck für einen Hinterhalt finden. Außerdem hielt der Zaun ungebetene Besucher fern.

Nathan lief mit gezückter Waffe auf das Parkgelände. Gegen das übermäßig helle Umgebungslicht konnte er nichts machen. Wenn Montez sich irgendwo versteckt hielt, konnte er seinen Verfolger kommen sehen. Und in dieser Art von Konfrontation gewann derjenige, der seinen Gegner als Erster sah. Jetzt kam es vor allem auf Schnelligkeit an.

Aber mit diesen Füßen? Er testete sie auf ihre Beweglichkeit. Wenigstens bluteten sie nicht mehr so stark, wahrscheinlich, weil der Sand und der Schmutz die Wunden verstopft hatten. Das hatte zumindest den Vorteil, dass er im entscheidenden Moment nicht auf blutverschmierten Sohlen ausrutschte – das könnte sich als tödlich erweisen.

Oder sogar noch schlimmer. Er wollte gar nicht daran denken, was geschehen würde, wenn er Montez in die Hände fiel und erneut dem Sadismus seines früheren Peinigers ausgeliefert wäre. Bei der Vorstellung drehte sich ihm der Magen um. Vorher würde er sich eine Kugel geben.

Etwa fünf Meter hinter dem Eingang zum Park fiel ihm etwas ins Auge. Er bückte sich und sah frische Blutstropfen. Anscheinend hatte Montez mehr als nur einen Streifschuss abbekommen. Das bedeutete einerseits, dass er Nathan nicht davonlaufen konnte, andererseits, dass nun ein Hinterhalt so gut wie sicher war.

Als Nathan in der unmittelbaren Umgebung keine weiteren Blutspuren sah, folgte er dem Zaun zu seiner Linken bis zu einem Konvexspiegel, der an einem Gebäude neben einem Fahrgeschäft angebracht war. Vermutlich diente er dem Besitzer dazu, die Menschen auf der anderen Seite zu sehen. Im Augenblick zeigte der Spiegel jedoch nichts, vor allem keine Spur von Montez.

Nathan ließ sich ein paar Sekunden Zeit, um herauszufinden, welche Lichtquellen Schatten produzierten. Dies war wichtig, um auf mögliche Orte rückzuschließen, an denen Montez sich verstecken konnte. Weiter vorne und zu seiner Rechten bot ein Karussell ein gutes Versteck. Auf dem Dach eines benachbarten Gebäudes erkannte Nathan mehrere Überwachungskameras, bezweifelte jedoch, dass sie rund um die Uhr Live-Aufnahmen übermittelten. Er verwendete ein paar weitere Sekunden darauf, die Karte des Vergnügungsparks vor dem Karussell zu studieren und sich die Lage sämtlicher Ausgänge einzuprägen. Insgesamt gab es sechs und alle waren mit dem Hauptweg verbunden. Zwei im Osten, zwei im Süden, zwei im Westen. Er wusste nicht, ob sie verschlossene Tore hatten.

Wertvolle Sekunden verstrichen. Er musste unbedingt wieder Sichtkontakt mit Montez herstellen. Er richtete Harvs SIG auf das Karussell und ging auf das Gebäude mit dem Spiegel zu. Es sah aus wie ein Eintrittskartenhäuschen. Da er ein schwierigeres Ziel abgeben würde, wenn er in Bewegung blieb, schlich Nathan weiter an der Wand entlang und ließ seinen Blick über den Asphalt vor dem Aufgang zum Karussell schweifen.

Und siehe da, er fand weitere Blutstropfen.

★★★

Montez kämpfte gegen einen neuen Panikanfall an. Die Schusswunde, die anfangs nur ein unangenehmes Brennen verursacht hatte, fühlte sich jetzt an, als hielte jemand einen Schweißbrenner darauf. Und das Blut, das immer noch beständig tropfte, hinterließ eine leicht zu verfolgende Fährte. Ihm war klar, dass McBride mit einem Hinterhalt rechnete – von wo aus, konnte er nicht wissen. Würde er mehr als einen Schuss abgeben können? Wahrscheinlich nicht. Er musste unbedingt einen entscheidenden Treffer landen. Gefangene durfte er dieses Mal nicht machen. Er musste McBride töten oder zum Krüppel schießen und danach aus der Gegend verschwinden. Die Zeit war nicht auf seiner Seite, aber selbst wenn er genug davon hätte, wohin sollte er gehen? Er wusste nicht, wie weit er es mit seiner Verletzung schaffen würde. Einen Kilometer? Weniger?

Er blickte auf die kleine Blutlache, die sich unter seinem Hosenbein bildete. Selbst wenn er aus seinem Hemd einen Druckverband machte, hatte die Hose bereits so viel Blut aufgesaugt, dass es weiterhin tropfen würde. Wie lange würde es dauern, bis sich das Blut in seinen Schuhen sammelte?

Er wusste, dass McBride aus Angst vor einem Hinterhalt sein Tempo verlangsamen musste, und Montez humpelte den Hauptweg entlang in Richtung Südende des Parks. Zum Glück hatte er diese Fluchtroute bereits vor einer Woche ausgekundschaftet. Er bezweifelte, dass sein Verfolger das Gelände so gut kannte wie er. Auf dem Weg gab es mehrere Stellen, die sich als Hinterhalt eigneten. Er musste nur die richtige wählen.

Plötzlich kam ihm eine geniale Idee. Er würde aus seinem Nachteil einen Vorteil machen.

Montez blickte über seine Schulter nach hinten und verschwand tiefer in den Park.

KAPITEL 43

Wenn ich sie hören kann, kann er es auch.

Polizeisirenen, die näher kamen. Mindestens drei, wahrscheinlich sogar vier. Nathan überlegte, ob er den Schalldämpfer abmontieren und einen Schuss abfeuern sollte, um die Polizei auf sich aufmerksam zu machen. Nein, dafür war es noch zu früh. Wenn die Polizei mitmischte, bestand die Gefahr, dass er bei einer Schießerei ins Kreuzfeuer geriet. Außerdem litt Montez bestimmt genauso schlimme Schmerzen wie er. Wahrscheinlich sogar schlimmere. Und der Blutverlust machte ihn immer schwächer.

Er musste in Bewegung bleiben. Er hielt nach Schatten und Bewegungen hinter dem Karussell Ausschau, arbeitete sich bis zu einer Treppe vor und duckte sich hinter einem Müllcontainer aus Beton. Er blickte um die Ecke nach Süden, sah aber weder Montez oder irgendwelche Wachleute noch sonst jemanden. Der Park lag um diese Zeit vollkommen verlassen da. Zu seiner Linken befand sich eine Art Drehscheiben-Fahrgeschäft, zur Rechten eine Arkade mit Souvenirläden und Imbissbuden. Etwa drei Meter weiter sah er mitten auf dem Gehweg zwei weitere Blutstropfen. Und noch etwas.

Etwas weitaus Größeres als nur Tropfen.

Einen teilweise blutigen Fußabdruck.

Hervorragend.

Die Schusswunde an Montez' Bein blutete offenbar so stark, dass die Hose bis zu den Schuhen blutgetränkt war. Er war auf jeden Fall hier vorbeigelaufen. Aber wie weit war er gelangt?

Altmodische Straßenlaternen sorgten für eine gute Beleuchtung im Zentrum des Vergnügungsparks, doch die Buden und Stände am Rand enthielten dunkle Nischen, die Montez nutzen konnte, um aus dem Hinterhalt zu schießen. Kein Wunder, dass er gerade diesen Ort gewählt hatte.

Nathan rannte geduckt an der Plattform eines Fahrgeschäfts entlang bis zu dessen Treppe. Von dort warf er einen weiteren Blick nach Süden, sah aber auch diesmal niemanden. Er beobachtete ein paar Sekunden lang die Umgebung seines neuen Standorts. Auf dem asphaltierten Fußweg verliefen noch mehr blutige Spuren. Dem Abstand zwischen den einzelnen Abdrücken nach zu urteilen, hatte Montez versucht zu rennen. Nathan widerstand dem Impuls, ihm nachzusetzen, denn genau das wollte Montez. *Langsam. Denk nach. Nutze die Umgebung. Was kannst du als Deckung benutzen? Wie kannst du am besten tiefer in den Park vordringen, ohne in einen Hinterhalt zu geraten?*

★ ★ ★

Montez war zufrieden mit sich selbst und seiner List und versteckte sich zwischen zwei Souvenirständen in der Mitte des Hauptwegs durch den Park. Wenn McBride ihm entlang derselben Route folgte, würde er sich ihm ohne Deckung nähern. Zu seiner Rechten befand sich hinter dem Schutz einer Mauer ein rasantes Fahrgeschäft, das neben einem gehörigen Nervenkitzel bestimmt auch Übelkeit verursachte, zu seiner Linken eine überdachte Fahrfläche für Autoscooter. Von hier aus hatte er einen ungehinderten Blick auf den Hauptweg, der durch den Park führte. Taktisch einwandfrei. McBride würde ihm ein leichtes Ziel bieten.

Die Beinverletzung verschlimmerte sich und verursachte eine schmerzverzerrte Grimasse, die jedoch kurz darauf einem zufriedenen Grinsen wich: Er sah, wie McBride über den Fußweg huschte und hinter einem Müllcontainer in Deckung ging.

Jetzt hab ich dich.

★★★

Die Müllcontainer.

Sie boten einen soliden taktischen Vorteil. Diese Behälter mit ihren acht Zentimeter dicken Betonwänden standen in Abständen von sieben bis neun Metern, sodass man von Container zu Container rennen und dahinter Deckung suchen konnte. Auf diese Weise konnte er sich ins Innere des Vergnügungsparks vorarbeiten.

Er blickte über seine Schulter in die Richtung, aus der er gekommen war. Niemand zu sehen. Aber die Polizeisirenen wurden immer lauter und kamen eindeutig aus mehreren Richtungen. Er durfte es nicht zulassen, dass sich die Verfolgungsjagd in die Länge zog. Er musste jetzt aufs Ganze gehen und Montez aus der Reserve locken.

Alles hing von seiner Überlegung ab, dass Montez mehr unter Druck stand als er.

Er sprintete vorwärts auf die andere Seite des Fußweges und duckte sich hinter dem nächsten Müllcontainer. Der Wechsel zwischen Losrennen und abruptem Abbremsen ließ die Schmerzen in seinen Füßen wieder aufflammen. Es fühlte sich an, als liefe er über ein Nagelbrett, aber das ließ sich nicht ändern. Wenn er sich in dieser gut beleuchteten Umgebung länger als ein paar Sekunden ohne Deckung sehen ließ, war er eine wandelnde Zielscheibe. Montez' blutige Fußabdrücke verliefen weiter den Asphalt entlang, verschwanden jedoch nach etwa fünfzehn Metern aus Nathans Blickfeld. Er spähte über den Rand des Müllbehälters. Die Luft war rein. Der Park war weiterhin menschenleer. Wo steckten die Wachleute?

Er wollte gerade zur nächsten Deckung weiterrennen, als er Antwort auf seine Frage bekam. Ein Wachmann lief am Südeingang des Parks um die Ecke direkt auf ihn zu.

Wenn er an seinem jetzigen Standort blieb, riskierte er, gesehen zu werden. Und wenn er in den Innenhof zwischen den Buden und Fahrgeschäften zu seiner Rechten auswich, verlor er den Fußweg aus dem Blick und damit die Chance, Montez zu schnappen. Das ging auf gar keinen Fall.

Er beobachtete den Wachmann einen Augenblick lang und beschloss zu bleiben, wo er war. Der Mann hatte offensichtlich Montez' Schuss gehört und war gekommen, um nach dem Rechten zu sehen. Mit ein bisschen Glück würde er nach rechts gehen und eine Abkürzung vorbei am südlichen Rand der Achterbahn nehmen. Wenn nicht, würde er vielleicht an Nathans Versteck vorbeilaufen, ohne genau hinzusehen. War er bewaffnet? Wenn ja, konnte die Situation eskalieren. Nathan hatte keine Lust auf eine Begegnung mit einem bewaffneten und wahrscheinlich nervösen Wachmann.

★★★

Montez sah, wie McBride hinter dem Müllbehälter hervorlugte, dann aber schnell den Kopf einzog. Hatte er ihn gesehen? Das schien unwahrscheinlich, da sein Versteck tief im Schatten lag. Unmöglich, dass McBride ihn entdeckt hatte. Er spähte um die Ecke in die entgegensetzte Richtung und sah, warum sein Gegner sich geduckt hatte.

Ein Wachmann.

Er hielt direkt auf sein Versteck zu.

Montez hob die Waffe.

★★★

Nathan sah, wie der Wachmann bei dem Mini-Motorboot-Fahrgeschäft nach rechts abbog und auf die Ostseite des Begrenzungszauns zuhielt. Er wusste nicht, wie lange es dauern würde, bis der Mann auf dem Rückweg wieder vorbeikam, daher nutzte er die Gelegenheit und eilte zum nächsten Müllbehälter.

Die neuen Gefahrenstellen waren die Souvenirstände in der Mitte des Fußweges und eine Ecke auf der linken Seite, die man nicht einsehen konnte. Nein, die Ecke konnte er von der Liste streichen, denn wenn Montez sich dort versteckte, hätte ihn der Wachmann gesehen.

Er reckte den Hals und lugte über den Müllbehälter hinweg. Die blutigen Fußabdrücke führten an den Ständen vorbei, jedoch war es unklar, wie weit. Durch seinen niedrigen Blickwinkel konnte er nicht über die Stände hinaussehen, und er hatte nicht vor, sich aufzurichten und eine Kugel zu riskieren. Allmählich fragte er sich, ob Montez womöglich zum Ausgang am anderen Ende des Parks geflohen war. Vielleicht hatte er vorab ein Fluchtauto organisiert, das ihn am Parkplatz vor dem Südausgang abholen würde. Womöglich war das von Anfang an ein Teil seines Plans gewesen, nämlich, etwaige Verfolger durch ein schwieriges Gelände mit mehreren potenziellen Hinterhalten zu locken und dadurch Zeit zu gewinnen, um schließlich durch den Südausgang zu entkommen.

Nathan konnte nicht noch mehr Zeit verstreichen lassen.

Er sprintete in geduckter Haltung an den Souvenirständen vorbei, immer den blutigen Spuren nach.

Beim Rennen fiel ihm plötzlich etwas ein.

Eine Szene aus einem Film, den er sich erst neulich angesehen hatte.

Darin war es um eine Fährte aus Fußabdrücken gegangen.

Welcher Film war das doch gleich wieder gewesen?

The Shining.

★★★

Montez wandte sich zur Seite und blickte dem Wachmann hinterher, als dieser den Hauptweg verließ. In diesem Augenblick hörte er hinter sich eine Bewegung. McBride musste an ihm vorbeigerannt sein, wahrscheinlich in Richtung Südausgang. Er drehte sich um, lugte um die Ecke, zielte auf McBrides Rücken und lächelte.

★★★

Die blutigen Fußspuren endeten plötzlich.

Mitten auf dem Weg? Unmöglich.

Montez konnte nicht fliegen, aber er konnte …

Auf seinen eigenen Spuren zurückgehen!

Nathan schmiss sich sofort hin und rollte nach links, wo ihm eine Nische an der Wand Deckung bot.

Er fluchte innerlich und wappnete sich für eine Kugel.

★★★

Montez traute seinen Augen nicht. McBride warf sich von einer Sekunde auf die andere zu Boden und rollte aus der Schusslinie in Deckung. Was hatte ihn gewarnt? Eigentlich hätte der Trick mit den blutigen Fußabdrücken funktionieren müssen. Er hatte fest damit gerechnet, dass McBride verwirrt stehen bleiben und sich umdrehen würde. Aber so kam es nicht. Offensichtlich hatte der Mann eine blitzschnelle Auffassungsgabe und Reaktion.

Was nun? Das Blut, das sich in seinem Schuh sammelte, erinnerte ihn daran, wie verzweifelt seine Lage war. Einen längeren Kampf würde er nicht durchstehen.

Außerdem konnte dieser Wachmann jeden Moment zurückkommen.

Er brauchte dringend einen neuen Plan.

★★★

Der Schuss, mit dem er gerechnet hatte, blieb aus. Er drückte sich dicht an die Wand innerhalb der kleinen Nische und holte tief Atem.

Stephen King, ich stehe tief in deiner Schuld.

Und jetzt? Er hatte keine Zeit, darauf zu warten, was Montez als Nächstes tun würde.

Der Wachmann konnte jeden Moment zurückkommen. Die Polizei würde auch gleich da sein. Wahrscheinlich hatte das San Diego Police Department bereits einen Hubschrauber losgeschickt.

Er ließ seinen Blick in südlicher Richtung über den Asphalt schweifen und suchte nach Blutstropfen. Nichts. Selbst wenn Montez auf einem Bein gehüpft wäre, um keine Fußabdrücke zu hinterlassen, würde es trotzdem Blutstropfen in dieser Richtung geben.

Er musste sich dringend etwas einfallen lassen.

Denk nach, Nathan.

Denk nach.

Plötzlich kam ihm eine Idee.

★★★

Als Montez das Geräusch hörte, lief es ihm eiskalt über den Rücken. Nein. Ausgerechnet jetzt!

Sein Handy klingelte.

Er hatte vergessen, es auf lautlos zu stellen. In der nächtlichen Stille des Parks klang es wie ein plärrender Autoalarm. Blitzschnell nahm er die Waffe in die linke Hand und griff mit der Rechten in die Hosentasche. Er musste das verflixte Ding unbedingt abstellen, bevor es ein drittes Mal klingelte.

★★★

Mit einer fließenden Bewegung steckte Nathan das Handy zurück in die Tasche und sprintete lautlos in die Richtung, aus der das Klingeln ertönte.

Mit ausgestreckter Waffe näherte er sich den Souvenirständen von der anderen Seite des Fußwegs. Er wusste, dass er den Richtigen erwischt hatte, als sein Anruf beim dritten Klingeln weggedrückt wurde, noch bevor die Mailbox ansprang.

Montez.

Wenn er sich irgendwo zwischen den drei Ständen versteckte, konnte er an zwei verschiedenen Stellen sein.

Aber an welcher?

Wenn Nathan sich falsch entschied, konnte es tödlich enden. Er folgte seinem Instinkt, eilte auf den ersten Zwischenraum zu und erwischte Montez dabei, wie er in die andere Richtung um die Ecke guckte.

Volltreffer.

Noch drei Schritte und er schlug Montez mit dem Pistolengriff auf den Hinterkopf. Es war ein schönes Gefühl, seinen ehemaligen Peiniger zusammenbrechen zu sehen.

Montez' Pistole fiel polternd auf den Asphalt.

Und jetzt gehörst du mir.

KAPITEL 44

»Sieh mal einer an, mein alter Freund Monty, die Gans.« Nathan spürte, wie sich das *andere Ich* in ihm rührte, wie ein Raubtier im Käfig, das die Stabilität der Gitterstäbe testete. Er hielt sein Gesicht im Schatten verborgen und hob Montez' Pistole vom Boden auf, bevor er seinen Gefangenen mit dem Fuß auf dessen Seite drehte. Dann tastete er ihn nach weiteren Waffen ab. Nichts. Aber in der inneren Westentasche fand er einen USB-Stick.

»W-wer sind Sie?«

»Du erkennst meine Stimme nicht? Dann schau mich mal an.« Er hielt sein Gesicht in das orangefarbene Licht, das durch die Lücke zwischen den zwei Ständen fiel.

»Du!«

»Ja, ich.«

Montez' Gesichtsausdruck sagte alles. Nathan hatte eigentlich erwartet, dass es ihm Spaß machen würde, den Schock im Gesicht dieses Mannes zu sehen. Aber ihm war einfach nur übel. In ihm tobte der Kampf widerstrebender Emotionen.

Der Abscheu vor dem Ungeheuer in ihm selbst.

Die Angst, dass in seinem Körper zwei verschiedene Persönlichkeiten steckten.

Scham angesichts dieser Erkenntnis.

Am schlimmsten war der bittere Hass, der ihn zu lähmen drohte. Ein Hass, der sich dauerhaft in seiner Seele eingenistet hatte.

Und alles nur wegen diesem sadistischen Dreckskerl. Die Versuchung war groß, dem *anderen Ich* freien Lauf zu lassen, damit es Rache üben konnte.

»Aber … du bist doch längst …«

»Tot?« Er zog Montez an sich heran und kniff die Augen zusammen. »Sehe ich tot aus?«

»Aber man hat deine Leiche im Lager gefunden.«

Er verpasste Montez eine Ohrfeige. »Fühle ich mich tot an?« Er zog sein Predator-Messer und hob ihm die Klinge vor die Augen. »Sollen wir anfangen?«

»Warte!«

»Worauf?«

»Meine Leute haben einen Mann und seine Töchter in ihrer Gewalt. Einen bedeutenden Mann. Sie haben von mir die Anweisung erhalten, alle drei zu töten. Ich bin der Einzige, der das Ganze abblasen kann.«

Nathan hielt die Klinge an Montez' Wange und drückte die Spitze ins Fleisch, worauf sich ein Blutstropfen bildete.

»Bitte hör auf. Ich sage meinen Männern, sie sollen es nicht tun.«

»Wo ist dein Handy?«

»In der Hosentasche.«

Nathan griff in Montez' Tasche und verspürte Ekel dabei.

»Hör zu, Monty. Verhalte dich kooperativ und du sammelst ein paar Pluspunkte. Und glaub mir, du wirst sie brauchen. Sag deinen Leuten, du hättest mich getötet, dabei jedoch eine Schusswunde abbekommen. Sie sollen unverzüglich zum Jachthafen zurückkommen und den Geiseln kein Haar krümmen. Dort sollen sie warten, bis sie wieder von dir hören, egal, wie lange das dauert. Hast du verstanden?«

Montez nickte.

Wie viel Zeit blieb ihm noch? Die Sirenen, die er vorhin gehört hatte, waren verstummt. War die Polizei inzwischen eingetroffen und gerade dabei, den Park zu betreten?

»Stell das Handy auf Lautsprecher und ruf an. Sprichst du mit deinen Leuten Spanisch?«

»Nein.«

»Wenn du mich anlügst …«

»Das tue ich nicht. Ich lasse meine Männer so oft wie möglich Englisch sprechen, damit sie in dieser Sprache Übung bekommen.« Montez war ruhiger geworden. Vielleicht forderte der Blutverlust seinen Tribut.

»Dann ruf jetzt an.«

Montez gehorchte, und Nathan hörte sorgfältig mit, um sicher zu gehen, dass Montez den Gesprächspartner nicht mit irgendeinem Code warnte. Soweit er feststellen konnte, tat Montez genau das, was er ihm aufgetragen hatte. Als er fertig war, nahm Nathan das Handy wieder an sich.

»Du brauchst mich nicht zu foltern. Ich sage dir auch so, was du wissen willst.«

»Das bezweifle ich auch nicht.«

»Wenn du mir etwas antust, erreichst du damit rein gar nichts.«

»Da bin ich anderer Meinung. Ich habe in meinem Wandschrank eine Peitsche mit deinem Namen drauf. Aber zunächst verlassen wir diesen Park.«

Nathan zwang Montez, sich auf den Bauch zu legen, rammte ihm das Knie in den Rücken und zerrte die Windjacke nach oben. Mit dem Predator-Messer schnitt er einen dreißig Zentimeter langen Streifen aus Montez' schwarzem Sweatshirt, drehte ein Seil daraus und steckte es seinem Gefangenen in den Mund. Er band den Knebel so fest, dass er unbequem saß. Dann schnitt er einen fünfzig Zentimeter langen Streifen ab und verwendete ihn als Druckverband für Montez' Schusswunde. Montez stöhnte, als er ihn festzurrte. Mit einem dritten Streifen fesselte er seinem Gefangenen die Hände auf den Rücken.

Er steckte das Messer zurück in die Scheide, nahm die beiden Pistolen an sich und half Montez auf die Beine. Der weigerte sich zunächst, zu gehen.

»Entweder du gehst freiwillig, oder ich schlag dir den Schädel ein und schleife dich an deinem Pferdeschwanz hier raus. Ganz wie du willst.«

Montez nickte.

»Braver Junge.«

Nathan blickte sich in beide Richtungen um, sah aber nirgendwo den Wachmann. Jetzt, wo der Adrenalinrausch verflogen war, kehrte das Brennen in seinen Füßen mit voller Wucht zurück. Er hoffte, es noch eine Weile aushalten zu können.

Er rief sich die Karte des Parks ins Gedächtnis. Von seinem derzeitigen Standort aus führte der kürzeste Weg zum Ausgang an den Autoscootern vorbei und bog an dem riesigen Hallenbad nach Süden ab. Er trieb Montez mit einem kräftigen Schubser an.

»Auf geht's.«

KAPITEL 45

Nathan und sein Gefangener hatten eines gemeinsam: Beide konnten wegen ihrer Verletzungen kaum gehen. Er brauchte dringend ein Fahrzeug. Harv war wahrscheinlich gerade auf dem Weg ins nächste Krankenhaus und fiel daher aus. Einfach ein Auto kurzzuschließen kam ebenfalls nicht infrage. Heutzutage ließen sich die meisten Autos nicht auf die altmodische Art und Weise kurzschließen. Außerdem waren viele mit Alarmanlagen und verborgenen Peilsendern ausgestattet.

Er dachte über seine Optionen nach.

Grangeland, schoss es ihm durch den Kopf. Sie müsste inzwischen Nicole Dalton bei Dr. Reavie abgeliefert haben.

Er zerrte Montez in den Schatten eines Gebäudes zu seiner Linken und forderte ihn auf, sich mit dem Rücken zur Wand hinzusetzen. Dann zog er das Handy aus der Tasche und rief Grangeland an.

»Nathan? Wie sieht es bei dir aus?«

»Alles im grünen Bereich. Wie geht es Nicole Dalton?«

»Sie wird gerade operiert.«

»Wie lange wird das dauern?«

»Ich bin mir nicht sicher. Wahrscheinlich ein paar Stunden. Sie braucht Hunderte von Nähten.«

»Und ich brauche dich und deinen Wagen. Jetzt gleich.«

»Wo bist du?«

»Im Belmont Park in Mission Beach. Weißt du, wo das ist?«

»Ja, ich hab den Park in meinem Navi. Ich fahre gerade auf der I-5 nach Süden. Bin gerade an der Garnet-Ausfahrt vorbei.«

»Woher wusstest du …« Er beantwortete seine Frage selbst. »Harv.«

»Er hat mich angerufen, gleich nachdem du Montez nachgejagt bist. Er meinte, du bräuchtest wahrscheinlich Verstärkung. Außerdem sagte er, er hätte einen Schuss gehört und wollte nicht riskieren, dich auf deinem Handy anzurufen.«

»Geht's Harv gut?«

»Eine pensionierte Krankenschwester kümmert sich um ihn. Es ist alles in Ordnung. Hast du Montez in deiner Gewalt?«

Nathan schloss die Augen.

»Bist du noch dran?«

»Montez braucht einen Arzt.«

»Du hast ihn doch nicht etwa …«

»Er hat eine Schusswunde am Bein.«

»Wie finde ich dich?«

»Fahr zum südlichen Ende des Belmont Parks, dann rechts auf den Parkplatz und immer geradeaus. Wir sind auf dem Gehsteig neben einem frei stehenden Gebäude. Ich glaube, es ist eine öffentliche Toilette. Ach ja, wegen der Schüsse wimmelt es in der Gegend bestimmt von Polizisten. Ruf Harvey an und halte ihn auf dem Laufenden.«

»Mache ich.«

»Meine Füße sind übel verletzt. Ich bin in Glasscherben getreten.«

»Ich bin in ein paar Minuten bei dir.«

Als Nächstes rief er Cantrell an.

»Echo fünf?«, fragte sie.

»Ja. Echo vier ist momentan außer Gefecht. Es ist gerade kein Münztelefon in der Nähe. Habe die Zielperson lebend festgenommen.«

»Wie ist der Zustand von Echo vier?«

An ihrem Tonfall erkannte er, dass sie sich um Harv Sorgen machte, was er ihr hoch anrechnete. »Stabil.«

»Ihr Standort?«

»Nicht über diese unsichere Verbindung.«

»Lassen Sie die Zielperson auf gar keinen Fall aus den Augen. Ich wiederhole, lassen Sie …«

Bevor Cantrell den Satz zu Ende sprechen konnte, beendete Nathan das Gespräch und zerrte Montez auf die Beine. Zum Glück war hier das Licht deutlich schwächer. Nathan fragte sich, ob die Parkverwaltung mehr als einen Wachmann beschäftigte. Mit ein bisschen Glück würde er den Park innerhalb der nächsten zehn Sekunden verlassen, ohne dass jemand etwas bemerkte.

In diesem Moment sah er es – ein heller Lichtstrahl aus dem Suchscheinwerfer eines Streifenwagens huschte über den Parkplatz. Jetzt war es besonders wichtig, dass Nathan seinen Gefangenen unter Kontrolle hatte, denn Montez würde es zweifelsohne vorziehen, in Polizeigewahrsam zu landen.

Der Scheinwerfer schwenkte zurück in die andere Richtung, leuchtete allerdings jetzt heller.

Nathan drängte Montez in eine kleine u-förmige Nische, die tief im Schatten lag, und lauschte auf den Streifenwagen. Den Bruchteil einer Sekunde später tauchte die Kennleuchte auf dem Dach des Polizeifahrzeugs den Parkplatz in rot-blaues Licht. Und wie nicht anders zu erwarten, schien der aufdringliche Suchscheinwerfer ausgerechnet auf den Pfad, den Nathan nehmen musste. Selbst aus sieben Meter Entfernung beeinträchtigte der Lichtstrahl Nathans Nachtsicht, ohne dass er direkt in den Scheinwerfer starrte. Es würde mindestens eine halbe Minute dauern, bis sich seine Augen daran gewöhnten. Er drehte den Kopf zur Seite und schloss die Augen. Jetzt war durchatmen angesagt. Tief einatmen, langsam ausatmen …

Plötzlich vernahm er ein Geräusch, das ihm einen kalten Schauer über den Rücken jagte.

Schnelle Schritte von festem Schuhwerk.

Dazu das unverwechselbare Klimpern und Klirren, das die Ausrüstung eines Wachmanns verursacht. Es kam von hinten, aus der Richtung, aus der er selbst gerade gekommen war.

Der Mann war Montez' blutigen Fußspuren gefolgt.

Nathan zog die SIG aus der Tasche und beugte sich zu Montez herab. Mit der Linken hielt er ihm den Mund zu, mit der Rechten drückte er ihm den schallgedämpften Lauf unter das Kinn.

Derselbe Wachmann, den er zuvor gesehen hatte, tauchte in seinem Blickfeld auf, schien jedoch überraschenderweise nicht den Fußspuren zu folgen. Stattdessen lief er an Nathans Versteck vorbei und verschwand um die Ecke. Hätte der Mann in Nathans Richtung geschaut, hätte es ein Problem gegeben.

Nathan ließ von Montez ab, damit der aufstehen konnte.

Die nächsten dreißig Sekunden liefen wie in Zeitlupe ab.

Völlig unerwartet stieß Montez seinen Kopf nach hinten und traf Nathan am Kinn.

Vor Nathans Augen wurde es grau, dann sah er für einen Sekundenbruchteil gar nichts mehr.

Er schloss die Hand fester um den Griff seiner SIG, damit Montez ihm die Waffe nicht entreißen konnte.

Völlig benommen von dem Kopfstoß, hielt Nathan nur mit Mühe sein Gleichgewicht und holte mit der Pistole wie mit einem Knüppel zum Schlag aus.

Er verfehlte sein Ziel.

Als er wieder klar sehen konnte, humpelte Montez bereits um die Ecke auf den Polizeiwagen zu.

Nathan rannte ihm nach.

Etwa fünf Meter vor dem Polizisten blieb Montez stehen und ließ sich zu Boden fallen. Nathan sah zu, wie er die Knie an die Brust zog und die gefesselten Hände über die Füße nach vorne brachte. Dann erhob er sich wieder und riss sich den Knebel aus dem Mund.

»Officer! Hilfe! Bitte helfen Sie mir!«

Der Polizist reagierte unverzüglich und zog die Dienstwaffe. »Hinlegen! Alle beide. Auf den Boden. Sofort!« Sein Blick schwenkte zu Nathan. »Legen Sie sofort die Waffe weg!«

Nathan bückte sich und legte Harvs SIG auf den Asphalt. Er hatte keine Lust, erschossen zu werden, und wollte auch nicht, dass der Polizist sich ausschließlich auf ihn konzentrierte.

Montez näherte sich dem Polizisten und zog weiterhin seine Show ab.

Der Officer hielt seinen Blick auf Montez gerichtet und befahl ihm erneut, sich hinzulegen, aber der war inzwischen weniger als drei Meter von ihm entfernt und machte einen Satz, worauf beide gegen den Kotflügel des Streifenwagens krachten.

Nathan nahm die SIG an sich. Die Situation drohte völlig zu kippen. Plötzlich sah er in etwa fünfundzwanzig Meter Entfernung den unbewaffneten Wachmann, wie er auf die beiden zurannte und schrie: »Keine Bewegung! Keine Bewegung!«

Montez nutzte den Schwung seiner Bewegung und rammte den Kopf des Polizisten gegen die Motorhaube, dass es laut knallte. Obwohl seine Hände noch immer gefesselt waren, gelang es ihm, die Dienstwaffe an sich zu reißen. Er schlug damit den von dem Aufprall benommenen Officer vollends nieder und wandte seine Aufmerksamkeit dem Wachmann zu.

Dieser rannte auf den Schauplatz des Kampfes zu. Entweder war ihm entgangen, dass Montez nun im Besitz einer Schusswaffe war, oder er wollte unbedingt den Helden spielen. Auf jeden Fall besiegelte er damit sein Schicksal.

Montez hob die Pistole und feuerte zwei Schüsse ab, die donnernd über den Parkplatz hallten.

Nathan zuckte zusammen und sah die zwei Einschusslöcher auf der Brust des Wachmanns.

Der Getroffene fiel auf die Knie und starrte fassungslos auf die Blutflecken auf seiner Uniform, die immer größer wurden.

Nathan konnte gerade noch rechtzeitig hinter einer weißen Säule am Parkeingang in Deckung gehen, bevor Montez auf ihn schoss. Die Kugel prallte jaulend am Beton ab.

Er lugte wieder hinter der Säule hervor und sah, wie Montez mit den Zähnen den Knoten seiner Fesseln löste.

Inzwischen war der Officer wieder zu sich gekommen und streckte eine Hand nach seiner Pistole aus.

Montez reagierte schnell, riss ein Knie nach oben und rammte es dem Polizisten voll in die Brust.

Dieser schaffte es erstaunlicherweise, auf den Beinen zu bleiben, und unternahm einen zweiten Versuch, seinem Gegner die Waffe zu entreißen. Einen Augenblick später hielten die beiden sich in einer makaber anmutenden Umarmung fest. Allerdings sah es ganz so aus, als würde der Officer, der noch immer von den Schlägen auf den Kopf benommen war, den Kampf verlieren.

In höchstens fünf Sekunden würde es vorbei sein. Montez würde den Polizisten töten und mit dem Streifenwagen abhauen.

Die Wut verlieh Nathan neue Kraft. Er dachte nicht an seine kaputten Füße und ging zum Angriff über.

Montez sah von seinem Kampf auf und riss sich los. Noch bevor Nathan bei ihm war, hatte er den Polizisten gepackt und hielt ihn nun wie ein Schutzschild vor sich.

Als Montez seiner Geisel die Pistole an die Schläfe hielt, blieb Nathan stehen.

»Bleib, wo du bist, sonst knalle ich ihn ab, ich schwör's.«

Nathan hielt Harvs Pistole weiterhin im Anschlag und aktivierte die Laserzielvorrichtung. Auf Montez' Stirn erschien ein leuchtend roter Punkt. »Na? Worauf wartest du?«

»Komm keinen Schritt näher, sonst bring ich ihn um.«

»Dann tu's doch. Bevor du mir durch die Lappen gehst, nehme ich in Kauf, dass dieser Mann stirbt.«

Der Polizist riss die Augen weit auf.

Nathan machte einen Schritt auf die beiden zu.

»Ich verschwinde jetzt«, schrie Montez. »Den Bullen behalte ich als Geisel.«

»Vergiss es.«

»Komm nicht näher. Ich mache ihn kalt. Das weißt du ganz genau!«

»Ich will, dass du es tust.«

»Du bist völlig übergeschnappt.«

Nathan machte noch einen Schritt. »Überlege doch mal, ob du nicht deinen Teil dazu beigetragen hast.«

»Ich mache ihn kalt, das weißt du!«

»Tu dir keinen Zwang an.« Nathan nahm mit dem Polizisten Augenkontakt auf und nickte ihm kaum merklich zu. Der Officer schloss die Augen und erwiderte die Geste.

Nathan ließ den Laserpunkt auf der Brust des Mannes ruhen …

… und krümmte den Finger am Abzug.

KAPITEL 46

Im nächsten Augenblick geschahen drei Dinge gleichzeitig.

Nathans Unterschallpatrone traf den Officer an der Brust.

Der Kopf des Mannes schnellte nach hinten.

Montez drückte ab.

Der Schuss verfehlte den Kopf des Polizisten um ein paar Millimeter. Aber sein Trommelfell würde einen hohen Preis zahlen.

Bevor Montez einen weiteren Schuss abgeben konnte, machte Nathan einen Satz und rammte die beiden mit seinem gesamten Körpergewicht, sodass alle drei auf der Motorhaube des Streifenwagens landeten.

Montez ließ den Officer los.

Nathan verpasste Montez' Nase einen Kopfstoß und empfand Befriedigung, als sie mit einem lauten Knacken brach.

Montez ließ die Pistole auf die Motorhaube fallen, worauf sie in Richtung des Kühlergrills rutschte.

Der Polizist, völlig außer Atem von dem Aufprall der Kugel auf seine schusssichere Weste, fiel zur Seite. Nathan versuchte, ihn an der Uniform festzuhalten, griff jedoch daneben. Der Mann stürzte auf den Gehsteig und schlug mit dem Kopf auf dem Asphalt auf.

Nathan packte Montez an der Kehle und drückte mit beiden Händen zu. »Ich sollte dich auf der Stelle umbringen.«

»Ich habe einen Deal gemacht, damit du am Leben bleiben konntest«, ließ Montez durch zusammengepresste Zähne hören.

»So etwas Ähnliches habe ich gehört.« Nathan stieß seinen früheren Peiniger zu Boden und versetzte ihm einen kräftigen Fußtritt in den Bauch. Montez hustete und rollte sich in der Embryonalstellung zusammen. Nathan schlug ihm mit der Pistole auf den Hinterkopf.

Als Nächstes beugte er sich zu dem Polizisten herab und stellte fest, dass er halb bewusstlos war und mehrere Schnittwunden im Gesicht hatte. Ansonsten fehlte ihm nichts.

»Ich kann nicht hierbleiben«, sagte er. »Aber ich verspreche Ihnen, dass ich die Sache in Ordnung bringe. Ich gebe Ihnen mein Wort.«

»W-wer sind Sie?«

Nathan entfernte das Revers-Mikrofon von der Uniform des Cops und drückte auf die Sprechtaste. »Officer verletzt, Parkplatz am Südausgang vom Belmont Park. Officer verletzt.« Er brachte das Mikrofon wieder am Revers an. »Bleiben Sie liegen. Ihre Kollegen sind unterwegs.«

Die Funkzentrale meldete sich sofort. »Wagen mit letzter Durchsage, bitte wiederholen. Alle anderen Wagen Funkstille.«

Nathan antwortete nicht. Es war auch nicht nötig. Alle Streifenwagen auf dieser Frequenz hatten soeben den Notruf gehört und würden alles stehen und liegen lassen, um ihrem Kollegen zu Hilfe zu eilen.

Das Brennen in seinen Füßen ließ ihn zusammenzucken. Er humpelte zu dem am Boden liegenden Wachmann und drehte ihn auf den Rücken. Der Mann war tot.

Wertvolle Sekunden verstrichen und immer noch keine Spur von Grangeland. Ihm blieb nichts anderes übrig, als den Polizeiwagen zu nehmen. Nachdem er Montez mit den Handschellen des Polizisten die Hände auf den Rücken gefesselt hatte, schob er ihn auf den Rücksitz und knallte die Tür zu. Montez regte sich, als er wieder zu Bewusstsein kam, konnte aber nirgendwohin. Das hintere Abteil des Streifenwagens war zum Transport von Gefangenen vorgesehen und bot keine Möglichkeit zur Flucht.

Nathan hob die Dienstwaffe des Officers auf und steckte sie in dessen Holster. Er wollte den Mann nicht wehrlos zurücklassen oder seinen Wagen stehlen, aber wenn er Montez nicht dem San Diego Police Department übergeben wollte, musste er schleunigst von hier verschwinden. Befand sich Montez erst einmal in Polizeigewahrsam, würde er sich hinter einem Anwalt verschanzen. Das durfte Nathan unmöglich zulassen.

Im Wagen schaltete er das Blaulicht und die Scheinwerfer aus und fuhr zur südlichen Parkplatzausfahrt. Ein schneller Blick nach links bestätigte seinen Verdacht. Drei Streifenwagen rasten auf dem West Mission Bay Boulevard in Richtung Belmont Park. Wahrscheinlich kamen sie von dort, wo er Harv zurückgelassen hatte. Dreißig Sekunden später und er wäre ihnen nicht entwischt.

»Glaubst du wirklich, du kannst einfach auf einen Polizisten schießen, seinen Wagen klauen und damit durchkommen?«, fragte Montez vom Rücksitz aus.

»Von jetzt an stelle ich die Fragen.«

»Du hältst dich wohl für einen ganz tollen Hecht.«

»Soll ich dir einen Knebel in den Mund stopfen?«

Montez schwieg.

Plötzlich fiel Nathan Grangeland ein. Die FBI-Agentin würde mitten in einem verstärkten Polizeiaufgebot landen. Er fand ihre Nummer unter den letzten Anrufen auf seinem Handy und drückte die grüne Taste.

»Nathan?«

»Lass uns umdisponieren. Fahre auf dem Mission Boulevard am Belmont Park vorbei und biege gleich am Ende rechts ab. Dort findest du mich. Montez ist immer noch bei mir. Er hat einen Wachmann erschossen. Halte nach einem geparkten Streifenwagen Ausschau. Wo bist du gerade?«

»Ich fahre auf dem Sea World Drive nach Westen. Wie es aussieht, sind sämtliche Polizeistreifen der Stadt zu dir unterwegs.

Gerade haben mich drei Streifenwagen überholt. Sie fuhren mindestens 160.

»Ruf an, falls du mich nicht gleich findest.«

Nathan schätzte, dass ihm noch vier Minuten blieben, bevor Grangeland eintraf. Wahrscheinlich würde der Polizeihubschrauber zur gleichen Zeit landen. Daltons Jacht müsste inzwischen auf dem Rückweg zum Hafen sein. Er hoffte, dass Dalton seine Verletzungen überleben würde. Der Mann hatte sich in die Hände dieses wahnsinnigen Sadisten begeben, um seine Familie zu retten. Er konnte also kein gänzlich schlechter Mensch sein.

Nathan fuhr bis zum Ende des Mission Boulevards, bog rechts ab und hielt ein paar hundert Meter weiter auf einem abgelegenen Parkplatz gegenüber dem Kanal.

Eigentlich konnte er die Wartezeit produktiv nutzen.

Er stieg aus, die Pistole in der Hand. Seine Füße brannten immer noch, aber nicht mehr ganz so schlimm. Er ging mit behutsamen Schritten um den Wagen herum und setzte sich zu Montez auf den Rücksitz. Die Tür ließ er offen, da er sich nicht einsperren wollte. Die Innenbeleuchtung hatte er zuvor ausgeschaltet.

»Ich muss schon sagen, Oberst Montez, du siehst beschissen aus.«

»Willst du mir etwas verraten, McBride? Warum hast du mir damals im Dschungel deinen Namen nicht gesagt? Was hätte es geschadet? Warum hast du es nicht einfach getan und dir damit jede Menge Leiden erspart?«

»Weil mein Name alles war, was ich noch hatte«, flüsterte Nathan mehr zu sich selbst. Kaum waren die Worte heraus, schüttelte er den Kopf, überrascht von Montez' Geschick, ihm die Initiative zu entreißen. »Hör zu, Monty, wenn du noch einmal vom Thema ablenkst, werde ich dir richtig wehtun, kapiert? Kommen wir gleich zur Sache. Für wen arbeitest du, und welche Rolle spielt Dalton dabei?«

»Sag bloß, du weißt das nicht.«

Nathan seufzte. »Ich habe dich gewarnt.« Er zog das Predator-Messer und hielt die Spitze an Montez' Wange. Langsam erhöhte er den Druck und zwang Montez, vollkommen still zu sitzen, wenn er nicht eine größere Verletzung riskieren wollte. Aus der winzigen Schnittwunde rannen ein paar Blutstropfen. »Etwas mehr Druck, und die Klinge dringt bis zum Wangenknochen durch. Ich ruiniere nur ungern dein Gesicht … wäre doch schade, wenn du so aussiehst wie ich.«

Montez schwieg.

»Na, was ist?«

»Ich habe erst heute die Wahrheit erfahren. Ich dachte, ich würde für Dalton arbeiten, aber er war nur ein Mittelsmann.«

»Ein Mittelsmann? Für wen?«

»Die Antwort wird dir nicht gefallen.«

»Los, sag schon.«

»Die CIA.«

KAPITEL 47

»Aber klar doch.«

»Es stimmt wirklich.«

»Ich soll dir also glauben, dass du für die US-Regierung gearbeitet hast?«

»Glaub, was du willst.«

»Was hätte die CIA davon, wenn ein Wurm wie du bei einer Verhandlung in Ungarn mitmischt, bei der es um saubere Kohletechnologie geht? Das ist doch völliger Quatsch. Du lügst mich an.«

»Das mit der Kohle war nur Tarnung.«

»Wofür?«

»Terrorismusbekämpfung. Die Festnahme und der anschließende Transport von Terrorverdächtigen in Drittländer.«

»Wovon redest du?«

»Ich habe Gefangene verhört.«

Nathan spürte, wie sein Blutdruck stieg. »Das glaube ich dir nicht.«

»Ich kann es beweisen. Der USB-Stick in deiner Tasche? Dalton hat alles gestanden.«

»Natürlich hat er das. Du hast ihn schließlich gefoltert.«

»Er hat ziemlich lange durchgehalten. Ein zäher Bursche. Hat sich ehrenhaft verhalten, bis zum bitteren Ende.«

Nathan drückte die Klinge ein paar Millimeter in Montez' Wange. »Verschone mich mit deinem kranken Gelaber. Du wolltest Dalton lebendig ins Wasser werfen, genau wie Kramer. Du hättest Kramer zuerst töten können. Warum musste er qualvoll ertrinken?«

»Der Kerl hat mich jahrelang wie Dreck behandelt. Er war ein kleingeistiger und grausamer Mensch, der alle um ihn herum seine Macht spüren ließ.«

»Dann war er genauso wie du. Du behauptest also, Dalton arbeitet für die CIA?«

»Ja, das hat er. Als selbstständiger Auftragnehmer. Er hatte eine kleine private Firma. Sie hieß Ironclad Management.«

»Und was war mit Kramers Briefkastenfirma, Energy Solutions?«

»Die hat wiederum für Ironclad gearbeitet. Als Subunternehmer.«

»Kramer hatte direkt mit dir zu tun.«

»Ja. Er hat die Terrorverdächtigen an mich übergeben, die euer Militär oder die CIA gefangen genommen hatte. Man hat sie in ein geheimes Versteck in Ungarn gebracht und dort festgehalten, bis sie schließlich nach Tobago weitergeflogen wurden, wo ich sie verhört habe. Das Kohlegeschäft hat es uns ermöglicht, Ungarn als geheimen Zwischenstopp zu benutzen. Die Gefangenentransporte wurden mit Privatjets durchgeführt. Zwischen Kramer und mir bestand folgende Arbeitsteilung: Ich habe die Leute verhört und er hat sich um den An- und Abtransport gekümmert.«

»Welche Rolle hat Dalton dabei gespielt?«

»Das ist alles auf dem USB-Stick.«

Nathan drückte das Messer ein Stück weiter ins Fleisch. »Ich will es aber von *dir* wissen.«

»Ich hab's dir doch schon gesagt. Dalton war ein Mittelsmann. Er unterstand einem US-Senator. Einem Mitglied im mächtigen Ausschuss für Terrorismus im Inland.«

Nathans Herz drohte buchstäblich zu zerspringen. Sein Vater würde nie bei so etwas mitmachen.

Er hielt Montez das Messer ans rechte Auge. »Du lügst.«

»Ich sag die Wahrheit, ich schwör's.«

»Wie heißt der Senator?« Nathan bohrte die Messerspitze in das untere Augenlid. »Sag's mir.«

»Alan Kallstrom.«

Nathan zog die Klinge zurück und atmete erleichtert auf. Gleichzeitig fühlte er sich zutiefst beschämt. Wie hatte er nur seinen eigenen Vater verdächtigen können? Eine vertraute Wut stieg in ihm hoch. Eine Wut darauf, dass er sich hatte manipulieren lassen und dass er paranoid war. Eine Wut auf sich selbst. *Was ist nur aus mir geworden, dass ich jetzt schon meinem eigenen Vater zutraue, mit so einem Monster gemeinsame Sache zu machen?*

»McBride …«, sagte Montez langsam. »Du bist der Sohn von Senator Stone McBride? Und du dachtest, ich hätte *ihn* gemeint?« Er lächelte. »Ihr beiden scheint euch ja sehr nahezustehen, was?«

Nathans Stimme klang auf einmal sehr ruhig. »Ich möchte dich jemandem vorstellen, Montez.«

Montez blickte sich mit gespielter Neugier um. »Wie es aussieht, sind wir beide allein.«

»Das sind wir auch. Wir drei.« Er wartete, bis Montez kapiert hatte. Er hatte damals Gelegenheit gehabt, das *andere Ich* zu sehen – sogar oft.

Plötzlich zeichnete sich in Montez' Gesicht die nackte Angst ab und er sprach sehr schnell. »Wenn du mich folterst oder tötest, geht Daltons Geständnis auf dem USB-Stick in deiner Tasche an sämtliche führenden Nachrichtensender. Dein Land wird für mehrere Jahrzehnte in einem Skandal versinken. Amerikas Ansehen in der Welt wird so schlecht sein wie nie zuvor.«

»Als ob mich das interessiert.«

»Wo bleibt dein Patriotismus? Du hast mir damals immer wieder gesagt, dass du dein Land nie verraten würdest, egal was ich mit dir anstelle.«

»Im Laufe der Jahre kann sich vieles ändern«, log Nathan.

»Das glaube ich dir nicht. Ich habe gehört, was du zu dem Polizisten gesagt hast. Du betrachtest dich immer noch als Ehrenmann.«

»Glaub, was du willst. Wenn du erst einmal vor lauter Schmerzen schreist, kannst du immer noch deine Meinung ändern.«

»Du wirst mich nicht töten. Das Risiko wirst du nicht eingehen.«

»Du hast recht, ich werde dich nicht töten … zumindest nicht gleich.«

»Ich hab keine Angst vor dir, McBride.«

Nathan beugte sich vor. »Die wirst du aber bekommen.« Er ließ seine Worte ein paar Sekunden lang wirken. »Du hast vergessen, wie gut ich dich kenne. Du hast mir damals oft erzählt, dass du keinem traust außer dir selbst. Ich wette, dieser USB-Stick ist deine einzige Kopie.«

»Vor einer Woche hat deine Regierung versucht, mich umbringen zu lassen und meine Operation zu vertuschen. Ich habe mich jahrelang auf diesen Verrat vorbereitet.«

Nathan lächelte. »Es ist noch viel schlimmer.«

Montez kniff die Augen zusammen und schaute verwirrt drein.

»Meine Regierung will dich lebend.«

Montez erstarrte am ganzen Körper.

»Du hast richtig gehört. Man will dich quicklebendig. Und wenn die Jungs von der CIA mit dir fertig sind, liegst du sabbernd und in Windeln in der Psychiatrie und hörst nur noch Hintergrundmusik.«

Montez' Gesichtsausdruck veränderte sich und er wirkte wieder entschlossen. »Mir hat es Spaß gemacht, dich leiden zu sehen, McBride. Weißt du noch, wie du zusammengebrochen bist und wie ein kleines Kind geweint hast?«

»Ich hab dich gewarnt, was passiert, wenn du versuchst, vom Thema abzulenken.« Nathan packte Montez an seinem Pferdeschwanz und drückte den Kopf in die Sitzpolster. Dann machte er mit dem Predator-Messer einen Schnitt in Montez' rechte Wange, von der Schläfe bis zum Kinn. Aus der Wunde lief Blut.

Montez protestierte mit einem Zischen, hielt jedoch still.

»Hat dir das Spaß gemacht?«

»Es bringt dir nichts.«

»Oh, da bin ich aber anderer Meinung. Ich fühle mich schon jetzt besser. Soll ich dasselbe auf der anderen Seite machen?«

Montez schwieg.

»Es ist ziemlich eng hier drinnen. Warum gehen wir nicht nach draußen? Da haben wir mehr Platz.« Er steckte das Messer in die Scheide zurück, packte Montez am Kragen und zerrte ihn über den Rücksitz. »Ich hätte Gummihandschuhe mitbringen sollen. Wer weiß, was du für Krankheiten hast.« Er zog seinen Gefangenen aus dem Wagen und schleifte ihn über den Randstein in Richtung Hafenkanal.

Plötzlich hörte er ein Geräusch in der Ferne – das Klopfen der Rotoren von Hubschraubern. Er blickte in Richtung Lindbergh Field. Wie viel Zeit blieb ihm noch? Zwei Minuten? Oder weniger?

Wie er verwundert feststellte, war es ihm egal.

»Du hast mich vor Frauen und Kindern gefoltert. Wie abartig muss man sein, um so etwas zu machen?«

»Du solltest das wissen.«

»Wir sind uns in keiner Weise ähnlich.«

»Ich hätte meinem Mann befehlen sollen, dich zu Tode zu peitschen. Zwanzig oder dreißig Hiebe mehr und es wäre um dich geschehen gewesen.«

»Du hattest schönes, volles Haar, Monty … bis jetzt.« Nathan entfernte mit der Linken das Gummiband, das Montez' Pferdeschwanz zusammenhielt, und packte ihn oberhalb des Haaransatzes am Schopf. Mit der Rechten schnitt er ihm quer über die Stirn und hinterließ eine zwölf Zentimeter lange, tiefe Kerbe. Montez stöhnte, als ihm Blut übers Gesicht lief.

»Eine Frage unter Kollegen«, knurrte Nathan seinem Opfer ins Ohr. »Hast du schon mal jemanden skalpiert?«

Plötzlich tauchten von links Scheinwerfer auf.

Nathan blickte auf und sah einen Wagen auf sich zukommen.

Polizei? Nein, das Fahrzeug hatte kein Blaulicht. Grangeland. Ihr Timing hätte nicht schlechter sein können.

Der Wagen hielt hinter dem Polizeiauto, das er gestohlen hatte. Er hörte, wie zwei Türen aufgingen und zugeschlagen wurden. Gleich zwei? Vielleicht war es doch nicht Grangeland. Zivilfahnder vom San Diego Police Department? Er zuckte gleichgültig mit den Schultern und wandte sich wieder seinem Gefangenen zu.

★★★

»Nathan, tu's nicht!«

Holly?

Wie ist das möglich? Die ist doch in Sacramento.

Zwei Silhouetten erschienen im Scheinwerferlicht, kamen auf ihn zu, blieben aber ein kurzes Stück vor ihm stehen. Holly und Grangeland. »Nathan, tu's nicht.«

»Holly? Wie … was machst du denn hier?«

»Ich war die ganze Zeit in San Diego. Ich habe deinen Vater und Harvey gebeten, dir nichts zu sagen.«

Über Montez' blutverschmiertes Gesicht huschte ein Grinsen. »Sie sind also Holly. Julio hat Sie erwähnt. Sie waren in dem Haus in Clairemont. Ein echter Hingucker. Und wie ich höre, können Sie gut mit Waffen umgehen.«

»Halt's Maul, Montez!«, zischte Nathan wütend.

»Sag mal, McBride, ist sie eine Wildkatze im Bett? Ich wette, sie kann es mit einer ganzen NBA-Basketballmannschaft aufnehmen. Und wenn die mit ihr fertig sind, besorgt sie es sich noch mit dem Krückstock.«

»Nathan, nicht. Er will dich bloß provozieren.«

Mit zwei kräftigen Bewegungen schnitt Nathan zwei tiefe, parallel verlaufende Kerben in Montez' Kopfhaut, und zwar so, dass sie auf den Schnitt quer über die Stirn trafen. Wenn er wollte, konnte er jetzt ein großes rechteckiges Stück von seiner Kopfschwarte abreißen.

Grangeland machte einen Schritt auf ihn zu. »Ich mache dir keinen Vorwurf, dass du ihm wehtun willst, aber es wäre besser, wenn du ihn uns überlässt. Er wird wegen Mordes vor Gericht kommen.«

»Das ist eine Sache zwischen ihm und mir. Das FBI soll sich da raushalten.«

»Ist das alles, was ich für dich bin? Das FBI?«

»Grangeland, nein, ich … ich hab das nicht so gemeint.«

Hollys Stimme klang jetzt sanft. »Sie hat recht, Nathan.«

»Lass mich …«

»Lass mich was? Deine Rache zu Ende bringen?«

»Das hier hat nichts mit Rache zu tun.«

»Du hast mich noch nie angelogen. Willst du es jetzt tun?«

Nathan kniff die Augen zusammen, sagte aber nichts. Die Wahrheit … war sie absolut? Schwarz oder weiß? Wo verschwammen die beiden Farben miteinander?

»Ach so ist das«, fuhr Holly fort. »Ich komme zu spät. Du hast dich vor einer Woche entschieden. Dann mach nur. Ich halte dich nicht auf. Aber dann musst du ihn schon vor meinen und Grangelands Augen töten.«

Er biss die Zähne zusammen.

»Los, mach schon. Ich will es sehen. Alles. Ich will sehen, wie du ihn skalpierst. Ich will sehen, wie du ihm die Kehle durchschneidest. Ich will hören, wie das Blut in seiner Lunge blubbert. Das alles will ich. Ich will den *echten* Nathan McBride in Aktion sehen. Der Mann, von dem ich dachte, er sei Nathan McBride, existiert offenbar nicht.«

»Holly, hör auf damit …«

»Womit soll ich aufhören? Damit, dass ich dir die Wahrheit sage?«

»Was weißt *du* schon über die Wahrheit?«, schrie er.

Ihre Stimme wurde wieder sanft. »Ich weiß, dass es dich nicht heilt, wenn du deinem Hass nachgibst. Ganz im Gegenteil.«

»Du weißt, was er mir angetan hat.«

»Ja, ich weiß.«

Die Versuchung, Montez' Kopfhaut abzureißen und seine Kehle zu durchschneiden, drohte alle anderen Überlegungen zu verdrängen. Sie brannte in ihm wie ein unstillbarer Durst, ein Durst, den er nur zu gut kannte. Als man ihn damals im Dschungel gekreuzigt hatte, hätte er seine Seele für einen Schluck Wasser verkauft. Bei jedem Peitschenhieb, jedem Stromstoß, jedem Messerschnitt in sein Fleisch hatte er geschworen, sich eines Tages bitter zu rächen. Unzählige Male hatte er seitdem von diesem Augenblick geträumt, und jetzt war er gekommen. Montez musste sterben. Und warum sollte er den Mann schonen, nach all dem, was er Kramer sowie Dalton und seiner Familie angetan hatte. Außerdem hatte der Dreckskerl versucht, Harv umzubringen, hatte auf ihn geschossen, als er wehrlos war. Ein Menschenleben bedeutete Montez rein gar nichts.

Sein Griff um das Messer wurde fester.

Es wäre so einfach. Und so befriedigend.

Was war jedoch mit Holly und dem gemeinsamen Leben, das sie begonnen hatten? Wollte er das alles wirklich wegwerfen? War seine Rache an Montez es wert, dass er diese Zukunft opferte? Seine und Hollys Zukunft?

Er spürte eine Hand auf der Schulter.

»Nathan, Liebe ist stärker als Hass.«

Widerstrebende Gefühle tobten erneut in seinem Inneren. Sein Wunsch, Montez zu töten, war noch nie so stark gewesen. Konnte man ihm deswegen einen Vorwurf machen? Hatte irgendjemand auf der Welt das Recht dazu? Er musste wieder an den Besuch von CIA-Chefin Cantrell an seinem Krankenbett denken. Sie hatte ihn gebeten, er solle, wenn es so weit wäre, das große Ganze nicht aus den Augen verlieren. Und jetzt lag Montez' Leben in seiner Hand. War es befriedigend zu wissen, dass er ihn töten *könnte*, wenn er wollte? Genügte es, dass er die Macht über das Leben und den Tod dieses Monsters hatte? Es fühlte sich ganz und gar nicht so an.

Er konnte beinahe Harv hören, wie der ihm sagte, dass das keine von der CIA befohlene Mission war und dass er kein grünes Licht hatte, die Zielperson zu eliminieren. Thorny würde dasselbe zu ihm sagen.

Und was, wenn Montez tatsächlich nicht gelogen hatte, was diesen USB-Stick anging? Was, wenn er noch andere Kopien besaß? Wenn er Montez jetzt tötete, würde er damit womöglich einen ernsthaften Schaden für sein Land heraufbeschwören. War seine Rachelust wichtiger als alles andere? Wie viele gute Menschen würde er opfern, nur um einen schlechten zu töten?

Vor ihm lag eine Kreuzung, von der zwei Wege wegführten.

Einer ins Licht.

Der andere in die Finsternis.

Nathan biss die Zähne zusammen, hob den Kopf und schloss die Augen …

… und bat Gott um Hilfe.

Und dann sah er sie vor seinem geistigen Auge: Blätter in Herbstfarben, die zu Hunderten und schließlich zu Tausenden herabfielen. Überbringer der Wahrheit, die um ihn herum willkürliche, aber schöne Muster bildeten. Sie strichen über seine Haut und heilten die Narben einer Vergangenheit, die von jetzt an weder ihn noch sein Schicksal kontrollieren würde.

Er lockerte den Griff um das Messer.

Liebe ist stärker als Hass.

Viel stärker. Er war all diese Jahre so fehlgeleitet gewesen. Bitterkeit? Hass? Rache? Tief in seinem Inneren, wo nichts als die Wahrheit wohnte, wusste er, dass das keine leeren Worte waren. Sie waren Gitterstäbe, die ihn gefangen hielten. Er musste an die Worte auf dem FBI-Siegel denken – Worte, die Holly viel bedeuteten. Treue. Tapferkeit. Integrität. Und das waren nicht nur Worte, sondern Grundsätze einer Wahrheit, die er aus den Augen verloren hatte. Wenn er jetzt seiner dunklen Seite nachgab, würde er Holly nie wieder ins Gesicht sehen können. Hass und Wut mochten zwar tief in seiner Seele verwurzelt sein, aber er musste sich nicht von ihnen beherrschen lassen.

Er schlug seinem *anderen Ich* die Tür vor der Nase zu und warf das Messer weg.

»Du bist ein Feigling, McBride.«

Grangeland machte einen Schritt nach vorne, schob Nathan mit ihrem Körper beiseite und verpasste Montez' blutigem Kinn einen kräftigen Fausthieb. »Und du bist bewusstlos.«

Nathan zog sich zurück und überließ Grangeland alles Weitere.

Holly schlang ihre Arme um ihn. »Es ist vorüber, Nathan«, flüsterte sie ihm ins Ohr. »Du brauchst nie wieder Angst vor ihm zu haben.«

»Was ich vorhin gesagt habe, war nicht so gemeint. Es tut mir leid.«

»Ich weiß.«

Ihre Worte hallten in ihm wider. Du brauchst nie wieder Angst vor ihm zu haben. Er hielt sie in seinen Armen und fragte sich, ob sie Montez meinte, oder sein *anderes Ich*. Vielleicht waren die beiden aus demselben dunklen Holz geschnitzt. Aber das spielte jetzt keine Rolle mehr.

Wie er so dastand und Holly hielt, fühlte er sich wie schon lange nicht mehr in seinem Leben.

Er fühlte sich sicher und geborgen.

KAPITEL 48

Nicole Dalton hörte eine Stimme. Eine Männerstimme.

Für den Bruchteil einer Sekunde sah sie Montez. Er trug blutverschmierte Handschuhe und grinste.

Doch dann fiel ihr wieder ein, dass ein hochgewachsener Mann mit langen Narben im Gesicht und am Körper sie gerettet hatte.

Nicole, können Sie mich hören?

Sie öffnete die Augen, sah aber alles nur verschwommen. Sie spürte ein Stechen in Brust und Bauch. Wo war sie nur?

Dann kam es ihr. Der Schönheitschirurg. Man hatte sie in die Praxis eines Schönheitschirurgen gebracht. Sie erinnerte sich wieder, dass sie auf dem Rücken gelegen und gefroren hatte. Und an die Infusionsnadel in ihrem Arm. Im Hintergrund hatte klassische Musik gespielt und ein chemischer Geruch hatte in der Luft gehangen. Vielleicht Alkohol? An mehr erinnerte sie sich nicht.

»Nicole, hören Sie mich?«

Sie wandte den Kopf zur Seite und erblickte Dr. Reavie.

Er ergriff ihre Hand. »Ich habe hier zwei Mädchen, die gerne ihre Mutter sehen möchten.«

»Man hat sie gefunden! Sind sie in Sicherheit?« Sie versuchte, sich aufzusetzen, aber ein brennender Schmerz ließ sie zusammenzucken. Es war ihr egal.

»Bleiben Sie liegen. Ich verstelle Ihnen das Bett. Sie erholen sich gerade von der Narkose. Alles ist gut gegangen. Sie haben allerdings über tausend Nähte.«

»Meine Mädchen!«

»Hier sind sie.«

★★★

Nathan fühlte sich im Rollstuhl unsicher, aber besser als die Alternative – ein Sarg aus Kiefernholz – war er allemal. Vor ihm rannten die beiden Mädchen gerade zum Bett ihrer Mutter und fielen ihr in die Arme. Nicoles Freude, ihre Töchter wiederzusehen, war größer als ihre Schmerzen. Sie schloss die Augen, aus denen Freudentränen über ihre Wangen liefen, und hielt die Kinder fest umschlungen.

Und in diesem Augenblick gab es auf der ganzen Welt nichts Wichtigeres.

Grangeland wischte eine Träne fort. Holly tat das Gleiche. Kein Mensch mit Gefühlen konnte dieses Schauspiel mitansehen, ohne zutiefst davon ergriffen zu sein. Nathan spürte, wie Holly seine Hand nahm und fest drückte.

»Komm«, flüsterte er. »Lassen wir sie für eine Weile miteinander allein.«

Er fuhr mit dem Rollstuhl zur Tür und drehte sich noch einmal um.

Nicole Dalton sah ihm in die Augen und formte mit ihren Lippen das Wort *danke*.

Er nickte nur und rollte zur Tür hinaus.

Grangeland bestand darauf, den Rollstuhl den restlichen Weg durch Dr. Reavies Praxis zu schieben, und er ließ es zögerlich mit sich machen. Holly konnte es nicht tun, da sie am Stock ging. Vor ein paar Stunden hatte man seine Füße örtlich betäubt, die Wunden gesäubert und genäht. Die Schnitte waren zwar nicht besonders groß oder tief, dennoch waren es viele. Die örtliche Betäubung hatte inzwischen nachgelassen, und auch wenn er es nicht offen zugab, war er für den Rollstuhl dankbar. Das Wiedersehen zwischen Nicole Dalton und ihren Töchtern hatte er auf gar keinen Fall versäumen wollen, egal, wie kaputt seine Füße waren.

Draußen auf dem Parkplatz sah er, wie am Horizont die Sonne aufging.

Er sprach leise, kaum hörbar. »Nicole und ihre Töchter so zu sehen, das war das alles wert.«

Grangeland hielt den Rollstuhl an und Holly nahm Nathans Hand.

Für einen Augenblick verharrten sie schweigend und starrten zum östlichen Horizont.

»Ich möchte mich bei dir entschuldigen, Grangeland. Was ich da gesagt habe, war nicht so gemeint.«

»Ist schon okay. Mach dir keinen Kopf deswegen.«

»Es ist nicht okay. Was ihr beide von mir denkt, bedeutet mir sehr viel.«

»Mir geht es mit dir genauso«, erwiderte Grangeland.

»Mir tun die Füße weh.«

Holly schmunzelte. »Wenigstens trägst du jetzt nicht mehr Grangelands rosa Pullover.«

Das hatte er fast vergessen. Nachdem er den halb bewusstlosen Montez gesäubert und in den Wagen verfrachtet hatte, hatte er sich Grangelands Pullover geliehen – ihr einziges Kleidungsstück, das so elastisch war, dass es ihm passte. Er war damit in die Notaufnahme gegangen.

Er grinste. »Na, ich weiß nicht. Irgendwie hat sich das Ding gut angefühlt.«

»So etwas möchte ich nie wieder hören«, sagte Holly.

Er sah Grangeland an, als wolle er um Unterstützung betteln.

»Tut mir leid«, sagte sie, »aber da muss ich meiner Chefin zustimmen.«

KAPITEL 49

Eine Woche später flogen Nathan und Harvey in FBI-Direktor Lansings Lear-Jet auf Steuerzahlerkosten nach Washington, D.C. Am Reagan National Airport nahm sich jeder einen Mietwagen und sie gingen getrennte Wege. Harv wollte seine Familie aus dem sicheren Haus abholen, in dem Thorny sie untergebracht hatte, und ein paar Museen besichtigen.

Nathan stieg in seinen Mietwagen, seufzte und fuhr los.

Im Großen und Ganzen herrschte an diesem Nachmittag angenehmes Wetter. Es war nicht zu schwül und am Himmel trieben ein paar hohe Wolken nach Osten.

Als er auf dem George Washington Memorial Parkway Richtung Langley fuhr, versuchte er, seine Gedanken zu ordnen, und die Ereignisse, die hinter ihm lagen, zu verstehen. Es fehlten jedoch immer noch einige Teile im Puzzle. Er hoffte, ein paar Antworten zu bekommen, schraubte seine Erwartungen aber nicht allzu hoch. Wahrscheinlich würde er nicht viel mehr herausfinden als das, was er ohnehin schon wusste.

Er folgte Cantrells Wegbeschreibung, blieb auf dem George Washington Memorial Parkway und nahm die Ausfahrt unmittelbar nördlich vom CIA-Hauptquartier. Er fuhr eine sanfte Steigung hoch und blieb vor dem Wächterhäuschen stehen. Den Wachposten erzählte er, er hätte einen Termin bei der Direktorin persönlich und kam sich ein bisschen komisch vor. Dennoch war ihm anhand der Art und Weise, wie sie ihn abfertigten, klar, dass sie Bescheid wussten. Wenigstens hatten sie sein Gesicht nicht angestarrt, wie es die meisten Leute taten, wenn sie ihm zum ersten Mal begegneten. Im Laufe der Jahre hatte er sich daran gewöhnt und nahm es nicht persönlich. Manchmal fühlte es sich schlimmer an, gar keine Reaktionen zu erhalten. Er kam sich dann stets wie ein Aussätziger vor.

Die Wachposten forderten ihn auf, zu einer kleinen Parkbucht unmittelbar hinter dem roten Schlagbaum zu fahren und dort zu warten. Er schaltete den Motor aus und entspannte sich, wobei er sich fragte, wie viele Überwachungskameras jede einzelne seiner Bewegungen festhielten. Wenn es nach ihm ging, so würde dieses Treffen freundschaftlich verlaufen. Nicht er, sondern Cantrell hatte es arrangiert. Er zweifelte nicht daran, dass die CIA-Chefin jemand war, den man nicht zum Feind haben wollte, und hatte deshalb nicht vor, die gute Beziehung zu stören, die er zu ihr aufgebaut hatte – wenn man es denn so nennen konnte.

Cantrell kam nach zehn Minuten in Begleitung einer Eskorte von drei weißen Limousinen. Nathan stieg aus und spürte in seinen Fußsohlen das vertraute Jucken und Kribbeln, das immer dann auftrat, wenn Wunden heilten.

Kaum hatte er sein Fahrzeug verlassen, sah er sich auch schon von vier gut gekleideten Personenschützern mit Ausbuchtungen unter ihren Jacketts umringt.

Das Fenster auf der Beifahrerseite des mittleren Wagens wurde heruntergelassen und gab den Blick auf CIA-Direktorin Rebecca Cantrell frei.

»Steigen Sie ein.«

»Ich bin beeindruckt«, sagte Nathan, nahm auf einem der Sitze Platz, schnallte sich an und sah dabei jedem der anwesenden Agenten in die Augen. »Für einen Moment dachte ich schon, Ihre Jungs würden auf mich losgehen.«

»Sie haben sich nur vergewissert, dass Sie es sind, und nicht irgendjemand, der sich hinter einer Nathan-McBride-Maske verbirgt.«

Nathan deutete auf sein Gesicht. »Schwer nachzumachen, finden Sie nicht?«

»Aber nicht unmöglich.«

»Wohin fahren wir?«

»Ich dachte an ein spätes Mittagessen im Congressional Country Club. Der ist nur ein paar Kilometer von hier.«

»Der Congressional Country Club?«

Sie zuckte mit den Schultern. »Ein privater Golfclub.«

»Darf ich Sie einladen?«, bot er an.

»Klar, warum nicht.«

»Fahren Sie immer mit einer solchen Eskorte in der Gegend herum?«

»Meistens. Seit den Terroranschlägen vom elften September hat sich viel verändert.«

Die nächsten paar Minuten fuhren sie schweigend.

»Ich weiß, dass Sie gerne mehr über Operation Ironclad wissen möchten, und mit gutem Recht. Wahrscheinlich haben Sie sich gefragt, warum von allen zwielichtigen Verhörspezialisten auf dieser Welt ausgerechnet Montez diesen Job bekommen hat.«

»Das habe ich in der Tat.«

»Nun, Montez ist nicht der Einzige, der in den letzten zehn Jahren für eine solche Tätigkeit angeheuert wurde. Ich weiß, das ist kein schöner Gedanke, aber …«

»Ich weiß, was da läuft. Aber trotzdem … ausgerechnet er?«

»Wie ich schon bei unserer Begegnung im Krankenhaus sagte, hat er unsere geheimen Aktionen in Nicaragua nie an die große Glocke gehängt. Er hat sich also als zuverlässig erwiesen. Ja, ich weiß schon, wie das klingt. Außerdem ließ sich seine Tätigkeit vollständig leugnen … ein nicht unwesentlicher Punkt.«

Nathan sah das ein.

»Und obendrein«, fuhr Cantrell fort, »machte er seine Arbeit äußerst gut, so ungern ich das auch zugebe.«

»Hören Sie«, sagte Nathan, »ich will hier niemandem dreinreden. Ich kann beide Seiten in der Debatte über verschärfte Verhörmethoden verstehen. Beide können stichhaltige Argumente vorweisen. Mich interessiert hier nur, wieso alles so plötzlich den Bach runterging.«

»Als der neue Präsident sein Amt antrat, war das eines der ersten Dinge, über die wir ihn in Kenntnis gesetzt haben – die Operation Ironclad und deren Funktion als heimlicher Transport von terrorverdächtigen Gefangenen. Ich brauche Ihnen wohl nicht zu sagen, dass der Präsident … wie soll ich es diplomatisch ausdrücken … *besorgt* war. Ihm gefiel die Sache aus mehreren Gründen nicht. Er hat es zwar nie offen gesagt, aber es ging ihm hauptsächlich um Schadensbegrenzung. Er hat sich über die Auswirkungen Sorgen gemacht, falls irgendetwas an die Öffentlichkeit dringt. Er wollte nicht, dass seine Präsidentschaft deswegen einen schlechten Ruf bekam … weder jetzt noch in der Zukunft. Ich möchte seine Entscheidung nicht beurteilen, das ist schließlich nicht meine Aufgabe. Mein Job besteht darin, die Außenpolitik seiner Administration umzusetzen. Ob ich sie persönlich billige oder nicht, spielt dabei keine Rolle.

»Hat die CIA Ironclad finanziert?«

»Nicht wirklich. Wie Sie wissen, sind die Kallstroms ziemlich wohlhabend oder – um es direkt zu sagen – stinkreich. Sie haben sämtliche Dinge finanziert, die für diese Operation benötigt wurden. Privatjets für die Gefangenentransporte, ein fingiertes Büro in Ungarn und Briefkastenfirmen wie die, die nach außen hin saubere Kohletechnologie erforscht hat. Außerdem haben sie sichere Häuser bereitgestellt und Subunternehmer beschäftigt, die sich persönlich um Verhörspezialisten wie Oberst Montez gekümmert haben. Das volle Programm. Der Präsident hätte alles abstreiten können, wäre etwas schiefgegangen.«

»Kramer war also einer von diesen Subunternehmern? Er hatte die alleinige Verantwortung für den Transport der Gefangenen und dafür, dass Montez sie verhört und danach entsorgt?«

»Richtig. Kramer hat alles in die Wege geleitet und sich um das Tagesgeschäft gekümmert. Wir, also die CIA, haben ihn über einen unabhängigen Auftragnehmer namens Duane Dalton logistisch unterstützt.«

»Wäre es nicht einfacher gewesen, Montez zu liquidieren, als der Präsident die Operation abblasen ließ?«, fragte Nathan.

»Eigentlich schon, aber wie ich bereits bei meinem Besuch im Krankenhaus sagte, haben Leute wie Montez oft heimliche Sicherheitsvorkehrungen getroffen, die automatisch greifen, falls sie ums Leben kommen oder auch nur für eine bestimmte Zeit verschwinden. Konkret läuft das so ab, dass die Medien brisante Informationen erhalten, die großen Schaden anrichten. Wir haben einen unserer Leute nach Tobago entsandt. Er sollte Montez lebend gefangen nehmen. Leider schlug dieses Unternehmen fehl, worauf Montez zum Gegenangriff überging.«

»Montez hat also mit Kramer angefangen, weil der die einzige Person war, zu der er Kontakt gehabt hatte?«

»Das ist richtig. Stellen Sie sich den Aufbau von Ironclad wie eine Zwiebel vor. Kramer. Dalton. Senator Kallstrom und dessen Vater, der ehemalige CIA-Direktor. In dieser Reihenfolge. Außer Kramer kannte Montez niemanden, und Kramers Kenntnis reichte nur bis zur zweiten Haut der Zwiebel, nämlich Dalton. Deshalb musste Montez ihn finden und verhören.«

»Hoffen wir, dass Montez mit seiner Behauptung, dass es keine Kopien von diesem USB-Stick mit Daltons Geständnis gibt, die Wahrheit gesagt hat. Sonst hätte Senator Kallstrom ein weitaus größeres Problem als ein mögliches Gerichtsverfahren gegen ihn.«

»Möglich wäre es schon, aber wir sind uns zu neunundneunzig Prozent sicher.«

»Montez hat also …« Nathan rang nach den richtigen Worten.

»Ja, er ist beim Verhör ziemlich schnell eingeknickt.«

»Wie haben Sie das fertiggebracht?«

»Genau genommen war das Harvs Idee. Wir haben fünf unserer größten und kräftigsten Agenten zu ihm in die Zelle geschickt. Sie hatten eine Tube Vaseline und eine Packung Kondome dabei.«

»Haben sie ihn … na, Sie wissen schon.«

»Das war gar nicht nötig«, sagte Cantrell. »Wie ich gehört habe, hat Montez geplappert wie ein Wasserfall. Natürlich haben wir es im Nachhinein noch mit Drogen und Schlafentzug probiert, um auf Nummer sicher zu gehen. Aber nein, Gewalt mussten wir nicht anwenden.«

»Das wundert mich nicht. Ich kann mir nicht vorstellen, dass es viele Verhörspezialisten gibt, die ihren eigenen Methoden standhalten können.«

»Im Prinzip stimmt das, aber nicht immer. Sie sind die Ausnahme von der Regel.«

»Ich war nie ein Verhörspezialist.«

»Aber Sie sind für operative Einsätze ausgebildet.« Cantrell fuhr auf die I-495 nach Norden. »Ich muss wohl nicht extra erwähnen, dass viele Leute in hohen Positionen sehr froh darüber sind, dass Sie Montez am Leben gelassen haben, einschließlich des Präsidenten. Sie und Harv waren Gegenstand unzähliger Diskussionen auf höchster Geheimdienstebene. Sie beide haben jetzt mächtige Freunde.«

»Ich würde das Wort *Freunde* vorsichtig verwenden.« Nathan ließ die Vororte von Washington an sich vorüberziehen. »Hat Montez' Verhörtätigkeit jemals Ergebnisse geliefert?«

»Jede Menge. Deshalb lief die Operation so lange.«

Nathan wartete darauf, dass Cantrell fortfuhr.

»Also gut«, sagte sie schließlich. »Sie haben es verdient, die ganze Wahrheit zu erfahren. Vor zwei Jahren konnten wir dank Informationen, die Montez bei einem Verhör herausfand, einen größeren Anschlag vereiteln. Ihnen ist doch bestimmt aufgefallen, dass die Sicherheitsvorkehrungen auf den größeren Flughäfen verschärft wurden und dass es zunehmend schwieriger geworden ist, eine Aktion in der Größenordnung vom elften September durchzuziehen. Zwar nicht unmöglich, aber weitaus weniger wahrscheinlich.«

Nathan war sich nicht sicher, ob er dem zustimmen konnte.

»Denken Sie nur an private Charterflüge«, sagte sie.

»Was meinen Sie damit?«

»Privatjets, die man mieten kann. Nehmen wir mal an, eine reiche Familie – nennen wir sie Familie X – möchte einen Trip nach Europa machen und mietet zu diesem Zweck ein Privatflugzeug. In vielen kleinen Flughäfen überall im Land kann man buchstäblich mit dem Auto bis zum Flieger fahren und sein eigenes Gepäck einladen. Nehmen wir an, Familie X will von San Diego aus starten, aber die private Chartergesellschaft befindet sich in Los Angeles. Können Sie mir soweit folgen?«

Er wusste, worauf Cantrell hinauswollte.

»Die Firma fliegt also den Jet zu einem kleineren Flughafen in San Diego. Ein SUV bringt die Passagiere dorthin. Drei Brüder und zwei Cousins steigen aus dem Fahrzeug. Sie sehen unverdächtig aus. Glattrasiert, in Freizeitkleidung. Abgesehen davon, dass sie mit Akzent sprechen, wirken sie vollkommen unauffällig. Sie laden ihr Gepäck ins Flugzeug und gehen an Bord. Der Flugkapitän lässt volltanken, damit sie bis zur Ostküste kommen. Aber in den Koffern finden sich keine Kleider und Toilettenartikel, sondern vierzig Kilo Semtex pro Koffer. Zusammen fast eine Tonne. Sobald sie in der Luft sind, überwältigen sie den Piloten und den Ersten Offizier und fliegen direkt zum nächsten Footballstadion, wo gerade ein ausverkauftes Spiel stattfindet.«

»Vom Montgomery Field aus sind das nur zwei Minuten.«

»Richtig. Es bleibt keine Zeit, den Jet abzufangen, wenn er von seiner geplanten Flugroute abweicht und vom Funk geht. Die Terroristen fliegen ins Stadion und detonieren das Semtex eine Sekunde vor dem Aufprall. Die Schockwelle zusammen mit Tausenden von Liter Treibstoff und die herumfliegenden Wrackteile richten einen Schaden von katastrophischen Ausmaßen an. Die geschätzten Todesopfer bewegen sich in der Größenordnung von zehn- bis fünfzehntausend Menschen. Dazu kommt noch die doppelte Anzahl Opfer mit schweren Verletzungen und Brandwunden. Wir reden hier von Männern, Frauen und Kindern.«

»Wollen Sie damit sagen, dass Montez Pläne für einen solchen Anschlag herausgefunden und die CIA ihn vereitelt hat?«

»Genau davon spreche ich. Wir konnten in Cleveland eine Zelle ausheben, die aus fünf Männern und zwei Frauen bestand, zusammen mit einer halben Tonne Semtex. Sie hatten geplant, beim Eröffnungsspiel für die Saison zuzuschlagen. Montez hat die Information aus einem der Verantwortlichen herausgekitzelt, den einer meiner Agenten bei einem gemeinsamen Einsatz mit der jemenitischen Armee festgenommen hatte. Die Terrorzelle stand zwölf Wochen vor Ausführung des Anschlags, den ich Ihnen gerade geschildert habe.«

Nathan schüttelte den Kopf. »Unglaublich. Wusste der Präsident davon?«

»Natürlich.« Ihre Stimme nahm einen sanfteren Klang an. »Nathan, jemandem wie Ihnen brauche ich doch wohl nicht zu erzählen, was hinter den Kulissen abläuft. Die Öffentlichkeit wird von alledem nie etwas erfahren. Warum nicht, dürfte Ihnen wohl klar sein. Außerdem haben wir eine Menge Terrorzellen im Irak, in Afghanistan, im Sudan und anderen Ländern ausfindig gemacht. Viele davon haben improvisierte Sprengsätze und Selbstmörderwesten hergestellt. Außerdem haben wir noch Pläne vereitelt, die US-Botschaft in Kuwait in die Luft zu sprengen sowie ein umfassendes Komplott, die höchsten Ebenen der neuen Regierung in Afghanistan zu infiltrieren. Wir werden nie mit Bestimmtheit sagen können, wie viele Zivilisten und Angehörige unserer Streitkräfte wir im Laufe der Jahre vor dem Tod bewahrt haben. Aber die Zahl geht bestimmt in die Tausende.«

»Wie ich vorhin schon sagte«, erwiderte Nathan, »verstehe ich beide Seiten in der Debatte über verschärfte Verhörmethoden. Ich weiß also, was Sie mir sagen wollen.« Und das war nicht gelogen.

»Ich habe mich übrigens ausführlich über einige Ihrer Einsätze informiert. Natürlich geht auch darüber nichts an die Öffentlichkeit. Denken Sie nur daran, wie viele Menschenleben Sie und Harvey gerettet haben. Sie haben einem Team der SEAL-Spezialeinheit der US Navy den Weg bereitet, damit es chemische Waffen in Bosnien beschlagnahmen konnte. Und Sie haben einen abtrünnigen russischen General liquidiert, der kurz davor stand, schultergestützte Boden-Luft-Raketen an die Hamas zu verscherbeln. Stellen Sie sich nur vor, was los wäre, wenn Al-Kaida-Terroristen unsere Flughäfen mit Stinger-Raketen unter Beschuss nehmen würden. *Marine One,* die den Präsidenten an Bord hat, benutzt zwar ständig neue Routen, um ihn von und zum Luftwaffenstützpunkt Andrews zu fliegen, aber irgendwann hätten die Terroristen Glück und wären zur richtigen Zeit am richtigen Ort, um ihn abzuschießen.«

Nathan konnte sich diese Szenarien durchaus vorstellen. Sehr gut sogar. »Und was jetzt?«

»Ich schlage vor, Sie fahren erst einmal in Urlaub, und zwar zusammen mit SAC Simpson. Fliegen Sie irgendwo in die Tropen und erholen Sie sich. Schlürfen Sie Margaritas oder machen Sie Brettspiele auf einem Kreuzfahrtschiff. Gehen Sie tauchen. Sie haben es sich redlich verdient.«

»Ja, das hört sich wirklich gut an. Übrigens, können Sie mir einen Gefallen tun?«

»Das kommt drauf an.«

»Lassen Sie Montez am Leben.«

Cantrell zog verwundert eine Augenbraue hoch. »Das ist aber eine seltsame Bitte.«

»Wenn man die toten Söldner in Montez' Lagerhaus in Long Beach mitrechnet, haben Harv und ich zweiundsechzig Menschen getötet. An unseren Händen klebt also genug Blut.«

»Da haben Sie auch wieder recht. Ich werde Ihrer Bitte nachkommen. Oder vielmehr werde ich eine diesbezügliche Empfehlung aussprechen. Aber Montez wird sich unter Umständen wünschen, ich hätte es nicht getan.«

»Sie sind ein guter Mensch, Rebecca. Als wir uns zum ersten Mal begegnet sind, war ich mir nicht so sicher. Aber jetzt bin ich es.«

Cantrell lächelte. »Danke. Dass dies von einem Mann wie Ihnen kommt, bedeutet mir sehr viel.«

»Wieso beschleicht mich das Gefühl, dass ich Sie nicht zum letzten Mal sehe?«

»Passen Sie auf, was Sie sich wünschen.«

KAPITEL 50

General Hawthornes C-20G setzte kurz nach 14 Uhr zum Landeanflug auf dem Leeward Point Airfield am Marinestützpunkt Guantanamo Bay an. Nathan ertappte sich dabei, wie sich seine Finger ein bisschen zu fest in die Armstützen krallten, und die Räder setzten auf der Landebahn auf.

»Nervös?«, fragte Harv.

»Ein bisschen.«

»Ja, ich auch.«

Thorny beendete sein Telefongespräch und wandte sich ihnen zu. »Es ist alles arrangiert. Konteradmiral Patricia Maas hat sich bereit erklärt, uns persönlich zu empfangen, ebenso Hauptmann Brett King, der Stützpunktkommandant. Maas ist Oberbefehlshaberin der Vereinigten Task Force Guantanamo. Wir sind also in guten Händen. Ihr Stellvertreter, Brigadegeneral Porras, wird ebenfalls anwesend sein. Porras gehört zur Army. Die Vereinigte Task Force Guantanamo ist eine vom Rest des Stützpunkts getrennte, separate Einrichtung.«

Der Pilot aktivierte die Schubumkehr der Triebwerke und gab Gas.

»Eine separate Einrichtung?«, fragte Harv laut genug, um den Motorenlärm zu übertönen.

»Ja, sie besteht überwiegend aus Marinepersonal, aber es dienen dort auch Angehörige der anderen Teilstreitkräfte. Auf dem Stützpunkt gibt es noch andere Marines, jedoch besteht deren Aufgabe hauptsächlich in der Bewachung des Begrenzungszauns.«

Thorny musste Nathans Unbehagen gespürt haben. »Immer mit der Ruhe. Montez kann uns nicht sehen. Wir befinden uns hinter einem Einwegspiegel.«

Als Nathan zum Fenster hinausblickte, sah er drei Jeeps Cherokee, die auf dem Rollfeld in der Nähe eines Tors der Einfahrt parkten. Das Flugzeug kam zum Halten und die Türen der Fahrzeuge gingen auf. Vier Leute in Uniform stiegen aus und kamen auf das Flugzeug zu. Drei trugen Arbeitsuniformen der US-Navy, während der vierte im Bunde einen Army-Kampfanzug in Wüstentarnfarbe anhatte. Zweifellos handelte es sich bei ihm um den Brigadegeneral und stellvertretenden Oberbefehlshaber der Vereinigten Task Force.

Der Copilot öffnete die Rumpfluke und feuchtheiße Luft strömte ins Innere. Nathan musste an seinen Urlaub in Puerto Rico denken, dort hatte es sich genauso angefühlt.

Thorny verließ das Flugzeug als Erster. Alle vier Offiziere empfingen ihn mit zackigem Gruß. Thorny salutierte zurück. »Rühren. Das hier ist ein informeller Besuch. Wer von Ihnen ist der ranghöchste Offizier?«

»Das sind Sie, Herr General«, erwiderte Porras.

Thorny grinste und brach damit das Eis. »Sie werden sich wundern, wie viele sich da schon geirrt haben.«

Der Befehlshaber des Stützpunkts, Hauptmann Brett King, trat vor. »Willkommen in Gitmo, Herr General.« Die Männer stellten sich alle einander vor.

Admiral Maas starrte die Narben in Nathans Gesicht etwas zu lange an, sie riss sich aber schnell zusammen. Porras wirkte geschäftsmäßig und schien sich nicht besonders darüber zu freuen, Gastgeber für ein paar ihm unbekannte Geheimagenten zu spielen. Verständlich, aber zu Unrecht. Er konnte natürlich nicht wissen, dass Nathan und Harv nicht hier waren, um ihn auszuspionieren.

»Wenn wir auf der anderen Seite der Bucht sind«, sagte Maas, »sind es noch zehn Minuten mit dem Auto zum Camp Delta.«

Die Besucher verteilten sich auf die Cherokees. Nathan und Harv nahmen im Fahrzeug von Brigadegeneral Porras Platz. Harv wechselte einen Blick mit Nathan und setzte sich nach vorne. Thorny fuhr bei Konteradmiral Maas und Hauptmann King mit, während die beiden Adjutanten im dritten Fahrzeug Platz fanden. Bestimmt würden sie sich die Zeit vertreiben, indem sie Geschichten zum Besten gaben.

Eine Minute später lenkte Porras den Jeep direkt auf die wartende Fähre, die wie eine verkleinerte Kombination aus Flugzeugträger und Landeboot aussah und schätzungsweise Raum für fünfzehn bis zwanzig Fahrzeuge bot. Nathan wunderte sich nicht darüber, dass außer den drei Cherokees keine weiteren Fahrzeuge an Bord fuhren. Acht mit M4-Maschinenpistolen bewaffnete Militärpolizisten des Marine Corps verteilten sich über das Deck, und Nathan fragte sich, ob sie immer dort waren. Wahrscheinlich nicht. Hauptmann King legte offenbar höchsten Wert auf Sicherheit.

Während der zwanzigminütigen Überfahrt verließen alle die Fahrzeuge. Die Militärpolizisten gaben sich größte Mühe, nicht zu starren, obwohl sie wussten, dass sie nicht so schnell wieder Gelegenheit bekommen würden, den Oberbefehlshaber des Marine Corps zu sehen. Thorny legte großen Wert darauf, ihre militärischen Grüße zu erwidern und jedem der Männer die Hand zu schütteln. Nathan lächelte und sah zu, wie sein Freund den einfachen Soldaten Anerkennung für ihren Dienst zollte – einer der vielen Wesenszüge, die eine gute Führungspersönlichkeit auszeichneten.

Nathan trat ans Geländer und blickte über die endlose Wasserfläche. Dabei musste er an Kramer denken und daran, wie es ihm wohl am Ende ergangen sein musste. Um ein Haar hätten Duane Dalton und seine Familie dasselbe Schicksal erlitten. Er schüttelte den Kopf.

An der dem Wind zugewandten Anlegestelle fuhren alle drei Fahrzeuge von der Fähre. Zehn Minuten später überquerten sie eine Anhöhe und sahen von Weitem den Wachposten, der den Zugang zum Lager kontrollierte. Außerdem hatten sie eine tolle Aussicht auf die Karibik. Das blaugrüne Wasser entlang der felsigen Küste bildete einen Kontrast zu der trockenen Wüstenlandschaft. An Kakteen herrschte in dieser Gegend kein Mangel. Ein ziemlich verrückter Ort für ein Gefangenenlager, aber vom logistischen Standpunkt aus ergab es einen Sinn.

Die Militärpolizisten am Kontrollpunkt salutierten vor dem Jeep, in dem Admiral Maas saß, und wiederholten die Geste für die darauffolgenden Fahrzeuge. Camp Delta mit seinen Wachtürmen, geradlinigen Gebäuden und hohen Zäunen lag direkt vor ihnen. Ein typisches Gefängnis. Sie passierten einen Parkplatz unterhalb des Camps und folgten Maas' Fahrzeug nach links. Nathan warf einen Blick auf das Lager. Es war vollkommen still und man sah weder Wächter noch Gefangene. Bis jetzt hatte er sich keine Gedanken darüber gemacht, was ihn dort erwartete. San Quentin? Soledad? Das hier sah ganz und gar nicht wie diese bekannten Gefängnisse in Kalifornien aus, es wirkte eher wie eine lockere Jugendstrafanstalt.

Warum also dieses wachsende Unbehagen, das mit jeder Minute schlimmer wurde? Schließlich war alles gut gegangen. Duane Dalton lebte noch und Nicole hatte ihre Töchter wieder. Über die Operation Ironclad war nichts an die Öffentlichkeit gesickert und Montez würde den Rest seines Lebens hinter Gittern verbringen. Warum also diese Aufregung? Er lockerte die Hände und atmete tief durch. In seiner Rolle als CIA-Agent konnte er sich nicht wie ein nervöser Schuljunge benehmen. Vor nicht allzu langer Zeit hatte er sogar selbst im Auftrag der CIA operative Einsätze durchgeführt. War das wirklich noch nicht so lange her? Nathan kam es wie eine Ewigkeit vor.

Sie folgten Maas' Fahrzeug auf einen kleinen Parkplatz an der rechten Straßenseite.

Porras stellte den Motor ab. »Man hat Ihnen gesagt, was Sie da drinnen erwartet?«

»Wir sind praktisch unsichtbar«, sagte Harv.

»Richtig. Wir gehen in Camp fünf. Dort sind die gefährlichsten Insassen und jene, von denen wir glauben, dass sie uns wertvolle Informationen liefern können. Der gesamte Bereich wird von Computern überwacht, sogar die Duschräume. Der Mann, den Sie besuchen, passt nicht in das typische Häftlingsprofil.«

Weder Nathan noch Harv sagte etwas dazu.

»Sollten Sie zwischendurch Fragen haben, nicken Sie mir kaum merklich zu. Ich nehme Sie dann beiseite und antworte Ihnen. Ist das klar?«

»Jawohl, Sir«, sagte Harv.

Admiral Maas führte die Besucher über die Straße zu einem hohen, mit einer Stacheldrahtrolle bewehrten Zaun, vor dem mehrere Militärpolizisten Wache schoben. Als die Militärpolizisten die Oberbefehlshaberin der Vereinigten Task Force kommen sahen, standen sie augenblicklich stramm. Nathan sah, wie ihre Augen größer wurden, als sie einen Vier-Sterne-General, den stellvertretenden Oberbefehlshaber und den Stützpunktkommandanten in Admiral Maas' Gefolge erblickten.

Das Gebäude jenseits des Zauns war mit grünem Segeltuch vor neugierigen Blicken abgeschirmt. Sie gingen einen asphaltierten Fußweg entlang bis zum Eingang, wo weitere Militärpolizisten Wache standen. Eine Ausweiskontrolle gab es nicht und sie gelangten ohne Umschweife ins Innere.

★★★

Nathan war erstaunt, wie sauber es drinnen war. Im Zentralbereich befand sich ein Kontrollzentrum, durch dessen Glaswände man einen ungehinderten Blick in sämtliche Zellen hatte. Sie durchquerten einen Aufenthaltsraum mit Tischen und Stühlen aus Edelstahl, die in den glatten Betonboden eingelassen waren.

Admiral Maas wandte sich ihnen zu und sagte leise: »Hier sind hundert Häftlinge untergebracht. Wir arbeiten mit einem Belohnungssystem. Insassen, die sich kooperativ verhalten und keinen Ärger machen, werden in Unterkünfte mit weniger strengen Bedingungen verlegt, wo sie mehr Privilegien erhalten. Sämtliche Zellen werden rund um die Uhr mit Kameras überwacht. Das

Wachpersonal kann jede Zelle innerhalb von Sekunden erreichen. Wenn Sie mir bitte folgen würden.« Sie führte ihre Besucher durch einen kurzen Korridor zu einer Tür. »Das ist eins von unseren Vernehmungszimmern. Es hat einen Einwegspiegel.«

Das Zimmer war einfach ausgestattet. Nur ein Tisch und ein paar Stühle.

»Vernehmungen finden stets im Beisein von bewaffneten Wärtern statt«, erklärte Maas. »Selbstverständlich ist auch ein Dolmetscher anwesend. Nur sehr wenige Häftlinge sprechen Englisch.«

An der Wand über dem Einwegspiegel sah Nathan eine Kamera.

»Gibt es irgendwelche Fragen?«

Thorny sagte: »Keine Frage, bloß ein Kommentar. Sie haben Ihren Laden voll im Griff, Admiral Maas. Ich bin sehr beeindruckt.«

»Danke, Herr General. Ich habe zu den Insassen keinen unmittelbaren Kontakt. Wir geben uns Mühe, ein stressfreies Umfeld zu schaffen. Eine Frau wäre da fehl am Platz, vor allem wenn sie Befehlsgewalt ausübt. Unsere Erfolge verdanken wir in erster Linie Brigadegeneral Porras. Er ist ausgesprochen bewandert in islamischer Kultur und ihren Gepflogenheiten. Das gilt übrigens für unser gesamtes Personal, das mit den Häftlingen zu tun hat.«

»Ich wollte, wir lebten in einer Welt, wo so etwas nicht notwendig ist«, sagte Thorny.

»Vielleicht sind wir ja eines Tages soweit, Herr General. Hier lang, bitte.«

Admiral Maas führte ihre Besucher um die Ecke zu einer anderen Tür. In dem Raum dahinter boten zwei Sitzreihen acht bis zehn Leuten ausreichend Platz, um die Vernehmung zu beobachten. Ein kleiner Lautsprecher über dem Spiegel machte es ihnen möglich, zuzuhören. Bevor sie die Tür hinter sich schloss, sprach Maas leise zu einem Militärpolizisten, worauf es im Zimmer dunkel wurde. Nathan hatte jede Menge Fragen, hielt sich jedoch damit zurück.

»Dieser Raum ist schalldicht, aber ich empfehle Ihnen trotzdem, leise zu sprechen.«

Irgendwie fühlte sich das Ganze schwieriger an, als wenn er seinem früheren Peiniger direkt gegenübersitzen würde. Es wirkte auf ihn … wie sollte er es ausdrücken? Feige? Nein, *feige* war nicht das richtige Wort. Hinterhältig? Das passte auch nicht. Eigentlich bestand für Nathan kein Grund, vor Montez Angst zu haben. Vielleicht war es einfach eine dieser menschlichen Erfahrungen, die sich nicht in Worte fassen ließen. Er beruhigte seine Gedanken und lockerte die Hände. Harv sah ihn fragend an, und er nickte seinem Freund zu, als Porras gerade nicht hinsah.

Die nächsten neunzig Sekunden zogen sich ewig hin. In Nathans Innerem tobten widerstrebende Gefühle.

Endlich ging die Tür zum Vernehmungsraum auf und die Wärter brachten einen ziemlich kleinen und unauffällig wirkenden Mann in einem orangen Häftlingsoverall hinein. Er setzte sich hin, musste die Hände auf den Tisch legen, worauf ein Wärter die Fesseln zur Sicherheit an einem Stahlring befestigte. Seinem rasierten Schädel sah man nicht an, dass er früher das schwarze Haar als langen Pferdeschwanz getragen hatte. Der Fünf-Tage-Bart war alles, was übrig geblieben war. Die Augen sahen eingefallen und leblos aus. Er wirkte gebrochen wie der Insasse eines Todestrakts.

Plötzlich schossen seine Augen nach oben, und es schien, als blickte Montez direkt durch den Spiegel. In Wirklichkeit konnte er natürlich nur sich selbst sehen.

Gefällt dir dein Spiegelbild, Monty? Siehst du dich jetzt klar und deutlich?

»Ist das Ihr Mann?«, fragte Thorny, um nicht aus der Rolle zu fallen.

»Ja, Herr General«, erwiderte Harv. »Ohne Haare und mit den Narben im Gesicht und auf der Kopfhaut sieht er zwar anders aus, jedoch ist es eindeutig Oberst Montez de Oca.«

Nathan starrte ihn an und konnte seinen Blick nicht abwenden. Widerstrebende Gefühle erwachten. Überraschung. Befriedigung. Wut. Abscheu. Und zu seiner Verwunderung: Trauer. Er empfand tatsächlich so etwas wie Mitleid. Dieser einst so stolze Mann, der auf seine eigene Art und Weise geglänzt hatte, war jetzt nichts weiter als ein gewöhnlicher Gefangener, der einer düsteren und hoffnungslosen Zukunft entgegensah. War an der Erkenntnis, dass sich alles irgendwann einmal rächt, doch etwas dran? Nathan hatte nie wirklich daran geglaubt … bis jetzt. Brachte das Böse Böses hervor? Wie viele Menschen merkten das erst, wenn es zu spät war, wenn der hässliche Augenblick der Wahrheit nahte und sie sich als das sahen, was sie wirklich waren: Monster in Menschengestalt.

Nathan zuckte zusammen und sah in der Erinnerung, wie er brutal ausgepeitscht wurde und wie Montez dabei gelangweilt gegähnt hatte. Er hasste das, was er über sich selbst herausgefunden hatte. Es ließ sich nicht schönreden oder rechtfertigen. Und sämtliches Psychogeschwafel taugte nicht dazu, das *andere Ich* zu erklären. War dieser hässliche Teil seiner Seele an jenem Tag geboren worden, oder hatte er schon immer in ihm existiert?

Vielleicht war es auch egal.

Jetzt war Montez an der Reihe.

Nathan fragte sich, ob dieser Mann, der in Ketten vor ihm saß, im wahrsten Sinne des Wortes das Böse verkörperte. Vielleicht, vielleicht auch nicht. Nur Gott wusste die Antwort darauf, nicht Nathan McBride. Aber eines war sicher. Montez hatte die nächsten vierzig Jahre ausreichend Zeit, um darüber nachzudenken.

Hollys Worte hallten in seinem Bewusstsein wider. *Du brauchst nie wieder Angst vor ihm zu haben.*

Es waren einfache Worte, aber sie hatten eine tiefe Bedeutung.

KAPITEL 51

Am darauffolgenden Tag holte Holly Nathan und Harvey vom Lindbergh Field ab. Thorny war so großzügig gewesen, ihnen seinen Jet für den Rückflug zur Verfügung zu stellen, und er bestand darauf, dass sie sein Angebot annahmen. Noch am gleichen Nachmittag hatte eine C-130 Hercules mit ihrem ehemaligen kommandierenden Offizier an Bord Guantanamo in Richtung Andrews Air Force Base verlassen. Zu einem Vier-Sterne-General sagte man nicht Nein, vor allem nicht zu Thorny.

Nach einem emotionalen Abschied von Harv in Rancho Santa Fe machten sich Nathan und Holly auf den Weg nach La Jolla. Das Haus in Clairemont würde noch eine Weile unbewohnbar sein, bis die Schäden von der Schießerei mit Montez' Leuten behoben waren.

Grant und Sherman, die beiden Riesenschnauzer, waren überglücklich, ihr Herrchen wiederzuhaben – und das neueste Mitglied im Rudel.

Nathan und Holly waren zum Kochen zu müde und wärmten sich zwei Portionen gefrorene Spaghetti mit Tomatensoße auf. Nathan gab den Hunden ausnahmsweise ein Stück Brot vom Tisch.

Nach dem Essen stellten sie das Geschirr in die Spüle und machten es sich in der Bibliothek zusammen mit den Hunden auf dem Sofa gemütlich. Als sie sich während der Jagd auf die Bridgestone-Brüder kennengelernt hatten, waren sie zusammen zu einer zweistündigen Fahrt in die Sierra Nevada aufgebrochen. An jenem Tag hatte Holly auf Nathan einen positiven Eindruck gemacht. Sie war ihm gegenüber ehrlich gewesen und hatte bei der Konversation während der Pausen keinerlei unnötigen Small Talk praktiziert. Nathan fand das erfrischend und selten. Nichts an ihr hatte sich seit damals verändert. Na ja, das stimmte nicht ganz. Es tat ihm weh, mitansehen zu müssen, wie sie am Krückstock ging. Durch den Bombenanschlag auf die FBI-Dienststelle in Sacramento war sie auf unfaire Weise gealtert und sah schwach aus. Manchmal war das Leben auch zu guten Menschen grausam.

Er sprach schließlich zu ihr und seine Stimme war nur ein Flüstern. »Hast du dir jemals überlegt, wie anders dein Leben heute wäre, wenn du vor vielen Jahren nur eine einzige andere Entscheidung getroffen hättest?«

»Du meinst beruflich? Seit dem Bombenanschlag habe ich oft darüber nachgedacht.«

»Und bist du da angelangt, wo du sein möchtest?«

»Ja. Und du?«

»Die entscheidende Wende in meinem Leben kam, als ich beschloss, zum Marine Corps zu gehen. Es klingt vielleicht wie ein Klischee, aber ich wollte ein Mann werden.«

»Dein Vater war damit nicht einverstanden?«

»Er hat mir nie geglaubt, dass ich das Corps ernsthaft zu meinem Beruf machen wollte. Und das wollte ich wirklich, Holly. Es hat mir gefallen und meinem Leben Struktur und Stabilität gegeben. Das Corps war für mich wie eine Familie. Ich glaube, das Soldatenleben liegt mir im Blut. Wenn ich auf diese Zeit zurückschaue, stelle ich fest, dass ich da zum ersten Mal wirklich glücklich war. Ich wollte gar nichts anderes mehr machen.«

»Wenn du noch mal von vorne anfangen müsstest, würdest du dich genauso entscheiden?«

»Mit dieser Frage schlage ich mich schon eine ganze Weile herum. Mein Bauchgefühl sagt mir Ja. Aber was, wenn ich an meinem zweiundzwanzigsten Geburtstag nicht in das Rekrutierungsbüro gegangen wäre und mich als Offiziersanwärter beworben hätte? Was, wenn ich nie Scharfschütze geworden wäre? Es gibt nicht viele Offiziere, die zu den Scharfschützen gehen. Wäre ich trotzdem bei der CIA gelandet und ein Agent für operative Einsätze geworden? Die Antwort macht mir Angst.«

»Wieso?«

»Das, was ich beruflich gemacht habe?« Er legte eine Hand an seine Brust. »Tief in meinem Inneren bin ich das.«

»Bist du nicht zu hart zu dir selbst? Ich meine, nur weil du …«

»Weil ich Menschen getötet habe? Ich habe meinen Job gemacht. Harv genauso. Man muss das nicht schönreden. Es war unser Beruf und wir waren wirklich gut darin. Wir waren stolz auf unsere Einsätze und darauf, unsere Arbeit zu machen. Aber es ist schwer, sich dabei gut zu fühlen, wenn man Menschen tötet. Ich habe im Laufe der Jahre sehr daran zu knabbern gehabt. Harv auch.«

»Die Tatsache, dass dieser Gewissenskonflikt in dir tobt, spricht Bände über dich. Ich würde mir Sorgen machen, wenn es nicht so wäre.«

»Freut mich, dass du das sagst.«

»Ich meine es auch so.«

»Ich weiß.« Nathan verfiel in ein langes Schweigen. »Als ich Montez in Guantanamo gesehen habe … irgendwie tat er mir leid.«

»Überrascht dich das? Mich nicht. Tief in meinem Herzen wusste ich, was für ein Mensch du bist, als du das Messer weggeworfen hast.«

»Ich bin froh, dass du da warst.« Er legte den Kopf in den Nacken und schloss die Augen.«

»Hey, du. Ab ins Bett. Sofort.«

★ ★ ★

Holly spülte die Teller ab, stellte sie in die Geschirrspülmaschine und Grant und Sherman folgten jeder ihrer Bewegungen. »Ihr beiden leistet mir gute Gesellschaft.« Sie gab den Hunden ein paar Leckerlis und verschaffte sich damit zusätzliche Sympathiepunkte.

Eine halbe Stunde später ging sie nach oben, um nach Nathan zu sehen.

Sie blieb an der Schlafzimmertür stehen, die Hunde an ihrer Seite.

Der Anblick, der sich ihr bot, entlockte ihr ein Lächeln.

Vor ihr lag Nathan McBride und schlief tief – in seinem Bett.

DANKSAGUNGEN

Folgenden Leuten, die mir bei meiner Arbeit an *Todesspiel* halfen, bin ich zu Dank verpflichtet. Alles, was ich richtig gemacht habe, ist ihr Verdienst. Ungenauigkeiten und Fehler sind meine Schuld. Ich übernehme dafür die volle Verantwortung.

Kacey Blackmon: Bootsmaat dritter Klasse, US Navy, Marinestützpunkt Guantanamo Bay. Kacey hat mir einen allgemeinen Eindruck von dem Stützpunkt vermittelt, ohne gegen Geheimhaltungsvorschriften zu verstoßen. Sämtliche detaillierten Informationen stammen aus öffentlich zugänglichen Quellen.

Wes Albers: Detective Sergeant, San Diego Police Department.

Tracy Glover: Chief Deputy Sheriff, Kane County Sheriff's Department, Utah.

Kevin Holbrook: Joint Services Special Operations Group und Halojumper.com.

Mein Bruder Matthew Peterson: Er hat mir ebenfalls bei der Schilderung der HALO-Fallschirmsprungszene geholfen.

Douglas W. Reavie, MD: Dafür, dass ich ihn als Figur in meinem Roman verwenden durfte, und für seine Unterstützung bei medizinischen Themen im Rahmen der Handlung. Doug ist nicht nur der beste Schönheitschirurg in San Diego, sondern auch ein hilfsbereiter und großzügiger Mensch, der sehr viel Zeit und Energie für ehrenamtliche Tätigkeiten aufwendet. Es ist mir eine Ehre, ihn als Freund betrachten zu dürfen.

Rebecca Cantrell: Für ihre Freundschaft und ihren Rat. Sie ist eine talentierte Autorin und würde eine tolle CIA-Direktorin abgeben.

Brad Thor: Für den hervorragenden Klappentext. Danke, Brad, du bist der Beste. Schreibe weiterhin diese tollen Geschichten mit Scot Harvath.

Gary Braver: Für seine freundliche Unterstützung im Anfangsstadium meiner Autorenkarriere.

Jake Elwell: Mein Literaturagent und Freund.

Ed Stackler: Um es mit einfachen Worten zu sagen … Ed ist einer der besten freiberuflichen Lektoren.

Und schließlich Alan Turkus und das Team bei Thomas & Mercer: Dafür, dass ihr eure Arbeit mit Leidenschaft macht. Zum Wohl!

José Luis de Vilallonga · Juan Carlos

José Luis de Vilallonga

Juan Carlos

Die autorisierte Biographie

Aus dem Französischen von Reiner Pfleiderer und Reinhard Tiffert

C. Bertelsmann

Dieses Buch ist 1993 unter dem Titel
»Le Roi« im Verlag Fixot, Paris, erschienen.

Umwelthinweis:
Dieses Buch und der Schutzumschlag
wurden auf chlorfrei gebleichtem Papier gedruckt.
Die Einschrumpffolie (zum Schutz vor Verschmutzung) ist aus
umweltschonender und recyclingfähiger PE-Folie.

1. Auflage

Umschlaggestaltung: Klaus Renner
Satz: Büro Dr. Ulrich Mihr, Tübingen
Druck und Bindung: Mohndruck, Gütersloh
Printed in Germany
ISBN 3-570-02360-5

Vorwort

Zu Beginn der Unterhaltungen, die diesem Buch zugrunde liegen, stellte mir Don Juan Carlos die Frage:

»Glauben Sie, daß es am 22. November 1975, dem Tag meiner Thronbesteigung, eine monarchistische Gesinnung in Spanien gab?«

Überrascht wie ich war, zögerte ich einen Augenblick mit meiner Antwort. Ich wußte von meinem Vater, der lange Jahre seines Lebens im Dienst von Don Alfonso XIII.* verbracht hatte, wie riskant es sein konnte, den Königen die ungeschminkte Wahrheit zu sagen. Andererseits ist nichts schwieriger zu beschönigen, ohne in Lüge und Verstellung zu verfallen, als eben die Wahrheit. Ich wollte aber unbedingt aufrichtig gegenüber diesem Mann sein, der mir immer gerade in die Augen schaute und mir das königliche Geschenk seines Vertrauens gewährt hatte.

»Nein, Señor«, antwortete ich ihm, »als Sie den Thron bestiegen, gab es unter den Spaniern keine monarchistische Gesinnung, von ein paar Nostalgikern abgesehen, die noch die Herrschaft ihres Großvaters erlebt hatten.«

Don Juan Carlos schaute mir unverwandt in die Augen. Rasch fügte ich hinzu:

»Aber sehr bald gab es den Juancarlismus.«

Ich spürte, daß er über diese nachgeschobene Versicherung

* König von Spanien, der bis zum 14. April 1931 regierte, dem Tag, an dem die Republik ausgerufen wurde.

nicht sehr glücklich war. Wir wechselten dann das Gesprächsthema.

Jahre zuvor, im September 1982, wenige Wochen vor den Parlamentswahlen, bei denen die Sozialistische Partei Spaniens (PSOE) die absolute Mehrheit errang, hatte ich mich lange mit Felipe González in seiner bescheidenen Wohnung im Viertel La Estrella unterhalten. In dem kleinen Wohnzimmer saßen wir auf Skaisesseln um einen niedrigen Tisch herum, auf dem mehrere Zigarrenkisten, die neueste Schallplatte von Camarón de la Isla (dem berühmten Flamencosänger) und ein Gedichtband von Miguel Hernández lagen. Felipe hatte bemerkt, daß mein Blick von dem Buch auf dem Tisch angezogen wurde, und sagte zu mir:

»Wußtest du, daß Franco, als ihm das Todesurteil über Miguel Hernández zur Unterschrift vorgelegt wurde, nur unwirsch gemurmelt hat: ›Ein zweiter Lorca? Kommt nicht in Frage! ...‹ Und er wandelte die Todesstrafe in eine lebenslange Haftstrafe um, die der arme Miguel bis zum bitteren Ende verbüßen mußte. Das Schicksal schien Hernández einen gewaltsamen Tod vorausbestimmt zu haben, denn Valentin González, der berühmte »Campesino«, wollte ihn schon füsilieren lassen, als ihm berichtet wurde, sein Kommissar beim Fünften Regiment deklamiere in den Schützengräben Gedichte vor den Milizionären.«

Carmen Romero, die Frau des jungen Generalsekretärs der PSOE, brachte uns Kaffee und Cognac. Sie hatte die Schönheit, die bisweilen bei den Andalusierinnen zu beobachten ist, deren Eleganz im ironischen Funkeln ihrer Augen liegt. Im weiteren Verlauf unseres Gesprächs stellte ich Felipe dieselbe Frage, die Don Juan Carlos mir einige Jahre später stellte:

»Gab es bei Francos Tod eine monarchistische Gesinnung in Spanien?«

Felipes lange braune Hände wehrten energisch ab.

»Auf keinen Fall.«

»Und gibt es heute eine?«

Er überlegte einen Augenblick und antwortete dann:

»Heute gibt es überall im Land ein tiefes Gefühl der Bewunderung dafür, wie der König von Spanien seine Aufgabe erfüllt. Das halte ich für wesentlich. Deswegen lehne ich auch Diskussionen über das Gewicht der monarchischen Institution, verglichen mit der Bedeutung der Person des Königs, als unbegründet ab. Ich werde auch nie die Argumentation gewisser Monarchisten, die zum Glück nur ein schütterer Verein sind, akzeptieren, die behaupten, substantiell sei allein die Monarchie, während die Demokratie nur akzidentiell sei. Ich dagegen halte das tiefe Bedürfnis nach Freiheit und friedlichem Miteinander in unserem Volk als wirklich substantiell für die Monarchie. Allein darum geht es, nicht aber um die Frage, ob die monarchische Institution vor die Person des Königs zu stellen sei oder umgekehrt. Don Juan Carlos ist ein Mann, den die Spanier respektieren, und dieser Mann verkörpert die Institution. Denn täuschen wir uns nicht, es war nicht die abstrakte Institution des Königtums, die die Spanier überzeugt hat, sondern der König.«

Felipe González zündete sich erneut eine dieser langen Havannas an, die ihm Fidel Castro regelmäßig mit der diplomatischen Post schickt, und fuhr fort:

»Diese Monarchie hat das seltene Glück, daß es keine Partei gibt, die sie ›verteidigt‹. Denn immer waren es die Monarchisten, die schließlich das Ende der Monarchie besiegelt haben.«

Darauf fragte ich ihn, ob sich im Fall einer sozialistischen Machtübernahme das alte Dilemma Monarchie oder Republik erneut stellen werde. Felipe González antwortete unmißverständlich: »Nein.«

Dann erzählte er mir unter den amüsierten Blicken seiner Frau Carmen Romero:

»Vor meinem ersten Gespräch mit Don Juan Carlos, dem ich noch nie begegnet war, hatte ich mit den Spitzen der Partei über die sich möglicherweise stellende Frage, ob Monarchie oder Republik, diskutiert. Ich glaubte damals nicht, daß der König als Staatschef dieses Thema anschneiden würde. Um so größer war mein Erstaunen, als mich Don Juan Carlos, kaum saßen wir uns gegenüber, mit der Frage überraschte:

›Sagen Sie doch, warum seid ihr Sozialisten Republikaner?‹«

Der Generalsekretär hat darauf geantwortet, die PSOE habe bisher keine monarchistische Gesinnung entwickelt, weil die Monarchie immer antisozialistisch eingestellt war.

»Ich bin kein Politiker«, versicherte ich, »nur ein Schriftsteller mit guten Kontakten zur Welt der Politik, und ich glaube zu ahnen, wovon der König träumt.«

Felipe sah mich erwartungsvoll an:

»Vielleicht haben wir die gleiche Ahnung«, bemerkte er. »Ich bin überzeugt, daß Don Juan Carlos von dem Tag träumt, an dem er gemeinsam mit einer sozialistischen Regierung die Geschicke Spaniens bestimmt.«

Lächelnd zündete sich Felipe eine zweite Zigarre an.

»Die Klugen unter den Rechten – und es gibt sie durchaus – bringen das Problem auf den Punkt«, sagte er mir. »Sie wissen, daß mit dem Tag, an dem wir Sozialisten mit Don Juan Carlos als Staatsoberhaupt Spanien regieren, der König und die Monarchie endgültig gefestigt sein werden. An diesem Tag wird sich für den König der alte Traum seines Vaters, des Grafen von Barcelona, erfüllen, denn er kann sich dann wahrhaft ›König aller Spanier‹ nennen.«

Felipe González' Lächeln wurde fast bitter, als er weiter bemerkte:

»Auf der Rechten gibt es noch klügere Leute, die meinen, man dürfe erst dann von einer endgültigen Konsolidierung sprechen, wenn die Sozialisten die ersten Parlamentswahlen verloren haben und ein Machtwechsel stattgefunden hat. Das wäre dann der Beweis, daß Spanien wirklich demokratisch geworden sei.«

»Du hast also vor Francos Tod Don Juan Carlos nie getroffen?«

»Nie. Weder ihn noch seinen Vater. Das mag verwundern, da so viele Leute nichts unversucht ließen, um mit ihnen in Kontakt zu kommen. Die lange, unaufhaltsame Agonie des Generals hatte plötzlich wieder alte Gefühle der Treue gegenüber den Mitgliedern der königlichen Familie geweckt, die bis dahin vergessen und verdrängt worden waren. Die Junta Democrática, deren Sprecher du damals in Paris warst, tat alles, um den Eindruck zu erwecken, daß der Graf von Barcelona bald zu ihnen stoßen würde. Der einzige, der nicht daran glaubte, war wohl Santiago Carrillo, da er wußte, daß Don Juan zu klug und hellsichtig war, als daß er in letzter Minute seine geistige Freiheit und Unabhängigkeit mit einem solchen Schritt kompromittiert hätte. Leute aus der Junta Democrática drängten mich, ich solle nach Estoril gehen und um eine Unterredung mit Don Juan Carlos und dem Grafen von Barcelona in der Villa Giralda, der Residenz des Grafen, bitten. Der wahre Demokrat, so hieß es damals, sei der Graf, während sein Sohn nur der Erbe der frankistischen Diktatur sei, man müsse daher auf den Grafen setzen.«

Felipe González drückte seine Zigarre energisch in einem Aschenbecher aus, der für einen Anisschnaps warb.

»Von politischer Weitsicht«, so fuhr er fort, »konnte bei diesen Leuten nicht die Rede sein. Sie wollten dem Vater zum Nachteil des Sohnes eine politische Legitimität verschaffen und verbauten damit die einzige Möglichkeit, die Monarchie in Spanien zu restaurieren. An einem solch törichten Vorgehen wollte ich mich nicht beteiligen. Ich hätte wirklich nicht gewußt, was ich in Estoril hätte tun sollen. Im übrigen konnte ich nicht glauben, daß der Graf von Barcelona, dessen zahlreiche Opfer noch der eingehenden Würdigung harren, sich zwischen seinen Sohn und die Krone stellen würde. Und angenommen, er hätte es tun wollen, so wäre immer noch mit einer Königinmutter zu rechnen gewesen, die in dieser Frage sehr auf der Hut war. Allerdings ist das eine reine Mutmaßung meinerseits, denn die königliche Familie hat mich hierüber nicht ins Vertrauen gezogen. Bis jetzt habe ich nur ein einziges Mal mit dem Grafen von Barcelona gesprochen, als sein Sohn bereits König von Spanien war. Dennoch möchte ich deutlich sagen, daß diese Spielchen, denen sich die Leute in Estoril hingaben – das klassische Intrigenspiel bornierter Höflinge –, nicht nur in politischer Hinsicht töricht, sondern überhaupt gefährlich waren angesichts der prekären Verhältnisse, die in Spanien herrschten. Damals sollte der Vater gegen den Sohn ausgespielt und letzterer noch weiter von seinem Vater entfremdet werden. Das Ganze erinnerte an ein mittelalterliches Königsdrama, für das es in der Geschichte eines modernen Landes keinen Platz mehr gab.

Ich habe auch mit Don Juan Carlos vor seiner Thronbesteigung nicht in Kontakt gestanden. Die erste Begegnung zwischen der spanischen Monarchie und der PSOE fand erst nach den Wahlen von 1977 statt. Damals war auch nicht ich, sondern ein anderer Vertreter der sozialistischen Partei der Gesprächspartner des Königs. Es war das erstemal, daß sich ein spanischer König mit einem Vertreter meiner Partei zu einer Aussprache traf.«

Carmen schenkte uns Kaffee nach, und Felipe zündete sich eine neue Zigarre an.

»Ich finde es erstaunlich«, bemerkte ich, »daß du ohne je in Kontakt mit dem Grafen von Barcelona, mit Don Juan Carlos und ihrer beider Umgebung gewesen zu sein, doch so genau erkannt hast, was in Estoril ausgeheckt wurde. Sogar die Hauptakteure dieses Seelendramas schienen bisweilen im dunkeln zu tappen. Ich weiß, wovon ich rede, denn ich habe den Grafen von Barcelona kurz vor dem Tod Francos selbst besucht.«

»In Paris?«

»Ja, bei dem Marqués von Marianao, einem Katalanen, der seine Wohnung am Boulevard Malesherbes dem Grafen überließ, wenn dieser in der französischen Hauptstadt weilte.«

»Und weshalb hast du ihn besucht?«

»Oh, das ist eine komplizierte Geschichte. Als Franco im Sterben lag, waren einige Mitglieder der Junta Democrática, vor allem ihr Koordinator Antonio Garcia Trevijano, seines Zeichens Notar, erpicht darauf, den Grafen für ihre Organisation zu gewinnen, weil sie den Sohn mit Hilfe des Vaters ausmanövrieren wollten. In ihrer Sprache hieß das, ›den Bruch mit allen durch den Frankismus kompromittierten Elementen vollziehen‹. Aber der Graf reagierte weder auf die Telefonanrufe noch auf die Briefe, mit denen ihn Trevijano, Professor Calvo Serer – ein Monarchist des Opus Dei – und José Vidal Beneyto, ein Ökonom und Orangenplantagenbesitzer aus der Gegend von Valencia, bestürmten. Bis schließlich Santiago Carrillo, bei weitem der Klügste von allen und einer, der sich aus diesem fruchtlosen Intrigenspiel heraushielt, plötzlich sagte: ›Offensichtlich wird der Graf von Barcelona auf keinen eurer Appelle hören. Aber er hat die Pflicht, Vilallonga anzuhören.‹ ›Wieso gerade mich?‹ fragte ich erstaunt. ›Weil du ein spanischer Grande bist und das Vorrecht hast, auf deinen Wunsch vom König gehört zu werden.‹«

»Gibt es dieses Vorrecht wirklich?« fragte Felipe amüsiert.

»Ich weiß es wirklich nicht. Doch wie wir den Generalsekretär der Kommunistischen Partei Spaniens kannten, redete er selten nur leichthin.«

»Hat dich der Graf von Barcelona empfangen?« erkundigte sich Felipe.

»Innerhalb von vierundzwanzig Stunden.«

»Und welche Botschaft hattest du für ihn?«

»Ich sollte ihm sagen, daß er unserer Ansicht nach öffentlich der Junta Democrática beitreten sollte, denn dies sei der einzige Weg zum Thron.«

»Ihr hattet damals völlig falsche Vorstellungen.«

»Ja. Und ich war mir dessen durchaus bewußt, weshalb ich ihm auch eine ganz andere Botschaft übermittelte. Ich sagte ihm: ›Señor, Franco ist vielleicht schon in ein paar Stunden tot, und wir Monarchisten werden dann vor einer sehr schwierigen Situation stehen. Wir werden es mit zwei Königen zu tun haben: Eure Hoheit in Estoril und Don Juan Carlos in Madrid. Was sollen wir tun?‹ Der Graf schaute mich lange schweigend an. Er war sehr blaß geworden. Er nahm sich zusammen und antwortete mir dann ganz ernst: ›Sie müssen den Prinzen nach Kräften unterstützen!‹ Ich dachte mir, wenn der Graf uns um Unterstützung für seinen Sohn Don Juan Carlos bittet, dann wolle er selbst es ebenfalls tun. Darin habe ich mich nicht getäuscht. Der Graf unterstützte seinen Sohn, indem er ihm erstens den Weg freimachte und dann auf seine dynastischen Rechte verzichtete. Schließlich war es der Graf von Barcelona, der allen Intrigen der Höflinge in Estoril zum Trotz seinem Sohn überhaupt erst ermöglichte, uns alle zu überraschen. Denn wir hatten uns alle in Don Juan Carlos getäuscht, und zuallererst ich.«

»Was mich betrifft«, schaltete sich hier Carmen Romero ein,

»ich habe nie so recht an die Maske geglaubt, die der Prinz im Schatten Francos aufgesetzt hatte. Einerseits war die Rolle zu perfekt gespielt und andererseits wieder ganz unwahrscheinlich. Ganz offensichtlich verbarg er widerstreitende Gefühle hinter der aufgesetzten Gleichgültigkeit und Melancholie, an die wir uns gewöhnt hatten.«

»Vielleicht«, erwiderte ich, »verübelten wir, die Parteigänger Don Juans, ihm immer noch, die Nachfolge Francos ›als König‹ angetreten zu haben. Ich erinnere mich noch, daß ich nur zwei oder drei Tage nach dem Tod des Caudillo in Paris zu einer Rundfunksendung mit Santiago Carrillo und einer Schwester von Charles-Hugues von Bourbon-Parma eingeladen war. Letzterer glaubte, wie einige andere auch, Anrechte auf die Krone Spaniens anmelden zu dürfen. Der Moderator der Sendung fragte uns gleich zu Beginn, was wir von Don Juan Carlos hielten. Santiago Carrillo antwortete, er könne gar nichts über Don Juan Carlos sagen, da er lediglich eine Marionette der Frankisten sei und seine Herrschaft nicht von langer Dauer sein werde. Ich teilte seine Ansicht und ließ mich zu der Bemerkung hinreißen, der Prinz werde unter dem Namen Don Juan Carlos el Breve (der Kurze) in die Geschichte eingehen. Nur mit großer Mühe konnten wir sie beruhigen. Doch wie ihr wißt, geschah etwas, womit niemand gerechnet hatte. Als König bewies Don Juan Carlos eine Hellsicht, die niemand bei ihm vermutet hätte. Geradezu meisterlich führte er Spanien von der Diktatur zur Demokratie, ohne daß auch nur ein Tropfen Blut vergossen worden wäre. Er erließ eine Generalamnestie, legalisierte die Parteien und die Gewerkschaften usw. Dies alles geschah mit beispielhafter Gelassenheit und einem beeindruckenden Gespür für das politisch Notwendige.

Noch ein weiteres, nicht weniger beeindruckendes Wunder ereignete sich vor den Augen der verblüfften Spanier. Der junge schweigsame, oft melancholisch wirkende Prinz verwandelte sich in einen zugänglichen, freundlichen und geradezu warmherzigen Monarchen. Wir alle, die wir ihn für einen Menschen ohne Rückgrat und womöglich ohne große Intelligenz gehalten hatten, mußten über diese Wandlung geradezu schockiert sein. Ich persönlich machte mir schwere Vorwürfe, warum ich nicht verstanden hatte, daß das finstere Schweigen des Prinzen und seine Gleichgültigkeit gegenüber den Kränkungen, die er jahrelang von den Vertretern des Frankismus erdulden mußte, nur eine Fassade waren, hinter der sich der unbeugsame Wille verbarg, sein Ziel zu erreichen: die Monarchie in Spanien wieder in ihre Rechte zu setzen, ob nun mit oder ohne seinen Vater.«

»Tatsächlich«, sagte Felipe González, »hat er das Meisterstück fertiggebracht, bis zum letzten Augenblick undurchdringlich verschwiegen zu bleiben. Als ich unlängst mit einigen Bankiers in einem Madrider Restaurant zu Abend aß, wollte einer von ihnen wissen, weshalb die sozialistischen Abgeordneten beim ersten Auftritt des Königs vor den Cortes nach der Zulassung der politischen Parteien sitzen geblieben waren. ›Ich glaube‹, antwortete ich dem Bankier, ›wir waren damals nicht die einzigen, die sitzen geblieben sind. Achtunddreißig Millionen Spanier saßen ebenfalls vor ihren Fernsehgeräten und warteten voller Spannung auf die Botschaft des jungen Monarchen an die Nation. Kaum hatte er seine Rede beendet, da sprangen wir Sozialisten als erste von unseren Sitzen und applaudierten und achtunddreißig Millionen Spanier mit uns, abgesehen von einigen Ewiggestrigen, die glaubten, daß sich die Monarchie wieder auf die Seite der privilegierten Klasse stellen werde.‹«

Nach einer kurzen Pause fragte mich Felipe:

»Vermutlich war Don Juan Carlos nach deinen Äußerungen im Rundfunk an der Seite von Santiago Carrillo nicht besonders gut auf dich zu sprechen.«

»Eben das hatte ich befürchtet. Die Situation war für mich ausgesprochen peinlich. Gott sei Dank fand sie jedoch sehr bald und fast zufällig ein gutes Ende. Eines Abends saß ich bei ›Lucio‹ in Gesellschaft von Emilio Romero (ein bekannter Journalist aus der Franco-Ära) und dessen Freundin an einem Tisch in der Nähe der Treppe, die zum zweiten Stock hinaufführt. Wir hatten gegessen und waren gerade beim Kaffee, als ich plötzlich den König mit ein paar Personen, die ich flüchtig kannte, die Treppe herunterkommen sah. Der König begrüßte Emilio und seine Freundin herzlich, dann wandte er sich lächelnd mir zu und fragte: ›Und warum sind Sie noch nicht zu mir gekommen?‹ Verdutzt brachte ich eine Entschuldigung hervor. ›Rufen Sie doch Mondéjar an‹, empfahl mir der König, ›und bitten Sie ihn um einen Termin.‹ Dann ging er weiter und begrüßte am Nachbartisch einen Bankier, der in Begleitung seiner Frau zu Abend aß. Ich beeilte mich, gleich am darauffolgenden Tag den Marqués von Mondéjar, den Majordomus Seiner Hoheit, anzurufen, und berichtete ihm von meiner Begegnung mit Don Juan Carlos am Abend zuvor. Mondéjar gab mir einen Termin für den kommenden Dienstag um elf Uhr vormittags. Du kannst dir vorstellen, daß ich mich bei meinem damaligen Gang zum Schloß La Zarzuela noch nicht sehr wohl fühlte. Gleich nachdem mich ein Adjutant in das Arbeitszimmer des Königs geführt hatte, erhob sich Don Juan Carlos, kam um seinen Schreibtisch herum und streckte mir die Hand zur Begrüßung entgegen. Ich begrüßte ihn protokollgemäß mit einer kurzen Verneigung und, ohne ihn zu Wort kommen zu lassen, sagte ich:

›Señor, ich bitte Sie um den *amán*.‹« »Den *amán?*« fragte Carmen Romero verwundert.

»Wenn sich ein Marokkaner«, schaltete sich Felipe mit einer Erklärung ein, »eines schweren Irrtums gegenüber seinem Gebieter schuldig gemacht hat, wirft er sich dem Sultan zu Füßen und bittet ihn um den *amán*, die Vergebung für seinen Irrtum.«

»So ist es«, bestätigte ich. »Ich habe mich zwar nicht Don Juan Carlos zu Füßen geworfen, aber meine Worte liefen auf das gleiche hinaus.

›Und warum bitten Sie mich um den *amán?*‹ fragte der König mit einem ironischen Blinzeln in den Augen.

Kaum hatte ich einige der törichten Behauptungen, die ich mündlich und schriftlich über Don Juan Carlos verbreitet hatte, vor ihm aufgezählt, da fiel er mir ganz ernst geworden ins Wort:

›Ich versichere Ihnen, José Luis, daß ich stets Hochachtung für alle hege, die meinem Vater bis zuletzt treu geblieben sind.‹ Und in weniger feierlichem Ton bemerkte er weiter:

›Im übrigen kann ich es euch nicht verübeln, denn alle, die wie Sie im Ausland gelebt haben, konnten nicht über die Dinge hier in Madrid wirklich auf dem laufenden sein. Schon lange ging es gar nicht mehr darum, wer denn nun König werden sollte und wer nicht; es ging einzig darum, in Spanien wieder die Monarchie in ihre Rechte zu setzen.‹

Gleich nach dieser Erklärung wechselte Don Juan Carlos das Gesprächsthema und fragte, wie es meiner Familie gehe.«

»Hattest du Don Juan Carlos in den letzten Jahren des Franco-Regimes öfter getroffen?« fragte mich Felipe González.

»Nein. Vielleicht ein- oder zweimal, wenn er auf der Durchreise in Paris war. Allerdings habe ich eine deutliche Erinnerung an ihn von einem Foto, das ihn als kleinen Jungen in der Uniform eines Heeresoffiziers zeigt und das mein Vater auf seinem Nachttisch stehen hatte. Während der Audienz, die mich von allen meinen Befürchtungen erlöste, glaubte ich trotz seines offenen Lachens eine nicht greifbare Schwermütigkeit in seinen Augen zu erkennen. Viele Jahre später stellte ich ihm in Palma de Mallorca meinen damals achtzehnjährigen Sohn Fabrice vor. Don Juan Carlos fragte ihn nach seinen Studien und seinen Plänen für die Zukunft. Im Gespräch mit ihm war er heiter, charmant und geistreich. Doch als wir das Schloß Marivent verließen, sagte Fabrice zu mir: ›Wie traurig dieser Mann doch wirkt!‹ ›Es ist vielleicht diese tiefe, nicht zu verbergende Melancholie‹, sagte mir einmal der alte Tarradellas, als er noch Präsident der katalanischen Landesregierung war, ›die seinen Charme so unwiderstehlich macht und die einen, selbst wenn man kein Anhänger der Monarchie als Institution ist, zu einem Anhänger dieses Königs werden läßt!‹«

Kurze Zeit nach dieser ersten Begegnung mit dem König hatte ich während der Vorarbeit zu meinem Buch *Les sabres, la Couronne et la Rose* (»Die Säbel, die Krone und die Rose«) eine lange Unterhaltung mit José Mario Armero, einer der erstaunlichsten Persönlichkeiten des modernen Spanien. Alle, die seine Laufbahn kennen, haben ihm den Spitznamen ›der rosarote Panther der Macht‹ gegeben, denn er verkehrt mit der gleichen Nonchalance in den Ministerien der Rechten wie in denen der Linken. Er war juristischer Berater großer amerikanischer Konzerne, Präsident von Europa-Press, Diplomat oder besser gesagt brillanter Verhandlungsführer, von dem sogar Franco gesagt haben soll: ›Wäre Armero statt Chamberlain nach München gegangen, hätte es den Zweiten Weltkrieg nicht gegeben.‹

José Mario ist es zu verdanken, daß das berühmte Bild *Guernica* von Picasso wieder nach Spanien zurückgekommen ist, trotz der zahlreichen juristischen Einwände, die Roland Dumas als Anwalt der Familie des Malers erhoben hatte. In seinen Mußestunden sammelt Armero alles, was mit der Welt des Zirkus zusammenhängt. Er hat als ein früher Bewunderer von Don Juan Carlos de Borbón dessen erste offizielle Reise in die USA vorbereitet. Juan Carlos war damals noch Prinz von Spanien und niemand – schon gar nicht die Bankiers – hätte auch nur einen Heller für seine Zukunft gegeben. Da sich keine Geldgeber einstellen wollten, ließ Armero seine Beziehungen und Freundschaften zu einflußreichen Vertretern der amerikanischen Presse spielen. Er war mit einem Wort eine mildtätige graue Eminenz.

Zu unserer ersten Unterhaltung empfing ich José Mario Armero in meiner Bibliothek am Paseo de la Castellana in Madrid. Zuvor hatte ich ihm lediglich kurz mitgeteilt, daß ich mich mit ihm über den König und die Monarchie unterhalten wolle.

»Warum gerade ich?« fragte er mich, kaum daß er in dem Sessel Platz genommen hatte, in dem ich gewöhnlich lese.

»Weil Sie einer der bestinformierten Männer dieses Landes sind und weil Sie vieles zu erzählen haben, was bisher noch niemand weiß.

José Mario, sind Sie Royalist?«

Armero überlegte lange, ehe er antwortete. Was ich an diesem Mann besonders schätze, ist seine Weigerung, der Versuchung zur Lüge oder auch nur zur bequemen Halbwahrheit nachzugeben.

»Es war mir nicht in die Wiege gelegt, Royalist zu werden.«

»Was meinen Sie damit?«

»Nun ganz einfach. Um Royalist zu werden, muß man zuerst

einmal begreifen, was ein König ist. Noch grundlegender, man muß sich über die Unterschiede im klaren sein, die zwischen einem König und einem normalen Sterblichen bestehen.«

»Ich kann Ihnen nicht ganz folgen.«

Armero zeigte leichte Ungeduld. »Der König und ich«, erklärte er mir, »wir sind das Produkt zweier verschiedener Gesellschaftsklassen. Wir sind nicht nach den gleichen Grundsätzen erzogen worden. Wir haben nicht die gleiche Moral. Wir haben eigentlich nichts Gemeinsames. Ich habe nicht in der Marine Seiner Majestät von Großbritannien gedient, wie es der Graf von Barcelona getan hat. Ich habe keine griechische Prinzessin geheiratet, wie es seinem Sohn vergönnt war. Ich habe nie außerhalb meines Vaterlandes im Exil gelebt. Wenn ich ins Ausland verreise, bewege ich mich wie ein einfacher Tourist. Meine Frau ist Spanierin, und ich selbst teile die Vorlieben eines gewöhnlichen Spaniers.«

»Worauf wollen Sie hinaus, José Mario?«

»Nun auf folgendes: Weder der Graf von Barcelona noch sein Sohn haben je ein normales Leben gekannt, und das wird auch in Zukunft so bleiben. Beide Männer, die übrigens grundverschieden sind, haben in Situationen gestanden und Entscheidungen treffen müssen, die weder Sie noch ich uns vorstellen können.«

Armero stand auf und machte ein paar Schritte durch die Bibliothek. Dann hielt er plötzlich vor mir inne.

»Ich frage mich zum Beispiel«, fuhr er fort, »was der Graf in seinem Innersten empfunden haben mag, als sein Sohn den Thron bestieg, der eigentlich ihm rechtmäßig zukam.«

»Das dürfte im voraus abgesprochen worden sein«, gab ich zu bedenken.

»Das ist anzunehmen. Nur wissen wir weder wann noch wie. Und ebenso frage ich mich, was Don Juan Carlos bewegt haben mochte, als er sich an die Stelle seines Vaters setzte, der so viele Jahre auf den Tag der Krönung gewartet hatte. Ich glaube, ja ich bin mir dessen sicher, daß keine dieser Gesten leichten Herzens getan wurde, daß sich vielmehr in beiden Männern ein schreckliches persönliches Drama abgespielt haben muß. Aber für mich bleibt das Wichtigste, daß die Monarchie wiederhergestellt worden ist.«

»In der Tat«, pflichtete ich bei.

Armero setzte sich wieder und sprach nun in vertraulichem Ton weiter.

»Für mich ist es wichtig zu wissen, ob die Könige so ›entmenscht‹ sind, daß sie sich über Gefühle und Regeln hinwegsetzen können, die für uns gewöhnliche Sterbliche immer heilig bleiben werden.«

»Ich glaube nicht, daß die Monarchie als Institution in irgendeiner Form für die Gefühle oder den Mangel an Gefühlen des Monarchen verantwortlich ist.«

»Das eben ist meine Ansicht«, versetzte Armero. »Regieren – und auf dem Königsthron sitzen heißt regieren auf höchstem Niveau – ähnelt heutzutage mehr und mehr dem Steuern eines multinationalen Konzerns. Und diese Konzerne, das weiß ich aus Erfahrung, machen sich erst ein sehr genaues Bild von der Persönlichkeit, die ihren Vorsitz führen soll. Ich kenne zum Beispiel den Direktor meiner Bank sehr gut. Aber ich weiß immer noch nicht genau, was für ein Mensch der König ist. Jedenfalls ist er nicht ein Mensch wie Sie und ich. Als Ludwig XIII. sagte: ›Ich wäre nicht würdig, die Königskrone zu tragen, wenn ich meinen persönlichen Gefühlen nachgäbe‹, zog er eine klare Trennungslinie zwischen sich und Menschen wie Ihnen und mir.«

Da ich mich jedes Kommentars enthielt, entwickelte Armero seinen Gedanken weiter:

»Ich frage mich, was für ein Mensch man sein muß, um jeden Tag aufs neue Leuten mit einem Lächeln zu begegnen, die einem zuwider sind, und solchen die Hand zu schütteln, die man verachtet. Ich könnte das nicht.«

»Sie wären ein schlechter König.«

»Da haben Sie völlig recht. Aber ich sagte bereits, daß es mir nicht in die Wiege gelegt wurde, Royalist zu sein, und das gilt für fast alle jungen Leute meiner Generation. Ich bin also nicht durch meine Erziehung und noch weniger durch Tradition Anhänger der Monarchie, denn ich habe nie unter ihren Verfechtern gelebt, weder in meiner Familie noch in der Schule, noch später auf der Universität. Ja, ich bin sogar in einer der Monarchie feindlich gesinnten Atmosphäre großgeworden. Diese Gegnerschaft ist durch das Franco-Regime noch verstärkt, wenn nicht überhaupt hervorgebracht worden. Erst heute wird mir klar, mit welch erbitterter Wut die schüchternsten Regungen der Anhänger der Monarchie bekämpft wurden. Damals ließ man nichts unversucht, um die letzten spanischen Könige und vor allem den Thronprätendenten Don Juan de Borbón, Graf von Barcelona, in Mißkredit zu bringen, wobei man auch vor Grobheiten und Lügen nicht zurückschreckte. Franco, der in seiner Jugend Royalist gewesen sein mag, tat nichts, um diese bedauerlichen Hetzkampagnen gegen Don Alfonso XIII., dem er doch seine glänzende Karriere verdankte, zu unterbinden. Von der antimonarchistischen Propaganda des Regimes indoktriniert, glaubte ich als junger Student allen Ernstes, daß die Bourbonen eine Ansammlung Degenerierter seien, die Spanien an den Rand des Abgrunds geführt hätten. Ich erinnere mich, daß ich später, viel später die *Briefe eines skeptischen Monarchisten* von José Maria Pemán (spanischer Dichter und Dramatiker) gelesen habe, weil ich ›Monarchist‹ werden wollte. Leider machte das Buch keinen großen Eindruck auf mich.«

»Und natürlich sind Sie nicht Monarchist geworden«, griff ich seiner Erzählung vor. »Dennoch haben Sie sich für Don Juan Carlos eingesetzt, als er noch ein junger Prinz mit durchaus unsicherer Zukunft war und Sie …«

Armero fiel mir leicht ungeduldig ins Wort.

»Mir war dieser Mann von Anfang an sympathisch. Und ich war der Ansicht, ihm müsse unbedingt geholfen werden.«

Und wie zur Bekräftigung:

»Er ist mir sehr sympathisch.«

»Franco soll ihn als den Sohn betrachtet haben, der ihm nicht vergönnt war.«

Armero reagierte wie der Stier auf das rote Tuch:

»Ich habe nie geglaubt, daß es ihm mit solchen Gefühlen ernst gewesen sein sollte.«

Er setzte sich in seinem Sessel möglichst bequem hin und dozierte:

»Will man die Beziehungen zwischen Franco und Don Juan Carlos wirklich verstehen, muß man in die letzten Jahre des Frankismus zurückgehen. Seit 1969, dem Jahr, in dem der Diktator ihn ›als König‹ zu seinem Nachfolger bestimmt hatte, wußte Don Juan Carlos, daß für seinen Vater keine Aussicht mehr bestand, in Spanien zu regieren. Mit dieser Gewißheit ausgestattet, trieb ihn nur noch ein Gedanke – fast möchte ich sagen, eine Leidenschaft –, nämlich die Wiederherstellung der Monarchie, auch wenn dies nur auf Kosten seines Vaters möglich sein sollte. Franco brauchte seinerseits einen Erben, der die Strukturen des Regimes, wie er es nach seinem Sieg über die Republik im Jahr 1939 aufgebaut hatte, auch in Zukunft wahren konnte. Doch wenn Franco sein ganzes Vertrauen in den jungen Prinzen gesetzt hatte, den er so gut erzogen zu haben glaubte, muß er wohl gegen Ende seines Lebens mehr als einmal versucht gewesen sein, ihm dieses Vertrauen wieder zu entziehen.«

»Aber weshalb? Der Prinz hatte seine Rolle glänzend gespielt! Er hatte uns alle getäuscht!«

»Ja, aber vielleicht nicht Franco, denn er war ein außerordentlich mißtrauischer Mensch. Da viele aus seiner Umgebung an der Demontage des Prinzen arbeiteten, begann er schließlich an ihm zu zweifeln. So war ihm zum Beispiel zugetragen worden, daß Don Juan Carlos täglich lange Telefongespräche mit dem Grafen von Barcelona führte. Franco schloß daraus, daß Vater und Sohn im stillen zusammenarbeiteten. Daher ist es mehr als wahrscheinlich, daß der alte General an eine Kehrtwendung dachte. Die Mitglieder seiner eigenen Familie, besonders sein Schwiegersohn, der Marqués von Villaverde (Cristobal Martinez-Bordiu, der Gatte der Tochter Francos), drängten ihn, Don Juan Carlos kaltzustellen und an seiner Stelle seinen Cousin, den blassen Don Alfonso de Borbón-Dampierre, den Herzog von Cádiz, der mit Francos Enkelin verheiratet war, zu seinem Nachfolger zu ernennen. Die Familie Franco hatte ernsthafte Pläne, in Spanien die Borbón y Martínez als neue Dynastie zu begründen.«

»Damit verlassen wir die shakespearesche Tragödie und bewegen uns auf Operettenniveau.«

»Der kannte allerdings Franco schlecht, der geglaubt hatte, der Diktator würde je eine einmal eingenommene Position wieder aufgeben. Wie auch immer, es war bereits zu spät. Von der Krankheit gezeichnet, kümmerte sich Franco vor allem um die Zukunft seiner Familie und um seine eigene Sicherheit. Don Juan Carlos blieb in seiner ihm angewiesenen Rolle. Und dann begann auch schon der schreckliche Todeskampf des Diktators. In dieser nicht enden wollenden Agonie lag etwas Erhabenes und Teuflisches zugleich, das mich an den *Tyrann Banderas* von Valle-Inclán erinnerte. So etwas wie eine Strafe Gottes. Auf Veranlassung des Marqués von Villaverde, dem daran gelegen war, das Leben seines Schwiegervaters und sei es auch nur um Stunden zu verlängern, machte sich ein Chirurgenteam daran, Franco regelrecht zu zerstückeln. Ein Jahr nach seinem Tod veröffentlichte die Londoner ›Sunday Times‹ eine Fotomontage, die von Rembrandts berühmtem Gemälde *Die Anatomie des Dr. Tulp* inspiriert war. Auf dem Bild war der Marqués von Villaverde zu sehen, wie er seinem Schwiegervater die »Puntilla« gab (ein Ausdruck aus der Sprache des Stierkampfs: mit einer stilettartigen Stichwaffe gibt der Torero dem sterbenden Stier den Todesstoß). Der schwarze Humor der Madrilenen kleidete eines der letzten ärztlichen Bulletins des Generalissimus in die makabre Formel: ›Seine Exzellenz der Staatschef hat heute morgen seine dritte Autopsie gut überstanden.‹«

»Warum versuchte man aber einen Mann um jeden Preis am Leben zu erhalten, der schon dem Tod verfallen war?«

»Dazu gibt es mehrere Erklärungen. Die schlichteste lautet, der Marqués von Villaverde habe immer noch an die Möglichkeit geglaubt, den General so zu beeinflussen, daß dieser Borbón-Dampierre zu seinem Nachfolger ernenne, womit seine Tochter zur Königin von Spanien geworden wäre. Doch die Person war zu leichtgewichtig, als daß Franco sie ernstlich in Erwägung gezogen hätte. Eine andere Erklärung scheint mir plausibler. Die Agonie des Generals traf zeitlich mit der Nominierung des Präsidenten der Cortes zusammen. Wäre der Ablauf der Ereignisse ein anderer gewesen, hätte Rodriguez de Valcárcel, der treue Vasall der Familie Franco, zum Chef der Regierung ernannt werden können. Das geschah nicht, weil Arías Navarro ihm zuvorkam. Obwohl Arías Navarro ein glühender Verfechter des Frankismus war – er weinte vor den Fernsehkameras, als er Francos Testament verlas –, besaß er doch nicht das volle Vertrauen der Familie. Ihrer Meinung nach hätte Rodriguez de Valcárcel den Fortbestand des Regimes und damit die Sicherheit der Familie des Diktators garantieren können. Die von Villaverde betriebene Lancierung Valcárcels hatte keine politischen Motive, sondern diente einzig und allein dem Überleben der Familie Franco. Und sie hatten allen Grund beunruhigt zu sein, denn alles um sie herum schien sich aufzulösen. Die Streiks breiteten sich aus, die Studenten gingen immer öfter auf die Straße, die Junta Democrática gab in aller Öffentlichkeit Pressekonferenzen, und Franco starb langsam unter schrecklichen Schmerzen. Dennoch kam die Familie des Diktators ungeschoren davon. Sie leben immer noch unbehelligt in einem Land, das sie fast vierzig Jahre lang als ihre *finca* (Landgut) betrachtet haben. Der spanische König zeigte Großmut gegenüber den Nachfahren des Diktators, obwohl Franco die Monarchisten in der Person des Grafen von Barcelona auf das niederträchtigste verfolgt hatte.«

Nach einer kurzen Teepause fragte ich Armero:

»Ich möchte noch einmal auf die erste Reise Don Juan Carlos' in die Vereinigten Staaten zurückkommen. Welche Absicht stand eigentlich hinter der Reise?«

»Dem Prinzen lag sehr daran, den Amerikanern zu erläutern, was er sich unter einer Monarchie im modernen Spanien vorstelle. Er wünschte sich für diese Reise ein großes publizistisches Echo. Dazu aber brauchte er Geld, über das er nicht verfügte. Ich habe also bei den großen Madrider Bankiers angeklopft und sie um eine Beteiligung an der Finanzierung dieser Reise gebeten. Ihre Antwort war immer die gleiche: ›Keine Peseta!‹ ›Übrigens‹, fragten sie mich, ›wer garantiert Ihnen, daß dieser junge Mann eines Tages König wird?‹ Diese Leute glänzten nicht gerade durch politische Weitsicht.«

»Darf man erfahren, wer diese Bankiers waren?«

»Nein, denn ich bin weder Zorro noch der Graf von Monte Christo. Die Bankiers, übrigens waren es drei, glaubten nicht an eine königliche Zukunft für Don Juan Carlos. Das konnte man ihnen nicht zum Vorwurf machen, denn nur wenige Spanier glaubten daran. Aber der eigentliche Grund für ihre Weigerung schien mir schlicht Furcht zu sein. Wahrscheinlich glaubten sie fest, daß ihnen auch nur der geringste Kontakt mit dem Mann aus dem Schloß La Zarzuela (das Schloß des Prinzen) teuer zu stehen kommen würde. Machen Sie sich klar, daß damals das gesamte gesellschaftliche, politische und wirtschaftliche Leben Spaniens auf der Annahme eines ewigwährenden Lebens des Diktators ruhte. Daß Franco auch einmal sterben könnte, war nicht vorgesehen. So einfach war das.«

»Wenn ich mich recht erinnere, war diese Reise ein Erfolg.«

»Ja, sogar ein großer. Ich war dem Prinzen um Wochen vorausgereist und hatte, da von den Bankiers keine Hilfe zu erwarten war, Kontakt zu meinen Freunden von der ›New York Times‹, der ›Washington Post‹, der ›Associated Press‹ und der ›United Press International‹ aufgenommen. Der Prinz trat im Fernsehen auf und hielt vor den Kongreßabgeordneten eine Rede in tadellosem Englisch – zur allgemeinen Verwunderung der Spanier, die an ein Staatsoberhaupt und Regierungschefs gewohnt waren, die keiner Fremdsprache mächtig waren. Ich glaube, daß Don Juan Carlos diese Reise nie vergißt, denn oft wenn wir beide zusammen sind, spricht er mir davon.«

Armero erhob sich, um sich ein bißchen die Beine zu vertreten und inspizierte dabei meine Bibliothek.

»Wie viele Fotos von Don Alfonso XIII. haben Sie eigentlich in Ihrem Salon?« fragte er provozierend. »Halten Sie es wie die russischen Emigranten, die die ganze Wohnung voller Ikonen und Erinnerungsstücke an die Zarenfamilie haben? Ist das ein Hang zur Nostalgie?«

»Nein, das ist keine Nostalgie. Ich war immer schon überzeugt, daß Don Alfonso ein großer König war. Er hätte andere Untertanen verdient als die Spanier seiner Zeit, auch eine andere Aristokratie mit einem strengeren Ehrbegriff und loyalere Militärs. So aber war er von mittelmäßigen Politikern und Verrätern umgeben.«

»Haben Sie ihn gut gekannt?« erkundigte er sich.

»Als ich ihm zum erstenmal begegnet bin, war ich noch ein Kind, und zum letztenmal habe ich ihn in Rom wenige Monate vor seinem Tod gesehen. Er war ein großer König.«

»Don Juan Carlos ist auch ein großer König«, sagte José Mario leise. »Und vielleicht ist er sogar in ›höherem Maße‹ König als sein Großvater.«

Mein Lächeln irritierte José Mario ein wenig.

»Ich sagte Ihnen bereits, daß mir weder meine Erziehung noch mein Herkommen den Monarchismus nahegelegt haben. Als ich mich dann als Monarchist politisch betätigt habe, waren die aktuellen Verhältnisse ausschlaggebend für meine Wahl. Ich war sozusagen konjunktureller Monarchist. Heute bin ich ein überzeugter Verfechter der Monarchie, denn diese Regierungsform paßt am besten zu unserem Land. Dieser Ansicht sind auch viele meiner Freunde, die von sich behaupten, sie seien ›eingefleischte Republikaner‹. Der König hat eine politisch so heilsame Rolle gespielt, daß viele Republikaner nun monarchistisch fühlen. Das kann Ihnen eine Vorstellung geben, wie sehr uns dieser König überrascht hat ... Ich persönlich mache mir immer noch Vorwürfe, warum ich ihm nicht schon bei unserer ersten Begegnung mein ganzes Vertrauen geschenkt habe. Denn als er noch ›der Prinz‹ war, besaß er bereits ein erstaunliches Verständnis für das staatlich Notwendige und einen ausgeprägten Sinn für seine Pflichten gegenüber der Geschichte. Daß sich ein solches Bewußtsein bei einem so jungen Mann findet, ist nicht nur überraschend, sondern staunenswert. Als König hat er die Politik des Erben einer liberalen und demokratischen Familie betrieben. Ich glaube nicht, daß Don Juan Carlos jemals in Versuchung gewesen ist, ein neofrankistisches Regime zu errichten oder sich gar als Erbe Francos zu fühlen, aber viele Leute dachten so ...«

»Meiner Ansicht nach«, schaltete ich mich ein, »besteht das große Verdienst Don Juan Carlos' darin, den alten Traum seines Vaters Wirklichkeit werden zu lassen.«

»Das mag dem Grafen von Barcelona zum Trost gereichen, einem Mann, der mit großer Würde und großem Mut eine der traurigsten Rollen der Zeitgeschichte gespielt hat. Er ist ständig von Leuten, die ihm nicht das Wasser reichen konnten, beleidigt und gedemütigt worden, vor allem von Franco selbst, seinem erbittertsten und schmählichsten Gegner. Für meine Generation bleibt der Graf von Barcelona das Vorbild für wahrhaft ethisches Verhalten.«

Nur wenige Wochen vor meiner Begegnung mit Armero wurde die sterbliche Hülle Don Alfonsos XIII., die seit seinem Tod in einer Kirche in Rom ruhte, nach Spanien überführt. Sie folgte in umgekehrter Richtung der gleichen Route, die Don Alfonso bei seinem Gang ins Exil genommen hatte. Es war eine seltsam berührende, melancholische Zeremonie ohne großen staatlichen Pomp.

»Was halten Sie, José Mario, von der Überführung der sterblichen Hülle des einstigen Königs nach San Lorenzo del Escorial?«

»Meine Ansicht darüber mag Ihnen vielleicht eigenartig vorkommen. Es war gewissermaßen eine zurückgenommene Zeremonie, so als habe der gegenwärtige Monarch ein für allemal mit der geschichtlichen Vergangenheit oder genauer gesagt mit der monarchistischen Vergangenheit des 19. Jahrhunderts brechen wollen. Es war richtig, daß Don Alfonso neben den anderen verstorbenen Mitgliedern der königlichen Familie im Escorial zur letzten Ruhe gebettet wurde. Doch diese Zeremonie hatte nach dem Willen des Königs einen geradezu familiären Charakter. Don Juan Carlos ist sehr daran gelegen, die Sympathie der Jugend zu gewinnen, die normalerweise republikanisch oder frankistisch-antimonarchistisch denken würde. Dagegen glaube ich nicht, daß er viel auf die Meinung der früheren Höflinge Don Alfonso XIII. oder der Freunde seines Vaters gegeben hätte. Die

Art und Weise, wie die Überführung der sterblichen Hülle inszeniert worden ist, bezeichnet einen endgültigen Bruch zwischen dem König und den ›Monarchisten der alten Schule‹. Don Juan Carlos ist beizupflichten, wenn er sich um eine neue Anhängerschaft unter der jungen Generation bemüht. Mir bleibt die antibourbonische Stimmung unvergeßlich, die in meiner Jugend an der Universität herrschte und die vom Franco-Regime noch zusätzlich angeheizt wurde. Das gehört Gott sei Dank der Vergangenheit an. Die Monarchie scheint mir nunmehr fest etabliert, aber nicht hinreichend den Erfordernissen der Zeit angepaßt. Denen, die sich dem Ausbau der monarchischen Institution widmen, mangelt es an Phantasie, wie überhaupt eine moderne ›monarchistische Umgebung‹ fehlt. Der Mitarbeiterstab des Königs ist klein und hält sich absichtlich im Hintergrund. Die Minister unter Suárez traten mit größerem staatlichen Pomp auf als der König. Es ist an der Zeit, der Monarchie Don Juan Carlos' zu einem Markenzeichen zu verhelfen, das die Leute begeistert und ihre Phantasie bewegt. Zwar liegt mir nichts ferner, als einen neuen Hofstaat zu kreieren, aber ich wünsche mir, daß der Person des Königs die Achtung gezollt wird, die er verdient und die ihm zukommt.«

Armero legte eine Pause ein und sagte dann mit einem unbeschreiblichen Lächeln:

»Ist es nicht erstaunlich, daß wir noch im 20. Jahrhundert von den Königen fasziniert sind?«

»Sind Sie es wirklich?«

»Doch, ich stehe im Bann unseres Königs. Er war noch sehr jung, als ich ihm zum erstenmal begegnet bin. Damals gehörte ich zu den Spaniern, die die Entscheidung des Grafen von Barcelona nicht guthießen, seinen Sohn zu seiner weiteren Ausbildung nach Spanien zu schicken. Ich hielt es für schädlich, wenn zu enge Kontakte zwischen Mitgliedern der königlichen Familie und dem Mann des Pardo (Franco) entstünden. Mit anderen Worten, viele von uns befürchteten, daß das Regime auf den ›abfärben‹ könnte, der eines Tages einmal die Krone Spaniens tragen sollte, ob dieser dann der Graf von Barcelona oder Juan

Carlos hieß. Doch der weitere Gang der Ereignisse sollte uns darüber belehren, daß Don Juan de Borbón klug gehandelt hatte. Er hatte auch bewiesen, daß er sich durch die Einflüsterungen seiner Berater nicht beirren ließ, die entschieden gegen eine Ausbildung des Prinzen in Spanien waren. Doch so sind die Bourbonen nun einmal: von erhabener Souveränität, wenn es darum geht, große Entscheidungen zu fällen. Und glauben Sie mir, wer sich über die Ansichten und Haltungen seiner Umgebung, der politischen wie der familiären, hinwegsetzen will, der braucht eine starke Persönlichkeit. In seinem Exil in Estoril war Don Juan von Menschen umgeben, die zum großen Teil der Aristokratie angehörten und sich ideologisch in manchen Punkten an der äußersten Rechten ausrichteten. Ich hatte Gelegenheit, mich mit einigen von ihnen zu unterhalten und kann Ihnen versichern, daß sie weder durch Intelligenz noch gesunden Menschenverstand glänzten. Ich erinnere mich noch, wie eines Abends in Estoril einer der Anwesenden vor dem Grafen ein Loblied auf Blas Piñar, den Anführer der extremen Rechten, anstimmte. Don Juan hörte ihm schweigend zu, ohne ihn ein einziges Mal zu unterbrechen. Er lächelte lediglich mit undurchdringlicher Miene und dachte sich seinen Teil.«

»Kam dergleichen auch in der Umgebung des Prinzen vor?«

»Der Prinz war von vielen Militärs umgeben, die in der Mehrheit die vom Grafen von Barcelona empfohlenen politischen Reformen ablehnten. Diese Männer waren Anhänger einer Monarchie, die lediglich eine Fortsetzung des Frankismus gewesen wäre. Don Juan de Borbón hielt dagegen, daß die einzige heutzutage mögliche Monarchie auf den Prinzipien der Volkssouveränität und der Demokratie ruhen müsse. Der Prinz stimmte in diesem Punkt vollkommen mit seinem Vater überein und brach mit dem Frankismus, sobald er zum König ausgerufen worden war. Wir zeigten alle unsere Verblüffung. Mancher glaubte zu träumen. In Anbetracht der Tatsache, daß fast alle aus ihrer Umgebung – sowohl die des Vaters als auch die des Sohnes – eingefleischte Frankisten waren, sagt dies einiges zugunsten des gegenwärtigen Monarchen und seines Vaters.

Ich erinnere mich noch, wie ich am Tag nach dem Begräbnis der Königin Victoria Eugenia (der Witwe Alfonsos XIII.) in Lausanne ein Essen zu Ehren von Don Juan de Borbón gegeben habe. Dieses Essen findet seitdem alljährlich statt, und der Graf von Barcelona nimmt stets daran teil. Er erscheint stets in Begleitung mehrerer Adjutanten, wenn diese Bezeichnung erlaubt ist. Beim Nachtisch gingen wir die politischen Ereignisse des Jahres durch, und jeder sagte offen seine Meinung. Als die Reihe an die Adjutanten kam, traute ich meinen Ohren nicht. Einer von ihnen – er war meines Wissens Oberstleutnant oder Oberst – sprach von den ›Roten‹, die alles unterwanderten, vom Chaos in der spanischen Gesellschaft, von der Notwendigkeit, den Politikern ein für allemal einen Maulkorb zu verpassen usw. Seine Kameraden waren alle mit ihm einer Meinung. Ich hatte den Eindruck, wieder am Anfang des Jahres 1936 zu stehen. Ich erzähle das, um die geistige Unabhängigkeit des Grafen von Barcelona im Vergleich zu den Ansichten seines Gefolges hervorzuheben.«

»Aber warum duldete er solche Leute in seiner Nähe?«

»Nun, diese Leute hatten sehr genau abgegrenzte Funktionen, und Don Juan de Borbón, der sein Amt mit großer Professionalität versah, schätzte sie vermutlich je nach ihrer spezifischen Verwendung. Er sah in ihnen keine politischen Ratgeber. Ich übertreibe wohl kaum, wenn ich behaupte, daß diese Herren dazu da waren, ihm die Türen zu öffnen, mit ihm Golf zu spielen und ihn auf die Jagd zu begleiten.«

»Also nichts anderes als Luxusbedienstete?«

»In gewisser Hinsicht schon. In früheren Zeiten, als man noch viel auf Formen und Etikette gab, hießen die Leute aus dem Gefolge des Königs die ›dienenden Edelleute‹. Sie bekamen einen goldenen Schlüssel auf ihre Uniform, was bedeuten sollte, daß sie jederzeit zu den privaten Gemächern des Monarchen Zutritt hatten, und damit war jeder glücklich. Doch ich glaube nicht, daß Don Juan de Borbón je auf den Gedanken gekommen wäre, einen Adjutanten um seine Meinung in Fragen der internationalen Politik zu bitten. Mich persönlich würde es schrecklich stören, wenn ich von solchen Individuen umgeben wäre.«

Armero schwieg lange, ehe er mir sagte:

»Wissen Sie, die Monarchisten, die in der Opposition gegen den Frankismus engagiert waren, sprachen nicht viel von Demokratie. Sie waren Monarchisten, Franco-Gegner, ›Juanistas‹, aber keiner benutzte das Wort ›Demokratie‹. Diese Leute waren nicht mit Franco einverstanden, aber gleichzeitig waren sie erbitterte Gegner der ›Freiheiten‹, die ihrer Meinung nach zur Ermordung Calvo Sotelos und zum Brand der Madrider Klöster geführt hatten, dem Anlaß für den Ausbruch des Bürgerkriegs im Jahr 1936. Wenn ich daher heute sagen höre, die Männer der Opposition gegen den Frankismus hätten für die Demokratie gekämpft, muß ich widersprechen, denn so war es nicht. Mehr noch, der einzige Monarchist, der in meiner Erinnerung von Demokratie gesprochen hat, war der Graf von Barcelona, und das hat ihn den Thron gekostet.«

Nach einer weiteren Pause bemerkte Armero mit dem immergleichen Lächeln:

»Don Juan Carlos hatte einen großen Vorteil während der langen Jahre des Franco-Regimes.«

»Und der wäre?«

»Er durfte schweigen.«

Was ist Spanien?
Der aufwirbelnde Staub
auf der Straße der Geschichte,
nachdem ein großes Volk
vorübergestoben ist.

José Ortega y Gasset

Der König

»Wir, die wir ebensoviel wert
sind wie Ihr, schwören Euch,
der Ihr nicht mehr wert seid als wir,
den Treueid und erkennen Euch
als unseren Herrn an,
sofern Ihr unsere Gesetze
und Freiheiten achtet.«

Treueid der Untertanen
gegenüber den Königen von Aragonien
bei deren Investitur

Lissabon. November 1948. Ein naßkalter Nieselregen fällt auf die weiß und rosa geschmückte Stadt, in die der Winter gerade Einzug gehalten hat. Schwarzgekleidete Männer trinken stehend ihren Morgenkaffee an den Theken der Bars des Chiado. In Ribera Velha in der Alfama stellen die barfüßigen Austernhändlerinnen ihre Verkaufsstände im Schatten barocker Fassaden auf. In den feinen Vierteln schlafen die Leute noch.

Im Bahnhof von Rossio steht der Lusitania-Expreß bereit zur Abfahrt. Abseits der dichtgedrängten Menge auf den Bahnsteigen gibt ein noch junges Ehepaar letzte Ratschläge einem kleinen, blondgelockten Jungen, der sichtlich gegen die aufsteigenden Tränen ankämpft. Ein paar Schritte von dem Ehepaar entfernt beobachten mehrere ernstblickende Herren gerührt die Abschiedsszene. Als der kleine Junge vom Trittbrett aus zum Abschied winkt, gehen sie alle in Habachtstellung.

Der Lusitania-Expreß, an dessen Führerstand an diesem Morgen der Herzog von Saragossa persönlich im blauen Drillichanzug steht, fährt schließlich ab. Der Graf und die Gräfin von Barcelona warten, bis der Zug in der Ferne verschwunden ist, dann gehen sie, und in gebührendem Abstand ihr kleines schweigsames Gefolge, langsam zum Bahnhofsausgang. Der Graf legt plötzlich seinen rechten Arm auf die Schulter der Gräfin und spricht leise, das Gesicht vom Schmerz der Trennung gezeichnet:

»Maria, achte auf meine Worte: Heute beginnen unsere wirklichen Sorgen.«

Der kleine Junge mit den Tränen in den Augen, Seine Königliche Hoheit Don Juan Carlos de Borbón y Borbón, Sohn des Don Juan de Borbón y Battenberg – den die spanischen Monarchisten mit Majestät anreden –, und der Doña Maria de las Mercedes de Borbón y Orléans, verläßt an diesem Morgen Portugal, das Exil seiner Familie, um sich nach Madrid zu begeben, wo strenge Mentoren seine Erziehung als Anwärter auf den Thron Spaniens vollenden sollen. Siebenundzwanzig Jahre später wird der kleine Junge, der nunmehr König und Oberbefehlshaber der spanischen Armee geworden ist, auf den Thron Don Alfonsos XIII. folgen, nicht als Erbe seines noch lebenden Vaters, sondern als »Nachfolger mit dem Titel des Königs« des Generals Francisco Franco Bahamonde. Nach dessen Willen hätte er das frankistische Regime in allen seinen Formen bewahren sollen.

Doch im Augenblick betrachtet Juanito – so nennen ihn daheim seine Eltern, sein Bruder und seine Schwestern –, in eine Ecke seines Erste-Klasse-Abteils gekuschelt, die vorüberziehende portugiesische Landschaft. Korkeichenwälder dehnen sich bis zum Horizont, hin und wieder reinlich gekalkte Bauernhäuser mit kleinen Gemüsegärten und smaragdgrüne Wiesen, auf denen Ziegen unter den wachsamen Augen eines Schäferhunds weiden.

Juanito hatte nur mühsam seine Tränen zurückhalten können, als ihm seine Eltern auf dem Bahnsteig zum Abschied winkten. Er hatte seine Gefühle bemeistert, denn er wußte, daß sein Vater enttäuscht gewesen wäre, wenn er ihn hätte weinen sehen. Allerdings war es nicht das erste Mal, daß er Estoril und seine Familie verlassen hatte. Er hat bereits lange Monate fern seiner Lieben in einem Internat, der berühmten »Villa Saint-Jean« im schweizerischen Fribourg verbracht. Dort hatte ihn seine Großmutter, die Königin Victoria Eugenia, die Witwe Don Alfonsos XIII., besucht, wenn er nicht am Wochenende zu ihr nach Lausanne kam, wo die alte Dame wohnte. Aber diesmal ist es anders. Er hat Portugal und seine Familie verlassen, um in ein Land zu gehen, das er zwar noch nicht kennt, von dem ihm aber sein Vater seit seiner frühesten Kindheit mit Feuer und Leidenschaft erzählt hat. Spanien! ... Diesen Namen hat man ihn ehren und lieben gelehrt, und dennoch flößt er ihm ein wenig Angst ein, denn er weiß, daß sich mit diesem Namen Tragödien verbinden, deren Opfer die spanischen Bourbonen geworden sind. So kennt er den Vorfall, der sich am Morgen der Hochzeit seiner Großmutter mit Don Alfonso XIII. ereignet hat. Ein Anarchist namens Mateo Morral hatte von einem Balkon herab auf die vorbeifahrende königliche Karosse ein großes Rosenbukett geworfen, in dem eine Bombe versteckt war. Das Hochzeitskleid der Braut Doña Victoria Eugenia trug das Blut der Menschen und Pferde, die von der Bombe zerfetzt worden waren. Er weiß auch, daß im Jahr 1931 König Alfonso, als er sich von einer aufgebrachten und zum Sturm bereiten Menschenmenge im Königlichen Palast eingeschlossen sah, vorübergehend auf die Ausübung seiner königlichen Macht verzichtet hatte, damit »wegen meiner Person kein Tropfen spanischen Bluts vergossen werde«. Oft hat man ihm erklärt, daß sein Vater, der Graf von Barcelona, eines Tages zum König von Spanien ausgerufen werden würde. Er selbst werde diese Krone einmal erben, die mit dem ganzen Gewicht eines Schicksals, das ihm die Geschichte vorherbestimmt habe und dem er sich nicht entziehen könne, auf ihm lasten werde.

Der kleine Junge wird vom Herzog von Sotomayor, einem seiner Reisebegleiter, mit sanfter Stimme aus seiner Träumerei geholt:

»Hoheit, der Lusitania-Expreß fährt nunmehr durch Spanien.«

Juanito legt sogleich die Stirn an die Scheibe des Abteilfensters, denn er möchte zu gerne sehen, wie dieses Spanien aussieht, von dem ihm seit Kindesbeinen erzählt worden ist. Jedenfalls ist es ganz anders als Portugal. Hier gibt es kein üppiges Laub, keine blendend weißen Dörfer und auch keine grünen Wiesen mehr, die aussehen, als hätte sie ein englischer Gärtner gemäht. Der Lusitania-Expreß eilt plötzlich durch eine andere Welt. Das Land, das nun an Juanitos Augen vorbeizieht, ist zum Erbarmen trocken, zerfurcht und heiß. Die hundertjährigen Olivenbäume, die nun statt der portugiesischen Korkeichen die Landschaft prägen, scheinen ihre Wurzeln in der Tiefe der Zeiten zu haben. Der Zug eilt mit Höchstgeschwindigkeit durch die Estremadura, als ob der Lokomotivführer fürchten würde, in diesem Landstrich halten zu müssen, wo selbst die Hunde magerer scheinen als überall sonst auf der Welt. Die Unruhe des jungen Prinzen wächst nur noch mehr. Wenn die Spanier und Spanierinnen ebenso trocken und trostlos wie diese Landschaft sind, muß er sich auf kein leichtes neues Leben gefaßt machen.

Siebzehn Jahre vorher hatte Juanitos Großvater den Königspalast in Madrid verlassen und war am Steuer seines Autos nach Cartagena gefahren, wo er an Bord eines Kreuzers gegangen war, der ihn nach Marseille, der ersten Etappe seines Exils, bringen sollte. Auch Don Alfonso XIII. schaute mit tränenverschleierten Augen auf sein altes Land, das ihn für immer verstieß. Die ersten Strahlen der Morgensonne leuchteten schon, und der Himmel versprach makellos blau zu werden. Aber, so sagte der entthronte Monarch, zu Spanien paßt allein die Trauer. Nur im Schmerz, in Feuer und Blut gelangt es zu seiner wahren Größe. Alles um ihn herum kündete von Armut. Armut und Stolz. Die schmutzigen Häuser mit ihren noch geschlossenen Fensterläden, die grauen Esel und ihre Reiter, alte Männer, die stoisch die sie plagenden Fliegen erdulden, die Bäuerinnen, deren staubige, von Wind und Sonne gegerbten Gesichter ihr Alter nicht verraten, die kahlgeschorenen und barfüßigen Kinder, die stumm am Straßenrand sitzen und ihn bewegungslos mit ihren Blicken verfolgen.

Der erste Eindruck, den der noch sehr junge Prinz von dem Land empfängt, dessen Monarch er eines Tages sein wird, weckt in ihm verworrene Gefühle, die dem Sturm in der Brust Don Alfonsos nicht unähnlich gewesen sein dürften. Der alte König verließ sein Land für immer, weil er nach seinen eigenen Worten »die Liebe seines Volkes verloren hatte«.

»Sieht es überall in Spanien so aus?« fragt Juanito, ohne die trostlose Landschaft aus den Augen zu lassen.

Sein Gegenüber kann sich den Anflug eines Lächelns nicht verkneifen.

»Aber nein, Hoheit! Spanien ist das vielfältigste Land, das man sich denken kann! Wenn die Estremadura, die wir gerade durchqueren, arm und unfruchtbar scheint, so liegt das meines Wissens daran, daß es seit Monaten nicht geregnet hat. Sonst ist diese Gegend ein wahres Paradies.«

Der junge Prinz tut so, als wäre er beruhigt. »Die Leute bei Hof«, hat er seinen Vater sagen hören, »zögern stets zwischen der Wahrheit und der schmeichelhaften Lüge, und am Ende sagen sie uns, was uns ihrer Meinung nach am wenigsten kränken wird.«

Der Lusitania-Expreß setzt seinen Weg noch stundenlang fort. Wieder allein in seiner Ecke des Abteils wird sich der Prinz schmerzlich bewußt, daß ein Kapitel im Buch seines Lebens für immer abgeschlossen ist und daß er sich nun seinem Schicksal stellen muß. Dieses Schicksal fordert von ihm rascher als bei den anderen Kindern seines Alters den Abschied von der Kindheit, wenn er sich im stillen auch schon seit langem auf diesen Fall vorbereitet hat. Er hat den größten Teil seiner Kindheit in Estoril in jener »Villa Giralda« verbracht, wo alles Spanische mit geradezu religiöser Ehrfurcht behandelt wurde. Er hat dort beobachtet, wie Besucher ankamen – Politiker, Aristokraten, Militärs in Zivil und Intellektuelle – und sich stundenlang mit dem Grafen in dem kleinen Salon unterhielten, der ihm als Büro diente. Die meisten stahlen sich wieder so davon, wie sie gekommen waren, stets in Furcht vor den Spionen der politischen Polizei Francos. Aus Neugierde hatte der junge Prinz einmal seinen Vater gefragt:

»Wer sind denn alle diese Leute? Weshalb kommen sie zu uns?«

Der Graf von Barcelona hatte ihm geantwortet:

»Das sind meine Getreuen. Sie kommen und berichten mir aus Spanien.«

Das Kind lauschte den Erzählungen über dieses geheimnisvolle, aber auch leicht ängstigende Spanien und kannte den Gang der Ereignisse bis zum Sturz der Dynastie auswendig.

»Dein Großvater«, hatte ihm der Graf erklärt, »mußte zwar Spanien verlassen, aber er ist dennoch bis zu seinem Tod König geblieben.«

Und in einem Ton, der das Kind beeindruckt haben muß, hatte er hinzugefügt:

»Denn weißt du, Juanito, ein König darf nie abdanken. Dazu hat er kein Recht.«

Worte, die sich dem zum Mann gewordenen Kind ins Gedächtnis eingegraben haben. Ein Mann, den viele Spanier, darunter auch ich, den »Mann der Vorsehung« nennen. Manche bekennen auch bereitwillig: ein Mann, den wir nicht immer verdienen.

Der Lusitania-Expreß hält plötzlich im Bahnhof von Villaverde, einem kleinen Ort wenige Kilometer vor Madrid. Aus Furcht, daß Monarchisten, die von der Anwesenheit des jungen Prinzen auf spanischem Boden erfahren hatten, ihm einen überschwenglichen Empfang bereiten könnten, hat die Regierung vorgebaut und ihn bereits in diesem unbedeutenden Bahnhof aussteigen lassen, wo sonst nur wenige Güterzüge halten.

Vom Herzog von Sotomayor und dem Vicomte von Rocamora begleitet, steigt der kleine Junge aus dem Zug und steht auf dem Bahnsteig einem Dutzend Personen gegenüber, die er zum erstenmal in seinem Leben sieht. Er schlägt den Kragen seines Mantels hoch, um sich vor dem eisigen Wind zu schützen, der in Böen von der nahen »Sierra« herüberweht. Seine blauen Wollstrümpfe lassen die Knie frei, an denen noch der Schorf kleiner Verletzungen zu sehen ist. Hilflos blickt der kleine Prinz in die Gesichter dieser Unbekannten, die ihn ihrerseits mit offenkundiger Neugierde mustern. Verschlossene, undurchdringliche Mienen. Kein Lächeln, keine spontane Geste. Nur leere, der Etikette entsprechende Floskeln. »Haben Eure Hoheit eine angenehme Reise gehabt?«, »Sind Eure Hoheit nicht zu erschöpft?« Der Herzog von Sotomayor übernimmt das namenweise Vorstellen. Danvila, Oriol, Rodezno und andere. Namen, mit denen der kleine Junge nichts verbindet, während er einem nach dem anderen die Hand schüttelt.

Die meisten dieser reserviert auftretenden Herren, die zum Empfang des Prinzen gekommen sind, zählen zu den »regimetreuen« Monarchisten, die zwar zu den regelmäßigen Besuchern des Grafen von Barcelona in Estoril gehören, aber unter der Hand mit allen Kräften das Franco-Regime unterstützen, weil es die Ordnung verbürgt, die ihre Privilegien und ihre Sicherheit schützt. Diese Männer führen ständig einen Satz im Mund, der ihre ganze Schwäche, ihre Feigheit und gelegentlich auch ihren Verrat offenbart: »Jetzt ist nicht der geeignete Zeitpunkt.« Für sie ist nie der geeignete Zeitpunkt gekommen, dem General Franco gegenüberzutreten und ihn aufzufordern, den Platz an der Spitze des Staates Don Juan de Borbón zu überlassen, dem Grafen von Barcelona und rechtmäßigen Erben der spanischen Krone. Das erklärt die Sorge, die einige von ihnen mit der Ankunft des jungen Prinzen von Asturien verbinden. Dieser Titel gebührt jeweils dem ältesten Sohn der spanischen Könige, und in seinem gegenwärtigen Träger vermuten sie einen möglichen Gebieter, der ihrem Treiben ein Ende setzen könnte.

Die lange Einsamkeit des Don Juan Carlos de Borbón beginnt in diesem Augenblick, als er auf dem Bahnhof von Villaverde im eisigen Wind der kastilischen Steppe steht.

»Die Einsamkeit«, sagt mir Don Juan Carlos beim Rückblick auf diesen Tag, »beginnt mit dem Schweigen, das wir bewahren lernen müssen. Ich habe jahrelang mit dem Wissen gelebt, daß jedes meiner Worte einer höheren Stelle hinterbracht wird, nicht ohne vorher von Leuten analysiert und in ihrem Sinn interpretiert zu werden, die mir nicht immer wohlwollend gegenüberstanden.«

Und weiter:

»Das Schweigen kann auch sehr gefährlich sein. Es fördert die Mißverständnisse. Sie kennen sicherlich das Sprichwort: ›Wer schweigt, bejaht.‹«

Ein Konvoi großer schwarzer Autos erwartete die Gruppe am Ausgang des Bahnhofs. Der kleine Prinz wurde in den Fond des ersten Wagens geschoben, der sogleich davonbrauste. Danvila hatte neben dem Fahrer Platz genommen und knapp angeordnet: »Zum Cerro de los Angeles.« Der Konvoi umfuhr Madrid in hohem Tempo und nahm die Straße nach Toledo. Der Cerro de los Angeles – der Hügel der Engel – bezeichnet den genauen geographischen Mittelpunkt der Iberischen Halbinsel. Auf dieser Anhöhe steht eine große Christusstatue im Saint-Sulpice-Stil, die im übrigen eine frappierende Ähnlichkeit mit dem Christus von Rio de Janeiro hat, und streckt die Arme den Gläubigen entgegen, die zu ihren Füßen knien. Im Jahr 1919 weihte Alfonso XIII., der letzte spanische König, sein Land feierlich dem heiligsten Herzen Jesu. Zu diesem Anlaß wurde ein Karmeliterkloster an diesem Ort errichtet. Gleich in den ersten Tagen des Bürgerkriegs des Jahres 1936 kam ein Revolutionstribunal aus Madrid und verurteilte die Statue zum Tode. Das Urteil wurde von einem betrunkenen Erschießungskommando vollstreckt. Danvila erzählte dies alles dem kleinen durchgefrorenen Jungen im Fond des Autos. Nachdem sie im Karmeliterkloster angekommen waren und einer nicht enden wollenden Messe beigewohnt hatten, erklärte jemand Don Juan Carlos, daß der Cerro de los Angeles für die Spanier zum Sinnbild für den Sieg der Truppen Francos über die »rote Barbarei« geworden sei. Offenkundig wollten diese Herren, die sich als Mittler zwischen dem Diktator im Jagdschloß El Pardo und dem Grafen in Estoril ausgaben und sich um Schonung beider Parteien bemühten, dem jungen Prinzen das Bild eines Spanien vermitteln, das auf ewig in zwei Lager gespalten sei: das der Sieger und das der Besiegten. Dies war das genaue Gegenteil einer endlich versöhnten Nation, von der der Graf von Barcelona träumte.

Nach der Messe wurde Don Juan Carlos gebeten, die gleichen

Worte zu sprechen, mit denen sein Großvater Spanien dem heiligsten Herzen Jesu geweiht hatte. Das frierende Kind kam der Aufforderung mit zitternder Stimme nach. Dann stiegen alle wieder in die bereitstehenden Autos und fuhren nun in Richtung Las Jarillas, einem wenig repräsentativen Anwesen rund zwanzig Kilometer vor Madrid, aber in unmittelbarer Nachbarschaft zum Jagdschloß El Pardo. Dort sollte der junge Prinz von Asturien seine Ausbildung fortsetzen.

»Erinnern Sie sich noch an alles, Señor?«

»Damals war ich gerade elf Jahre«, antwortet der plötzlich melancholisch gewordene König. »Ich erinnere mich noch sehr gut an die Kälte damals. Es war ein fürchterlich kalter Tag!«

Der König empfängt mich täglich um fünf Uhr nachmittags im zweiten Stock des Schlosses La Zarzuela. Ich habe es mir vorsichtshalber zur Gewohnheit gemacht, eine halbe Stunde vor der festgesetzten Zeit im Schloß zu sein. Kommt man von Somontes, ist La Zarzuela nur wenige Kilometer vom Schloß El Pardo entfernt, der ehemaligen Residenz des Diktators. Der Eingang wird von einer Abteilung der Königlichen Garde bewacht, die diskret die Besucher kontrolliert. Nur der Form halber wird mein Ausweis überprüft, denn mittlerweile wissen die Beamten, wer ich bin und welchen Zweck mein Kommen hat. Auch mein Aktenkoffer, worin sich mein Kassettenrecorder samt unbespielten Kassetten befindet, wird durchleuchtet. Dann öffnet ein Wachsoldat die zierliche Schranke, die den Zugang zu einem herrschaftlichen Anwesen verwehrt, grüßt militärisch und läßt mich in den herrlichen, mehrere hundert Hektar großen Park, wo im Schatten von Korkeichen und Olivenbäumen Wildschweine, Hirsche und Rehe in Freiheit gehalten werden. Der Himmel ist oft von solch lichtem Blau, daß man unwillkürlich an das flirrende Licht auf den Bildern von Velázquez erinnert wird.

Auf La Zarzuela – das nur dem Namen nach ein Schloß ist – werde ich vor einem Nebeneingang von einem Sekretär, halb Portier, halb Majordomus, empfangen, der mich bis zu einer Treppe geleitet. Am oberen Ende erwartet mich ein Adjutant – manchmal ist es ein Offizier der Marine, manchmal des Heeres –, der mir die Hand gibt und mich dann durch ein Vorzimmer bis vor eine große Tür aus poliertem Eichenholz führt. Dort klopft er diskret an, und gleich darauf ist die Stimme von Don Juan Carlos zu vernehmen.

»Herein!«

Der Adjutant öffnet die Tür, tritt als erster ein und kündigt mich an:

»Don José Luis de Vilallonga, Marqués von Castellevell, Königliche Hoheit!«

Dann tritt er beiseite und läßt mich hinein. Das Protokoll ist eher harmlos, verglichen mit der königlichen Strenge, die im Elyséepalast herrscht. Als ich mich einmal abends zu einem Diner bei Madame Dayan in ihre »Residenz« begab, mußte ich erst mehrere Kontrollen über mich ergehen lassen, bei denen ich stets von Wachsoldaten mit Stiefeln, Helm und weißen Handschuhen begleitet oder vielmehr bewacht wurde, die mich streng anblickten und keine Miene verzogen. Auf La Zarzuela warf man schon bei meinem dritten Besuch kaum noch einen Blick auf meine Papiere, und die Adjutanten fragten mich interessiert: »Wie kommt Ihre Arbeit mit Seiner Majestät dem König voran?«

Sobald ich den Raum betrete, erhebt sich Don Juan Carlos, kommt hinter dem schönen, mit goldenen Beschlägen versehenen Schreibtisch hervor und geht lächelnd und mit ausgestreckter Hand auf mich zu. Bei den zwei oder drei Besuchen, bei denen er mich einige Minuten hat warten lassen, war er so zuvorkommend, sich mit allerlei Erklärungen zu entschuldigen.

Das Büro, in dem der König arbeitet und Besucher empfängt, ist ein großer rechteckiger Raum, in den das Licht der Sierra durch große zweiflügelige Fenstertüren hereinkommt, die in Spanien »französische Fenster« genannt werden und die vom Fußboden bis zur Decke reichen. An der Wand, gegenüber dem Fenster stehen Bücherschränke, in denen sich schöne, in Leder gebundene und mit dem königlichen Wappen versehene Bücher wohlgeordnet aneinanderreihen. Auf den Regalen stehen neben einer prächtigen Sammlung von Karavellen aus massivem Silber, einer Schenkung des verstorbenen Herzogs von Baena und getreue Nachbildungen der Schiffe, mit denen Kolumbus Amerika entdeckte, auch die vom König selbst aufgenommenen Fotos von Doña Sofía, Prinz Felipe und den Infantinnen Elena und Cristina.

Hinter dem Sessel, in dem Don Juan Carlos gewöhnlich sitzt, spannt sich über die ganze Wand ein Teppich der Real Fábrica (berühmte Gobelinmanufaktur) mit dem Wappen Spaniens. In einer Vertiefung gleich neben dem Fenster hängt ein Dalí aus der Zeit, als er seine *Madonna von Port Lligat* malte. Daneben erkennt man über dem Kaminsims aus poliertem Holz eine sehr schöne Porträtskizze des Königs Alfonso XIII. mit der Pickelhaube und dem himmelblauen Dolman der Kavallerie, die, wie mir scheint, von der Hand Laszlos stammt.

Der König trägt gewöhnlich graue Anzüge und bevorzugt Krawatten von Hermès, die er täglich wechselt und die bisweilen für Gesprächsstoff in seiner Umgebung sorgen, denn oft sind sie auffallend bunt. Don Juan Carlos trägt am linken kleinen Finger – nach Art der Engländer – einen goldenen Ring mit dem königlichen Wappen.

Schon bei unserem ersten Gespräch wird mir klar, daß ich nur sehr schwer Don Juan Carlos nötigen könnte, die chronologische Reihenfolge bei der Schilderung der entscheidenden Ereignisse seines Lebens einzuhalten. Er gibt dies übrigens auch selbst offen zu:

»Zwingen Sie mich nicht, die geschichtlichen Ereignisse, an denen ich Anteil hatte, der Reihe nach zu erzählen. Plaudern wir lieber zwanglos wie zwei Freunde, von denen der eine viel zu erzählen hat und der andere gern zuhört.«

Wir einigen uns also auf eine Methode, die keine ist. Der König wird so erzählen, wie es ihm gerade beliebt, während ich mein möglichstes tue, um ihn auf die Themen zu bringen, die mich interessieren. Dies vorausgeschickt, ist es nicht einfach, allein mit Worten den ganzen Gehalt der Erzählungen wiederzugeben, denn seine Gesten – er ist nicht von ungefähr ein Südländer –, sein Mienenspiel, sein Lachen und sein verhaltenes Lächeln geben seiner Darstellung erst ihren eigentlichen Wert. Manchmal ist auch sein Schweigen beredter als seine Erklärungen. Wenn er verstummt und mir dabei gerade in die Augen sieht, sagt sein Schweigen oft mehr als jedes Wort.

Auf meine Frage, was er von Franco in all den Jahren, in denen er praktisch im Schatten des Diktators lebte – dieses verschlagenen, vorsichtigen und undurchdringlichen Galiciers – gelernt hat, antwortet mir Don Juan Carlos ohne zu zögern:

»Ich habe gelernt, zu beobachten und zu schweigen.«

Don Juan Carlos öffnet eine Schublade seines Schreibtisches und holt eine Kiste Zigarren der Marke Cohiba hervor. Er bietet mir eine an, die ich aber ablehne. Don Juan Carlos raucht nie in der Öffentlichkeit – vielleicht aus Respekt vor den Prinzipien der Königin –, und das muß manchmal ein großes Opfer für ihn sein, denn er raucht die ersten Züge seiner Havanna mit sichtlichem Behagen.

»Franco«, so erläutert er mir, »redete nur sehr selten mit mir über Politik und gab mir nie Ratschläge. Wenn ich ihn manchmal fragte, was ich in dieser oder jener Lage tun sollte, antwortete er: ›Ich weiß es nicht, Hoheit. Auf jeden Fall können Sie nicht das tun, was ich getan hätte. Wenn Sie einmal König sind, werden andere Zeiten herrschen, und die Menschen werden nicht mehr die gleichen sein wie heute.‹ Wenn er auf eine Frage nicht antworten wollte, tat er so, als habe er mich nicht gehört und wechselte das Gesprächsthema.«

Offensichtlich war Don Juan Carlos in der richtigen Schule, denn er hält es genauso: Wenn es ihm geraten scheint, auf eine meiner Fragen nicht zu antworten, schaut er mich an, ohne mich zu sehen, gibt sich versonnen und wartet schweigend auf meine nächste Frage.

»Franco«, fährt er fort, »redete nicht viel und mochte vor allem keine Erklärungen abgeben. Wenn er es doch tat, beeindruckte vor allem sein gesunder Menschenverstand. Als ich noch Prinz von Spanien war, bat mich Ordovás, damals unser bester Reiter, doch in die spanische Equipe im Jagdspringen einzutreten. Das Angebot begeisterte mich, doch ich erklärte Ordovás, daß ich vor einer Zusage erst Franco um Erlaubnis bitten müsse. Ich trat also vor den Staatschef und teilte ihm Ordovás' Vorschlag mit. Franco schaute mich lange schweigend an und – Don Juan Carlos ahmt dazu die eigentümliche Stimme des Generals nach – dann sagte er: ›Nein, Hoheit, das ist nicht möglich.‹ ›Und warum nicht, Herr General? Sie wissen doch, daß ich sehr gut reite und in der Equipe meinen Mann stehen würde. Warum also …‹ Er unterbrach mich mit einer Handbewegung: ›Wenn Sie gewinnen, wird es heißen, daß Sie es ihrer Rolle als Prinz verdanken, und wenn Sie verlieren, wäre das schlecht für das Ansehen Spaniens.‹ Ruhig überlegt, hatte er vollkommen recht. Daher wurde ich nicht Teilnehmer der spanischen Equipe im Jagdspringen.«

»Wann sind Sie Franco zum erstenmal begegnet, Señor?«

»Genau zehn Tage nach meiner Ankunft in Spanien. Danvila und seine Freunde hätten mich gern vom Cerro de los Angeles direkt zum Schloß El Pardo gebracht, um mich dem General vorzustellen. Aber sie mußten dieses Vorhaben verschieben, denn an jenem Tag war ganz Madrid auf den Beinen. Auf dem Friedhof Almudena wurde Carlos Méndez bestattet, ein monarchistischer Student, der an den Folgen der Mißhandlungen gestorben war, die er von seinen Wächtern im Gefängnis erlitten hatte. Die Polizeikräfte waren in hektischer Betriebsamkeit, denn Tausende waren auf den Friedhof und in die nahe Umgebung geströmt. Das war wirklich kein guter Tag für eine erste Begegnung mit dem General. Doch die Nachricht von meiner Ankunft hatte sich rasch verbreitet, und viele Leute gingen von der Almudena sogleich nach Las Jarillas, weil sie dem Sohn des Grafen von Barcelona ihre Verbundenheit mit der Monarchie bekunden wollten. Mein Vater hatte viele Befürchtungen wegen dieser ersten Begegnung mit Franco. Zu Hause wurde viel von ihm geredet und nicht immer in schmeichelhaften Worten. Der Elfjährige, der ich damals war, verstand nicht viel von dem, was um ihn herum im Verborgenen vorging, dennoch wußte ich sehr wohl, daß Franco jener Mann war, der meinem Vater soviel Kummer bereitete, der ihm die Rückkehr nach Spanien verwehrte und der duldete, daß die Presse über den Grafen herfiel. Anfangs hatte ich nicht viel für ihn übrig. Vor meiner Abfahrt nach Madrid hatte mir mein Vater alle möglichen Ratschläge erteilt. ›Wenn du Franco begegnest, höre genau auf das, was er dir sagt, aber rede selbst so wenig wie möglich. Sei höflich und antworte knapp auf seine Fragen: In einen geschlossenen Mund kommen auch keine Fliegen.‹

Ich erhielt von Franco eine Einladung für den 24. November. Es war immer noch sehr kalt, und Schnee lag auf den Gipfeln der Sierra. Das Jagdschloß El Pardo fand ich sehr beeindrukkend, vor allem die Maurische Garde, die alle Eingänge bewachte. Das Schloß wimmelte von Uniformierten, Adjutanten, die untereinander mit leiser Stimme sprachen, als wären sie in einer Kirche. Man führte mich durch eine lange Flucht von Salons, die im Halbdunkel lagen. Dann stand ich plötzlich vor Franco. Er war kleiner als auf den Fotos, die ich von ihm kannte, besaß einen Schmerbauch und lächelte mich auf eine Weise an, die ich nicht sehr natürlich fand. Im übrigen war er sehr liebenswürdig zu mir und erkundigte sich nach dem Befinden Seiner Hoheit, des Grafen von Barcelona. Das Wort ›Hoheit‹ in seinem Mund überraschte mich, denn für alle Spanier, die uns in Estoril besuchten, war mein Vater ›der König‹. Franco stellte mir Fragen zu meiner Ausbildung und wollte wissen, welche Fächer mir die größte Mühe machten. Gegen Ende des Besuchs, als ich mich schon verabschiedete, lud er mich zur Fasanenjagd nach Aranjuez ein, damit ich einige Stücke mit nach Estoril nehmen könne. Offen gestanden gab ich nicht sehr acht auf das, was Franco zu mir sagte, denn schon am Anfang der Unterhaltung hatte ich eine ganz kleine Maus bemerkt, die zwischen den Beinen des Sessels, auf dem der General saß, hin- und herhuschte, als sei dies seit langem ihr bevorzugter Spazierweg. Für das Kind, das ich damals war, weckte eine solch mutige Maus sehr viel mehr Interesse als dieser liebenswürdige Herr, der von den Königen der Westgoten erzählte, deren Herrscherliste ich auswendig hersagen konnte.«

»Und Las Jarillas, Señor, welche Erinnerung haben Sie an dieses Anwesen?«

Der König zeigte ein strahlendes Lächeln.

»Oh, Las Jarillas habe ich in bester Erinnerung. Es war ein sehr schönes Haus, das uns von seinem Besitzer, Alfonso Urquijo, einem Freund meines Vaters, überlassen worden war, damit ich dort meine Ausbildung beenden konnte. Es befand sich ganz in der Nähe von El Pardo und auch nicht weit von La Zarzuela, das Schloß, das später meine Residenz werden sollte und wo wir uns nun gegenübersitzen. Das Haus stand auf einem weitläufigen Grundstück, wo wir auf die Jagd gehen konnten. Auf Las Jarillas hatte man acht Jungen meines Alters zu einer Schulklasse zusammengetan. Es waren durchweg Kinder aus Aristokratenfamilien, die mein Vater gut kannte, von einem Zögling abgesehen, José Luis Leal, der später Finanzminister unter Adolfo Suárez wurde. Zu meiner großen Freude, denn ich mochte ihn sehr, gehörte auch mein Cousin Carlos de Borbón-Sicilia dazu, der heute mit Anne de France, einer Tochter des Grafen von Paris verheiratet ist. Zum Glück wurde mir erlaubt, das Zimmer mit ihm zu teilen, sonst hätte ich mich in den ersten Tagen sehr einsam gefühlt. Glauben Sie nicht, daß man uns von vorn und hinten bedient hätte, durchaus nicht! Wir mußten sehr viel mehr lernen als auf einer normalen Schule, denn, so hieß es, ›in Anbetracht eures hohen Standes sollt ihr ein Beispiel geben‹.

Der Mann, auf dessen Schultern der ganze Schulbetrieb auf Las Jarillas ruhte, war Don José Garrido Casanova, ein ehemaliger Hauslehrer der Kinder Sotomayors. Er war ein bewundernswerter Lehrer, ein Andalusier, der ein Heim mit dem Namen »La Paloma« gegründet hatte, in dem obdachlose arme Kinder aufgenommen wurden. Er war gut und gerecht. Ich mochte Don José Garrido sehr, und bisweilen zu bestimmten Gelegenheiten überlege ich mir immer noch, wozu mir wohl Garrido geraten hätte. Dann war da noch Don Heliodoro Ruiz Arias, unser Sportlehrer. Ich verstand mich sehr gut mit ihm. Er hatte sich in den Kopf gesetzt, aus mir eine Sportskanone zu machen. Sein Sohn, der ebenfalls Heliodoro hieß, kümmerte sich um unser gesundheitliches Wohlbefinden. Don Heliodoro senior war der Sportlehrer von José Antonio Primo de Rivera gewesen, dem Gründer der Falange, von dem ich zu Hause viel hatte erzählen hören.

Während Vater und Sohn Garrido liberale und tolerante Lehrer waren, die den Ansprüchen der Zeit zu genügen wußten, war Pater Zulueta, der dreimal in der Woche zu uns kam, um uns in Religion und Moral zu unterrichten, ein Mann, der nur mit Vorsicht zu genießen war. Die Leute, die meinem Vater als Berater bei meiner Erziehung dienten, hatten Don Ignacio de Zulueta wärmstens empfohlen, weil er die konservativste Strömung des Frankismus vertrat. Als gelernter Architekt hatte er sich spät zum Priesteramt berufen gefühlt. Dieser große, hochmütige und abweisende Mann nahm Fragen der Etikette sehr ernst. Ihm gefiel es durchaus nicht, daß auch José Luis Leal in unserer Klasse war, denn dieser gehörte nicht zur Aristokratie. Am Tag meiner Ankunft auf Las Jarillas hatte Zulueta von meinen künftigen Klassenkameraden verlangt, daß sie mich mit ›Willkommen, Hoheit‹ begrüßten, was mir gar nicht behagte. Zum Glück wurde ich sehr rasch für alle Juanito. Auch ich nehme die Etikette durchaus ernst, wenn es angebracht ist, aber in meinem Privatleben vermeide ich, wenn es irgend geht, daß Formalitäten mich von einem echten Kontakt zu meinen Mitmenschen abschneiden.«

Plötzlich bricht der König in Gelächter aus.

»Die Etikette hat mir schon manchen Streich gespielt. Als ich Kadett auf der Militärakademie von Saragossa war, duzten mich alle Kameraden unseres Jahrgangs – manche tun es immer noch, wenn wir uns privat treffen – und nannten mich bei meinem Vornamen. Manchmal nannten sie mich auch ganz einfach SAR, in einem Wort, das ist im Spanischen die Abkürzung von ›Seine Königliche Hoheit‹. Der General Herzog de La Torre, der aktiven Anteil an meiner vormilitärischen Ausbildung genommen hatte, besuchte mich jeden Samstag. Er erkundigte sich stets bei meinen Lehrern nach meinen schulischen Fortschritten und lud mich dann zum Mittagessen ins Grandhotel ein, das damals der Treffpunkt der feinen Gesellschaft von Saragossa war. Da die Leute wußten, daß ich samstags dort zu Mittag aß, drängten sie sich danach, mich zu begrüßen und blieben ihrerseits zum Essen. Nun waren meine Mahlzeiten mit dem Herzog keine Vergnügungspartien, denn der General war alles andere als kurzweilig. Er war ein Militär der alten Schule, mit ausgezeichneten Manieren, aber furchtbar steifleinen. Er behandelte mich mit einem Respekt, der mich schier lähmte. Eure Königliche Hoheit hier, Eure Königliche Hoheit da. Sie können sich das vorstellen. Eines Tages bat er mich, zwei oder drei meiner Kameraden zum Essen am folgenden Samstag einzuladen. Ich dankte ihm überschwenglich, denn ich dachte im stillen, daß die Anwesenheit meiner Freunde die Atmosphäre auflockern würde. Ich lud also drei Kameraden ein, die mir sehr nahestanden, und um Punkt zwei Uhr erschienen wir im Grandhotel, wo uns der Herzog de La Torre bereits erwartete. Wir waren kaum ein paar Minuten bei Tisch, als einer meiner Freunde sich mit den Worten an mich wandte: ›Juan, weißt du schon, daß nächste Woche ...‹ Er kam nicht dazu, seinen Satz zu Ende zu sprechen, denn der Herzog schlug plötzlich so heftig auf den Tisch, daß Teller und Gläser hüpften. Blaß vor Zorn stieß er seinen Stuhl zurück, erhob sich und schrie: ›Kadett! Stehen Sie auf und nehmen Sie Haltung an!‹ Totenstille breitete sich im Speisesaal aus. Mein Freund in Habtachtstellung war leichenblaß. Und der Herzog schrie weiter: ›Wie können Sie es wagen, Kadett, eine Person zu duzen und bei ihrem Vornamen zu nennen, die ich, ein Generalleutnant, mit Königliche Hoheit anrede!‹«

Ich war entsetzt und meine Kameraden nicht weniger. Der Herzog beruhigte sich wieder und wir aßen so still weiter, daß man eine Stecknadel hätte fallen hören. Kaum war der General gegangen, beeilte ich mich, meinen Kameraden, den der Herzog aufs Korn genommen hatte, so gut es ging zu trösten. ›Das war ja eine tolle Einladung! ...‹ brachte er den Tränen nahe hervor. ›Nie wieder!‹ Und tatsächlich gelang es mir nicht ein zweites Mal, auch nur einen Kameraden zu einem Mittagessen mit dem Herzog mitzubringen.«

Don Juan Carlos drückte seine Zigarre in einem Kristallaschenbecher aus.

»Señor, kehren wir, wenn Sie gestatten, noch einmal nach Las Jarillas zurück. War es das erste Mal, daß sie von ihrer Familie getrennt lebten?«

»Nein, nein. Mit acht Jahren kam ich in ein Marianisteninternat, die Villa Saint-Jean in Fribourg in der Schweiz. Dort war ich anfangs wirklich sehr unglücklich, denn ich hatte das Gefühl, von meiner Familie im Stich gelassen, von meinem Vater und meiner Mutter vergessen worden zu sein. Das war im Jahr 1946, als meine Eltern sich dazu entschlossen hatten, wieder näher an Spanien zu wohnen und deshalb aus der Schweiz nach Portugal umgezogen waren. Jeden Tag wartete ich auf einen Anruf meiner Mutter, aber er kam nie. Später habe ich erfahren, daß mein Vater sie daran gehindert hatte. ›Maria‹, sagte er ihr, ›du mußt ihm dabei helfen, hart zu werden.‹ Das war bei ihm kein Zeichen von Grausamkeit oder fehlendem Mitgefühl, ganz und gar nicht. Aber mein Vater wußte, wie ich später ebenfalls eingesehen habe, daß die Prinzen zur Härte erzogen werden müssen, wenn aus ihnen Männer werden sollen, die in der Lage sind, eines Tages einmal die Bürde höchster staatlicher Verantwortung zu tragen. Mein Vater hatte einen hohen Begriff vom Königtum. Er sah in mir nicht nur einen Sohn, sondern den Erben einer Dynastie. Von daher war er es sich schuldig, mich auf die Übernahme meiner Verantwortung vorzubereiten. Er verbot es sich, seinen zärtlichen Gefühlen nachzugeben, aus Furcht, er könnte aus mir einen Schwächling machen. Er war sehr streng mit mir und stellte hohe Anforderungen, aber gleichzeitig ließ er mich seine tiefe Liebe spüren. Wie so viele Seeleute war mein Vater ein bärbeißiger und zugleich zärtlicher Mann.

Später als Heranwachsender habe ich in ihm einen verläßlichen Freund und Vertrauten gefunden, der mir stets mit großer Geduld zugehört hat. Doch in Fribourg, weit weg von meinen Eltern, habe ich gelernt, was es heißt, die Bürde der Einsamkeit zu tragen. Gott sei Dank war noch meine Großmutter da, die Königin Victoria Eugenia, um sich um mich zu kümmern, obwohl ich den Verdacht habe, daß man ihr eingeschärft hatte, mich nicht zu sehr zu verwöhnen. Ich verbrachte alle Wochenenden mit ihr in Lausanne im Hôtel Royal, wo sie wohnte. Mit ihr bin ich auch nach einem langen Trimester in Fribourg im Jahr 1946 nach Portugal gekommen. Meine Eltern wohnten damals in Estoril in der Villa Bellver, die sie von einem portugiesischen Freund gemietet hatten. Da ich keine Zeit vergeuden sollte, bekam ich als Hauslehrer Eugenio Vegas Latapie, der schon in der Villa Saint-Jean meine Ausbildung überwachte. Eugenio leitete außerdem das Sekretariat meines Vaters. Er war ein wunderbarer Mensch ...«

Don Juan Carlos wirkt mit einem Mal versonnen.

»Wissen Sie«, sagte er dann nach einer Weile, »ich hatte das große Glück, auf meinem Lebensweg von ungewöhnlichen Menschen begleitet zu werden, zuerst unter meinen Lehrern und später unter meinen Beratern und Vertrauten.«

Er nennt zwar keine Namen, aber ich weiß, er denkt an Garrido, an Eugenio Vegas, an Torcuato Fernández Miranda (Don Juan Carlos' Mentor in den Jahren vor seiner Thronbesteigung), an den Marqués von Mondéjar – »meinen zweiten Vater« nennt ihn Don Juan Carlos – und an General Don Savino Fernandez Campo, den Leiter des königlichen Hauses, der unlängst zum Grafen von Latores und Granden von Spanien geadelt worden ist. Sicherlich vergesse ich einige, aber von den Genannten spricht der König am meisten.

»Wenn ich von Eugenio Vegas sage, er sei ein wunderbarer Mensch gewesen, dann habe ich nicht das Gefühl zu übertreiben. Seine Feinde, und das waren sich ehrenwert dünkende Männer, behaupteten, er lebe in der Vergangenheit. Das mochte sogar stimmen, denn moralische Strenge ist kein Kennzeichen unserer Zeit. Er glaubte wie mein Vater, daß sich der Erbe der Dynastie keine Schwächen nachsehen dürfe, die bei gewöhnlichen Menschen verständlich scheinen. Mit seiner Erziehung wollte er in mir das Bewußtsein wecken, daß ich eine herausgehobene Stellung zu meinen Mitmenschen habe und folglich sehr viel mehr Verantwortung und Pflichten als die anderen zu übernehmen bereit sein müsse. Jemand scherzte einmal vor dem Grafen von Barcelona: ›Eugenio Vegas ist dabei, uns einen neuen Philipp II.

heranzuziehen.‹ Mein Vater muß darin ein großes Kompliment gesehen haben.«

»Wenn Sie von wunderbaren Menschen sprechen, Señor, nennen Sie ehemalige Lehrer, Kameraden und Berater. Aber das Wort ›Freund‹ benutzen Sie nur selten. Haben Sie keinen?«

Einen Augenblick scheint Don Juan Carlos sprachlos.

»Mein Vater sagt immer: ›Gott schenkt dem Menschen zwar eine Familie, aber seine Freunde muß sich ein jeder selber suchen.‹«

Dann, nach einer langen Pause:

»Für einen König ist es schwierig, Freunde zu haben.«

»Vielleicht auch gefährlich, Señor?«

»Schwierig und gefährlich. Denn wenn jemand sagen kann ›mein Freund der König‹, dann kann er auch hinzufügen: ›Der König hat mir gesagt, der König hat mir vertraulich mitgeteilt ...‹, und man weiß nicht, wohin das führen wird.«

»Sie halten also für wahr, Señor, was Chamfort sagte:

›Die Freundschaft bei Hofe ist eine Treue unter Füchsen und eine Gesellschaft unter Wölfen‹?«

»Diesen Ausspruch kenne ich nicht, aber in der Tat ...«

Don Juan Carlos lächelt wissend.

»In Spanien benutzen wir das Wort *Freund* viel zu leichtfertig. Am Ende will es gar nichts mehr besagen. Nach meinem Gefühl sollte von Freundschaft nur dann die Rede sein, wenn sich Vertrauen und Treue in einem Verhältnis bewährt haben. Das ist eine schwere Prüfung, die viel Zeit erfordert. Für mich persönlich liegt das Risiko darin, daß die Freundschaft, die ich jemandem schenke, ausgenutzt werden kann. Für einen König ist es oft nicht leicht, zwischen einem Freund und einem Höfling zu unterscheiden. Dennoch glaube ich, daß ich mich hierin nur sehr selten täuschen lasse.«

»›Die Fürsten‹, zitiere ich, ›haben eine unbegrenzte Macht über die Menschen, die sie in ihrer Nähe dulden, und diese Begünstigten haben eine unendliche Schwäche für ihre Fürsten.‹ So steht es in Fénelons *Gewissensprüfung über die Pflichten des Königtums*. Um mich dieser Schwäche nicht schuldig zu machen, antworte ich stets auf die Frage, ob ich ein Freund des Königs sei: ›Nein, ich bin kein Freund des Königs. Ich bin sein treuer Untertan. Wenn mich aber der König seiner Freundschaft würdig hält, bin ich der glücklichste Mensch auf der Welt.‹ Zu mehr versteige ich mich nicht. Mein Vater hat mir oft erzählt, was in der Nacht des 14. April 1931 im Königlichen Palast in Madrid geschehen ist, als Don Alfonso XIII. sich auf den Weg ins Exil machte. Ein Adjutant teilte dem Monarchen mit, daß etwa fünfzig Personen im Saal, der nach dem Herzog von Génova benannt ist, auf ihn warteten, um ihm Lebewohl zu sagen. Darauf strahlte das Gesicht des Königs. Mit vor überströmendem Gefühl bebender Stimme rief er erstaunt: ›Das müssen wirklich mutige Menschen sein, die in dieser Stunde die Plaza de Oriente überqueren, um mir Lebewohl zu sagen!‹ Mein Vater betrat mit dem König den Saal, in dem Männer mit angespannten Gesichtern, Frauen in Tränen und sogar Kinder, die sich an den Rockzipfeln ihrer Mütter festhielten, still unter den großen Kristallüstern warteten, um von Don Alfonso Abschied zu nehmen. Allerdings hatte sich keiner von ihnen der Empörung der Menge aussetzen müssen, die den Palast belagerten, denn alle wohnten hier. Es waren die Bediensteten des königlichen Hofes, Lakaien, Kammerfrauen, Chauffeure, Küchenjungen, Kutscher und auch einige *alabarderos* (königliche Wachsoldaten), die ihre Paradeuniform angezogen hatten. Gerührt betrachtete sie Ihr Großvater einen langen Augenblick in Schweigen. Seine Unterlippe zitterte. Zu meinem Vater gewandt, sagte Don Alfonso mit fast unhörbar leiser Stimme: ›Salvador, ich sehe keinen meiner Granden hier ... keinen von denen, die meine Partner beim Polo waren ... die Ämter und Ehren von mir erbeten haben ...‹ Die Granden, Señor, die sich etwas darauf zu gute hielten, mit dem König Polo zu spielen oder auf die Jagd zu gehen, die von ihm Pfründe und Gunstbezeugungen erhalten hatten, sie waren nicht seine Freunde. Sie waren Höflinge, ein meiner Ansicht nach durchaus schäbiger Auszug der menschlichen Gattung.«

Don Juan Carlos hatte mir versonnen zugehört. Nun bemerkte er leise:

»Auf jeden Fall ist Ihre Geschichte eine schreckliche Lehre fürs Leben.«

Er schweigt wieder eine Zeitlang, dann sagt er:

»Als ich noch Prinz von Spanien war, empfahl meine Großmutter, die Königin Victoria Eugenia, Doña Sofía: ›Du brauchst eine oder mehrere festernannte Hofdamen, die dich auf all deinen Reisen und Wegen begleiten.‹ Aber ich sagte Doña Sofía: ›Nein, auf keinen Fall. Wenn dich jemand begleitet, dann soll diese Person aus dem Kreis deiner Freundinnen ausgewählt sein oder eine Sekretärin oder einer meiner Adjutanten. Aber ich möchte nicht, daß das Vorrecht, dich zu begleiten, sich zu einem Ehrenamt auswächst, um das wie zu Zeiten meines Großvaters die Damen des Hochadels buhlen. Ich weiß zwar, daß es Leute gibt, die uns unseren Lebensstil vorwerfen, da er in ihren Augen zu glanzlos scheint, aber mir ist ein schlichter Lebensstil lieber, als zusehen zu müssen, wie um uns herum ein neuer Hof entsteht, der in heutiger Zeit anachronistisch wäre.‹«

»Das erinnert mich an die Ratschläge, die Don Miguel Maura, ein Monarchist, der 1931 in der ersten Regierung der Republik Innenminister geworden war, einem neuen König von Spanien mitgegeben hätte. Also Ihnen, Señor.«

»Ja, das war in seinem Buch *Asi cayó Alfonso XIII* (»So stürzte Alfons XIII.«). Wenn ich mich recht erinnere, waren es drei Ratschläge. Der erste hieß: ›Residieren Sie nicht im Königlichen Palast. Das ist ein unheilbringender Ort für die Monarchie, gewissermaßen das spanische Versailles. Er sollte wie das französische Schloß in ein Museum umgewandelt werden.‹ Der zweite Ratschlag lautete in etwa: ›Schließen Sie ihre Türen vor jenen, die sich zu den feinen Kreisen zählen. Suchen Sie den Umgang mit intelligenten und bescheidenen Leuten aus der Mittelschicht, die das wirkliche Rückgrat der Nation darstellt. Mit ihnen werden Sie jeden Tag die frische Luft der Straße spüren.‹«

Don Juan Carlos legt eine Pause ein und fragt mich dann arglos:

»Erinnern Sie sich an den dritten Ratschlag von Miguel Maura?«

»Oh, sehr gut sogar, Señor. Er empfahl Hoheit, die Koffer gepackt zu lassen, da Sie vielleicht nicht mehr genug Zeit hätten, sie erneut zu packen, falls sich die Lage wieder dramatisch verschlechtern sollte. Denn, so vermutete Don Miguel, ein künftiger Konflikt werde wohl nicht mehr so glimpflich abgehen wie 1931.«

Don Juan Carlos schaut mich schweigend an und wartet.

»Der dritte Ratschlag, Señor, entspringt einem Pessimismus, der heutzutage nicht mehr angebracht ist. Miguel Maura konnte nicht ahnen, daß unsere gegenwärtige Monarchie die Zustimmung vieler eingefleischter Republikaner finden würde.«

Ich weiß nicht, inwieweit Don Juan Carlos solche losen Bemerkungen schätzt. Diesmal aber habe ich den deutlichen Eindruck, daß sein kaum merkliches Lächeln etwas breiter geworden ist.

Warum nennen nicht wenige Don Juan Carlos den »Mann der Vorsehung«? Bossuet behauptete, vielleicht etwas vorschnell, daß es so, wie die menschlichen Dinge bestellt sind, keinen Platz für den Zufall gebe und daß das Glück ein Wort ohne jeden Sinn sei. Chamfort glaubte wiederum zu wissen, daß die Vorsehung der Taufname des Zufalls sei, wobei letzterer nur als Spitzname der oben erwähnten Vorsehung gelte. Dies läuft darauf hinaus, daß der Mensch nicht wirklich Herr seines Schicksals ist, sondern sehr oft das Glück, der Zufall und die Vorsehung gemeinsam den Weg vorzeichnen, den er einzuschlagen hat.

Nichts prädestinierte Don Juan Carlos de Borbón y Borbón dazu, eines Tages über Spanien zu regieren. Sein Vater, Don Juan de Borbón y Battenberg, dritter Sohn von Alfonso XIII., war am Anfang seines Lebens ebenfalls weit davon entfernt, einen vorderen Platz in der Erbfolge auf den spanischen Thron einzunehmen. Doch das Glück, der Zufall und die Vorsehung bestimmten, noch bevor er überhaupt geboren war, daß Don Juan Carlos und nicht seine Onkel, auch nicht sein Vater, eines Tages zu dem Erwählten der Geschichte werden würde, der sein Land von der frankistischen Diktatur zur Demokratie führen sollte, und zwar mit der Klugheit und dem Mut eines Clan-Chefs, der alle Tricks und Kniffe kennt, um seine Ziele zu erreichen.

Der letzte regierende König in Spanien war also Don Alfonso XIII., der Großvater von Don Juan Carlos. In der Nacht des 14. April 1931 verließ er Madrid am Steuer seines Autos, erreichte Cartagena und bestieg dort ein Kriegsschiff, das ihn nach Marseille brachte. Es war die erste Etappe seines Exils, das bis zu seinem Tod in einer Suite des Grand Hôtel in Rom am 28. Februar 1941 dauern sollte. Eine Stunde vor seiner Flucht aus dem weiterhin belagerten Königlichen Palast hatte ihm General Cavalcanti angeboten, mit einer Kavallerieschwadron die johlende Menge, aus der Rufe nach der Abdankung und bisweilen auch nach dem Tod des Königs laut wurden, hinwegzufegen. Der König lehnte Cavalcantis Angebot mit dem späterhin berühmt gewordenen Satz ab: »Wegen meiner Person soll kein Tropfen spanischen Bluts vergossen werden.« Cavalcanti nahm daraufhin seinen Abschied, denn er wollte es vermeiden, Don Alfonso sagen zu müssen, daß ein König kein Recht habe, einen solchen Satz auszusprechen. In einem Land, in dem die Liebe zum Blut – zu seinem Geruch, seinem Geschmack und seiner Farbe – die Wurzeln dieses Volkes ausmacht – und was ist das Blut eines Volkes anderes als der Preis seiner Geschichte? –, kam die Weigerung, Blut zu vergießen, der Aufhebung seiner eigenen herausgehobenen Stellung gleich. »Ich wäre nicht König«, hatte Ludwig XIII. hellsichtig gesagt, »wenn ich mir persönliche Gefühle erlaubte.« »Wußte er denn nicht«, fragte sich später einer seiner Getreuen, »daß man in Spanien Ströme von Blut vergießen muß, um geliebt zu werden?« Eben diese Blutopfer wurden ausgiebig im Spanischen Bürgerkrieg dargebracht, der wenige Jahre später, 1936, ausbrach.

Don Alfonso XIII. hatte seine letzte Ansprache an das spanische Volk selbst verfaßt. Der Spanier ist seinem Wesen nach wortkarg. In der Knappheit des Ausdrucks – und in der Klarheit – liegt das Genie seines Volkes. *Al pan pan y al vino vino* (»Brot zu Brot und Wein zu Wein«). Als er sich von seinen Untertanen verabschiedete, lag Don Alfonso de Borbón y Habsburgo-Loreno sehr am Herzen, ihnen unmißverständlich seine Meinung zu sagen. Er akzeptierte, daß die Wahlen vom 12. April gezeigt hätten, daß er nicht mehr die Liebe seines Volkes habe, doch bezweifelte er, daß diese Ablehnung endgültig sei. Er räumte ein, daß sich ein König irren könne – und das soll etwas heißen für den Habsburger, der er bis zuletzt geblieben ist! –, aber er erinnerte auch daran, daß Spanien stets die Großmütigkeit besessen habe, ohne Arglist begangene Irrtümer zu verzeihen. Im übrigen muß man wissen, daß er über die nötigen Machtmittel verfügt hätte, seine königlichen Vorrechte mit Waffengewalt »im Kampf gegen jene, die sie ihm streitig machen« zu verteidigen, doch war ihm die Vorstellung eines Bruderkriegs unter Spaniern schlicht unerträglich. Er machte ohne Umschweife deutlich, daß er auf keines seiner Rechte verzichte, denn diese seien ihm von der Geschichte überantwortet worden und stünden nicht in seinem Belieben. Am Ende seiner Ansprache verkündete er, daß er »die königliche Macht vorübergehend aufhebt, damit die Nation souverän über ihr weiteres Schicksal entscheiden kann«.

Die Darstellung, die ich von Don Alfonso XIII. in meinem Buch *La Chute* (»Der Sturz«) gegeben habe, scheint unmittelbar von dem Porträt inspiriert zu sein, das über dem Kamin des Arbeitszimmers hängt, in dem ich Don Juan Carlos gegenübersitze.

Damals schrieb ich: »Don Alfonso de Borbón y Habsburgo-Lorena, der unter dem Namen Alfonso XIII. in Spanien regierte, hat das Gesicht, ja die bis zur Karikatur gesteigerten Züge eines Königs. Im Profil ähnelt er einem Raubvogel, die Unterlippe hängt nach vorn, wie auch der ganze Unterkiefer, einer über Generationen vererbten Veranlagung folgend, nach vorn drängt. Die Stirn ist hoch, die Schläfen sind kahl und lassen die Schädelknochen hervortreten. Aus den kohlschwarzen Augen kommen durchdringende Blicke, besonders wenn ein bisher unbekanntes weibliches Wesen in seinen Gesichtskreis tritt.

Don Alfonso hält sich stets sehr gerade. Seine Uniform – und er besitzt deren viele – sitzt straff an seinem Körper; jede seiner oft zu knappen Gesten verleiht ihr eine imponierende Majestät, die die Höflinge einschüchtert und auch noch jene beeindruckt, die ihn von fern beobachten.

Er kann die habsburgische Herkunft nicht verleugnen. Diese sehr eigentümliche Kopfhaltung, wodurch sein Blick stets über den Horizont gerichtet bleibt. Der gelangweilte Eindruck, den er im Umgang mit den Menschen macht, die seine direkten Untergebenen sind. Und Anfälle teutonischen Hochmuts, die sich in kalter Wut und Donnerworten äußern. Darüber hinaus kultiviert er mit Hingabe – vielleicht besteht gerade darin seine habsburgische Ader – eine unbedingte blinde Vorliebe für alle lästigen und unnötigen Züge der Hofetikette.

Vor allem aber ist er durch und durch Spanier: einsam, melancholisch und stolz in einer Welt, die von Menschen bevölkert wird, die nicht von seinem Geblüt sind. Als überreizter Bourbone zeigt er sich höflich, distanziert und wohl auch undankbar. Sein Humor ist düster, oft makaber, obwohl er sich täglich in einer bestimmten Form der Leutseligkeit übt, die man nicht mit Freundlichkeit verwechseln sollte. Sehr habsburgisch ist wieder seine ungezügelte Leidenschaft, auf der Jagd das Wild zur Strecke zu bringen. Tödlich ist sein Haß auf Berater. Und sublim darf man den Stolz nennen, den seine Handschrift erkennen läßt, wenn er ein Dokument mit ›Ich, der König‹ unterzeichnet.«

Seine Gemahlin, die Königin Victoria Eugenia, sagte von ihm: »Er ist lebenslustig wie ein Lateiner, höflich wie ein Habsburger, sportlich wie ein Engländer, stolz wie ein Spanier und selbstsüchtig wie jeder andere Mann.«

Don Alfonso XIII., der posthume Sohn Don Alfonsos XII. und Maria Cristinas von Habsburg, einer österreichischen Erzherzogin, hatte das Unglück, als König geboren zu werden. Winston Churchill, der ihn gut gekannt hat, bedauerte ihn deswegen, denn seit seiner frühesten Kindheit scharwenzelten schmeichlerische Höflinge um ihn herum, die ihm den Blick auf das wirkliche Leben verstellten. Von Lehrern erzogen, die ihn stets in den höchsten Tönen lobten, kannte er auch späterhin nur die Gesellschaft von Aristokraten, geistlichen Würdenträgern und hohen Militärs, die es nie gewagt hätten, eine ihm entgegengesetzte Meinung zu vertreten.

Don Alfonso begegnete seiner künftigen Frau zum erstenmal auf einem Ball, den ihm zu Ehren der Herzog von Portland in der britischen Hauptstadt gab. Sie verdrängte im Herzen des Königs ihre Cousine Patricia von Connaught, die ebenfalls eine Enkelin der Königin Viktoria war. Lange hatte dieses hübsche junge Mädchen als mögliche Verlobte des spanischen Monarchen gegolten. Doch sobald Don Alfonso Victoria Eugenia sah – für ihre Vertrauten war sie Ena –, hatte er nur noch Augen für sie. Patricia von Connaught fügte sich in das Unvermeidliche und erzählte allen, die es wissen wollten, daß der spanische König auf sie einen »absolut widerlichen Eindruck« gemacht habe.

Die künftige Königin von Spanien war die Tochter von Heinrich von Battenberg, zweiter Sohn des Prinzen Alexander von Hessen und der Prinzessin Beatrice, zweite Tochter der Königin Viktoria. Das Ehepaar hatte sich in London niedergelassen, da sich die alte Königin nicht von ihrer Lieblingstochter trennen wollte. Aus der Ehe gingen drei Kinder hervor, darunter ein Mädchen, das sie Victoria Eugenia nannten zu Ehren der britischen Königin und der Kaiserin der Franzosen, der in Spanien geborenen Eugenia von Montijo. Letztere wird später die Heirat von Ena mit dem spanischen Bourbonen fördern. Dieser blonde Engel mit den blauen Augen und dem weißen Teint sollte das Blut der spanischen Bourbonen dadurch vergiften, daß es den eigenen Kindern jene rätselhafte, unheilvolle Krankheit vererbte, die auch eine andere Enkelin der Königin Viktoria, Alice von Hessen-Darmstadt, die Gemahlin des Zaren Nikolaus II. an ihren Sohn, den Zarewitsch Alexis, weitergab. Ena von Battenberg und die Zarin stammten beide aus dem Haus Hessen-Darmstadt, in dem der Ursprung der tödlichen Krankheit vermutet wurde, von der man damals kaum zu sprechen wagte.

König Eduard VII. war über die Heirat seiner Nichte Ena mit dem jungen spanischen Monarchen nicht sehr glücklich.

»Spanien«, so erläuterte er ihr, »hat wenig Ähnlichkeit mit dem Land, in dem Sie geboren sind. Ich fürchte sehr, daß Sie sich nie eingewöhnen werden. Beklagen Sie sich dann allerdings nicht bei mir, wenn sich die Dinge zum Schlimmen wenden.«

Zum Schlimmen wendeten sie sich schon am Tag der Hochzeit von Ena und Don Alfonso. Als sie, schon ganz »die schöne Königin«, am Arm ihres königlichen Gemahls aus der Kirche von Los Jerónimos trat, ahnte sie gewiß noch nicht, daß sie wenige Minuten später dem Attentat des Anarchisten Mateo Morral nur mit knapper Not entgehen sollte.

Doch das war erst der Anfang der Familientragödie. Im Jahr 1907, ein Jahr nach ihrer Heirat, brachte Doña Victoria Eugenia einen Sohn zur Welt: Alfonso, Prinz von Asturien und Thronerbe. Gemäß einer Tradition in der Familie des spanischen Königshauses, die auf die Katholischen Könige zurückgeht, werden die männlichen Neugeborenen beschnitten. Kaum war das Beschneidungsmesser ins Fleisch des kleinen Prinzen eingedrungen, da ließ eine heftige, nicht enden wollende Blutung bei den erschrockenen Eltern keinen Zweifel zu, daß der Prinz von Asturien an der Bluterkrankheit litt. Im Jahr darauf schenkte Doña Victoria Eugenia einem zweiten Sohn das Leben, dem Infanten Don Jaime, der von Geburt taubstumm war. Dann wurden 1909 und 1911 zwei gesunde Mädchen geboren, die Infantinnen Beatriz und Cristina. Im Jahr 1913 erblickte ein dritter Sohn das Licht der Welt. An ihm, Don Juan, dem späteren Grafen von Barcelona, entdeckten die Ärzte keinen Hinweis auf die schreckliche Krankheit. Im folgenden Jahr wurde noch ein Sohn, der Infant Don Gonzalo, geboren, der wiederum, wenn auch weniger ausgeprägt als sein Bruder, der Prinz von Asturien, mit der »deutschen« Krankheit behaftet war, die zwar die Frauen verschont, aber unter der männlichen Nachkommenschaft der königlichen Eltern verheerend gewirkt hat.

Don Alfonso nahm die Schicksalsschläge mit offenkundigem Gleichmut hin; dennoch litt er sehr darunter und gab sicherlich Doña Victoria Eugenia die Schuld für ihr familiäres Desaster. Er liebte seinen ältesten Sohn, dessen Gesundheit ständiger Pflege bedurfte, über alles. Der Prinz von Asturien war mit den Jahren zu einem schmucken jungen Mann herangewachsen, mit blondem Haar und blauen Augen wie die seiner Mutter. Auf den zeitgenössischen Fotos, auf denen er in der Uniform eines Marineoffiziers zu sehen ist, kann man ihm eine gewisse Ähnlichkeit mit dem verstorbenen Herzog von Windsor, als er noch Prinz von Wales war, nicht absprechen. Während sein Bruder Jaime sehr dunkel war und ganz den Typus des Spaniers verkörperte, hatte der Prinz von Asturien das Aussehen und die Züge derer von Battenberg geerbt. Der junge Prinz war zu keiner körperlichen Anstrengung fähig und lebte ständig in der Gefahr, bei dem kleinsten Unfall tödliche Verletzungen davonzutragen, wie es seinem Bruder Gonzalo geschah, der an einer Prellung starb, nachdem sein Auto ins Schleudern gekommen war. Der Prinz verließ seine Gemächer im Königlichen Palast nur zu Besuchen auf La Quinta, einem zauberhaften Landsitz, wo er Hühner hielt und Schweine züchtete. Er war das männliche Pendant einer Marie-Antoinette, die bukolischen Spielen frönte. Unter den einfachen Leuten Madrids ging das Gerücht um, der Prinz von Asturien müsse jeden Morgen ein großes Glas frischen Bluts zu sich nehmen, um am Leben zu bleiben. Von da zu der Behauptung, bei diesem Trunk müsse es sich um Menschenblut handeln, war es nur ein kleiner Schritt, den manche denn auch bedenkenlos taten.

Don Alfonso XIII. sah jahrelang in seinem ältesten Sohn Alfonso den künftigen Thronerben und erzog ihn auch entsprechend, so als wollte er die Realität der Bluterkrankheit des Prinzen nicht anerkennen. Unter den Historikern besteht heutzutage Einigkeit darüber – auch Sir Winston Churchill hat diese Hypothese mehrfach bekräftigt –, daß König Eduard VII. den jungen spanischen Monarchen bei dessen Besuch in London vor dem Risiko gewarnt hat, das er bei einer Verbindung mit seiner Nichte Ena eingehen würde, die aller Wahrscheinlichkeit nach Trägerin der »deutschen« Krankheit sei. Doch Don Alfonso, der in Liebe zu der jungen englischen Schönheit entbrannt war und sie um jeden Preis nach Madrid heimführen wollte, hörte nicht auf die Warnung, die er wohl als die Überängstlichkeit alter Leute abtat.

Am Ende mußte er sich schließlich den Tatsachen beugen. Der Prinz von Asturien würde niemals König von Spanien werden. Tief verzweifelt wollte Don Alfonso XIII. schon das Nötige veranlassen, um seinen ältesten Sohn von der Thronfolge auszuschließen, da ersparte ihm der Prinz selbst diese bittere Entscheidung, indem er eine morganatische Ehe mit Edelmira Sampedro einging, einer hübschen Kubanerin, die er in einer Klinik in Lausanne kennengelernt hatte, wo er sich von einem Lungenleiden kurieren ließ. Der Prinz schrieb seinem Vater einen Brief, in dem er für sich und seine Nachkommen auf alle Thronansprüche verzichtete. Er nahm den Titel eines Grafen von Covadonga an und zog sich ins Privatleben zurück. Wie Don Alfonso XIII. vorausgesehen hatte, war die Leidenschaft seines ältesten Sohnes nur ein Strohfeuer. Das turbulente Leben in Paris, die nächtlichen Streifzüge durch mondäne Bars und Restaurants, die nicht immer ganz lauteren neuen Freunde, vor allem aber Geldnöte ließen die Liebe des Ehepaars bald abkühlen. Edelmira verließ unerwartet ihren Gatten und flüchtete in ihre Heimat. Die Ehe wurde 1937 in Havanna geschieden. Keine zwei Monate später verliebte sich der Prinz wieder in eine Kubanerin, diesmal in ein leichtlebiges Mannequin, Marta Rocafort, mit der er überstürzt in den Hafen der Ehe einlief. Diese zweite Ehe endete in einem noch größeren Fiasko als die erste. Das Paar trennte sich nach vier Monaten, und der Graf von Covadonga erreichte ohne Schwierigkeiten seine zweite Scheidung. Am 6. September 1938 lenkte der Ex-Prinz von Asturien nach einem Besuch in einem Nachtlokal in Miami sein Auto gegen einen Telegrafenmasten. Don Alfonso starb wenig später an den Folgen eines Blutsturzes. Die sterbliche Hülle des ältesten Sohnes von Alfonso XIII. wurde 1985 nach Spanien überführt, wo sie in der Familiengruft im Escorial ihre letzte Ruhe fand. Edelmira Sampedro, die ihn von Herzen geliebt hatte, eilte zum Flughafen von Madrid und weinte über dem Sarg jenes Mannes, der einmal ihr Gatte gewesen war und der die Krone Spaniens hätte tragen sollen, wenn die unheilvolle Krankheit aus ihm nicht ein bemitleidenswertes Geschöpf gemacht hätte. Schon bald hatte sein physisches Gebrechen auch seinen Geist angegriffen, so daß er in seinen letzten Lebensjahren zum Spielball von Intriganten und Frauen wurde, die es auf jene Ehren abgesehen hatten, auf die der arme Don Alfonso gar keinen Anspruch mehr besaß. Der Prinz von Asturien war das erste Hindernis vor einer Thronfolge des späteren Königs Don Juan Carlos. Es wurde behoben, als dieser »noch gar nicht geboren war«.

Dem zweiten Hindernis, das anfangs gar keines zu sein schien, war schwieriger aus dem Weg zu gehen. Es handelte sich um den taubstummen Infanten Don Jaime. Heute wird behauptet, Don Jaime sei nicht von Geburt an taubstumm gewesen, sondern dieses Gebrechen rühre von einer Entzündung des Warzenfortsatzes des Schläfenbeins her, von der man den Vierjährigen nicht habe heilen können. Obwohl Doña Victoria Eugenia diesmal keinerlei Schuld an der Behinderung ihres Kindes hatte, ließ Don Alfonso seine Frau für diesen neuen Schicksalsschlag dadurch büßen, daß er sie aus seiner Nähe verbannte.

Don Jaime, der keineswegs geistig behindert war, lernte sehr rasch die Worte von den Lippen der anderen ablesen. Auf diese Weise lernte er außer spanisch auch englisch, französisch und italienisch sprechen. Hinter der Mauer des Schweigens, die ihn vom Rest der Welt trennte, wurde er bald zu einem einzelgängerischen und melancholischen Wesen. Sein Bedürfnis nach Zuwendung trieb ihn während des Exils in die Arme von Leuten, deren Bekanntschaft er lieber nicht hätte machen sollen. Am 21. Juni 1933, zehn Tage nach dem Verzicht seines Bruders auf die Thronrechte, verzichtete auch der Infant Don Jaime, der sich seiner körperlichen Mängel bewußt war, für seine eigene Person und für seine Nachkommen auf alle dynastischen Ansprüche. Daß ein Prinz auf seine Ansprüche freiwillig verzichtet oder daß er wegen schwerer körperlicher oder geistiger Behinderungen kaltgestellt wird, war auch schon in der Vergangenheit vorgekommen. Carlos III. de Borbón hatte seinen schwachsinnigen Sohn Don Felipe von der Thronfolge ausgeschlossen und damit den Weg für seinen Bruder Carlos IV. freigemacht, der durch das schreckliche Porträt, das Goya von ihm und seiner Familie gemalt hat, zu Berühmtheit gelangt ist.

Anderthalb Jahre nach seinem Thronverzicht heiratete der Infant Don Jaime in Rom Emmanuelle Dampierre, eine ehrgeizige junge Dame, deren Vater ein französischer Vicomte und deren Mutter eine italienische Fürstin war. Papst Pius XI., der von Don Jaimes erblicher Belastung wußte, hielt es für seine Pflicht einzugreifen. Er warnte die Familie der Verlobten vor den zahlreichen Schwierigkeiten, die auf sie zukämen, wenn sie den Infanten heiraten sollte. Der Papst ging sogar soweit, Emmanuelles Mutter darauf hinzuweisen, daß die Ehe, sollte die Beziehung in die Brüche gehen, auf keinen Fall aufgelöst werden könne, solange Don Jaime am Leben sei. Doch die Aussicht, daß ihre Tochter einen königlichen Infanten heiraten werde, blendete die Dampierres, und die Mutter ermutigte ihre Tochter, den Taubstummen zu heiraten. Die Zeitgenossen erzählten sich wahre Schauergeschichten über die Flitterwochen des jungen Ehepaars. Don Jaimes sexuelle Wünsche versetzten die zarte Gattin in solche Ängste, daß sie sich in ihren Gemächern einschloß und telefonisch um Hilfe rief.

Fünfzig Jahre später erzählt Emmanuelle Dampierre jedem, der es hören will, ihre Heirat mit dem Infanten sei überstürzt gewesen, und zu keinem Zeitpunkt habe sie sich zu ihrem künftigen Gatten hingezogen gefühlt. Ihre Ehe sei von ihrer Mutter arrangiert worden, ohne daß viel nach ihren Gefühlen gefragt worden sei. Don Jaime erzählte seinerseits eine ganz ähnlich klingende Version. Doch der Infant dürfte in Emmanuelles Augen nicht so unangenehm gewesen sein, wie sie Jahre später behaupten sollte, denn das Ehepaar hatte sehr bald zwei Kinder, Alfonso und Gonzalo. Ganz offensichtlich schmeichelte Emmanuelle, wie übrigens dem Rest der Familie Dampierre, die Vorstellung, eine königliche Hoheit zu werden, wenn sie dafür auch einen Mann heiraten mußte, der nicht ganz nach ihrem Geschmack war. Doch der Weg zum Thron war damit noch nicht frei, denn König Alfonso XIII. ließ sich nicht so leicht manipulieren. Er entschied nach reiflicher Überlegung, daß Emmanuelle nicht den Rang einer königlichen Hoheit erhalten werde, sondern sich mit dem

Titel einer Herzogin von Segovia begnügen müsse. Das war ein schwerer Schlag für die Eitelkeit der jungen Frau, doch Don Alfonso XIII. ließ darüber nicht mit sich diskutieren, und sie mußte sich seiner Entscheidung beugen.

Seit der Geburt ihres Sohnes Gonzalo lebte Emmanuelle, wiewohl unter dem gleichen Dach, praktisch getrennt von ihrem Gatten. Ungefähr zur gleichen Zeit begann sie ein Verhältnis mit Tonino Sozzani, dem Sohn eines Mailänder Börsenmaklers, den sie nach dem Tod Don Jaimes auch heiratete. Im Jahr 1946 verließ Emmanuelle für immer den ehelichen Haushalt.

Das Hindernis, das Don Jaime darstellte, war schwieriger zu überwinden, denn der Infant widerrief mehrmals seine Verzichtserklärung. Obwohl diese Kapriolen nie wirklich ernst genommen wurden, blieben sie doch ein ständiger Gegenstand der Sorge für seinen Bruder Don Juan, der zum einzigen legitimen Thronerben geworden war.

Am 15. Januar 1941 hatte Don Alfonso XIII. in Rom kurz vor seinem Tod ein Testament abgefaßt, das mit dem Satz schloß: »Ich leiste zum Wohl meines Vaterlandes Verzicht auf alle meine Ansprüche, auf daß mein Sohn Don Juan nunmehr zum alleinigen legitimen Thronerben bestimmt sei.«

Don Jaime hatte das Testament seines Vaters nicht angefochten, wie er auch nichts gegen die Antwort eingewendet hatte, mit der Don Juan den Rang des Chefs des spanischen Königshauses annahm. Er hatte sogar am 23. Juli 1945 in einem befremdenden Brief an »Seine Hoheit den König Don Juan III.« seinen Verzicht auf alle Ansprüche bestätigt. In dem Brief hieß es: »... als ich mich, kurz nachdem ich für mich und meine Nachkommen auf alle Thronansprüche verzichtet hatte, zum Heiraten entschloß, habe ich meine Gattin außerhalb des Kreises der europäischen Königshäuser gewählt, damit meine Kinder auf keinen Fall Ansprüche geltend machen können, auf die ich selbst verzichtet habe.«

Don Jaime, der im übrigen ein guter und großherziger Mensch war, führte sich gelegentlich wie ein Kind auf, das nicht weiß, was es will. So änderte er noch mehrmals seine Ansicht über den

Wert seiner Verzichtserklärung. Schlecht beraten von intriganten Seelen, die nur ihren eigenen Vorteil im Auge hatten, verstieg sich Don Jaime, nachdem er seinen Bruder Don Juan als einzigen legitimen Thronerben anerkannt hatte, in seiner Eigenschaft als ältester Sohn Don Alfonsos XIII., sich selber zum Chef des spanischen Königshauses und zum Herzog von Anjou zu ernennen.

Ab dem Jahr 1950 verstrickte sich der Infant immer mehr in Wahnvorstellungen. Gegen alle Vernunft und Logik und in Verkennung unbestreitbarer historischer Tatsachen machte er sich nicht nur zum Prätendenten auf den spanischen, sondern auch auf den französischen Thron. Er ernannte zur Verblüffung der gegenwärtigen europäischen Herrscherhäuser seinen Sohn Alfonso zum »Dauphin« (Kronprinzen) und seinen Sohn Gonzalo zum Herzog von Aquitanien. Er teilte Titel, Ämter, Ehren und Orden mit der Großzügigkeit eines orientalischen Satrapen aus. Ja, er verlieh sogar den Orden vom Goldenen Vlies – deren Großmeister der Graf von Barcelona für den spanischen Zweig und Otto von Habsburg für den österreichischen Zweig sind – an Leute, die keinen anderen Verdienst hatten, als die Anstifter zu seinen schlimmsten Irrtümern zu sein. Diese Orden waren natürlich ohne jeden Wert, da der Infant kein Recht besaß, sie zu verleihen. Um selbst nicht zu kurz zu kommen, nannte sich Don Jaime auch Herzog von Madrid und Erbe der Karlistenkönige. Stets erfreut, die Monarchistenkreise in Verlegenheit zu bringen, schrieb er sogar einen Brief an Franco, den aber der General aus Takt geheimhielt: »Ich darf mich an Euer Exzellenz wenden«, schrieb ihm der Infant, »um Euch mitzuteilen, daß ich seit 1949 meinen Verzicht auf den spanischen Thron, den ich zugunsten meines Bruders, des Grafen von Barcelona, erklärt hatte, widerrufe. Ich erneuere hiermit feierlich diesen Widerruf und stelle meine Ansprüche auf die spanische Krone in meiner Eigenschaft als ältester Sohn des verstorbenen Königs Don Alfonso XIII.«

Diese Kindereien hatten keine Folgen, außer daß sie Don Jaime in der Öffentlichkeit lächerlich machten zum Schaden für das Ansehen der ganzen Dynastie.

Die Dinge wurden verwickelter, als zehn Jahre später, am 8. März 1972, der »Dauphin« Alfonso in der Kapelle des Schlosses El Pardo María del Carmen Martínez-Bordiu heiratete. Sie war die Tochter des Marqués und der Marquésa von Villaverde und Francos Lieblingsenkelin.

Diese Heirat spaltete die Spanier in zwei Lager: die einen sahen in Don Juan Carlos schon immer den künftigen König von Spanien, die anderen sagten sich, daß der schneidige Gemahl der María del Carmen Martínez-Bordiu, der ehrgeizige und strenge Alfonso, nichts unversucht lassen werde, seinem Cousin Juan Carlos den Weg zum Thron zu verbauen. Viele Gefolgschaften wechselten aus Anlaß dieser Heirat.

Die Hochzeit der hübschen María del Carmen wurde mit dem Pomp eines napoleonischen Hofes begangen. Alle Emporkömmlinge des Königreiches ließen sich blicken, aber auch jener Teil der Aristokratie, der sich an die Futterkrippe des Frankismus drängte, dabei aber eine maßvolle monarchistische Gesinnung zur Schau stellte. Minister, Botschafter und Aristokraten aller Provenienz gaben sich ein Stelldichein und paradierten in ihren ordensgeschmückten Operettenuniformen. Diese Hochzeit hatte nichts gemein mit derjenigen der Tochter des Diktators, der Mutter der jetzigen Braut, mit dem schauspielerhaften Marqués von Villaverde. Für die damalige Hochzeit war sich die gleiche Aristokratie zu fein, die jetzt in der Person des Alfonso de Borbón-Dampierre einen neuen Kandidaten für den Thron sah, den er eines Tages besteigen könnte, wenn Franco seine Meinung über Don Juan Carlos ändern und seine Enkelin zur neuen Königin von Spanien machen wollte.

Am Ende der Hochzeitsfeierlichkeiten verlieh der Infant Don Jaime dem Diktator den Orden vom Goldenen Vlies, mit dem er so gern um sich warf. Franco nahm die Auszeichnung zwar an, zeigte sich aber nie öffentlich damit.

Unter dem Druck seines Sohnes Alfonso, der Herzog von Cádiz und Königliche Hoheit geworden war, ließ der Infant Don Jaime als »Chef der Bourbonen und des spanischen Königshauses« – womit er zu verstehen gab, daß er nicht nur der Chef des spanischen Zweiges der Bourbonen, sondern auch des französischen Zweiges war – eine merkwürdige Erklärung verbreiten. Darin billigte er den Beschluß der Cortes, seinen Neffen Juan Carlos zum Nachfolger Francos »als König« zu ernennen. Mit anderen Worten, er erkannte Don Juan Carlos nicht als legitimen Erben der Dynastie an.

Eine derart zweideutige Stellungnahme kam einem Spiel mit dem Feuer gleich. Diese Erklärung hat später Alfonso Borbón-Dampierre als Vorwand genommen, um seine dynastischen »Ansprüche« als ältester Sohn des ältesten Sohns von Don Alfonso XIII., und seiner Meinung nach alleiniger legitimer Thronerbe, geltend zu machen. Er stellte sogar ausdrücklich fest, daß Don Juan Carlos nur eine neue Monarchie »instaurieren«, wohingegen er, Alfonso de Borbón-Dampierre, der einzige sei, der die Monarchie »restaurieren« könne.

Über den letzten Lebensjahren des Infanten Don Jaime lag tiefe Traurigkeit. Geldnöte zwangen ihn, die »Villa Segovia« in Rueil-Malmaison zu verlassen, da er die Miete nicht mehr bezahlen konnte. Es kam alles noch schlimmer, als er aus einer Laune heraus Carlota Tiedemann heiratete, eine alkoholsüchtige Preußin, die als Kabarettsängerin arbeitete. Gleich nach der Heirat ernannte diese sich selbst zur Herzogin von Segovia, ein Titel, auf den sie keinerlei Anspruch hatte, denn das spanische Gesetz erkannte die Scheidung nicht an. Die einzige legitime Herzogin von Segovia war Emmanuelle Dampierre, die immer noch die rechtmäßige Ehefrau des Infanten blieb, obwohl sie eine bürgerliche Ehe mit dem schönen Tonino Sozzani eingegangen war. Dem angemaßten Herzogtum fügte die Tiedemann noch den Titel einer königlichen Hoheit hinzu, der großen Eindruck auf die anrüchigen Kreise machte, in denen sich der Infant bewegte.

Die Beziehungen zwischen Don Jaime und seinen Kindern waren nicht immer einfach. Im Jahr 1960 zogen die beiden Brüder – Gonzalo gehorchte in allem seinem Bruder Alfonso – ohne Skrupel ihren Vater vor die Schranken des Gerichts. Sie klagten ihn an, ein Vermögen zu verschleudern, das ihm gar nicht gehöre. Außerdem behaupteten sie, daß er seit seiner Heirat mit der Tiedemann nicht zurechnungsfähig sei. Die französischen Gerichte hörten den Infanten lange an und kamen dann zu dem Urteil, daß Don Jaime geistig gesund und uneingeschränkt zurechnungsfähig sei.

Don Jaime starb am 20. März 1975 unter seltsamen Umständen in einem Krankenhaus im schweizerischen St. Gallen. Wenige Tage zuvor in Paris war er bei einem heftigen Streit mit Carlota gestürzt und hatte sich am Kopf verletzt. Der Arzt, der Erste Hilfe leistete, stellte weder einen Schädelbruch noch Gehirnblutungen fest. Dennoch verordnete er für mehrere Tage absolute Ruhe. Doch Carlota, die gerade erst die Zimmer in dem St. Gallener Krankenhaus reserviert hatte, wo sie sich einer Entziehungskur unterziehen sollte, war der Ansicht, daß der Infant die Reise im Auto durchstehen könne. Sie fuhren mit dem Taxi von Paris ab und kamen nach mehreren Pausen, die sie wegen des sich verschlimmernden Zustands des Infanten einlegen mußten, in der Schweiz an. Gleich nach der Ankunft legte sich der völlig erschöpfte Don Jaime schlafen. Er starb noch in der Nacht an einem Gehirnschlag.

Sein Tod ließ alle fassungslos, die ihn genau kannten. Er, der durch eine Mauer des Schweigens von der übrigen Welt getrennt war, vertraute sich arglos jedem an, der ihm etwas Zuwendung und Sympathie entgegenbrachte. Er war ein guter, einfältiger und leichtgläubiger Mensch, unfähig, Schmeichler und Speichellecker abzuweisen. Seine Unentschiedenheit, seine Kaprizen und unüberlegten Erklärungen bereiteten seinem Bruder Don Juan viel Kopfzerbrechen. Er ermutigte seinen ältesten Sohn in seinen dümmlichen Ansprüchen auf Throne, auf die er nicht die geringsten Rechte besaß. Mit ihm starb der zweite Sohn Don Alfonsos XIII., der König von Spanien hätte werden können, wenn das Glück und die Vorsehung ihm nicht ihre Gunst verweigert hätten.

Alfonso Borbón-Dampierre, sein Sohn, war weniger ein Hindernis auf dem Weg zum Thron, als vielmehr ein Damoklesschwert, das über Don Juan Carlos' Haupt schwebte. Er war ein

Charakter, den Trauer und Verbitterung, aber auch Rachsucht prägten. Sein Leben lang fand er sich nicht damit ab, daß er geboren worden war, ohne jene Rechte zu besitzen, auf die er Anspruch erhob.

König Alfonso XIII., dessen Zorn über die vorhergegangenen Kapriolen des Prinzen von Asturien und des Infanten Don Jaime noch nicht verraucht war, ließ am 17. September 1936 durch seinen Sekretär, den Marqués von Torres Mendoza, einen Brief an Rolf von Kutzschenbach, den Herausgeber des berühmten *Gothaischen Hofkalenders* aufsetzen. Darin erklärte er, daß »der älteste Sohn Seiner Königlichen Hoheit Infant Don Jaime, im April dieses Jahres in Rom geboren, in Ihrem Kalender ohne den Titel des Infanten, sondern lediglich als Don Alfonso de Borbón-Segovia zu führen ist, entsprechend dem Verzicht seines Vaters auf alle seine dynastischen Ansprüche«. Demnach war Alfonso de Borbón-Dampierre nur als »Seine Durchlaucht Don Alfonso de Borbón etc.« geboren.

Don Alfonsos Tragödie war es, sich nicht mit seinem Schicksal abfinden zu können. Allerdings sollte er ein schweres zu tragen haben. Auf seinen Schultern schien sich die Last aller Tragödien dieser Welt zu vereinen. Er wurde als Sohn eines Taubstummen und einer ehrgeizigen, aber frivolen Mutter geboren, die sich praktisch seit seiner Geburt nicht mehr um ihn kümmerte; er besaß kein persönliches Vermögen, wurde von seiner Frau verachtet, die ihn bald nach ihrer Heirat verließ und mußte den Tod seines Erstgeborenen erleben, der an den Folgen eines selbstverschuldeten Autounfalls starb. Wenn er auch kein wirkliches Hindernis für seinen Cousin Don Juan Carlos darstellte, wurde er doch von Franco als Ersatzkandidat für den Fall bereitgehalten, daß sein Verhältnis zum Grafen von Barcelona sich verschlechtern sollte und er genötigt wäre, seine selbstgetroffene Wahl hinsichtlich seines Nachfolgers zurückzunehmen. Es war nicht immer ganz einfach zu erkennen, welche Absichten Franco in dieser Angelegenheit eigentlich hegte. Aber die Familie seiner Enkeltochter, der Klan der Villaverde, spielte die Karte Borbón-Dampierre hemmungslos aus, da sie überzeugt war, daß der alternde Diktator mit der Zeit der Versuchung nachgeben würde, Maria del Carmen zur Königin von Spanien zu machen. Die Rechtsaußen ebenso wie die führenden Köpfe des Frankismus glaubten ebenfalls eine Weile lang, daß Don Alfonso auf den Thron gelangen könnte. Sie verkannten allesamt den Caudillo, der so gut wie nie eine einmal getroffene Entscheidung zurücknahm. Schließlich legte er den Cortes einen Beschluß zur Abstimmung vor, wonach Don Juan Carlos sein Nachfolger als König werden sollte. Zuvor aber drohte der listige Galicier im Hintergrund stets mit dem Sohn des Infanten.

Nach dem Vorbild seines Vaters gefiel sich Alfonso Borbón-Dampierre in Erklärungen, die an Zweideutigkeit kaum zu überbieten waren. So verkündete er gleich nach seiner Heirat: »... ich erkenne die Monarchie an, wie sie am 22. Juli 1969 in der Person meines Cousins Don Juan Carlos eingesetzt worden ist, allerdings nur so lange, als letzterer die Grundsätze des Movimiento (Movimiento nacional; selbstgegebener Name des Franco-Regimes) respektiert. Sollte er dies nicht tun, werde ich sie auch nicht länger anerkennen.«

Diejenige, die bald dieser Phantastereien – bei denen sie sich in der Rolle als Herzogin von Cádiz und sogar als Marie du Carmel de France(!) wiederfand – überdrüssig wurde, war die junge Gattin. Sie war eine sehr attraktive Frau, die den kühlen, realistisch abwägenden Verstand ihres Großvaters geerbt hatte. Sie weigerte sich, ihrem Gatten bei seinen abstrusen dynastischen Abenteuern zu folgen. Sie trennte sich von Don Alfonso und ließ sich, sobald sie ihre Scheidung erwirkt hatte, von dem französischen Antiquitätenhändler Jean Marie Rossi heimführen. Rossi, ein gebürtiger Italiener, hatte die Gabe, seine Frau zum Lachen zu bringen, eine Erfahrung, an die sie der Bourbone nicht gewöhnt hatte.

Alfonso de Borbón-Dampierre, Prätendent auf den Thron Frankreichs – der spanische Thron war ihm nicht beschieden gewesen – starb bei einem Skiunfall in Beaver-Creek, Colorado, einen grausigen Tod, bei dem er regelrecht geköpft wurde. Es bleibt die Erinnerung an einen Mann, der zu stolz war, um mit Montesquieu zu erkennen, daß ein Mensch nicht unglücklich ist, weil er ehrgeizig ist, sondern weil er von seinem Ehrgeiz verzehrt wird.

»Señor, ich würde gern noch einmal für eine Weile in die Vergangenheit zurückgehen. Sie sind in Rom geboren, nicht wahr?«

»Ja, am 5. Januar 1938. Der Bürgerkrieg wütete schon seit zwei Jahren in Spanien.«

»Warum sind Sie gerade in Rom geboren worden, Señor?«

Don Juan Carlos setzt ein Lächeln auf, ehe er antwortet. »Mein Vater sagt oft, daß die Monarchie nomadisch sein muß. Damit meint er, daß wir ständig im Land unterwegs sein müssen, wir müssen uns zeigen, mit den Menschen in Kontakt kommen, sie kennen-, verstehen- und liebenlernen ... Meine Familie war viele Jahre lang gezwungenermaßen eine Familie von Nomaden. Als mein Großvater Don Alfonso XIII. 1931 Spanien verließ, ging er zuerst nach Frankreich und dann nach Rom, wo er bis zu seinem Tod lebte. Meine Eltern hatten Cannes als Wohnsitz gewählt, doch als sie während der Volksfrontregierung unter Anfeindungen zu leiden hatten, mußten sie Frankreich verlassen. Ich weiß, daß die Regierung der Republik Spanien zu Beginn des Bürgerkriegs Druck auf die französischen Behörden ausübte, um meine Eltern zum Gehen zu bewegen. Sie ließen sich erst in Mailand, dann in Rom nieder, wo sie eine Zeitlang im Hotel Eden wohnten, ehe sie in das oberste Stockwerk des Palazzo Torlonia in der Via Bocca di Leone zogen. Schließlich fanden sie eine Bleibe in der Villa Gloria an der Viale Parioli. An die Villa Gloria kann ich mich nicht mehr erinnern, aber ich weiß, daß damals der Viale Parioli fast am Stadtrand von Rom lag. Das Viertel war gutbürgerlich zu nennen, dort wohnten Ärzte, Rechtsanwälte, Geschäftsleute ... Auf jeden Fall waren es keine Luxuswohnungen. Meine Eltern hätten sich das gar nicht leisten können.«

Don Juan Carlos wurde von Kardinal Pacelli – dem künftigen Pius XII. – in der Kapelle des Malteserordens getauft.

»Señor, Ihr erster Vorname ist Juan wie der Ihres Vaters. Aber warum Carlos?«

»Das ist der Vorname meines Paten, meines Großvaters, des

Infanten Don Carlos de Borbón-Dos Sicilias, der mit Doña Luisa de Orléans, der Tochter des Grafen von Paris verheiratet war. Mein Pate ließ sich zu meiner Taufe durch meinen Onkel, den Infanten Don Jaime, vertreten, denn als befehlshabender General in der spanischen Armee konnte er damals unmöglich verreisen. Meine Patin war meine Großmutter, die Königin Victoria Eugenia.«

»Weshalb war für Ihre Taufe gerade die Kapelle des Malteserordens gewählt worden?«

»Einfach deswegen, weil sie sich in der Via Condotti befand, in unmittelbarer Nähe des Palazzo Torlonia, dessen Besitzer, Alessandro Torlonia, Fürst von Civitella Cesi, meine Tante, die Infantin Beatriz, eine Schwester meines Vaters, geheiratet hatte. Dort fand der Empfang statt, zu dem die wenigen Spanier kamen, die überhaupt reisen konnten. Damals war das nicht einfach. In Spanien tobte der Bürgerkrieg, und Italien schickte sich ebenfalls an, in einen Krieg zu treten ... Ich habe oft meine Eltern erzählen hören, in welcher Anspannung die Menschen lebten, als ich geboren wurde. Für meine Familie war der Bürgerkrieg eine Tragödie, deren Ausgang noch im ungewissen lag. Für viele Italiener, die den Faschismus verabscheuten, malte sich die Zukunft in den düstersten Farben.«

Ein Adjutant kommt in das Arbeitszimmer und überreicht dem König einen Brief. Als wir wieder allein sind, frage ich ihn:

»Erinnern Sie sich an den Augenblick, Señor, als Sie sich zum erstenmal als Spanier gefühlt haben?«

Don Juan Carlos schaut mich verdutzt an, als ob er meine Frage nicht richtig verstanden hätte. Dann aber beteuert er:

»Aber Spanien ist doch immer in meinem Geist allgegenwärtig gewesen! Meine Eltern haben mir sicherlich schon von Spanien erzählt, als ich noch in der Wiege lag! Spanien war auch das einzige Gesprächsthema, das meinen Vater wirklich begeisterte. Für ihn hing alles mit Spanien zusammen.«

Don Juan Carlos hält einen Augenblick inne. Dann wechselt er den Ton seiner Stimme, die nun gedämpfter und intimer wirkt, und sagt zu mir:

»Ich glaube, daß für meinen Vater das Exil nur deshalb erträglich war, weil er in der Gewißheit lebte, irgendwann einmal Spanien, sein verlorenes Paradies, wiederzufinden.«

»Aber Sie, Señor, haben doch auch im Exil gelebt.«

»Ja, aber mein Exil, José Luis, hatte nichts mit dem Exil meines Vaters gemeinsam. Ich bin im Exil geboren. Ich hatte mein Land damals noch gar nicht gekannt. Ich konnte nicht das vermissen, wonach sich alle Exilierten sehnen, all die kleinen Dinge des Lebens, die so wichtig sind wie das Leben selbst. Farben, Gerüche, vertraute Stimmen, Speisen und Getränke, die man nur zu Hause bekommt und sonst nirgends. Mein Vater war in Spanien geboren. Er hatte dort seine ganze Kindheit und einen Teil seiner Jugend verbracht. Er wußte nur zu gut, was er verloren hatte. Die Schmerzen, die ihm das Exil bereitete, waren real. Ich dagegen hatte keine Sehnsucht, nur Hoffnung. Und viel Neugier, sehr viel Neugier. Als der Lusitania-Expreß in die Extremadura fuhr, verfolgte mich nur ein Gedanke: War das Land, das vor meinen Augen vorübereilte, wirklich das Spanien, von dem mir mein Vater erzählt hat?«

»War es das?«

»Ja. Nur mußte man es mit dem Herzen und nicht nur mit den Augen betrachten. Für mich war es eine Frage der Zeit.«

Der König verschränkt die Finger über dem polierten Holz seines Schreibtisches.

»Im Exil zu sterben«, sagt Don Juan Carlos, »muß das Schlimmste sein, was einem Menschen widerfahren kann. Ich bin sicher, daß diese Vorstellung meinen Vater während seines langen Exils gequält hat. Vor allem in den Jahren des Bürgerkriegs. Wenn die Republik in diesem Krieg gesiegt hätte, wäre es um unsere Rückkehr geschehen gewesen.«

»Die Republik hat den Krieg verloren, und dennoch mußte der Graf von Barcelona Jahre warten, ehe er in seine Heimat zurückkehren konnte.«

Wieder schweigt Don Juan Carlos. Er nickt und sagt leise:

»Ja. Und sicherlich war die Entscheidung sehr schmerzhaft für ihn, mich in die Heimat vorausschicken zu müssen. Manchmal erbebe ich innerlich bei dem Gedanken, wie dieser Mann leiden mußte.«

Das Telefon klingelt, und ich höre den König den Namen seiner Schwester Doña Pilar aussprechen. Ich stehe auf und entferne mich diskret vom Schreibtisch. Die Karavellen des Herzogs von Baena auf den Regalen der Bibliothek glänzen schwach in den letzten Strahlen der Sonne. Als der König den Hörer auflegt, nehme ich wieder meinen Platz ihm gegenüber ein.

»Wissen Sie«, fährt er in vertraulichem Ton fort, »als ich über lange Jahre meine Ausbildung in Madrid absolvierte und mein Vater immer noch in Estoril – so nah und doch so fern von Spanien – ausharrte, war unser Verhältnis bisweilen gespannt, denn wenn er mir von Spanien erzählte, sprach er von einem Spanien, das zu seinen geschichtlichen Erinnerungen gehörte, vom Land seiner Sehnsucht und seiner Träume. Und ich, der ich in Spanien lebte, es jeden Tag aufs neue spürte, ich hatte den Eindruck, daß es das Spanien meines Vaters gar nicht mehr gab. Spanien hat sich gewandelt, die Männer und Frauen, die heute in diesem Land leben, haben nichts mehr gemeinsam mit jenen, die mein Vater mit siebzehn Jahren gekannt hat, das Alter, in dem er sein nicht enden wollendes Exil antrat. Aber ich konnte ihm nicht einfach widersprechen und sagen: ›Papa, du irrst dich, die Verhältnisse sind nicht mehr so! Dein Spanien und mein Spanien sind zwei verschiedene Länder.‹«

Diesmal scheint Don Juan Carlos in endloses Schweigen versinken zu wollen.

»Mein Vater«, sagt er endlich, »ist ein so zurückhaltender Mensch«, und der König betont dieses Wort, »daß er den häßlichen Intrigen fast wehrlos gegenübersteht, deren Opfer er oft in seinem Leben geworden ist. So hatte er zum Beispiel große Mühe, sich mit Franco zu verständigen. Mein Vater hat die Gewohnheit, ein Thema gradlinig anzugehen, wohingegen der General, der doch sonst so schweigsam war, wenn er sich einen Vorteil davon erhoffte, stundenlang reden konnte, ohne letztendlich etwas zu sagen. Diese endlosen Monologe, bei denen Franco viel vom Krieg in Afrika erzählte – was weitab von den vereinbarten

Gesprächsthemen lag – brachten meinen Vater zur Verzweiflung. Während er ein Mann von großer Lauterkeit ist, liebte es der General, die Dinge absichtlich zu verwirren, so als müsse er immer den Eindruck des Gegenteils von dem erwecken, was er eigentlich tut. Diese Veranlagung schätzte mein Vater überhaupt nicht. Auch ich hatte oft unter diesem Hang des Generals zur Geheimnistuerei und Verstellung zu leiden. Ich erinnere mich noch, wie ich Anfang Juni des Jahres 1969 in die Ferien nach Estoril reiste, wo ich den Johannistag im Kreis meiner Familie verbringen wollte. Viele Spanier fuhren an diesem Tag nach Portugal und gratulierten dem König zum Namenstag (damals redete man den Grafen von Barcelona als König Juan III. an). An diesem Tag hatte mein Vater gern seine ganze Familie um sich. Vor meiner Abreise begab ich mich in die Residenz des Generals, um mich zu verabschieden.

›Wann gedenken Sie zurückzukehren, Hoheit?‹ fragte er mich.

›Am zwölften oder dreizehnten, Herr General. Auf jeden Fall werde ich für die Militärparade am 18. Juli wieder dasein.‹

›Sehr gut, Hoheit. Aber besuchen Sie mich, sobald Sie wieder zurück sind. Ich habe Ihnen etwas Wichtiges mitzuteilen.‹

Diese letzten Worte des Generals erweckten zwar meine Neugierde, aber bald hatte ich sie vergessen. Kaum war ich in Estoril angekommen, da teilte mir mein Vater mit, er wisse aus sicherer Quelle, daß Franco die Absicht habe, mich demnächst zum »Nachfolger als König« zu nominieren. Ich sagte meinem Vater, Laureano López Rodó (Minister unter Franco) habe mir ungefähr das gleiche in Madrid anvertraut, doch im Augenblick seien das nur Gerüchte. ›Wenn die Nominierung wirklich unmittelbar bevorstehen sollte‹, erklärte ich gegenüber meinem Vater, ›hätte Franco es mir mitgeteilt, als ich mich vor meiner Abreise von ihm verabschiedet habe.‹ ›Dann weißt du also nichts Genaues?‹ fragte mein Vater nochmals. ›Nein, wirklich nicht.‹

Als ich nach den Ferien wieder in Madrid war, verfügte ich mich in die Residenz des Generals. Er empfing mich sehr freundlich.

›Wie geht es Ihrer Familie, Hoheit?‹

›Ausgezeichnet Herr General, danke der Nachfrage.‹

›Gut. Ich habe Ihnen eine Entscheidung mitzuteilen‹, sagte er mir im gleichen Tonfall, ›ich werde Sie am 23. Juli zu meinem Nachfolger als König ernennen.‹

Das war nur fünf oder sechs Tage später. Ich war perplex.

›Aber Herr General, warum haben Sie mir nichts davon gesagt, als ich Sie vor meiner Abreise nach Estoril besucht habe?‹

›Ich wollte nicht, daß Sie es schon vor der Begegnung mit Ihrer Familie wußten‹, antwortete er mir in aller Gemütsruhe.

›Auf jeden Fall muß ich nun meinen Vater über Ihre Absichten in Kenntnis setzen.‹

›Mir wäre es lieber, er wüßte nichts davon.‹

›Herr General, ich kann meinen Vater nicht anlügen und noch weniger kann ich ihm eine Nachricht von solcher Bedeutsamkeit vorenthalten.‹

Mit undurchdringlicher Miene schaute er mich ein paar Sekunden schweigend an. Dann fragte er mich:

›Nun, wie lautet Ihre Entscheidung, Hoheit?‹

Er sagte mir nicht: ›Überlegen Sie sich Ihre Antwort in aller Ruhe‹. Nein, die Antwort mußte auf der Stelle kommen. Der Augenblick, den ich lange bangend erwartet hatte, war endlich da. Während ich dem General, der gelassen wartete, von Angesicht zu Angesicht gegenüberstand, vergegenwärtigte ich mir einen einfachen Gedanken, den ich schon oft durchgegangen war. Mein Vater hatte trotz des Einspruchs vieler seiner Berater daran festgehalten, daß ich meine akademische und militärische Ausbildung in Spanien absolviere. Und er wußte besser als jeder andere, welche Risiken er dadurch einging, als er mich »in die Arme des Gegners« geschickt hatte. Auch ich hatte es bald am eigenen Leib gespürt. Nun ging es nicht mehr darum, wer von uns beiden, mein Vater oder ich, König von Spanien würde. Das Entscheidende war nunmehr, die Monarchie in Spanien wieder in ihre Rechte zu setzen. ›Wie lautet Ihre Entscheidung, Hoheit?‹ hatte mich General Franco soeben gefragt. Wenn ich ihm nicht sofort, auf der Stelle antwortete, könnte er mich aus seinem Kalkül wieder herausnehmen, denn er mochte es nicht, wenn man ihm Widerstand leistete. Auch standen ihm genug andere Prätendenten zur Verfügung, um das Spiel, sofern ich mich zurückgezogen hätte, weiterführen zu können. Und gewiß hätte Franco in diesem Fall nicht auf den Grafen von Barcelona zurückgegriffen. Aber davon abgesehen, José Luis, ich habe keinen Augenblick ernsthaft geglaubt – und es gab weiß Gott schwierige Augenblicke –, daß der General seine Meinung über mich ändern könnte. Wenn er auch lange gebraucht hatte, um den künftigen König zu nominieren, so hieß das nicht, daß er kein überzeugter Monarchist gewesen wäre. Spanien – das schien mir bedeutsam – hat während der ganzen Zeit des Frankismus nicht aufgehört, offiziell eine Monarchie zu sein. Natürlich wäre es mir lieber gewesen, wenn die Dinge anders verlaufen wären, besonders in Hinsicht auf meinen Vater. Aber damals hatte mich Franco in die Enge getrieben: Er erwartete eine Antwort. Also sagte ich ihm: ›Einverstanden, Herr General, ich nehme an.‹ Darauf lächelte er kaum merklich und schüttelte mir die Hand.

Wieder daheim rief ich meinen Vater in Estoril an und berichtete ihm, was ich soeben erfahren hatte. Mein Vater reagierte auf die Nachricht mit einer in meinen Augen völlig logischen Schlußfolgerung. ›Das heißt also – und seine Stimme bekam einen anderen Klang – daß du bereits davon wußtest, als du hier zu Besuch gewesen bist, und daß du es mir nicht sagen wolltest‹. Ich versicherte ihm, er irre sich, ich hätte bei meinem Besuch vor kurzem in Estoril noch nichts gewußt. Mir seien gewisse Gerüchte zu Ohren gekommen. Doch in Madrid muß man Gerüchte für das nehmen, was sie sind. Ich sagte die reine Wahrheit, aber von der Nachricht aufgewühlt, glaubte mir mein Vater nicht. Monatelang zeigte er sich sehr kühl mir gegenüber. Doch mit der Zeit kam alles wieder ins Lot. Er umarmte mich und sagte: ›Schließlich war ich es, der dich in diese heikle Lage gebracht hat, weil ich dich damals nach Spanien geschickt hatte.‹ Verbittert fügte er hinzu: ›Aber ich hätte nie geglaubt, daß sich die Dinge einmal so entwickeln würden.‹

Alles war ganz nach dem persönlichen Geschmack des Generals Franco abgelaufen, der seiner Gewohnheit gemäß ohne Vorwarnung hart zuschlug. Er konnte einen seiner Minister nach einer Kabinettssitzung mit ausgesuchter Höflichkeit behandeln und ihm eine halbe Stunde später einen Motorradkurier mit seinem Entlassungsschreiben ins Haus schicken. Wenn ich im nachhinein darüber nachdenke, hatte sich Franco in der Frage seiner Nachfolge genau an seine einmal eingeschlagene Marschroute gehalten. Er hatte schon lange vorher entschieden, daß zu seinen, Francos, Lebzeiten mein Vater nicht den spanischen Thron besteigen würde und behielt sich vor, mich so lange auf die Probe zu stellen, wie es ihm richtig schien. Erst dann hat er mich an Stelle meines Vaters nominiert.«

»Daß er Sie, Señor, nominiert hat, mußte für ihn bedeuten, daß seine eigene Herrschaft bald zu Ende sein würde.«

»Ja, mit seinem Tod. Er war einer der wenigen Spanier, die sich damals im klaren darüber waren, daß er eines Tages sterben würde. Denn für die Männer, die mit ihm an der Macht waren, war Francos Tod einfach unvorstellbar.«

»Wie war eigentlich Ihr Verhältnis zu ihm, Señor?«

»Wenn man bedenkt, was für ein kalter und schweigsamer Mann er war, muß ich mein Verhältnis zu ihm eher als gut bezeichnen. Er war immer sehr höflich, ja liebenswürdig zu mir und zeigte die größte Achtung für das, was ich in seinen Augen repräsentierte.«

»Man hat gesagt, Señor, er habe Sie wie einen Sohn behandelt.«

»Wie den Sohn, der ihm nicht vergönnt war? ... Ja, vielleicht. Er war schon ein seltsamer Mann. Als ich 1962 nach meiner Heirat mit Doña Sofía wieder nach Spanien heimkam, wußte ich nicht, womit ich mich beschäftigen sollte. Trotz meiner Offiziersausbildung war mir klar, daß Franco es nicht zulassen würde, daß ich in irgendeiner Kaserne oder auf einem Kriegsschiff Dienst täte. Also bin ich vor ihn hingetreten und habe gesagt: ›Herr General, ich brauche eine Beschäftigung. Ich bin zu jung zum Privatisieren.‹ Er hat mich lange schweigend angeschaut. Wenn ihm eine Frage gestellt wurde, die ihm wichtig erschien, ließ er sich mit seiner Antwort stets viel Zeit. Schließlich sagte er mir: ›Werden Sie mit den Spaniern bekannt, Hoheit.‹ Und kein weiteres Wort der Erläuterung. Ich sollte selbst herausfinden und entscheiden, wie ich am besten mit meinen Landsleuten bekanntwerden könnte. Gemeinsam mit General Vigon, dem Minister für öffentliches Bauwesen, mit seinem Staatssekretär Vicente Mortes und mit Laureano López Rodó stellte ich einen Kursus zusammen, um mich in zwei- oder dreimonatigen Praktika in mehreren Ministerien mit dem Gang der öffentlichen Verwaltung vertraut zu machen. Dann begann ich auf Francos Rat eine Rundreise durch Spanien. Ich besuchte das Land systematisch Region für Region und Stadt für Stadt.«

»Welchen Empfang haben Ihnen Ihre Landsleute bereitet, für die Sie noch vollkommen unbekannt waren?«

»Im allgemeinen war der Empfang sehr herzlich. Natürlich gab es auch Ausnahmen von dieser Regel. Ich erinnere mich noch an ein Dorf in der Nähe von Valladolid, wo uns die Leute mit Kartoffeln bewarfen, als wir im Auto vorbeifuhren. Der Landwirtschaftsminister, der mit mir im Wagen saß, war entsetzt. Ich mußte ihn besänftigen: ›Beruhigen Sie sich, Herr Minister, auf mich sind die Leute wütend, nicht auf Sie!‹ Ein andermal ging ich in Valencia mit dem Generalkapitän der Region durch die Straßen. Nach einer alten Gewohnheit drehe ich mich stets um, um zu wissen, ob mir jemand folgt und wer es ist. Damals sah ich einen Mann auf uns zulaufen. Instinktiv trat ich einen Schritt zurück, und der Generalkapitän stand plötzlich ganz allein auf der Straße. Er bekam die Ladung Tomaten ab, die eigentlich für mich bestimmt gewesen war. Wieder mußte ich erklären, daß der Anschlag eigentlich mir gegolten hatte und nicht dem Generalkapitän. Das sind eben die Nachteile des Amtes, wie mein Großvater Don Alfonso XIII. gesagt hätte.«

»Hoheit, es gibt einen Abschnitt in Ihrem Leben, der stets Interesse in mir geweckt hat. Ich meine die Zeit, in der Sie bei Auftritten in der Öffentlichkeit stets schweigend hinter Franco standen und oft eine traurige Miene machten. Als Beobachter hatte man den Eindruck, Sie stünden zwar an Ihrem Platz, wünschten sich aber weit weg. Für viele Menschen waren Sie eine rätselhafte Figur. Viele von uns haben sich in Ihnen getäuscht. Viele, die heute überzeugte ›Juancarlisten‹ sind, dachten damals, selbst wenn Sie einmal den Thron besteigen sollten, würden Sie sich keine zwei Wochen halten können.«

»Warum ich damals so schweigsam war? Warum ich nie das Wort ergriff? Nun, es war eine Zeit, in der niemand, auch ich nicht, sich zu äußern wagte. Selbstzensur – die Vorsicht, wenn Ihnen das lieber ist – herrschte allerorten. Ich persönlich wußte nicht, wie sich die Dinge entwickeln würden. Ich wußte nicht, ob ich noch zu Lebzeiten des Generals seine Nachfolge antreten würde oder ob ich erst seinen Tod abwarten müßte, um König von Spanien zu werden. Ich wußte auch nicht, wie das Land den Machtwechsel aufnehmen würde, der ihm in Aussicht gestellt wurde.«

»Als Franco schon im Todeskampf lag und Sie hier auf La Zarzuela zusammen mit Torcuato Fernández Miranda die weiteren Ereignisse abwarteten, sollen Sie gesagt haben: ›Es kann so kommen, daß mir Leute die Krone auf einem Samtkissen überreichen, es kann aber auch genauso gut sein, daß die Guardia Civil mit einem Haftbefehl zu mir geschickt wird.‹«

»Ja, so etwas Ähnliches muß ich wohl gesagt haben. Wir waren damals beide sehr nervös.«

»Aber Hoheit, wie konnten Sie nur so sehr im ungewissen schweben?«

»Nun, ich besaß genug Informationen. Was mir fehlte, waren *ganz bestimmte* Informationen. Ich wußte, daß Franco entschieden hatte, mich zum König von Spanien zu machen, aber ich wußte nicht, wie das Land auf diese Entscheidung des Generals reagieren würde. Wieviele Monarchisten gab es denn damals in Spanien, José Luis? Seien wir ehrlich, nur sehr wenige. Man mußte also realistisch bleiben. Auch die Operation ›Zurück zur Monarchie‹ war nicht ohne Risiko. Wie würde sich die Linke verhalten? Welche Position würde die Kommunistische Partei einnehmen? Keiner wußte darüber etwas. In dieser Hinsicht bekamen nun die Worte des Generals aus dem Jahr 1962: ›Machen Sie sich mit den Spaniern bekannt, Hoheit‹ ein ganz neues Gewicht. Mir war nicht verborgen geblieben, daß die Monarchie zwar auf dem Land und in den Kleinstädten ohne Schwierigkeiten angenommen werden würde, daß sie aber weiter oben auf der sozialen Stufenleiter auf mehr oder weniger offene Ablehnung stieß. Ich wußte, daß die Militärs mich akzeptieren würden, weil ich von Franco nominiert worden war. Niemandem in der Armee wäre es eingefallen, die Entscheidungen des Generals anzufechten. Außerdem hatte ich alle Militärakademien durchlaufen und mir überall viele treue Freunde gemacht. Ich nutzte auch jede Gelegenheit, mit meinen ehemaligen Kameraden im Gespräch zu bleiben.«

Plötzlich hebt Don Juan Carlos die Stimme und fragt mich:

»Wenn ich nicht so viele treue Freunde in der Armee gehabt hätte, glauben Sie etwa, ich hätte dann das wagen können, was ich in der Nacht des 23. Februar (23. Februar 1981. Putschversuch der Guardia Civil unter Tejero) getan habe? Natürlich nicht.«

Dann, wieder in seiner normalen Stimmlage:

»Wissen Sie, ich hatte Franco oft gebeten, mich einige Zeit lang in einer Kaserne mit Kameraden meines Jahrgangs oder an Bord eines Kriegsschiffes Dienst tun zu lassen. Und Franco fragte mich bloß: ›Wozu? Um in Bars zu gehen und Karten zu spielen?‹«

»General Monasterio, der Oberkommandierende der Kavallerie während des Bürgerkriegs, dem mein Vater damals als Adjutant diente, behauptete, Franco habe nie viel von der Armee gehalten.«

»Mir gegenüber hat er nichts dergleichen durchblicken lassen«, antwortete Don Juan Carlos knapp. »Wenn er mich nicht Dienst in der Armee tun lassen wollte, so deshalb, weil er glaubte, ich hätte Besseres zu tun als mich als Offizier in irgendeinem Regiment herumzudrücken. Sie sagten mir vorhin, ich sei damals so schweigsam gewesen. Allerdings, aber zugleich hörte ich sehr viel zu. Und ich war ständig im Land unterwegs und bemühte mich, einen Begriff von Spanien zu bekommen. Doch erst als Franco bereits im Sterben lag, wurde mir klar, was da auf mich zukommen würde. Meine große Sorge war: Wie muß ich vorgehen, wenn ich nach Francos Tod demokratische Verhältnisse in Spanien herstellen will? Ich erinnere mich noch an Torcuato Fernandez Mirandas Worte: ›Seien Sie unbesorgt. Das wird einfacher, als Sie es sich vorstellen. Wenn die Leute sehen, daß statt Franco nun ein König regiert, verstehen sie ohne große Erklärungen, daß die Verhältnisse nicht mehr so bleiben können, wie sie einmal waren.‹ ›Sicher‹, antwortete ich ihm, ›aber ich brauche doch eine gewisse Übergangszeit, um Ihnen meine Pläne für die Zukunft des Landes darzulegen.‹ Worauf Torcuato sagte: ›Mit Ihrer Thronrede werden Sie das entscheidende Signal für den Wandel setzen, denn Sie werden den Spaniern sagen: Das und das möchte ich tun, und so will ich es erreichen.‹ Torcuato wußte, daß ich politisch nicht anders dachte als mein Vater: Ich wollte der König aller Spanier sein. Und ich achtete darauf, diesen Satz in meiner ersten Rede zu verwenden.«

»Welches Echo hatte diese Rede, Señor?«

Don Juan Carlos lächelte. »Nun«, sagte er, »wie Sie sich unschwer denken können, zeigten sich gewisse Leute sehr beunruhigt. Aber die große Mehrheit des Landes atmete auf.«

»Meinen Sie, Señor, daß Franco wirklich an seinen berühmten Satz glaubte: *Lo dejo todo atado y bien atado* (›Ich hinterlasse ein gutbestelltes Haus‹)?«

»Ich habe diesen Satz nie aus seinem Mund vernommen, doch sollte man ihn nicht wörtlich verstehen. Meiner Meinung nach wollte der General damit sagen, daß er dem Land die Strukturen hinterlassen habe, die es brauche. Er war viel zu klug, als daß er angenommen hätte, nach seinem Tod werde alles so bleiben wie zuvor.«

»Ich finde es doch erstaunlich, daß Franco, obgleich er Sie zu seinem Nachfolger machen wollte, Sie nicht zur Mitarbeit in einem staatlichen Amt herangezogen, daß er Ihnen nicht mehr Erläuterungen und mehr Ratschläge gegeben hat.«

»Franco wußte ganz genau, daß ich den meisten seiner Ratschläge nicht folgen konnte. Auf jeden Fall nicht allen. Ich erinnere mich noch – es war zu der Zeit, als er bereits schwer krank war – an einen Besuch an seinem Krankenlager. Er nahm meine Hand, drückte sie fest und sagte mit aller Anstrengung: ›Hoheit, ich habe nur eine einzige Bitte an Sie: Bewahren Sie die Einheit Spaniens‹. Es stimmt, ich habe ihn oft gebeten, mich einer Kabinettssitzung beiwohnen zu lassen, damit ich einmal sähe, wie er mit seinen Ministern umging (an dieser Stelle benutzt Don Juan Carlos den Ausdruck *lidiar* aus der Sprache des Stierkampfs, was soviel heißt wie ›den Stier wie ein Torero führen‹). Und immer antwortete er mir: ›Das würde Ihnen gar nichts nützen, da Sie nicht das machen können, was ich mache.‹ Was also den Sinn des Satzes *atado y bien atado* betrifft – wenn er ihn je ausgesprochen hat –, so kann er nur doppeldeutig sein, wie so vieles, was Franco gesagt hat. Franco besaß bisweilen einen schwarzen Humor, der charakteristisch für die Spanier ist. Als ich bereits Prinz von Spanien war, lief in der Presse eine Hetzkampagne gegen meinen Vater, die alles bisher Dagewesene in den Schatten stellte. Es hieß, er sei Freimaurer, ein gefährlicher Demagoge und sogar Engländer, da er in der königlichen britischen Marine gedient hatte. Ich wollte mich beim General beschweren. ›Sie dürfen nicht zulassen‹, sagte ich zu ihm, ›daß man meinen Vater so verunglimpft, während ich hier bin.‹ Er schaute mich ohne mit der Wimper zu zucken an und sagte dann ganz ernst: ›Ach wissen Sie, Hoheit, die Presse macht eben solchen Wind.‹ Und das sagte er mir zu einer Zeit, in der kein Chefredakteur einer Zeitung gewagt hätte, auch nur ein Wort zu publizieren, das dem General hätte mißfallen können.«

»Also war es ironisch und mehr noch zynisch gemeint?«

»Der General hätte Ihnen geantwortet: ›Politik ist eben Politik.‹ Im nachhinein betrachtet war mein Umgang mit Franco nie auf bloße Konventionen beschränkt. Ihm gegenüber war ich stets vollkommen aufrichtig. Wenn mir etwas nicht gefiel, sagte ich es offen. Bisweilen warnte ich ihn auch vor möglichen Konflikten: ›Herr General, ich habe dies und das gehört. An Ihrer Stelle würde ich das überprüfen lassen.‹ Ich glaube, er schätzte mein offenes Wort. Auf jeden Fall konnte er bei mir sicher sein, daß ich ihm nie Honig ums Maul strich.«

»Da müssen Sie der einzige gewesen sein, Señor.«

»Vielleicht. Ich weiß es nicht. Ich hatte nichts zu verlieren und nichts zu gewinnen, aber ich lebte mit mir in Frieden. Das einzige, was Franco gegen mich hätte verfügen können, hätte in den Worten bestanden: ›Kehren Sie zu Ihrem Vater nach Estoril zurück.‹ Und das hätte ich liebend gern getan. Bisweilen bin ich gefragt worden, ob der General großen Einfluß auf mich ausgeübt habe. Nun, er hat mich durch sein Beispiel beeinflußt, durch seine besondere Art, die Dinge gelassen, distanziert und abgelöst zu sehen. Aber ich glaube nicht, daß er jemals versucht hätte, meine Meinung zu ganz bestimmten Themen zu beeinflussen. Zu mehr als einem verhüllten Wink oder Rat ließ er sich nie hinreißen. Er hat mir immer volle Handlungsfreiheit gelassen. Andererseits tat er auch kaum etwas, um mir aus Schwierigkeiten zu helfen. Als ihn die Krankheit schon ans Bett gefesselt hatte, bat er mich, an seiner Stelle die Sitzungen des Kabinetts zu leiten. Ich machte es mir zur Gewohnheit, ihn nach Ende der Sitzung an seinem Krankenlager zu besuchen und ihn über die Ergebnisse der Beratungen auf dem laufenden zu halten. Es war von meiner Seite als höfliche Geste gegenüber dem Mann gedacht, der immer noch an der Spitze des Staates stand. Doch geschah es oft, daß ich an seinem Bett diesen oder jenen Minister antraf, der mir vorausgeeilt war und ihn an meiner Stelle informiert hatte. Eines Tages konnte ich nicht mehr an mich halten und geriet in Wut: ›Was soll das, Herr General? Es ist meine Aufgabe, Sie über die Sitzungen des Kabinetts zu unterrichten, und ich habe nicht die Absicht, mir mit den Chauffeuren der übrigen Minister ein Rennen zu liefern, um als erster bei Ihnen anzukommen. Wenn das so weitergeht, führe ich nicht mehr den Vorsitz im Kabinett.‹ Meine Querelen schienen ihn zu belustigen. Ich hatte den Eindruck, daß er mich ständig auf die Probe stellte, um meinen Charakter besser kennenzulernen und mögliche Schwächen zu entdecken. Als ich wieder einmal vor seinem Krankenlager stand und gerade Bericht erstatten wollte, unterbrach er mich mit einer Handbewegung: ›Bemühen Sie sich nicht, Hoheit ... Heute ist der Landwirtschaftsminister zehn Minuten vor Ihnen dagewesen.‹«

Darauf mußte der König herzlich lachen.

»Señor, als wir gestern von Ihrer Kindheit in Rom sprachen, hatten Sie durchblicken lassen, daß Ihre Familie damals in Geldnöten steckte.«

»Als mein Großvater, König Alfonso XIII., 1931 Spanien verließ, hatte er nicht das, was man heute ein gutangelegtes Privatvermögen nennt. Soweit ich weiß, sind die Könige nie mit der Privatschatulle außer Landes gegangen. Seit meiner frühsten Kindheit habe ich zu Hause immer von wirtschaftlicher Not reden hören. Fehlendes Geld war eine beständige Sorge für uns. Mit fünf oder sechs Jahren habe ich den ersten schlechten Handel meines Lebens gemacht. Es war in Lausanne. Ein Spanier, der meinen Vater besucht hatte, hatte mir eine vergoldete Schreibfeder geschenkt. Gerade gegenüber dem Hotel Royal, in dem wir wohnten, gab es einen kleinen Laden, wo wir manchmal Bonbons und Schokolade kauften. Da meine Taschen leer waren, hatte ich die glänzende Idee, an den Hotelportier heranzutreten, um ihm meine Feder zu zeigen. ›Die Feder ist vergoldet‹, erklärte ich ihm. ›Wieviel würden Sie mir dafür geben?‹ Der Portier bot fünf Franken. Ich gab ihm die Feder, eilte zu dem kleinen Laden und kaufte mir Fruchtbonbons dafür. Sobald mein Vater von der Sache erfahren hatte, ging er zum Portier, gab ihm zehn Franken und erstand die Feder. Mit strenger Miene sagte er mir: ›Deinetwegen habe ich fünf Franken verloren.‹

Als ich noch nicht Prinz von Spanien war und keine Apanage erhielt, war ich oft in Geldnöten. Gestern habe ich gesagt, daß Nicolás Mondéjar wie ein Vater zu mir war. Eine Zeitlang war er es, der mir meine Anzüge von Collado (berühmter Herrenschneider in Madrid) bezahlte.

Welche Gerüchte auch im Umlauf sein mögen, weder mein Vater noch sonst ein Mitglied der königlichen Familie hat während der langen Jahre unseres Exils auch nur eine Peseta vom spanischen Staat erhalten. Zu Zeiten Don Alfonsos XIII. bekam der König eine Apanage oder besser gesagt eine staatliche Zuwendung. Damit mußte Don Alfonso die Unterhaltung aller königlichen Schlösser bezahlen: der Königliche Palast an der Plaza de Oriente, El Escorial, La Granja, Los Alcázares, Pedralbes und viele andere. Sein ganzes Geld wurde von den astronomischen Ausgaben für diese Schlösser verschlungen, denn es handelte sich um weitläufige Gebäudekomplexe, die man nicht mit einem Dutzend Bediensteten unterhalten konnte. Dazu waren Hunderte von Angestellten nötig, die alle aus der Schatulle des Königs bezahlt wurden. Da kamen schwindelerregend hohe Beträge zusammen. Als ich in San Sebastián auf die Militärakademie ging, wohnte ich auf Schloß Miramar, einem privaten Anwesen, das mein Vater von Don Alfonso XIII. geerbt hatte. Ich benutzte nur einige Zimmer, das übrige Gebäude war geschlossen, weil mein Vater nicht die Mittel für den Unterhalt des ganzen Schlosses besaß. Bei seiner Rückkehr nach Spanien verkaufte mein Vater Miramar, wie er auch später das Schloß von Magdalena veräußerte, welches ebenfalls sein Privatbesitz war.«

»Waren es Don Miguel Mauras Ratschläge, die Sie veranlaßt haben, nicht im Königlichen Palast in Madrid zu residieren?«

»Nein«, antwortete der König lachend, »wenn auch einige seiner Ratschläge durchaus zutreffend sind. Ich habe nie daran gedacht, mich an der Plaza de Oriente niederzulassen, denn ich habe seit 1961 hier auf La Zarzuela gewohnt. Doña Sofía und ich, wir lieben dieses Anwesen fernab der Hauptstadt mit ihrem Lärm, ihrem Gestank und ihren lästigen Besuchern. Ich weiß nicht, ob Sie jemals die privaten Gemächer im Königlichen Palast in Madrid besichtigt haben, aber es ist noch milde, wenn man sagt, daß meine Großeltern und ihre Kinder dort kein Leben in orientalischem Luxus geführt haben. Wenn ich 1975 an der Plaza de Oriente hätte einziehen wollen, hätte ich alles renovieren lassen müssen, Wasserrohre, Stromleitungen und die ganze Heizung. Ich glaube, daß General Franco einen Flügel des Schlosses restaurieren lassen wollte, um ihn wieder bewohnbar zu machen, aber das Vorhaben kam über das Projektstadium nie hinaus, vielleicht, weil es zu teuer gekommen wäre.«

»Angeblich soll der spanische König der schlechtbezahlteste in ganz Europa sein, Señor.«

»Es ist gewagt, die Dinge so zu vereinfachen. Verglichen mit den Briten mag das vielleicht stimmen. Aber wenn der König in Spanien nicht überbezahlt ist, sollte man bedenken, daß ein großer Teil seiner Ausgaben vom Staat bestritten wird. Nicht nur der König, auch die Königin, der Prinz von Asturien und die beiden Infantinnen beziehen ein staatliches Gehalt. Dergleichen gab es zu Zeiten Alfonsos XIII. nicht. Die britische Königsfamilie wird sicherlich besser bezahlt, aber dafür haben wir das Patrimonio Nacional, das für viele Unkosten aufkommt, vor allem für den Unterhalt aller königlichen Schlösser. Vor dem Patrimonio Nacional (Staatsbesitz) gab es das Patrimonio Real, das den gesamten Besitz der Krone umfaßte. Seit dem Ende des Bürgerkriegs wurde das Patrimonio Real zum Patrimonio Nacional, und der Besitz der Krone ist in den Besitz des Staates übergegangen. Die Leute, die heutzutage für die Krone arbeiten, sind nicht mehr mit den Bediensteten von einst zu vergleichen. Ich wollte, daß an diese Arbeitsplätze Angestellte aus dem öffentlichen Dienst kommen und nicht mehr Leute, die der Krone verbunden sind, wie es zu Zeiten meines Großvaters üblich war.«

Der König hält inne und betrachtet die selbstaufgenommenen Fotos von der Königin und ihren Kindern.

»Vorhin haben Sie mich gefragt, ob ich jemals daran gedacht hätte, im Königlichen Palast in Madrid zu residieren. Nein, diese Absicht hatte ich nie, und zwar nicht nur aus wirtschaftlichen Erwägungen. Es gab noch einen wichtigeren Grund. Ich wollte mit den Meinen ein Leben führen, das dem einer normalen Familie soweit wie möglich gleichen sollte, in einem Haus, in dem wir von Zeit zu Zeit die Bürde der staatlichen Verpflichtungen vergessen könnten. Dazu brauchte ich ein Haus mit menschlichen Dimensionen. Und das Königliche Schloß an der Plaza de Oriente ist ein Palast. Ein riesiger Palast. Wissen Sie, José Luis, die Rolle des Königs ist sehr anstrengend. Ab und zu muß man sie vergessen können. La Zarzuela ist ein richtiges Heim. In Madrid hätten wir das nie gehabt. Hier kommen wir in Räumen zusammen, die nicht viel größer sind als in normalen Häusern. Der Prinz geht auf die Universität, kommt zu Mittag heim und fährt wieder fort. Die Infantinnen machen es ebenso. Wenn wir alle beisammen sind, haben wir den Eindruck, eine normale Familie zu sein. Der Herzog von Edinburgh beklagte sich einmal, er könne daheim nie eine Tasse heißen Kaffee trinken. Im Buckingham-Palast lägen die Küchen so weit von den Privatgemächern der Königsfamilie entfernt, daß der Kaffee auf den Gängen immer schon kalt werde. Die Armen sind dazu verurteilt, ihren Tee auf einem kleinen Kocher zuzubereiten.«

Wieder klingelt das Telefon. Der König nimmt ab, hört eine Weile schweigend zu und sagt dann: »Ich bin hier mit Vilallonga.« Er deckt mit der Hand die Sprechmuschel ab und informiert mich: »Die Königin ist am Apparat.« Instinktiv nehme ich Haltung an. Worauf der König zu Doña Sofía sagt: »Er hat Haltung angenommen.« Dann steht er auf und reicht mir über den Schreibtisch die Hand.

»Ich muß Sie jetzt verlassen. Ich werde zum Essen erwartet.«

Eines kann man Franco nicht vorwerfen, nämlich die Ausbildung des künftigen Königs von Spanien vernachlässigt zu haben.

»Im Jahr 1953«, erläutert mir Don Juan Carlos, »vielleicht auch 1954 – Daten sind mein schwacher Punkt – trafen sich mein Vater und der General in Las Cabezas, ein Landgut, das dem Grafen von Ruiseñada gehörte. Das Thema der Begegnung hieß: wann, wo und wie sollte ich meine Hochschul- und Militärausbildung absolvieren. Mein Vater wollte mich gern auf die weltberühmte Universität Bologna oder auf die Universität Leuven in Belgien schicken. Dann sollte ich nach Spanien zurückkehren und erst die Militärakademie Saragossa, dann die Marineakademie von Marín und schließlich die Akademie der Luftwaffe in San Javier besuchen. Franco war mit diesem Studienplan überhaupt nicht einverstanden. ›Hoheit‹, sagte er zu meinem Vater, ›gesetzt, die Ausbildung verliefe so, wie Sie es zu wünschen scheinen, dann wäre der Prinz zweiundzwanzig oder dreiundzwanzig bei seiner Rückkehr nach Spanien. In diesem Alter würde es ihm schwerfallen, sich an das militärische Leben zu gewöhnen, denn seine Kameraden würden alle siebzehn oder achtzehn Jahre alt sein. Spätestens mit zwanzig Jahren erhält man bei uns das Offizierspatent. Der Prinz würde sich unter den bedeutend jüngeren Kameraden nicht wohlfühlen. Meiner Ansicht nach sollte er zuerst seine militärische Ausbildung absolvieren und danach sich in einer unserer großen Universitäten einschreiben, denn es geht nicht an, daß ein Prinz, der einmal über Spanien regieren soll, im Ausland erzogen worden ist.‹ Die Diskussion zwischen den beiden Männern zog sich über zwei Stunden hin. Am Schluß wußte mein Vater nichts mehr zu entgegnen, mußte aber auch einsehen, daß Franco recht hatte und willigte ein. Ich kam also mit siebzehn auf die Militärakademie von Saragossa. Dort herrschte eine strenge Disziplin. Mein Vater hatte darauf bestanden, daß ich wie jeder andere Insasse behandelt werden sollte. Später sollten es mir die politischen Verhältnisse leider nicht erlauben, meine universitären Studien so zu beenden, wie ich es gewünscht hatte.

Nachdem sich mein Vater und der General geeinigt hatten, wurde ich nach Madrid geschickt, wo ich bei den Montellanos (Herzog von Montellano) logierte, die ein kleines Stadtpalais in der Calle Eduardo Dato bewohnten, das heute Sitz einer Versicherungsgesellschaft ist. Ich bereitete mich auf die Aufnahme in das ›Colegio de Huérfanos‹ vor, bis ich dann 1955 in die Militärakademie von Saragossa eintrat. Zwischen 1957 und 1958 wechselte ich auf die Marineakademie in Marín – ich machte eine Reise auf dem Schulschiff ›Juan Sebastián Elcano‹ mit – und schloß dann meine Militärausbildung in der Akademie der Luftwaffe in San Javier ab.

Damals breitete der Herzog von La Torre den Plan für meine universitären Studien aus. Der Herzog hatte meinen Vater gegen die Empfehlung der Mitglieder seines privaten Beratergremiums überzeugen können, mich auf die Universität Salamanca zu schicken, denn dem Herzog kam es vor allem darauf an, mich so weit wie möglich von Madrid fernzuhalten. Ich sollte dem schädlichen Einfluß der Hauptstadt und den Intrigen zweifelhafter Individuen, die von der Sonne der Macht profitieren wollen, entzogen werden. Ich glaube, er wollte auch eine zu große Nähe zu General Franco vermeiden, denn er hatte ihn nicht in sein Herz geschlossen. Doch als ich die Abschlüsse in den drei Waffengattungen, Heer, Marine und Luftwaffe, in der Tasche hatte, entschied mein Vater, der sich schließlich doch dem Druck seines Beratergremiums gebeugt hatte, daß ich mein Universitätsstudium in Madrid und nicht in Salamanca beginnen sollte. Diesmal war Franco der gleichen Meinung. Während ich die verschiedenen Akademien durchlief, hatten Franco und La Torre wegen mir eine hitzige Auseinandersetzung. Der General wollte nicht, daß ich auf die Universität Salamanca gehe, denn einer der dortigen Professoren war Don Enrique Tierro Galván, der berühmte »alte Professor«, ein Intellektueller der gemäßigten Linken, der später zu einem sehr beliebten Bürgermeister von Madrid aufstieg. Der Herzog von La Torre fand diese Einwände einfach lächerlich und geriet in Wut. Für ihn war die Universität Salamanca die älteste und berühmteste spanische Hochschule, eine geschichts- und traditionsbeladene Stätte, die in hohem Maße für die Bildung des künftigen Königs von Spanien geeignet sei. Mein Vater, der die Unterstützung Francos und die Empfehlung seines privaten Beratergremiums besaß, beendete die Kontroverse, indem er verkündete, ich würde in Madrid bleiben. Das war für den Herzog von La Torre, der mit sich nicht spielen ließ, ein hinreichender Grund, seinen Hut zu nehmen. ›Eure Majestät haben mir für die Erziehung des Prinzen Ihr Vertrauen geschenkt‹, sagte er meinem Vater, ›und nun haben Eure Majestät, in Übereinstimmung mit General Franco, entschieden, mir dieses Vertrauen zu entziehen. Ich werde daher nach Hause zurückkehren.‹ Und der Herzog zog sich gekränkt zurück. Er ließ mich wissen, wie sehr er es bedauere, mich verlassen zu müssen. Der Abgang des Herzogs schmerzte mich sehr. Doch ich konnte nichts für ihn tun. Niemand hatte mich um meine Meinung gefragt. Ich war wie ein Spieler auf einem Fußballfeld. Der Ball war in der Luft, und ich wußte nicht, wo er herunterkommen würde.

Franco war allerdings im Hinblick auf Madrid ganz der Meinung des Herzogs. Er wollte vermeiden, daß ich in der Hauptstadt wohnte. ›Sie sollten Ihren Studien‹, sagte er mir, ›ungestört nachgehen. Ich habe daher daran gedacht, Sie in ›La Casita Arriba‹ (Das kleine Haus auf der Anhöhe) einzuquartieren. Das war wiederum ein kleines Palais, das Franco für den Fall hatte herrichten lassen, daß er einen Unterschlupf während des Zweiten Weltkriegs gebraucht hätte. Es war aber alles andere als ein Bunker, vielmehr ein Puppenhaus ganz in der Nähe des Escorial. Ein Wohnzimmer, ein Eßzimmer, drei Schlafzimmer und ein Arbeitszimmer, mehr gab es darin nicht. Doch das Häuschen verfügte über die allerneusten Kommunikationsmittel. Niemand hätte gedacht, daß es einer hochgestellten Persönlichkeit als Unterschlupf dienen könnte.

Der General bot mir die Casita als Wohnung an, solange die Renovierung von La Zarzuela noch nicht abgeschlossen war. Ich logierte dort mehrere Monate lang. Jeden Morgen um neun Uhr fuhr ich zur Universität, kam zum Mittagessen wieder heim und hatte dann die Nachmittage frei, um Sport zu treiben. Da die Casita rund fünfzig Kilometer von Madrid entfernt liegt, verbrachte ich täglich mehrere Stunden am Steuer meines Autos.«

Der König schaut mich an, als ob er eine Frage erwarte, die ich ihm nicht stelle. Dann sagt er:

»Ja, am Ende hatte Franco auf der ganzen Linie gewonnen. Er hatte mich ganz in seiner Nähe, und ich war dem Einfluß entzogen, den die privaten Berater meines Vater auf mich hätten haben können, Männer, die er nicht schätzte, weil er sie für zu liberal hielt.«

»Ich glaube, Señor, zum damaligen Zeitpunkt ist eine Schlüsselfigur der spanischen Politik in Ihr Leben getreten.«

»Torcuato Fernández Miranda? Ja. Dieser Mann hat mir viel dabei geholfen, mich auf meine Aufgabe als künftiger König vorzubereiten. Jeden Morgen kam er in die Casita und gab mir Unterricht in Staatsrecht. Er nahm mir gegenüber Platz und ›erzählte‹ dann ohne schriftliche Unterlagen stundenlang über das weite Feld des Staatsrechts. Er war ein faszinierender Geist. Nach ein paar Tagen fragte ich ihn:

›Bringen Sie mir gar keine Bücher mit?‹

›Eure Hoheit brauchen keine.‹

›Wie das, ich brauche keine. Ich brauche doch Bücher zum Studieren!‹

›Nein, nein ... Eure Hoheit werden durch Zuhören und aufmerksames Beobachten lernen.‹

›Aber wenn ich eine Prüfung ablegen muß ...‹

Torcuato unterbrach mich:

›Das ist nicht nötig.‹

›Doch, das ist schon nötig!‹

›Nein.‹

Und ich konnte ihn nicht davon abbringen. Wenn er von meiner künftigen Königsrolle sprach, von dem, was ich tun müsse und was ich keineswegs tun dürfe, wurde mir bange:

›Aber woher werde ich das alles wissen ... Wer wird mir helfen?‹

›Niemand. Eure Hoheit werden wie die Artisten am Trapez ohne Netz arbeiten müssen.‹

›Ohne Netz?‹

›Ohne Netz.‹«

Diese Gespräche hatten eine entschieden surrealistische Note.

»Torcuato«, fuhr Don Juan Carlos fort, »hatte einen sehr trockenen Humor, der bisweilen nur schwer zu erkennen war, denn er lächelte nur selten. Aber er hat mich Geduld und Gelassenheit gelehrt, vor allem aber hat er mir beigebracht, die Dinge so zu sehen, wie sie sind, ohne Illusionen und ohne mich vom äußeren Schein blenden zu lassen. ›Wenn ich zu Eurer Hoheit sage‹, wiederholte er mir oft, ›genau zu beobachten, so deswegen, damit Eure Hoheit sehen, daß Situationen, die völlig gleich zu sein scheinen, in Wirklichkeit sehr verschieden sind. Die Geschichte wiederholt sich, aber sie ähnelt sich nicht. Jedesmal ist der Einsatz ein anderer.‹«

»Das war fast das gleiche, was auch Franco zu Ihnen gesagt hat.«

»Richtig. Torcuato hat mich seit den sechziger Jahren begleitet. Ich hatte ihm mein ganzes Vertrauen geschenkt. Bis zu seinem Tod stand er in unbedingter Loyalität zu mir. Als ich am 22. November 1975 König wurde, war Arías Navarro Regierungschef und Rodriguez de Valcárcel Präsident der Cortes. Beide waren, wie Sie wissen, alte Gefolgsmänner des Generals. Aus politischen Gründen und um die Ruhe im Land nicht zu stören, mußte ich sie für eine gewisse Zeitspanne in ihren Ämtern belassen. Als dann am 1. Juli 1976 Arías Navarro sich zum Rücktritt genötigt sah, fragte ich Torcuato: ›Was möchten Sie lieber sein, Regierungschef oder Präsident der Cortes?‹ Nach dem König ist die Stellung des Regierungschefs der wichtigste Posten im Königreich. Es war das Höchste, was ich dem Mann anbieten konnte, dem ich soviel verdankte. Torcuato antwortete mir ohne zu zögern: ›Der Politiker in mir würde gern Chef Eurer neuen Regierung werden, aber als Präsident der Cortes kann ich Euch sehr viel nützlicher sein.‹ Das war eine noble Geste. Wir befanden uns damals in einer kritischen, um nicht zu sagen gefährlichen Phase. Der frankistische Staatsapparat war noch intakt und besaß erhebliche Macht. Auch die Cortes waren noch von dem vorhergehenden Regime geprägt und im ›Consejo del Reino‹ saßen die Hardliner des Frankismus. Sicher, da waren auch Männer wie Miguel Primo de Rivera, die auf meiner Seite standen und auf die ich zählen konnte, wenn es um den sanften Wandel der politischen Verhältnisse ging. Aber sie befanden sich leider in der Minderheit. Der einzige, der auf den Consejo del Reino in welchem Sinn auch immer Einfluß nehmen konnte, war der Präsident der Cortes. Torcuato wußte das, und deshalb hatte er diesen Posten dem des Regierungschefs vorgezogen. Wochenlang leistete er geduldig Überzeugungsarbeit im Hintergrund, indem er sich jene *procuradores**, die sich hartnäckig gegen jedweden Wandel stemm-

* So wurden jene Mitglieder der Cortes bezeichnet, die vom Regime direkt nominiert wurden.

ten, in Gesprächen unter vier Augen vorknöpfte. Ebenso verfuhr er mit den Mitgliedern des Consejo, die er vierzehntäglich zusammenrief. Jedesmal sagten sich die Vertreter der Presse und viele hochgestellte Persönlichkeiten: ›Der Consejo ist zusammengetreten, also muß etwas Wichtiges vorgehen.‹ Aber nichts geschah. Bis eines Tages Torcuato zu mir kam und verkündete: ›Hoheit mögen mir den Namen des Mannes, der Arías Navarro ersetzen soll, nennen und ich mache mich anheischig, daß er mit der Mehrheit der Stimmen gewählt wird.‹ Er hatte Wochen darauf verwendet, die einen zurechtzuweisen, die anderen zu überzeugen. Jeder hörte auf ihn und achtete ihn, denn er besaß moralische Autorität und verstand es, die Leute richtig einzuschätzen, die er bekämpfen wollte.«

»Ich weiß, Hoheit, daß es Ihnen gar nicht behagte, sich vor den Cortes feierlich zur Wahrung der Prinzipien des frankistischen Movimiento Nacional, der nationalen Bewegung, zu verpflichten.«

»Allerdings, denn selbst wenn ich diesen Eid leistete, war mir doch klar, daß die Grundsätze des Frankismus nicht fortbestehen konnten, da dies auf eine bruchlose Weiterführung des alten Regimes hinausgelaufen wäre. Aber Torcuato sagte mir ohne die Fassung zu verlieren: ›Eure Majestät brauchen sich nicht beunruhigen. Lassen Sie sich auf die Prinzipien der Nationalen Bewegung verpflichten, denn wir werden sie später auf gesetzlichem Weg Stück für Stück ändern.‹ Seine Parole hieß: ›Man muß vom bestehenden Gesetz zum neuen Gesetz gehen.‹ Und genau so gingen wir vor. Schließlich begriffen auch die eingefleischten Anhänger des Franco-Regimes, daß die Verhältnisse nach Francos Tod nicht so weiterbestehen konnten wie vorher.«

»War es also so etwas wie ein kollektiver Harakiri der frankistischen *procuradores?*«

»Wenn Sie so wollen, aber bitte legen Sie mir nicht diesen Ausdruck in den Mund.«

»Aber daß der Übergang von der Diktatur zur konstitutionellen Monarchie so glatt und so friedvoll abgelaufen ist, das grenzt doch an ein Wunder, Señor.«

»Das Wunder bestand darin, daß wir uns auf das spanische Volk verlassen konnten. Die überwältigende Mehrheit des Volkes vertraute uns, bis wir Gott sei Dank unser Versprechen einlösen konnten.«

Don Juan Carlos zögert einen Augenblick, ehe er das Urteil wagt:

»Ich glaube nicht, daß es in einem anderen Land jemals einen König gegeben hat, dem man die Gelegenheit gewährt hätte, das zu vollbringen, was ich getan habe.«

»Señor, ich komme noch einmal auf den Ausdruck ›Mann der Vorsehung‹ zurück, denn was Sie vollbracht haben, hätte niemand sonst tun können.«

»Sicherlich nicht ... Aber der ›Mann der Vorsehung‹, das klingt doch ein wenig pompös. Sagen wir lieber, ich war ›the right man in the right place at the right moment‹. Und außerdem, warum sollte ich es abstreiten, bin ich ein Mann mit Fortüne. Ich habe das Talent, die Gelegenheit beim Schopf zu ergreifen, ja dem Glück ein wenig nachzuhelfen. Ich glaube fest daran, daß man sein Glück verteidigen muß, wie man mit gleicher Zähigkeit auch sein Recht verteidigt. Aber das Glück hat viele Gesichter. Ich darf mich glücklich schätzen, immer den Mann an meiner Seite gehabt zu haben, den ich in heiklen Situationen brauchte. Torcuato ist sicherlich einer dieser Männer gewesen.«

»Warum ist Adolfo Suárez gewählt worden?«

»Weil das ein junger und moderner Politiker war. Weil er vom Frankismus kam und weil er nicht verdächtigt werden konnte, einen Wandel herbeiführen zu wollen, der zu abrupt für bestimmte Bereiche unserer Gesellschaft gewesen wäre. Adolfo hatte seine Karriere innerhalb des Frankismus gemacht, wie alle Spanier, die damals öffentliche Ämter bekleideten. Er war Generalsekretär der Nationalen Bewegung gewesen, und später, auf mein Ersuchen, Generaldirektor des staatlichen Fernsehens. Er hat jahrelang das blaue Hemd der Falangisten getragen und in dieser Funktion viel für mein Ansehen als Prinz von Spanien getan. Aber ich wiederhole, er war jung, modern und ehrgeizig genug, um sich den Herausforderungen der geschichtlichen Stunde gewachsen zu zeigen. Ihm, dem Frankisten, gelang es, das Vertrauen der Antifrankisten zu erwerben, damit er den Wandel auf den Weg bringen konnte. Sein Erfolg übertraf alle Hoffnungen. Und vergessen wir nicht, daß hinter ihm und hinter uns allen das ganze spanische Volk stand, das vor allem den Frieden bewahren wollte. Ich glaube, die Menschen haben ihre ideologischen Differenzen hintangestellt und sich gesagt: ›Schauen wir erst einmal, ob die Sache zumindest eine Zeitlang möglich ist.‹«

»Wie waren Ihre ersten Kontakte mit Felipe González, Señor?«

»Sehr gut. Er war der Mann der Opposition, aber diese Opposition wollte zum Erfolg des angestrebten politischen Wandels beitragen.«

Und als ob es sich dabei um ein großes Kompliment handelte, fügte Don Juan Carlos noch hinzu:

»Er ist ein Mann meines Alters.«

»Stimmt es eigentlich, daß Sie ihn bei einem ihrer ersten Gespräche gefragt haben: ›Warum seid ihr Sozialisten eigentlich Republikaner?‹ und Felipe González Ihnen darauf eine Anekdote vom König von Schweden und seinem Ministerpräsidenten erzählt hat?«

»Olof Palme?« fragte der König.

»Nein, das muß früher gewesen sein. Während der Wahlen des Jahres 1937 oder 1938, aus denen die Sozialdemokraten als Sieger hervorgingen. Ihre Führer befürworteten eine republikanische Staatsform. Der damalige schwedische Monarch rief den Ministerpräsidenten zu sich und verdeutlichte ihm die Lage: ›Herr Ministerpräsident, wir haben zwei Möglichkeiten. Die erste: Sie machen ihr Wahlversprechen wahr; und da Sie über die absolute Mehrheit verfügen, lassen Sie es nicht bei einem politischen Wechsel bewenden, sondern Sie führen auch einen institutionellen Wandel herbei, das heißt, Sie rufen die Republik aus. Die andere Möglichkeit: Sie respektieren weiterhin die Monarchie. In beiden Fällen werde ich genauestens dem Willen des Volkes entsprechen. Aber ich möchte Ihnen einen Kompromiß vorschlagen. Lassen wir ein Jahr lang die bisherigen Institutionen unangetastet, um die schwedische Gesellschaft nicht unnötig zu verunsichern. Wenn alles gut läuft, reden wir in einem Jahr noch einmal über das gleiche Thema. Doch bevor Sie gehen, Herr Ministerpräsident, möchte ich Sie auf eines hinweisen. Die Monarchie verursacht dem schwedischen Volk weniger Kosten als eine Republik. Wenn ich Staatsoberhaupt bleibe, sparen Sie die Kosten der Präsidentschaftswahlen, die, wie Sie wissen, eine erhebliche Geldverschwendung darstellen. Auf Wiedersehen, Herr Ministerpräsident.‹ Ein Jahr verging, doch der sozialdemokratische Ministerpräsident brachte nie wieder das Thema der Republik aufs Tapet. Daran hat sich bis heute nichts geändert. Sie, Hoheit, so erzählte mir Felipe González, hätten ihm aufmerksam und mit einem Lächeln auf den Lippen zugehört. Er, González, habe geglaubt, seine Anekdote sei eine gute Antwort auf Ihre Frage gewesen. Sie hätten zwar einen amüsierten Eindruck gemacht, aber gleichwohl verstanden, daß es sich nicht um einen bloßen Scherz gehandelt, sondern daß er die anekdotische Verkleidung gewählt habe, um Ihnen zu sagen, was er im Grunde seines Herzens dachte.«

»Ja«, sagte Don Juan Carlos, »ich erinnere mich gut an diese Anekdote. Als Andalusier ist Felipe ein begnadeter Erzähler.«

»Als Felipe mit seiner Geschichte zu Ende war, sagte ich zu ihm: ›Der König hatte dich gefragt, warum ihr Sozialisten Republikaner seid, und du erzählst ihm eine Anekdote über den schwedischen König. Du hast nicht eigentlich auf seine Frage geantwortet.‹ ›Doch, doch‹, beteuerte Felipe, ›er hat sehr wohl verstanden, daß wir bis zu jenem Zeitpunkt Republikaner waren, weil die Monarchie seines Großvaters nie Kontakt mit uns aufgenommen hatte. Don Alfonso XIII. hatte sich bei Staatsbesuchen lange mit französischen Sozialisten oder Vertretern der britischen Labourpartei unterhalten, aber nie hatte er eine wirklich bedeutungsvolle Unterredung mit einem spanischen Sozialisten.‹«

»Allem Anschein nach war es tatsächlich so«, räumte Don Juan Carlos ein.

»Mit anderen Worten, Señor, die Monarchie von einst vertrat

eine Klasse, nämlich die Rechte, und diese Monarchie sah die Linke als ihren Feind an.«

»Ja, und deswegen ist mein Vater über vierzig Jahre lang nicht müde geworden zu versichern – was ihn letztlich den Thron gekostet hat –, daß er einmal der König aller Spanier werden wolle. Und ich, José Luis, bin sehr stolz darauf, den alten Traum meines Vaters zu einer Realität werden zu lassen, die niemand bestreiten kann. Gegenwärtig regiert der spanische König mit einer Regierung der Linken, den Sozialisten. Aber er hat für alle Parteien und Gruppierungen ein offenes Ohr, für die Linken und die Rechten, die Gewerkschaften, die Unternehmer, die Kommunisten ... Übrigens, zu den Kommunisten fällt mir eine Anekdote ein, die ich sehr witzig, aber auch sehr bezeichnend finde. Als der französische Präsident Valéry Giscard d'Estaing zu einem Staatsbesuch in Spanien weilte, gaben wir zu seinen Ehren ein Bankett im Schloß El Pardo, das leider zu wünschen übrigließ. Alles ging daneben. Die kalte Consommé war warm, der Fisch, der eigentlich heiß sein sollte, war kalt, das Fleisch war zu zäh, und so ging es mit allem. Mit einem Wort, das Bankett war ein Fiasko. Einer unter Hunderten von Gästen war auch Santiago Carrillo, der damalige Generalsekretär der Kommunistischen Partei Spaniens. Zwei oder drei Tage später lud uns Giscard seinerseits auf Schloß Aranjuez ein. Das Diner der Franzosen war von erlesener Pracht. Die Franzosen hatten mit einem Sonderflugzeug die Köche des »Maxim's« holen lassen und mit ihnen die besten Weine. Das Geschirr war edel, und auch an der Bedienung gab es nichts auszusetzen. Don Santiago, der auch zu diesem Diner geladen war, nahm nach dem Essen Nicolás Mondéjar beim Arm und sagte ihm: ›Es ist eine Schande, Marqués! Man speist besser an der Tafel der Franzosen als an der des Königs von Spanien! Das darf nicht noch einmal vorkommen. Die offiziellen Bankette, die Ihre Majestät geben, müssen von gleichem Rang, wenn nicht noch besser, wie diejenigen sein, zu denen uns unsere ausländischen Gäste einladen! Es geht hierbei um das Ansehen unserer Monarchie!‹ Don Santiago fand es ärgerlich, daß die Franzosen uns ausgestochen hatten. Der Generalsekretär der Kommunistischen Partei Spaniens hatte sich in seinem Stolz gekränkt gefühlt, weil ›seine‹ Monarchie den Erwartungen nicht entsprochen hatte. Don Santiago ist schon ein Original.«

Der König mußte herzlich lachen.

»Er ist ein Mann«, sagte ich, »dem wir zu großem Dank verpflichtet sind, denn wenn er uns in der Phase des Übergangs zur Demokratie Knüppel zwischen die Beine geworfen hätte ...«

»Ich war mir sicher«, unterbrach mich Don Juan Carlos, »daß er das nicht tun würde.«

»Woher schöpften Sie ihre Gewißheit, Señor?«

»Oh, das ist eine lange Geschichte ...«

Don Juan Carlos wirft einen Blick auf seine Armbanduhr:

»Ich weiß nicht, ob mir genug Zeit bleibt ...«

Ich spüre, daß er darauf brennt, mir diese »lange Geschichte« noch zu erzählen, und schweige daher erwartungsvoll.

»Nun, ich werde versuchen, sie möglichst knapp zu erzählen.«

Don Juan Carlos öffnet eine Schublade, in der er seine Zigarren verwahrt, und zündet sich behutsam eine Cohiba an, die sogleich das Zimmer mit ihrem Wohlgeruch erfüllt.

»Ich muß allerdings«, sagt mir der König, »in die Zeit zurückgehen, in der ich noch Prinz von Spanien war. Damals wagten nur wenige Leute, offen mit mir Kontakt aufzunehmen, da sie befürchten mußten, höheren Orts denunziert zu werden. Sie haben mich, wenn ich mich recht erinnere, gefragt, ob ich Kontakte zu Felipe González hatte. Ich hatte das verneint. Aber ich war mit anderen Vertretern der sozialistischen Partei zusammengekommen, so zum Beispiel mit Luis Solana, der mit dem Motorrad nach La Zarzuela kam und beim Eintritt hier den Helm nicht abnahm, um nicht erkannt zu werden. Von Solana und anderen wurde Felipe González über mein politisches Denken und meine Absichten auf dem laufenden gehalten. Mit anderen Männern, die in ihrem Herzen Demokraten waren – ich denke hier an Iñigo Cavero, Oreja, Ruiz Jiménez –, brauchte ich nicht solche Vorsichtsmaßnahmen zu treffen. Aber ... da war noch die Kommunistische Partei, über die niemand etwas Genaues wußte. In

Spanien war niemand – von den Kommunisten abgesehen, aber selbst die waren nicht über alles im Bilde – über die Kommunistische Partei informiert. Wieviele aktive Mitglieder hatte sie? Worin lag ihre wirkliche Stärke? Was würden ihre Anführer bei Francos Tod tun? Welche Haltung würden sie gegenüber der Monarchie einnehmen? Allerdings wußten wir alle, daß die Kommunistische Partei die einzige oppositionelle Kraft gewesen war, die bisweilen das Franco-Regime durch ihre Schlagkraft und ihre weitläufigen Beziehungen in Unruhe versetzt hatte. Schon als Prinz von Spanien war ich mir darüber im klaren, daß gleich nach meiner Thronbesteigung die politischen Parteien von der Regierung zugelassen werden müßten. Und bei diesem Schritt war es undenkbar, die Kommunistische Partei auszuschließen. Ich mußte also sehr rasch so viel wie möglich über die Kommunisten und ihre Pläne für die Zukunft erfahren. In Anbetracht der prekären Gesundheit des Generals schien mir diese Zukunft jeden Tag näher zu rücken. Mir war bekannt, daß mein Vater Carrillo in Paris getroffen hatte und von seiner Intelligenz sehr angetan war. Aber ich konnte von meinem Vater nicht verlangen, daß er sich nochmals mit Carrillo unterhalten solle, um ihn in meinem Namen auszufragen. Es war ein riskantes Spiel, und ich wollte das Risiko allein tragen, ohne das Ansehen des Grafen von Barcelona zu schädigen, denn die Gefahr der Indiskretion ist immer gegeben.

Mir war klar, daß eines Tages auch die Kommunistische Partei gegen alle Widerstände zugelassen werden müßte. Aber das Problem war für mich enorm. Jahre später, mittlerweile führte Adolfo Suárez die Regierung, sagte mir der französische Botschafter Jean-François Deniaud, der auch von der Notwendigkeit der Zulassung der Kommunistischen Partei überzeugt war: ›Bei den Kommunisten kommt es darauf an, ihre Größe zahlenmäßig zu erfassen. In Portugal stellte Alvaro Cunhal eine ständige Gefahr für die Regierung dar, bis zu dem Tag, an dem freie und allgemeine Wahlen stattfanden. Damals erhielt die Kommunistische Partei 14,6 Prozent der Stimmen. Nur eine Minderheit war des Glaubens, daß die Kommunistische Partei die Zukunft verkörpere, den Anbruch eines neuen Zeitalters intoniere, eine Gesellschaft des Lichts verkünde usw. Dank der Wahlen wußte man nun, daß 84,4 Prozent der Portugiesen nicht an solche Märchen glaubten. Damit verlor die Kommunistische Partei das Recht, von sich zu behaupten, sie sei das Volk, sie spreche für das Volk und stelle seine Zukunft dar. So sollte man auch in Spanien verfahren, Majestät.‹ So sprach Botschafter Deniaud zu mir und fügte dann noch hinzu: ›Ich persönlich glaube nicht, daß die spanischen Kommunisten einen großen Wahlerfolg erringen werden. Aber ich sehe alle Nachteile voraus, die ein Ausschluß ihrer Partei von den Wahlen mit sich bringen würde. Alle Beobachter und die ganze internationale Presse wären sich in dem Urteil einig, daß die Wahlen keine echten Wahlen und die Demokratie in Spanien keine echte Demokratie sei!‹«

»Eben das, Señor, hat mir unlängst Botschafter Deniaud bei einem Gespräch in Paris auch gesagt: ›Für Ihren König war die Zulassung der Kommunistischen Partei ein schweres Problem, denn Groll und Leid hatten sich nach dem Bürgerkrieg mit ihrem Namen verbunden. Wenn ich gegenüber meinen spanischen Freunden von der Notwendigkeit sprach, die PCE zuzulassen, versicherten mir alle, daß ich es wohl gutmeine, aber hierin eine törichte Ansicht vertrete. Ich sei eben kein Spanier und hätte nicht wie sie den Bürgerkrieg mitgemacht, sonst würde ich nicht so reden. Aber ich hielt dagegen, sie müßten das Risiko eingehen. Die Kommunistische Partei müsse wieder zugelassen werden. Aber selbst meine Freunde von der Linken protestierten, ich ginge zu weit. Auch sie sagten zwar, man müsse die Kommunistische Partei zulassen, das gehöre sich für sie als Linke, doch wüßten sie sehr wohl, wie verrückt eine solche Forderung sei. Die Spanier würden diese Provokation niemals hinnehmen, und die Militärs könnten versucht sein, die ganze Ordnung umzustürzen.‹«

»Wenn schon der französische Botschafter solche Vorbehalte zu hören bekam«, sagt der König leise, »können Sie sich vorstellen, was man erst mir gesagt hätte! Denn ich dachte genauso wie Jean-François Deniaud, daß man der Kommunistischen Partei nicht das Monopol für Zivilcourage und das Geheimnis der Zukunft überlassen sollte. Aber, José Luis, ich wußte damals noch nicht, wie ich die Spanier überzeugen könnte. Ich sagte mir daher, daß ich zuallererst einmal in Erfahrung bringen mußte, welche Strategie sich Carrillo und seine Partei für den Tag meiner Thronbesteigung zurecht gelegt hatten.«

Don Juan Carlos hält einen Augenblick inne. Dann fährt er fort:

»Ich weiß wirklich nicht, ob ich Ihnen das alles erzählen soll. Auch heute noch ist das ein heikles Thema. Schließlich gibt es Leute, die, wenn sie erführen, daß ich bereits als Prinz von Spanien daran dachte, eines Tages die PCE zuzulassen, sich sagen würden, daß ich sie schon damals hintergehen, ja verraten wollte.«

»Señor, die Leute, von einer Minderheit abgesehen, werden sich wie ich sagen, daß Sie vielen Menschen eine sehr präzise Sicht der politischen Verhältnisse voraushatten, denn heute würde niemand mehr zu behaupten wagen, daß Sie sich geirrt hätten, als Sie die Kommunistische Partei zugelassen und damit das Geheimnis ihrer Stärke, und das heißt, wie wir jetzt wissen, ihrer Schwäche, enthüllt haben.«

»Ja, vielleicht haben Sie recht … Aber dennoch, es bleibt ein heikles Thema!«

»Also gut«, sagt er schließlich, »ich werde das Risiko eingehen. Ich erzähle Ihnen, wie alles gekommen ist. Mein Problem war folgendes: Wie sollte ich über einen Dritten mit Carrillo Kontakt aufnehmen? Wer sollte dieser Dritte sein? Nun erinnerte ich mich, daß ich 1975 auf Einladung des Schahs von Persien an den Feierlichkeiten in Persepolis teilgenommen hatte und dort in dem eigens für Staatsoberhäupter und andere hohe Persönlichkeiten eingerichteten Viertel die Bekanntschaft des rumänischen Staatspräsidenten Ceauşescu gemacht hatte. Mit Ceauşescu, den ich für einen an Größenwahn leidenden Geistesgestörten hielt, hatte ich eine kurze Unterredung. Er teilte mir mit, er kenne Carrillo sehr gut, denn der spanische Parteichef verbringe regelmäßig seine Ferien in Rumänien. Als mir dieses Gespräch wieder in Erinnerung kam, sagte ich mir, ich könnte über Ceauşescu erfahren, was Carrillo eigentlich vorhabe. Also ließ ich einen engen Freund von mir kommen, den Sie im übrigen ebenfalls kennen, dessen Namen ich aber nicht preisgeben werde, da ich glaube, daß er es gar nicht gern sähe, wenn seine Mitwirkung in dieser Angelegenheit publik würde. Unser Freund kam zu mir und ich sagte ihm: Mein Guter, Sie werden nach Rumänien reisen. Seiner Miene konnte ich entnehmen, daß ihn dieses Reiseziel nicht gerade begeisterte. Ich erläuterte ihm, er sei der einzige, dem ich volles Vertrauen schenken könne. Die Botschaft, die ich für Ceauşescu hatte, sollte mündlich ausgerichtet werden, denn ich fürchtete, daß ein diplomatischer Fauxpas einen Skandal auslösen könnte, von dem niemand, am wenigsten aber ich selbst, verschont geblieben wäre. Unser Freund flog also zuerst nach Paris oder Zürich, so genau weiß ich es nicht mehr, und dann weiter nach Bukarest. Dort angekommen, wurde er trotz des Empfehlungsschreibens zwei Tage lang in einem Kellerloch gefangengehalten, wo er Tageslicht nur durch ein mit Gittern gesichertes schmales Fenster bekam. Da sich dieses Fenster gerade auf der Höhe des Bürgersteigs befand, sah unser Freund die Beine der Fußgänger vorbeimarschieren, die für seinen Geschmack zu oft in schweren Militärstiefeln steckten. Er mußte annehmen, in einer Kaserne eingesperrt zu sein. Der Arme machte sich große Sorgen, denn damals in jenen Ländern ... Während man ihn also in diesem Kellerloch schmoren ließ, bekam er Videos zu sehen, die die Errungenschaften des Ceauşescu-Regimes verherrlichten. Von Zeit zu Zeit empörte sich unser Freund, er sei nach Rumänien gekommen, um dem Präsidenten eine Botschaft des künftigen Königs von Spanien zu übermitteln. Doch er erntete nur Schulterzucken und den guten Rat, seine Strafe geduldig zu ertragen. Er habe zeitweise geglaubt, so gestand er mir später, daß er seine Heimat und seine Familie nie wiedersehen werde. Schließlich wurde er aber doch von Ceauşescu empfangen. Die Botschaft, die er dem rumänischen Staatspräsidenten mündlich ausrichten sollte, hatte ungefähr folgenden Inhalt: Ich bäte ihn, seinem Freund Carrillo mitzuteilen, daß Don Juan Carlos de Borbón, der künftige König von Spanien, die feste

Absicht habe, gleich nach seiner Thronbesteigung die Kommunistische Partei Spaniens sowie alle anderen politischen Parteien zur Wahl zuzulassen. Ceauşescu solle weiterhin Carrillo bitten, dem künftigen König Vertrauen zu schenken. Sollte er einverstanden sein, wäre alles bestens. Im gegenteiligen Fall, wenn also mit der Opposition der Kommunistischen Partei gerechnet werden müsse, befürchte der Prinz, daß die Verhältnisse in Spanien sehr schwierig und kompliziert werden könnten. Über vierzehn lange Tage wartete ich auf Antwort. Schließlich kam unser Freund aus Rumänien zurück und berichtete mir, er habe seine Mission erfüllt, Ceauşescu habe versprochen, sich so bald wie möglich um die Angelegenheit zu kümmern.«

»Wann war das alles, Señor?«

»Im Jahr 1975. Ein oder zwei Monate bevor ich zum zweitenmal zum Staatsoberhaupt ernannt wurde. Eines schönen Tages erhielt unser Freund die Nachricht, ein rumänischer Minister sei in Madrid angekommen und wünsche eine Unterredung mit dem Prinzen. Natürlich wußte kein Mitglied der Regierung von diesem Besuch. Sobald ich dem Minister gegenüberstand, fragte ich ihn: ›Wie haben Sie es geschafft, nach Spanien einzureisen, ohne daß die Behörden davon wußten?‹ Der Mann hat gelächelt und nur leise geantwortet: ›Wir verfügen über die nötigen Kontakte.‹ Dabei konnte es sich nur um Kontakte zu den spanischen Kommunisten handeln. Tüchtige Leute. Ceauşescus Antwort auf meine Botschaft lautete: Carrillo werde sich nicht rühren, bis ich König geworden sei. Dann sollte man sich auf eine, allerdings nicht zu lange Frist einigen, binnen der das Legalisierungsversprechen eingelöst werden müsse. Ich konnte aufatmen, endlich hatte ich nach langer Zeit Gewißheit. Wir würden also in Ruhe an die Arbeit gehen können. Ich dankte dem rumänischen Minister, der wieder so unauffällig ging, wie er gekommen war.

Dann, am 22. November 1975, wurde ich König von Spanien. Aber mit der Absicht, die PCE zuzulassen, mußte noch bis zum Rücktritt von Carlos Arías Navarro gewartet werden. Erst mit Adolfo Suárez als Regierungschef konnte dieses Vorhaben in die Tat umgesetzt werden.«

Ein Adjutant klopft an die Tür des Arbeitszimmers, tritt ein und erinnert den König, daß er in einer Viertelstunde einen bestimmten Besucher zu empfangen habe. Der König steht auf, geht um den Schreibtisch herum und verabschiedet sich mit einem Lächeln von mir.

»Es ist immer das gleiche, José Luis. Kaum hat man etwas Spannendes zu erzählen, da wird man schon wieder unterbrochen und muß die Fortsetzung auf ein andermal verschieben. Bis morgen.«

Jean-François Deniaud hatte als französischer Botschafter in Madrid an herausragender Stelle die vorbereitenden Schritte in Richtung auf den grundlegenden Wandel in Spanien beobachten können. Er erzählte mir:

»Die Kontroverse um die Zulassung der Kommunistischen Partei war ein Geschenk des Himmels für jene, die den Übergang zur Demokratie in Spanien wieder rückgängig machen wollten. Sie würden die düstere Akte von Paracuellos del Jarama – bei der auch Sie einige Verwandte verloren haben – wieder hervorholen und Santiago Carrillo des Verbrechens gegen die Menschlichkeit anklagen können. Schließlich seien es die Europäer gewesen, die die Unverjährbarkeit für Verbrechen gegen die Menschlichkeit erfunden hätten. Sollte es diesen Leuten gelingen, Carrillo vor die Schranken des Gerichts zu ziehen, würden sie zugleich auch wieder eine explosive Stimmung wie vor dem Bürgerkrieg erzeugen. Wenn die Kommunistische Partei wieder in den Untergrund zurückgedrängt sei, müsse sich die Linke, einschließlich der Christdemokraten, mit den Kommunisten solidarisieren, worauf sich die Rechte um die beinharten Nationalisten scharen und der Prozeß der demokratischen Öffnung endgültig zum Stillstand kommen würde. So lautete ihre Strategie. Diese Strategie fand auch unter einigen politischen Gurus Anhänger, die glaubten, nur ihnen käme das Recht zu, den politischen Übergang zu einem neuen Regime zu gestalten. Dieser Übergang wäre allerdings kaum mehr als eine Fortsetzung des Frankismus gewesen, von einigen unvermeidlichen Retuschen abgesehen, um den Schein echten Wandels zu erwecken. Für die Gurus war Adolfo Suárez nur ein junger frankistischer Funktionär, der ihnen hätte ergeben sein sollen. Sie erwarteten auch, daß der König – ›dieses Jüngelchen‹, sagte Arías Navarro –, sich mit einer Statistenrolle begnügen und sich symbolisch an die Spitze eines Post-Frankismus stellen werde, dessen Entwicklung, wenn überhaupt, nur sehr langsam und bedächtig vonstatten gehen könnte. Doch dann kam alles ganz anders, als es sich die Gurus vorgestellt hatten. Weder der König noch Adolfo Suárez ließen sich für fremde Zwecke einspannen. Don Juan Carlos hatte sehr genaue politische Vorstellungen. Er hatte bereits die frankistischen Cortes zu ihrer Selbstauflösung überzeugen können. Später hat man auch sein beherztes Vorgehen in der Nacht des Putschversuchs unter Terejo gelobt. Selbst Carrillo gehörte zu den Lobrednern, hatte er doch am Tag nach dieser Tragikomödie gerufen: ›Hoheit, Sie haben uns das Leben gerettet!‹ Ich meine aber, daß das tägliche Regierungsgeschäft, wenn eigentlich gar nichts passiert, viel schwerer ist, als die Herausforderungen einer Nacht zu bestehen, auch wenn es eine sehr gefährliche war. Jeden Tag aufs neue muß der Regierende wissen, welchen Kurs er steuern will. Jeden Tag muß er sich vor den Fallen hüten, die ihm gestellt werden. Und für den König bestand die gefährlichste Falle zweifellos in der Kommunistischen Partei, die unter allen Umständen in die Legalität befördert werden mußte. Schon zu einer Zeit, da seine Zukunft noch von der wechselnden Laune des Generals Franco abhing, war sich der König über eines vollkommen im klaren: genausowenig wie er ein gesellschaftliches Lager ausschließen konnte – ›Ich bin der König aller Spanier‹ –, durfte er die Partei Santiago Carrillos von der politischen Bühne verbannen. Ich sagte zu meinen Freunden auf der Rechten, sie sollten endlich die Augen öffnen. Ihr König sei schließlich nicht Kommunist, sondern handele nur logisch. Auch ich sei nicht Kommunist, und doch würde ich niemals hinnehmen, daß in meiner Heimat die Partei des Monsieur Marchais verboten würde, denn das gehöre nun einmal zu den Spielregeln der Demokratie. Ich sagte oft gegenüber dem König, die größte Klippe bei einem politischen Wechsel bestehe in der Gefahr, daß eine neue Bürgerkriegsstimmung heraufziehen könnte. Um dies zu vermeiden, müsse sehr schnell gehandelt werden. Im Verlauf eines dieser Gespräche sagte ich zu Don Juan Carlos: ›Hoheit, Sie und Adolfo Suárez, Sie sind die einzigen, die eine Lösung des Problems der Kommunistischen Partei finden können, ohne das Opfer vorgefaßter Meinungen zu werden. Sie haben beide nicht am Bürgerkrieg teilgenommen. Die Spanier müssen sich endlich mit Politikern identifizieren können, die nicht an diesem sinnlosen Bruderkrieg mitgewirkt haben. Nur Sie, Hoheit, können eine neue Seite im Buch der Geschichte Spaniens aufschlagen. Ihr Spanier müßt ein für allemal vergessen, was vergangen ist.‹

Aber die Zulassung der PCE blieb ein Problem, an dem viele schwer zu schlucken hatten. In der Armee wollte man davon zuerst überhaupt nichts wissen. Und es gab viele hochrangige Vertreter der neuen Regierung, die sich in Offizierskreisen mit der Meinung vernehmen ließen: Seid unbesorgt, mit mir wird es keine Zulassung der PCE geben. Und es gab Leute, die das Auseinanderbrechen der reformerischen Kräfte dadurch zu fördern suchten, daß sie teils mit Erfolg eine Stimmung wie vor dem Bürgerkrieg von 1936 entfachten. Dazu brauchte Spanien nur in zwei Lager geteilt werden: hier die Böcke, dort die Schafe. Der stärkste Trumpf in dieser Partie bestand darin, die Akte Paracuellos del Jarama erneut zu öffnen. Da viele Europäer sie nicht kennen werden, erzähle ich sie hier.

Im ersten Jahr des Bürgerkriegs hielt Franco eine Pressekonferenz in Burgos ab. Auf die Frage eines ausländischen Korrespondenten: ›Wann werden Sie Madrid einnehmen?‹ antwortete Franco: ›Ich habe vier Heereskolonnen, die auf die Hauptstadt marschieren, und eine fünfte ist schon in ihren Mauern.‹ Von daher stammt der Ausdruck ›fünfte Kolonne‹, der einigen von uns geläufig sein dürfte. Natürlich sorgte im Generalstab der Republikaner diese rätselhafte Bemerkung Francos für einige Unruhe. Manche unter ihnen dachten, in Madrid gebe es bewaffnete Oppositionelle, die nur darauf warteten, gleich hinter der Madrider Front loszuschlagen. Diese Front befinde sich am Manzanares und dem Universitätsgelände. Nun stand ganz in der Nähe der Cárcel Modelo (eine Musterstrafanstalt), in der fünftausend Häftlinge einsaßen, die von den Republikanern und vor allem von den Kommunisten festgenommen worden waren. Deren Verantwortlicher für Sicherheitsfragen war der Genosse Santiago Carrillo, damals dreiundzwanzig Jahre alt. Unter den fünftausend Gefangenen gab es keinen, der straffällig im Sinne des Gesetzes geworden wäre. Sie waren auf offener Straße oder nachts in ihren Wohnungen verhaftet worden, weil sie Hut und Krawatte getragen hatten, die Erkennungszeichen der Bürger überall auf der Welt. Sie galten ganz einfach als Feinde der Arbeiterklasse. Es waren Rechtsanwälte, Ingenieure, Ärzte, Diplomaten und natürlich auch Patrizier und Aristokraten.

Als Franco seinen fatalen Satz aussprach, war der erste Gedanke im Generalstab der Republikaner, daß damit die fünftausend Gefangenen des Càrcel Modelo gemeint seien. Die Nationalisten, so hieß es, würden versuchen, die Front mit Stoßtrupps zu durchbrechen, das Gefängnis zu erreichen, das sich keine achthundert Meter von den Linien der Republikaner entfernt befinde und auf einen Schlag fünftausend Mann zu befreien, die sogleich auf der Seite des Feindes kämpfen würden. Daher wurde der Beschluß gefaßt, die fünftausend Gefangenen in ein weniger exponiertes Gefängnis zu evakuieren. Es war von Valencia die Rede. Der Transport wurde in aller Eile begonnen, aber keiner der fünftausend Gefangenen erreichte jemals Valencia. Die städtischen Autobusse, mit denen die Häftlinge abtransportiert wurden, hielten vor den Toren Madrids auf einem Brachland in der Nähe der Ortschaft Paracuellos del Jarama. Dort heißt es für die Häftlinge aussteigen. Sie müssen eine Grube ausheben, dann werden sie mit Genickschüssen liquidiert. Die Grube wird zugeschüttet, und die Busse fahren leer zum Gefängnis zurück, um wenig später mit einem Kontingent neuer Opfer wiederzukommen. Diese grauenhaften Transporte hören nicht eher auf, bis viertausendfünfhundert Menschen ermordet worden sind.

Die Leute, denen daran gelegen ist, die demokratische Öffnung zu verhindern, sagten sich nicht ohne Grund, das Massaker von Paracuellos sei ein Verbrechen gegen die Menschlichkeit gewesen. Es sei daher unverjährbar. Carrillo müsse dafür vor Gericht zur Verantwortung gezogen werden. Damit würde den Spaniern in Erinnerung gerufen, daß an den Händen der Kommunisten das Blut Tausender klebe. Dies sei das beste Mittel, die Wiederzulassung der PCE zu verhindern.

Glauben Sie mir, es war eine sehr schwierige Zeit. Selbst innerhalb der Regierung waren die Ansichten geteilt. Zwar gab es Befürworter der Zulassung, aber die große Mehrheit sah in solch einem Schritt ein zu großes Risiko. ›Ja, in zehn Jahren, aber nicht jetzt‹, hieß es. Und eine alte Phrase war wieder einmal zu hören: ›Der richtige Zeitpunkt ist noch nicht gekommen.‹ Die Regierung fand schließlich einen Richter, der beauftragt wurde, seine Einschätzung der Chancen hinsichtlich eines möglichen Prozesses abzugeben, der gegen die Kommunistische Partei in der Person ihres Generalsekretärs Santiago Carrillo zu führen wäre. Die Anklage gegen Carrillo sollte auf Verbrechen gegen die Menschlichkeit lauten. Der Vater und der Bruder dieses Richters waren in Paracuellos del Jarama ermordet worden, man konnte also erwarten, daß er ein besonders strenges Urteil empfehlen würde. Dann kam sein Verdikt: Man könne weder die Kommunistische Partei noch Santiago Carrillo der Verbrechen gegen die Menschlichkeit anklagen, wenn der juristische Begriff ›Verbrechen gegen die Menschlichkeit‹ zu dem Zeitpunkt, da die inkriminierten Vorgänge stattgefunden haben, noch gar nicht existiert hat. Der Richter erinnerte außerdem daran, daß das Gesetz nicht rückwirkend angewendet werden kann. Er sprach sich daher für die Einstellung des Verfahrens aus. Er könne nicht ein Gesetz anwenden, das von den Alliierten anläßlich der Nürnberger Kriegsverbrecherprozesse formuliert worden war, also Jahre nach dem Verbrechen von Paracuellos. Dieser Richter, der wie bereits gesagt Vater und Bruder bei diesem Massaker verloren hatte, war in einer moralisch unanfechtbaren Position. Die Befürworter eines Prozesses gegen Carrillo mußten klein beigeben.

Während dieser ganzen Kontroverse reiste Don Santiago – so

pflegt ihn der König zu nennen – ein und aus, wie es ihm gefiel. Er trug lediglich eine Perücke, mit der er niemanden zu täuschen gedachte. Schließlich wurde er von Beamten einer Spezialeinheit auf der Straße verhaftet – nicht wenige Leute hatten ein Interesse daran, daß es einen Skandal gebe – und unter Wahrung aller Formen in das Gefängnis von Carabanchel gebracht. Er besaß einen falschen französischen Paß auf den Namen, man glaubt es kaum, Giscard. Als ich ihm später sagte: ›Aber Santiago, bist du von allen guten Geistern verlassen! Dieser falsche französische Paß ist eine Provokation. Das ist zusätzlicher Stoff für die antifranzösische Kampagne, wonach wir als Anstifter der Wiederzulassung der PCE dargestellt werden.‹ Worauf mir Don Santiago mit der ihm eigenen Gutmütigkeit geantwortet hat: ›Ganz und gar nicht! Ich war bloß in Clermont-Ferrand untergetaucht, und als ich mir damals diesen falschen Paß besorgt habe, war mein Gedanke: warum nicht einen Namen wählen, der dort gang und gäbe ist, das fällt weniger auf.‹ Don Santiago hatte schon immer viel Humor. Er selbst hat mir von seiner letzten Unterredung mit Stalin erzählt. Sie hatten sich schon ausgiebig beharkt, als Stalin auf einmal zu ihm sagte: ›Mit euch Spaniern kann man auch gar nichts anfangen! Ihr versteht nichts von proletarischem Internationalismus, von historischem Materialismus und von wissenschaftlichem Marxismus! Das ist übrigens nicht verwunderlich, da ihr euch auch sonst nur mit ungereimtem Zeug wie dem lieben Gott und der Jungfrau Maria abgebt!‹ Carrillo, der eine betont würdige Haltung angenommen hatte, unterbrach an dieser Stelle den Diktator: ›Genosse Generalsekretär, sagen Sie gegen den lieben Gott, was Sie wollen, aber auf die Jungfrau Maria lasse ich nichts kommen!‹

Carrillo sitzt also in Carabanchel in Haft. Er wird somit doch noch, so wird angenommen, vor Gericht gestellt, und die demokratische Öffnung ist vorerst gestoppt. Da kommt es zu einem gelinde gesagt merkwürdigen Vorfall. In der Botschaft erhalte ich den Besuch eines hohen Vertreters der PCE, der sich vertraulich an mich wendet: ›Herr Botschafter, ich möchte Sie bitten, einen Hinweis an die Leitung der Kommunistischen Partei Frankreichs weiterzugeben.‹ Ich erwiderte, ich hätte zwar keine hervorragenden Kontakte zur KPF, würde mir aber gern anhören, worum es gehe und dann mein möglichstes tun. Darauf erklärt mir der Abgesandte die Angelegenheit: ›Wie Ihnen bekannt sein dürfte, ist unser Generalsekretär, Genosse Carrillo, in Carabanchel inhaftiert. Nun haben wir erfahren, daß die Kommunistische Partei Frankreichs zu einer Solidaritätsdemonstration vor der spanischen Botschaft in der Avenue George V. in Paris aufgerufen hat. Das ist recht. Aber könnten Sie die Leitung darum bitten, nicht zuviel des Guten zu tun? Es ist nämlich so, Herr Botschafter, es genügt schon, daß sich die Franzosen in die spanische Politik mischen, und gleich gehen Hunderttausende Spanier auf die Plaza de Oriente und schreien: »Viva Franco, Viva España, Una, Grande, Libre!« Deswegen, Herr Botschafter, wäre es sehr liebenswürdig von Ihnen, wenn Sie Monsieur Marchais wissen ließen, daß gegen eine kleine Solidaritätsdemonstration nichts einzuwenden sei, aber bitte so unauffällig wie möglich.‹ Da ich doch einigermaßen verwundert über das Ersuchen des Abgesandten war, fragte ich ihn, warum er diese Botschaft nicht direkt an seine französischen Genossen übermittele. Traurig antwortete er mir: ›Weil sie uns nicht glauben werden. Ihnen werden sie glauben, denn sie respektieren Sie. Aber uns respektieren sie nicht.‹ Der gute Mann tat mir fast leid. Er wirkte so bescheiden. Ich versprach ihm also, daß seine Botschaft rechtzeitig in der Zentrale der französischen Kommunisten an der Place du Colonel Fabien ankommen werde. Tatsächlich verlief auch alles wie vereinbart. Zweihundert handverlesene Aktivisten demonstrierten vor der spanischen Botschaft in der Avenue George V. Einige Rufe nach strengen Maßnahmen, keine Ausschreitungen, keine eingeworfenen Fensterscheiben. Alles war tadellos organisiert, wie es die Kommunisten verstehen, die ja disziplinierte Leute sind. Alles verlief so, wie es der Abgesandte der spanischen Kommunisten erbeten hatte. Der Mann besuchte mich nochmals in der Botschaft, um sich für meine Intervention zu bedanken. Gegen Ende unseres Gesprächs sagte er mir:

›Herr Botschafter, es wäre auch gar nicht nötig gewesen, daß man sich in Paris unseretwegen ins Zeug gelegt hat. Unser Generalsekretär wird sehr bald wieder freikommen.‹

Ich war nicht wenig verblüfft, das zu hören, denn ich war der Überzeugung, daß nur sehr wenige Personen – und darunter war kein einziger Kommunist – von der bevorstehenden Freilassung Santiago Carrillos wußten. Ehe der Generalsekretär auf freien Fuß gesetzt werden konnte, mußte der Richter erst darlegen, daß man aus juristischen Gründen keinen Prozeß gegen die Kommunistische Partei und auch nicht gegen Santiago Carrillo anstrengen könne, da die Verbrechen, wegen denen man sie anklagen wollte, verjährt seien. Eine Freilassung des Kommunistenführers ohne zwingende juristische Begründung wäre von großen Teilen der Armee als Provokation empfunden worden. Sogar meine Freunde von der Linken hätten dies nicht verstanden. Viele unter ihnen sahen es immer noch als großen Irrtum an, die Kommunistische Partei zulassen zu wollen. ›Stellen Sie sich nur vor‹, beschworen sie mich, ›eine Zentrale der Kommunistischen Partei mitten in Madrid, womöglich mit einer roten Fahne mit Hammer und Sichel auf dem Balkon? Das könnte zu schweren Zusammenstößen mit Hunderten Toten führen!‹ Ich versuchte, sie so gut es ging zu beruhigen. Wenn Santiago Carrillo klug sei, und daran zweifelte ich nicht, werde er auf dem Balkon seiner Zentrale eine große spanische Fahne neben der Parteifahne aufhängen lassen. Er sei gewitzt genug, um dieses Spiel mitzuspielen, und sie sollten es ebenfalls tun, indem sie die Lage entdramatisierten, sonst werde die ganze Affäre noch zum Krebsgeschwür für die Demokratie.

Ehe sich der Abgesandte verabschiedete, wiederholte er nochmals:

›Ich versichere Ihnen, Herr Botschafter, es war wirklich nicht nötig, daß man sich in Paris solche Mühe gegeben hat.‹

Ich spielte so gut es ging den Ahnungslosen und fragte, woher er denn wisse, daß Carrillo aus der Haft entlassen werden solle.

›Wir haben einen sicheren Hinweis. Im übrigen gibt es auch unmißverständliche Anzeichen dafür.‹

Wenn es Indiskretionen gegeben haben sollte, hätte das ernste Folgen haben können, denn die Gegner einer Zulassung der

PCE hätten schnell etwas anderes gefunden, um die demokratische Öffnung zu stoppen. Um welche Anzeichen handelte es sich also?

›Oh, das ist ganz einfach‹, erklärte mir der Abgesandte. ›Die Wärter in Carabanchel duzen unseren Generalsekretär nicht mehr. Sie nennen ihn mittlerweile Don Santiago.‹

Wenn die Gefängniswärter in Carabanchel Carrillo schon mit ›Don‹ anredeten, wußten sie, daß er bald eine wichtige Persönlichkeit des Landes werden würde. Und in Spanien läßt man die Leute, auf die es wirklich ankommt, nicht im Gefängnis versauern.

Kurz nach dem Besuch des Abgesandten gab es noch eine dramatische Wendung: Der Richter, der das Rechtsgutachten zur Affäre Carrillo erstellen sollte, starb ganz überraschend an einem Herzanfall. Es mußte also in aller Eile ein zweiter Richter gefunden werden, der die Überzeugung des verstorbenen teilte, wonach Gesetze nicht rückwirkend angewandt werden dürfen, andernfalls würde man eine Kampagne mit verheerenden Folgen heraufbeschwören. Ein solcher Richter wurde gefunden, und die Vorbereitungen für einen Prozeß gegen die Kommunistische Partei und Carrillo wurden eingestellt.

Wenig später fanden dann die ersten wirklich freien Wahlen mit einer Verteilung der Abgeordnetensitze nach dem d'Hontschen System statt. Die Unión del Centro Democrático (UCD) unter Adolfo Suárez trug einen sicheren Sieg davon. Die Spanier haben weder die extreme Linke noch die extreme Rechte gewählt, sondern die Partei des Zentrums. Von den alten Dämonen endlich befreit, schien das Land vernünftig geworden zu sein. Die Kommunisten errangen gerade neun Prozent der Stimmen. Damit war das Ungeheuer endgültig seines mythischen Schleiers beraubt.«

»Wieviele hatten verstanden, daß der König seit langem wußte, daß Santiago Carrillo sich an die Regeln des Demokratisierungsprozesses halten würde?«

»Das dürften nach meiner Schätzung nur eine Handvoll gewesen sein.«

»Wie hat er es geschafft, die Militärs von der Notwendigkeit einer Zulassung der Kommunistischen Partei zu überzeugen?«

»Ich glaube nicht, daß er sie wirklich überzeugt hat. Die wenigen Freunde, die ich in der Armee hatte, warfen mir, dem französischen Botschafter vor, ich hätte einen negativen Einfluß auf den König, da ich ihm zur Wiederzulassung der PCE riete. Aber ich hätte den König weder negativ noch positiv beeinflußt, beteuerte ich ihnen gegenüber. Der König sei souverän. Er holt den Rat der Leute ein, die er glaubt, hören zu müssen, aber danach trifft er seine Entscheidung ganz allein. Der König hatte begriffen, daß er nicht den Thron besteigen und sogleich sagen konnte: Den und den schließe ich aus! Es oblag allein den Wählern, sich für diese oder jene Partei zu entscheiden. Das hatten die Militärs, die gewohnt sind, Befehle zu erteilen und zu gehorchen, überhaupt nicht verstanden. Bis zuletzt haben sie zu mir gesagt: Das wird böse enden, es wird Hunderte Tote geben! Die Spanier ertragen keine rote Fahne, das Blut wird in Strömen fließen! Offen die politische Existenz der Kommunisten anerkennen, hieß für die ratlosen Militärs, die Stellung dem Feind überlassen, den sie im Bürgerkrieg vernichtend geschlagen hatten. Aber Carrillo ist ein Mann, der sich auf die Erfordernisse des Tages einzustellen vermag. Unter seiner Leitung wurde alles weitgehend geräuschlos abgewickelt. Es gab keine Massendemonstrationen – woher hätten die Massen auch kommen sollen? –, keine Brandreden, keine roten Fahnen, die wie eine *capa* (das rote Tuch, das der Torero vor dem Stier schwenkt) den politischen Gegner gereizt hätten. Nur die Pasionaria glaubte immer noch, daß die Zeit bei Stalin stehengeblieben wäre. Wenn sie bei Veranstaltungen zum Mikrophon griff und mit ihrer schönen, leidenschaftlichen Stimme rief: ›Unsere Genossen in der Sowjetunion, die für uns die Zukunft sind … wir müssen mit vereinten Kräften gegen die Verderbnis des Westens kämpfen …‹, war immer jemand zugegen, der beschwichtigte und die Dinge zurechtrückte: ›Dolores, nicht hier, nicht jetzt.‹ Damals war Santiago Carrillo schon offen antisowjetisch, und die arme Pasionaria vertrat nur noch die Vergangenheit.

Das wirklich Erstaunliche war die große Zurückhaltung des ganzen spanischen Volkes. Keiner vermochte eine plausible Erklärung für diesen ungewöhnlichen Sinn für das Maß bei einem Volk zu geben, das in dem Ruf stand, impulsiv zu handeln und sich der Leidenschaft hinzugeben. Der Eindruck drängte sich auf, daß die Spanier zwar nicht recht verstanden, was um sie herum vorging, aber doch ein bestimmtes Bewußtsein davon hatten, einen bedeutenden Augenblick in ihrer Geschichte zu erleben. Erinnern Sie sich an den Ausspruch von Ortega: ›Was ist Spanien? Der aufwirbelnde Staub auf der Straße der Geschichte, nachdem ein großes Volk vorübergestoben ist.‹ Am Ende wurde die Kommunistische Partei zugelassen. Eine neue Verfassung wurde verabschiedet, und alle Parteien erhielten den Platz, der ihnen im politischen Leben Spaniens zukam.«

»Wie erklären Sie sich aber, daß die Militärs nicht einmal zu dem Zeitpunkt, als die Wiederzulassung unmittelbar bevorstand, aktiv geworden sind?«

»Zuerst einmal betrachteten sie die Sache für so ungeheuerlich, daß sie in ihrem Innersten es nie für möglich gehalten hätten, daß dies je Wirklichkeit werden würde. Dann sind die Spanier zu ihrem maßlosen Erstaunen nicht auf die Straße gegangen, um sich gegenseitig den Garaus zu machen. Und als sie feststellen konnten, daß die Kommunisten nur neun Prozent der Wählerstimmen errungen hatten, haben sie sich schließlich beruhigt.

Aber für die eingefleischten Gegner des Übergangs zur Demokratie bot sich eine zweite Gelegenheit, mit dem Säbel zu rasseln. Die Einheit Spaniens stand auf dem Spiel. Katalonien und das Baskenland riefen etwas zu laut nach ihrer Unabhängigkeit. Umfragen vor der Wahl deuteten auf eine mögliche Mehrheit der ›Volksfront‹ in Katalonien. Für die ewigen Verschwörer bot dies die erträumte Gelegenheit zu einem erneuten Aufstand. Die Einheit Spaniens war heilig. Autonomie für die Katalanen oder die Basken kam nicht in Frage. Aber die verblüfften Militärs mußten sich wieder eines Besseren belehren lassen. Keiner folgte ihnen nach. Die überwältigende Mehrheit der Spanier wollte kein Eingreifen der Armee, gleichviel ob die Militärs nun die Kommunisten von den Wahlen ausschließen oder ob sie das Problem der Unabhängigkeitsbestrebungen der Basken und Katalanen mit Gewalt lösen wollten. Niemand war von dem Gedanken einer Rettung durch die Militärs begeistert. Eine solche Lösung gehörte der Vergangenheit an.«

»Dennoch, die Gefahr, daß Spanien auseinanderbrechen könnte, wirkte ungleich bedrohlicher als die Anwesenheit Carrillos auf der nationalen politischen Bühne. Die Militärs, die bei der Kontroverse um die Kommunistische Partei nicht rasch genug reagiert hatten, schworen sich, bei einer Zuspitzung des katalanischen Problems sofort zuzuschlagen.«

»Der König verfügte über sichere Quellen in der Armee. Ich selbst wurde von meinem Nachrichtendienst, der nicht weniger verläßlich war, auf dem laufenden gehalten. Die Armee, so wurde mir hinterbracht, werde die Kasernen verlassen, wenn es in Katalonien zu einer starken Mehrheit der Linksparteien kommen sollte. Allerdings erfuhr ich auch, daß in den Kasernen hitzige Diskussionen im Gang waren. ›Wenn die Volksfront 15 Prozent der Stimmen erhält, rollen die Panzer auf die Straßen.‹ Aber bei 12 Prozent würden sie in der Kaserne bleiben. Ein möglicher Wahlsieg der ›Volksfront‹ in Katalonien war die letzte Chance der Armee, Revanche an den Kommunisten zu nehmen, von denen sie sich hereingelegt fühlte. Die Militärs sagten sich: ›Wir schlagen zwei Fliegen mit einer Klappe. Wir können behaupten, daß die Kommunisten und die Volksfront die Macht in Barcelona übernehmen und die Unabhängigkeit erklären wollen. Die Armee als Garant der Einheit Spaniens wird die Kasernen verlassen, um die Einheit zu retten.‹ Meine Informanten warnten mich, daß besonders in den Eliteeinheiten der Armee, bei den Fallschirmspringern und im Generalstab der División Acorazada Brunete, Unruhe herrschte. Alles war darauf vorbereitet, Barcelona zu erobern und endlich auf die Kommunisten zu schießen. Man stand am Rand eines neuen Bürgerkriegs.

Da kam der König auf eine wirklich geniale Idee: Er ließ aus seinem französischen Exil in Saint-Martin-le-Beau Don Josep

Tarradellas holen, ein Mann, der über eine große moralische Autorität verfügte, ein wahrhaft würdiger Mann, der während der ganzen Zeit des Franco-Regimes in Armut gelebt hatte. Er hatte sich strikt geweigert, im Exil eine katalanische Regierung zu bilden, obwohl er dazu befugt gewesen wäre, denn er war der letzte Präsident der Generalitat, der katalanischen Landesregierung.«

Ich erkläre Botschafter Deniaud, daß ich Tarradellas gut gekannt habe:

»Ich habe ihn sehr bewundert. Wenn ich nach Paris kam, besuchte ich ihn oft im Mont-Thabor, dem äußerst bescheidenen Hotel, in dem er wohnte. Beim Abschied sagte er zu mir: ›Verzeihen Sie mir, daß ich Sie nicht zum Essen einlade, aber ich habe einfach nicht die Mittel dazu.‹ Im Wohnzimmer des Hauses in Saint-Martin-le-Beau, wo er seine Gäste empfing, standen Eimer auf dem Fußboden, in die das Wasser von der undichten Decke tropfte. Und eines Tages ist Tarradellas vom Mont-Thabor ins Hotel Crillon an der Place de la Concorde umgezogen. Als ich erfuhr, daß der spanische Staat für die Unkosten des Präsidenten der Generalitat aufkam, wurde mir klar, daß ein wichtiges Ereignis in Katalonien bevorstand.«

»Ja«, fuhr Botschafter Deniaud fort, »seine langsame Heimkehr hatte begonnen. Tarradellas war kein armer Exilpolitiker mehr, sondern der Präsident der Landesregierung von Katalonien, der in Kürze wieder in sein Amt eingesetzt würde. Aber stellen Sie sich vor, von der Rückkehr des alten Mannes, der für die Katalanen zu einem lebendigen Mythos geworden war, habe ich zuerst aus dem Mund des Königs erfahren. ›Man wird ihn in Frankreich aufsuchen und ihn bitten, nach Spanien zurückzukommen. Was meinen Sie dazu, Jean-François?‹ Ich habe Don Juan Carlos geantwortet, daß ich das für einen genialen Schachzug halte. Indem er Tarradellas auf seinen alten Posten setzte, beruhigte er einerseits die Gemüter der Katalanen, und andererseits entzog er jeder möglichen Aktion der Militärs die Grundlage, denn mit Tarradellas schwand die Gefahr eines Wahlsiegs der nach Unabhängigkeit strebenden Linken.

Mit dem Flugzeug wurde der Exilpolitiker aus Paris geholt. Um zehn Uhr vormittags wurde er auf Schloß Zarzuela vom König empfangen. Die beiden Männer haben sich glänzend verstanden. Bis zu seinem Tod war Tarradellas, ›ein eingefleischter Republikaner‹, voll des Lobes für Don Juan Carlos de Borbón. Nach dem Empfang beim König hat mich Tarradellas in der Botschaft besucht. Er kam, um Frankreich, vertreten durch seinen Botschafter, für die Gastfreundschaft zu danken, die er während seines langen Exils erfahren hatte. Für ihn war das eine ganz selbstverständliche Geste der Höflichkeit, die aber von der Presse bewußt totgeschwiegen wurde aus Gründen, die nur ausgesprochen kleinlich genannt werden können.

Tarradellas war auch im Alter noch ein großer und gutaussehender Mann, der einen großartigen Humor besaß. Als er gerade in das Flugzeug stieg, das ihn nach Barcelona bringen sollte, fragte er: ›Ach bitte, mein Vorgänger in der Generalitat von Katalonien ist in den Gräben des Montjuich füsiliert worden. Welche Garantie können Sie mir eigentlich geben, daß mich nicht das gleiche Schicksal bei der Ankunft erwartet?‹ Worauf einer der Beamten aus seinem Gefolge ihm antwortete: ›Herr Präsident, Sie haben die persönliche Garantie von Don Adolfo Suárez.‹ Ganz offensichtlich bot der König selbst die unumstößliche Garantie für Tarradellas, doch man vermied peinlichst, seinen Namen zu nennen. So seltsam geht es eben in der hohen Politik zu. Tarradellas stieg also in das Flugzeug und brummte dabei: ›Eigentlich möchte ich nur eine Garantie: Ersparen Sie mir alles Lächerliche.‹

Tarradellas wurde unter dem Beifall der Menge auf dem Flughafen von Barcelona empfangen. Katalonien würde nun endlich seine eigene Regierung haben mit dem ehrenwerten Don Josep Tarradellas an der Spitze. Niemand fürchtete mehr ein Wiedererstarken einer vereinigten Linken. Tarradellas war nicht der Mann, der sich die Butter vom Brot nehmen ließ. Wieder waren alle, die sich gegen den Übergang zur Demokratie verschworen hatten, um eine Gelegenheit zu einer bewaffneten Intervention gebracht worden. Doch diesmal, das kann ich Ihnen versichern, war die Gefahr eines neuen Bürgerkrieges imminent gewesen.

Die große Mehrheit der Spanier – aber nicht die Katalanen – wurde Zeuge dieser Ereignisse, ohne sich über den Ernst der Situation im klaren zu sein. Wie üblich hatte der König gewandt und rasch gehandelt, ohne daß der Gegner Zeit zur Attacke gefunden hätte. Plötzlich war alle Gefahr wie durch ein Zauberwort gebannt. Als guter Seemann vergißt der König nie, daß es keine gute Navigation gibt, wenn man sich nicht über den Kurs im klaren ist. Aber euer König weiß immer, wohin es gehen soll und zu welchem Zweck. Seine historische Aufgabe, der er sich schmerzlich bewußt ist, sieht er darin, die Spanier vor einem weiteren Bruderkrieg, wie in der Vergangenheit mehrmals geschehen, zu bewahren. Darin besteht seine tägliche, ebenso anstrengende wie schwierige Arbeit. Wie er mit Tejero umgegangen ist, war gewiß bravourös. Eine königliche Souveränität wie aus dem Bilderbuch. Der Monarch in der Uniform des Oberbefehlshabers der Streitkräfte, der kleine, todmüde Prinz von Asturien an seiner Seite und Millionen Spanier, die an den Lippen ihres Königs hängen, wenn auch viele großes Interesse daran hatten, ihn in diesen Putschversuch verwickelt zu sehen, deren Urheber Spanien wieder in die Steinzeit zurückversetzen wollten. Ja, auch ich war beeindruckt. Aber, und ich darf das sagen, denn ich war dabeigewesen, die Nacht vor Tarradellas' Ankunft in Barcelona hatte es auch in sich … Alle stellten sich die gleiche bange Frage: Wird das gutgehen oder wird es doch knallen? Für den König stand viel auf dem Spiel, denn wenn das Manöver nicht verfing … Aber es verfing. Plötzlich war die Gefahr gebannt. Die Armee blieb in den Kasernen, weil es zu keiner dramatischen Zuspitzung kam. Denn wenn man die Panzer auf die Straße rollen läßt, muß man später auch erklären können, weshalb man das für nötig gehalten hat.«

Don Juan Carlos kann heute nur mühsam gehen, denn er muß sich wegen einer Beinverletzung, die er Ende des Winters erlitten hat, einer Therapie unterziehen. Das Ganze ist ihm offensichtlich lästig. Er nimmt vorsichtig hinter seinem Schreibtisch Platz und stellt seine Krücken beiseite.

»Wo waren wir stehengeblieben, José Luis?«

»Die Antwort auf die Botschaft, die die Rumänen an Carrillo weitergegeben hatten, war positiv ausgefallen. Er würde keine Schwierigkeiten machen.«

»Ja, ich habe lange über das nachgedacht, was ich Ihnen über die Zulassung der Kommunistischen Partei und die Militärs erzählt habe. Es liegt mir viel daran, daß Sie eines deutlich machen. Meiner ganzen Philosophie, meiner politischen Strategie vor, während und nach der Wiederzulassung der PCE lag eine Leitidee zugrunde: Ich wollte auf keinen Fall aus den Siegern des Bürgerkriegs die Besiegten der Demokratie machen. Meine ganze Politik sollte so gestaltet sein, daß die Spanier nie wieder in Sieger und Besiegte gespalten würden.«

Nach einer Weile fügt Don Juan Carlos hinzu:

»Die Sieger scheren sich selten um die Verzweiflung der Besiegten. Mit Verzweifelten vollbringt man nichts Großes. Es mußten erst viele Wunden in Spanien verheilen, ehe beide Lager davon zu überzeugen waren, daß der Dialog der beste Weg ist, Probleme zu regeln.«

Don Juan Carlos verzieht vor Schmerz das Gesicht und nimmt sein krankes Bein mit beiden Händen, um seine Sitzposition zu verändern.

»Eines Tages«, fährt er nach einer Weile fort, »kam Adolfo Suárez zu mir und sagte: ›Der Zeitpunkt ist reif für die Zulassung aller Parteien.‹ Worauf ich erwiderte: ›Adolfo, in dieser Angelegenheit habe ich ein Wörtchen mitzureden. Die Armee wird uns keine Probleme bereiten, solange es um die Sozialistische Partei geht, aber sie wird große Schwierigkeiten machen, wenn sie erfährt, daß auch die Kommunistische Partei wiederzugelassen werden soll. Ich bitte Sie daher, nichts zu unternehmen, ohne mich vorher zu konsultieren.‹«

Ich begriff, daß Don Juan Carlos die Reaktionen gewisser Militärs fürchtete.

»Ich glaube, daß viele junge Offiziere sich sagen werden, daß der Prinz von Spanien über mehr Weitblick verfügte als die meisten Politiker seiner Zeit. Und weiter, wenn es Ihnen nicht gelungen wäre, Carrillo zum Abwarten zu bewegen, dann hätte die Kommunistische Partei der demokratischen Öffnung den Garaus machen können, noch ehe sie richtig begonnen hätte.«

Don Juan Carlos bleibt eine Weile versonnen.

»Ich weiß nicht ... Vielleicht haben Sie recht ...«

Dann sagt er plötzlich mit diesem Lächeln, das einen Anflug von Melancholie zeigt:

»Gut, machen Sie das Beste daraus ... Schließlich sind Sie der Schriftsteller!«

Wieder ernst geworden, fährt der König in seiner Darlegung fort:

»Lange vor der Zulassung der PCE hatte ich Manolo Gutiérrez Mellado (General; Vizepräsident der Regierung Suárez) von den Kontakten unterrichtet, die ich dank der Rumänen mit Carrillo aufgenommen hatte. ›Manolo‹, sagte ich ihm, ›Santiago Carrillo wird sich heraushalten. Ich habe sein Wort. Wenn wir seine Partei wiederzulassen, akzeptiert er sowohl die Monarchie als auch die Fahne in den traditionellen Farben Spaniens.‹ Gutiérrez Mellado hatte erleichtert aufgeatmet. Adolfo wußte ebenfalls von meiner Absprache mit dem Generalsekretär. Ich hatte damals den Eindruck, daß Adolfo Suárez kein volles Vertrauen zu Carrillo hatte. Ich beteuerte also ihm gegenüber: ›Adolfo, ich habe sein Wort, und ich bin überzeugt, daß er es auch halten wird. Nun müssen wir aber auf die Empfindlichkeiten der Militärs Rücksicht nehmen. Wir dürfen nicht den Eindruck erwecken, als ob wir an ihnen vorbei agierten. Ich kenne die Militärs, ich bin selbst einer. Was sie gar nicht mögen, sind überraschende Wendungen, Winkelzüge und Geheimniskrämereien. Vor allem aber dulden sie keine Lügen. Am liebsten würde ich selbst mit ihnen sprechen, aber in dieser Angelegenheit müssen Sie als Regierungschef ihnen unsere Absichten offenlegen. Es wäre also gut, wenn Sie hier in Madrid die Generalkapitäne zusammentreten ließen und ihnen sagten, der Zeitpunkt sei gekommen, die politischen Parteien einschließlich der Kommunistischen Partei zuzulassen. Wenn sie darauf erst einmal empört reagieren, dann erklären Sie ihnen, daß wir von den Kommunisten nichts mehr zu fürchten haben, sobald sie vor aller Welt ihre Stärke und ihre Ziele offenlegen müssen. Die Spanier werden dann erkennen, daß die Kommunistische Partei tatsächlich nur eine Minorität darstellt, deren Ruhm wir nur fördern würden, wenn wir sie weiterhin nötigten, im Untergrund zu arbeiten.‹ Adolfo Suárez schien von meinem Vorschlag einer Zusammenkunft der Generalkapitäne nicht begeistert zu sein. Manolo Gutiérrez Mellado bot sich an, an seiner Stelle mit ihnen zu reden, aber Suárez lehnte ab. Von ihm, dem Regierungschef wurde erwartet, den Stier bei den Hörnern zu packen.«

»Aber Suárez hat die Militärs nie zu einer Zusammenkunft bewegen können.«

»Doch. Er hatte mit ihnen eine erste Begegnung, die wider Erwarten zu einem persönlichen Erfolg für ihn wurde, wenn man bedenkt, daß die Mehrheit dieser Männer der Einladung nur gefolgt war, um Fraktur zu reden.

Wie mir später von General Fernández Campo, der bei dieser Begegnung anwesend war, mitgeteilt wurde, hat ein junger Oberst, vom Charisma des jungen Suárez begeistert, sogar gerufen: ›Ein Hoch auf die Mutter, die dich geboren hat!‹ Das ist das größte Kompliment, das ein Spanier überhaupt machen kann. Suárez hatte den Militärs dargelegt, daß der Zeitpunkt gekommen sei, die politischen Parteien zuzulassen. Sowie Suárez an der Spitze der Regierung stand, wurde eine Reform des Strafrechts in Angriff genommen und das Delikt der verbotenen Vereinigung abgeschafft. Mit dem revidierten Strafgesetzbuch in der Hand traf sich Suárez mit den Generalkapitänen und legte ihnen dar, wie die von der Regierung gebilligte politische Reform aussehen sollte. Später berichtete er mir, einer der Generalkapitäne habe ihn gefragt, ob er auch die Kommunistische Partei wieder zulassen wolle. Suárez hat ihm darauf lediglich geantwortet, die Wiederzulassung der PCE sei nicht möglich, solange die Statuten der Partei so blieben, wie sie seien.«

»Schon damals stand Suárez in dem Ruf, nicht die Sympathie der Militärs zu besitzen. Fürchtete er sich vor ihnen?«

Don Juan Carlos schaut mich überrascht an.

»Furcht? Das ist wohl nicht das treffende Wort. Adolfo hat in der Nacht des Putschversuchs bewiesen, daß er mutig bis zum Einsatz seines Lebens ist. Als die Maschinengewehre auf die Parlamentarier gerichtet wurden, war er neben Carrillo der einzige, der auf seinem Platz ausgeharrt hat. Nein, ich glaube nicht, daß Adolfo sich vor den Militärs gefürchtet hat. Eher war es wohl so, daß die Militärs einer Welt angehörten, die ihm völlig fremd war.«

Enrico Berlinguer, der Generalsekretär der Kommunistischen Partei Italiens, und Georges Marchais, die Nummer Eins der französischen Kommunisten, waren am 2. März zum Gipfeltreffen der Eurokommunisten nach Madrid gekommen. Bei dieser Gelegenheit wollten sie der noch außerhalb der Legalität stehenden Kommunistischen Partei Spaniens ihres Beistands versichern, zugleich aber auch die Spanier beschwichtigen, indem sie auf das gespannte, distanzierte Verhältnis der Eurokommunisten zu Moskau hinweisen würden.

Carrillo hatte das Gefängnis von Carabanchel bereits verlassen dürfen und bewegte sich frei in Madrid. Suárez kamen Gerüchte zu Ohren, wonach der Generalsekretär allmählich ungeduldig werde. Er stehe im Wort und müsse die Kommunisten wiederzulassen. Am Karmontag traf er sich mit Gutiérrez Mellado und Alfonso Osorio, den beiden Vizepräsidenten seiner Regierung, mit Landelino Lavilla, dem Justizminister und mit Rodolfo Marin Villa, dem Innenminister. Suárez teilte ihnen mit, es müsse so rasch wie möglich eine juristische Grundlage gefunden werden, auf der die Wiederzulassung der Kommunistischen Partei gegenüber der Öffentlichkeit, vor allem aber gegenüber den Militärs, gerechtfertigt erscheine. Ein Teilnehmer schlug daraufhin vor, die Staatsanwaltschaft könne den Fall für strafrechtlich unbedenklich erklären, da das Oberste Gericht sich für inkompetent befunden habe, über die Illegalität der PCE zu urteilen. Am 9. April stellte der Generalstaatsanwalt fest, daß es keinen Anhalt für die Illegalität der Partei Carrillos gebe.

Am Karsamstag erfuhren die Spanier aus den Medien, daß die Kommunistische Partei wiederzugelassen sei.

»Wie haben die Militärs reagiert, Señor?«

»Sie haben die Nachricht denkbar schlecht aufgenommen. Keiner hat seinen Abschied genommen, aber viele fühlten sich hintergangen. Einst hatten sie die Kommunisten bekämpft und besiegt, und nun war der Gegner wieder da, und diesmal gewissermaßen als Sieger. Ich mußte mit vielen von ihnen reden und ihnen darlegen, daß nichts Spektakuläres zu befürchten sei, Carrillo werde stillhalten, weder werde es kommunistische Demonstrationen noch rote Fahnen auf den Straßen geben. Für mich waren das sehr schwere Stunden. Aber am Ende beruhigte sich die Lage, und Santiago Carrillo hielt Wort.«

»Liege ich falsch, Señor, wenn ich bisweilen den Eindruck habe, daß für Sie eine gewisse Faszination von Carrillo ausgeht?«

Don Juan Carlos schaut mich an, wie es vielleicht Franco tat, wenn ihm eine Frage gestellt wurde, auf die er nicht antworten wollte. Aber Don Juan Carlos läßt sich schließlich doch zu einer Antwort herbei.

»Sie sprechen von Faszination ... Nein, das ist nicht das treffende Wort. Ich würde vielmehr sagen, daß Männer, die zu ihrem Wort stehen, immer höher in meiner Wertschätzung steigen. In dem Fall der Wiederzulassung der PCE hat sich Carrillo in jeder Hinsicht sehr korrekt verhalten. Von allem, was ich Ihnen erzählt habe, hat Carrillo kein Sterbenswörtchen preisgegeben. Wir haben seitdem öfter Gelegenheit gehabt, uns unter vier Augen zu unterhalten. Manchmal beteuert er mir gegenüber, er sei kein Monarchist. Ich antworte ihm darauf scherzend: ›Das mag sein, Don Santiago, aber Sie sollten Ihre Partei »El Real Partido Comunista de España« („Königliche Kommunistische Partei Spaniens") nennen. Das würde niemanden verwundern.‹«

Bei den spanischen Bourbonen ist es alter Brauch, daß der König seine Untertanen duzt. Don Juan Carlos verstößt jedoch oft gegen diese Regel, wenn er sich an Personen wendet, die seine besondere Hochachtung verdienen. Im Fall von Santiago Carrillo hat der Gebrauch der Höflichkeitsform einen besonderen Grund. Carrillo selbst hat mir erzählt, man habe ihm kurz vor seiner ersten Begegnung mit Don Juan Carlos erklärt, daß der König ihn wahrscheinlich duzen werde. Santiago Carrillo, der damals noch nicht der überzeugte »Juancarlist« war, zu dem er später geworden ist, hatte irritiert geantwortet: »Soweit ich weiß, haben wir nicht zusammen Schweine gehütet. Wenn der König mich duzt, dann duze ich ihn auch.« Don Juan Carlos soll diese Bemerkung des Generalsekretärs der PCE hinterbracht worden sein, und als Carrillo dann zum erstenmal in seine Residenz kam, streckte ihm der König die Hand entgegen und sagte: »Ich bin über Ihren Besuch sehr erfreut, Don Santiago!« Später habe ich Carrillo gefragt, ob er wirklich den König geduzt hätte, wenn dieser es dem bourbonischen Brauch gemäß getan hätte. »Nein, ich glaube nicht«, hatte er geantwortet, »denn obgleich Don Juan Carlos sehr viel jünger als ich ist, beeindruckt mich dieser Mann doch sehr.«

In sehr konservativen Kreisen der spanischen Gesellschaft hat man für die offen gezeigte Hochachtung des Königs für den früheren Generalsekretär der PCE immer noch kein Verständnis.

»Wußten Sie, Señor, daß eine spanische Herzogin, die allerdings nicht wegen ihrer Geistesgaben bekannt war, sich dazu verstiegen hat, Jean-François Deniaud zu fragen, ob er den König für einen Kommunisten halte?«

Don Juan Carlos kann darüber nicht einmal lächeln. Er stellt nur leise fest:

»Auf jeden Fall sind wir Spanier Don Santiago zu großem Dank verpflichtet.«

Dann aber neckt er mich:

»Ich glaube, Ihnen wird vorgeworfen, ein Freund Carrillos zu sein?«

»Ja, und zwar von den gleichen Leuten, die nicht verstehen können, daß der König von Spanien einem Kommunisten dankbar dafür sein kann, daß er seine Politik der demokratischen Öffnung nicht behindert hat.«

»Haben Sie ihn wirklich gut gekannt?«

Ich erzähle Don Juan Carlos, daß ich Santiago Carrillo näher kennengelernt habe, als ich in dem Jahr vor dem Tod des Generals Franco in Paris Sprecher der Junta Democrática gewesen bin. Wenn damals in der französischen Presse von der Junta die Rede war, hieß es stets die »unter kommunistischem Einfluß stehende« Junta, was völlig falsch war. Mir fiel die Aufgabe zu, die verantwortlichen Chefredakteure der verschiedenen Zeitungen aufzusuchen und ihnen zu erklären, daß die Junta durchaus nicht der Kommunistischen Partei hörig war und daß Santiago Carrillo nicht über mehr Autorität innerhalb der Junta verfügte, als jedes andere Mitglied, zu denen auch Leute vom Opus Dei gehörten wie der Professor Calvo Serer oder überzeugte Liberale wie José Vidal Beneyto, der Besitzer von Orangenplantagen in der Gegend von Valencia. Das einzige Mitglied der Junta, dem ich kein ideologisches Etikett aufkleben kann, war Antonio García Trevijano – der »Koordinator« der verschiedenen politischen Richtungen innerhalb der Junta –, ein ehemaliger Rechtsanwalt aus der Provinz und Befürworter eines radikalen Schnitts mit dem Franco-Regime. Er wollte mit allen brechen, die in irgendeiner Form Beziehungen zur frankistischen Regierung und Verwaltung unterhalten hatten. Ein solcher Standpunkt war gelinde gesagt utopisch. Der schnurrbärtige Antonio Garcia Trevijano, ein hagerer Mann mit geradezu maurisch dunkler Gesichtsfarbe, spielte die Rolle eines unerbittlichen Saint-Just. Im Gegensatz zu García Trevijano befürwortete Carrillo eine Verständigung mit allen Kräften, auch solchen, die Verantwortung unter dem Franco-Regime getragen hatten, sofern sie im positiven Sinne mit der Monarchie zusammenarbeiten konnten.

Schon bei meiner ersten Begegnung mit Carrillo nahm mich sein gesunder Menschenverstand für ihn ein – »meine Jahre im französischen Exil haben meinen natürlichen Cartesianismus noch verstärkt«, pflegte er gern zu sagen – sowie sein ausgeprägter Humor, der bei Kommunisten nicht gerade üblich ist. Zwei oder drei Tage nach unserer ersten Begegnung schlug mir Carrillo vor, gemeinsam essen zu gehen. Ich wollte zuerst nicht einwilligen, denn zwischen Carrillo und mir stand das Massaker von Paracuellos del Jarama, bei dem mehrere Verwandte aus der Familie meiner Mutter den Tod gefunden hatten. Doch am Ende war meine Neugier stärker als meine Bedenken, ich ging mit ihm in ein kleines Restaurant am Boulevard Saint-Germain-des-Prés zum Essen. Gleich nachdem wir uns gegenübersaßen, schenkte ich ihm reinen Wein ein. Ich erzählte Carrillo, als mein Vater von einem Fronturlaub aus Valencia zu mir nach San Sebastián gekommen sei, habe er mir gesagt: »Sei sehr einfühlsam mit deiner Mutter, denn sie hat gerade erfahren, daß mehrere ihrer Cousins aus Madrid in Paracuellos del Jarama erschossen worden sind.« Ich machte also Santiago klar, daß zwischen ihm und mir dieses Hindernis stehe, und ich nicht wisse, wie ich mich darüber hinwegsetzen solle. Ja, ich wisse nicht einmal, ob ich es überhaupt tun sollte. In der einen Hand das Weinglas schaute mich Carrillo lange schweigend an. Dann fragte er mich: »Weißt du, wie alt ich war, als das Massaker von Paracuellos stattfand?« Nein, das wußte ich nicht. Damals sei er drei oder vier Jahre älter als ich gewesen, also kaum neunzehn Jahre. »Glaubst du, José Luis, daß man mir in diesem Alter die Verantwortung für die Erschießung Hunderter Gefangener übertragen hätte, die womöglich für uns von ungeheurer Wichtigkeit hätten sein können?« Was konnte ich darauf erwidern? »Wenn du willst, kann ich dir auf zwei oder drei Seiten die wahre Geschichte von Paracuellos del Jarama schildern, bei der die Anarchisten eine weit größere Rolle gespielt haben als ich.« Er hielt Wort. Achtundvierzig Stunden später legte er ein paar maschinengeschriebene Blätter auf meinen Schreibtisch. Was ich darin lesen konnte, überzeugte mich von der möglichen Unschuld Carrillos im Zusammenhang mit dem Massaker von Paracuellos. »Aber bitte«, fragte ich ihn, »wenn sich die Dinge wirklich so abgespielt haben, wie du es sagst, warum gehst du damit nicht an die Öffentlichkeit, gibst einen Artikel an die Presse oder schreibst ein Buch?« »Ganz einfach«, antwortete er mir mit jenem schwer zu beschreibenden Lächeln, das seinen Worten bisweilen einen bitteren Geschmack verleiht, »wenn dir in unserem Land jemand eine solche Geschichte anhängt, dann wirst du sie dein Lebtag nicht mehr los. Es wäre zwecklos, meine Unschuld zu beteuern. Wir Spanier haben schon immer die Schuldigen den Unschuldigen vorgezogen. Du wirst bis zu deinem Tod der ›rote Marqués‹ bleiben, und ich bin für immer der ›Mörder von Paracuellos del Jarama.‹«

Don Juan Carlos enthält sich jeden Kommentars, aber sein Schweigen ist beredter als alle Worte. Ich berichte ihm darauf, daß gegen Ende des Franco-Regimes Personen aus dem Umkreis des Generals es für geraten hielten, mit dem »Mörder von Paracuellos« Kontakt aufzunehmen, um in Erfahrung zu bringen, wie sich die Kommunistische Partei bei einem möglichen Wechsel des Regimes verhalten würde.

»Oh, davon hat mir Don Santiago nie erzählt«, sagte Don Juan Carlos überrascht.

»Sie waren nicht der einzige, Señor, der sich Fragen über die Haltung der Kommunistischen Partei bei einem unvermeidlichen Wandel in Spanien gestellt hat. Auch die Frankisten waren, wenn auch aus ganz anderen Gründen, sehr in Sorge.

Eines Morgens sagte mir Carrillo, eine Person aus der Umgebung des Generals habe ihm vorgeschlagen, mit ihm im ›Vert Galant‹ ganz in der Nähe des Justizpalastes essen zu gehen. Die in Rede stehende Person hatte nicht ihren Namen preisgeben wollen. ›Die Sache interessiert mich lebhaft‹, bekundete Carrillo. ›Es ist immer gut zu erfahren, was den Gegner beunruhigt. Aber ich muß unbedingt wissen, mit wem ich da an einem Tisch sitze. Ich schlage dir daher vor, ebenfalls in den »Vert Galant« zu kommen und dir einen Tisch nicht zu weit von meinem zu suchen. Ein paar Minuten nach der Ankunft der geheimnisvollen Person werde ich mich zu den Toiletten begeben, wo du mich triffst und mir sagst, ob du mein Gegenüber erkannt hast.‹ Wir machten es wie geplant. Ich nahm mit einer Freundin an einem Tisch Platz, von dem aus ich Carrillo und seinen Besucher beobachten konnte. Nach einer Weile sah ich einen recht großen Mann ins Restaurant kommen, der eine traurige Miene und einen schlaksigen Eindruck machte. Ich erkannte ihn sofort. Es war der Sohn von Nicolás Franco, dem Bruder des Generals.«

»Nicolás Franco Pascual del Pobil?« fragte der König.

»Genau der, Señor. Als ich Carrillo im Toilettenraum traf, sagte ich ihm: ›Santiago, du speist mit dem Neffen des Generals Franco.‹ ›Mit dem Sohn des Botschafters in Portugal?‹ Carrillo kehrte hocherfreut an seinen Tisch zurück. Allerdings war das Essen mit dem Neffen des Generals nur kurz. Kaum war Nicolas Franco Pascual del Pobil gegangen, da wechselte ich den Tisch und trank meinen Kaffee mit Carrillo zu Ende. ›Was wollte der Mann eigentlich wissen?‹ fragte ich ihn. ›Oh, das gleiche wie alle anderen auch. Ob ich mich wie ein Berserker aufführen oder brav sein werde, wenn sein Onkel sterben sollte.‹ Und was habe er geantwortet? ›Nicht viel. Ich habe lediglich ein bißchen psychologische Kriegsführung betrieben. Der »Bote« ist nur ein wenig beunruhigter gegangen, als er gekommen ist.‹ Und mehr hat mir Santiago Carrillo über diese unnatürliche Begegnung nicht enthüllt.«

Trotz der Wertschätzung, die ihm der König öffentlich bekundete, brauchte der Generalsekretär der PCE lange, ehe er von der spanischen Gesellschaft angenommen, vielleicht müßte man besser sagen »toleriert«, wurde. »Als ich zum erstenmal zu einem Empfang ins Schloß ging«, erzählte er mir eines Tages, »wurde ich bei meiner Ankunft von einem Oberst in Gala-Uniform empfangen, der mich keines Wortes würdigte. Als ich zur Begrüßung auf den König und die Königin zuging, hörte ich neben mir Stimmen, die mich mit dem Ausruf ›Mörder, Mörder!‹ bedachten.« Heute wird der ehemalige Generalsekretär, der nun als Publizist arbeitet, vielleicht wegen seiner politischen Niederlagen als Mythos betrachtet, der in die Geschichte eingegangen ist. Er bewegt sich in Madrid ohne jeden Geleitschutz und erhält – vor allem von Bürgerlichen, die endlich begriffen haben, wieviel sie ihm verdanken – zahlreiche Beweise für die Hochachtung und Freundschaft, der er sich erfreut.

»Bei der ganzen Frage um die Wiederzulassung der PCE«, sagte Don Juan Carlos, »scheint mir eines bedeutsam, daß es uns nämlich gelungen ist, den Wandel ohne Blutvergießen zu bewältigen. Niemand wird abstreiten, daß so etwas in Spanien äußerst selten ist. Ich wollte einen Wandel ohne revanchistische Gesinnung, ohne persönliche Rachegelüste, ohne politische Abrechnungen. Alles sollte behutsam, zivilisiert und ohne ein letztes

Don Juan Carlos I. in seinem Arbeitszimmer.

Ankunft des Prinzen in Spanien auf dem Bahnhof von Villaverde am 9. November 1948. Von links nach rechts: JoséAguinaga, Julio Danvila, Juan Antonio Macaya, Pater Ventura Gutiérrez, Juan Caro.

Nach der Ankunft in Villaverde: Fahrt zum Cerro de los Angeles, dem Symbol des Sieges der Truppen Francos über die »rote Barbarei«.

Begehrtes Objekt der Fotografen: privat…

…und bei offiziellen Anlässen.

Mit den Kameraden seiner Fußballmannschaft. Neben ihnen Don Heliodoro Ruis Arías.

»Ich bin überzeugt, daß der Sport für die Entwicklung jedes Menschen von großer Bedeutung ist. Er gibt uns das Gefühl, absolut frei zu sein.«

Mit Don Heliodoro Ruiz Arías.

»Ich bin im Exil geboren. Ich kannte mein Land noch nicht und konnte nicht vermissen, wonach sich alle Exilierten sehnen: Farben, vertraute Stimmen, Speisen und Getränke, die man nur zu Hause bekommt und sonst nirgends.«

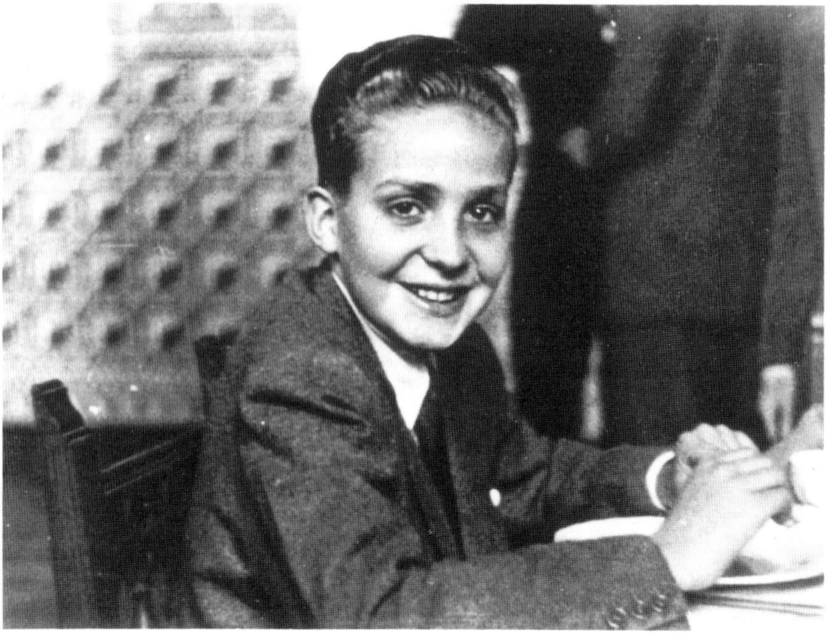

Ein Jugendporträt.

Ausgelassenes Herumtollen in der Freizeit.

Schon früh beginnt er mit dem Reitsport.

Links: Der junge Prinz auf der Jagd.

Unten: Zusammen mit dem Marqués von Manzanedo und Franco (rechts).

Don Juan Carlos in seiner Klasse.

Während der Vorbereitungszeit auf die Aufnahme in die Militärakademie.

»Mein Vater hatte darauf bestanden, daß ich wie jeder andere auf der Militärakademie behandelt werden sollte.«

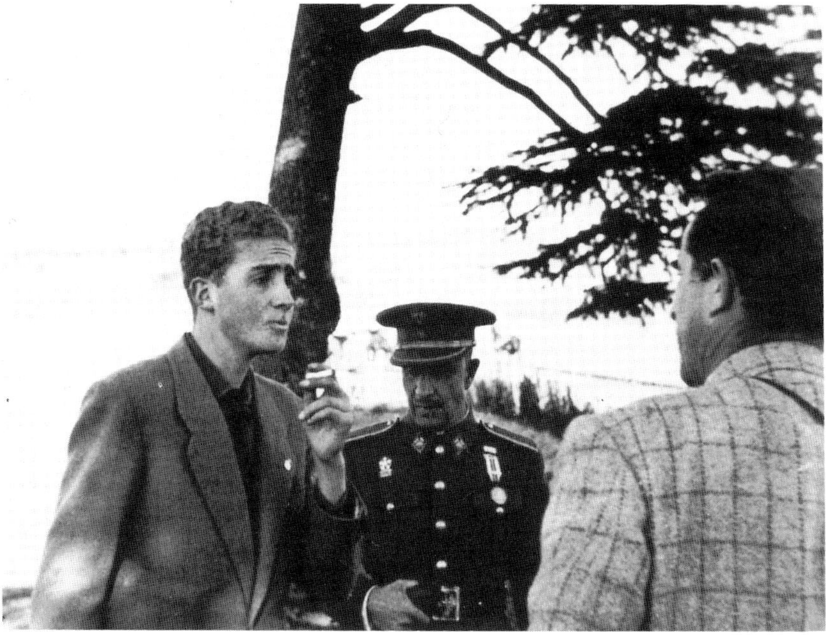

»Ich habe immer wieder versucht, den ewigen Verdächtigungen entgegenzuwirken, denen die Armee von seiten der Politiker ausgesetzt ist.«

Mit Pater Aguilar.

Beim Polospiel.

Mit Franco beim Verlassen einer von ihm selbst geleiteten Kabinettsitzung. Rechts der damalige Regierungschef Carlos Arías Navarro.

»Adolfo Suárez war jung, modern und ehrgeizig genug, um sich den Herausforderungen unserer Zeit gewachsen zu zeigen.«

Im Gespräch mit Rodriguez de Valcárcel und Admiral Carrero Blanco während der Madrider Siegesparade 1973.

Während der ersten Rede als König von Spanien.

Bei der Unterzeichnung der Ernennung zu Francos Nachfolger.

Königin Sofia.

Als begeisterter Motorradfahrer.

Auf der königlichen Privatjacht.

Aufbäumen der Kräfte der Vergangenheit vonstatten gehen. Und die Spanier haben wohl verstanden, daß wir nicht bloß das Regime gewechselt haben. Es war sehr viel mehr: Wir sind von einer längst vergangenen Epoche in eine neue Ära aufgebrochen mit all den Unwägbarkeiten, Gefahren und Hoffnungen, die damit verbunden sind. Damit dieser Aufbruch gelingen konnte, brauchte es neue, junge Männer, Männer mit einer Sicht der Welt, wie sie die Älteren nicht zu haben wagten. Im Frankismus wurde die Macht, und zwar die absolute Macht, von einem Greis ausgeübt. Und ich, der neu an die Macht Gekommene, hatte ein beinahe physisches Bedürfnis, mich mit Männern zu umgeben, die ebenso jung waren wie ich.«

»Männer wie Suárez und Felipe González?«

»Ja genau. In jener schwierigen Zeit hatte ich das Glück, daß die überwiegende Mehrheit der Spanier die Notwendigkeit dieser Entwicklung einsah. Freilich, es gab auch Ausnahmen. Jene Menschen, die jeden Wechsel fürchten, die ihren althergebrachten Vorstellungen treubleiben.«

»Das ist keine Treue, Señor, sondern Verkalkung.«

»Ja, aber das ist Ihre Ansicht.«

»Glauben Sie, Señor, daß Torcuato Fernández Miranda, der schon kein junger Mann mehr war, die Kommunistische Partei mit Leichtigkeit zugelassen hätte?«

»Die Vorstellung an sich hätte ihm zuwider sein können, aber ich bin sicher, wenn er Regierungschef gewesen wäre, hätte er trotz seines Alters und seines Hangs zum Konservatismus die Kommunistische Partei doch wiederzugelassen. Intelligente Menschen bleiben geistig immer jung, und Torcuato war ein außerordentlich intelligenter Mensch.«

»Sobald Sie Gelegenheit dazu hatten, haben Sie sich mit jungen Männern umgeben, aber Sie haben einen großen Teil Ihres Lebens unter Männer fortgeschrittenen Alters verbracht. Männer, die von sich behaupten können, über Erfahrung zu verfügen.«

»Erfahrung ist nur das Resultat einer Reihe von Irrtümern. Eines solchen Schatzes werde ich mich gewiß nicht rühmen.«

»Wären Sie, Señor, auch mit einem Mann wie José Maria de Areilza (J. M. Areilza, Graf von Motrico, Minister und Botschafter in Frankreich und den USA) ausgekommen, wenn er statt Suárez an der Spitze der Regierung gestanden hätte?«

»Ich habe mich immer gut mit Areilza verstanden. Trotz seines Alters ist er ein führender Kopf.«

»Und er schreibt sehr gut.«

»Ja, in der Tat.«

»Dennoch haben Sie Suárez den Vorzug vor Areilza gegeben.«

Don Juan Carlos fixiert mich mit seinem berühmten »festen Blick in die Augen«, der mir als Antwort genügen soll. Ich erkläre ihm daher:

»Noch am Abend des Tages, an dem Suárez zum Chef der neuen Regierung ernannt worden ist, hatte sich Areilza die besten Chancen für eine Wahl ausgerechnet.«

»Ach ja?« sagt Don Juan Carlos. Unbedarftheit steht dem König nicht. Aber er spielt sie gut.

»Areilza«, setze ich hinzu, »war sehr enttäuscht, um nicht zu sagen verärgert, über Suárez' Nominierung.«

»Ja, das ist schade, denn der Graf von Motrico ist ein Mann von großen Talenten.«

Don Juan Carlos wird nie zugeben, daß er an der Spitze der neuen Regierung keinen alten Gefolgsmann des Grafen von Barcelona sehen wollte, einen Mann, der zum privaten Beratergremium seiner Majestät Don Juan III. gehört hatte. In einem shakespeareschen Drama wäre Areilza sozusagen der Part des »schlechten Gewissens« des jungen Königs zugefallen, der sich anstelle des alten Königs auf den Thron gesetzt hatte.

»Señor, hat Ihnen eigentlich Ceauşescu die Rechnung für seine Bemühungen präsentiert?«

»Sie stellen mir oft Fragen, auf die ich nicht antworten sollte. Aber da das alles schon so lange her ist ... Ich habe Ihnen wohl bereits gesagt, daß ich vom Schicksal verwöhnt werde ... Ja, mir war es ziemlich peinlich zu wissen, daß ich eines Tages Ceauşescu zu empfangen haben würde, um ihm meinen Dank abzustatten. Aber wieder einmal hatte ich Glück. Zweimal kündigte Ceauşescu seinen Besuch an, und jedesmal hinderten ihn Katastrophenfälle – ich glaube, es waren Erdbeben in Rumänien –, diese Reise anzutreten. Schließlich kam er 1979 oder 1980 nach Madrid, so genau erinnere ich mich nicht mehr, aber es war mittlerweile zuviel Zeit verstrichen, niemand konnte eine Verbindung zwischen dem Besuch des rumänischen Staatspräsidenten und der Wiederzulassung der PCE sehen. Abgesehen natürlich von Carrillo selbst. Die meisten sahen in Ceauşescus Besuch in Madrid nur eine Geste der Höflichkeit, wie sie viele andere auch getan hatten.«

Das Telefon klingelt auf dem Schreibtisch des Königs. Ich stehe wieder auf und entferne mich, damit er ungestört sprechen kann. Wieder stehe ich vor dem Dalí, der in diesem nüchternen und doch feierlichen Zimmer für einen grellen Kontrast sorgt. Ich schätze weder den Maler noch den Menschen Dalí. Der Mann ist sein Leben lang das Wunderkind geblieben, das nicht erwachsen werden wollte. Und was den Maler betrifft, so war ich mit Marie Laure de Noailles einig, die über ihn sagte: »Die Tragödie Dalís besteht darin, daß er eine Hagia Sophia bauen wollte, aber Sacré-Cœur von Montmartre dabei herausgekommen ist.« Aber ich werde mich hüten, meine Meinung vor dem König zu äußern, der seine Bewunderung für Dalí dadurch bekundete, daß er ihn zum Marqués von Púbol machte, dem Namen jenes düsteren Anwesens, wo der Maler auch verstarb.

Als ich wieder meinen Platz gegenüber von Don Juan Carlos einnehme, sage ich zu ihm:

»In dem sehr interessanten Buch *Los últimos Días de un presidente* (»Die letzten Tage eines Präsidenten«) von José Oneto, dem Herausgeber des »Tiempo«, behauptet Suárez in dem von ihm selbst geschriebenen Epilog, er habe die Kommunistische Partei ›im Alleingang‹ wiederzulassen müssen.«

»Ja, das stimmt.«

»Aber Hoheit, Sie waren doch, noch als Prinz von Spanien, derjenige, der eine Strategie konzipiert hat, die eines Tages die Wiederzulassung der PCE ermöglichen sollte.«

»Ja, gewiß, aber es war Adolfo Suárez, der im entscheidenden Augenblick die Sache in die Hand genommen hat.«

»Aber ... hätte Suárez ohne die Vorarbeit, die Sie über die Rumänen geleistet haben ...«

Don Juan Carlos unterbricht mich:

»Worauf wollen Sie eigentlich hinaus?«

»Auf folgendes, Señor: Adolfo Suárez hat zwar die PCE wieder zugelassen – meiner Meinung nach nicht so, wie es eigentlich hätte geschehen sollen –, aber es war die Krone, die ihm den Weg geebnet hatte, damit er ›im Alleingang‹ handeln konnte.«

Don Juan Carlos schüttelt lächelnd den Kopf:

»Es war wohl in Paris«, sagte er mir, »daß Ihre Mutter mit meinem Vater eine Diskussion über die Frage der Rückkehr zur Monarchie hatte. Ihre Mutter fand, daß man sich damit zuviel Zeit lasse. Nach einer Weile soll mein Vater, der bereits alle seine guten Gründe vorgebracht hatte, zu ihr gesagt haben: ›Aber Carmen, bedenke doch, auch ich bin Royalist!‹«

»Warum erzählen Sie mir das, Señor?«

»Nun, weil auch Sie bisweilen royalistischer als der König sind.«

Wenn dieser Mann lacht, bricht seine Jugendlichkeit fast schon unverschämt hervor.

»Wissen Sie, Señor, als ich Adolfo noch nicht persönlich kannte, habe ich ihn oft – bisweilen zu Unrecht – in meinen Zeitungsartikeln angegriffen. Eines Tages stellte man uns in der Praxis unseres gemeinsamen Zahnarztes, des Doktor Redondo, einander vor. Und wie viele andere vor mir erlag auch ich dem berühmten Charme des Präsidenten Suárez. Ich glaube aber, daß sich hinter dieser aufgesetzten und bisweilen übertriebenen Herzlichkeit ein Minderwertigkeitsgefühl verbarg, das er durch theatralische Gesten zu kompensieren versuchte. So entstand ein falsches, maskenhaftes Bild von ihm. Sein Mut ist nicht zu bestreiten, denn er hat ihn während der Nacht des Putschversuchs vom 23. Februar bewiesen. Aber ganz offensichtlich fühlt er ein Unbehagen gegenüber Personen, die mit mehr Macht ausgestattet sind als er. Und er tut sich schwer mit sehr gebildeten Menschen wie etwa mit Präsident Tarradellas, den er bei ihrer ersten Begegnung in Madrid geradezu aggressiv behandelte. Aber der alte Herr zeigte sich souverän im Umgang mit ihm. Auf die Frage der Journalisten, wie denn das Gespräch verlaufen sei, antwortete Tarradellas: ›Ausgezeichnet. Herr Präsident Suárez und ich, wir haben uns glänzend verstanden.‹ Monate später speiste ich im Palais San Jordì in Barcelona mit Tarradellas, der nun wieder Präsident der Landesregierung von Katalonien geworden war. Beim Blick zurück auf die heftige Begegnung in Madrid sagte er mir: ›Suárez glaubte, er tue mir einen Gefallen, wenn er mich im Moncloa-Palast empfing. Aber da irrte er sich. Vielmehr war ich es, der ihm behilflich war, indem ich die Militärs beschwichtigte, die zu allem bereit waren, wenn sich Katalonien erheben würde. Mit mir an der Spitze der Landesregierung konnten sie sicher sein, daß Katalonien sich nicht regen würde, zumindest nicht so, wie sie es befürchteten. Aber davon einmal abgesehen, die einzige Person, deren Wort für mich zählte, war Seine Majestät der König. Und deshalb, verstehen Sie, habe ich die Stimmungen des Adolfo Suárez für das nehmen können, was sie waren ...‹«

»Tarradellas stand bis zu seinem Tod mit unbedingter Loyalität zu mir«, sagt Don Juan Carlos. »Er hat mir mehrmals versichert: ›Ich werde die Monarchie Eurer Majestät vorbehaltlos verteidigen.‹ Nur wäre es mir lieber gewesen, wenn er von der ›Monarchie‹ schlechthin gesprochen hätte, denn der Unterschied ist erheblich.«

»Eben dieser kleine Unterschied gestattet es vielen ›eingefleischten Republikanern‹ sich heute mit der Monarchie zu identifizieren.«

»Ja, ich weiß. Dennoch ... Hatten Sie viel Umgang mit Tarradellas in Barcelona?«

»Manchmal ging ich ihn zusammen mit Antonio de Senillosa (Schriftsteller und Politiker) besuchen. Antonio und ich, wir hatten beide den Eindruck, daß sich Tarradellas in seinem heimatlichen Katalonien beengt fühlte. ›Wahrscheinlich hätte sich de Gaulle ähnlich gefühlt, wenn man ihn mit der Regierung Korsikas abgespeist hätte‹, sagte Senillosa, der eine große Zuneigung zu dem alten Herrn hatte. Und wirklich hatte Tarradellas die politische Statur eines de Gaulle. Er hatte das Zeug und den Ehrgeiz dazu.«

»Was ich an ihm besonders schätzte«, sagt der König, »war der Abstand, den er zu Problemen gewann, deren Lösung noch nicht abzusehen ist. Nur wenige Politiker vermögen heute auf Abstand zu Ereignissen zu gehen, die nur aus gehöriger Distanz richtig zu beurteilen sind.«

In einer Ecke des Arbeitszimmers schlägt eine Uhr.

»Worüber wollen wir uns morgen unterhalten?« fragt mich Don Juan Carlos, als er aufsteht, um mir die Hand zu geben.

»Über ihre militärische Ausbildung, wenn es Ihnen recht ist, Señor.«

Zu diesem Thema hat der König immer etwas Neues zu erzählen.

Über der Sierra geht ein dichter Regen nieder, und heftige Windböen zwingen die Hirsche und Wildschweine, unter den Ästen der Korkeichen Schutz zu suchen. Der Adjutant erwartet mich oben auf der Treppe – er ist der Sohn des Herzogs von Infantado. Er teilt mir mit, daß Seine Majestät heute fünf Minuten später kommen wird. Ich werde in einen kleinen Salon geführt. Doch ich habe kaum Zeit, mich umzusehen – auf einer Konsole steht ein Schiffsmodell, das ich gerne näher in Augenschein nehmen würde –, denn schon kommt der Adjutant zurück und holt mich. »Ich sagte fünf Minuten, José Luis. Ich habe mich geirrt. Ich hätte vier sagen sollen.«

Ich betrete das Arbeitszimmer des Königs. Kaum erblickt er mich, entschuldigt er sich für die vierminütige Verspätung.

»Ich hatte einen Besucher, den ich einfach nicht loswerden konnte. Obwohl ich mich sonst gut darauf verstehe, weiß Gott«, erklärt er mir lächelnd.

Wie gewöhnlich nehme ich gegenüber dem König Platz. Er trägt heute einen hellgrauen Anzug, dazu eine Krawatte, die so gewagt ist, daß ich sie mir länger anschaue. Ich werde morgen bei Hermès vorbeigehen. Vielleicht finde ich die gleiche, obwohl ich annehme, daß die Krawatten des Königs Einzelstücke sind.

»Ich glaube, Sie wollten heute mit mir über meine militärische Ausbildung sprechen. Allerdings habe ich den Eindruck, daß wir das bereits getan haben.«

»Das stimmt, Señor, aber da ist ein Aspekt, auf den ich gerne noch einmal zurückkommen würde. Es geht um Ihre Zeit auf den verschiedenen Akademien.«

»Was meinen Sie?«

»Señor, Sie sind der Sohn des Grafen von Barcelona, und für uns Monarchisten war Ihr Vater damals der einzige legitime Erbe der spanischen Krone. Haben Sie über diese Frage oft mit Ihren Kameraden gesprochen?«

»Sehr selten. Manchmal vielleicht, mit sehr engen Freunden. Wissen Sie, ich wollte einfach ein Kadett wie jeder andere sein. Das war mir wichtig. Ich wollte in der Menge untertauchen, wie man so sagt. Das erspart einem viele Schwierigkeiten. Jeder wußte, wer ich war, aber man tat so, als habe man es vergessen – nicht immer mit Erfolg. Für meine besten Freunde war ich Juan oder Juanito, für andere Borbón, und für die übrigen SAR. Wert gelegt habe ich auf dieses Kürzel allerdings nicht.«

»Und Ihre Ausbilder, Señor?«

»Die sprachen mich mit Hoheit an.«

»Zu der Zeit, Señor, als Sie die Akademien besuchten, war gegen Ihren Vater eine massive Diffamierungskampagne im Gang, wie wir heute sagen würden. Mit der Person des Grafen von Barcelona wollte man die Bourbonen insgesamt in Mißkredit bringen, aber ihm speziell warf man vor, er sei ein Freimaurer und Schürzenjäger und habe, die schlimmste Beleidigung, in der britischen Marine gedient. Die Verleumdungskampagne machte nicht einmal vor Alfonso XIII. halt. Dabei hatte er viel für die militärische Karriere Francos getan. Franco hatte es dem Wohlwollen Ihres Großvaters zu verdanken, daß er bald der jüngste General in Europa wurde. Indem man Ihren Vater und Ihren Großvater diffamierte, wollte man die Dynastie der Bourbonen insgesamt treffen. Man warf ihnen vor, sie hätten Spanien an den Rand des Abgrunds geführt. Dies alles können Sie nicht ignoriert haben, Señor.«

»Aber ich habe es nicht ignoriert! Ganz im Gegenteil. Ich habe mich mehrmals mit Kameraden geschlagen, die in meinem Beisein Ansichten über meinen Vater äußerten, die mir nicht gefielen. Wir trafen uns nachts in der Reithalle der Akademie und regelten unsere Meinungsverschiedenheiten mit den Fäusten. Ich bin von solchen Treffen mehrmals mit einem blauen Auge zurückgekommen. Gott sei Dank kam das nicht oft vor. Meine Kameraden wußten, daß ich mich in einer sehr schwierigen Situation befand, und vermieden es, in meiner Gegenwart dieses Thema anzuschneiden. Und was Franco anging, so habe ich Ihnen ja bereits gesagt, daß ich mich bei ihm darüber beschwerte, wie die Zeitungen meinen Vater beleidigten. Aber er zuckte nur mit den Schultern und sagte, er könne da unmöglich eingreifen, die Presse könne frei ihre Meinung äußern. Das war ein starkes Stück. Ich konnte nur darüber lachen.«

»Aber woher rührte dieser Haß Francos auf den Grafen von Barcelona?«

Don Juan Carlos betrachtet lange den Wappenring, den er am kleinen Finger trägt.

»Ich glaube«, sagt er schließlich, »in Francos Augen war mein Vater der einzige Mensch, der die Legitimität seiner Herrschaft in Frage stellen konnte. Und dann glaube ich, daß Franco am Ende vielleicht selbst geglaubt hat, was sein Propaganda-Apparat über meinen Vater verbreitete. Er muß in ihm tatsächlich einen gefährlichen Liberalen gesehen haben, der sein Lebenswerk zu zerstören drohte, einen gefährlichen Liberalen, der zu den ›Roten‹ tendierte. Als meine Vater sagte: ›Ich will der König aller Spanier sein‹, verstand Franco wahrscheinlich: ›Ich will der König der Sieger und der Besiegten sein.‹«

»Aber stimmte das denn nicht?«

»Ja, natürlich, aber für Franco war das ein unerträglicher Gedanke. Andererseits wußte der General, daß dieser ›gefährliche Liberale‹ 1936 an der spanischen Grenze erschienen war, um gegen die ›Roten‹ zu kämpfen und als Freiwilliger in einer Einheit zu dienen, die ihm Franco bezeichnen sollte. Bei dieser Gelegenheit schrieb Franco meinem Vater einen sehr schönen

Brief, in dem er ihm für seine Geste dankte und mitteilte, daß sein Leben für die Zukunft Spaniens zu wertvoll sei, als daß es an der Front in Gefahr gebracht werden dürfe. Was machte das Leben meines Vaters so wertvoll, außer daß er die Krone erben sollte? Aber so war der General nun einmal, José Luis. Ein Pragmatiker, der sein Handeln an den Erfordernissen des Augenblicks ausrichtete. Manchmal war das kaum zu ertragen. Aber wissen Sie, irgendwann habe ich mir gesagt, daß ich noch so manches würde ertragen müssen, um an mein Ziel zu gelangen. Aber die Mühe lohnte sich, denn es stand viel auf dem Spiel.«

»Und was stand für Sie auf dem Spiel? Die Monarchie?«

»Natürlich, was sonst?«

»Señor, glauben Sie wirklich, daß Franco Monarchist war?«

»Ich zweifele nicht im geringsten daran. Als Franco 1947 das berühmte Referendum durchführte und haushoch mit 98 Prozent der Stimmen gewann, hätte er alles mögliche tun können.«

»Was denn zum Beispiel, Señor?«

»Wie kann ich das wissen? Ich stelle nicht gern Mutmaßungen an. Auf jeden Fall hätte er Dinge tun können, die er nicht getan hat. Auf der anderen Seite betonte er immer wieder, daß Spanien eine Monarchie sei und eines Tages wieder einen König bekommen werde. Wissen Sie, José Luis, der General hatte eine sehr einfache Philosophie. Er vertraute darauf, daß sich im Lauf der Zeit vieles von selbst regelt. Und er hatte recht. Niemand kann bestreiten, daß die Zeit viele Probleme löst, für die es im Augenblick keine Lösung zu geben scheint. Franco glaubte an die Richtigkeit von Volksweisheiten und Sprichwörtern. In bezug auf Gibraltar – ein Problem, das ihn offensichtlich nicht über die Maßen beschäftigt hat – habe ich ihn einmal sagen hören: ›Damit ist es wie bei einer Frucht. Sie wird fallen, wenn sie reif ist.‹«

»Eine grundsätzliche Frage, Señor: Wer, glauben Sie, hat Sie mehr beeinflußt, General Franco oder Ihr Vater?«

Don Juan Carlos scheint über die Frage schockiert.

»Mein Vater, selbstverständlich! Ich habe niemals an der Aufrichtigkeit meines Vaters gezweifelt, wenn er mir zu diesem oder jenem geraten hat. Mit Franco war das etwas ganz anderes. Den Rat meines Vaters habe ich immer gern befolgt, aber ich hatte häufig keine Lust, den Weg einzuschlagen, den mir der General vorgab. Im übrigen wünschte ich, ich hätte es nicht gekonnt.«

»Ich höre die Leute oft sagen: ›Der König hat das getan, was sein Vater gern getan hätte.‹ Ich persönlich habe den Eindruck, daß Sie manchmal über das hinausgegangen sind, was Ihr Vater beabsichtigt hat.«

»Niemand kann wissen«, antwortet Don Juan Carlos ziemlich schroff, »was der Graf von Barcelona getan hätte, wenn er den Thron bestiegen hätte.«

Wir verharren lange in Schweigen. Dann fährt Don Juan Carlos mit einem zweifelnden Ton in der Stimme fort:

»Ich weiß nicht, aber wir sollten den Einfluß nicht überbewerten, den unsere Umgebung oder unsere Angehörigen auf uns ausüben können. Soviel ist sicher: Wenn mein Vater nicht mit solcher Leidenschaft von Spanien erzählt hätte, als ich noch ein Kind war, dann würde ich heute nicht dieselbe Liebe für mein Land empfinden. Wenn ich denke, wenn ich handele, wenn ich manchmal so rede, wie es mein Vater getan hätte, dann nicht deshalb, weil ich beeinflußt wurde, sondern weil ich in jungen Jahren ein Vorbild hatte, das ich bewundere und liebe. Meinen Vater. Von Franco habe ich vor allem gelernt, was man nicht mehr tun durfte. Wohlgemerkt, ich sage nicht ›nicht tun durfte‹, sondern ›nicht mehr tun durfte‹. Im übrigen sagte er selbst zu mir: ›Bitten Sie mich nie um einen Rat, den Sie nicht befolgen können.‹ Kurz und gut, was heißt das schon, jemanden beeinflussen?«

»›Jemanden beeinflussen heißt, ihm seine Seele geben‹, sagte Wilde.«

»Dann wurde ich durch meinen Vater beeinflußt und niemanden sonst.«

Und nach kurzem Zögern fügt Don Juan Carlos hinzu:

»Bis zu dem Moment, als ich, umgekehrt, meinen Vater beeinflußt habe.«

»Wie das, Señor?«

»Wissen Sie, wenn man zu lange im Exil lebt – wir haben bereits darüber gesprochen –, macht man sich schließlich ein völlig falsches Bild von dem Paradies, aus dem man vertrieben wurde. Mein Vater war von Männern umgeben, die in ihrer Mehrzahl schon seit dem Ende des Bürgerkriegs im Exil lebten. Das Spanien, von dem sie sprachen, existierte nur noch in Büchern. Wenn sie an Monarchie dachten, dann meinten sie die unter Don Alfonso XIII., denn an die erinnerten sie sich noch. Sie bauten die Zukunft Spaniens auf alte Träume. Ramón Padilla, einer der Männer, die meinen Vater ins Exil begleitet hatten, sagte eines Tages zu mir: ›Wenn ich mit Seiner Majestät über Spanien spreche, frage ich mich hinterher immer, ob dieses Spanien noch existiert.‹ Häufig, wenn ich auf Urlaub nach Estoril fuhr – ich spreche von der Zeit, als ich die Militärakademie Saragossa besuchte – und wenn wir über dieses oder jenes Problem sprachen, sagte mein Vater gereizt: ›Ehrlich, du redest mit mir wie Franco!‹ Was konnte ich anderes tun? Ich lebte nun einmal im Spanien Francos. Wenn Franco mit mir über Spanien sprach, dann sprach er über ein Spanien, das ich kannte und das mein Vater nur ungern zur Kenntnis nahm. Mein Vater träumte nur von Spanien. Ich lebte dort. Aber nach und nach begann er, mir zuzuhören und mir zu vertrauen. Ich glaube, ich habe ihm in gewisser Weise die Augen für die Realität geöffnet. Aber ich glaube nicht, daß sie ihm sehr gefallen hat.«

»Ältere Menschen geben nur ungern zu, daß die Jüngeren recht haben könnten.«

»Das mag daran liegen, daß die Jüngeren nicht unter den negativen Folgen der Sehnsucht leiden. Sie leben in der Wirklichkeit wie ein Fisch im Wasser. Doch die anderen, die glauben, daß früher alles besser war, können die Wirklichkeit nur sehr schwer ertragen.«

»Sehen Sie, Señor, als ich nach der Generalamnestie 1975 nach Spanien zurückkehrte – und wie Sie wissen, war ich über dreißig Jahre lang ein ›Roter‹ und ebenso gefährlich oder sogar noch gefährlicher als Ihr Vater –, war ich voller Illusionen, wie ein alter afrikanischer Elefant, der Tausende von Kilometern zurücklegt, um die Seinen wiederzusehen, bevor er stirbt. Aber das Spanien, das ich vorfand, hatte nichts mehr mit dem Land zu tun, das ich verlassen hatte und von dem ich viele Jahre lang geträumt hatte. Selbst das Aussehen der Spanier hatte sich verändert. Zu meiner Zeit waren sie klein gewesen, behaart und ziemlich häßlich. Die neuen Spanier erinnerten mich eher an Nordländer.«

»Sie hatten gelernt, gut zu essen. Das war der Grund.«

Ich mache eine Pause, damit Don Juan Carlos sich in Ruhe eine Cohiba anstecken kann. Mir bietet er keine mehr an, weil ich immer ablehne

»Señor … wann in Ihrem Leben haben Sie die drückende Last der Einsamkeit empfunden?«

Der König betrachtet mich mit diesem berühmten, ein wenig entrückten und melancholischen Blick, über den er mich nicht gerne sprechen hört, wie ich weiß.

»Man ist immer ziemlich allein, wenn die Dinge schlecht stehen. Und für den, der die Spitze der Pyramide einnimmt, stehen die Dinge bedauerlicherweise fast nie zum besten.«

»De Gaulle hat in *Le fil de l'épée* (›Die Schneide des Schwertes‹) geschrieben: ›Es gibt keine Macht ohne Ansehen und kein Ansehen ohne Distanz.‹ Señor, glauben Sie, daß das stimmt?«

»Ja. Selbst wenn man nur im Schatten der Macht lebt – wie es bei mir der Fall war, als Franco noch lebte –, benehmen sich die Leute einem gegenüber ziemlich unnatürlich, um nicht zu sagen gekünstelt. Wenn ich ehrlich sein soll, war ich eigentlich immer ziemlich einsam, José Luis. Aber am bedrückendsten empfand ich die Einsamkeit, als ich zum Prinzen von Spanien ernannt wurde und Franco mich dazu auserkor, als König seine Nachfolge anzutreten. Damals wußte jeder, daß ich König werden sollte, aber niemand war sich dessen ganz sicher. Franco konnte seine Meinung ja ändern und einen anderen an meiner Stelle ernennen. Also empfahl es sich, ›freundlich‹ zu mir zu sein, aber nicht zu freundlich. Ich war allein, aber gleichzeitig sehr umschwärmt. Mein Vater hat erfahren, was es heißt, jahrelang einsam zu sein. Mit Ausnahme einiger Freunde, die immer zu ihm hielten, überlegten es sich die Leute zweimal, bevor sie ihn in Estoril besuchten. Lange Zeit war es nicht nur ungeschickt, sondern eine politische Sünde, sich mit dem Grafen von Barcelona sehen zu lassen. So etwas konnte jemanden die Stellung kosten oder die Erlaubnis, sein Traumauto zu importieren. Und selbst denen, die ihn besuchten, war nicht zu trauen, denn viele von ihnen eilten, kaum zurück in Madrid, in den Pardo und erstatteten Bericht: Der Graf hat dies gesagt, der Graf hat jenes gesagt usw. Meistens legte man ihm Worte in den Mund, die er nicht einmal gedacht hätte. Aber wenn er wirklich einmal etwas Wichtiges sagte, dann schwieg man aus Angst, es könnte der Eindruck entstehen, man sei derselben Meinung. Mein Vater hat sich niemals mit seiner Einsamkeit abgefunden, auch wenn sie kein Ende zu nehmen schien. Ich habe viel aus dem Leid meines Vaters gelernt. Ich wußte nicht, was eines Tages noch über mich hereinbrechen würde. Aber ich wollte mich von diesem Gedanken nicht unterkriegen lassen und habe mich gewissermaßen gegen die Angst davor gewappnet. Ich habe sehr schnell begriffen, daß Schweigen ein sicheres Mittel war. Als Prinz empfing ich Leute, die offen für Franco waren und mich, den Bourbonen, ablehnten. Dennoch besuchten sie mich, für alle Fälle. Andere prahlten damit, daß sie gegen Franco seien, und leiteten daraus das Recht ab, von mir ins Vertrauen gezogen zu werden. Ich konnte weder den einen noch den anderen trauen. Da ich folglich nur sehr selten etwas sagte, glaubten viele Leute, ich hätte nichts zu sagen. Das Gegenteil war der Fall. Ich hatte sehr viel zu sagen, aber ich zog es vor zu schweigen, denn der kleinste Satz, das kleinste Wort konnte zu meinem Nachteil ausgelegt werden. Manchmal mußte ich sogar auf meine Mimik achtgeben. Er hat gelächelt, also ist er dafür. Er hat nicht gelächelt, also ist er dagegen.«

»Es muß sehr anstrengend gewesen sein, sich den ganzen Tag so in acht zu nehmen.«

»Sehr anstrengend, José Luis, und eine große nervliche Belastung.«

»Sie müssen oft das Verlangen gehabt haben, hinauszustürmen und die Tür hinter sich zuzuschlagen.«

»Das wäre der einfachere Weg gewesen. Aber damit hätte ich meinen Feinden nur einen Gefallen getan. Andere können es sich leisten, einfach zu gehen, wenn die Lage kompliziert wird. Ein König, hat mir mein Vater immer gesagt, darf niemals abdanken. Dazu hat er nicht das Recht. Ich war zwar noch nicht König, aber es lief auf dasselbe hinaus.«

»Wenn Sie erlauben, Señor, werde ich Ihnen eine Passage aus einem Artikel von Jacques Renard vorlesen, der am 12. Dezember 1991 im ›Express‹ erschienen ist.«

»Ich bitte darum.«

Ich ziehe den fraglichen Artikel aus meinem Aktenkoffer und lese:

»... Juan Carlos soll Santiago Carrillo anvertraut haben, daß er ›zwanzig Jahre lang den Dummen gespielt hat, was nicht einfach ist‹, und zwar ›mit Erfolg, denn alle haben es geglaubt‹.«

»Ich erinnere mich nicht, ob ich das wörtlich so gesagt habe, aber wenn es Carrillo so erzählt, wird es vermutlich stimmen«, sagt der König mit ausdrucksloser Stimme.

»Im selben Artikel heißt es weiter unten: »Auch François Mitterrand ist ihm auf den Leim gegangen. Er schrieb am 12. Oktober 1975 in *L'Abeille et l'architecte* (›Die Biene und der Architekt‹): ›Ich persönlich habe nie an Juan Carlos geglaubt, diesen König aus dritter Hand. Ich bedauere ihn fast, wenn ich an die Flutwelle denke, in der er ertrinken wird. Francos Nachfolge antreten! Was nützt das, wenn man in den Abgrund springt?‹« Der König hört lächelnd zu.

»Soll ich fortfahren, Señor?«

Der König nickt, und ich lese weiter: »Es wird erzählt, daß der französische Präsident einige Jahre später bei einem Staatsbesuch in Spanien auf Schloß Zarzuela vor einigen Fotografien von Franco stehen blieb, auf denen im Hintergrund der künftige König zu sehen war. Juan Carlos soll mit einem Lächeln gesagt haben: ›Wie dumm man aussieht, wenn man wartet ... davon können Sie ein Lied singen, Herr Präsident.‹ Entspricht diese Anekdote der Wahrheit, Señor?«

Don Juan Carlos zuckt enttäuscht mit den Schultern.

»Wissen Sie, selbst erfundene Anekdoten werden mitunter wahr, wenn sie oft genug wiederholt werden.«

Ich habe den Verdacht, daß den König immer dann das Gedächtnis im Stich läßt, wenn das Gespräch auf den französischen Präsidenten kommt.

»Die Geschichte von Carrillo«, murmelt er, »könnte unter Umständen wahr sein ... obwohl das Wort *idiota* im Spanischen unmißverständliche Assoziationen weckt. Ich weiß nicht, ob ich dieses Wort benutzen würde.«

»Die Anekdote wurde auf französisch erzählt, Señor, und im Französischen kann es durchaus ein Zeichen von Intelligenz sein, wenn man ›den Dummen spielt‹.«

»Nun gut, José Luis, das trifft ja genau auf mich zu«, ruft Don Juan Carlos und lacht kurz und schallend.

Der Adjutant, der mich an diesem Nachmittag zum König führt – ein Marineoffizier mit strahlend blauen Augen –, raunt mir zu: »Seine Majestät hat heute morgen ein paar Schritte ohne Krücken gemacht. Er ist bester Laune.« Ich freue mich darüber, denn die Stimmung des Königs hat großen Einfluß auf den Fortgang meiner Arbeit. Wenn er sich wohl fühlt, ist er redselig und geht ins Detail. Wenn ihn etwas bedrückt, leidet seine Gesprächigkeit darunter.

Don Juan Carlos empfängt mich in seinem Arbeitszimmer mit einem freundlichen Lächeln. Auf seiner hellblauen Krawatte tummeln sich winzige Möwen. Seine Krücken liegen nicht mehr auf dem Boden neben seinem Sessel. Sie lehnen an einem Stuhl, einige Meter entfernt. Ganz offensichtlich unternimmt der König Gehversuche, wenn er in diesem Raum, in dem er einen Großteil seiner Zeit verbringt, allein ist.

»Worüber wollen Sie heute sprechen?«

Sein Ton ist offen und zutraulich. Der Offizier mit den hellblauen Augen hat sich nicht getäuscht. Der König ist glänzender Laune.

»Neulich sprachen wir über Ihre Zeit an den verschiedenen Militärakademien, Señor. Dabei haben Sie eine Bemerkung gemacht, die mich sehr überrascht hat.«

»Welche meinen Sie?«

»Sie haben zu mir gesagt: ›Glauben Sie, ich hätte ohne zuverlässige Freunde in der Armee so handeln können, wie ich es in der Nacht getan habe, als Tejero und Milans ihren Putschversuch unternahmen?‹«

»Ja, ich erinnere mich. Und das überrascht Sie?«

»Nein, Señor. Aber es ist die Antwort auf eine Frage, die ich Ihnen noch stellen wollte und die sich nun erübrigt.«

»Welche Frage?«

»Ich wollte Sie fragen, ob eine so strenge militärische Ausbildung, wie Sie sie erhalten haben, wirklich notwendig ist, um als König an der Spitze des Staates zu stehen.«

»Ich glaube, daß die Ereignisse vom 23. Februar 1981 die beste Antwort sind, die ich Ihnen geben kann. Die Militärs haben mir gehorcht, und zwar nicht nur, weil ich einer der Ihren war, sondern auch und vor allem, weil ich der Oberbefehlshaber der Streitkräfte war. Welche Macht hätte ich sonst über diese Männer gehabt, von denen viele glaubten, daß es mit Spanien bergab ging, und die bereit waren, an der Schraube der Gewalt zu drehen, obwohl sie damit in die Falle tappten, die ihnen die Terroristen von der ETA gestellt hatten? Wer hätte mich ernst genommen, wenn ich nicht in der Lage gewesen wäre, meine Generalkapitäns-Uniform anzuziehen und so vor die Fernsehkameras zu treten?«

Seit der Nacht des 23. Februar 1981 war Don Juan Carlos für Millionen von Spaniern nicht mehr nur der Mann, der »als König« Francos Nachfolge angetreten hatte, sondern ein vollwertiger König von Spanien. Die Spanier entdeckten in dieser dramatischen Nacht an Don Juan Carlos die drei besonderen Tugenden des spanischen Bourbonen: Er besaß gesunden Menschenverstand, Erinnerungsvermögen und Mut. Einen besonnenen Mut, in dem sich Kühnheit und Geduld verbanden. Und die Gewißheit, das Richtige zu tun.

»Es ärgert mich immer sehr«, sagt Don Juan Carlos, »wenn man den Putschversuch von Milans und Tejero als ›Operettenverschwörung‹ bezeichnet. Er war nur eine Operettenverschwörung, weil er gescheitert ist. Aber ich frage Sie, José Luis: Was wäre geschehen, wenn diese Leute mit ihrem Putsch Erfolg gehabt hätten? Wir beide würden heute nicht hier sitzen und darüber reden.«

»Wenige Tage nach dem gescheiterten Putsch veröffentlichte eine Illustrierte – ich glaube, es war der ›Tiempo‹ – eine Liste mit mehreren Hundert Personen, darunter Politiker, Journalisten, Schauspieler, Schriftsteller und sogar einige Militärs, die die Rebellen um Milans und Tejero in den ersten 48 Stunden nach ihrem Sieg erschießen wollten. Mein Name stand weit oben.«

»Wo waren Sie am Abend des Putsches?« fragt mich Don Juan Carlos.

»Hier in Madrid, Señor. Bei mir zu Hause, am Paseo de la Castellana. Ich erfuhr aus dem Radio, was in den Cortes vorgefallen war. Etwas später kam meine Frau vom Friseur zurück. Sie erzählte mir, daß ihr auf den Straßen zahlreiche Lastwagen der Guardia Civil entgegengekommen waren.«

»Haben Sie nicht daran gedacht, irgendwo hinzufahren?«

»Nein, Señor. Fragen Sie mich nicht warum, aber ich habe keine Minute an den Erfolg dieser Erhebung geglaubt. Wie viele Millionen Spanier habe ich darauf gewartet, daß Eure Majestät im Rundfunk oder im Fernsehen sprechen würden. Apropos Radio, Señor ... Wissen Sie, was mir wirklich das Blut in den Adern erstarren ließ? Daß stundenlang ununterbrochen Marschmusik aus dem Jahr 1936 lief. Die Hymne der Legion usw. Ich hatte das Gefühl, in Spanien werde die Uhr um vierzig Jahre zurückgedreht. Ich weiß noch, wie ich meinen Freund Enrique Meneses anrief, einen Journalisten, der mit Bürgerkriegen und Stammesfehden aller Art große Erfahrung hat.«

Bei dem Wort ›Stammesfehden‹ lächelt Don Juan Carlos, der mir aufmerksam zuhört.

»Ich fragte Enrique, wie er die Lage einschätzte, und er antwortete gelassen: ›Es wird nichts passieren. Sie haben vergessen, die Campsa (eine Erdölraffinerie) zu besetzen. Und ohne Benzin gewinnt man keinen Krieg.‹«

Der König lächelt schwach und sagt mit veränderter Stimme:

»Der Staatsstreich von Milans und Tejero hat viele Leute überrascht.«

Er hat recht. In Spanien ist es immer falsch, wenn man dem Säbelgerassel keine Aufmerksamkeit schenkt. Es war falsch, die Operation Galaxia nicht ernst zu nehmen und so zu tun, als sei sie nur ein lächerliches Komplott alter Waffenbrüder, die als ewig Unzufriedene bekannt waren. Die Operation Galaxia, so benannt nach dem »Café Galaxia«, in dem sich die Verschwörer trafen, war von Antonio Tejero, Oberstleutnant der Guardia Civil, und Hauptmann Saenz de Ynestrillas, der später in seinem Wagen von einem ETA-Kommando ermordet wurde, ausgeheckt worden. Ihr Ziel war, mit zwei Hundertschaften den Palacio de la Moncloa, den Sitz des Regierungschefs, zu stürmen und Adolfo Suárez sowie die Mitglieder seiner Regierung bei einer Kabinettssitzung in ihre Gewalt zu bringen. Die gesamte Regierung zu verhaften und gefangenzunehmen war der Leitgedanke, die fixe Idee Tejeros. Die Operation Galaxia sollte während eines Staatsbesuchs des Königs in Mexiko über die Bühne gehen. Tejero und seine Komplizen rechneten damit, daß der König nach seiner Rückkehr die Operation billigen würde. Aber Tejero wollte Suárez und seine Minister nicht nur gefangennehmen, sondern auch erniedrigen. Als er später mit seinen Zivilgardisten in die Cortes eindrang, demütigte er ganz Spanien, indem er die Mitglieder der Regierung und die versammelten Abgeordneten zwang, sich unter ihren Sitzen auf den Boden zu legen. Ja, es war falsch, die Operation Galaxia nicht ernst zu nehmen, denn schließlich war sie die Generalprobe für den Putsch vom 23. Februar.

»Was waren Ihrer Meinung nach die Gründe, Señor, die das Militär dazu bewogen ...«

»Einige Militärs«, korrigiert mich der König.

»... die einige Militärs dazu bewogen, etwas zu laut mit den Säbeln zu rasseln?«

»Die Gründe?« sagt Don Juan Carlos leise.

Diese Männer, die in einer ganz eigenen Welt lebten, sozusagen abgeschottet von der übrigen Welt, hatten viele Gründe ... Die Mordanschläge der ETA, die beinahe täglich passierten, die Unabhängigkeitsbestrebungen im Baskenland und die leiseren, marginalen in Katalonien. Für die Militärs stand die Einheit Spaniens nicht zur Diskussion.

»Ich will Sie daran erinnern«, sagt Don Juan Carlos, »daß Franco auf dem Sterbebett meine Hand ergriff und zu mir sagte: ›Das einzige, worum ich Sie bitte, Hoheit: Erhalten Sie die Einheit Spaniens.‹«

»Inwieweit identifizieren Sie sich mit den Militärs, Señor?«

Einen Moment lang ist Don Juan Carlos verwirrt, doch er faßt sich schnell wieder.

»Soweit sich jemand wie ich, der sie kennt und liebt, mit ihnen identifizieren kann. Ich weiß, wie sie denken und wie sie reagieren, wenn man sie in die Enge treibt. Jahre sind vergangen, und fast alle Kameraden meines Jahrgangs sind heute hohe Offiziere, Generäle. Viele stehen nun an der Spitze der Pyramide. Und wie ich sind sie nicht mehr die Jüngsten. Um mich auf dem laufenden zu halten, was die jungen Offiziere heute denken, rufe ich oft die Kameraden meines Sohnes, des Prinzen von Asturien, an.«

»Unterscheiden sich diese jungen Offiziere in ihrer Mentalität sehr von den älteren?«

»Ja, sehr. Sie sind aufgeschlossener und verfolgen mit größerem Interesse die Veränderungen in der Welt. Sie stellen die Demokratie nicht mehr in Frage, geschweige denn die Monarchie. In meiner Eigenschaft als Oberbefehlshaber der Streitkräfte und König tue ich alles, damit die Menschen verstehen und akzeptieren, daß auch die Soldaten ein Teil des Volkes sind. Zusammen mit dem Generalstab versuche ich, die Ghettoisierung der Soldaten zu beenden und ihnen die Möglichkeit zu geben, ein normales Leben wie jeder andere zu führen, anstatt in Vierteln zu wohnen, die nur für Angehörige des Militärs reserviert sind. Mao sagte einmal, daß die Soldaten im Volk leben müßten wie Fische im Wasser. Er hatte recht. Die Spanier müssen aufhören, die Militärs wie Wesen von einem anderen Stern zu betrachten. Seltsamerweise, und das mag paradox erscheinen, hat uns der Terrorismus in gewisser Weise geholfen, denn er hat uns gezwungen, die Soldaten verstreuter unterzubringen, damit sie den Bombenlegern kein allzu leichtes Ziel mehr bieten. Ja, José Luis, die Militärs haben sich in den letzten Jahren sehr verändert. Gegenüber früher interessieren sie sich viel mehr für Geschichte, für Geopolitik, für Fremdsprachen ...«

»Sie haben also häufigen Kontakt zu jungen Offizieren, Señor?«

»Nicht so häufig, wie es mir lieb wäre. Aber jedesmal, wenn ich eine Brigade in Córdoba besuche, um nur ein Beispiel zu nennen, oder in Badajoz, esse ich mit den jungen Offizieren und fordere sie auf, mir von ihren Problemen und Zielen zu erzählen. Das ist nicht immer leicht. Gerade weil sie noch so jung sind, kostet es sie doch eine gewisse Überwindung, offen mit mir zu sprechen. Dann halte ich mich eben an den Prinzen. Als junger Offizier kennt er die Probleme seiner gleichaltrigen Kameraden.«

»Wenn wir schon von Don Felipe sprechen, Señor, haben Sie ihn gedrängt, Jura zu studieren?«

»Ja, und Wirtschaftswissenschaften. Es hat noch keinem Menschen geschadet, zwei Berufe zu erlernen.«

Don Juan Carlos schiebt seinen Sessel zurück und verändert die Haltung seiner Beine.

»Wissen Sie, im Moment verändern sich die Dinge beim Militär sehr schnell. Doch ich bin ein König, der eine gründliche militärische Ausbildung erhalten hat, und kann mich mit Sachkenntnis für die Lösung unserer Probleme einsetzen, wobei das fehlende Geld natürlich das wichtigste ist. Ich möchte aus meinen Streitkräften eine Einrichtung machen, die den Veränderungen der modernen Welt noch besser angepaßt ist. Seit der Besetzung Spaniens durch die Truppen Napoleons haben wir jede Region einem Generalkapitän unterstellt, der gewissermaßen über eine eigene Armee verfügt ...«

»Also Kriegsherren?«

»Übertreiben wir nicht. Wir wollen ganz einfach, daß die Armee etwas weniger von den Generalkapitänen abhängt und etwas mehr vom Generalstab des Heeres. Wir brauchen kleinere, beweglichere Einheiten. Mit denen, die wir bereits haben – der Fallschirmjägerbrigade und dem Lufttransportgeschwader – sind wir vollauf zufrieden. Sehen Sie, die großen Divisionen mögen in der Theorie ja ganz gut sein, aber in Anbetracht unserer Geographie und vor allem unserer Mentalität sind kleinere Einheiten wirkungsvoller. Kurz gesagt, ich halte viel mehr von der Beweglichkeit Davids als von der Kraft Goliaths.«

»Sind Sie im Zuge dieser Veränderungen auf großen Widerstand gestoßen?«

»Nun ja, bei einigen.«

»Natürlich bei älteren Offizieren.«

»Wozu es abstreiten?«

»Sind wir Älteren manchmal eher lästig?«

»Ich würde eher sagen, daß es auch junge Männer gibt, die vor allem, was neu ist, Angst haben. Das läßt sie vor der Zeit altern.«

Mit einer Handbewegung verscheucht der König die Erinnerung an zurückliegende Widrigkeiten und fährt in seinen Ausführungen fort:

»Derzeit haben wir uns das Ziel gesteckt, die Armee aus den großen Städten herauszuholen. Aber sie woanders unterzubringen kostet sehr viel Geld. Die Brigade, die zur Division Acorazada Brunete gehörte, haben wir nach Badajoz verlegt. Allein das hat uns schätzungsweise vierzig Millionen Peseten gekostet.«

»Ja, aber niemand kann bestreiten, daß die Präsenz der Acorazada Brunete nur wenige Kilometer von Madrid entfernt für die jeweilige Regierung eine permanente Bedrohung darstellt, sobald sie von den Militärs in Frage gestellt wird.«

Der König nickt ungeduldig mit dem Kopf:

»Ich habe immer wieder versucht, den ewigen Verdächtigungen entgegenzuwirken, denen die Armee von seiten der Politiker ausgesetzt ist. Im übrigen entbehren diese Verdächtigungen jeder realen Grundlage. Ich kenne die Militärs gut, und ich weiß, daß man ihnen vertrauen kann, vorausgesetzt natürlich, man hält sie nicht zum Narren. Doch im allgemeinen mißtrauen die Politiker den Militärs. Die Militärs denken nur anders, das ist alles. Man muß versuchen, sie zu verstehen.‹«

Ich habe immer noch das Gefühl, daß Don Juan Carlos hin- und hergerissen ist. Soll er sprechen oder soll er schweigen?

Aber sein Schweigen ist oft ebenso beredt wie seine Worte. Immer wenn meine Fragen zum Putschversuch vom 23. Februar zu drängend wurden, hat er mir wiederholt zur Antwort gegeben: »Es steht mir nicht zu, meine persönlichen Ansichten zu Vorgängen zu äußern, über die bereits ein Militärgericht befunden hat.« Andererseits weiß ich – auch in Königspalästen kommt es zu Indiskretionen –, daß der König, als er nacheinander alle Generalkapitäne anrief und sie fragte, wie sie zu dem Putsch stünden, von allen die gleiche Antwort bekam: »Ich unterstelle mich dem Befehl Eurer Majestät, *para lo que sea.*« Wörtlich übersetzt hieße dieser letzte Satz: »Wozu es auch nötig sein mag.« Aber in der Übersetzung verliert der Satz viel von seiner Kraft. *Para lo que sea,* diese Antwort an den König bedeutete im Klartext: »Wenn Sie die Aktion von Milans und Tejero unterstützen, bin ich auf Ihrer Seite. Wenn Sie ihn ablehnen, werde ich Ihnen helfen, diese Männer zu bezwingen.« Dieser kleine Satz wirft ein erhellendes Licht auf die Frage, die sich an jenem Abend in den Stunden vor der Fernsehansprache des Monarchen viele Spanier stellten: War der König für oder gegen den Militärputsch?

Aber blicken wir zurück. Am 23. Februar 1981, um Punkt 18.20 Uhr, betritt Oberstleutnant Antonio Tejero, eine Pistole in der Hand und gefolgt von Zivilgardisten mit Maschinenpistolen im Anschlag, im selben Moment den Plenarsaal der Cortes, als Landelino Lavilla, der Präsident der Versammlung, zur namentlichen Abstimmung über die Nominierung des neuen Regierungschefs schreitet.

Tejero, der aussieht, als sei er einer Operette der Belle Époque entsprungen, erklimmt die wenigen Stufen zum Rednerpult, baut sich neben Präsident Lavilla auf und brüllt:

»Alle auf den Boden legen!«

Generalleutnant Gutiérrez Mellado, ein schwächlicher Mann mit schmalem Intellektuellengesicht, springt auf und stellt sich den Gardisten entgegen. Die Männer legen ihre Maschinenpistolen auf ihn an.

»Nehmen Sie sofort die Waffen runter!«

Antwort von Tejero:

»Wir nehmen nur vom General Befehle entgegen!«

»Von welchem General? Hier bin ich der einzige General!«

Tejero, dessen groteskes Aussehen und flegelhaftes Benehmen gar nicht genug betont werden kann, stößt Gutiérrez Mellado zur Seite und ruft erneut:

»Ich will, daß sich alle auf den Boden legen!«

Minister und Abgeordnete gehorchen wie ein Mann und kriechen unter ihre Sitze. Gregorio Peces Barba drückt den jungen Felipe Gonzáles gegen dessen Willen mit seinem ganzen Gewicht nach unten. Nur Adolfo Suárez und Santiago Carrillo verharren unbeirrt auf ihren Plätzen, entschlossen, wenn nötig mit Würde zu sterben. General Gutiérrez Mellado bleibt wenige Schritte neben Adolfo Suárez stehen, die Arme in die Hüften gestemmt, den Mund zu einem Ausdruck höchster Verachtung verzerrt.

Tejero erklärt über die Lautsprecheranlage, er handele »auf Befehl des Königs und Generals Milans del Bosch, Generalkapitän von Valencia, der Stadt, die er mit seinen Panzern eingeschlossen hat«. Und so beginnt das, was der Abgeordnete Antonio de Senillosa, ein hochgebildeter Mann und eingefleischter Nachtschwärmer, tags darauf »die längste Nacht seines Lebens« nennen wird.

»Aber sagen Sie mir, Señor, war unter den Generalkapitänen, mit denen Sie telefonierten, kein einziger, der zwischen Loyalität und Auflehnung schwankte?«

Don Juan Carlos antwortet, ohne eine Sekunde zu zögern:

»Es gibt kein Schwanken zwischen Loyalität und Auflehnung. Der einzige, der mir eine Antwort gab, die ich nicht hinnehmen konnte, war Milans del Bosch selbst. Er rief mit ängstlicher Stimme: ›Majestät, ich habe das nur getan, um die Monarchie zu retten!‹«

»Aber wovor denn retten, Señor?«

»Das habe ich ihn nicht gefragt. Wir hätten zu viel Zeit mit nutzlosen Erklärungen verloren.«

Da war noch der Generalkapitän der Kanarischen Inseln, Gonzales del Yerro. Als er begriffen hatte, welchen Standpunkt der König in dieser Angelegenheit vertrat, antwortete er ihm einfach: »Ich werde Ihre Befehle befolgen, Majestät ... *pero es una pena* (aber es ist eine Strafe)!«

»Gibt es einen Grund, an der monarchistischen Gesinnung von Milans del Bosch zu zweifeln?«

»Nicht den geringsten.«

»Er handelte also in gutem Glauben?«

»Ich glaube vor allem, daß er einer subtilen Manipulation zum Opfer fiel. Aber er lehnte die Veränderungen in Spanien nicht grundsätzlich ab.«

Unser König ist ein merkwürdiger Mann. Im Verlauf unserer Gespräche hat er über die Männer, die ihm geschadet haben, niemals ein Urteil gefällt, das sie heute noch verletzen könnte.

Doch er hat recht, wenn er zu verstehen gibt, daß Milans del Bosch schon immer ein Mensch gewesen war, aus dem man nicht so recht schlau wurde. Als er einmal am Tisch des Grafen von Barcelona in La Moraleja zu Abend aß, behauptete er zur Verblüffung der übrigen Gäste: »Ich werde nicht meinen Abschied nehmen, ohne vorher meine Panzer auf die Straße rollen zu lassen.« Das war keine leere Drohung, denn in Valencia hat er es ja schließlich getan. Dennoch haben seine Panzer, nachdem sie sich auf die Stadt verteilt hatten, brav an jeder roten Ampel gehalten.

Kann der äußere Eindruck über den Charakter eines Mannes hinwegtäuschen? Bei Milans del Bosch stellt sich diese Frage nicht. Er sieht so aus, wie er ist: wie ein alter Haudegen, nicht wie ein hoher Offizier. Er ist groß, breitschultrig und tritt mit der Arroganz eines Menschen auf, der keine Selbstzweifel kennt. Seine Oberlippe ziert jener dünne waagrechte Schnurrbart, der für jeden spanischen Faschisten, der etwas auf sich hält, zum Markenzeichen geworden ist. Er befiehlt lieber, statt zu überzeugen, und sein Verstand ist so schwerfällig wie seine Panzer. Es ist sehr gut möglich, daß Milans tatsächlich geglaubt hat, er könne die Monarchie retten, indem er Tejero Beistand leistet. Allerdings begriff er nicht, daß er durch diese Geste – die im übrigen ganz überflüssig war, weil es nichts zu retten gab – die Demokratie und mit ihr die Monarchie selbst in große Gefahr brachte. Er zögerte lange, bevor er dem Befehl des Königs Folge leistete und seine Panzer in die Kasernen zurückrief. Um vier Uhr morgens, als Don Juan Carlos zum zweiten Mal mit ihm telefonierte, hatte er es noch nicht getan. Statt dessen hatte er mit dem Oberst Kontakt aufgenommen, dem der Luftwaffenstützpunkt Manises unterstand, und ihm befohlen, ihn mit seinen Jagdflugzeugen zu unterstützen. Der Oberst, ein alter Kamerad des Königs, rief ihn sofort auf Schloß Zarzuela an und berichtete ihm von dem Gespräch. Der Oberst sagte: »Ich habe General Milans del Bosch geantwortet, daß ich nur vom Generalstab der Luftwaffe Befehle entgegennehme, und damit gedroht, meine Flugzeuge so in Stellung zu bringen, daß ich den Zugang zur Basis mit Raketen verteidigen kann, falls er es wagen sollte, sich mit seinen Panzern Manises zu nähern.«

»Und ich weiß«, sagt Don Juan Carlos, »daß der Oberst es getan hätte. Das wäre das erste Mal gewesen, daß Flugzeuge vom Boden aus Panzer bekämpfen! Verstehen Sie jetzt, José Luis, wie nützlich es in jener Nacht war, daß ich Freunde und Kameraden beim Heer, bei der Luftwaffe und bei der Marine hatte?«

Doch die Armee insgesamt stand längst nicht so loyal zum König, wie dieser glaubte oder zumindest vorgab zu glauben. Milans del Bosch – der Sohn und Enkel von Militärs, die in ihren Mußestunden ebenfalls konspiriert hatten – war beileibe nicht der einzige, der an einem Komplott schmiedete. Militärrevolten bilden ein dunkles Kapitel in der Geschichte Spaniens. Vom Beginn des 19. Jahrhunderts bis 1936 waren Revolten, Meutereien und Rebellionen gewissermaßen an der Tagesordnung. Einmal ritt ein General hoch zu Roß und mit gezogenem Säbel ins Parlament und übernahm für kurze Zeit die Macht, bis ihn ein anderer General stürzte. Manchmal scheiterten diese militärischen Abenteuer kläglich, doch nur selten endeten die Aufrührer vor einem Exekutionskommando. Weder Milans noch Tejero setzten bei ihrem Abenteuer vom 23. Februar ihren Kopf aufs Spiel, denn die Todesstrafe war 1978 abgeschafft worden.

Don Juan Carlos hat recht mit seiner Behauptung, daß es falsch gewesen sei, »Operettenverschwörungen« wie die Operation Galaxia nicht ernst zu nehmen. Schließlich hätte sie gelingen können, genau wie der Putschversuch vom 23. Februar. Zudem waren beileibe nicht nur Militärs an der Konspiration beteiligt. Zivilisten von der ultrakonservativen Rechten – Bankiers, Großindustrielle und sogar einige Kirchenfürsten – unterstützten sie heimlich mit Geld und politischem Einfluß.

»War eigentlich bekannt, Señor, welche Zivilisten den Militärputsch unterstützten?«

Der König macht eine wegwerfende Handbewegung, wie so oft, wenn er einer Frage ausweichen will, die zu viele Erklärungen erfordert.

»Ja und nein. Wir wissen es, und wir wissen es nicht.«

Ebenfalls nicht ernstgenommen wurde ein Treffen, das vom 13. bis 16. November 1977 in Játiva stattfand. Die Teilnehmer waren General Milans del Bosch, sein Kollege Coloma Gallegos, der Generalkapitän von Katalonien, und Admiral Pita da Veiga in Begleitung der beiden Generäle De Santiago und Alvarez Arenas. Diese Zusammenkunft bestätigte, was viele Beobachter befürchtet hatten: Die Armee war unruhig und unzufrieden. Die Verschwörer von Jàtiva planten, eine Regierung der »nationalen Rettung« zu bilden, die Spanien auf seinem Weg in den Fortschritt stoppen und mit Waffengewalt in die Steinzeit zurückführen sollte. Sie waren entschlossen, Schluß zu machen mit dieser Demokratie, die, wie sie meinten, die Macht an die Verlierer von 1936 abgetreten hatte. Hätte nicht Don Juan Carlos an der Spitze des Staates gestanden, so hätten diese Männer die amtierende Regierung schon längst gestürzt. Doch der König stellte für sie ein ernstzunehmendes Hindernis dar. Einige vertraten die Ansicht, daß ein Putsch gegen die Demokratie nur dann Aussicht auf Erfolg habe, wenn man sich vorher des Königs entledigte. Von dieser Überlegung bis zu dem Gedanken, daß der König liquidiert werden müsse, war nur ein kleiner Schritt.

»Haben Sie sich manchmal bedroht gefühlt, Señor, ich meine physisch?«

»Sie meinen, ob ich Angst vor einem möglichen Attentat hatte? Nun ja …«

Don Juan Carlos überlegt, bevor er mir beteuert:

»Ich denke niemals an den Tod. Man kann nicht leben, wenn man Angst vor dem Tod hat. Schon gar nicht als König. Ein solches Amt ist mit gewissen Risiken verbunden.«

»Aber wie kann man denn beschließen, nicht an den Tod zu denken?«

»Ein Torero, an dessen Namen ich mich nicht mehr erinnere, wurde einmal gefragt, ob er Angst habe, wenn er die Arena betrete. Er antwortete: ›Die Angst davor, Angst zu haben, verbietet mir, Angst zu haben.‹«

»Indira Gandhi, die ich in Neu-Delhi interviewte, empfing jeden Morgen im Garten ihrer Residenz an der Safdarjang Road mehrere Tausend Menschen, die zum Teil aus den entlegensten Gegenden Indiens kamen. Mit einem Schirm in der Hand spazierte sie durch die Menge der Unbekannten und sprach mit dem einen oder anderen. Eines Morgens fragte ich sie: ›Haben Sie keine Angst, eines Tages von einem dieser Fanatiker ermordet zu werden, die geschworen haben, Sie umzubringen?‹ Und Indira Gandhi antwortete: ›Daran denke ich nie. Aber wenn sie mich töten … nun ja, dann ist das eben mein Schicksal.‹«

»Sie wurde tatsächlich in diesem Garten ermordet, nicht wahr?«

»Ja, von einem ihrer Leibwächter.«

»Dann ist das eben mein Schicksal …«, murmelt Don Juan Carlos. »Sie hatte recht. Jeder hat sein Schicksal.«

»Hat man schon einmal ein Attentat auf Sie verübt, Majestät?«

»Mmm ... nein.«

»Meines Wissens hat man aber eine Bombe unter eine Tribüne gelegt, auf der Sie eine Truppenparade abnehmen sollten.«

»Ach ja, in La Coruña. Anscheinend hatten sie einen Tunnel unter die Tribüne gegraben, aber ...«

Wieder verscheucht er mit einer Handbewegung die unangenehme Erinnerung.

»... ich habe nie wieder von dieser Affäre gehört.«

Seine Stimme drückt völliges Desinteresse aus.

»Haben Sie den Eindruck, Señor, daß Sie von Ihren Sicherheitskräften gut beschützt werden?«

»Ja, sie leisten hervorragende Arbeit. Meines Erachtens haben Sicherheitsmaßnahmen vor allem den Zweck, Leute abzuschrecken, die versuchen, an ihr Opfer heranzukommen, um es anzugreifen. Andererseits ist man machtlos gegen einen Verrückten oder einen Fanatiker, und Terroristen sind immer Fanatiker. Mehr als an den Tod muß man an den guten Stern glauben, der uns behütet. Man muß aber auch sicher sein können, daß man in dem Moment, wenn andere in Panik geraten, richtig reagiert. Don Alfonso XIII. rettete sein Leben, indem er den Kerl, der einen Revolver auf ihn anlegte, mit seinem Pferd zur Seite stieß. Aber der bedauernswerte Mountbatten war machtlos gegen den IRA-Terroristen, der mehrere Hundert Meter von dem Schiff entfernt, das er besteigen wollte, auf einen Knopf drückte. Kennedy wurde vor den Augen mehrerer Dutzend FBI-Agenten erschossen, und Reagan wäre fast von einem Geistesgestörten ermordet worden, der einer Schauspielerin imponieren wollte, in die er verliebt war. Den Leuten, die für meine Sicherheit verantwortlich sind, bereiten monatelang im voraus geplante Staatsakte mehr Sorgen als meine spontanen Ausflüge mit der Königin, wenn wir ein Restaurant besuchen, in dem uns niemand erwartet. Improvisieren ist meiner Ansicht nach der beste Schutz vor Attentaten, nur ist das in meiner Position nicht immer leicht. Die meisten Militärs, die der ETA zum Opfer fielen, wurden auf dem Weg ermordet, den sie gewöhnlich jeden Morgen nahmen. Hätte Admiral Carrero Blanco nicht jahrelang jeden Morgen zur gleichen Zeit in der gleichen Kirche die Messe besucht, so wäre er wahrscheinlich noch heute am Leben.«

»Das machte es den Terroristen in der Tat noch leichter. Aber um auf Sie zurückzukommen, Señor: Sie haben sich oft einen Spaß daraus gemacht, Ihre Leibwächter abzuhängen.«

Don Juan Carlos stützt sich auf die Lehne seines Sessels und bricht in Lachen aus:

»Ah! Die Zeiten sind längst vorbei! Wissen Sie, José Luis, es war einfach toll, mit dem Motorrad durch Madrid zu fahren, mit einem Sturzhelm auf dem Kopf, um nicht erkannt zu werden. Manchmal nahm ich ihn an einer roten Ampel ab, und die Leute um mich herum saßen wie gelähmt hinter dem Steuer ihrer Wagen. Das war eine schöne Zeit!«

Ich überlasse den König einige Augenblicke seinen Erinnerungen. Als das Lächeln wieder aus seinem Gesicht verschwindet, sage ich:

»Señor, wir sind ziemlich weit von unserem Thema abgekommen, dem Staatsstreich vom 23. Februar.«

»Aber gar nicht! Der Staatsstreich war auch ein Attentat, nur richtete es sich gegen ganz Spanien. So sahen es übrigens auch die Spanier, denn sie reagierten so, wie sie es auch vor einem drohenden Bürgerkrieg getan hätten. Vor meiner Stellungnahme im Fernsehen riefen mehrmals die Leute von den Comisiones Obreras (kommunistischer Gewerkschaftsverband) bei mir an und sagten: ›Wir verbrennen unsere Mitgliederlisten, und dann gehen wir in die Wälder!‹ Und ich antwortete ihnen: ›Das werden Sie nicht tun! Ich habe die Sache im Griff!‹«

»Hatten Sie das wirklich, Señor?«

»Ja, denn ich hatte bereits mit den meisten Generalkapitänen gesprochen.«

»Und Sie haben keinen Augenblick an der Loyalität dieser Männer gezweifelt, die sich Ihnen zur Verfügung gestellt hatten, wozu auch immer?«

»Nein, ich hatte keinen Grund, an ihrer Loyalität zu zweifeln.«

Seine Stimme klingt nicht überzeugend. Sie hat den angestrengten Ton eines Menschen, der es ablehnt, Menschen zu verdächtigen, an deren Zuverlässigkeit er mehr oder weniger geglaubt hat. Die Lektion, die gewisse Männer Don Juan Carlos am Abend des 23. Februar erteilten, war schlimm genug, um den Glauben dieses großmütigen und vertrauensvollen Königs zu erschüttern.

Milans del Bosch und Armada waren zwar Waffenbrüder, aber keineswegs dazu bestimmt, einander zu schätzen oder zu verstehen. Alles, was sie verband, war die Uniform, in die sie morgens schlüpften, der eine, um ins Manöver zu ziehen, der andere, um ins Büro zu fahren. General Milans war in der Armee sehr beliebt, denn dort bewundert man großmäulige Haudegen. Er hatte im Bürgerkrieg unter dem legendären General Moscardó gedient, einem der Verteidiger des Alcázar von Toledo, und war ein großer Bewunderer Francos. Zwar trauerte er dem frankistischen Regime nach, doch seiner Treue zur Monarchie tat das keinen Abbruch. Don Juan Carlos bewies ihm oft seine Sympathie.

Der König wußte, daß Milans der Regierung Suárez grollte, weil sie ihn nicht zum Stabschef des Heeres ernannt hatte. Er sah darin eine Ungerechtigkeit, die ihm keine Ruhe ließ. Aber alle wußten, daß Milans nicht der geeignete Mann für diesen Posten war, geschweige denn für das Amt des Verteidigungsministers, das er ebenfalls anstrebte. Milans war ein typischer Mann des Krieges, um es einmal klischeehaft auszudrücken. Ein Mann, der einem Angst einflößen konnte. Lange vor dem Putsch, als er die Acorazada Brunete (nahe Madrid stationierte Panzerdivision) befehligte, prahlte er damit, daß er mit seinen AMX jederzeit die Hauptstadt einnehmen könne. Er hatte alle Diplome und Orden, die sich ein hochrangiger Militär nur wünschen konnte. Aber er war alles andere als intelligent. Sonst hätte er sich nicht auf einen Staatsstreich an der Seite eines Mannes wie Tejero eingelassen, der den König ebenso haßte wie die Monarchie.

Der Putschversuch des Haudegens Milans kam für Don Juan Carlos nicht sonderlich überraschend.

»Er hatte so oft damit gedroht, eines Tages seine Panzer durch die Straßen fahren zu lassen, daß eigentlich niemand überrascht sein durfte, als er seine Ankündigungen in Valencia schließlich wahr machte. Und doch war ich verblüfft, als ich erfuhr, daß Milans beschlossen hatte, ›mich zu retten‹.«

»Hat Sie der Verrat von Armada ebenso verblüfft?«

»Ach ... Armada ... Ich glaube, ich habe Ihnen bereits gesagt, daß ich mich nicht über Tatsachen verbreiten muß, die vor den Militärgerichten bereits ihr abschließendes Urteil gefunden haben.«

Der König schüttelt langsam den Kopf und betrachtet seine Hände, die flach auf seinem Schreibtisch liegen.

Ja, Don Juan Carlos hat allen Grund, verbittert zu sein. Von allen Verschwörern des 23. Februar ist Armada derjenige, der am meisten Verachtung verdient. Sein Verrat war ein Dolchstoß in den Rücken des Königs. Aber wer ist dieser Armada? Ein Machiavelli in Uniform, ein Mann, der zur Selbstüberschätzung neigt und die Gerissenheit eines galicischen Landjunkers, die ihm zu eigen ist, für einen Scharfsinn hält, den niemand außer ihm zu würdigen weiß. Obwohl er in Rußland in der »División Azul«, der Blauen Division, einem spanischen Freiwilligenverband unter dem Befehl der Nazis, gekämpft hatte, erregte sein Monarchismus unter seinen frankistischen Kameraden Argwohn.

»Es stimmt einen unendlich traurig zu entdecken, José Luis, daß man von einem Mann, dem man viele Jahre vertraut hat, so schmählich verraten wurde.«

Der einzige, der Armadas Doppelspiel durchschaut hatte, war Suárez. Als General Gabeiras ihn zum stellvertretenden Generalstabschef des Heeres ernannte – wahrscheinlich, um dem König einen Gefallen zu tun –, versuchte es Suárez mit allen Mitteln zu verhindern. Alle hätten besser auf ihn gehört.

Armadas Plan nahm erste konkrete Formen an, als die Krise der Regierung Suárez für die Öffentlichkeit flagrant wurde. Mit seiner Partei ging es unaufhaltsam bergab. Man spürte, daß er gegen die neue Terrorwelle der ETA machtlos war. Das Militär, das am meisten unter den Anschlägen zu leiden hatte, war aufs äußerste gereizt. Suárez geriet ins Kreuzfeuer der Kritik, bis er nicht mehr wußte, wo ihm der Kopf stand. Die Militärs verziehen ihm nicht, daß er die Kommunistische Partei zugelassen hatte. Der rechte Flügel seiner Partei warf ihm vor, daß er als erster Regierungschef den Terroristen Arafat empfangen und öffentlich umarmt hatte. Die Unternehmer führten gegen ihn einen Zermürbungskrieg, der kein Ende nehmen wollte. Die Banken waren entschlossen, die Unverschämtheiten dieses Mannes nicht länger hinzunehmen, der damit prahlte, das Geld zu verachten. Durch die Kirche ging ein Schrei der Entrüstung, als Fernández Ordóñez den Entwurf für ein Ehescheidungsgesetz vorlegte. Die Gewerkschaften glaubten seinen Ankündigungen nicht mehr, auf die nie Taten folgten. Am Tiefpunkt seiner Popularität angelangt, warf Suárez schließlich das Handtuch. Das war der Moment, als gewisse hochrangige Militärs, heimlich ermutigt von Alfonso Armada, dem »Freund des Königs«, auf die Idee kamen, im Stil eines de Gaulle das Ruder herumzuwerfen. Eine Idee, die offenbar auch mehreren führenden Sozialisten gefiel. Und auch Politiker der Rechten räumten ein, daß sie nichts gegen eine Radikallösung im gesetzlichen Rahmen einzuwenden hätten, ohne dabei zu bedenken, daß dies alles leicht in einen Gewaltstreich ausarten konnte. »Gewinnen wir zuerst die Schlacht gegen Suárez«, sagten sie sich, »danach sehen wir weiter.«

Der König konnte gegen die Feindseligkeit, die Adolfo Suárez entgegenschlug, wenig ausrichten. Auf der anderen Seite konnte der Monarch selbst durch die diskreteste Intervention seine Schiedsrichterrolle in Mißkredit bringen. Joseph Meliá, damals Staatssekretär, gab zu bedenken: »Das Vertrauen in den König hatte zwar erheblich zur Ernennung von Suárez zum Regierungschef beigetragen, doch würde es Schaden nehmen, wenn es dazu benutzt werden sollte, Suárez an der Macht zu halten.« Aber wider alle Logik löste die Zurückhaltung, die der König in dieser Angelegenheit übte, die unterschiedlichsten Gerüchte aus, eines bösartiger als das andere.

»Man warf mir vor«, sagte Don Juan Carlos, »ich hätte Adolfo fallenlassen. Das zeugte von einer Unkenntnis der Rolle, die der König in einem parlamentarischen System zu spielen hat. Ich verfügte nicht über die Macht, die mir erlaubt hätte, eine politische Lösung nach meinem Geschmack durchzusetzen.«

Diese Haltung des Königs, die im Einklang mit der Verfassung stand, veranlaßte gewisse hohe Militärs später zu der Behauptung, der König habe sie durch sein »bedeutsames Schweigen« dazu gedrängt, die Initiative zu ergreifen – das Ergebnis waren die Ereignisse vom 23. Februar. Auch das zeugt von einer Unkenntnis der Tatsache, daß es keineswegs zu den Aufgaben des Königs gehört, politische Veränderungen herbeizuführen, geschweige denn, dem Militär den Auftrag zu erteilen, das Ruder herumzuwerfen.

»Wie gewöhnlich«, erklärt mir Don Juan Carlos, »empfing ich hohe Offiziere, die mir im vertraulichen Gespräch ihren Standpunkt unterbreiten wollten. Ich hörte ihnen aufmerksam zu, und wenn ich den Eindruck hatte, daß ihre Argumente zu wirklichkeitsfremd waren, bemühte ich mich nach Kräften, sie zur Vernunft zu bringen. Aber ich gab ihnen auch klar zu verstehen, daß sie bei der kleinsten Aktion gegen eine rechtmäßige Regierung wie die unsere unter keinen Umständen mit meiner Rükkendeckung rechnen durften. Ich sagte ihnen: ›Sollte es zu solchen Aktionen kommen, wird sie der König als direkten Angriff auf die Krone betrachten.‹«

Trotz dieser klaren Haltung von Don Juan Carlos kam General Alfonso Armada zu dem Schluß, daß die Armee nur unter Berufung auf den König initiativ werden könne. Also begann er geduldig, ein Netz zu spinnen, in dem sich Männer vom Schlag eines Milans del Bosch verstricken sollten. Armada wußte, daß die künftigen Putschisten um jeden Preis die Deckung der Krone brauchten. Da er seit langem mit der königlichen Familie gut bekannt war, zweifelte kein Militär an seinen Worten, wenn er ihm unter dem Siegel der Verschwiegenheit anvertraute: »Der König ist der Meinung, daß ... Der König würde sich wünschen ... Der König hat mir gesagt ...« Und so fort.

Am 29. Januar 1981 gab Adolfo Suárez, gerade von einer turbulenten Reise ins Baskenland zurückgekehrt, in einer Fernsehrede seine Rücktrittsabsichten bekannt. Vorausgegangen war ein langes Gespräch mit dem König, bei dem er dem Monarchen seinen Kopf auf einem Silbertablett serviert hatte. »Nur so«, hatte er gesagt, »kann ich Eurer Majestät das politische Risiko ersparen, das mit der Lösung der drohenden Krise verbunden ist.« Danach wandte er sich an das spanische Volk und sagte mit verbitterter Stimme: »Ich trete zurück, weil ich nicht will, daß das demokratische System, das wir alle gewollt haben, wieder einmal nur ein kurzes Zwischenspiel in der Geschichte Spaniens bleibt.«

Kaum war Suárez zurückgetreten, da verstärkte Armada seine Aktivitäten. Auch er war verbittert. Und er sann auf Rache. Er hatte dem Prinzen von Spanien fast zwanzig Jahre lang als persönlicher Berater gedient. Als Don Juan Carlos König wurde, behielt er ihn zunächst bei sich. Doch dann mußte Armada zu seinem großen Ärger Schloß Zarzuela verlassen, weil man ihm das Kommando über eine Gebirgsdivision im katalanischen Lérida übertrug. Armada langweilte sich in den Bergen und beklagte sich bei den zuständigen Stellen. Er glaubte, seinem Ziel einen großen Schritt näher zu kommen, als Gabeiras ihn zum stellvertretenden Stabschef des Heeres ernannte. Doch paradoxerweise war Armada auf diesem Posten für die Putschisten völlig nutzlos, als sie in Aktion traten. Bei seinen häufigen Gesprächen mit anderen hohen Offizieren erklärte Armada unermüdlich, daß die Probleme Spaniens nur durch eine Regierung der »nationalen Rettung« gelöst werden könnten, an deren Spitze, wie er präzisierte, ein »angesehener General« stehen solle, »der dem König die Treue hält und die Demokratie respektiert«. Nach Meinung der Leute, die er ins Vertrauen zog, konnte mit dem »angesehenen General« nur einer gemeint sein: Generalleutnant Gutiérrez Mellado, der stellvertretende Premier der Regierung Suárez. Doch Gutiérrez Mellado war bei einem Teil der Armee gerade wegen seiner tiefen Achtung vor der Demokratie verhaßt. Und Armada wußte, daß Gutiérrez Mellado niemals ein Hindernis für ihn darstellen würde.

In Madrid sprach man schon ganz offen von der »Lösung Armada«. Armada selbst achtete sorgsam darauf, daß er am Rande des Geschehens blieb, falls andere zu irgendeinem Zeitpunkt eine Operation durchführen sollten. Er wußte genau, daß Männer wie Oberstleutnant Tejero keine Skrupel hatten, die Demokratie und die Monarchie in Gefahr zu bringen. Sollte es dazu kommen, würde man sich hilfesuchend an ihn, General Armada, wenden, um die Situation zu retten.

Während Armada Machiavelli spielte, nahm Tejero, ein Hitzkopf mit einem Spatzenhirn, Kontakt zu Major Mas Oliver auf, dem Adjutanten von Milans del Bosch. Er erklärte dem Major, daß er die Absicht habe, die gescheiterte Operation vom Palacio de la Moncloa zu wiederholen, diesmal aber im Abgeordnetenhaus. Bei der Wahl des Suárez-Nachfolgers wollte er die gesamte Regierung in seine Gewalt bringen.

Armadas Komplott war von allen am gefährlichsten, denn sein Plan war besser durchdacht als die Pläne der anderen Verschwörer. Milans, der entschlossen war, Tejero kaltzustellen, sobald der Oberstleutnant seinen Streich in Madrid erfolgreich durchgeführt hatte, begriff sehr schnell, daß er Armada brauchte, wenn die Kooperation des Königs, oder wenigstens seine Duldung, gewährleistet sein sollte. Die Militärs, deren Einwilligung zu dem Putsch er einholen mußte, würden alle dieselbe Frage stellen: Ist der König einverstanden? Und die beste Antwort darauf war der Name Armadas. In dieser Affäre hatte jeder die Absicht, den anderen zu täuschen. Milans wollte Tejero bei der erstbesten Gelegenheit fallenlassen, und Armada wollte Milans für seine Zwecke einspannen, um sich dann in letzter Minute als »Retter« der Monarchie und dieser Demokratie zu präsentieren, der man in seinen Augen die Flügel etwas stutzen mußte.

»Es ist unbestritten, Señor«, sage ich zum König, »daß Milans kein besonders heller Kopf war, aber war er tatsächlich so dumm anzunehmen, daß Sie den Staatsstreich decken würden?«

»Nein. Aber vermutlich rechnete er damit, daß ich mich den vollendeten Tatsachen beugen würde. Da kannte er mich schlecht.«

»Wie haben Sie erfahren, was in den Cortes vor sich ging, Señor?«

»Jemand aus dem Haus hatte es im Radio gehört. Ich wollte gerade Squash spielen, als man mir mitteilte, daß bewaffnete Zivilgardisten in die Cortes eingedrungen waren. Das war eine böse Überraschung, glauben Sie mir. Ich griff sofort zum Telefon und rief den Generalstabschef des Heeres an:

›Was geht in Madrid vor sich?‹

›Wir sind gerade dabei, Erkundigungen einzuholen, Señor. Aber wenn Sie mit General Armada sprechen wollen, der steht gerade neben mir.‹

›Geben Sie ihn mir. Alfonso, was ist das für eine Geschichte?‹

Und Armada antwortete mir ruhig: ›Ich hole noch rasch ein paar Unterlagen aus meinem Büro und komme dann hinaus nach La Zarzuela, um persönlich mit Ihnen zu sprechen, Señor.‹«

Daran war zunächst nichts Ungewöhnliches. Daß Armada, der stellvertretende Generalstabschef, dem König vorschlug, nach La Zarzuela zu kommen und ihn über die Ereignisse in Madrid auf dem laufenden zu halten, war völlig normal. Aber plötzlich – das mag unglaublich klingen – geschah etwas Seltsames. Der König hatte das Gefühl, daß Alfonso Armadas Anwesenheit auf Schloß Zarzuela gefährlich werden könnte. Seine Stimme klang zu ruhig, fast gleichgültig. Das war die Stimme eines Mannes, der über die Vorgänge in den Cortes nicht überrascht war. Diese Stimme hatte ihn aufgeschreckt. Er wußte, daß er Alfonso Armada auf Schloß Zarzuela nicht empfangen durfte. Im selben Moment trat Generalleutnant Sabino Fernández Campo in sein Büro und bedeutete ihm durch ein Zeichen, mit der Hand den Telefonhörer abzudecken. Der König erriet, was passieren würde. Einmal mehr kam ihm das Glück zu Hilfe. Vor dem Telefonat mit Gabeiras im Generalstab hatte er zu Fernández Campo gesagt: »Während ich telefoniere, rufen Sie den Kommandeur der División Acorazada (die berühmte Acorazada Brunete) an und fragen ihn, ob da unten alles normal ist.« Immer noch die Hand auf dem Telefonhörer, sah er Fernández Campo fragend an. Er antwortete ihm leise: »Es geht um Armada.« Darauf nahm der König die Hand vom Hörer und entschuldigte sich bei seinem Gesprächspartner: »Alfonso, warten Sie einen Moment, man bringt mir gerade ein paar Papiere zum Unterzeichnen.« Danach deckte er den Hörer wieder ab. Fernández Campo raunte ihm zu: »Da Sie gerade mit General Armada sprechen, nehmen Sie sich in acht, denn General Juste hat mir soeben gesagt: ›Bitten Sie den König, nichts zu tun, wenn General Armada Kontakt zu ihm aufnimmt. Er soll warten, bis ich Sie wieder anrufe. Vorher soll er keine Entscheidung treffen.‹« Don Juan Carlos nickte zustimmend mit dem Kopf und sagte zu Armada: »Alfonso, bevor Sie hierherkommen, versuchen Sie herauszubekommen, was in den Cortes los ist. Ich kann Sie im Moment nicht empfangen, aber ich werde versuchen, mich später mit Ihnen zu treffen.« Er legte auf, bevor der General etwas erwidern konnte. Fernández Campo gab sofort den Befehl aus, daß man Armada am Betreten des Palastes hindern solle. Er und der König hatten plötzlich begriffen, was sich da zusammenbraute. »Wenn Armada in diese Affäre verwickelt ist«, sagte der König, »dann ist es nur logisch, wenn er hierherkommt und mir vorschlägt, in meinem Namen Kontakt zu den Generalkapitänen aufzunehmen, um mir so Gespräche zu ersparen, die mir unangenehm sein könnten. Aber was würde das bedeuten? Daß der König über den Putsch informiert ist und alles geschehen läßt.«

Don Juan Carlos hebt in plötzlicher Entrüstung die Stimme:

»Sagen Sie mir, José Luis: Wer hätte dem König abgenommen, daß er kein Mitwisser war, wenn Alfonso Armada an den Telefonen auf Schloß Zarzuela saß? Sabino war der gleichen Ansicht. Wir hielten es für das Beste, wenn der König persönlich die Generalkapitäne anrief, einen nach dem anderen. Das Ergebnis kennen Sie.«

In der Zwischenzeit hat Tejero, immer noch die Pistole in der Hand, den Ministern und Abgeordneten in den Cortes erlaubt, vom Boden aufzustehen und wieder ihre gewohnten Plätze einzunehmen. Vom Podium herunter, auf dem sich der Präsident der Cortes aufhält, verkündet Tejero über die Lautsprecheranlage, daß er »im Namen des Königs und des Generals Milans del Bosch« handele. Und da er schon einmal dabei ist, fügt er hinzu, daß andere Militärregionen wie die vierte in Barcelona, die zweite in Sevilla und die siebte in Valladolid sich der Erhebung von General Milans del Bosch angeschlossen hätten.

Ein Tejero unterstellter Offizier gibt die Bildung einer Nachfolgeregierung unter der Führung eines »hohen Generals« bekannt. Ferner kündigt er eine Persönlichkeit an, »natürlich ein Militär«, die im Saal nähere Erklärungen abgeben werde. Diese geheimnisvolle Persönlichkeit – war es Armada oder sogar Milans selbst? – ließ sich nie blicken. Man gab ihr den Spitznamen »Der Weiße Elefant«.

Gleich nachdem der Offizier den geheimnisvollen Unbekannten angekündigt hat, befiehlt Tejero, Präsident Suárez aus dem Saal zu bringen. Danach läßt er auch General Gutiérrez Mellado, Verteidigungsminister Rodríguez Sahagún, Santiago Carrillo und schließlich auch Felipe González und Alfonso Guerra abführen. Später, nach seiner Wahl zum Regierungschef, vertraute mir Felipe Gonzáles an, er habe in diesem Augenblick fest damit gerechnet, daß man sie alle erschießen werde. Doch man schloß sie lediglich im sogenannten »Uhrenzimmer« ein, das an die Bar angrenzte, in der die Zivilgardisten gleich nach ihrer Ankunft kräftig dem Alkohol zugesprochen hatten.

Die übrigen Abgeordneten warten brav auf die Ankunft des Weißen Elefanten. Der katalanische Volksvertreter Antonio de Senillosa, der die Nacht mit der Lektüre eines Romans von Marguerite Yourcenar verbringt, flüstert seinem Nachbarn zu: »Ich glaube keine Sekunde, daß der König etwas mit einem Gewaltstreich zu tun hat, den dieser Vollidiot Tejero durchführt.«

Von Anfang an und ohne daß es jemand bemerkte, filmte eine fest installierte Fernsehkamera das Geschehen bei diesem lächerlichsten Militärputsch in der Geschichte Spaniens.

Auf Schloß Zarzuela stehen die Telefone nicht still. Der Marqués von Mondéjar, Majordomus des Königshauses, General Valenzuela, Chef des Militärrats des Königs, und General Sabino Fernández Campo nehmen Anrufe aus aller Welt entgegen.

General Juste nimmt erneut Kontakt mit Schloß Zarzuela auf und fragt, ob Armada da sei.

»Nein«, antwortet Sabino Fernández Campo, »und im übrigen erwarten wir ihn auch nicht heute nacht.«

General Juste versteht sofort und stößt einen Seufzer der Erleichterung aus. Einige Minuten später versammelt er seine Offiziere um sich und eröffnet ihnen, daß die División Acorazada nichts unternehmen werde und »der König an dem Putsch nicht beteiligt ist«. Nur Major Pardo Zancada gelingt es, mit fünfzig Mann zu seinem Freund Tejero zu stoßen. Diese Hilfe ist lächerlich. Eine »Geste«, mehr nicht.

General Gabeiras, Stabschef des Heeres, ruft seinerseits Milans del Bosch an und erteilt ihm den Befehl, seine Panzer in die Kasernen zurückzubeordern. Er erhält eine schroffe Antwort: »Ich spreche mit niemandem außer Armada.« Aber Armada ist nicht da, und Milans nimmt irrtümlicherweise an, sein Komplize sei bereits auf Schloß Zarzuela.

Auf Zarzuela versuchen Sabino Fernández Campo, der Marqués von Mondéjar und Fernando Gutiérrez, der Pressereferent des Königshauses, nacheinander vergeblich, Kontakt mit Prado del Rey, dem Sitz der spanischen Rundfunk- und Fernsehanstalt (RVE), aufzunehmen. Als Fernandez Campo schließlich den Generaldirektor der Fernsehgesellschaft RVE an den Apparat bekommt und ihn bittet, sofort ein Team nach Schloß Zarzuela zu schicken, um eine Erklärung des Königs an die Nation aufzunehmen, gibt ihm dieser durch Andeutungen zu verstehen, daß er in seinem Büro gefangen gehalten wird und daß mehrere Kompanien des ganz in der Nähe stationierten Regiments »Villaviciosa Nr. 14« das übrige Gebäude besetzt haben.

Der König wußte, daß seit den ersten Meldungen über den Putschversuch Millionen von Spaniern zu Hause saßen und sich fragten: Was macht der König? Solange er keine öffentliche Stellungnahme abgegeben hatte, konnten seine Feinde in aller Ruhe die abenteuerlichsten Gerüchte verbreiten. Es war also unbedingt erforderlich, daß so schnell wie möglich ein Kamerateam nach Zarzuela kam und seine Antwort an die Verschwörer aufnahm. Mondéjar gelang es, einen der Offiziere ans Telefon zu bekommen, die das Gebäude der Fernsehanstalt umstellt hatten. Er gab ihm sofort den Hörer.

»Mit wem spreche ich?« fragte Don Juan Carlos.

Es war ein Hauptmann.

Und dann stellte sich der König vor:

»Hier spricht der König.«

Der Hauptmann zögerte kurz, dann sagte er vorschriftsgemäß:

»Zu Befehl, Majestät.«

»Gut. Hier sind meine Befehle: Sorgen Sie dafür, daß das Fernsehteam, das hier in Schloß Zarzuela erwartet wird, ungehindert das Gebäude verlassen kann.«

»Zu Befehl, Majestät«, wiederholte der Hauptmann und legte auf.

Eine Stunde später traf ein RVE-Team, angeführt von Jesús Picatoste (ein bekannter spanischer Fernsehmann), auf La Zarzuela ein. Man beschloß, daß Picatoste die königliche Erklärung zweimal aufnehmen sollte und daß jede der beiden Kopien auf einem anderen Weg aus dem Schloß fortgebracht werden sollte, denn man wußte nicht genau, was draußen vor sich ging. War das Gelände von Truppen umstellt? Wurden die Zufahrten bewacht? Picatoste hatte nichts gesehen, dennoch mußte man auf der Hut sein. Die Königliche Garde war zwar auf alle Eventualitäten vorbereitet, aber nur auf dem Gelände des Schlosses. Später stellte sich heraus, daß die Besetzung von Zarzuela in den Plänen der Verschwörer nicht vorgesehen war. Sie hatten nicht einmal die Telefonleitungen gekappt. Es war das Werk von Dilettanten!

»Hätte ich«, sagte Don Juan Carlos, »eine Operation im ›Namen des Königs‹, aber ohne seine Zustimmung durchführen müssen, so wäre mein erster Gedanke, ihn vom Rest der Welt zu isolieren und jeden Kontakt zur Außenwelt zu unterbinden. Aber an dem besagten Abend hätte ich Schloß Zarzuela nach Belieben verlassen und wiederkommen können. Zudem habe ich innerhalb weniger Stunden mehr Anrufe bekommen als sonst in einem ganzen Monat. Von meinem Vater aus Estoril – der übrigens selbst überrascht war, daß er zu mir durchkam –, und von meinen Schwestern aus Madrid, und dann von befreundeten Staatschefs, die mir Mut zusprachen! Der Staatsstreich war ganz liederlich geplant.«

Und dann fügt Don Juan Carlos hinzu:

»Gott sei Dank! Nicht auszudenken, was möglicherweise passiert wäre, wenn ich keinen Kontakt zu den Generalkapitänen hätte aufnehmen können!«

Während man auf Schloß Zarzuela auf Jesús Picatoste wartet, hat General Aramburu Topete, Chef der Guardia Civil, in den Direktionsbüros des Palace-Hotels, nur wenige Schritte von den Cortes entfernt, sein Hauptquartier aufgeschlagen. Aramburu, ein mittelgroßer Mann von kräftiger Statur, kocht vor Wut. Er nimmt es als persönliche Beleidigung, daß sich ein Teil seiner Gardisten mit dem Verrückten Tejero im Parlamentsgebäude verschanzt hat, dem, falls die Eliteeinheit für Terrorismusbekämpfung GEOS einen Angriff wagen sollte, das gleiche Schicksal droht wie im Bürgerkrieg einst dem Alcázar von Toledo. Eine Gruppe geschäftiger Offiziere hält General Aramburu in ständiger Verbindung mit dem Generalstab des Heeres und schließlich auch mit anderen militärischen Kommandostellen.

Gegen neunzehn Uhr betritt der gereizte Aramburu in Begleitung eines Adjutanten mutig die Cortes. Kaum steht er Tejero gegenüber, bricht die Wut aus ihm heraus. Er fordert Tejero in barschem Ton auf, sich zu ergeben. »Mich ergeben?« grinst dieser höhnisch. »Lieber jage ich mir eine Kugel in den Kopf. Aber vorher erschieße ich Sie!« Aramburu verliert die Beherrschung und macht Anstalten, seine Waffe zu ziehen. Sofort umringen ihn Gardisten und richten ihre Maschinenpistolen auf ihn.

Nicht weit davon entfernt, im Verteidigungsministerium, sitzt General Gabeiras, ein attraktiver Mann, der an einen Offizier der britischen Indienarmee erinnert, in seinem Büro. Bei ihm ist General Armada, von dem er weiß, daß er in das Komplott verwickelt ist. Don Juan Carlos hat Gabeiras gebeten, Armada nicht aus den Augen zu lassen und ihn vor allem daran zu hindern, nach Schloß Zarzuela zu fahren. Mit einer Miene, als könne er kein Wässerchen trüben, hat Gabeiras beschlossen, sich bei der Niederschlagung des Putsches Armadas zu bedienen. Er fordert ihn auf, den Abzug des Regiments »Villaviciosa Nr. 14«, das die Gebäude der Fernsehanstalt umstellt hat, zu befehlen und die Soldaten in ihre Kaserne zurückzuschicken. Doch dann muß Gabeiras zu einer Besprechung der Generalstabschefs, und Armada nutzt die Gelegenheit und ruft Milans del Bosch an. Milans weiß bereits, daß die anderen Generalkapitäne sich dem Aufstand nicht angeschlossen haben. Und was er von Armada erfährt, deprimiert ihn noch mehr. Auch in Madrid nehmen die Dinge nicht den gewünschten Verlauf. Tejero ist in den Cortes mit seinen Gardisten allein. Alle, die ihn kennen, fürchten, daß er sich zu einer nicht wiedergutzumachenden Tat hinreißen lassen könnte. Von der División Acorazada ist keine Hilfe mehr zu erwarten. General Juste, ihr Kommandeur, hat mit aller Macht ein Ausrücken verhindert. Milans lauscht schweigend dem monotonen Bericht Armadas, der ihm die letzte Hoffnung raubt. Die Generalkapitäne haben gekniffen, und der König ist nicht in die Falle getappt. Nur Tejero hofft weiter auf Verstärkung, die niemals eintreffen wird. »Ruf in Schloß Zarzuela an«, sagt Milans schließlich mit müder Stimme. »Schlag die Bildung einer neuen Regierung unter deiner Führung vor und sag ihnen, daß sie sofort Verhandlungen aufnehmen können, um Tejero zur Vernunft zu bringen.« Er selbst, Milans, werde seine Panzer in die Kasernen zurückbeordern.

Kaum hat Milans del Bosch aufgelegt, ruft Armada in Schloß Zarzuela an und erbietet sich dem König, mit Tejero über eine Übergabe zu verhandeln. Wieder lehnt Don Juan Carlos das Vermittlungsangebot seines ehemaligen Beraters ab. Gabeiras wird über Aramadas Vorstoß informiert. Er beschließt, sich des eidbrüchigen und immer mehr an Einfluß verlierenden Generals zu bedienen, um die Zeitbombe zu entschärfen, zu der

Oberstleutnant Tejero inzwischen geworden ist. Er erteilt Armada entsprechende Befehle: »Gehen Sie in die Cortes und sprechen Sie mit Tejero. Wenn er bereit ist, sich zu ergeben, bieten Sie ihm und seinen Männern zwei Flugzeuge an, mit denen sie in ein Land ihrer Wahl fliegen können. Jede weitere Vereinbarung mit Tejero liegt in Ihrer persönlichen Verantwortung. Sie können sich dabei weder auf seine Majestät, den König, noch auf den Generalstab der Armee berufen. Alles liegt in Ihrem Ermessen.« Armada denkt kurz und scharf nach, dann schöpft er wieder Hoffnung und beschließt, alles auf eine Karte zu setzen. Mit ein wenig Glück kann er doch noch zum Retter in der Not werden.

Als das Team von Jesús Picatoste schließlich auf Schloß Zarzuela eintrifft, hat der König bereits seine Generalkapitäns-Uniform angelegt.

»In wenigen Minuten sollte ich die Verantwortung auf mich nehmen, über das Schicksal des Landes zu entscheiden«, erklärt mir Don Juan Carlos. »Wenn auch nur ein einziger Minister auf freiem Fuß gewesen wäre, so hätte ich mich als konstitutioneller Monarch den Maßnahmen beugen müssen, die er für angebracht hielt. Aber alle Mitglieder der Regierung waren in den Cortes gefangen. Die einzigen Vertreter der zivilen Staatsmacht, die es noch gab, waren die Staatssekretäre und Unterstaatssekretäre. Sie hatten sich im Innenministerium unter dem Vorsitz von Francisco Laína, dem Leiter der Sicherheitspolizei, versammelt. Ich hatte also freie Hand und konnte das tun, was ich als Oberbefehlshaber der Streitkräfte für meine Pflicht hielt. An diesem Abend, José Luis, habe ich erfahren, wie schwer die Bürde der Einsamkeit auf einem lasten kann!«

Don Juan Carlos hängt für einen Moment seinen Erinnerungen nach, faßt sich aber schnell wieder und fährt fort:

»Einige Leute haben später behauptet, ich hätte an diesem Abend die Kompetenzen überschritten, die mir die Verfassung einräumt.«

»Ich habe nie etwas dergleichen gehört.«

»Und doch wurde es behauptet. Aber ich habe ein ruhiges Gewissen. Denn ich habe in diesen dramatischen Stunden sorgfältig darauf geachtet, daß die Richtlinien unserer demokratischen Verfassung genau eingehalten wurden.«

Als Don Juan Carlos vor den Kameras von Jesús Picatoste Platz nahm, wußte er, daß nicht nur seine Krone auf dem Spiel stand. Es ging auch um sein Leben. Aber er besaß den sprichwörtlichen Mut der Bourbonen, und er wußte, was seine Pflicht als König aller Spanier war. Er bot den Verschwörern die Stirn und gewann. Er sah seinem Volk in die Augen und sagte mit sehr ruhiger, gedämpfter Stimme, wobei er jedes einzelne Wort seiner Erklärung betonte: »Wenn ich mich unter den außergewöhnlichen Umständen, die wir im Augenblick erleben, an alle Spanier wende, so will ich mich kurz fassen. Ich bitte Sie alle, Ruhe zu bewahren und mir zu vertrauen. Ich lasse an alle militärischen Stellen folgenden Befehl ergehen: In Anbetracht der Lage, die durch die Ereignisse im Parlamentsgebäude entstanden ist, habe ich die zivilen Behörden und die Generalstabschefs angewiesen, alle Maßnahmen zu ergreifen, die für die Aufrechterhaltung der verfassungsmäßigen Ordnung im Rahmen der geltenden Gesetze erforderlich sind. Jede etwaige Maßnahme militärischer Art bedarf zuvor der Genehmigung durch diese Stellen. Die Krone, Symbol der Beständigkeit und Einheit des Vaterlands, kann unter keinen Umständen zulassen, daß gewisse Personen durch ihre Handlungen mit Gewalt den demokratischen Prozeß unterbrechen, der in der Verfassung verankert ist und für den sich das spanische Volk in einem Referendum ausgesprochen hat.«

Bei den letzten Worten des Königs atmet ganz Spanien erleichtert auf. Entgegen allen Befürchtungen verfügt der König auf seiner Befehlsstelle über volle Handlungsfreiheit. Der Staatsstreich ist zum Scheitern verurteilt. Die Nacht des 23. Februar wird, wie es Philippe Nourry später so treffend ausgedrückt hat, für Don Juan Carlos zur »Krönungsnacht«.

Kaum haben die Kameras von Jesús Picatoste aufgehört zu surren, telefoniert der König erneut mit der dritten Militärregion. Als er Milans del Bosch an den Apparat bekommt, fährt er ihn mit der ganzen Strenge, zu der er fähig ist, an: »Ich befehle Ihnen, Ihre Erklärung zu widerrufen. Sie ist in meinen Augen subversiv. Rufen Sie Ihre Panzer in die Kasernen zurück, und befehlen Sie Tejero, sich zu ergeben und die Cortes zu räumen. Bisher habe ich mich geweigert, Sie für einen Rebellen zu halten. Doch von nun an müßte ich in Erwägung ziehen, ob Sie nicht doch einer sind. Und dann gäbe es kein Zurück mehr ...« Mit zittriger Stimme antwortet Milans:

»Majestät, ich habe das doch nur getan, um die Monarchie zu retten!« Don Juan Carlos antwortet schlagfertig:

»Sie müßten mich schon erschießen lassen, um ans Ziel zu gelangen.«

Dann knallt der König den Hörer auf.

Unmittelbar nach diesem ungewöhnlich heftigen Gespräch geht aus Schloß Zarzuela ein Telex an Milans del Bosch ab. Es hat folgenden Wortlaut: »Zur Bekräftigung dessen, was ich Ihnen bereits gesagt habe, will ich noch einmal in aller Deutlichkeit klarstellen:

1. Ich versichere hiermit, daß ich fest entschlossen bin, die verfassungsmäßige Ordnung aufrechtzuerhalten. Dies ist deutlich genug, und ich gedenke nicht, noch mehr Worte darüber zu verlieren.
2. Kein Staatsstreich, welcher Art auch immer, kann sich hinter der Person des Königs verschanzen. Er ist gegen den König gerichtet.
3. Ich bin mehr denn je entschlossen, an meinem Fahneneid festzuhalten. Im vollen Bewußtsein meiner Pflicht und im Interesse Spaniens befehle ich Ihnen, die Einheiten zurückzuziehen, die auf Ihren Befehl ausgerückt sind.
4. Ich befehle Ihnen, Tejero zur Aufgabe zu zwingen.
5. Ich schwöre Ihnen, daß ich nicht abdanken und Spanien nicht verlassen werde. Wer sich erhebt, riskiert einen

Bürgerkrieg und wird dafür die Verantwortung übernehmen müssen.

6. Ich zweifele nicht an der Liebe meiner Generäle zu Spanien. Als erstes im Namen Spaniens und dann im Namen der Krone befehle ich Ihnen, meine Anweisungen zu befolgen.«
Unterschrift: Juan Carlos, König.

»Und wie hat Milans auf das Telex reagiert? Hat er gehorcht?«

»Ja. Aber erst nach einer gewissen Zeit. Ich weiß, daß er sich vor seinen Untergebenen mehrmals auf seine Soldatenehre berufen hat. Er hat sich dagegen gesträubt, diejenigen im Stich zu lassen, die sich mit ihm kompromittiert hatten. Um vier Uhr morgens gab er seinen Panzern schließlich den Befehl, in die Kasernen zurückzukehren. Danach rief er mich an und sagte – ich werde nie den Ton seiner Stimme vergessen –, daß er meinen Befehl befolgt und eine Erklärung aufgesetzt habe, in der das Manifest widerrufen wurde, das den Aufstand ausgelöst hatte. Da ich nicht in ein Gespräch mit ihm verwickelt werden wollte, reichte ich den Hörer an Sabino weiter. Milans las ihm die Erklärung vor, die er unverzüglich verbreiten lassen wollte. Doch gleichzeitig drängte er immer noch auf eine »Lösung Armada«, die allen erlauben würde, das Gesicht zu wahren. Aber im Grunde glaubte er selbst nicht mehr daran. Als wir seine Erklärung zur Kenntnis genommen hatten, schickten wir sie an alle anderen Militärregionen.«

»Glauben Sie wirklich, Señor, daß Ihr Telex Milans dazu bewegt hat, die Waffen zu strecken?«

»Ja, das Telex hat ihn meiner Meinung nach endgültig davon überzeugt, daß er in keinem Fall auf mich zählen konnte. Und dann darf man nicht außer acht lassen, daß seine engsten Mitarbeiter Druck auf ihn ausübten und zur Aufgabe rieten. Aber Milans ist ein harter Bursche, dem man schlecht beikommt. General Caruana, der Militärgouverneur von Valencia, erhielt von Gabeiras den Befehl, Milans zu verhaften. Als Caruana im Büro seines Vorgesetzten erschien und zu ihm sagte: ›Ich komme auf Befehl des Generalstabschefs, um Sie zu verhaften‹, legte Milans seine Waffe vor sich auf den Schreibtisch und antwortete: ›Unterstehen Sie sich!‹ Aber zu dem Zeitpunkt wußte Milans bereits, daß alles verloren war.«

Hätte der Putsch von Milans gelingen können? Milans hatte wichtige Trümpfe in der Hand. Da war zunächst das politische Machtvakuum. Dann eine gewisse Unzufriedenheit in der Armee. Und vergessen wir nicht General Armada, der ins Geschehen eingreifen wollte, sobald Tejero Feuer an die Lunte gelegt hatte. Aber keiner dieser Trümpfe hat gestochen, angefangen bei Armada, der später vor dem Militärgericht behauptet hat, daß er über den Plan, den Milans und Tejero abgesprochen hatten, niemals informiert worden sei. Aber dieser Plan hätte nur gelingen können, wenn Armada ins Schloß Zarzuela zum König gekommen wäre und ihn von der Notwendigkeit überzeugt hätte, eine royalistische Regierung zu bilden, mit einem Militär an deren Spitze, genauer gesagt mit ihm.

»Eine äußerst gefährliche Idee, Señor. Vor allem für die Monarchie.«

Don Juan Carlos nickt zustimmend.

»Meines Wissens«, sagt er, »hat keine Monarchie eine solche Regierung überlebt. Eine moderne Monarchie hat nur dann eine Existenzberechtigung, wenn sie über den Parteien steht.«

Waren die Verschwörer wirklich davon überzeugt, daß Armada die Zustimmung des Königs zu einer solchen Lösung bekommen würde? Jedenfalls waren sie davon überzeugt, daß Armada Zugang zum Schloß Zarzuela hatte, und selbst wenn sie im Grunde ihres Herzens nicht davon überzeugt waren, so wollten sie es doch glauben! Milans, der die Politik verachtete und gern damit prahlte, ließ Armada gewähren, und der war ein Meister in der Kunst der Desinformation. Für Milans war Armada ein wichtiges Teil in seinem ›Puzzle‹, weil er die ›Deckung durch den König‹ garantierte. Tejero wiederum scherte sich keinen Deut um Armada, der in seinen Augen nur ein Bürokrat war und das Prinzip der Monarchie verteidigte, an das er selbst nicht glaubte. Doch andererseits war auch Tejero davon überzeugt, daß Armada das Wohlwollen des Königs genoß, denn Milans hatte ihm das versichert. Die ganze Operation war auf Manipulation angelegt, und am Ende wurden sogar diejenigen manipuliert, die sie ausgeheckt hatten. Man darf die Erfolgschancen solcher Aktionen niemals unterschätzen, auch wenn sie nach ihrem Scheitern als ›Operettenverschwörungen‹ belächelt werden. Milans hatte mehrere Trümpfe in der Hand, mit deren Hilfe der Putsch hätte glücken können. Die Geiselnahme der gesamten Regierung durch Tejeros Männer. Seine eigene Rebellion in Valencia, die die anderen Generalkapitäne zum Mitmachen bewegen sollte. Das vorgebliche Einverständnis zwischen Armada und dem König. Und schließlich die Unterstützung durch die vierzehntausend Mann starke División Acorazada, die vor den Toren Madrids stationiert war. Aber die Trümpfe stachen nicht. Armada gelang es nicht, ins Geschehen einzugreifen. Tejero wollte sich nicht einmal anhören, was ihm Armada vorzuschlagen hatte. Armada selbst wurde schon zu Beginn der Operation entlarvt. Und die Führung der Acorazada weigerte sich, Madrid mit ihren Panzern einzuschließen.

Don Juan Carlos zögert, bevor er mir sagt:

»Es fällt mir schwer, das zu sagen, José Luis, ... aber der eigentliche große Fehler von Milans war, daß er die Person des Königs völlig falsch einschätzte. Er hat niemals versucht herauszufinden, was für ein Mensch ich war, was ich dachte ... In bezug auf mich war er ziemlich kurzsichtig. Ich war der König, also mußte mir die royalistische Regierung zusagen, die er mir vorschlagen wollte. Ich war Soldat, also mußte ich an die gleichen Dinge glauben, die für ihn selbstverständlich waren. Er zweifelte nicht an meinem Entgegenkommen.«

Don Juan Carlos macht eine Pause. Dann fährt er fort:

»Schauen Sie, José Luis, meiner Ansicht nach hat Milans – und nicht nur er – niemals begriffen oder in Betracht gezogen, daß ich ein überzeugter Diener der Volkssouveränität sein könnte. Oder anders ausgedrückt, daß der König wirklich ein Demokrat sein könnte, der die Verfassung respektiert. Wenn Milans, Armada und Tejero mich besser gekannt hätten, dann hätte keiner von ihnen so leichtfertig diesen Putschversuch unternommen ...«

Ich verzichte darauf, den König mit einer Überlegung zu konfrontieren, die der Offizier einer Panzereinheit und Sohn eines der Verschwörer angestellt hat. Dieser Mann, der Demokratie für Unsinn hält, sagte:

»Beim nächsten Mal muß man zuerst Schloß Zarzuela bombardieren.«

»Wer war am Abend des 23. Februar bei Ihnen im Schloß, Señor?«

»Meine üblichen Mitarbeiter natürlich, Nicolás Mondéjar, Sabino Fernández Campo, General Valenzuela, mehrere Adjutanten und Fernando Gutiérrez. Ach ja, und Manolo Prado war zu Besuch gekommen.«

Mitarbeiter, hat der König gesagt. Doch einige sind weit mehr als Mitarbeiter. Und einige weit mehr als Freunde. Wie hat Don Juan Carlos gesagt: »Ich hatte das Glück, daß ich in schwierigen Augenblicken immer außergewöhnliche Männer um mich herum hatte.« Der älteste dieser Männer, Nicolás Cotoner y Cotoner, Panzergeneral, Marqués von Mondéjar, spanischer Grande und Träger des Ordens vom Goldenen Vlies, entstammt einer sehr alten Familie von der Insel Mallorca und war lange Majordomus des Königshauses. Außerdem übernahm er in den Jugendjahren von Don Juan Carlos die Rolle des »Ersatzvaters«. Nach vierundzwanzig Jahren sucht der Marqués von Mondéjar immer noch regelmäßig sein altes Büro im Schloß Zarzuela auf.

Der andere außergewöhnliche Mann im Umfeld des Königs ist Sabino Fernández Campo. Er ist General beim Justizkorps der Armee und wurde unlängst für seine Verdienste um die spanische Krone zum Grafen von Latores mit der Würde eines Granden ernannt. Er ist ein attraktiver Mann, der die Aufmerksamkeit der Frauen erregt, und ein treuer Freund im romantischen Sinne des Wortes. Er ist bekannt dafür, daß er in einem Ton Nein sagen kann, in dem andere Komplimente machen. Seit der Pensionierung des Marqués von Mondéjar ist er Majordomus des Königshauses. Die Diskretion dieses Asturiers ist über jeden Zweifel erhaben. Wenn nötig, kann er ein klares und deutliches Wort sprechen, doch im allgemeinen beläßt er es lieber bei Andeutungen, die er mit einem vielsagenden Lächeln unterstreicht.

Manuel Prado y Colón de Carvajal, der Jugendfreund von Don Juan Carlos und spätere spanische Botschafter, ist ebenfalls ein Mann für besondere Aufgaben, die man keinem anderen anzuvertrauen wagt.

»Außerdem«, fährt Don Juan Carlos fort, »war noch die Königin anwesend, ihre Schwester, Prinzessin Irene von Griechenland, meine beiden Töchter, die Infantinnen Doña Elena und Doña Cristina, und mein Sohn Don Felipe, Prinz von Asturien. Also meine ganze Familie.«

»Ist es wahr, daß Sie Don Felipe aufgefordert haben ...«

Der König unterbricht mich mit einer Handbewegung, die ich gewiß schon Dutzende Male an ihm gesehen habe.

»Ja, es ist wahr. Ich habe den Prinzen von Asturien gezwungen, die Nacht in meinem Büro zu verbringen und dem König bei der Arbeit zuzusehen.«

»Wie alt war er damals, Señor?«

»Dreizehn. Das ideale Alter, um das zu lernen, was das Leben ihn lehren wird, wenn es vielleicht schon zu spät ist. Irgendwann in dieser langen Nacht fragte er mich: ›Papa, was wird geschehen?‹ Einmal mehr griff ich auf das Bild von dem Fußball zurück, von dem man nicht weiß, auf welcher Seite er herunterkommen wird. ›Schau, Felipe, mit der Krone ist es ganz ähnlich. Im Moment ist sie in der Luft, und ich werde mein möglichstes tun, damit sie auf der richtigen Seite landet.‹ Mehrere Male – der arme Junge war ja erst dreizehn Jahre alt – schlief er in seinem Sessel ein. Aber ich weckte ihn jedesmal. ›Felipe, schlaf nicht! Sieh zu, was man als König tun muß!‹ In dieser Nacht, José Luis, hat der Prinz von Asturien in wenigen Stunden mehr gelernt, als er in seinem ganzen restlichen Leben lernen wird! Später kamen auch meine Schwestern Doña Pilar und Doña Margarita in Begleitung ihrer Männer. Sie ließen sich irgendwo im Haus nieder. Ich selbst blieb in meinem Arbeitszimmer. Bei mir waren mein Sohn, Mondéjar, Sabino und die Adjutanten, die alle Telefonanrufe entgegennahmen. Als ich Don Felipe zum zweiten oder dritten Mal weckte, murmelte er: ›Donnerwetter, Papa, was für ein Monat.‹ Der Arme hatte wegen der Schule einen anstrengenden Monat hinter sich, und jetzt auch noch die Geschichte mit der Krone, die durch die Luft flog – das war zuviel für ihn. Am nächsten Tag fragten mich meine Kinder, ob sie zur Schule gehen müßten. Ich antwortete ihnen, daß nun alles wieder in Ordnung sei und deshalb kein Grund bestehe, den Unterricht zu versäumen.«

Während im Fernsehen die Ansprache des Königs gesendet wird, herrscht zwischen dem Generalstab und dem Parlamentsgebäude ein ständiges Kommen und Gehen. Armada befolgt den Befehl, den ihm General Gabeiras gegeben hat, und fährt ins Palace-Hotel zu General Aramburu Topete. Noch immer hegt er die törichte Hoffnung, das Drama, das er zusammen mit Milans und Tejero inszeniert hat, zu einem ehrenvollen Abschluß bringen zu können. Er hat den König verraten und den Generalkapitän von Valencia seinem Schicksal überlassen, und nun schickt er sich an, Tejero zu hintergehen. Und man sieht ihm an, was er vorhat, mit seinem bleichen Gesicht, seinen schlaffen Wangen und seinem ausweichenden Blick. Eine Sutane würde besser zu diesem Mann mit den schmalen Schultern und dem dicken Bauch passen als die Uniform, die ihm das Aussehen eines alten Portiers in einem Nachtklub verleiht.

Armada läßt sich von Aramburu Topete bis zum Eingang des Parlamentsgebäudes begleiten und nennt den bewaffneten Wachen die Parole »Herzog von Ahumada« – eine Hommage an den Gründer der Guardia Civil.

Sekunden später kommt Tejero den beiden Generälen entgegen, umringt von seinen Gardisten, von denen einige offensichtlich angetrunken sind. Tejero selbst ist ungewöhnlich erregt. Sein Bart ist zersaust, seine Stirn schweißnaß. Mißtrauisch mustert er diesen General, der aussieht wie ein Bürokrat und sorgenvoll auf die Maschinenpistolen blickt, die auf ihn gerichtet sind. Die üblichen Höflichkeiten werden ausgetauscht, dann bittet Armada den Oberstleutnant um die Erlaubnis, im Plenarsaal zu den Ministern und Abgeordneten zu sprechen, die er als Geiseln hält.

»Was wollen Sie ihnen sagen?« fragt Tejero.

»Ich will ihnen vorschlagen, im Rahmen der Verfassung eine Regierung zu bilden – eine provisorische, versteht sich. In dieser Regierung sollen alle politischen Kräfte des Landes vertreten sein, die Rechte, die Linke und die Mitte. Und ich«, fügt Armada hinzu und wendet den Blick ab, »könnte diese Regierung führen.«

Tejero lacht bitter.

»Ein General als Chef einer Regierung, in der auch Kommunisten und Sozialisten sitzen? Wollen Sie mich auf den Arm nehmen?«

Tejero kämpft für eine Rückkehr zum Frankismus. Zu Kompromissen ist er nicht bereit. Ironisch erkundigt er sich:

»Ich würde gern wissen, wer Sie geschickt hat. Doch nicht etwa General Milans del Bosch, oder?«

Armada macht eine ungeduldige Geste.

»Hören Sie, Tejero, die Armee droht sich zu spalten. So weit darf es nicht kommen, sonst bekommen wir womöglich einen zweiten Bürgerkrieg. Ich gebe Ihnen den persönlichen Rat, sich zu ergeben, unter Wahrung Ihrer Würde und Ehre.«

Das Wort ›Ehre‹ aus dem Mund eines Generals mit dem Gebaren eines heuchlerischen Verräters bringt Tejero in Harnisch. Und als ihm Armada auch noch eröffnet, daß auf dem Luftwaffenstützpunkt Getafe zwei Maschinen vom Typ DC 8 bereitstehen, um ihn und seine Männer nach Argentinien oder Chile auszufliegen, platzt ihm der Kragen. Nein, er wird Armada nicht erlauben, das Wort an die Gefangenen zu richten! Nein, er will diese Flugzeuge nicht! Nein, er wird sich nicht ergeben!

»Sagen Sie den Leuten, die Sie geschickt haben, daß ich nur eine Militärregierung unter General Milans del Bosch akzeptieren werde, und keine andere!«

Armada wirft das Handtuch. Der Handel, den er Oberstleutnant Tejero vorgeschlagen hat, hat keine Aussicht auf Erfolg. Tejero ist ein Verrückter, aber er ist kein Dummkopf. Allmählich kommt ihm der Verdacht, daß Milans ein doppeltes Spiel mit ihm treibt. Der Staatsstreich der Falken – sein eigener – hat es nicht vermocht, die Armee zur Rebellion zu bewegen. Und nun hat Milans Armada geschickt, um ihn zur Aufgabe zu überreden. Auf diese Weise könnte er dem König seinen Willen aufzwingen, indem er ihm einen Kompromiß vorschlug, mit dem sich ein Blutvergießen verhindern ließe. »Verschwinden Sie!«

Armada tritt den Rückzug an. Sein Gesicht ist noch bleicher als bei seiner Ankunft.

Im Innern der Cortes droht die Tragikomödie in eine bitterernste Tragödie umzuschlagen. Tejero versucht mehrmals, mit Milans del Bosch telefonischen Kontakt aufzunehmen, aber der Generalkapitän von Valencia läßt ihm jedesmal ausrichten, daß er später zurückrufen werde. Gegen sieben Uhr morgens versucht Tejero ein letztes Mal, mit seinem Vorgesetzten zu sprechen. Ein Adjutant antwortet ihm, daß der »Herr Generalkapitän nach Hause gegangen ist, um zu schlafen«. Jetzt weiß Tejero, daß er auf sich allein gestellt ist, daß endgültig alles verloren ist.

Die Geiseln sind besser informiert als er. Über ein verstecktes Transistorradio haben sie die letzte Erklärung von Milans mitgehört, die mit den Worten endet: »Es lebe der König! Es lebe Spanien!« Es ist offensichtlich, daß Milans von der Bühne abgetreten ist. Tatsächlich hat ihn das Telex des Königs wie ein Keulenschlag getroffen. Er weiß bereits, daß man ihn vor ein Militärgericht stellen wird und daß er Gefahr läuft, sein Leben hinter Gefängnismauern zu beschließen. Auf der anderen Seite führt ihm Francisco Laínas Drohung, die Cortes mit den Männern der Spezialeinheit GEOS zu stürmen, deutlich vor Augen, wie ernst die Lage ist. Als der gute Stratege, für den er sich hält, kann er sich ausrechnen, daß bei einem solchen Angriff auf das Parlamentsgebäude ohne weiteres zwei- bis dreihundert Angreifer, Verteidiger und Geiseln ums Leben kommen könnten. Also beschließt er, Tejero fallenzulassen, nach Hause zu gehen und sich ins Bett zu legen. Und er macht sich nicht einmal die Mühe, den

Oberstleutnant von seinem Entschluß zu unterrichten. Tejero braucht noch eine gewisse Zeit, bis er das ganze Ausmaß des Fiaskos erfaßt. Freilich weiß er bereits, »daß alles verloren ist, nur nicht die Ehre«. Und seine Ehre ist ihm sehr wichtig. Sein Freund Major Pardo Zancada – der einzige Offizier von der Acorazada Brunete, der zu ihm gestoßen ist und einige Soldaten mitgebracht hat, die ihm gefolgt sind, ohne recht zu wissen, wohin – gibt ihm den dringenden Rat, über eine Übergabe zu verhandeln.

»Aber vielleicht kommt Milans ja noch …«, wendet Tejero ohne große Überzeugung ein.

»Milans wird nur nach Madrid kommen, um sich zu stellen«, entgegnet Pardo Zancada bitter.

Von Milans del Bosch verraten und von den Kameraden in der Armee im Stich gelassen, beschließt der deprimierte Tejero, sich zu ergeben. Aber zuvor wird er Bedingungen stellen, recht bescheidene Bedingungen, die man ohne große Diskussionen annehmen wird. Tejero will Armada demütigen, diesen General, der auf halbem Weg zwischen Treubruch und Feigheit stehengeblieben ist. Er verlangt, daß Armada ein zweites Mal in die Cortes kommt und das Übergabeprotokoll unterzeichnet. Ferner stellt er klar, daß er die Cortes erst nach den Geiseln verlassen wird. Er will mit seinen Männern in geordneter Formation abziehen, und die Straße muß frei sein von Journalisten und Fotografen, »die die Zeremonie in den Schmutz ziehen« könnten. Die Aufständischen werden in ihre Kasernen zurückkehren und dort ihre Waffen an andere Zivilgardisten übergeben. Tejero übernimmt persönlich die Verantwortung für die Aktion, die er geleitet hat. Keiner seiner Gardisten dürfe verfolgt werden, »denn«, so erklärt er, »sie sind mir in dem Glauben gefolgt, wir gingen auf Befehl des Königs in die Cortes, um die Regierung aus der Gewalt von ETA-Terroristen zu befreien«. »Aber«, entgegnet die andere Seite, »Ihre Hauptleute wußten doch ganz genau, was Sie in den Cortes vorhatten.« Daraufhin erklärt Tejero sich damit einverstanden, daß die Männer vom Leutnantsrang aufwärts gerichtlich belangt werden sollen. Ferner fordert er, daß sich sein Freund, der Fregattenkapitän Menendez Vives, ein gutmütiger Träumer, der darauf bestanden hat, sich mit ihm im Parlamentsgebäude zu verschanzen, den Behörden des Marineministeriums stellen darf.

Man wird diesen Kompromiß später den *pacto del capó* nennen, weil er im Freien auf der Motorhaube eines Land Rover unterzeichnet wird. Als Armada das Papier mit zitternder Hand unterschreibt, gesteht er seine Niederlage ein, doch später vor dem Militärgericht, das ihn der Rebellion beschuldigt, wird er jede Beteiligung an der Aktion der Verschwörer abstreiten. Auf jede Frage, die ihm die Vertreter der Anklage zu diesem oder jenem Treffen mit einem seiner Spießgesellen vorlegen, wird er mit Unschuldsmiene antworten: »Ich weiß nicht, an diesem Morgen war ich in der Messe ... Ich erinnere mich nicht, denn an jenem Abend habe ich im Kreis meiner Familie den Rosenkranz gebetet ...«

Eine ganze Nacht lang haben Tejero in Madrid und Milans in Valencia versucht, Spanien zu einer Bananenrepublik zu degradieren. Mit ihnen sind zwei bornierte Männer gescheitert, die von der Entwicklung in ihrem Land nichts begriffen hatten.

Die freigelassenen Geiseln werden auf der Straße von einer jubelnden Menge Schaulustiger empfangen. Übernächtigt und abgespannt stürzen Minister und Abgeordnete zu den Telefonen im Palace-Hotel, um ihre Angehörigen anzurufen und zu beruhigen. Viele von ihnen haben in dieser Nacht des 23. Februar eine Menge gelernt. Es gab dramatische Momente und andere, in denen das menschliche Leid schamlos den Blicken preisgegeben wurde. Weibliche Abgeordnete, die Tejero freilassen wollte, weigerten sich, den Sitzungssaal zu verlassen, und ein Volksvertreter, dessen Flugzeug mit Verspätung in Madrid gelandet war, verlangte von den Zivilgardisten, daß sie ihn zu seinen Kollegen brachten, die sich bereits in Tejeros Gewalt befanden. Suárez, Carrillo und Felipe González wähnten ihre letzte Stunde gekommen, als die betrunkenen Gardisten auf den Gängen grölten: »Wir werden sie töten!« Am frühen Morgen, kurz vor der Freilassung der Geiseln, sprang Manuel Fraga, der Führer der Rechten, der darüber verärgert war, daß man ihn nicht mit den anderen Führern im Uhrenzimmer eingeschlossen hatte, plötzlich von seinem Sitz hoch, knöpfte theatralisch sein Hemd auf und forderte die höhnisch grinsenden Gardisten auf, ihn zu erschießen.

Tejero und sein Freund, Major Pardo Zancada, verließen als letzte den Schauplatz ihrer Heldentat. Tejero, ungekämmt, unrasiert und mit zerknitterter Uniform, wollte die Cortes eigentlich mit seinen Gardisten verlassen und sie im Gleichschritt marschieren lassen, doch die meisten hatten das Gebäude bereits verlassen, indem sie aus den Fenstern im Erdgeschoß gesprungen waren. Der Gehweg vor dem Gebäude, zu Füßen der beiden Löwen, die am Eingang wachen, war übersät mit zurückgelassenen Maschinenpistolen.

»Ja, auch für mich war es eine lange Nacht, die längste Nacht meines Lebens«, sagt Don Juan Carlos. »Außerdem war sie für mich sehr gefährlich, denn ich wußte, daß man mir zahlreiche Fallen gestellt hatte. Als ich nacheinander die Generalkapitäne anrief, spürte ich, daß ich mich auf unsicheres Terrain vorwagte, und ich fragte mich bei jedem einzelnen unwillkürlich: Wie wird er reagieren? Selbst die Generäle, deren Treue zur Krone über jeden Zweifel erhaben war, konnten durch Falschinformationen aus dem Mund ihrer Kameraden getäuscht worden sein. Man braucht ihnen ja nur die Worte zu sagen: ›Der König ist auf unserer Seite‹, und schon interpretiert sie jeder nach seinen geheimsten Wünschen. Wie oft habe ich Sabino in dieser Nacht gefragt: ›Glaubst du, daß dieser auf unserer Seite steht?‹ Alle antworteten mir: ›Ich unterstelle mich dem Befehl Eurer Majestät, wozu es auch nötig sein mag.‹ In dem Moment mußte ich ihnen klarmachen, auf welcher Seite ich stand und warum.«

Don Juan Carlos schweigt einige Sekunden, dann fährt er fort:

»Am meisten Angst hatte ich davor, meine verfassungsmäßigen Befugnisse zu überschreiten. Als Oberbefehlshaber der Streitkräfte konnte ich den Militärs Befehle erteilen, aber ich durfte unter keinen Umständen den Staatssekretären und Unterstaatssekretären meinen Willen aufzwingen, die unter dem Vorsitz von Francisco Laína tagten und gewissermaßen die Kontinuität der Regierung gewährleisteten. Mit anderen Worten, ich mußte es mir in jedem Augenblick verbieten, die Regierungsgewalt auszuüben. Ich konnte nur als Monarch handeln. Und das war nicht leicht, denn Francisco Laina rührte keinen Finger, ohne mich vorher um Rat zu fragen. Und sagen Sie mir, José Luis: Wo verläuft unter so außergewöhnlichen Umständen die Grenze zwischen der Regierung und dem Monarchen. Diese Frage habe ich mir in dieser endlosen Nacht immer wieder gestellt.«

Don Juan Carlos gießt sich aus der funkelnden Karaffe auf dem Tisch ein Glas Wasser ein.

»Aber wissen Sie, was für mich die große Entdeckung dieser Nacht war? Die außergewöhnliche Reife der Spanier. Ich glaube, sie hatten begriffen, daß der kleinste Tumult auf den Straßen, die kleinste Demonstration ein willkommener Vorwand für jene Leute gewesen wäre, die nach einem Grund suchten, sich auf die Seite Tejeros und Milans zu schlagen. Aber die Spanier blieben zu Hause vor den Rundfunkgeräten. Gott sei Dank rührte sich niemand, und die Straßen in Madrid blieben leer.«

»Zu welchem Zeitpunkt haben Sie gewußt, daß der Putsch gescheitert war?«

»Als Milans seine letzte Erklärung veröffentlichte und seine Panzer in die Kasernen zurückrief. Daraufhin schickte ich Don Felipe zu Bett. Sein Unterricht war beendet.«

Der König leert das Glas Wasser und fährt fort:

»Wir waren alle todmüde. Die ganze Nacht hatte das Telefon geläutet. Die Anrufe kamen aus aller Welt. Pertini, Giscard d'Estaing, König Baudoin, Hassan II., Hussein von Jordanien, Königin Elizabeth und viele andere, an die ich mich nicht mehr erinnere, riefen mich an, sprachen mir Mut zu und schärften mir ein, mich nicht unterkriegen zu lassen. Mein Vater rief gegen zweiundzwanzig Uhr aus Estoril an. Er hatte gerade mit meiner Mutter ins Kino gehen wollen. Und wissen Sie, wie der Film hieß? Halten Sie sich fest: *Die Kommandos des Königs*. Kaum hatte er von der Besetzung der Cortes durch Tejero erfahren, rief er auf Schloß Zarzuela an. Mit tief bewegter Stimme sagte er zu mir, daß er mir keinen Rat zu geben habe, denn er sei überzeugt, daß ich die Lage jederzeit unter Kontrolle halten würde. Ich glaube, mein Vater dachte vor allem an das große Ansehen, das ich der Krone verschaffen konnte, wenn es mir gelingen würde, die Leidenschaften zu bändigen, die Spanien in eine Zeit zurückzuwerfen drohten, die es glücklich überwunden hatte.«

Ein kurzes Lächeln, dann fragt mich Don Juan Carlos:

»Und Sie, José Luis, wann wußten Sie, daß die Geschichte vorüber war?«

»Als ich Hoheit im Fernsehen sah. Bis dahin hatte ich mich wie viele andere ängstlich gefragt, wo der König sich wohl aufhalte und wie er reagieren würde, sofern er überhaupt noch in Freiheit war. Die Stunden zwischen dem Überfall auf die Cortes und Ihrer Rede an die Nation waren die längsten meines Lebens.«

Der König versinkt in seinen Erinnerungen an diese unglaubliche Nacht, und ich störe ihn nicht dabei. Nach einer Weile breche ich schließlich das Schweigen und stelle Don Juan Carlos eine ziemlich banale Frage:

»Was haben Sie getan, Señor, als Sie erfuhren, daß Tejero die Geiseln freigelassen hatte?«

»Was alle getan haben. Ich habe erst einmal tief durchgeatmet, ein heißes Bad genommen und ein paar Stunden geschlafen.«

Milans del Bosch, der lange vor dem König zu Bett gegangen war, wurde in aller Frühe durch einen Telefonanruf geweckt. General Gabeiras war am Apparat. Er befahl ihm, unverzüglich nach Madrid zu kommen. Exakt um neunzehn Uhr betrat Milans das Verteidigungsministerium. Er wurde sofort verhaftet. Noch am selben Tag, gegen einundzwanzig Uhr, zitierte Gabeiras General Armada zu sich und enthob ihn seines Postens im Generalstab.

»Am Nachmittag des 24. Februar«, erzählt Don Juan Carlos,

»als alle genug Zeit gehabt hatten, sich wieder zu fassen, empfing ich hier, auf Schloß Zarzuela, die Mitglieder der Regierung und die wichtigsten Vertreter der verschiedenen Parteien. Die Begegnung mit diesen Männern und Frauen war sehr bewegend. Alle umarmten einander, und viele hatten Tränen in den Augen. Santiago Carrillo kam gleich nach seinem Eintreffen auf mich zu, ergriff meine Hände und sagte: ›Hoheit, danke, daß Sie uns das Leben gerettet haben.‹ Suárez, der über die wirkliche Rolle General Armadas noch nicht im Bilde war, sagte:

›Hoheit, es ist mir peinlich, daß ich mich in Armada so getäuscht habe ...‹

Offensichtlich wußte er nur, daß Tejero sich Armada ergeben hatte. Ich klärte ihn auf:

›Nein, Adolfo, Sie hatten recht.‹

Suárez starrte mich mit offenem Mund an, und ich fügte hinzu: ›Wir müssen den Streitkräften danken, Adolfo, denn die überwältigende Mehrheit der Militärs stand treu zur Krone.‹

Ich betonte diese Treue zur Krone deshalb, weil aus meiner Sicht völlig klar war, daß die Militärs ihrem natürlichen Vorgesetzten gehorcht hatten, dem König. Ich weiß, daß Felipe Gonzáles selbst später einräumte, daß nur der König einer Militärrevolte trotzen und sie niederschlagen konnte. Er hatte recht. Wenn wir eine Republik gewesen wären ... Als alle sich gegenseitig beglückwünscht hatten, bat ich um einen Augenblick Ruhe und verlas einen kurzen Text, den ich am Vormittag selbst aufgesetzt hatte. ›Die Krone‹, sagte ich, ›ist sehr stolz darauf, daß sie Spanien mit Entschlossenheit und in der tiefen Überzeugung dienen konnte, daß die Demokratie und die unbedingte Achtung vor den Prinzipien unserer Verfassung der Ausdruck des mehrheitlichen Willens des spanischen Volkes sind. Gleichwohl muß sich jedermann darüber im klaren sein, daß es nicht Sache des Königs sein kann oder darf, bei Ereignissen von solcher Tragweite nochmals unter Berufung auf seine Autorität direkt einzugreifen.‹ Ich hätte ihnen am liebsten ganz einfach gesagt, daß es nicht die Aufgabe des Königs ist, den Feuerwehrmann zu spielen, der stets zur Stelle ist, wenn es irgendwo brennt. Ich gab ihnen klar zu verstehen, daß die Verantwortlichen für die jüngsten Ereignisse die ganze Strenge des Gesetzes zu spüren bekommen sollten. Milans, Tejero, Armada und einige andere sollten hart bestraft werden, einverstanden, aber man durfte keinesfalls den Streitkräften insgesamt die Schuld geben. Ich kenne den Korpsgeist des Militärs, und deshalb war es mir sehr wichtig, die Armee vor einer Ablehnung durch einen Teil der spanischen Gesellschaft zu schützen. Die Armee war genug gedemütigt worden, jetzt war es zweckmäßig, ihren Patriotismus und ihre Loyalität zu loben, die sie in einem wirklich schwierigen Augenblick gegenüber der Krone gezeigt hatte. Sonst liefen wir Gefahr, uns abermals der Bedrohung auszusetzen, die uns an den Rand des Abgrunds geführt hatte.«

Leopoldo Calvo Sotelo ersetzte achtundvierzig Stunden später Adolfo Suárez als Regierungschef. Seine Wahl endete mit endlosen Ovationen für den König, der nicht im Plenarsaal weilte, aber in den Herzen aller dieser Männer und Frauen gegenwärtig war, die, mit Maschinenpistolen bedroht, eine lange Nacht in diesem Saal hatten ausharren müssen. Nur Blas Piñar, der Vertreter der extremen frankistischen Rechten, blieb sitzen, während um ihn herum Minister, Abgeordnete, Parlamentsdiener, Telefonisten, Journalisten und Fotografen Hochrufe auf Don Juan Carlos ausbrachten. Die Genossen in den Bankreihen der Kommunisten grüßten den König mit erhobener Faust, allen voran Santiago Carrillo. Viele »Juancarlisten« waren seit dem 23. Februar ganz einfach überzeugte Monarchisten.

Jedesmal, wenn sich Don Juan Carlos in meinem Beisein eine Havanna ansteckt, denke ich an die Worte Stendhals, der einmal sagte, daß ein Zigarrenraucher immer ein »Mensch im Glückszustand« sei. Gutgelaunt und entspannt, erscheint mir der König an diesem Nachmittag mitteilsamer und aufgeschlossener als sonst. Ich nutze die Gelegenheit und frage:

»Señor, wie würden Sie die Königin in wenigen Worten charakterisieren?«

Er läßt sich Zeit, bevor er mir in einem seltsam feierlichen Ton antwortet:

»Die Königin ist sehr pflichtbewußt.«

Und er fügt hinzu:

»Sie ist ein Muster an Pflichtbewußtsein.«

Und nachdem er sorgsam nach dem richtigen Wort gesucht hat, fügt er noch hinzu:

»Sie hat das Königtum im Blut.«

Das ist nicht erstaunlich. Als Tochter und als Schwester eines Königs versammelt Doña Sofía in ihrem Stammbaum drei* deutsche Kaiser, acht dänische und fünf schwedische Könige, sieben russische Zaren, einen König und eine Königin von Norwegen, eine Königin von England und fünf Könige von Griechenland. Ein Stammbaum, der schwindelig macht. Aber wie schon der Heilige Franz von Sales weiß auch sie, »daß es keine gute und wünschenswerte Vornehmheit gibt außer der Natürlichkeit«.

»Was hat die Königin in der Nacht des 23. Februar getan?«

Don Juan Carlos behält den gleichen würdevollen Ton bei:

»In jener Nacht war Doña Sofía die Seele von Schloß Zarzuela. Ihre Ruhe und Gelassenheit haben Wunder bewirkt. Sie hat sich um alles und jeden gekümmert. Vor allem wich sie nicht von meiner Seite, ließ mich nicht aus den Augen und nickte mir aufmunternd zu, während ich mit den Generalkapitänen telefonierte. Und wissen Sie, José Luis, als sie zum ersten Mal vom Weißen Elefanten hörte, rief sie sofort: ›Das ist kein anderer als Armada!‹ Ich gebe viel auf die Eingebungen der Königin, denn sie ist nicht nur ein intuitiver Mensch, sondern auch eine Frau, die nachdenkt. Sie täuscht sich selten in ihrem Urteil über einen Menschen, den sie zum ersten Mal sieht. Jetzt verstehen Sie, warum ich auf sie höre.«

»Was genau meinen Sie, Señor, wenn Sie sagen, daß Doña Sofía sehr pflichtbewußt ist?«

»Damit will ich sagen, daß sie ihre Rolle sehr ernst nimmt. Und sie hat weiß Gott keine leichte Rolle.«

* nämlich Wilhelm I., Friedrich III. und Wilhelm II.

»Montaigne schrieb: ›Nach meinem Dafürhalten gibt es auf der Welt kein mühsameres Geschäft, als ein würdiger König zu sein.‹ Und Ihr Vorfahr Ludwig XIV. behauptete, daß ›die Aufgabe des Königs vor allem darin besteht, den gesunden Menschenverstand walten zu lassen, der stets ohne Mühe und auf natürliche Weise waltet‹.«

»Damit bleiben beide hinter der Wirklichkeit zurück«, seufzt Don Juan Carlos melancholisch.

Weder Montaigne noch der Sonnenkönig konnten ahnen, daß eines Tages eine spanische Königin sich ihre Gedanken zu eigen und zu ihrer goldenen Lebensregel machen würde. Und in der Tat übt wohl niemand sein mühsames und schwieriges Amt mit mehr Würde aus als diese Königin. Die Spanier wissen wenig von ihr, doch sie ahnen, daß sie es sich zum Lebensinhalt gemacht hat, Tag für Tag und Stunde um Stunde den Spaniern zu dienen, und zwar allen Spaniern, auch wenn sie jenen den Vorzug gibt, die ihre besondere Zuwendung brauchen: den Jungen, den Armen, den Kranken und den Alten, die einsam und verlassen am Ende ihres Lebens stehen, aber auch denjenigen, deren einzige Schule die Straße ist und die nicht aus freier Entscheidung kriminell werden, sondern weil ihnen eine intolerante und grausame Gesellschaft keine andere Wahl läßt. Wenn die Spanier kaum etwas über Doña Sofía wissen, so liegt das an der ungewöhnlichen Diskretion, mit der sie ihr öffentliches und privates Leben umgibt. Und doch haben sie die Spanier ins Herz geschlossen, denn sie sind es nicht gewohnt, daß die Mächtigen ein einfaches und bescheidenes Leben führen. Doña Sofía ist eine »Spanierin wie alle anderen«. Sie widmet sich ihrem Mann, ihren Kindern und ihren Pflichten, die häufig undankbar und immer schwierig, wenn nicht sogar mühevoll sind.

»Doña Sofía«, fährt Don Juan Carlos fort, »vergißt niemals, daß sie die Königin ist. Dennoch lehnt sie jedes autoritäre Gehabe ab. Sie setzt auf das Gespräch und gütliche Regelungen. Ich glaube nicht, daß sie ihre hohe Stellung jemals dazu mißbraucht hat, jemanden zurechtzuweisen. Es genügt ihr, ein wenig auf Distanz zu gehen. Wie Sie wissen, schwärmen ihre Mitarbeiter von ihrem heiteren Gemüt und ihrem ausgeprägten Sinn für Humor. Oft muß sie so herzhaft lachen, daß sie damit ihre ganze Umgebung ansteckt. Man spürt, daß sie eine Frau ist, die eine glückliche Kindheit gehabt hat.«

»Ich vermute, Señor, daß sie als Tochter eines amtierenden Königs gewisse Erfahrungen mitbrachte, die ihr sehr dienlich waren, als sie Königin von Spanien wurde.«

»Gewiß, obwohl unsere gegenwärtige Monarchie mit der griechischen Monarchie, die Doña Sofía erlebt hat, nicht sehr viel gemein hat. Wissen Sie, was Doña Sofía am meisten erstaunt hat, als sie nach Spanien kam? Nun, daß Personen unseres Standes beinahe ein normales Leben führen können. Sie können ins Kino gehen oder abends mit Freunden ein Restaurant besuchen. In Athen war das nicht möglich, und dabei war Griechenland unter König Paul weiß Gott demokratisch! Aber es stimmt schon, wir Spanier sind anders. Als mich Václav Havel in Palma de Mallorca besuchte, nahm ich ihn morgens auf ein Gläschen in eine Bar mit. Alle Leute grüßten mich wie einen alten Bekannten. Havel konnte es nicht fassen! Und noch mehr wunderte er sich darüber, daß ich unsere Zeche bezahlte, obwohl der Wirt uns unbedingt einladen wollte. ›Was wir hier tun‹, sagte der Staatspräsident der Tschechoslowakei, ›wäre in Prag völlig undenkbar.‹ Auch Doña Sofía hat eine Zeitlang gebraucht, bis sie sich an diese Gepflogenheiten gewöhnt hatte, die ihr ziemlich merkwürdig vorgekommen sein müssen. Ich selbst fand das immer völlig normal. Ich bin der König, aber ich bin auch ein Mensch, und ein Spanier obendrein, und ich glaube nicht, daß es genügt, auf einen Sockel zu steigen, um respektiert zu werden.«

»Hat sich Doña Sofía dennoch schnell in Spanien eingelebt?«

»Am Anfang hatte sie Probleme mit der Sprache, aber sie hat sehr schnell gelernt, und inzwischen spricht sie, wie ich finde, Spanisch ohne jeden Akzent. Ich kann kein Griechisch, doch als ich zum ersten Mal Leute griechisch sprechen hörte, dachte ich, sieh mal an … Spanier! Die beiden Sprachen haben nichts gemein, aber sie klingen sehr ähnlich.«

»Als ich das erste Mal nach Athen kam, dachte ich – wenn man einmal vom Parthenon absieht –, ich sei in Badajoz gelandet. Die gleiche Hitze, der gleiche Staub, das gleiche blendende Licht. Ich glaube, daß man sich auf den ersten Blick in ein Land verlieben kann. Syliane, meine Frau, die halb Französin, halb Italienerin ist, besuchte gleich nach ihrer Ankunft in Spanien einen Stierkampf mit dem Torero Dominguín. Als wir die Arena wieder verließen, sagte sie nur zu mir: Ich will nie wieder fort aus diesem Land.«

»Das verstehe ich sehr gut.«

»Hat sich die Königin sehr schnell als Spanierin gefühlt?«

»Ich glaube, Doña Sofía hat sich vor allem sehr schnell zu Hause gefühlt.«

»Ihre Großmutter, Königin Victoria Eugenia, hat manchmal gesagt, daß sie sich in Spanien oft wie eine Fremde fühle.«

»Meine Großmutter war Engländerin, und die Engländer … Als Doña Victoria Eugenia ihren Fuß auf spanischen Boden setzte, betrat sie eine Welt, die ihrer eigenen im Grunde völlig fremd war. Doña Sofía ist Griechin, und unsere beiden Länder können einander zum Verwechseln ähnlich sein, besonders wenn man sich ihnen vom Mittelmeer her nähert.«

»Meine Mutter, die Doña Victoria Eugenia sehr mochte, sagte oft zu mir, daß man sie am Hof ziemlich reserviert aufgenommen habe.«

»Das habe ich auch gehört. Ich glaube nicht, daß meine Großmutter immer glücklich bei uns war.«

»Irgend jemand hat einmal gesagt, der Hof sei wie ein Marmorgebäude, das aus hartherzigen und überaus höflichen Menschen bestehe.«

»Sie wissen ja, Höflichkeit ist nicht alles …«

Die spanische Monarchie, inzwischen in einer Volksabstimmung gebilligt, war klug genug, mit den alten Gewohnheiten zu brechen. Das Königspaar umgibt sich nicht mehr mit Höflingen, Kurtisanen oder Speichelleckern, sondern mit einfachen und tüchtigen Männern und Frauen, die dafür sorgen, daß jeden Morgen jener frische Wind durch Schloß Zarzuela weht, von dem Miguel Maura gesprochen hat. Die stickige und feindselige Atmosphäre der Cliquen und Clans gehört der Vergangenheit an.

Die Tage des Königs und der Königin beginnen sehr früh am Morgen.

»In unserer Familie sind alle Frühaufsteher. Nicht nur aus Pflichtgefühl, sondern aus Passion. Ich bin es seit meiner Zeit auf den Militärakademien gewohnt, früh aufzustehen. Mein Vater, der gern bis tief in die Nacht mit Freunden plaudert, sitzt im Sommer schon bei Sonnenaufgang wieder am Steuer seines Bootes.«

»Bei einem Diner im letzten August, an dem auch der Graf von Barcelona teilnahm, erzählte mir sein Adjutant, ein sehr sympathischer Marineoffizier, daß er am folgenden Tag in Urlaub fahren werde. Als ich ihn fragte, wohin, antwortete er: ›Ganz gleich wohin, wenn ich nur ausschlafen kann. Seit ich bei Seiner Königlichen Hoheit bin, habe ich keine Nacht länger als drei oder vier Stunden geschlafen.‹«

»Ja, so sind wir«, lächelt Don Juan Carlos. »Früher, als die Kinder noch zur Schule gingen, hat sie Doña Sofía selbst begleitet. So konnte sie auch mit Lehrern des Prinzen und der Infantinnen sprechen. Doña Sofía steht tatsächlich sehr früh auf. In den frühen Morgenstunden empfängt sie die Mitarbeiter ihres Sekretariats in ihrem Büro und läßt sich von ihnen über die verschiedenen Aufgaben unterrichten, die sie an diesem Tag zu bewältigen hat. General Fernández Campo – früher war Nicolás Mondéjar dafür zuständig – informiert sie eingehend über alle wichtigen Ereignisse in der Welt, speziell über das, was für Spanien von Interesse sein könnte. Die Königin macht sich von allem Notizen und zieht daraus ihre Schlüsse. Sie ist eine ordnungsliebende Frau. Sie improvisiert nicht gern und verabscheut jede Form von Schlendrian. Aber glauben Sie nicht, daß sie ihre Tage im Büro zubringt, ganz und gar nicht! Sie ist ebenso aktiv wie ich und unternimmt alles mögliche. Im Sommer, wenn wir auf Mallorca Ferien machen, gibt sie sich zusammen mit ihrem Bruder König

Konstantin und mir ihrer leidenschaftlichen Liebe zum Meer hin. Unsere ganze Familie hat das Meer im Blut. Wenn wir an Bord der ›Fortuna‹ sind, fühlen wir uns wirklich frei!«

Mit einem Hauch von Wehmut in der Stimme fügt Don Juan Carlos hinzu:

»Wäre ich nicht König, so wäre ich sicher Seemann geworden.«

Doña Sofía ist das, was die Spanier eine *mujer importante,* eine bedeutende Frau, nennen. Gebildet und sensibel, ist sie auch eine überzeugte Naturschützerin, die niemals einen Fuß in eine Stierkampfarena setzt, es sei denn ihre Pflichten zwingen sie dazu. Doch in einem Land, in dem die Liebe zum Stierkampf in allen Gesellschaftsschichten tief verwurzelt ist, löst diese Haltung der Königin mitunter Kontroversen aus. Auch den Prinzen von Asturien und die Infantinnen sieht man nicht oft in den Arenen. Als ich Don Juan Carlos darauf anspreche, antwortet er:

»Ich würde häufiger zum Stierkampf gehen, wenn ich Zeit hätte! Zum Glück kann meine Mutter die Familie beim Stierkampf vertreten!«

Tatsächlich nahm die Gräfin von Barcelona bei allen Stierkämpfen der Feria de San Isidoro in Begleitung einiger Personen aus ihrem Gefolge jeden Nachmittag in der königlichen Loge Platz.

»Vor nicht allzu langer Zeit«, sage ich zum König, »sagte José Carlos Arevalo, der Direktor von ›6 Toros 6‹ zu mir: ›Wenn der Prinz von Asturien eines Tages in einer Stierkampfarena an der Plaza de Las Vantas erschiene, so würde ihn das Madrider Publikum mit großem Jubel empfangen.‹«

»Ich weiß«, räumt Don Juan Carlos ein, »aber schauen Sie, wenn der Prinz sich nicht oft beim Stierkampf zeigt – und ich weiß, daß er gelegentlich hingeht –, dann wahrscheinlich deshalb, weil er die Gefühle seiner Mutter nicht verletzen will. Doña Sofía liebt Musik und ist stolz auf ihre Freundschaft mit bekannten Interpreten, darunter auch Rostropowitsch. Er ist einer ihrer besten Freunde. Wenn Rostropowitsch in Madrid gastiert, versäumt er es nie, am Ende seines Gastspiels für die Königin das Konzert für Violoncello in h-Moll von Dvořák zu spielen.«

»Ist es wahr, Señor, daß Doña Sofía sich stark dafür eingesetzt hat, daß die Krone Künstlern Adelstitel verleiht?«

»Ja, Spanien muß endlich auch andere Verdienste anerkennen als die, die man früher auf dem Schlachtfeld erworben hat. Wie die britische Krone müssen wir Künstler und Intellektuelle auszeichnen, indem wir ihnen Titel verleihen und Ehrungen zuteil werden lassen.«

So kam es, daß Salvador Dalí kurz vor seinem Tod Marqués von Púbol wurde, daß der berühmte Gitarrist Andrés Segovia zum Marqués von Salobreña ernannt wurde und Don Ramón del Valle-Inclán posthum die Würde eines Marqués von Bradomín erhielt.

»Aber«, fährt Don Juan Carlos fort, »wer ständig in der Umgebung von Doña Sofía lebt, weiß, daß ihre Hauptsorge, ihr Hauptinteresse der ›Fundación Reina Sofía‹ gilt, deren Gründerin und treibende Kraft sie ist. Diese Stiftung hat sich unter anderem zum Ziel gesetzt, die Erforschung der ›Bedürfnisse des Menschen in seiner individuellen Wirklichkeit‹ zu fördern, und zwar unter Berücksichtigung seiner Beziehung zu der sozialen Gemeinschaft, der er angehört. Den hochgesteckten und zutiefst humanitären Zielen dieses Programms widmet die Königin einen Großteil ihrer Zeit. Und Sie können sich nicht vorstellen, wie sie leidet, wenn sie vor einem menschlichen Problem steht, für das sich keine Lösung finden läßt.«

Doña Sofía, sage ich mir, muß viel gelitten haben, denn als sie den Thron bestieg, lag im sozialen Bereich in Spanien vieles im argen: Niemand kümmerte sich um die Jugendlichen, die angesichts der tristen Zukunftsaussichten entmutigt waren, um die Straffälligen, die sich selbst überlassen blieben, um die diversen Randgruppen und um die täglich steigende Zahl von Arbeitslosen, die in ihrer menschlichen Würde gekränkt wurden. Es bedurfte einer Königin wie Doña Sofía, daß sich jemand dieser immensen Aufgabe annahm.

»Señor, kennen Sie den Ausspruch von Don Jacinto Benavente (ein berühmter spanischer Dramatiker zu Beginn des Jahrhunderts), der einmal sagte: ›Kinderkriegen ist eine Krankheit, die neun Monate dauert, aber man braucht ein Leben lang, um sich von ihr zu erholen.‹ Wie bekommt Ihnen diese Genesungszeit, Señor?«

Ein Lächeln erhellt das Gesicht von Don Juan Carlos.

»Ihr Benavente war eingefleischter Junggeselle. Er hatte nicht die leiseste Ahnung, wovon er sprach. Kinder sind ein Geschenk des Himmels!«

Und er wiederholt mit Nachdruck:

»Jawohl, ein Geschenk des Himmels!«

Er ändert seine Sitzhaltung und sagt, immer noch lächelnd:

»Kinder zu haben – das wissen Sie genausogut wie ich – ist für uns Eltern eine ständige Quelle der Sorge, aber auch der Freude und des Glücks. Es ist wunderbar, wenn man Tag für Tag sieht, wie sie heranwachsen, wenn man herauszufinden versucht, welche Vorlieben und Neigungen sie haben, damit wir sie besser verstehen und ermutigen können. Die Königin und ich sind glückliche Eltern. Unsere Kinder sind, jedes für sich genommen, außergewöhnliche Menschen. Sie sind vergnügt, unkompliziert und so ungezwungen, daß wir sie manchmal daran erinnern müssen, wer sie sind. Außerdem sind alle drei sehr sportlich, und darüber freue ich mich besonders, denn ich bin überzeugt, daß der Sport für die Entwicklung jedes Menschen von großer Bedeutung ist. Durch den Sport lernen wir, beharrlich zu sein und über uns selbst hinauszuwachsen. Nur weil ich eine bestimmte Sportart getrieben habe und mich täglich überwinden mußte, konnte ich mich häufig als absolut freier Mensch fühlen.«

Der König macht eine Pause und fährt dann voller Stolz fort:

»Don Felipe ist mit der Zeit ein hervorragender Segler geworden, wie übrigens auch seine Schwester, die Infantin Cristina. Und wie die Infantin Elena reiten kann, haben Sie ja gesehen …

Möglicherweise wollte uns Benavente mit seiner scherzhaften Bemerkung nur daran erinnern, daß es nicht immer leicht ist, unsere Kinder zu verstehen. Aber wir müssen akzeptieren, daß sie Gefühle entwickeln, die ihrer wachsenden Reife entsprechen, und wir müssen ihnen erlauben, sie auch frei auszudrücken. Wir erleben mit, wie aus den Kindern nach und nach Männer und Frauen werden, die nicht unbedingt immer die gleiche Einstellung zum Leben haben wie wir. Aber wir müssen sie akzeptieren. Und wenn man, wie wir, einen Erbprinzen und Prinzessinnen als Kinder hat, wird alles noch komplizierter, denn man muß sie auf Aufgaben vorbereiten, die bei weitem die Aufgaben normaler Menschen übersteigen. Don Felipe, zum Beispiel, mußte in einem Alter, in dem andere Jungen nur Mädchen und ihr Vergnügen im Kopf haben, schon durch die Welt reisen und mich bei offiziellen Anlässen vertreten, und das ist nicht immer das reinste Vergnügen. Wir legen großen Wert darauf, eine Familie zu sein, deren Mitglieder gern in diesem Haus zusammenleben. Hier steht es jedem frei, zu kommen und zu gehen, wann er will.«

»Sie sprechen oft von Ihrer Familie, Señor. Könnten Sie vielleicht einmal präzisieren, wer eigentlich zur Königlichen Familie gehört?«

»Aber das ist doch ganz einfach, José Luis. Die Königliche Familie besteht aus dem König, der Königin, dem Prinzen und den beiden Infantinnen. Und natürlich gehören auch meine Eltern dazu, der Graf und die Gräfin von Barcelona, sowie meine beiden Schwestern, die Infantinnen Doña Pilar und Doña Margarita. Nicht aber die Kinder meiner Schwestern oder ihre Ehemänner. Sie gehören zwar zur Familie des Königs, nicht aber zur Königlichen Familie. Dasselbe gilt auch für meine Cousins. Und wie jede andere Familie haben wir auch mehr oder weniger entfernte Verwandte, Onkel, Tanten, Cousins und Cousinen zweiten oder dritten Grads.«

Nach kurzem Zögern fügt Don Juan Carlos hinzu:

»Und dann sind da noch diejenigen, die den Namen de Borbón tragen. Einige tragen ihn übrigens unrechtmäßig, José Luis.«

»Und doch wurde es behauptet. Aber ich habe ein ruhiges

Und doch wurde es behauptet. Aber ich habe ein ruhiges »Wissen Sie, Señor, wie man diese Bourbonen in Madrid nennt?«

»Nein.«

»Die Bourbonen *del Corte Inglés**.«

»Aha!«

Nicht der Anflug eines Lächelns. Don Juan Carlos scherzt niemals über Dinge, die dem Ansehen der Königlichen Familie direkt oder indirekt schaden können. Und doch gibt es Leute – meist sehr nette Leute –, die mit dem Namen de Borbón Mißbrauch treiben. Aber es ist nun einmal viel schicker, sich de Borbón zu nennen statt García de Lóbez, Barruci, Yordi oder gar von Hardenberg, wenn man bei einem Diner oder bei einer Cocktailparty die großen Namen der internationalen Haute Couture oder verführerische Parfums der Spitzenmarken repräsentiert. Ich verstehe durchaus, daß Don Juan Carlos, der Spanien repräsentiert, mit solchen Praktiken nicht einverstanden ist.

Der Monarch sieht es auch nicht gern, daß sich gewisse Aristokraten mit Hoheit anreden lassen, obwohl mit Ausnahme der Mitglieder der Königlichen Familie niemand in Spanien den Titel Prinz oder Prinzessin führen darf. Aber die Spanier nehmen es mit dem Protokoll nicht so genau. So liest man oft in der Presse: »Juan Carlos denkt ... Juan Carlos hat gesagt ...« Dagegen würde keine englische Zeitung einen Satz drucken wie »Isabelle hat gestern mit ihrer Mutter Tee getrunken« und damit jene Dame meinen, die für die Briten niemand anders ist als »Her Majesty the Queen«.

Am Morgen hat es in der Sierra geschneit, und der Himmel über Schloß Zarzuela ist noch klarer als sonst. Ein Wildschwein rennt fast einen Kilometer weit hinter meinem Wagen her. Sein Fell ist mit weißen Flocken übersät.

Don Juan Carlos sieht abgespannt aus.

»Ich hatte eine schlechte Nacht. Ich muß eine ungeschickte Bewegung gemacht haben. Das Knie tut heute sehr weh.«

»Wenn Sie wollen, Señor, können wir auch morgen ...«

»Nein, nein. Nehmen Sie ruhig Platz.«

Er zwingt sich zu einem Lächeln und fragt:

* Warenhaus, in dem es alles zu kaufen gibt.

»Worüber wollen Sie heute mit mir reden?«

Ich lege meine Unterlagen auf den Tisch und schalte meinen Kassettenrecorder ein.

»Können Sie mir sagen, Señor, wann Sie sich so frei fühlten, daß Sie selbst Initiativen ergriffen, ohne die Angelegenheit General Franco zu unterbreiten?«

Don Juan Carlos braucht lange, bevor er mir antwortet. Vielleicht denkt er über die Ungebührlichkeit der Frage nach.

»Das ist schwer zu beantworten«, sagt er schließlich. »Ich habe oft die Initiative ergriffen. Es war eine Sache, ohne die Zustimmung des Generals zu handeln, aber eine ganz andere, und weit weniger gefährliche, etwas zu tun, ohne sich um die Meinung der wichtigen Leute in seiner Umgebung zu kümmern. Als der General zum ersten Mal krank wurde, habe ich begonnen, wirklich Verantwortung zu übernehmen.«

Er denkt noch einmal nach und fügt dann hinzu:

»Wenn ich mich auf ein Datum festlegen soll, so würde ich sagen, daß sich die Dinge für mich nach der Ermordung Carrero Blancos allmählich zu verändern begannen.«

Am 20. Dezember 1973 fuhr der schwarze Dodge von Admiral Carrero Blanco, dem Stellvertreter Francos, in der Calle Claudio Coello auf eine Mine von außergewöhnlicher Sprengkraft. Durch die Wucht der Explosion wurde der Wagen, wie von einer riesigen Hand gepackt, durch die Luft geschleudert und landete krachend im Innenhof eines Jesuitenklosters. Man barg drei Leichen aus den Trümmern: den Admiral, der sofort tot gewesen war, Pérez Mogena, seinen Chauffeur, und den einzigen Leibwächter, der für seine Sicherheit gesorgt hatte. Der Admiral hatte es den Terroristen leicht gemacht. Seit Jahren war er jeden Morgen die gleiche Strecke gefahren und hatte um neun Uhr die Messe in einer Kirche an der Calle Serrano besucht.

»Hat man jemals herausgefunden, Señor, wer hinter dem Mord an Carrero gesteckt hat?«

Don Juan Carlos sieht mich verdutzt an.

»Aber ... die ETA, natürlich. Wissen Sie das denn nicht?«

»Ich weiß wie jeder andere, daß die ETA das Attentat ausgeführt hat. Aber wer steckte hinter den Basken? Wer hat die ETA, ohne daß sie es merkte, manipuliert?«

Don Juan Carlos sieht mich mit jenem Blick an, mit dem er Menschen fixiert, ohne daß er sie wahrzunehmen scheint.

»Ich weiß es nicht«, antwortet er. Seine Stimme klingt so, als habe er sich diese Frage schon hundert Mal selbst gestellt. Und dann wiederholt er:

»Ich weiß es nicht.«

Und ich glaube ihm, denn hätte er meine Frage nicht beantworten wollen, so hätte er ganz einfach geschwiegen, wie er es schon mehrmals getan hat, wenn ich ihm zu neugierig geworden bin.

»Dennoch war es ein merkwürdiges Verbrechen, Señor.«

»Das haben Sie gesagt.«

Die Vorhut des baskischen Terrorkommandos »Txiquia« traf im Dezember 1972 in Madrid ein, um die Gewohnheiten des *Ogro*, des »Menschenfressers«, wie der Spitzname des Admirals lautete, zu studieren. Ein Jahr später, am 20. Dezember 1973, wurde der Admiral ermordet. In diesen zehn Monaten wechselte das Kommando – von dem man bis heute nicht weiß, aus wie vielen Männern es bestand – mehrmals die Wohnung, und das zu einer Zeit, als jeder Umzug beim zuständigen Polizeirevier gemeldet werden mußte. Im geeigneten Moment mietete ein angeblicher Bildhauer – auch das grenzt an ein Wunder – eine Werkstatt mit dazugehörigem Keller in der Calle Claudio Coello, durch die täglich der Wagen des Admirals fuhr. Da der Beruf des Mieters bekannt war, wunderte sich niemand über die Hammer- und Pickelschläge, die aus dem Keller nach draußen drangen, als die Terroristen einen zehn Meter langen Tunnel unter die Straße gruben und mit Sprengstoff füllten. Während dieser Zeit aßen und tranken die Männer des Kommandos »Txiquia« in den Gaststätten und Bars des Viertels, ohne daß sich jemand für ihr Treiben interessierte. Zwischen dem 19. und 20. Dezember verlegten zwei als Elektriker getarnte Terroristen am hellichten Tag und vor den Augen von Passanten ein zweihundert Meter langes

Elektrokabel, über das später die Sprengladung im Keller des Bildhauers gezündet werden sollte. Niemand fragte sie, was sie da machten. Und dies alles geschah in unmittelbarer Nähe der amerikanischen Botschaft, in der Henry Kissinger die Nacht vor dem Mord verbringen sollte und die als der bestbewachte Ort in Madrid galt. Nach dem Attentat flohen die Mitglieder des Kommandos »Txiquia« mit dem Auto nach Portugal. Keine Kontrollen an den Straßen, kein Alarm an den Grenzübergängen. Die Terroristen hätten ebensogut auch ein Flugzeug nehmen können, denn sonderbarerweise war keine Polizei am Flughafen.

»Es war ein perfekt geplantes Verbrechen, und es wurde perfekt ausgeführt.«

Don Juan Carlos nickt zustimmend. Ich erkläre ihm:

»Eines Tages sprach ich mit dem Generalsekretär der Kommunistischen Partei über die ›Operation Ogro‹. Dabei erzählte er mir, daß er in der schlimmsten Phase des Frankismus Agenten nach Spanien geschickt hatte, die in sowjetischen und tschechoslowakischen Terrorismus-Schulen perfekt ausgebildet worden waren. Alle wurden nach ein paar Monaten von der politischen Polizei des Regimes verhaftet. Einer effizienten und gefährlichen Polizei, wie Carrillo betonte. ›Das stellte mich vor ein schweres moralisches Problem‹, vertraute mir der Generalsekretär an, ›denn ich wußte, daß alle Genossen, die ich da runter schickte, gefaßt und nach grausamen Folterungen hingerichtet werden würden. Um mein Gewissen zu erleichtern, bat ich mehr als einmal darum, selbst nach Spanien geschickt zu werden. Aber man antwortete mir, daß das Leben eines Parteiführers zu wertvoll sei, um so kläglich im »Schlachthaus« zu enden.‹ Carrillo konnte sich nicht erklären, warum eingeschleuste Kommunisten, also Profis, die alle Tricks des Gewerbes kannten, von Francos Polizei immer geschnappt, verhört und mißhandelt wurden, niemals aber Basken, die, wie er sagte, ›immer wie Basken aussehen, einen baskischen Akzent haben und im allgemeinen auch Baskenmützen tragen‹. Nach Carrillos Eindruck hat man die Terroristen der ETA gewähren lassen oder sogar unterstützt. Auf jeden Fall war das auch die Meinung der Witwe Carreros.«

Der König sieht mich immer noch an, ohne etwas zu sagen.

»Carrillo deutete an, daß viele Personen, die mit der ETA nichts zu tun hatten, sehr daran interessiert waren, einen Mann von der politischen Bühne verschwinden zu lassen, der in der Beibehaltung des Frankismus die einzige politische Zukunft Spaniens sah. Halten Sie das für möglich, Señor?«

»Alles ist möglich, José Luis.«

»Innenminister Carlos Arías Navarro, der für die Sicherheit des Admirals unmittelbar verantwortlich gewesen war, wurde jedenfalls nicht entlassen, sondern, im Gegenteil, kurze Zeit später zum Regierungschef ernannt. Für Carrillo und viele andere Spanier kam das einer Provokation gleich.«

»Ja. Viele Leute kamen damals ins Grübeln.«

»Die Umstände dieses Verbrechens wurden mit der Zeit immer mysteriöser. Als mein damaliger französischer Verleger bekanntgab, daß ich die Absicht hatte, ein Buch über die Operation Ogro zu schreiben, bestellte man mich ins Innenministerium, das damals von Michel Poniatowski geleitet wurde, und gab mir den, übrigens gutgemeinten, Rat, das Projekt fallenzulassen. Was ich dann natürlich auch tat, denn in Paris ist man immer gut unterrichtet.«

Ich lasse mir Zeit, bevor ich die nächste Frage stelle.

»Wer hat Sie gebeten, Señor, beim Begräbnis des Admirals die Staatsführung zu vertreten?«

»Niemand. Franco konnte nicht, deshalb nahm ich seinen Platz ein. Die Meinung unter meinen Sicherheitsleuten war gespalten. Die einen sagten: Wenn die ETA es gewagt hatte, den Admiral anzugreifen, dann würde sie möglicherweise auch versuchen, den König zu ermorden. Die anderen glaubten, daß die ETA es nicht wagen würde, ein Attentat auf den König zu verüben. Ich machte der Diskussion ein Ende und beschloß, meine Uniform anzuziehen und der Lafette, auf der man Carreros Leichnam aufgebahrt hatte, bis zum Friedhof zu folgen. Obwohl es an jenem Tag bitterkalt war, säumten über hunderttausend Menschen die Straßen und sahen schweigend zu, wie der Trauerzug die Stadt durchquerte.«

»Waren Sie sich damals darüber im klaren, Señor, daß Sie möglichen Heckenschützen eine ideale Zielscheibe boten? Sie gingen allein hinter dem Leichnam des Admirals her, und Sie waren dazu erzogen worden, eine Politik zu verfolgen, die auch Carrero verfolgt hätte, wenn er am Leben geblieben wäre ...«

Wenn Don Juan Carlos ungeduldig wird, kann er einen sehr schroffen Ton anschlagen.

»Ich habe Ihnen doch bereits gesagt, daß ich niemals an solche Dinge denke! Die Leute von der ETA hätten den Admiral ohne weiteres auch anderswo erschießen können, zum Beispiel wenn er die Kirche betrat, in der er jeden Morgen die Messe besuchte, oder wenn er anschließend wieder herauskam. Sie haben es nicht getan. Sie haben es vorgezogen, ihn aus der Entfernung zu ermorden. Diese Burschen sind feige. Sie setzen nicht gern ihr Leben aufs Spiel.«

Ich spüre, daß es Zeit ist, das Thema zu wechseln, aber ich habe noch eine Frage, deren Beantwortung mehr Licht in die Sache bringen könnte.

»Nehmen wir einmal an, Carrero wäre am Leben geblieben, Señor. Hätten Sie dann ebenso schnell die Strukturen des frankistischen Regimes zerschlagen können, wie Sie es später getan haben?«

Don Juan Carlos verzieht keine Miene. Dann erscheint, kaum sichtbar, ein schwaches Lächeln auf seinen Lippen.

»Ich glaube«, sagt er langsam, indem er jedes Wort betont, »daß Carrero mit dem, was ich vorhatte, nicht ganz einverstanden gewesen wäre. Aber ich glaube nicht, daß er sich dem Willen des Königs offen widersetzt hätte.«

Und mit einem breiten Lächeln fügt er hinzu:

»Er wäre ganz einfach zurückgetreten.«

Ich benötige einige Minuten, um die Batterien meines Kassettenrecorders zu wechseln. Der König nutzt die Unterbrechung und führt ein Telefongespräch. Als er den Hörer wieder aufgelegt hat, frage ich ihn:

»Warum konnte Franco nicht hinter dem Sarg des Admirals hergehen? War er schon so krank?«

»Krank? Nein, noch nicht. Er war einfach zu erschüttert über den gewaltsamen Tod des Admirals. Doch er hatte noch die Kraft, der Trauerfeier für Carrero in der Kirche San Francisco el Grande beizuwohnen.«

»Und als er dort der Witwe Carreros sein Beileid aussprach, brach er in Tränen aus.«

»Ja. Das machte auf die Anwesenden einen tiefen Eindruck. Der General zeigte sonst nie seine Gefühle.«

»War er plötzlich verkalkt?«

»Verkalkt? Ich mag das Wort nicht. Nein, Franco war alles andere als verkalkt. Er war ganz einfach ein alter Mann, der beim Abschied von einem seiner treusten Freunde von seinen Gefühlen überwältigt wurde.«

»Und doch sagte er einige Tage später im Fernsehen, als er den Admiral in seiner Neujahrsansprache würdigte, einige recht merkwürdige Dinge, um es gelinde auszudrücken. Er sagte fast wörtlich, daß man als Politiker in der Lage sein müsse, das Schlechte in etwas Nützliches zu verwandeln. Und er erinnerte an unser altes Sprichwort: ›Es gibt nichts Böses, aus dem nicht etwas Gutes hervorgeht.‹ Niemand verstand, was er damit sagen wollte, aber es wurde eifrig spekuliert. Hatte der General nur eine Bemerkung wiederholt, die jemand aus seiner Umgebung gemacht hatte, vielleicht sogar jemand aus seiner Familie? Einige Leute mutmaßten, daß es in der unmittelbaren Umgebung des Generals Leute gebe, für die der Tod des Admirals eher eine Wohltat gewesen sei, und kein Unglück. Aber warum?«

Don Juan Carlos antwortet nicht. Sein Blick wandert einmal mehr über meinen Kopf hinweg. Er weiß über diese Affäre bestimmt viel mehr als ich, und sein Schweigen kann bedeuten, daß es doch so etwas wie Staatsräson gibt.

»Fanden Sie es normal, Señor, daß Carlos Arías Navarro so kurz nach dem Tod des Mannes, den er eigentlich hätte beschützen sollen, zum Regierungschef ernannt wurde?«

»Im Prinzip hätte Torcuato Fernández Miranda in seiner Eigenschaft als Carreros Vize dieses Amt übernehmen müssen. Aber Torcuato hatte sich unter den Anhängern eines harten

Kurses im Regime viele Feinde gemacht. Man erregt häufig Mißtrauen, wenn man zu gute Arbeit leistet. Und Torcuato war äußerst geschickt zu Werke gegangen. Er hatte es fertiggebracht, die Fanatiker zu beruhigen, die umfassende Vollmachten für General Iniesta Cano, den Direktor der Guardia Civil, forderten, und er hatte die Linke, die Kommunisten eingeschlossen, dazu überredet, sich ruhig zu verhalten, denn der kleinste Zusammenstoß konnte denjenigen einen willkommenen Vorwand liefern, die eine Politik der starken Hand um jeden Preis forderten. Außerdem hatte Franco schon beschlossen, wer Carreros Nachfolger werden sollte: Admiral Nieto Antúnez, ein alter Freund, mit dem er des öfteren auf seiner Jacht ›Azor‹ zum Thunfischangeln fuhr. Doch diesmal gab Franco, vielleicht weil er schwerer erkrankt war, als man ahnte, dem Drängen seiner engsten Berater nach und ernannte nicht Nieto Antúnez, sondern Carlos Arías Navarro.«

»Mit ihm hatten Sie, Señor, die größten Probleme.«

»Ein paar, José Luis, ein paar.«

Carlos Arías Navarro, ein schroffer kleiner Mann mit strengem Blick, hatte sich im Bürgerkrieg als Staatsanwalt bei den Militärgerichten den Ruf besonderer Grausamkeit erworben, der ihm den schrecklichen Spitznamen *Carnicerito de Málaga* (Schlächter von Málaga) eingebracht hatte. Er war Franco blind ergeben, und nicht nur ihm, sondern auch der »Familie«, die ihn neben Rodriguez de Valcárcel für den einzigen Mann hielt, der sie vor größerem Schaden bewahren konnte, falls sich das Blatt eines Tages wenden sollte.

»Wäre Ihnen Nieto Antúnez lieber gewesen als Carlos Arías, Señor?«

Don Juan Carlos macht eine vage Handbewegung.

»Ich weiß immer, woran ich bin, wenn ich einen Admiral vor mir habe.«

»War Carlos Arías ein intelligenter Mann?«

»Er war alles andere als ein Dummkopf. Aber er hatte kein langfristiges Rezept für die Lösung der Probleme in unserem Land. Außerdem war er störrisch wie ein Esel. Fehlende Charakterstärke ersetzte er durch Sturheit. Ich urteile nicht gern über Menschen, die sich nicht mehr verteidigen können, aber Arías hatte nicht das nötige Format, um die radikalen Veränderungen in Angriff zu nehmen, die das spanische Volk verlangte. Gleichwohl begriff er, daß eine Fortsetzung der frankistischen Politik nach Francos Tod unmöglich war. Also führte er einige ›liberale‹ Reformen durch. Aber das war nur Augenwischerei und konnte niemanden zufriedenstellen.«

»Wann wurde Franco ernstlich krank?«

»Im Juli 1974. Am 10. oder 11. Juli, genau weiß ich es nicht mehr. Eine Venenentzündung am rechten Bein. Franco hätte gut hundert Jahre alt werden können. Er rauchte nicht, er trank nicht, und aus gutem Essen machte er sich auch nichts. Er führte ein Leben, wie es geregelter nicht sein kann, und verbrachte viele Stunden an der frischen Luft, entweder auf der Jagd oder beim Angeln an Bord der ›Azor‹. Die Krankheit kam für ihn sehr überraschend. Es war das erste Mal in seinem Leben, daß er so ernste gesundheitliche Probleme hatte. Und das deprimierte ihn sehr. ›Das ist der Anfang vom Ende‹, sagte er immer wieder. Und offenbar war das nicht nur so dahingesagt, denn er beauftragte Arías, so schnell wie möglich das Dekret zur Machtübergabe an den Prinzen von Spanien auszuarbeiten.«

»Wie reagierten Sie, als Sie die Neuigkeit erfuhren, Señor?«

»Nun ja, viele Leute aus meiner Umgebung rieten mir davon ab, interimistisch das Amt des Staatschefs zu übernehmen. Sie sagten zu mir: ›Bleiben Sie, wo Sie sind. Unternehmen Sie nichts. Warten Sie ganz einfach nur ab.‹ Ich hätte ihren Rat liebend gern befolgt und mich aus dem Streit herausgehalten. Aber eine solche Haltung war sehr gefährlich. Tief in meinem Innern wußte ich von Anfang an, daß ich annehmen mußte. Wenn ich mich geweigert hätte, Staatschef zu werden, als die Krankheit den General ans Bett fesselte, wäre ein Machtvakuum entstanden, und möglicherweise hätten andere versucht, es zu füllen. Das wäre zu gefährlich gewesen, José Luis. Deshalb akzeptierte ich, wenn auch widerwillig. Ich suchte den General im Krankenhaus auf und sagte zu ihm, daß seine Krankheit nicht schwer genug sei, um eine Machtübergabe zu rechtfertigen. Aber ich täuschte mich, denn am selben Tag erlitt Franco eine sehr schwere Blutung. Die behandelnden Ärzte waren sehr pessimistisch. Deshalb beschloß ich gegen den gutgemeinten Rat vieler Leute, den Vorschlag anzunehmen und Staatschef zu werden. Obwohl ich mir die Sache natürlich ganz anders vorgestellt hatte. Ich hatte eigentlich zu gegebener Zeit König werden wollen, und zwar ein König, der mit allen Vollmachten ausgestattet war und freie Hand hatte. Doch als ich von den Ärzten erfuhr, daß Franco möglicherweise nicht mehr lange zu leben habe, rief ich Arías Navarro an und teilte ihm mit, daß ich die Ernennung annahm.«

»Ich blieb nur fünfzig Tage im Amt des Staatschefs«, fährt Don Juan Carlos fort. »Am 30. Juli wurde Franco aus dem Krankenhaus entlassen und kehrte nach Hause in den Pardo zurück. Dort blieb er bis zum 17. August und fuhr dann mit seiner Familie zum ›Pazo de Meirás‹ (das Anwesen der Familie in Galicien), um sich dort von der Krankheit zu erholen. Ich selbst verließ Madrid und flog nach Palma de Mallorca. Ich wollte dort meinen Sommerurlaub verbringen. Aber irgendwie hatte ich das unbestimmte Gefühl, daß etwas im Schwange war. Ich habe ein Gespür, einen Riecher, wenn Sie so wollen, für Intrigen, die in meiner Umgebung gesponnen werden. Eines Morgens telefonierte Nicolás Mondéjar mit General Castañón de Mena, dem Chef von Francos Haustruppen. Castañon teilte ihm mit, daß der General rasch wieder zu Kräften komme. ›Angeblich‹, sagte mir Nicolás, ›geht er im Garten spazieren und führt schon fast wieder ein normales Leben.‹ Ich beschloß, auf einen Sprung im ›Pazo de Meirás‹ vorbeizuschauen, um mir selbst ein Bild zu machen. Ich nahm also ein Flugzeug und flog nach La Coruña. Tatsächlich war der General aufgestanden und sah recht gesund aus. Ich beglückwünschte ihn:

›Ich freue mich, daß es Ihnen schon viel besser geht, General. Bald werden Sie wieder wie gewohnt an Ihre Arbeit gehen, und ich kann mich zurückziehen.‹

Franco, der in einem Sessel saß, die Beine in eine Decke gewickelt, sah mich an und sagte:

›Aber nein, Hoheit, gehen Sie weiter Ihren Aufgaben nach. Sie machen das sehr gut.‹

Ich weiß nicht warum, aber das Kompliment klang falsch in meinen Ohren. Ich sagte:

›General, Sie müssen verstehen, daß ich mich in einer sehr schwierigen Lage befinde. Solange Sie krank waren, konnte ich Sie an der Spitze des Staates vertreten. Aber nun, da Sie das Schlimmste offenbar überstanden haben, würden die Spanier nicht verstehen, warum es zwei Staatschefs gibt: den richtigen, nämlich Sie, und den anderen, mich. Dazu besteht kein Grund mehr, sobald Sie in der Lage sind, die Macht wieder selbst auszuüben.‹

Da er mich nur schweigend ansah, wurde ich deutlicher:

›Ich bin gern Prinz von Spanien oder König. Aber ich weigere mich, Ihr Amt zu übernehmen, General.‹

Als einzige Antwort wiederholte Franco nur:

›Glauben Sie mir, Hoheit, Sie machen das sehr gut. Machen Sie weiter.‹

Im Pazo de Meirás fand ich meinen Eindruck bestätigt, daß sich hinter den Kulissen etwas zusammenbraute. Alle waren übertrieben freundlich zu mir. Noch am selben Abend flog ich nach Palma de Mallorca zurück. Später erfuhr ich, daß Cristóbal Villaverde ein Ärzteteam zusammengestellt hatte, das den General rund um die Uhr betreute. Dieses Team und Villaverde stimmten darin überein, daß Franco von seiner Venenentzündung praktisch geheilt sei und folglich bald wieder seine gewohnte Tätigkeit würde aufnehmen können. Carmen Villaverde, die Tochter des Generals, war anderer Ansicht. Sie hätte es gern gesehen, wenn sich ihr Vater noch einige Monate erholt hätte. Aber nicht sie, sondern ihr Mann nahm die ›Interessen‹ der Familie wahr, und diese Interessen verlangten es, daß man den General so lange wie möglich daran hinderte, die Macht endgültig an mich abzutreten.«

»Was glauben Sie, Señor: Hoffte Villaverde noch darauf, daß

Franco Sie zugunsten seines Schwiegersohns, des Herzogs von Cádiz, von der Erbfolge ausschließen würde?«

»Villaverde war nicht der einzige, der auf diese Möglichkeit setzte. Die Leute um Franco übten in diesem Sinn einen erheblichen Druck auf den alten Mann aus, der durch Krankheit und Schmerzen geschwächt war. Man hatte ihm berichtet – und das entsprach der Wahrheit –, daß der Graf von Barcelona, als er von seiner Krankheit erfuhr, eine Kreuzfahrt an Bord der ›Giralda‹ abgebrochen hatte, nach Estoril gefahren war und von dort aus mehrere lange Telefongespräche mit mir geführt hatte. Man versuchte, dem General einzureden, daß diese Komplizenschaft zwischen dem Grafen von Barcelona und dem zukünftigen König von Spanien die Fundamente des Regimes untergraben könnte, das ich nach seinem Ableben unverändert beibehalten sollte.«

»Und Sie, Señor? Haben Sie auch daran geglaubt, daß Franco unter dem Druck seiner Umgebung in letzter Minute den Mann seiner Enkelin, den Herzog von Cádiz, Ihrer Person vorziehen könnte?«

»Sie haben mich das schon einmal gefragt. Nein, ich habe nie daran geglaubt. Franco nahm niemals Entscheidungen zurück, die er getroffen hatte. Aber wir waren in Palma stehengeblieben. Sofort nach meiner Rückkehr ging ich zu einem Diner. Als ich nach Marivent (dem Sommersitz der Königlichen Familie) zurückkam, erfuhr ich, daß der General angerufen hatte. Obwohl es schon sehr spät war, rief ich zurück. Kaum hatte ich ihn am Apparat, da sagte er mir:

›Hoheit, ich wollte Sie nur davon in Kenntnis setzen, daß ich beschlossen habe, bereits morgen wieder meine Amtsgeschäfte aufzunehmen.‹ Damit hatte er mich kurzerhand von meinen Pflichten als Staatschef entbunden. Das ärgerte mich.

›General, ich finde das unerhört! Noch vor wenigen Stunden haben Sie mich, obwohl ich nicht wollte, gebeten, weiter im Amt des Staatschefs zu bleiben. Warum haben Sie mir nicht schon vorher im Pazo gesagt, daß Sie die Absicht haben, wieder ganz die Macht zu übernehmen?‹

Da Franco mit der Antwort zögerte, fuhr ich fort:

›Trotzdem will ich Ihnen sagen, General, daß ich mich über diese Nachricht sehr freue. Ich bin wirklich froh über Ihre Entscheidung.‹

Darauf beendete er das Gespräch und sagte mit leiser, schwacher Stimme:

›Morgen übernehme ich wieder die Macht. Gute Nacht, Hoheit.‹

Und das war alles. Das war wieder einmal typisch für Franco.«

»Und er hat Ihnen später keine andere Erklärung gegeben?«

»Nein. Ich erinnere mich, daß Giscard d'Estaing, als er davon erfuhr, zu mir sagte: ›Hoheit, Sie dürfen Ihre Vorrechte als Staatschef nur unter der Bedingung abtreten, daß Sie König werden.‹ Ich konnte ihm darauf nur antworten: ›Herr Präsident, wir leben hier nicht in einer Republik. In Spanien ist vieles anders, und ich weiß, was ich zu tun habe. Ich kann mich täuschen wie jeder andere, aber ich werde das tun, was ich für meine Pflicht halte.‹ Dann kehrte ich nach Schloß Zarzuela zurück und wartete.«

Franco übernahm am 2. September wieder die Macht. Doch auch er konnte nicht verhindern, daß sich das politische Klima rapide verschlechterte. Die ETA wollte in Puerta del Sol einen Sprengstoffanschlag auf die Generaldirektion der Sicherheitspolizei verüben. Sie irrte sich im Gebäude und sprengte ein Café in die Luft. Zwölf unschuldige Bürger starben, hundert wurden verletzt. Arías Navarro, im Bürgerkrieg noch einer der Hartgesottensten, wußte nicht mehr, wo ihm der Kopf stand. Liberale wie Pio Cabanillas verließen die angeschlagene Regierung. Falangisten-Generäle begannen, ganz offen Komplotte zu schmieden. Die verängstigten Spanier fragten sich: »Was kommt nach Franco?« Die Antwort, die sich ihnen aufdrängte, entbehrte nicht einer gewissen Logik: Das Militär hatte Franco zur Macht verholfen, da war es nur normal, daß es sie nach seinem Tod wieder an sich riß.

In dieser Zeit, genauer gesagt am 30. Juli, wurde in Paris die »Junta Democrática de España« (Bund Spanischer Demokraten) ins Leben gerufen, deren Sprecher zu sein ich die Ehre hatte. Die Junta formierte sich um eine Gruppe von Männern aller politischen Richtungen, darunter der Monarchist Calvo Serer, Mitglied des Opus Dei, der Kommunist Carrillo, Professor Tierro Galván und einige andere, deren Namen heute nicht mehr geläufig sind. Im Oktober desselben Jahres sagten sich bei einem Kongreß in Suresnes die damals weithin unbekannten jungen Männer Felipe Gonzáles, Alfonso Guerra und Enrique Múgica von den traditionellen Sozialisten um Rodolfo Llopis los, denen sie vorwarfen, den Kontakt zur spanischen Realität verloren zu haben. Sie traten nicht der Junta bei, sondern schlossen sich mit den Sozialdemokraten um Dionisio Ridruejo und anderen nichtkommunistischen Gruppierungen der Linken zur »Plataforma de Convergencia« zusammen. Junta und Plataforma planten für die Ära nach dem Frankismus einen demokratischen Bruch mit dem alten Regime, der von Don Juan Carlos »behutsam« gesteuert werden sollte.

»Und was unternahm der Graf von Barcelona zu der Zeit?«
»Er setzte unermüdlich seine Bemühungen fort, die Kräfte, die gegen den Franco-Staat waren, für die Monarchie zu gewinnen. Er wiederholte unablässig, daß diese Monarchie nur konstitutionell und demokratisch sein könne. Und er hütete sich tunlichst davor, wie ein Parteichef aufzutreten. Er machte keinen Hehl daraus, daß er von den ›politischen Vereinigungen‹ nichts hielt, und sprach von einer Scheinliberalisierung des Systems. Er erklärte in Estoril öffentlich, daß er sich niemals der persönlichen Macht unterworfen habe, die Franco ausübte, und zwar mißbräuchlich ausübte, wie er betonte. Wenn ich manchmal sage, daß mein Vater eine der tragischsten Rollen in der spanischen Geschichte gespielt hat, so ist das meines Erachtens keineswegs übertrieben. Auf der einen Seite vermied er es, mir Steine in den Weg zu legen, auf der anderen bemühte er sich nach Kräften, seinen Grundsätzen treu zu blieben. Im Juli 1969, anläßlich meiner Ernennung zum Nachfolger Francos und zukünftigen König, hatte er in einer Erklärung unmißverständlich darauf hingewie-

sen, daß meine Ernennung ohne sein Wissen und ohne Rücksicht auf den Willen des spanischen Volkes vorgenommen worden sei. Denen, die ihm nahelegten, zu meinen Gunsten abzudanken, antwortete er, daß er nicht auf die dynastischen Rechte verzichten könne, die ihm sein Vater, König Don Alfonso XIII., übertragen habe. Aber er fügte bereitwillig hinzu, daß er mit niemandem konkurriere und, auch wenn man ihn Prätendent nenne, keinerlei Ansprüche erhebe. Manchmal, wenn ich versuchte, mich in die Lage meines Vaters zu versetzen, liefen mir kalte Schauder über den Rücken, José Luis! Als der Graf von Barcelona daran erinnerte, daß meine Ernennung zum Nachfolger Francos und zukünftigen König nicht legitim gewesen sei, warf er eine Grundsatzfrage auf, obwohl er wußte, daß er mir die Sache damit nicht leichter machte. Aber was hätte er sonst tun sollen? Wir waren zwar beide für eine Wiederherstellung der Monarchie, aber wir suchten unser Ziel auf verschiedenen Wegen zu erreichen. Am 14. Juni 1975 erklärte mein Vater in Estoril, daß die Monarchie zwar für die Grundfreiheiten und Menschenrechte einstehe, daß die Initiative zu ihrer Wiedereinführung aber von den Spaniern ausgehen müsse, sobald sie wieder die Möglichkeit hätten, frei ihre Meinung zu äußern. Vier oder fünf Tage später teilte Antonio Poch, der spanische Botschafter in Portugal, meinem Vater mit, daß es ihm ab sofort verboten sei, spanischen Boden zu betreten. Und das stärkste daran war: In Madrid hielt es niemand für nötig, mich davon zu unterrichten.«

Verwundete Raubtiere sind doppelt gefährlich. Im September 1975 wurden in Madrid, Barcelona und Burgos zwei militante Mitglieder der ETA und drei des FRAP erschossen. General Franco persönlich hatte die Hinrichtung angeordnet, und keiner seiner Minister hatte es gewagt, offiziell dagegen zu protestieren. Die Morde lösten einen internationalen Proteststurm aus. Überall in Europa wurden spanische Botschaften gestürmt. Die Vertretung in Lissabon wurde regelrecht verwüstet. Ein Dutzend Länder riefen ihre Botschafter zurück. Einmal mehr geriet Spanien in die Isolation.

Am Abend vor den Hinrichtungen gab Franco beim Schlafengehen die Anweisung, daß er unter gar keinen Umständen geweckt werden wolle. So kam es, daß die Appelle von Papst Paul VI. und zahlreichen Staatschefs unbeantwortet blieben.

»Und Sie selbst, Señor? Haben Sie sich eingeschaltet und für die Verurteilten um Gnade gebeten?«

»Ja, aber ohne den geringsten Erfolg. Auch mein Vater hat um ihre Begnadigung ersucht, aber man hat es nicht für nötig gehalten, ihm zu antworten.«

»Wie erklären Sie sich die unerbittliche Haltung Francos in dieser bedauerlichen Affäre, Señor?«

»Vermutlich glaubte er, daß die kleinste Schwäche von seiner Seite – und für viele Männer ist Milde eine Schwäche – seine Autorität untergraben und den Verfall seines Regimes beschleunigt hätte.«

Am 1. Oktober 1975 hat Franco seinen letzten öffentlichen Auftritt. Alles ist perfekt inszeniert. Eine riesige Menge – man spricht später von über einer Million Menschen – versammelt sich auf der Plaza de Oriente, um dem Diktator ihre Sympathie zu bekunden. General Franco zeigt sich auf einem Balkon des Königlichen Palastes und winkt in die Menge. Seine Hand zittert – eine Folge der Parkinsonschen Krankheit. Er ist ein kleiner alter Mann geworden. Er trägt eine Sonnenbrille, und seine Hängebacken wirken wie aus Wachs. Seine Stimme ist kaum zu verstehen, obwohl auf der Plaza und in den angrenzenden Seitenstraßen Lautsprecher angebracht worden sind. Er dankt seinen Zuhörern dafür, daß sie gekommen seien, um ihn zu unterstützen. Wie immer, wenn die Dinge im Land nicht zum besten stehen, spricht er von einer jüdisch-freimaurerischen Verschwörung, von der kommunistischen Subversion und von Agenten der Linken, die im Dienst Moskaus stehen. Seine Stimme überschlägt sich, als er am Schluß seiner Rede ruft: »Niemand kann bestreiten, daß man heute wieder stolz darauf sein kann, Spanier zu sein!« Die Menge brüllt die üblichen Parolen wie: »Tod dem Kommunismus!« »Die ETA an die Wand!« »Wir wollen keine Öffnung, wir wollen eine starke Hand!« Und gleich darauf singt die

Menge *Cara al sol,* die Hymne der Falange. Der General fängt an zu schluchzen. Hinter ihm, dicht neben dem Kardinal von Toledo, steht, mit versteinerter und verdrossener Miene, der »Nachfolger und zukünftige König«. Er hebt nicht den Arm zum faschistischen Gruß wie alle anderen, die Franco umringen, auch der Kardinal.

Am 14. Oktober desselben Jahres fühlt sich Franco sehr unwohl. Er hat starke Schmerzen in der Brust und bekommt kaum Luft. Sein Leibarzt, Dr. Pozuelo, fürchtet, daß es sich um die ersten Symptome eines Herzinfarkts handelt. Er zieht Cristóbal Villaverde zu Rate, Chef der kardiologischen Abteilung am Krankenhaus La Paz und Schwiegersohn des Generals. Villaverde ordnet an, daß bei seinem Schwiegervater ein EKG erstellt wird, besteht aber darauf, daß alles bei Nacht und unter strengster Geheimhaltung geschieht, damit die Nachricht vom Rückfall des Generals nicht an die Öffentlichkeit dringt. Er läßt ein Ärzteteam in den Pardo kommen, das rund um die Uhr über die Gesundheit Francos wachen soll. Im Schutz der Nacht werden klinische Geräte in den Pardo gebracht, denn Villaverde will nicht, daß sein Schwiegervater erneut im La Paz behandelt wird, weil es dort unmöglich wäre, den Gesundheitszustand eines so berühmten Patienten geheimzuhalten.

Am 16. Oktober kommt die schwelende Krise um Spanisch-Sahara zum Ausbruch. König Hassan II. kündigt an, daß er an der Spitze von Tausenden Marokkanern, Männern, Frauen und Kindern, die nur mit dem Banner des scherifischen Reichs bewaffnet sein sollen, in das von der spanischen Armee besetzte Gebiet einmarschieren wird. Er nennt die Operation »Grüner Marsch«.

Parallel zu dieser politischen Krise verschlimmert sich der Gesundheitszustand Francos mit jedem Tag. Herzbeschwerden, Blutungen, Komplikationen im Magen. Die Schmerzen setzen dem geschwächten Körper des Diktators zu. »Wie schwierig es ist, zu sterben«, wird er zu seinem Arzt sagen, bevor der Todeskampf beginnt. Die Regierung gerät in Panik. Arías weiß sich keinen

Rat mehr. Mehrere Minister drängen ihn, Don Juan Carlos erneut zum Staatschef zu ernennen.

»Señor, Carlos Arías hat Sie aufgesucht und Ihnen angeboten, zum zweiten Mal Staatschef zu werden. Stimmt es, daß er bei dieser Gelegenheit zu Ihnen gesagt hat: ›Ich möchte Sie nur um eines bitten, Hoheit. Verlangen Sie nicht das Unmögliche von mir. Verlangen Sie nicht, daß ich Franco darum bitte, endgültig auf die Macht zu verzichten.‹«

»Das Leiden des Generals ging Carlos Arías nahe. Uns allen übrigens, obwohl wir nicht wußten, daß der schreckliche Todeskampf des Generals gerade erst begonnen hatte. Gleich nach dem ersten Rückfall des Generals kam Carlos Arías zusammen mit Alejandro Rodríguez de Valcárcel zu mir und sagte, man müsse erneut Artikel elf des Staatsgrundgesetzes anwenden und mich zum zweiten Mal zum Staatschef machen. Doch diesmal lehnte ich ab. Sie waren wie vor den Kopf geschlagen. Ich sagte: ›Sie können sich nicht meiner bedienen, als sei ich ein Joker in einem Kartenspiel. Beim ersten Mal war ich bereit, den General zu vertreten, weil ich wußte, daß es sich nur um einen – wie soll ich sagen? – vorübergehenden Job handelte. Aber diesmal ist die Situation anders. Die Sahara-Krise kann jeden Moment eskalieren, deshalb werde ich nur dann Staatschef, wenn ich freie Hand habe und tun kann, was ich als König tun würde. Wenn Sie also nur deshalb zu mir kommen, weil Franco einen Rückfall hatte, von dem er sich noch einmal erholen kann, dann lautet meine Antwort nein. Ich bin nur dann bereit, Staatschef zu werden, wenn die behandelnden Ärzte mir sagen, daß der General unheilbar krank ist, auch wenn das noch zwei oder drei Monate dauern sollte.‹«

»Señor, hat Franco gewußt, daß Sie die zweite Ernennung abgelehnt haben?«

»Ich bin zu ihm gegangen und habe gesagt: ›General, wir haben es nicht eilig, weder Sie noch ich. Warten wir also ab, wie sich ihr Zustand entwickelt. Es ist sehr gut möglich, daß Sie wieder gesund werden, und dann wollen Sie wieder die Macht übernehmen, wie schon beim ersten Mal. Sie müssen verstehen, daß Sie mich dadurch in eine unmögliche Lage bringen. Sie haben mich zu Ihrem Nachfolger und König bestimmt, und im Moment besteht meines Erachtens kein Grund, Ihre Nachfolge anzutreten.‹ Franco hörte mir zu, ohne ein Wort zu sagen. Aber ich glaube, er wußte ganz genau, daß es diesmal wirklich der ›Anfang vom Ende‹ war, wie er selbst zu seinem Arzt gesagt hatte. Wenig später, als er wieder im Pardo war, wurde sein Zustand hoffnungslos. Zusammen mit Doña Sofía stattete ich ihm erneut einen Besuch ab. Ich erfuhr von seinen Ärzten, daß keine Aussicht auf Genesung mehr bestand. Sie könnten ihn vielleicht noch zwei oder drei Monate am Leben halten, aber er würde nie wieder gesund werden. Darauf bestellte ich Carlos Arías zu mir und sagte ihm, daß er das Dekret für meine neuerliche Ernennung zum Staatschef vorbereiten könne.«

»Franco wußte über seinen Zustand Bescheid. Hätte er Sie da nicht vom Krankenbett aus ein für allemal zum König von Spanien machen können?«

»Ja, er hätte die Cortes auffordern können ...«

Don Juan Carlos unterbricht seinen Satz und fährt dann schulterzuckend fort:

»Aber er hat es nicht getan.«

»Als König Hassan sich zu der Operation Grüner Marsch entschloß, wußte er da, wie es um Franco stand?«

»Er hat sicherlich etwas geahnt, aber er dürfte kaum gewußt haben, daß Franco im Sterben lag. Nein, ich glaube nicht, daß Hassan die Situation ausgenutzt hat. Die Spannungen zwischen Madrid und Rabat reichten ja weit zurück. Die Zeichen der Zeit standen auf Entkolonialisierung. Und jetzt waren wir dran. Der Haager Gerichtshof hatte in dem Konflikt bereits ein Urteil gesprochen und das Selbstbestimmungsrecht der Völker anerkannt, die unter spanischer Herrschaft standen. Doch in Madrid wußte man nicht so recht, was man tun sollte. Die Regierung hatte zwei Möglichkeiten. Die erste war eine schnelle Einigung mit Marokko und ein Rückzug unserer Truppen. Die zweite kam den Vorstellungen Algeriens nahe, und sie wurde später von der Polisario vertreten: Kampf bis zum bitteren Ende.«

»Señor, was, glauben Sie, hätte Franco getan, wenn er noch bei guter Gesundheit gewesen wäre und an der Spitze des Staates gestanden hätte?«

»Ich spekuliere nicht gern darüber, was ein anderer an meiner Stelle getan hätte. Wie Sie wissen, war Franco ein ›Afrikaner‹. Er hatte einen Großteil seiner glänzenden Karriere in den afrikanischen Gebieten gemacht. Er wußte, daß die Marokkaner sehr gefährliche Gegner waren. Und diesmal stand kein Abd el-Krim an ihrer Spitze, sondern ein überaus intelligenter König, der zudem ein guter Stratege und geschickter Diplomat war. Ich bin mir nicht sicher, aber ich glaube, daß Franco an meiner Stelle hart geblieben wäre. Allerdings hätte er sich wohl kaum in einen Kolonialkrieg verwickeln lassen, denn das hätte uns Vorwürfe von allen Seiten eingebracht.«

»Wie war es auf dem Höhepunkt des Konflikts um die Moral der Truppe in Afrika bestellt?«

»Ich wiederhole mich, wenn ich Ihnen sage, daß die Militärs das Gefühl brauchen, geführt zu werden. Aber das war nicht der Fall. Die Regierung schien sich nicht daran zu gewöhnen, daß Franco an der Spitze des Staates fehlte. General Gómez de Salazar, der Befehlshaber der spanischen Armee in der Sahara, war praktisch auf sich allein gestellt. Aber er hatte verstanden und akzeptiert, daß die Entkolonialisierung unabwendbar war. Gleichwohl konnte er es nicht dulden, wenn Gewalt gegen seine Truppen angewendet wurde. Deshalb beschloß ich, mich selbst um die Angelegenheit zu kümmern. Ich war wieder Generalstabschef, aber diesmal waren die Bedingungen anders. Im Sommer 1974 konnte ich nichts anderes tun als das, was Charles de Gaulle ›Chrysanthemen einweihen‹ genannt hat. Doch im Oktober 1975 war die Lage kritisch, und ich mußte Entscheidungen von großer Tragweite treffen. Seit Francos Krankheit gab es in Spanien ein Machtvakuum. Niemand rührte sich, niemand wagte es, die Initiative zu ergreifen oder Verantwortung zu übernehmen. Deshalb rief ich neben dem Regierungschef und dem Außenminister auch alle Stabschefs der Streitkräfte nach Schloß Zarzuela. Ich eröffnete ihnen, daß ich am folgenden Tag nach El-Aiun fliegen würde. Sie waren wie versteinert. Außenminister Pedro Cortina rief: ›Sie können doch nicht da runter gehen!‹ Die Militärs schwiegen. Aber ich hatte den Eindruck, daß sie meine Entscheidung billigten. Also sagte ich: ›Hören Sie, Franco steht am Rande des Grabes, und ich bin sein Nachfolger im Amt! Ich werde deshalb nach El-Aiun fliegen und Gómez de Salazar und seinen Männern erklären, was wir zu tun haben und wie wir es tun werden. Wir werden uns aus der Sahara zurückziehen, aber geordnet und in Würde. Nicht weil wir besiegt worden sind, sondern weil die spanische Armee nicht auf unbewaffnete Frauen und Kinder schießen kann.‹«

»Señor, dachten Sie wirklich, daß König Hassan die Menge losgeschickt hatte, um die spanischen Stellungen einzuschließen?«

»Von El-Aiun aus konnte man die riesige Menge ohne Fernglas sehen. Die Menschen schwenkten grüne Fahnen und warteten. Ein Befehl hätte genügt, und sie wären vor die Mündungen unserer Maschinengewehre gelaufen. Und ich versichere Ihnen, José Luis, in den vorderen Reihe waren mehr Frauen und Kinder zu sehen als Männer. Ich war fest überzeugt: Hätten wir uns nicht zurückgezogen, dann hätte es vor unseren Augen ein schreckliches Blutbad gegeben. Gleich nach meiner Ankunft in El-Aiun sprach ich zu den Soldaten. Ich sagte ihnen, daß wir unsere Stellungen unter keinen Umständen überstürzt verlassen würden, daß wir andererseits aber auch nicht auf diese Menschen schießen konnten, die unbewaffnet auf uns zukamen. Also müßten wir über einen Rückzug unter absolut ehrenvollen Bedingungen verhandeln. Ich glaubte, einen allgemeinen Seufzer der Erleichterung zu hören. Ich wußte, daß man in Rabat sehr schnell von meiner Rede erfahren würde. Zurück in Madrid, berief ich sofort eine Kabinettssitzung ein. Ich sagte zu Pedro Cortina: ›Ich werde bald einen Telefonanruf vom marokkanischen König erhalten. Er wird mir sagen, daß er den Grünen Marsch stoppen wird.‹ Der Außenminister sah mich entgeistert an.«

»Hatten Sie vorher keinerlei Kontakt zu Hassan gehabt, Señor?«

»Nein.«

»Woher wußten Sie dann, daß er Sie anrufen würde?«

»Ich wußte es schon, bevor ich nach El-Aiun flog. Ich kenne die Araber. Sie lieben ›Gesten‹. Und die schönste Geste ist in ihren Augen, wenn sich der Feldherr vor seine Truppen stellt. Ich wiederholte zu Pedro Cortino: ›Ja, König Hassan wird mich anrufen und mir seine Glückwünsche aussprechen. Und nun, meine Herren‹, sagte ich zu den übrigen Ministern, ›müssen Sie mir erklären, was ich dem König von Marokko sagen soll. Denn das ist Ihre Sache. Nicht meine.‹ Sie dachten noch immer darüber nach, was ich Hassan sagen sollte, als ein Adjutant eintrat und mir mitteilte, daß der König von Marokko am Telefon sei. Kaum hatte ich den Hörer ergriffen, hörte ich Hassan sagen: ›Ich beglückwünsche Sie zu Ihrer Geste. Nun werden wir in aller Ruhe miteinander reden können.‹ Und Hassan ließ den Grünen Marsch tatsächlich stoppen. Einige Leute haben uns später vorgeworfen, wir hätten uns ungeordnet und überstürzt aus El-Aiun zurückgezogen. Das ist völlig falsch. Gómez de Salazar war ein umsichtiger und gewissenhafter Mann, der keine halben Sachen machte und einen großen Respekt vor seinen Soldaten hatte. Doch bei Operationen dieser Art hat man nicht die Zeit, die man sich wünschen würde, und so bleiben kleinere Pannen nicht aus. Für mich war es zunächst einmal wichtig, diesen irrsinnigen Marsch von mehreren Hunderttausend Menschen zu stoppen, die fest entschlossen waren, ein Gebiet zurückzugewinnen, das ausländische Truppen besetzt hatten. Aus militärischer Sicht war El-Aiun deshalb ein Erfolg. Aus politischer Sicht freilich hätte man einiges besser machen können, keine Frage. Aber für die Politik sind die Politiker zuständig, nicht ich ...«

Ich sehe Don Juan Carlos an, daß er etwas sagen will, das ihm auf dem Herzen liegt. Er tut es in Form eines Bildes:

»Wissen Sie, José Luis, manchmal stößt der König von Spanien Türen auf, aber niemand denkt daran, hinter ihm einzutreten.«

Das stimmt. Don Juan Carlos nutzt sein persönliches Ansehen, um die unterschiedlichsten Türen zu öffnen, die den Spaniern bislang verschlossen waren. Aber niemand, kein Kaufmann, kein Industrieller, kein Unternehmensleiter versteht es, einen Nutzen daraus zu ziehen.

Am 20. November 1975, gegen vier Uhr morgens, starb General Franco unter unsäglichen Qualen. Er hätte viel früher sterben können, wenn auch nicht friedlich, so doch wenigstens ohne zuvor die sinnlosen Operationen über sich ergehen lassen zu müssen, die man an ihm vorgenommen hatte. Aber Cristóbal Villaverde und sein devotes Ärzteteam schnippelten mit einer Verbissenheit an ihm herum, die jedes vernünftige Maß überstieg. Villaverdes einzige Sorge war, Franco bis zum 26. November am Leben zu erhalten. Warum war dieses Datum für ihn und den Franco-Klan so wichtig? Ganz einfach: Am 26. November endete die Amtszeit des Cortes-Präsidenten, und Alejandro Rodríguez de Valcárcel war ein leidenschaftlicher Frankist und der Familie obendrein blind ergeben. Wenn Franco an diesem Tag noch lebte, so Villaverdes Überlegung, dann konnte er Valcarcels Mandat verlängern und ihm so die Möglichkeit geben, kraft seines Amtes Don Juan Carlos daran zu hindern, das frankistische System abzuschaffen und eine demokratische Öffnung einzuleiten. Tief im Innern hegte Villaverde immer noch die Hoffnung, Franco würde seine Entscheidung zurücknehmen und Don Alfonso de Borbón-Dampierre anstelle von Don Juan Carlos zu seinem Nachfolger und König ernennen – und damit seine Tochter zur zukünftigen Königin von Spanien machen. Dies war der ganze Ehrgeiz dieses mittelmäßigen und nicht sehr intelligenten Mannes.

»Glauben Sie, Señor, daß Franco bis zum Schluß bei klarem Verstand war und merkte, welche Intrigen um ihn herum gesponnen wurden?«

»Nein, ich glaube nicht. Franco dämmerte in den letzten Wochen in einem Zustand halber Bewußtlosigkeit dahin, so daß er nicht merkte, was da vor sich ging. Ich würde sogar sagen, daß er das ganze letzte Jahr vor seinem Tod weit von seinen gewohnten Fähigkeiten entfernt war. Er gab sich alle Mühe, den Eindruck zu erwecken, daß es gar nicht so schlecht um ihn stand. Er leitete Sitzungen des Kabinetts – während seine Ärzte sprungbereit im Nebenraum saßen –, empfing Besucher und reiste im Wagen von Madrid zum Pazo de Meirás, wo er sich gern in den Sommermonaten ausruhte. Möglich wäre allerdings auch, daß er sich über die Schwere seiner Krankheit gar nicht im klaren war.«

»Das Ende dieses Mannes ließ seine schlimmsten Feinde erschauern. Am Tag, als Franco starb, schlug jemand Felipe Gonzáles vor, das Ereignis mit einer Flasche Champagner zu feiern. Felipe lehnte schroff ab: ›Ich werde nicht auf den Tod eines Spaniers trinken.‹«

»Alles andere hätte mich auch gewundert«, sagt Don Juan Carlos.

»Wußten Sie, Señor, daß die Franco-Familie Angst hatte, weil sie nicht wußte, was nach dem Tod des Generals auf sie zukam?«

Don Juan Carlos sieht mich befremdet an.

»Angst? Aber wovor denn? Francos Angehörige wußten doch, denn schließlich hatte ich es ja oft genug wiederholt, daß ich es für meine vordringlichste Aufgabe als neuer Staatschef hielt, mit allen Mitteln zu verhindern, daß Listen über die Verfehlungen des frankistischen Regimes aufgestellt wurden. Meiner Ansicht nach durften wir uns nicht dazu hinreißen lassen, persönliche Rache und Vergeltung zu üben. Das hätte einen Rückfall in die Zeit nach dem Bürgerkrieg bedeutet. Ich wies die Leute in meiner Umgebung unablässig darauf hin, daß wir für einen reibungslosen und harmonischen Übergang sorgen mußten und daß es deshalb darauf ankam, einen brutalen Bruch zwischen dem alten System und der Demokratie, die wir ja alle wollten, zu vermeiden. Und ich muß Ihnen sagen, José Luis, daß dies sogar Leute einsahen, die überzeugte Anhänger des Frankismus waren. Auch wenn sie nicht an die Vorzüge der Demokratie glaubten, so waren sie doch bereit, mit der neuen Macht zusammenzuarbeiten, damit sich alles in Ruhe entwickeln konnte. Natürlich gab es auch Leute, die sich nie ändern werden und immer nur Unfrieden stiften wollen. Aber sie waren in der Minderheit. Die Mehrheit der Bürger dieses Landes legte eine vorbildliche Besonnenheit an den Tag.«

Wieder tritt eine lange Pause ein. Dann sagt er plötzlich:

»Was ich Ihnen jetzt sagen werde, José Luis, wird nicht jedermann verstehen ... aber vielleicht denken Sie mal darüber nach ... Ich habe mich oft gefragt, ob eine Demokratisierung Spaniens schon am Ende des Bürgerkriegs möglich gewesen wäre.«

»Sicherlich nicht, Señor.«

»Das ist auch meine Meinung. Alles, was ich getan habe, als ich freie Hand hatte, konnte ich nur deshalb tun, weil wir vierzig Jahre Frieden gehabt hatten. Ich gebe ja zu, daß dieser Friede nicht nach jedermanns Geschmack war ... aber immerhin hat er Strukturen hervorgebracht, auf die ich aufbauen konnte ...«

Ich lasse erneut einige Sekunden verstreichen, dann frage ich Don Juan Carlos:

»Señor, was waren Francos letzte Worte an Sie, bevor er starb?«

»Als ich ihn zum letzten Mal sah, konnte er nicht mehr sprechen. Der letzte verständliche Satz, der in meinem Beisein über seine Lippen kam, betraf die Einheit Spaniens. Ich habe bereits davon gesprochen. Zu dem Zeitpunkt rang er schon mit dem Tode. Mehr noch als seine Worte erstaunte mich aber die Kraft, mit der er meine Hand drückte, ja, die Kraft seiner Hände und die Eindringlichkeit seines Blicks. Das beeindruckte mich tief. Er sagte, er habe nur die eine Bitte an mich, die Einheit Spaniens zu bewahren. Die Einheit Spaniens, davon war er besessen. Franco war ein Soldat, der in bestimmten Dingen keinen Spaß verstand. Und dazu gehörte die Einheit Spaniens.«

»Señor, häufig werde ich von Historikern, politischen Beobachtern und Großindustriellen aus ganz Europa gefragt, wie es Spanien nach vierzig Jahren Diktatur gelungen ist, unter der Führung eines konstitutionellen Monarchen den Übergang zu einer Demokratie zu vollziehen, ohne daß es zu größeren Unruhen und Zusammenstößen gekommen wäre. Ich gebe immer die gleiche Antwort. Ich sage ihnen, daß man Don Juan Carlos bei uns den ›Motor der Veränderung‹ nennt, weil er diese radikale Veränderung der spanischen Gesellschaft zugelassen hat, eine Veränderung im übrigen, die kaum jemand für möglich gehalten hatte. Und die zweite Frage, die man mir stellt, lautet: Aber wie hat er das angestellt? Darauf fallen mir so viele Erklärungen ein, daß ich nicht weiß, wo ich anfangen soll. Welche Erklärung würden Sie geben, Señor?«

»Nun ja ... ich würde zunächst einmal sagen, daß ich zwei Trümpfe im Ärmel hatte, als ich den Thron bestieg. Der erste war die unbestreitbare Unterstützung durch die Armee. In den ersten Tagen nach Francos Tod hätte die Armee den Dingen eine ganz andere, von ihr gewünschte Richtung geben können. Aber sie hat dem König gehorcht. Und seien wir ehrlich: Sie hat mir gehorcht, weil Franco mich ernannt hatte und weil in der Armee über Francos Befehle nicht diskutiert wurde, auch wenn er inzwischen tot war. Gleichwohl sollte man festhalten, daß diese Unterstützung durch die Armee nicht zu einer militaristischen Politik führte, im Gegenteil. Man muß das sagen, weil immer noch zu viele Leute die Militärs mit einer Politik des ›ich befehle und ich kommandiere‹ in Verbindung bringen.«

»Was war Ihr zweiter Trumpf, Señor?«

»Die Besonnenheit der Spanier. Sie waren besonnen genug, erst einmal abzuwarten. Sie gingen nicht auf die Straße, wie sie es schon so oft getan hatten, mit dem Messer zwischen den Zähnen. Diesmal sagten sich die Spanier: ›Wir kennen diesen Mann nicht. Lassen wir ihn erst einmal reden, bevor wir ihn akzeptieren oder ablehnen. Torcuato Fernández Miranda hatte recht, als er mir sagte: ›Alles wird von Ihren Reden abhängen. Sie müssen den Spaniern sagen, was Sie vorhaben und wie Sie es tun wollen.‹ Ich habe Torcuatos Rat befolgt. Und in der ersten Thronrede habe ich ganz klar gesagt, daß ich ›der König aller Spanier‹ sein wolle.«

»Ein entscheidender Satz, der Ihren Vater, den Grafen von Barcelona, den Thron gekostet hatte.«

»Ja, aber ich hatte ihn mir schon vor langer Zeit zu eigen gemacht.«

»Wie und von wem wurde diese erste Rede geschrieben?«

»Diese erste Rede, die ich vor den Cortes gehalten habe, war von mir, und von niemandem sonst. Wie Sie sich erinnern werden, José Luis, konnte ich damals alles tun und sagen. Wir hatten noch keine Verfassung. Ich hatte Francos ganze Macht geerbt, und die war immens. Ein Jahr lang konnte ich tun und sagen, was ich wollte. Ich habe diese Macht in erster Linie dazu benutzt, den Spaniern zu sagen, daß es künftig an ihnen sei, ihrem Willen Ausdruck zu verleihen.«

»Ihr Vater, der Graf von Barcelona, hätte das nicht tun können ...«

»Nein. In den vierzig Jahren des Franco-Regimes wurde er beleidigt, erniedrigt, bedroht. Und leider trug diese Kampagne gegen ihn Früchte. Viele Leute waren fest davon überzeugt, daß mein Vater die Stabilität, die wir nach vierzig Jahren Frieden hatten, gefährdet hätte. Die Armee hätte ihn nicht unterstützt. Als er zum ersten Mal sagte, daß er der ›König aller Spanier‹ werden wolle, fühlten sich die Sieger des Bürgerkriegs unmittelbar bedroht. Für diese Leute war der Graf von Barcelona ein Spielverderber, der um jeden Preis kaltgestellt werden mußte. Die Armee hätte ihn niemals im gleichen Maße unterstützt wie mich.«

Nach kurzem Zögern fügt Don Juan Carlos hinzu:

»Wenn ich nach Francos Tod nicht die Armee auf meiner Seite gehabt hätte, dann wäre alles ganz anders gekommen!«

»Señor, vor einigen Wochen habe ich bei einem Diner König Fuad von Ägypten getroffen. Er ist der älteste Sohn König Faruks, der seinerzeit von den Militärs Nagib und Nasser abgesetzt wurde. Als Faruk Ägypten verließ, war Fuad noch ein Säugling. Er war nur für ein paar Tage König. Heute lebt er in Paris, ohne viel von sich reden zu machen, ein angenehmer und liebenswürdiger

Mann. Nach dem Essen zog er mich in eine Ecke und fragte mich über Eure Hoheit aus. ›Ich finde Ihren König faszinierend‹, sagte er zu mir, ›wie hat er das geschafft?‹ Señor, in Europa gibt es einige Prätendenten und ehemalige Könige, die sich dieselbe Frage stellen. Wie hat er das geschafft? Alle träumen davon, es eines Tages dem spanischen König gleichzutun. Was würden Sie ihnen sagen, Señor?«

»Ich habe anderen Menschen keine Ratschläge zu erteilen, aber sollte sich die Gelegenheit ergeben, so würde ich ihnen sagen, daß sie sich zunächst einmal darüber klarwerden müssen, welche Unterschiede zwischen Spanien und den früheren Ländern Osteuropas bestehen. Ich würde ihnen sagen, daß ich ein Land übernommen habe, in dem vierzig Jahre lang Frieden geherrscht hat, und daß sich in diesen vierzig Jahren ein mächtiger und wohlhabender Mittelstand herausgebildet hat, der am Ende des Bürgerkriegs praktisch nicht existiert hatte und binnen kurzer Zeit zum Rückgrat meines Landes geworden ist. Ich würde ihnen ferner sagen, daß der spanische König kein Vorbild sei für Länder, deren Wirtschaft nach sechzig Jahren Kommunismus am Boden liegt. Es stimmt, daß man in gewissen Ländern Osteuropas gelegentlich mit einer Rückkehr zur Monarchie liebäugelt. Offensichtlich sind einige Politiker in diesen Ländern mit ihrer Weisheit am Ende und fragen sich deshalb, ob es nicht gut wäre, den König zurückzuholen. Wenn der betreffende König bereit ist, in sein Land zurückzukehren, wird er wahrscheinlich wie ein Retter empfangen, wie ein Held, der in der Lage ist, in kurzer Zeit alle Probleme zu lösen. Und genau das ist die Falle. In einem Land, das wirtschaftlich bankrott ist und sich in einer verzweifelten Lage befindet, kann niemand, auch kein König, in kurzer Zeit viel bewirken. Wenn es dem König nicht gelingt, die wirtschaftliche Misere schnell zu beenden, wird er mit der gleichen Begeisterung wieder verstoßen, mit der man ihn zurückgeholt hat. Ja, man wird ihm sogar viele Probleme ankreiden, die es bereits gab, als er noch im Exil lebte.«

»Viele dieser ehemaligen Könige haben praktisch ihr ganzes

Leben im Ausland verbracht und beherrschen nicht einmal die Sprache ihres Vaterlandes.«

»Allein das ist schon ein großes Handikap. Mein Vater hatte recht, als er mich allen Widerständen zum Trotz zur Ausbildung nach Madrid schickte. Glauben Sie mir, José Luis: Was ich in Spanien getan habe, hätte ich niemals tun können, wenn ich meine Jugend in Portugal oder in der Schweiz verbracht hätte oder mit einem leichten französischen Akzent nach Spanien zurückgekehrt wäre.«

»Bestimmt nicht.«

»Ich bin nicht sehr optimistisch, was die Rückkehr früherer Monarchen in die osteuropäischen Länder angeht. Ich spreche gelegentlich mit König Simeon von Bulgarien. Als er nach Spanien kam, war er noch ein kleiner Junge. Er spricht perfekt Bulgarisch und hält sich über die Probleme in seinem Land ständig auf dem laufenden. Landsleute drängen ihn, nach Bulgarien zurückzukehren. Aber er fragt sich: ›Würde ich über die notwendigen wirtschaftlichen Mittel verfügen, um schnell etwas verändern zu können? Nein. Ich will kein König von Bulgarien auf Zeit sein. Wenn ich zurückkehre, dann für immer.‹ Und meines Erachtens, José Luis, hat König Simeon damit völlig recht.«

»Señor, zu Beginn unserer Gespräche haben Sie mich gefragt, ob es damals, als Sie König wurden, in Spanien eine monarchistische Gesinnung gegeben habe. Und ich habe Ihnen geantwortet, nein, aber die Menschen seien sehr schnell ›Juancarlisten‹ geworden. Ich hatte den Eindruck, daß Ihnen das mißfallen hat.«

»Nein, José Luis, es stört mich nicht, daß es einen ›Juancarlismus‹ gibt, ich fühle mich sogar geschmeichelt. Aber es stimmt mich besorgt. Es stimmt mich deshalb besorgt, weil ein Mensch, ein König, sich sehr schnell beliebt machen kann. Dazu gehört manchmal sehr wenig, eine Geste, mit der niemand gerechnet hat, ein Wort zur rechten Zeit, was weiß ich ... Aber eine Monarchie schlägt in einem Land nicht von heute auf morgen Wurzeln. Das braucht seine Zeit. Und die Zeit vergeht so schnell ...

Ich habe dafür zu sorgen, daß die Spanier wieder an ihre monarchistische Tradition anknüpfen. Und das ist keine leichte Aufgabe, wenn die Monarchie vierzig Jahre lang verunglimpft wurde. Drei oder vier Generationen von Spaniern haben über uns mehr Schlechtes als Gutes gehört. Ich muß den Spaniern beweisen, daß die Monarchie für dieses Land nützlich sein kann. Ich, für meinen Teil, will zum Verhältnis von ›Juancarlismus‹ und Monarchie keine Kommentare abgeben. Wenn Gott will, werde ich noch eine Weile leben und kann weiter darauf hinwirken, daß die Spanier verstehen, daß dieser ›Juan Carlos‹, wie sie ihn zwanglos nennen, eine Institution verkörpert und daß es diese Institution ist, auf die es ankommt. Im Moment tue ich alles, damit mein Sohn, der Prinz von Asturien, den Rat befolgt, den mir General Franco gegeben hat: ›Hoheit, machen Sie sich mit den Spaniern bekannt.‹ Und ich hoffe, daß die Spanier Don Felipe ebenso lieben werden, wie sie mich anscheinend lieben. Mehr will ich nicht.«

»Ein König kann sich mit einem anderen König treffen und privat Kontakt zu ihm aufnehmen. Kann das nicht dazu beitragen, die Beziehungen zwischen zwei Ländern zu vereinfachen?«

»An welche Könige denken Sie?«

»Zum Beispiel an Sie, Señor, und König Fahd von Saudi-Arabien.«

»Ich verstehe. Meine Beziehungen zu König Fahd sind sicherlich einfacher, als sie zu irgendeinem afrikanischen Diktator jemals sein könnten. Ja, mit König Fahd verstehe ich mich sehr gut, und das schon seit der Zeit, als wir beide noch Erbprinzen waren. Ich erinnere mich, daß wir zu Francos Lebzeiten – ich weiß nicht mehr genau, in welchem Jahr – eine Ölkrise hatten, die uns schwer zu schaffen machte. Barrera de Irimo, der damalige Finanzminister, kam zu mir und sagte: ›Hoheit, die spanischen Ölreserven sind gegenwärtig auf dem Tiefststand. Ich weiß von Ihrer persönlichen Beziehung zu Prinz Fahd und frage mich, ob Sie dem Prinzen nicht erklären könnten, daß uns eine schnelle Öllieferung aus der Verlegenheit helfen würde. Wenn wir diesen Schritt auf Regierungsebene unternehmen, können die Verhandlungen unter Umständen Monate dauern, aber ...‹ Barrera beendete den Satz nicht, aber ich verstand, was er sagen wollte: ›...aber unter Prinzen läßt sich so etwas doch schneller regeln.‹ Und er hatte recht. Ich schickte einen Emissär zu Prinz Fahd. Die Antwort kam prompt: ›Richten Sie meinem Bruder, Prinz Juan Carlos, aus, daß wir ihm das Öl schicken werden, das Spanien braucht.‹ Wenig später erhielten wir aus Saudi-Arabien das notwendige Öl, um die Krise zu überstehen.«

»Trotz dieser Freundschaft glaube ich zu wissen, daß die Araber auf die spanische Haltung gegenüber Israel doch ziemlich verärgert reagiert haben?«

»Das stimmt. Aber das ist noch ein Beispiel dafür, was ein König tun kann, um die Lage zu entdramatisieren. Es ist klar, daß die spanische Regierung auf die Gefühle der Araber keine Rücksicht nehmen konnte, als unsere Verständigung mit Israel immer deutlicher wurde. Aber ich konnte es. Als persönlicher Freund vieler arabischer Staatsmänner konnte ich mich hinter den Kulissen einschalten. Also sagte ich zu meinen arabischen Brüdern: ›Hört mal, wir wollen Euch nicht unsere Freundschaft aufkündigen oder gar unsere brüderlichen Bande zerschneiden. Darum geht es doch nicht! Ihr könnt mich um vieles bitten, aber Ihr könnt von einem demokratischen Staat wie Spanien nicht verlangen, daß er zu anderen demokratischen Staaten wie Israel keine diplomatischen und wirtschaftlichen Beziehungen unterhält.‹ Sie haben meinen Standpunkt akzeptiert, wenn auch widerwillig, zugegebenermaßen. Aber wenn ein Staatspräsident so zu ihnen gesprochen hätte, hätten sie anders reagiert. Der Emir von Kuwait, der Scheich von Abu Dhabi – übrigens ein außergewöhnlicher Mensch! – und sogar König Fahd kommen zu mir und bitten mich, ihnen stärker bei der Lösung der Probleme im Nahen Osten zu helfen. Und ich antworte ihnen immer: Die spanische Regierung und ich sind bereit, Euch im Rahmen unserer Möglichkeiten zu helfen, aber dazu ist es nötig, daß Ihr uns gemeinsam darum bittet, und nicht einer nach dem anderen, getrennt voneinander.«

»Das werden sie niemals tun.«

»Unsere arabischen Freunde hegen eine große Wertschätzung für Spanien. In gewisser Weise sind wir ihr verlorenes Paradies. Sie waren es, die gewollt haben, daß die Friedenskonferenz hier in Madrid stattfindet. Zum ersten Mal seit dreißig Jahren waren sie bereit, zusammenzukommen und über ihre Probleme zu verhandeln.«

»Hat sich die Tatsache, daß in Spanien ein König Staatsoberhaupt ist, positiv auf unsere Beziehungen zur arabischen Welt ausgewirkt?«

»Was die Monarchien angeht, ohne jeden Zweifel.«

»Glauben Sie, Señor, daß Sie deshalb besonders gute Kontakte zu König Fahd und den Emiren haben, weil sie in Ihnen einen der Ihren sehen?«

»Der Gedanke ist gar nicht so abwegig«, lächelt Don Juan Carlos. »Aber schauen Sie, trotz der Freundschaft, die uns mit den Saudis verbindet – sie selbst ziehen das Wort ›Brüderschaft‹ vor –, ist das Verhältnis zu ihnen nicht immer ganz einfach. Die islamische Welt bleibt einem verschlossen, wenn man sich nicht bemüht, auf die strengen Sitten, die Ehrbegriffe und den tiefen Respekt vor der Religion in diesen Ländern Rücksicht zu nehmen. Hinzu kommt, daß die Saudis sich nur sehr ungern einer fremden Sprache bedienen. Deshalb hat man nur selten Gelegenheit, unter vier Augen mit ihnen zu reden. Sie haben immer einen Dolmetscher dabei. Andererseits glaube ich, daß viele nur deshalb auf einen Dolmetscher zurückgreifen, weil sie dann zwischen der Frage, die man ihnen auf englisch stellt – und sie verstehen fast alle Englisch – und ihrer Antwort viel mehr Zeit zum Überlegen haben. König Fahd, zum Beispiel, versteht Englisch sehr gut, nur mit dem Sprechen hapert es etwas. Manchmal, wenn wir unter uns sind, schickt er seinen Dolmetscher fort, und wir unterhalten uns auf englisch. Aber normalerweise hat er immer einen Dolmetscher an seiner Seite, wenn er mit einem Ausländer spricht. Auf diese Weise verhindert er, daß sein Gesprächspartner zu vertraulich wird, denn das wäre ein grober Verstoß gegen das strenge Protokoll, das sein Leben regelt. Der

König von Saudi-Arabien darf zu Ausländern keine allzu engen persönlichen Beziehungen unterhalten.«

»Außer zum König von Spanien.«

»Spanien ist für König Fahd nicht unbedingt ein fremdes Land. Außerdem redet er mich mit ›mein Bruder‹ an. Er mag mich und bringt mir eine Freundschaft entgegen, die ich von ganzem Herzen erwidere.«

»Die Araber haben auch ein ganz anderes Verhältnis zur Zeit als wir.«

»Fast alle Prinzen und Könige, die ich kenne, haben einen Teil ihrer Zeit in der Wüste verbracht. Sie ist ihre eigentliche Heimat. Und in der Wüste entzieht sich der Zeitbegriff jeder Logik. Wir Europäer neigen zur Ungeduld. Deshalb ärgern wir uns manchmal darüber, daß für die Araber Zeit keine Rolle spielt.«

»Wie Sie wissen, Señor, war ich vor einigen Jahren in Riad, um König Feisal zu interviewen. Man hatte mir weder einen bestimmten Tag noch eine bestimmte Uhrzeit für das Treffen genannt. Man hatte mir einfach gesagt, daß ich kommen solle, was an sich schon sehr ungewöhnlich war. Nachdem ich eine Woche in meinem Hotelzimmer neben dem Telefon gewartet hatte, verlor ich die Geduld und teilte der zuständigen Stelle mit, daß ich nach Paris zurückkehren würde. Sie müssen gedacht haben, ich sei plötzlich übergeschnappt. Sie konnten meine Haltung nicht begreifen. Ein Mann vom Protokoll sagte zu mir: ›Aber warum denn? Fühlen Sie sich hier nicht wohl? Sie wohnen doch im besten Hotel der Stadt und sind vom König eingeladen!‹«

»Sind Sie abgereist, ohne mit Feisal gesprochen zu haben?«

»Nein, er hat mich zehn Tage später empfangen. Ein erstaunlicher Mann. Er hat mich unter anderem gefragt, ob ich gerade angekommen sei.«

»Wir weigern uns, den Zeitbegriff der Araber zu akzeptieren«, erklärt mir der König, »Das hat schon so manchen Europäer, der sich, wie Sie, über die endlose Warterei geärgert hat, um einen Vertrag gebracht. Andere, die alles mit Geduld ertragen können, machen manchmal das Geschäft ihres Lebens.«

»Wie reagieren die arabischen Monarchen, Señor, wenn Sie mit ihnen über Demokratie reden?«

»Weder positiv noch negativ. Ich glaube, daß sie gar nicht verstehen, wovon ich spreche. Gleichheit unter den Menschen ist ein Begriff, der in ihrer Werteskala keinen Platz hat. Es ist ja nicht so, daß sie Demokratie rundweg ablehnen würden. Sie wissen nur nicht, was mit Demokratie gemeint ist und wie sie funktioniert. Nehmen wir ein Beispiel: Wenn die spanische Presse zuweilen mehr oder weniger heftige Kritik an Marokko und seinem König übt, ruft mich dieser an und sagt, wirklich betrübt: ›Aber wie können Sie zulassen, daß Ihre Zeitungen solche Sachen über mein Land und mich schreiben? Wann machen Sie dem ein Ende?‹ Dann erkläre ich ihm geduldig, daß das nicht ›meine Zeitungen‹ sind und daß ich der spanischen Presse nicht verbieten kann, frei ihre Meinung zu äußern. Weil wir nämlich in einer Demokratie leben! Aber ich habe den Eindruck, daß Hassan mich nicht versteht, obwohl er ein intelligenter und sehr gut informierter Mann ist. Und manchmal frage ich mich, ob er mir überhaupt glaubt. Solche Mißverständnisse stimmen mich traurig, denn ich weiß, daß König Hassan Spanien sehr liebt und daß wir trotz allem Nachbarn sind, die sich gegenseitig unterstützen müssen. Schließlich trennt uns nur die Meerenge von Gibraltar.«

»Und die Demokratie.«

»Ja, und die Demokratie ... Doch bei allem fehlenden Verständnis sind unsere Beziehungen zum Maghreb sehr, sehr wichtig.«

»So wichtig wie unsere Beziehungen zu Lateinamerika?«

»Aber was uns mit Lateinamerika verbindet, sind doch Familienbande!«

»Spanien, das Mutterland, Señor?«

»Dieses Wort nehme ich dort nie in den Mund. Wenn ich mit Lateinamerikanern über Spanien spreche, sage ich immer ›Bruderland‹. Aber sie selbst sprechen vom ›Mutterland‹. Schauen Sie, José Luis, mit Lateinamerika verbindet uns viel mehr, als die üblichen Phrasen und Klischees vermuten lassen. Als ich zum ersten Mal nach Kolumbien reiste, sagte der Präsident zu meiner

Begrüßung: ›Seit vierhundert Jahren warten wir darauf, daß uns der König von Spanien einen Besuch abstattet.‹«

»Schöne Worte, Señor.«

»Nein, nicht nur. Daß der kolumbianische Präsident mich mit diesen Worten empfing, hatte weit mehr zu bedeuten. Als ich im offenen Wagen durch die Straßen von Bogotá fuhr, liefen Kinder neben dem Autokonvoi her und riefen: ›Unser König ist wieder da!‹ Wenn ich nach Lateinamerika reise, weiß ich immer, daß ich wirklich willkommen bin. Die Ehrerbietung, die man mir entgegenbringt, wird nicht nur vom Protokoll diktiert. Sie entspringt einem tiefen, aufrichtigen Gefühl. An der Friedenskonferenz in Guadalajara nahmen alle Staatschefs Südamerikas teil. Wenn einer von ihnen aufstand und mit seiner Rede begann, wandte er sich zu allererst an Carlos Salinas de Gotari, unseren Gastgeber: ›Herr Präsident ...‹ Und gleich danach an mich: ›Majestät ...‹ Und dann erst, nach einigen Sekunden, an die anderen Staatschefs: ›Meine verehrten Kollegen, liebe Freunde ...‹ Ich bekam dabei jedesmal eine Gänsehaut. Sie zeigten mit gegenüber einen Respekt, eine Zuneigung, die niemand von ihnen verlangt hatte. Es war offensichtlich, daß der König von Spanien für sie kein Staatsoberhaupt wie jedes andere war – Präsident Salinas, beispielsweise, gab mir immer den Platz zu seiner Rechten. Ich war für sie etwas Besonderes. Jemand ganz spezielles. Ein Spanier eben.«

»Und doch war Mexiko seit 1936 nicht immer gut auf Spanien zu sprechen.«

»Nicht Mexiko, José Luis, sondern bestimmte mexikanische Regierungen. Aber bei den Menschen aus dem Volk habe ich nie irgendwelche Animositäten gespürt. Übrigens, erinnern Sie sich noch, daß gerade im Jahr 1936 die spanischen Exilanten in Mexiko mit offenen Armen aufgenommen wurden? Um an diese Großzügigkeit der Mexikaner zu erinnern, habe ich bei meinem ersten Besuch in diesem Land darauf bestanden, die Witwe von Don Manuel Araña, einem hochangesehenen spanischen Republikaner, der damals ins Exil ging, persönlich in unserer Botschaft zu empfangen.«

»Eine sehr schöne Geste von Ihnen, Señor.«

»Ich wollte unsere Gastgeber einfach nur daran erinnern, daß im heutigen Spanien alle Menschen gleich sind, unabhängig von ihrer Weltanschauung. Im übrigen habe ich zu Frau Araña gesagt: ›Ihr Mann und Sie sind genauso ein Teil der spanischen Geschichte wie ich.‹«

»Anläßlich der Feiern zum fünfhundertsten Jahrestag der Entdeckung Amerikas war wieder viel von den Plünderungen und Völkermorden der spanischen Konquistadoren die Rede. Selbst hier, in Spanien, gibt es Leute, die immer wieder die alten Schauergeschichten aufwärmen. Offenbar hört das nie auf.«

»Das ist unvermeidlich. Aber oft ist bei den Angriffen gegen uns Böswilligkeit und Übertreibung im Spiel.«

»Carlos Fuentes, einer der großen mexikanischen Schriftsteller der Gegenwart, hat einen Artikel geschrieben …«

»Ich habe ihn gelesen.«

»Darin sagt er: ›Wir sollten endlich aufhören, über Völkermord zu reden, und anerkennen, daß Spanien uns seinen größten Schatz vermacht: die spanische Sprache.‹«

»Ich glaube, José Luis, daß wir ihnen noch etwas anderes vermacht haben, das sehr wichtig ist: unser Blut. Denn im Gegensatz zu den Angelsachsen haben die Spanier ihr Blut mit dem der Bewohner aller Länder in Lateinamerika vermischt.«

Ich bemerke eine gewisse Ermüdung bei Don Juan Carlos. Wir unterhalten uns schon seit mehreren Stunden. Aber eine letzte Frage muß ich ihm noch stellen:

»Haben Sie in Guadalajara auch mit Fidel Castro gesprochen, Señor?«

»Ja, natürlich. Ein sehr sympathischer Mann, sehr liebenswürdig. Aber es war ein sehr oberflächliches Gespräch. Wir wußten beide, daß wir nicht über wirklich ernste Themen sprechen konnten.«

Don Juan Carlos rückt seinen Sessel zurück, steht auf und streckt mir die Hand entgegen.

»Kommen Sie morgen nachmittag etwas später. Ich muß Pilar

Miró empfangen und zu dem Preis beglückwünschen, den man ihr in Berlin verliehen hat.«

»Señor, viele Leute wundern sich darüber, daß der König von Spanien so wenig Wert auf das Protokoll legt, während zu Francos Zeiten ...«

Don Juan Carlos unterbricht mich mit einer Handbewegung:

»Zu General Francos Zeiten wurde kein Unterschied zwischen dem Staatschef und der Privatperson gemacht. General Franco verstand sich zu keinem Zeitpunkt als Privatmann. Mir dagegen ist es sehr wichtig, Privatmann zu sein, wenn ich mich einmal von den Pflichten meines Amtes freigemacht habe.«

»Aber, Señor, Sie können doch nicht ...«

Don Juan Carlos unterbricht mich erneut.

»Ich weiß. Ich kann nicht zu Ihnen sagen: José Luis, gehen wir in der Kneipe an der Ecke einen Whiskey trinken. Meine Leibwächter würden in Panik geraten. Aber ich mache trotzdem einen Unterschied zwischen dem Staatsoberhaupt und dem König von Spanien, wenn ich mit Doña Sofía und einigen Freunden bei ›Lucio‹ essen gehe. Diesen Unterschied mache ich nicht nur zu meinem persönlichen Vergnügen. Ich mache ihn vor allem aus Respekt vor den Spaniern.«

»Wie darf ich das verstehen, Señor?«

»Aber das ist doch ganz einfach. Wenn General Franco aus irgendeinem Grund, der mit seinem Amt nichts zu tun hatte, nach Madrid wollte, verließ er den Pardo immer mit acht Autos und einer Motorrad-Eskorte, die mit voller Geschwindigkeit vorausfuhr. Die Straßen, durch die der Konvoi kam, wurden lange vorher für den Verkehr gesperrt. Dies führte in Madrid zu gigantischen Staus. Eines Tages, als ich noch Prinz von Spanien war, blieb ich selbst mit meinem Wagen in einem solchen Stau stekken, weil der General wieder einmal mit seinem Konvoi unterwegs war. Was weiß ich, wohin er fuhr. Ich sah die Gesichter der anderen Autofahrer um mich herum, und es war nicht schwer zu erraten, was sie davon hielten. Da sagte ich zu mir: ›An dem Tag, an dem du König wirst, muß sich das ändern.‹ Wenn ich heute in meiner Eigenschaft als Staatsoberhaupt irgendwohin fahren muß, nehme ich den offiziellen Rolls-Royce, mit Eskorte und allem Drum und Dran. Aber wenn ich als Privatmann irgendwohin will, setze ich mich ans Steuer meines Wagens und mache es wie jeder andere, das heißt, nicht ganz wie jeder andere, denn meine Leibwächter lassen mich nie aus den Augen. Auf jeden Fall halte ich bei jeder roten Ampel, und kein Autofahrer bleibt im Verkehr stecken, weil der König zu seinem Schneider fährt. Damit will ich folgendes sagen: Als Staatsoberhaupt verlange ich den gebührenden Respekt vor meinem Amt, doch als Privatperson darf ich meine Mitbürger in ihrer Bewegungsfreiheit nicht behindern.«

»Einmal«, erzähle ich Don Juan Carlos, »fuhr ich mit dem Taxi durch London. Als wir an einer roten Ampel hielten, sagte der Fahrer zu mir: ›Sir, sehen Sie mal da rechts hinüber.‹ Er sagte das mit einer gewissen Genugtuung und einem Respekt, die mich erstaunten. Ich sah also nach rechts und bemerkte neben uns einen alten schwarzen Rolls-Royce. Im Fond saß die Mutter der englischen Königin und plauderte in aller Ruhe mit einer Freundin, solange die Ampel auf Rot stand.«

»Also, ich finde das ganz normal. Im Grunde ist es eine Frage der guten Erziehung. Man muß versuchen, den Menschen so wenig wie möglich zur Last zu fallen. Es ist nicht einzusehen, warum sie zu spät zur Arbeit kommen oder nicht zur gewünschten Zeit zu Hause sein sollen, nur weil eine Persönlichkeit des öffentlichen Lebens, und sei es auch der König, zu diesem oder jenem Termin muß, der sie überhaupt nichts angeht.«

»Das dürfte nicht immer einfach sein.«

»Aber ja. Das ist nur eine Frage der Organisation und der Pünktlichkeit. Ich möchte jetzt nicht von der alten Redensart anfangen, wonach Pünktlichkeit die Höflichkeit der Könige ist, aber auf mich trifft sie voll und ganz zu. Wenn der König um Viertel nach zwölf irgendwo erwartet wird, so hat er auch um Viertel nach zwölf dort zu sein, und nicht um zwanzig nach zwölf oder um halb eins. Ich habe darauf hingewirkt, daß die Leute, die meine Fahrten planen, sich diese Einstellung zu eigen machen.«

»Das ist nicht selbstverständlich in einem Land, Señor, in dem Pünktlichkeit nicht immer willkommen ist. Wenn Sie in Madrid um zehn Uhr zum Abendessen eingeladen sind und Sie treffen zur vereinbarten Zeit bei Ihren Gastgebern ein, dann müssen Sie damit rechnen, daß die Dame des Hauses noch im Badezimmer ist.«

»Ja, mag sein. Aber bei offiziellen Anlässen ist Unpünktlichkeit nicht angebracht. Ich war sehr erstaunt über die Pünktlichkeit der Japaner, José Luis. In Japan heißt es: ›Der Kaiser kommt drei Minuten nach elf.‹ Und dann kommt der Kaiser auch drei Minuten nach elf. Das ist nur eine Frage der Koordination.«

»Aber hängt das nicht auch von der Mentalität in einem Land ab? Hierzulande mißt man gewissen Dingen wenig Gewicht bei ...«

»Vielleicht haben Sie recht. Aber ich persönlich will nicht, daß ein Bürger über mich schimpft, weil er meinetwegen stundenlang in einem Verkehrsstau stehen muß.«

Don Juan Carlos macht eine Pause und fährt dann im gleichen Ton fort:

»Dies alles ist wichtiger, als man meint. Wenn der König das Leben der Bürger systematisch erschwert, werden sie eine Abneigung gegen ihn fassen. Deshalb lege ich so großen Wert darauf, daß die Spanier einen Unterschied machen zwischen dem Staatschef, der den Zwängen seines Amtes unterliegt, und dem König, dem Menschen, der seinen Mitbürgern allzu große Unannehmlichkeiten ersparen will. Wenn sie sehen, daß ich neben ihnen in einem Stau stecke, können sie sich sagen: Sieh mal an, er nutzt seine Stellung nicht dazu aus, sich das Leben bequemer zu machen.«

»Die Madrilenen, Señor, erleben es nicht oft, daß ein Minister neben ihnen im Stau steht. Es kommt oft vor, daß ein Minister hinter mehreren Polizeiautos und unter dem ohrenbetäubenden Lärm der Sirenen durch die Stadt rast. Das geht den Leuten auf die Nerven. Jedenfalls glauben sie nicht, daß der Minister so dringende Geschäfte zu erledigen hat.«

Don Juan Carlos hört mir zu, ohne etwas dazu zu bemerken. Also fahre ich fort:

»Vor nicht allzu langer Zeit wurde Mitterrand im französischen Fernsehen gefragt, was er von den gewaltigen Staus halte, die durch bestimmte Streiks verursacht wurden. Er antwortete mit resignierter Miene: ›Ach, wissen Sie, so etwas passiert eben. Man muß es mit Geduld ertragen. Auch ich verliere in solchen Staus viel Zeit, genau wie jeder andere.‹ Die Pariser, die den Präsidenten noch nie am Steuer seines Wagens in einem Stau gesehen hatten, reagierten empört auf diese Behauptung. Bei den Meinungsumfragen am nächsten Tag – wie Sie wissen, Señor, führen die Franzosen gern zu jeder Kleinigkeit Meinungsumfragen durch – war Mitterrands Popularität um mehrere Punkte gesunken.«

»Bei mir«, sagt Don Juan Carlos, »wissen die Menschen, daß ich nicht lüge, denn sie haben schon mehr als einmal miterlebt, daß ich im selben Schlamassel saß wie sie. In den nordeuropäischen Ländern – und dort haben die Monarchien einen Hofstaat, der eifersüchtig über die Aktivitäten seines Monarchen wacht – wundert sich niemand, wenn der König in Begleitung eines Adjutanten oder Freundes einen Laden betritt. Ich selbst bin mit König Olav von Norwegen und Kronprinz Harald, dem heutigen König, zu Fuß ausgegangen, als sei es die natürlichste Sache von der Welt. Die Nordeuropäer sind imponierende Menschen.«

»Wissen Sie, Señor, daß während der deutschen Besatzung die Juden in Dänemark einen gelben Stern am Revers ihrer Jacken tragen mußten?«

»Wie überall im besetzten Europa.«

»Ja, aber als König Christian von Dänemark eines Morgens wie gewohnt ausritt, trug er einen gelben Stern an seinem Uniformrock.«

»Eine schöne Geste! So kann sich ein König auf einen Schlag mit seinem Volk identifizieren. Solche Gesten müßte es häufiger geben, damit die Leute merken, daß die Mächtigen nicht immer seelenlose Marionetten sind, sondern Menschen mit Gefühlen, Menschen, die Freude oder Schmerz empfinden und Enttäuschungen erleben wie alle anderen.«

»Prinzessin Juliana, die Mutter der niederländischen Königin, brachte ihre Kinder immer mit dem Fahrrad zur Schule, und die gegenwärtige Königin Beatrix fährt an ihrem Geburtstag durch die Straßen der Städte. Meinen Sie nicht, daß das etwas zu formlos ist?«

»Ach wissen Sie, Schlichtheit im Umgang miteinander halte ich für typisch holländisch. Und das Radfahren ist wahrscheinlich ihre Art zu sagen: Vergessen wir ab und zu einmal das Auto. Auch wir sind gegen Umweltverschmutzung.«

»Mag sein, Señor, aber Sie haben sich selbst ans Steuer Ihres Wagens gesetzt, fahren mit dem Motorrad durch Madrid ...«

»Das ist lange her, José Luis ...«, seufzt Don Juan Carlos melancholisch.

»... dinieren mit der Königin in Restaurants in der Stadt, besuchen Freunde, und doch hat man nie den Eindruck, daß Sie das aus Effekthascherei tun.«

»Wissen Sie, warum? Weil alles, was ich tue, von innen heraus kommt.«

Am heutigen Nachmittag kann Don Juan Carlos schon ohne Krücken gehen. Man merkt ihm an, daß er vor Tatendrang strotzt.

»Señor, wir sind fast am Ende unserer Gespräche angelangt, und doch haben wir ein Thema, das mir wichtig erscheint, noch gar nicht angesprochen.«

»Welches meinen Sie?«

»Ich meine die Reden der Krone. Oder genauer gesagt die ›Botschaften‹, die der König an Weihnachten und an der Pascua Militar (Festtag der spanischen Streitkräfte) der Öffentlichkeit übermittelt. Einige Leute fürchten diese Reden, denn der König greift Themen auf, die sie lieber nicht zum Gegenstand der öffentlichen Erörterung machen würden.«

»Ich spreche nur aus, was die große Mehrheit der Spanier denkt. Es ist doch ganz normal, daß es Leute gibt, die das stört. Aber da wir von meinen Reden sprechen, sollte ich vielleicht erklären, was Monarchie im heutigen Spanien eigentlich bedeutet. Unsere Monarchie ist keine Monarchie wie jede andere. Einige Leute fragen sich immer noch, ob sie nun ›eingeführt‹ oder ›wiedereingeführt‹ wurde. Für die einen wurde sie eingeführt, weil mich Franco zu seinem Nachfolger bestimmt hat. Für die anderen wurde sie wiedereingeführt, und zwar an dem Tag, an dem mein Vater, der Graf von Barcelona, zu meinen Gunsten auf den Thron verzichtet hat. Wie auch immer, fest steht jedenfalls, daß ein Impresario oder ein Bauer, ein spanischer Grande oder ein Arbeiter sich unter einer Monarchie nicht alle das gleiche vorstellen. Doch wenn der König eine Rede hält, wenn er an Weihnachten oder an der Pascua Militar eine Botschaft übermittelt, so glaube ich, dann wird die Monarchie für alle gleich. Und wenn sich der König an die Spanier wendet, dann kann er sagen, was er will. In Großbritannien ist das nicht so. Die Reden, die Königin Elizabeth verliest, werden vom Premierminister und seinen Mitarbeitern geschrieben. Ich hingegen schreibe meine Reden selber, ohne daß sich jemand einmischt. Und ich glaube, die Leute wissen das inzwischen. Sie wissen: Was der König sagt, das denkt er auch.«

»Soll das heißen, Señor, daß die Regierung nicht darüber informiert ist, was der König den Spaniern sagen wird?«

»Doch, der Regierungschef weiß, was ich sagen werde – es wäre nicht anständig von mir, ihn darüber im unklaren zu lassen –, aber er weiß nicht, in welcher Form ich es sagen werde. Ich spreche den Inhalt meiner Rede vorher mit dem Regierungschef durch. Ich sage ihm: ›Dies und jenes werde ich den Spaniern sagen. Was halten Sie davon?‹ Im allgemeinen ist er damit einverstanden. Manchmal diskutieren wir über ein Detail, über ein Wort, das vielleicht nicht ganz angebracht ist. Es ist wichtig – und diese Freiheit nehme ich mir –, daß ich den Spaniern sage, was sie von mir erwarten. Ich muß mich sehr klar ausdrücken, damit mich jeder versteht. Und gerade diese Klarheit stört manche Leute. Ihnen wäre es lieber, wenn gewisse Dinge im dunkeln blieben.«

»Werden die Botschaften, die Sie an Weihnachten und an der Pascua Militar übermitteln, lange im voraus geschrieben?«

»Wie Sie wissen, kommt es oft vor, daß in letzter Minute noch etwas passiert. Und darüber muß ich natürlich sprechen.«

»Ich war immer überrascht über den – wie soll ich sagen? – über den inneren Aufbau Ihrer Reden.«

»Ich achte darauf, daß zwischen meiner Rede und der Realität keine Kluft besteht. Jeder Zuhörer soll das Gefühl haben, daß meine Worte an ihn persönlich gerichtet sind. Und da jeder meine Rede hört – der Impresario, der Bauer, der Grande und der Arbeiter, von denen wir vorher gesprochen haben – ist es wichtig, daß sie leicht verständlich, deutlich, ausgewogen und klar aufgebaut ist. Ich will in der Tat, daß meine Reden – aber Sie haben recht, das Wort ›Botschaften‹ ist mir lieber – ein getreues Spiegelbild meiner Persönlichkeit sind.«

»Auf jeden Fall vermitteln Sie den Eindruck, Señor, daß Sie immer sehr klug beraten werden. Wie viele Personen sind an der Entstehung Ihrer Reden beteiligt? Wie viele Personen können Sie bitten, über ein bestimmtes Thema lieber nicht zu sprechen, oder, im Gegenteil, auf das eine oder andere näher einzugehen?«

»Der Grundgedanke meiner Botschaften stammt immer von mir. Ich diskutiere darüber hier, im Schloß, mit meinen engsten Mitarbeitern. Außerdem lasse ich mich, je nachdem, welches Thema ich behandeln will, von Juristen, Soziologen, manchmal auch vom Außenminister oder sogar von Militärs beraten.«

»Aber Sie haben niemanden, der Ihre Reden schreibt?«

»Nein, in Spanien gibt es keine *speech writer* wie in den Vereinigten Staaten oder in Großbritannien.«

»General de Gaulle, der in dem Ruf stand, in dem eleganten Stil eines Chateaubriand zu schreiben, soll, wie man mir erzählt hat, einen Grammatiklehrer zu Rate gezogen haben. Auf diese Weise stieß angeblich Georges Pompidou zum Mitarbeiterstab des Generals.«

»Ich schreibe die endgültige Fassung meiner Reden selbst.«

»Ich will Ihnen nicht schmeicheln, Señor, aber für jemanden, der nicht beruflich mit dem Schreiben befaßt ist, sind Ihre Reden, besonders diejenigen, die Sie vor Militärs halten, ungemein ausgewogen, wie ich finde.«

»Das ist eine Frage der Logik und des gesunden Menschenverstands. Aber glauben Sie mir, oft sitze ich eine geschlagene Stunde über einem Satz, bis er mir gefällt. Gut zu schreiben ist sehr schwierig, José Luis.«

»Wem sagen Sie das, Señor!«

Für einige Sekunden sind wir Kollegen geworden. Das Telefon auf dem Schreibtisch klingelt. Don Juan Carlos hebt ab, und ich höre, daß er englisch spricht. Ich nutze die Unterbrechung, um meine Notizen zu überfliegen. Als Don Juan Carlos wieder auflegt, frage ich ihn:

»In welcher Form greifen Sie in die Politik ein?«

»Überhaupt nicht.«

Ich entnehme seinem Tonfall, daß ich es eigentlich dabei belassen sollte. Doch ich hake nach:

»Aber der König muß sich doch äußern, wenn er nach seiner Meinung gefragt wird.«

»Richtig. Aber nur sehr zurückhaltend.«

»Wie meinen Sie das, Señor?«

»Angenommen, nur mal angenommen, ein Minister kommt zu mir und sagt: ›Majestät, was meinen Sie? Was soll ich in dieser oder jener Angelegenheit tun?‹ Und angenommen, ich antworte ihm: ›An Ihrer Stelle, Herr Minister, würde ich folgendes tun …‹ In dem Fall könnte der Minister überall herumerzählen: ›Der König hat gesagt, ich soll dies oder jenes tun.‹ Und davon einmal ganz abgesehen, José Luis: Wenn ich dem Minister tatsächlich sage, was er tun soll, wage ich mich auf ein Gebiet vor, auf dem ich kein Spezialist bin.«

»Aber was sagen Sie ihm dann, Señor?«

»Ich gebe ihm eine Antwort, die ich schon oft gegeben habe: ›Warum kommen Sie zu mir und stellen mir eine solche Frage? Dafür ist doch Ihr Ministerium zuständig. Wenn Ihr Ministerium nicht weiß, was da zu tun ist, woher soll ich es dann wissen?‹ José Luis, ich kann es mir nicht erlauben zu ›regieren‹, auch nicht hinter den Kulissen. Das ist nicht meine Aufgabe. Allerdings stehe ich jederzeit zur Verfügung, wenn ich der Regierung nützlich sein kann. Aber sie muß mich darum bitten. Von selbst tue ich es nicht.«

»Greifen Sie auch nicht in die Außenpolitik ein, Señor?«

»Nein.«

Und nach kurzem Schweigen fährt er fort:

»Manchmal werfe ich mein Prestige in die Waagschale. Ich will mich nicht rühmen, aber es ist nun einmal eine Tatsache, daß die Krone ein beträchtliches Ansehen genießt. Zuweilen kommt es vor, daß ein arabischer Staatschef mich anruft und sagt: ›Richten Sie dem König von Marokko bitte dieses oder jenes aus.‹ Während des Golfkriegs war das häufig der Fall. ›Sagen Sie den Kuwaitis, daß wir fest zu ihnen stehen.‹«

»Sie verfügen also über eine heimliche Macht, die sehr beträchtlich ist, Señor?«

»Sagen wir lieber, über einen gewissen Einfluß. Aber ich mache nur sehr zurückhaltend von ihm Gebrauch. In bestimmten Fällen sind die Grenzen meines Handlungsspielraums fließend, und das kann gefährlich werden. Wie Sie wissen, sind die Befugnisse des spanischen Königs sehr beschränkt.«

Wieder klingelt das Telefon. Diesmal führt Don Juan Carlos ein alltägliches Gespräch. Einige Minuten später frage ich:

»War die Machtübernahme durch die Linke gut für die Krone?«

»Auf jeden Fall hat sie bewiesen, daß die Krone über jeder Ideologie steht.«

»Señor, ich war schon immer dagegen, daß die Rechte die Monarchie für sich in Beschlag nimmt, und der Meinung, daß man etwas dagegen tun muß. Erinnern Sie sich noch, daß ich Ihnen in den Tagen nach dem Putschversuch vom 23. Februar einen Brief schrieb und Ihnen darin meine Absicht mitteilte, der Sozialistischen Partei beizutreten?«

»Ich erinnere mich sehr gut.«

»Ich habe es deshalb getan, weil ich nach dem Putsch einfach nicht mehr politisch gleichgültig bleiben konnte. Bis dahin hatte ich immer damit geprahlt, ich sei ein skeptischer Liberaler, aber jetzt war es an der Zeit, eindeutig Partei zu ergreifen. Ich war kein überzeugter Sozialist, und bin es auch heute noch nicht, aber die Sozialisten waren für mich die einzige Partei, die in der Lage war, aus Spanien eines Tages einen modernen Staat zu machen, einen Staat, der sich Europa gegenüber öffnete, und das im Rahmen einer Monarchie, die zum ersten Mal in der Geschichte die Monarchie aller Spanier war. Später, als Felipe Gonzáles bereits Regierungschef war, der erste sozialistische Regierungschef Ihrer Majestät, erzählte ich ihm, daß ich Sie schriftlich um die Erlaubnis gebeten hatte, seiner Partei beizutreten.«

Don Juan Carlos hebt amüsiert eine Augenbraue:

»Aber, José Luis, um eine solche Erlaubnis haben Sie mich niemals gebeten.«

»Doch, Señor, denn wenn Sie mir auf den Brief geantwortet hätten, daß Sie mein Vorhaben mißbilligten, wäre ich der Sozialistischen Partei nicht beigetreten. Felipe fragte mich irritiert: ›Aber warum hast du dem König geschrieben?‹ Und ich antwortete ihm: ›Weil es noch gar nicht so lange her ist, daß ein spanischer Grande bei wichtigen Entscheidungen stets den König unterrichtet hat.‹ ›Ist man dazu verpflichtet?‹ erkundigte sich Felipe. ›Nein, das nicht, aber es ist eine alte Tradition. Sie wurzelt in der Höflichkeit, die wir unserem natürlichen Herrn schulden.‹ ›Und was hat dir der König geantwortet?‹ ›Nun ja, ich habe einen Brief von General Fernández Campo, dem damaligen Sekretär des Königshauses, bekommen, in dem er mir einfach nur mitteilte, daß Seine Majestät meine Entscheidung »zur Kenntnis genommen« habe.‹ Wie Sie wissen, Señor, kann ›zur Kenntnis nehmen‹ im Spanischen alles mögliche bedeuten. Ihre Antwort hat mich deshalb sehr beunruhigt. Felipe selbst hat übrigens gesagt: ›Das kann bedeuten, daß dein Name ab heute auf einer schwarzen Liste steht.‹«

Don Juan Carlos bricht in schallendes Gelächter aus.

»Was hätte ich denn anderes antworten sollen, José Luis? Es stand mir nicht zu, Ihre Entscheidung zu billigen oder zu mißbilligen. Aber vielleicht ist ›zur Kenntnis nehmen‹ tatsächlich keine glückliche Formulierung, wenn man einen Brief wie den Ihren beantwortet.«

Don Juan Carlos lächelt mich an und schließt mit dem Satz:

»Sie wissen ja, daß ich Menschen, die ich schätze, nicht gern beunruhige.«

Meine Gespräche mit Seiner Hoheit Don Juan Carlos I. de Borbón y Borbón, König von Spanien, gingen nun zu Ende, und die Sonne versank hinter den Korkeichen, die Schloß Zarzuela umgeben. Ich habe im Verlauf meines langen Berufslebens des öfteren mit Männern und Frauen gesprochen, die den Lauf der Welt mitbestimmt haben. Mit Indira Gandhi, Umberto von Italien, Farah Pahlewi, General de Gaulle, Bourguiba, Georges Pompidou, Felipe González, Enrico Berlinguer und anderen mehr. Ich habe außergewöhnliche Menschen und geniale Künstler kennengelernt, ich habe ihnen zugehört, sie bewundert. Greta Garbo, Marlene Dietrich, Ava Gardner und die wunderbare Rita Hayworth. Chaplin, Karajan und Fellini haben mich in Erstaunen versetzt. Einige sind meine Freunde geworden, andere sind mir unauslöschlich in Erinnerung geblieben. Aber keiner hat in mir die Gefühle geweckt, die ich empfand, als ich auf der Schwelle zu jenem Zimmer, in dem der König von Spanien und ich so viele gemeinsame Stunden verbracht hatten, der eine als Erzähler, der andere als Zuhörer, Abschied nahm. Ich versichere, daß der Mensch Don Juan Carlos über den Monarchen stets die Oberhand behalten hat. Und ich verlasse ihn in dem Gefühl, daß Achtung und Freundschaft viel weiter gehen können, als ich bisher vermutet habe.

Personen- und Sachwortverzeichnis

A

B

P

R

S

T

U

V

Z

Ludwig I.
v. Asturien
* 1707 † 1724
⚭ Louise Elisabeth
v. Orléans
* 1709 † 1742

Ferdinand VI.
* 1713 † 1759
⚭ Maria Barbara
v. Portugal
* 1711 † 1758

Karl III.
* 1716 † 1788
⚭ Maria Amalie
v. Sachsen
* 1724 † 1760

Maria Anna Victoria
* 1718 † 1781
⚭ Josef I. v. Portugal
* 1714 † 1777

Marie Luise
* 1745 † 1792
⚭ Leopold II. v. Österreich
* 1747 † 1792

Karl IV. v. Spanien
* 1748 † 1819
⚭ Marie Louise v. Parma
* 1751 † 1819

Ferdinand I. v. Neapel u. Sizilien
* 1751 † 1825

Charlotta Joaquina
* 1775 † 1830
⚭ Johann VI. v.
Portugal
* 1767 † 1826

Maria Amalia
* 1779 † 1798
⚭ Antonio Pascal
v. Spanien
* 1755 † 1817

Marie Luise
* 1782 † 1824
⚭ Ludwig v. Parma
* 1773 † 1803

Ferdinand VII.
* 1784 † 1833
1. ⚭ Marie Antonie v. Sizilien
* 1784 † 1806
2. ⚭ Maria Isabella v. Portugal
* 1797 † 1818
3. ⚭ Josepha v. Sachsen * 1803 † 1829
4. ⚭ Maria Christina v. Sizilien
* 1806 † 1878

Isabella II.
* 1830 † 1904
⚭ Francisco de Asis
* 1822 † 1902

Luise Ferdinande
* 1832 † 1897
⚭ Anton v. Montpensier
* 1824 † 1890

Alphons XII. * 1857 † 1885
1. ⚭ Maria de las Mercedes
v. Montpensier * 1860 † 1878
2. ⚭ Maria Christina v. Österreich
* 1858 † 1929

Maria de la Paz
* 1862 † 1946
⚭ Ludwig Ferdinand v. Bayern
* 1859 † 1949

Eulalia
* 1864 † 1958
⚭ Anton v. Orléans
* 1866 † 1930

Maria de las Mercedes
* 1880 † 1904
⚭ Karl v. Bourbon-Sizilien
* 1870 † 1949

Maria Theresa
* 1882 † 1912
⚭ Ferdinand
Maria v. Bayern
* 1884 † 1958

Alphons XIII. * 1886 † 1941
⚭ Viktoria Eugenia v.
Battenberg * 1887 † 1969

Jaime * 1928 † 1975
⚭ Emanuela de Dampierre * 1913

Alfonso v. Bourbon-Dampierre * 1936 † 1989
⚭ Maria del Carmen Martinez y Franco * 1951

Francisco * 1972

Juan * 1913
Graf v. Barcelona
⚭ Maria de las Mercedes
v. Bourbon-Sizilien * 1910

Maria del Pilar * 1936
⚭ Luis Gómez-Acebo
* 1934 † 1991

Elena * 1963